ALMAS MUERTAS

Nikolái Gógol

INTRODUCCIÓN

El hombre

Nicolai Vasilievich Gogol nació en Sorochinez, del distrito de Mírgorod (en el gobierno de Poltava, Ucrania), el 1 de abril de 1809. Descendía de una familia de cosacos ucranianos que llevaban una vida sencilla y patriarcal. El padre, Vasili Afanasievich, era un pequeño terrateniente y ex funcionario de Correos; comediógrafo popular, sus obras ejercieron cierto influjo sobre los primeros pasos literarios de Nicolás; algunas de ellas fueron tenidas en cuenta por su hijo, especialmente para La feria de Sorochinez. De ahí que al respirar ese ambiente desde su infancia se desarrollara su afición por el teatro y la literatura. Vasili había escrito comedias cortas, sátiras y relatos humorísticos, atrayendo así a su hijo, que llegaría con el tiempo a alturas insospechadas hasta entonces.

Su madre se caracterizaba por su espíritu extremadamente inclinado al misticismo religioso y a las supersticiones, y de ella lo heredaría Gogol, no sólo por su carácter, sino por la formación que de ella recibió.

En 1820 inició sus estudios en el liceo de Niezin, en Poltava, donde permaneció hasta el año 1828; allí empezó a escribir, concluyendo la obra Hans Hüchelgarten, publicada más tarde bajo el seudónimo de V. Alov y por su propia cuenta.

A los dieciséis años murió su padre; ello representó un grave trastorno en cuanto a la situación económica de la familia, puesto que de sus dominios nunca habían obtenido pingües beneficios, sin que esto preocupara gran cosa al matrimonio: si los ingresos eran modestos, también lo eran sus gustos.

Nicolás, el primogénito (de doce hermanos murieron siete, casi todos a temprana edad), tuvo que encargarse de la familia, aconsejando constantemente a su madre sobre distintas operaciones para incrementar sus ingresos, y demostrando de este modo su sentido práctico. Por otra parte, la desaparición de su padre alteró también su disposición de ánimo, haciendo que en adelante mostrara un excesivo apego hacia su madre; es posible que esto contribuyera asimismo a una radical dificultad de su carácter, torpe hasta el máximo para la comunicación afectiva e intelectual con sus semejantes.

Cuando hubo concluido sus estudios medios, Gogol, ante quien la economía doméstica ofrecía una perspectiva cada vez más sombría, marchó a San Petersburgo (1828), ilusionado por triunfar como poeta romántico e impulsado por una especie de afán de imponer justicia en el mundo. Los primeros meses de su estancia allí coincidieron con el poco éxito de su novela en verso Hans Küchelgarten, que al fin se decidió a publicar apremiado por la necesidad; a su autor se le hace víctima del ridículo, arrecian las críticas en los periódicos, y entonces Gogol, decepcionado, tras retirar de las librerías todos los ejemplares que encuentra, decide abandonar Rusia y partir hacia América. Sin embargo, no pasó de Lübeck, y su permanencia en el extranjero quedó reducida a un mes. Al regresar a la patria volvió de nuevo a San Petersburgo. Consiguió por último, con la ayuda de su tío, un pequeño empleo ministerial que apenas le daba para vivir; más tarde obtuvo un ascenso y con ello mejoró su situación económica, dedicándose en los ratos de ocio a la pintura. En 1830 intenta ser actor, pero fracasa. Apremiado otra vez por la falta de dinero, decide escribir a fin de aumentar sus ingresos, y en 1831 aparece el primer volumen de las Veladas en la granja de Dikanka, al que seguirá en 1832 el segundo volumen. En esta ocasión alcanzará un notable éxito.

En San Petersburgo entró en contacto con los círculos literarios de aquella época, y sobre todo con personajes de la altura de Jukovski, Pletniev y Pushkin, que apreciarían su obra. Pushkin será para él un buen amigo y protector, y repetidas veces le proporcionará el tema para sus obras. Gracias a uno de sus nuevos amigos obtiene el puesto de profesor de Historia en el Instituto Patriótico para señoritas, y después, en 1834, pasa a la Universidad; pero pronto lo deja, debido, según dicen algunos, a sus escasos conocimientos en la materia.

En 1835 surge a la luz una segunda colección de cuentos, Mírgorod, también en dos volúmenes, en los que a los elementos integrantes de la primera, el colorido local y la fantasía, añadió otros dos: el histórico-épico y el realista psicológico de fondo humorístico, representados por Taras Bulba, novela histórica al estilo de las de Walter Scott, y por Cómo pleitearon Iván Ivanovich e Iván Nikiforovich, y Terratenientes de antaño, respectivamente; funde los elementos realistas con los fantásticos y románticos, revela un espíritu satírico, y al mismo tiempo se advierte en ellos cierta tendencia a las situaciones espirituales morbosas. Más adelante escribe Arabescos (nueva recopilación en dos volúmenes), que contiene ensayos críticos en los que pretende dar conciencia de su propio arte. Siguen después otros cuentos: Perspectiva Nevski, Las memorias de un loco, en que retrata fielmente las fases de la demencia, y El retrato, en su primera versión, donde se descubren nuevos elementos de su personalidad artística.

En 1832 realizó un viaje a Ucrania, despertándose entonces en él el amor por el teatro, al que años más tarde se dedicaría escribiendo algunas de sus mejores obras. Regresó después a San Petersburgo, donde entabló nuevas amistades en el ambiente intelectual, especialmente con la familia Aksakov, dando con ello un renovado impulso a sus ideas teóricas nacionalistas y eslavófilas. Su amistad con Pushkin se estrechó, y éste le contó un día la anécdota que serviría de base para su comedia El inspector general. Acerca de ella, Gogol afirmó en cierta ocasión que al empezar a escribirla tenía el propósito de poner al descubierto todo lo feo y lo malo que había visto en Rusia, a fin de que el público pudiera reírse de todo aquello. En esta comedia las dotes de humorista de Gogol aparecen condensadas con fortuna. Con autorización del mismo zar se puso en escena el 19 de abril de 1836; la obra era un despiadado ataque contra la corrupción burocrática, y ni siquiera Nicolás I había previsto la reacción de las clases satirizadas. Proporcionó a su autor muchos disgustos, a pesar de la admiración del grupo de idealistas moscovitas; Pushkin ya le había advertido que en Moscú sería mucho mejor acogido que en San Petersburgo, y al fin Gogol autorizó su representación allí. No obstante, las polémicas suscitadas ahondaron en él la amargura, ya aumentada por su morbosa sensibilidad, y resolvió emprender otro viaje al extranjero. Sin embargo, no desistió de terminar Almas muertas, o las aventuras de Chichikov, obra iniciada en 1835, y la continuó en Roma, adonde llegó en marzo de 1837, permaneciendo allí dos años; anteriormente había residido por algún tiempo en Alemania, en Suiza y en París, donde recibió la noticia de la muerte de Pushkin. Todos estos años fueron para él de continua actividad; la impresión producida por la Ciudad Eterna le impulsó a escribir el breve fragmento Roma; asimismo escribió El capote, que se convertiría en el más famoso de sus cuentos; refundió El retrato, rehizo Taras Bulba, terminó El matrimonio, su segunda comedia, y dio punto final a su «poema», como él la llamaba, Almas muertas, primera parte, publicada en el año 1842, y que alcanzó gran resonancia, hasta el punto de colocar el arte de Gogol por encima del de los escritores rusos de todos los tiempos. Su publicación coincidió con el punto álgido de la crisis que minaba física y espiritualmente a Gogol desde hacía ya mucho tiempo, puesto que su innata tendencia al misticismo religioso se convirtió entonces en una obsesión.

Marchó otra vez fuera de la patria y se instaló en Roma, desde donde realizó algunos viajes a París, a Niza y Ostende. Estuvo trabajando en la segunda parte de Almas muertas, trabajo que avanzó con mucha lentitud debido a esa obsesión que le llevó a la idea de que era necesaria una purificación moral, de que debía reformarse él mismo para tratar después de reformar a los demás, de salvar a sus compatriotas. Todo esto oscureció su inteligencia hasta llegar a hacer de él un pobre desequilibrado. Él mismo confesó que había perdido para largo tiempo la capacidad de crear. Más tarde sería posible darse cuenta de que, en sus obras, Gogol había esparcido esos pensamientos y elucubraciones que habían hecho presa en él, mediante el estudio de los cuales se descubren numerosos aspectos borrosos de su psicología.

Regresa de nuevo a Rusia, donde, convencido de que su destino es realizar elevadas obras morales, y tal vez por cumplir un voto, publica Fragmentos escogidos de la correspondencia con los amigos (1847), en que reúne sus reflexiones acerca de los problemas más importantes de la vida de la época, acerca de la servidumbre, el arte, la libertad, la religión, los castigos corporales (de los que era partidario), etc. Esta obra, que resultó ser como un breviario del oscurantismo reaccionario, produjo una desastrosa impresión y disgustó especialmente a los ambientes literarios democráticos, que hasta entonces habían visto en él a un escritor progresista y liberal, según juzgaban por el contenido crítico de sus obras. Bielinski, el famoso crítico, le escribió una carta abierta acusándole de haber abandonado su tarea de renovación justiciera y clamando indignado que volviera a ella.

Al año siguiente, en 1848, realiza un viaje a Palestina en busca de tranquilidad de espíritu; allí se empeña en recorrer con una guía el mismo camino que siguió Cristo hasta el Gólgota. A partir de entonces su salud se quebranta cada vez más. Se dedica a concluir la segunda parte de Almas muertas, y al fin se entrega casi por completo a sus elucubraciones religiosas y morales; la idea de la muerte le horroriza, y acaba renegando de su obra literaria, considerándola injuriosa e indigna. Se da cuenta al concluir esa segunda parte de que se ha salido de sus posibilidades artísticas, y una mañana ordena a su criado que abra la estufa y arroje al fuego el manuscrito. Poco tiempo después (21 de febrero de 1852), Gogol dejaba de existir.

Carácter y significado de Gogol

Gogol era un ser esencialmente contradictorio y enigmático en todos los aspectos de su carácter y reacciones, e incluso en sus más elementales sentimientos, hasta el punto de hacerse incomprensible. Esa dualidad fue notable sobre todo en el aspecto religioso, y a medida que avanzaba su vida iba haciéndose cada vez más evidente; en los últimos tiempos su espíritu oscilaba continuamente entre los pensamientos del diablo y de Cristo. A causa de su debilidad espiritual, llegó incluso a creer que percibía al diablo casi de un modo físico.

Su vida se caracterizó por un miedo casi místico a la muerte y a tener que presentarse ante el Dios justiciero; ese sentimiento, heredado de su madre, presidió toda su vida y aumentó conforme pasaban los años. Era un miedo injustificado, una melancolía, que quizá también en cierta parte se debiera a su salud enfermiza, fortalecida a partir de los 24 años, pero no por ello superada; sus enfermedades y desasosiegos eran muchas veces más imaginarios que reales. Por otra parte, carecía de dominio propio; estaba dotado de un carácter vacilante, y esto hizo que a menudo se encontrara en situaciones absurdas, ridículas y hasta humillantes. Su vida tenía toda la apariencia de una fuga de sí mismo, a pesar de que más bien rehuyó siempre toda compañía y amó la soledad. Se mantenía alejado de todo el mundo y jamás confesaba por entero sus pensamientos ni sentimientos, ni tan siquiera a su madre o a sus amigos; espíritu nada abierto, reconcentrado, prefería guardar siempre para sí algún pequeño rincón, algún secreto, por simple que fuera, porque, según él, de este modo conservaba siempre la libertad.

El prosista Gogol y el poeta Pushkin fueron los creadores del moderno idioma literario ruso, dando a sus letras la orientación nacional; crearon la conciencia de los valores espirituales de su patria, e indicaron a sus colegas el camino a seguir. Pushkin con su poesía y Gogol con la prosa de sus obras realistas fundaron la literatura nacional rusa. Gogol le dio su orientación decisiva y fecunda, sentando las bases del futuro realismo. Las obras de ese escritor a quien muchas veces rodeó un silencio hostil o que fue rechazado por su público tan injustamente, contenían el germen de la literatura rusa del futuro. Él también creó toda una serie de personajes cuyos nombres quedaron, como apelativos entre los rusos.

No obstante, es curioso que siendo Gogol el creador de la prosa rusa, del moderno idioma literario, se diera también en su lengua una contradicción íntima, como la que existía en él en tantas otras cosas. Por una parte la domina totalmente, pero por otra vacila en su sentimiento, exageradamente fino, de la lengua. Con frecuencia afirmaba que temía pecar contra ella, llegando a decir: «Mi lengua y mi estilo son tan imprecisos que en esto me quedo atrás con respecto a muchos malos escritores. Hasta un principiante o un escolar puede reírse de mi lengua. Cuando cojo la pluma, me siento como paralizado». En estas palabras podemos ver hasta qué punto le preocupaba la lengua.

Gogol entre el romanticismo y el realismo

La posición de Gogol en la literatura rusa ha sido muy discutida, llegando al extremo de que unos le han considerado el representante de la «escuela naturalista» de Bielinski, y, en cambio, otros, un precursor de las más modernas tendencias romántico-grotescas.

Gogol pertenece a la generación de 1830; dentro del romanticismo, es él quien inicia en la literatura rusa la corriente realista. Su vida transcurrió bajo el régimen reaccionario del zar Nicolás I, y en él se dan fundamentales características que le diferencian tanto de los escritores anteriores como de los posteriores o coetáneos más jóvenes que él. Contrariamente a los que le sucedieron, Gogol no intervino nunca en las querellas ideológicas de la crítica literaria que entonces cobraba auge, así como tampoco pensó ni remotamente en acusaciones contra el Estado ni en reformas e innovaciones progresistas. De este modo Gogol se mantuvo alejado de la orientación social, que no tardaría en ser la principal característica de los escritores rusos. En cambio, se diferencia de los anteriores como Pushkin, o los coetáneos como Lermontov, en que con su obra exclusivamente en prosa llevó a cabo el tránsito del romanticismo al realismo, inspirándose directamente en la realidad de su patria, a pesar de que lo hiciera con temperamento de humorista, y ofreciendo de este modo el ejemplo a seguir. Así, pues, en la historia de la literatura nacional, su obra no sólo representa el paso decisivo del romanticismo al realismo, sino que abre el camino de la época áurea de la narrativa de su país.

Sin embargo, Gogol no se limita a copiar la realidad; al mismo tiempo que la describe, aparecen en sus obras numerosas escapadas hacia el mundo de la fantasía (mediante la intervención de diablos, brujos…) y, cosa nada de extrañar, hacia un reformismo moral a ultranza. No obstante, esto no le separa de lo que en adelante será la gran literatura del siglo 19, en la que, a pesar de su realismo, es frecuente encontrar también elementos fantásticos y reformismo moral; así ocurrirá, por ejemplo, en Chejov y en Dostoievski.

De ahí que en sus obras deban tenerse en cuenta estos dos aspectos, tanto el romántico y moralizador como el realista, aunque no hay que decir que acierta mucho más en el segundo. Por otra parte, no es posible separar uno de otro, ya que ambos se interfieren en la mayoría de sus obras; por los dos lados es como hay que verle, y así lo hicieron casi todos sus compatriotas y especialmente sus coetáneos. Gogol mismo atestigua lo evidentes que son ambos planos cuando explica la impresión que le causó a Pushkin la obra Almas muertas al leerla ante éste: «Pushkin, tan aficionado a reír, a medida que yo leía se iba poniendo cada vez más sombrío, y al acabarse la lectura exclamó con desesperación: ¡Dios mío, qué triste es nuestra Rusia!». Pushkin había interpretado como amarga revelación de la realidad aquello que a primera vista aparecía como una obra caricaturesca. Entonces Gogol sigue diciendo: «En aquel momento me di cuenta de la importancia que podía tener todo cuanto saliera directamente del alma, y, en general, todo cuanto poseyera una verdad interior». Gogol acababa de ver la superioridad de lo real, y advirtiendo que esto obliga al escritor a esforzarse más, exclama: «Cuanto más común es un objeto, más por encima de él debe hallarse el artista a fin de conseguir de él lo no-común, para que esto llegue a ser verdad completa»

Al principio tal vez resaltó más el aspecto romántico, pudiéndose decir que casi entró en la literatura como un típico romántico; pero no por ello sus primeras obras dejaron de ser auténticamente realistas; cuanto más avanzaba en su carrera literaria, más iba destacándose este segundo aspecto, y así Gogol llegó a convertirse en director del nuevo movimiento novelístico, hasta que el realismo cristalizó definitivamente. Pero Gogol se diferenció de los grandes escritores realistas que le siguieron, en que a éstos les movía una tendencia, un interés por la situación político-social que presentaba Rusia en aquellos momentos; todos ellos se dieron cuenta de que a Rusia era preciso cambiarla, de que su estructura social no podía subsistir; Rusia llevaba varios siglos de atraso con respecto a los demás países europeos y tenía que ser reformada; pero la severidad del régimen, la censura, la vigilancia policial, no permitían el progreso del país ni la libre expresión de las ideas; sin embargo, paradójicamente, la censura sólo prohibía los ataques personales y no las ideas generales; mientras no se atacara a Dios, al zar o a la Administración, en los escritos se toleraba todo, hasta el punto de que incluso, sin prever sus consecuencias, se permitió la entrada en el país de El capital, de Carlos Marx. De este modo la literatura se convirtió en la tribuna del pueblo, y los escritores clamaron por la justicia y el progreso social. Estas características se dieron en todos los literatos posteriores a Gogol y también en algunos coetáneos. A Gogol, por el contrario, no le movía la crítica social; con sus poderosas dotes de observación plasmó la realidad en sus obras, se limitó a pintar el cuadro de la Rusia que veían sus ojos, abriendo y preparando así el camino que seguiría la literatura hasta la llegada del bolchevismo.

Gogol acentuó el interés de la literatura por el hombre, y concretamente por el hombre en el ambiente ruso. En sus obras hace gala de un gran espíritu de observación, de una gran capacidad para penetrar en la mente y en el alma humanas, pero al mismo tiempo no puede liberarse de algunos elementos característicos del

3

romanticismo. Esto hizo que unos le consideran como romántico y otros como realista, e incluso yendo más allá, llevando todo esto al campo de la vida político-social, hizo que los primeros le consideraran conservador y los segundos liberal. Por ello ha sido el escritor ruso tal vez más discutido por distintas corrientes, y siempre con fervor y apasionamiento. Quizá en nadie como en él se pueda ver mejor la insuficiencia de las etiquetas, puesto que si por un lado fue fruto del romanticismo de sus tiempos, por otro fue también el padre del realismo ruso, siendo, pues, romántico y realista a la vez. Hoy día se le considera el primer representante auténtico del realismo en la narrativa de Rusia, aunque no ajeno al movimiento literario que le precedió y coexistió con él. Ya desde los primeros momentos del romanticismo habían surgido escritores tanto rusos como ucranianos, en general de poca talla (excepto Pushkin y Lermontov), en los que aparecían características totalmente realistas. Estos elementos son muchísimo más marcados en Gogol, constituyendo el escritor un caso más complejo, ya que si por una parte la abundancia de elementos realistas permiten que se le clasifique como autor realista, por otra, los también abundantes elementos románticos permiten encuadrarlo en el anterior movimiento literario. Los críticos contemporáneos a Gogol le incluyeron en el primer grupo, así como los críticos posteriores de matiz más o menos social; en cambio, una parte de la moderna crítica, desligada de las influencias de tendencia sociológica, le incluye en el segundo. No obstante, creemos que lo más acertado, alejados de todo prejuicio, es considerarle como padre del realismo ruso, pero no por ello apartado del romanticismo; si bien se ha hablado de una clasificación de sus obras según en ellas se dé la reproducción de la realidad o la fantasía creadora, es muy difícil poder establecerla, pues ambos elementos se mezclan y se funden casi siempre, resultando a menudo imposible afirmar cuál de ellos predomina. Se suele decir que cuanto más avanza en su obra más característicos y abundantes son también los elementos realistas; sí, es cierto, pero esto no significa en modo alguno que al escribir, por ejemplo, las Veladas en Dikanka o Taras Bulba, Gogol no hubiera concebido la idea de reproducir artísticamente la realidad, por más que intervengan elementos fantásticos como brujos y diablos, que por otro lado formaban parte de las supersticiones tan comunes en el pueblo que intentaba retratar, como en el primer caso, o elementos de la exageración y ampulosidad romántica, como en el segundo.

Si recorremos todas sus obras, vemos que en la primera, las Veladas en la granja de Dikanka, son totalmente realistas las descripciones de los tipos, de la naturaleza, y el estilo en que están escritas, mientras, como acabamos de decir, intervienen numerosos elementos fantásticos, siéndolo también incluso el tema de alguno de estos relatos. En los siguientes cuentos, Mirgorod, en los que se incluye Taras Bulba, una corta novela, aparecen no sólo elementos épicos y líricos en abundancia, sino que los temas están basados en la vida real y en la historia. En Arabescos, Las memorias de un loco y El retrato, aparece también el elemento fantástico. Su comedia El inspector general es una sátira contra la corrupción burocrática y la sordidez de la vida de provincias, y, como tal, está basada en la realidad, viéndose aquí el predominio de ésta. En adelante ambos elementos van alternando hasta llegar a Almas muertas (concebida más tarde como la primera parte de una trilogía que habría de regenerar a Rusia), en que, a pesar de que el mismo Gogol había afirmado que su propósito era pintar una caricatura, y que todo cuanto había escrito sólo era fruto de su imaginación, da la impresión de que no pretendió otra cosa que ofrecer una pintura realista y verdadera de la vida rusa. No cabe, pues, duda de que la realidad fue el último fin de su arte; en la reproducción de esa realidad la imaginación juega un papel básico; de ella se sirvió Gogol, así como de esa fantasía creadora que le acerca a los románticos.

Almas Muertas - Primera parte
a).- Generalidades
Almas muertas o las aventuras de Chichikov es la gran novela de Gogol, de la que, como de algunas otras de diversos autores, se ha dicho que es la mejor novela rusa, y que ha influido mucho en escritores posteriores. Esta primera parte, iniciada en 1835, fue publicada en 1842, y su autor le dio el nombre de «poema», cosa muy frecuente en aquellos tiempos. Gogol consideraba que lo que había escrito hasta aquel momento carecía de valor, y se propone trabajar en serio. Su poema resultará ser a un tiempo la más verdadera, la más cómica y la más cruel de todas sus obras.

Su argumento es muy sencillo; sucede con frecuencia en Gogol que en sus obras la acción es incluso pobre; dotado de un gran poder de transformación, triunfa al detallar siempre lo pequeño, lo absurdo, enreda y desenreda los caracteres, y, en consecuencia, apenas si hay acción. En Almas muertas, cuyo tema se lo proporcionó Pushkin, se relatan las aventuras de Chichikov, un personaje procedente de la nobleza, aunque de origen un tanto oscuro, que después de pasar por la experiencia de ser funcionario, de formar parte de una comisión de obras, de trabajar en Aduanas y de haber intentado repetidas veces enriquecerse, fracasando siempre tras conseguirlo por descubrirse todo, organiza un plan que está seguro que no le ha de fallar para lograr hacer fortuna. Mediante la compra de siervos muertos después del último censo (aquellos censos se llevaban a cabo cada diez años) y que aún figuran como vivos en los registros a efectos de impuestos, conseguirá que el Estado le facilite tierras; por supuesto que se trata de una especie de fraude, es decir, un fraude legal, ya que estas tierras son facilitadas a quien posea cierto número de siervos, y Chichikov, para poder demostrar que está en posesión de ese número, compra siervos fallecidos a un precio mucho más reducido, haciéndolos pasar por vivos a fin de transferirlos, en el papel, a dichas tierras. Con ese propósito Chichikov va recorriendo diversas provincias rusas y trabando relaciones con toda clase de terratenientes, muchos de los cuales, ignorando las verdaderas intenciones de Chichikov, le ceden o le venden a bajo precio esos siervos muertos a causa de enfermedades que han asolado la comarca, con lo que se libran al mismo tiempo de pagar las cargas fiscales.

De este modo Gogol ofrece un cuadro de muchos aspectos de la vida rusa, y hace desfilar por la obra un gran número de personajes verdaderamente típicos, situados en los medios más diversos; es un cuadro realista visto, sin embargo, a través de un prisma caricaturesco. En esta obra el autor intercala de vez en cuando observaciones personales, digresiones filosóficas o morales, o arranques de lirismo.

Hay que hacer notar que la expresión «almas muertas» era utilizada comúnmente para designar a los siervos de la gleba que habían fallecido después de cada uno de los censos, los cuales, como hemos dicho, se realizaban cada diez años. A esos siervos se les llamaba «almas» y todavía figuraban en los registros como vivos. Por supuesto que la frase puede tener otra interpretación, pero de ello hablaremos más adelante, y aquí nos limitaremos a decir que fue en el sentido indicado en que lo aplicó Gogol.

Antes de su publicación, el presente «poema» pasó por diversas vicisitudes; el autor envió el manuscrito a un censor llamado Sneguiriov, a la sazón profesor de la Universidad de Moscú, a quien consideraba más inteligente que a sus colegas; probablemente temía que la censura pusiera reparos a una obra como aquélla, sobre todo teniendo en cuenta lo sucedido con El inspector general. Sneguiriov repuso que estaba dispuesto a conceder el permiso de publicación sólo a condición de que hiciera algunos pequeños cambios, y Gogol se mostró satisfecho. No obstante, después surgieron problemas, puesto que el presidente del comité de censura de Moscú interpretó de otro modo el título de Almas muertas, en el sentido de que no eran inmortales, y no sólo mostró indignación por esto, sino que cuando lograron convencerle del auténtico sentido de la frase, declaró que se trataba de un ataque contra la institución de la servidumbre.

Otros, en cambio, constataron que la empresa llevada a cabo por el protagonista era una pura estafa, a lo que Sneguiriov replicó que, si bien era así, el autor no justificaba en modo alguno su conducta; entonces alegaron sus oponentes que tal vez habría alguien que se atrevería a imitarle. A otros les pareció inmoral que por seres humanos se pagara la irrisoria cantidad de dos rublos y medio como máximo, replicando Sneguiriov, siempre en defensa de Gogol, que no había que olvidar que aquellos seres eran «almas muertas», no vivos. Y por último hubo quien en la figura del terrateniente arruinado, que a pesar de ello se hizo construir una magnífica casa en Moscú, pretendió ver al zar, que acababa de edificar allí un palacio. Por todo esto decidieron, finalmente, no conceder la autorización para publicar la obra, y Gogol probó en San Petersburgo, adonde envió el manuscrito; consiguió al fin la autorización, y Almas muertas vio la luz en mayo de 1842.

Gogol, al iniciar su «poema», tenía la intención de presentar al público una caricatura de la vida rusa, presentar al hombre ruso con todas sus virtudes y sus defectos, los cuales, tanto los unos como los otros, le hacen superior a todos los demás pueblos. No abrigaba ningún propósito de reforma, ni es probable que al comenzar a escribir concediera gran importancia a su obra. Sin plan preconcebido, se abandona a la fantasía y no prevé las dificultades que se le pueden presentar, ni el alcance de su empresa. Sin embargo, apareció Pushkin, su amigo y protector, y le leyó, como hemos explicado antes, los primeros capítulos de la nueva obra. Conocemos ya cómo reaccionó Pushkin, reacción que sorprendió a nuestro autor, y cuáles fueron a continuación las reflexiones que se hizo éste. Entonces ve cada vez con mayor claridad y advierte el significado y la importancia que puede tener su libro. Decide, según sus propias palabras, «endulzar la impresión penosa que podía causar Almas muertas». Llega un momento en que, tras una interrupción, al reanudarla y leer lo que había escrito, él mismo se asustó, llegando a afirmar que si alguien hubiera visto los monstruos que había pintado, habría sentido terror. Y no es de extrañar que así fuera, teniendo en cuenta cómo es la versión «suavizada».

Dos años después de iniciarla, exclama: «Si llego a escribir este libro como es preciso que sea escrito, entonces... ¡Qué tema original, inmenso! ¡Qué diversidad en esta masa! Toda Rusia aparecerá en mi poema. Será mi primera obra pasable, la obra que salvará mi nombre del olvido». Y poco más tarde escribe a un amigo: «Mi obra será inmensa y todavía no veo su fin. Numerosas gentes se dirigirán contra mí, tendré contra mí clases enteras. Pero, ¡qué puedo hacer! Mi destino es batallar contra mis contemporáneos. ¡Paciencia! Una mano invisible, pero poderosa, escribe misteriosamente bajo mis ojos. Sé que mi nombre será más feliz que yo mismo. Quizá los descendientes de mis compatriotas, con lágrimas en los ojos, se reconciliarán con mi nombre». Y en efecto, así fue, como si Gogol lo estuviera presintiendo.

b).- La realidad y el autor en «Almas muertas».

Almas muertas es, de todas las obras de Gogol, la más realista, si bien esta realidad está presentada de un modo grotesco, como una caricatura. Gogol tiende aquí a la exageración, pero ello no significa en modo alguno que no represente los tipos y las cosas tal como son.

En Las aventuras de Chichikov aparecen innumerables personajes de todas las clases sociales y profesiones, colocados todos y cada uno en el medio que les corresponde; esto permite a Gogol presentarnos un cuadro completo de todos los ambientes rusos, a la vez que a nosotros conocerlo. Terratenientes, nobles y aristócratas, gobernadores, militares, funcionarios, campesinos, desfilan por estas páginas, cada uno en su medio social. Son muchos los terratenientes con quienes Chichikov se relaciona, mientras va en busca de las «almas muertas»; todos ellos aparecen con las características propias de los propietarios de la época: grandes bebedores en general, buenos comedores (son muy notables sus comidas, en las que abundan toda clase de manjares y en gran cantidad), menesteres ambos, comer y beber, en los que a menudo dilapidan una considerable fortuna; arruinados, con sus propiedades hipotecadas, no sólo a causa de sus caprichos y continuos derroches, sino también por su imprevisión y la incapacidad de dirigir una hacienda; extremadamente vagos, que nunca se molestan en lo más mínimo, a excepción de Konstantin Kostanzhoglo, que sabe llevar las riendas de su hacienda con sumo acierto; excéntricos, cualidad que queda perfectamente retratada en Nozdriov, así como en el coronel Koshkariov y en Jlobnev, y que era muy normal en aquella época, de modo que no resulta nada extraño que a Nozdriov se le ocurra ordenar a sus criados que azoten a Chichikov por la simple razón de que éste se niega a proseguir una partida de damas en la que aquél hacía trampas. Todas estas características se daban en los terratenientes y en los nobles del momento.

De igual manera desfilan también por el «poema» los campesinos, aunque ninguno de ellos sea una figura principal de la obra. Esta es una de las novelas rusas en que mejor se describe el ambiente y la vida de los siervos campesinos, las condiciones en que se hallan según sea su amo, aunque en general, menos los que pertenecen a Kostanzhoglo, suelen vivir en condiciones ínfimas, especialmente los que pertenecen a un señor arruinado, como es el caso de Jlobnev. Al mismo tiempo, Gogol describe la tierra rusa, sus cualidades, sus productos, su aprovechamiento si se sabe llevar bien. El autor aprovecha para expansionar su ánimo y hace algunas digresiones líricas al acompañar a Chichikov en sus viajes.

Pero quizá lo que mejor retrata el escritor es la ciudad, la atmósfera de capital de provincia, con sus calles, sus fiestas, sus comilonas, sus murmuraciones y sobre todo el mundillo de los funcionarios, ya descrito anteriormente en El inspector general y en El capote, y tal vez el más conocido de Gogol, por haber sido funcionario público en San Petersburgo; en ellos se ve servilismo y adulación, el afán de enriquecerse, los sobornos, tan peculiares entonces; asimismo se habla de las oficinas, en general sucias y repugnantes.

Otro aspecto que aparece en su libro es la educación; no sólo nos narra la manera en que fue educado Chichikov, sino que en determinado momento nos habla de la educación recibida por la señora de Manilov en el pensionado, en el que se enseña, como en todos, piano, francés y economía doméstica. Es de notar que, igual que hará más tarde Chejov en Mi vida, Gogol no identifica la ciudad que retrata, llamándola simplemente ciudad de N.

Pero esto no es todo; Gogol se introduce a menudo en la novela, habla él directamente al lector, como cuando le aconseja que tenga paciencia para leer el relato, añadiendo después que es muy aficionado a los detalles y a la minuciosidad: en otras ocasiones expone sus ideas acerca de la observación requerida para retratar con fidelidad a los personajes, incluso en cierto momento habla brevemente de sí mismo. A menudo expone sus opiniones, como al hablar de los escritores y de la suerte que corren; también son frecuentes sus alusiones al idioma (no olvidemos que éste preocupaba en extremo a Gogol) y a la costumbre de la nobleza rusa de valerse del francés para expresarse; a este respecto es muy significativo el párrafo que sigue: «Con el fin de ennoblecer todavía más el idioma ruso, en la conversación se había prescindido de la mitad aproximadamente de las palabras, razón por la que muy a menudo se recurría al francés; por el contrario, cuando hablaban en francés era otra cosa: entonces estaban permitidas palabras mucho más fuertes que las mencionadas anteriormente». Satirizando, más adelante, «la lamentable costumbre de nuestra alta sociedad, que se expresa en ese idioma a todas las horas del día, claro es que movido por un hondo sentimiento de amor a la patria, y hasta critica el afán que les lleva a imitar a los franceses incluso en el baile, cuando el baile no cuadra con el espíritu ruso».

«Es curioso constatar que en algunas ocasiones Gogol defiende en su obra a Rusia, a la patria. Sabido es que numerosos escritores de la época sienten un acendrado amor por su tierra natal, al mismo tiempo que, paradójicamente, hablan mal de ella y a veces la llenan de insultos y agravios, o bien huyen de ella; Gogol estuvo bastante tiempo en el extranjero, y se hallaba en Italia cuando escribió lo que sigue, casi al final de Almas muertas, en un arrebato de amor patriótico: "¡Rusia! ¡Rusia! Te veo, te veo desde este portento que es mi maravillosa lejanía. Te veo pobre, dispersa, poco acogedora. No alegran ni asustan a la mirada los atrevidos prodigios de la naturaleza... No se levanta la cabeza para contemplar los peñascos que se levantan sin fin sobre ella. No deslumbra la luz a través de los oscuros arcos... No brillan a través de ellos, a lo lejos, las eternas líneas de las montañas resplandecientes...».

«En ti todo es abierto solitario y llano. Como puntos, como signos, sin que nada atraiga en ellas entre las llanuras, aparecen chatas ciudades; nada hay que seduzca ni cautive la vista. Y sin embargo, ¿qué fuerza inefable y misteriosa atrae hacia ti? ¿Por qué mis oídos oyen incansables, por qué resuena en ellos tan triste canción...? ¿Qué hay en ella... que llama y solloza y oprime el corazón? ¿Qué sonidos son esos que acarician dolorosamente, tratan de penetrar en mi alma y se enroscan en mi corazón? ¡Oh, Rusia! ¿Qué quieres de mí? ¿Qué vínculo inescrutable me une a ti? ¿Por qué me miras así y por qué todo cuanto hay en ti vuelve hacia mí sus ojos plenos de esperanza?... ¡Oh! ¡Qué lejanía tan esplendente y portentosa, que, en ningún otro sitio conoce la tierra! ¡Rusia!...».

Sale después en defensa de su patria reprochando a sus lectores el mostrarse contrarios respecto a conocer la verdad de su país, la realidad, la «miseria humana al descubierto», quienes le acusan por ello llamándose a sí mismos patriotas, patriotas «que permanecen tranquilos en sus rincones, se dedican a asuntos completamente ajenos y amasan un capitalito, arreglando sus asuntos a expensas de los demás. Pero en cuanto se produce algo que ellos consideran ofensivo para la patria, cuando aparece un libro en el que se dicen amargas verdades, salen de sus rincones como arañas que vieron una mosca enredada en la tela, y empiezan sus gritos»... Narra a continuación un breve cuento defendiendo su punto de vista, «para contestar modestamente a las acusaciones de ciertos fogosos patriotas, que hasta ahora se ocupaban tranquilamente en alguna cuestión filosófica o de

6

incrementar su hacienda a expensas de esa patria que tan tiernamente aman; no piensan en no hacer nada malo, sino únicamente en que no se diga que hacen cosas malas». E inmediatamente les reprocha su cobardía por no pararse a pensar, por no atreverse a mirar el fondo de las cosas, acusándoles a su vez de que lo que les mueve a sus reproches no es el patriotismo, ni tan siquiera ningún otro sentimiento puro. Porque Gogol, como todos sus coetáneos, como todos los escritores de su siglo, a pesar de todo ama a Rusia, a esa tierra que le vio nacer.

c).- El «poema de la vulgaridad»: personajes

Más arriba se han dicho unas breves palabras acerca del título que Gogol dio a su libro: Almas muertas, y por el que suele conocerse esta obra, aunque su título más exacto es Las aventuras de Chichikov, al que le agregó el subtítulo de Almas muertas. Decíamos que con ello se significaban los siervos de la gleba fallecidos. Sin embargo, ha llegado a tener más alcance de lo que en un principio creyó su mismo autor. Las aventuras de Chichikov se ha convertido en el poema de la vulgaridad, un poema en el que todos sus personajes son terriblemente vulgares, «almas muertas».

Al comenzar su carrera literaria, Gogol dotó a sus obras de seres libres, «almas vivas», hasta que en uno de los relatos de Morgorod, en el cuento Viy, aparece Jomá Brutt, un muchacho arrastrado por una fatalidad interior que no le deja moverse libremente, que no le permite luchar contra esas fuerzas poderosas que le atacan, y al fin cae vencido. Jomá es un ser encadenado, y la línea iniciada por él fue continuada por los personajes de Las aventuras de Chichikov, todos ellos «almas muertas», seres también encadenados, los seres que pueblan el mundo, en fin, todos nosotros. Por ello el libro suscitó tan encontradas oposiciones, y por ello el mismo Gogol dijo: «Si ha asustado a Rusia y ha producido tal alboroto, no es porque ha revelado sus llagas, sus enfermedades, o porque haya mostrado el vicio triunfante y la inocencia perseguida. ¡Nada de esto! Mis héroes no son del todo criminales... Pero lo que asustó al público es la vulgaridad general, el hecho de que mis héroes son todos tan vulgares el uno como el otro, que el desgraciado lector no encuentra la menor imagen consoladora, la menor ocasión de reposar un momento y de respirar a sus anchas, de suerte que cuando se termina el libro se tiene la impresión de salir de una cueva. Se me habría perdonado con gusto si hubiera mostrado algún monstruo pintoresco, pero no me han podido perdonar la vulgaridad. El lector ruso ha tenido horror de su nada, más que de sus defectos y de sus vicios».

Esos muertos a través de los vivos que nos presenta Gogol no son más que los rostros de la vulgaridad humana, y esa vulgaridad es en Las aventuras de Chichikov donde queda expresada con mayor fuerza. En todo el libro sólo hay un personaje que se mantiene alejado de la vulgaridad general: el avaro Pliushkin, el único que es «algo», en contraposición con los demás, que son «nada», aunque al mismo tiempo lo son «todo»; es decir, si por un lado no se distinguen en nada de la inmensa multitud de seres que pueblan el universo, por otra son poderosas individualidades a las que sólo se puede designar, por su nombre, hasta el punto de que estos héroes se convierten en nombres alegóricos, y no sólo son personajes típicamente nacionales, sino que llegan a convertirse en tipos universales. Todo lo que en ellos pueda haber de grandioso, que les haga típicos, se encuentra precisamente en su mediocridad, ninguno de ellos posee rasgo alguno que le caracterice, algún rasgo dominante, una pasión, un vicio o sentimiento que le distinga de los demás personajes; sólo Pliushkin, a quien le domina su avaricia. Los demás son seres mediocres, «muertos vivos», cadáveres, que no poseen ninguna característica particular, pero que todos ellos son arrastrados por algo que llevan en su interior, algo que mina las fuerzas de su alma y que no les permite dejar de ser como son, transformarse. Son seres limitados incluso en su bajeza, y que de la vida no tienen más que la apariencia.

Almas Muertas - Segunda parte

Cuando Gogol concluyó la primera parte, se dio cuenta de que no había retratado en su obra más que un aspecto de Rusia, de que sólo aparecía en ella el aspecto negativo. Vio que lo único que había retratado eran «almas muertas», cadáveres, y pensó en resucitar esos cadáveres, en hacer que tomaran conciencia de su vulgaridad y nacieran de nuevo. Todos eran tipos negativos inmersos en un panorama de tal suciedad moral, entre tales miserias y angustias, que a pesar de haber «suavizado» la obra, a pesar de los fragmentos líricos y de presentarlo todo como una caricatura, Gogol vio que de este modo había presentado involuntariamente un cuadro tendencioso de la realidad. Esa primera parte resultaba ser una violenta requisitoria contra la inmoralidad y la corrupción de la vida social rusa.

A medida que avanzaba en su obra, Gogol veía cada vez más claro, y decidió que el primer volumen sería, según decía él, como el vestíbulo de ese enorme palacio que tenía intención de edificar y que veía ya en su imaginación. Pero él había concebido una idea distinta de lo que reclamaba su público. Este quería que se continuara la obra, pero del mismo modo que la primera, como una caricatura, y Gogol no podía hacerlo. Gogol tomaba en serio su obra, y se resistía a valerse en adelante de su vena cómica. Vio que Almas muertas era como la historia de él mismo, él, que en cierto aspecto era también un «alma muerta». Por ello pensó que para proseguir la obra por el camino que quería, era preciso antes conocerse a sí mismo, perfeccionarse, y por ello también, tras haberse publicado la primera parte, quiso enterarse de cuáles habían sido las reacciones de su público, de lo que decían los críticos, porque esto le ayudaría a conocerse y al mismo tiempo a conocer mejor el estado de las almas rusas. Se halla entonces convencido de cuál es su misión; cree que el arte debe reconciliar a los hombres con la realidad, y para esto le es preciso resucitar a sus muertos, aunque antes debe resucitar él mismo. Gogol en esta época está imbuido de ideas religiosas; esa obsesión que le persiguió toda su vida se hace ahora más fuerte, se dan en él frecuentes crisis morales. Está convencido de que su obra está destinada a regenerar a Rusia, y en adelante es esa idea la que le domina al proseguirla. Pero en Gogol ha existido siempre un enfrentamiento entre el hombre y el artista, cree que su impotencia artística está originada por su imperfección moral. De ahí que para llevar a cabo la segunda parte de Las aventuras de Chichikov, en la que va a hacer resucitar a los muertos, en la que éstos podrán llegar a la virtud, es necesario que él mismo se perfeccione; si él no es mejor, no podrá hablar de un hombre virtuoso.

Gogol aparece totalmente dominado por las ideas religiosas, por su lucha interior, por sus ansias de perfección. Es uno de los escritores rusos, como más tarde Dostoievski, que al fin cree haber llegado a la posesión de la verdad, y en consecuencia su deber es transmitir esa verdad; esto es lo que se propone en Almas muertas; cree que cuando una obra de arte logra cierta perfección, esto la posibilita para ejercer una acción moral y enseñar a los hombres verdades eternas. Así, pues, inicia la segunda parte cuando aún no ha concluido la primera (en 1840); en ella estudiará caracteres más profundos, en ella intervendrán todas las clases sociales. Si hasta entonces sólo había retratado lo malo de Rusia, en adelante pintará también lo bueno; en Rusia, como en otros países o incluso quizá más, según él, hay muchos seres generosos y nobles, no sólo miserables y gentes mediocres. Si hasta entonces en su obra aparecía únicamente la mediocridad, ahora deberá pintar al hombre en sus más diversas facetas, mostrándole en toda su diversidad; no sólo al hombre generoso, sino al hombre que renace, por vil y bajo que sea; todo ser humano, toda «alma muerta», todo cadáver es capaz de resucitar.

Pero Gogol no consigue llevar a cabo su empresa; a pesar de su convicción de que perfeccionándose él mismo podía llegar a la perfección artística, cada vez le es más difícil al artista hacerse obedecer; de sus manos surgen personajes que resultan cómicos, aunque se haya propuesto lo contrario; la virtud de esos personajes (como el terrateniente Kostanzhoglo, el contratista Murazov o el gobernador) no inspira más que disgusto. Se ve en ellos claramente que el escritor funda la prosperidad material del ser humano en su perfeccionamiento interior. Al darse cuenta el autor de la debilidad de esos bosquejos, quema el manuscrito de la segunda parte[1], en 1843, y más tarde, en 1845, lo vuelve a quemar, descontento de su trabajo. Ve que para resucitar es necesario antes morir, y en 1846 emprende de nuevo otra segunda parte, pero concebida de un modo distinto; piensa dotar a su obra de tres partes, a semejanza de La divina comedia de Dante; la primera habría sido como el Infierno, en ella había presentado todo lo malo de Rusia, y sus habitantes, esos seres que sin darse cuenta se debaten entre las garras del diablo; la segunda representaría el Purgatorio, sería el tránsito hacia la purificación de los personajes, mostraría su arrepentimiento y sus sufrimientos en la expiación de sus culpas; y la tercera, en suma, equivaldría a la Gloria, y en ella aparecería el hombre ya resucitado, el hombre auténticamente vivo. Sin embargo, aquí también fracasó en sus intenciones; presentó almas virtuosas, sí, pero que todavía seguían «muertas»; no vio que para resucitar no basta convertirse en un ser virtuoso y bueno; sus héroes permanecían aquí tan muertos, tan vulgares como en la primera parte. Pero Gogol no lo advirtió.

Cada vez más preocupado y más sumergido en sus inquietudes religiosas, frecuenta el trato con un sacerdote que intenta convencerle de que la literatura sólo es obra del diablo; el escritor no le cree, por el contrario, piensa que con ella se puede hacer mucho bien. Pero llega un momento en que se deja arrastrar por la convicción del sacerdote, y un día, al levantarse, ordena a su criado que arroje el manuscrito al fuego. Inmediatamente manda llamar al conde Tolstoi, y le dice: «¡Ved lo que he hecho! ¡Qué poderoso es el diablo! ¡He aquí a qué me ha empujado!». Tolstoi intenta consolarle, pero para Gogol ya no hay remedio; destruida su obra, se consume lentamente y a los pocos días muere. Según el testimonio de los que leyeron aquella segunda parte, era una obra admirable.

PRIMERA PARTE

CAPÍTULO I

Frente a la puerta de la fonda de la ciudad provinciana de N. se detuvo un cochecillo de apariencia bastante grata, con suspensión de ballestas, como los que acostumbran a utilizar los solterones: tenientes coroneles retirados, capitanes, propietarios que tienen más de cien siervos, en resumen, todos aquellos a los que se da el nombre de señores de medio pelo. En el cochecillo viajaba un caballero que no era ni guapo ni feo, ni demasiado gordo ni flaco; no podía afirmarse que fuera viejo, aunque tampoco se podía decir que fuera muy joven. Su llegada a la ciudad no fue causa del menor ruido ni se vio acompañada de nada que se saliera de lo normal. Solamente dos campesinos rusos que se hallaban en la puerta de la taberna, frente de la fonda, hicieron alguna pequeña observación, que, por lo demás, concernía más al coche que a su dueño.

—Mira esta rueda —dijo uno de ellos a su compañero—. ¿Crees que con ella llegaría a Moscú, si tuviera que ir allí?

—Sí llegaría —contestó el otro.

—Y hasta Kazán, ¿crees que alcanzaría?

—Hasta Kazán no —repuso el otro.

Y en este punto concluyó la conversación. Digamos también que cuando el coche se aproximaba a la fonda se cruzó con un joven que llevaba unos pantalones blancos de fustán, extremadamente cortos y estrechos, y un frac que pretendía ajustarse a la moda, y bajo el cual asomaba la lechuguilla, sujeta con un alfiler de bronce de Tula que tenía la forma de una pistola. El joven volvió la cabeza, se quedó contemplando el coche, llevó después su mano a la gorra, que poco había faltado para que el viento se la llevara, y continuó su camino.

Al entrar el coche en el patio, acudió a recibir al caballero un criado o mozo, que es como se les suele llamar en las fondas rusas, tan inquieto y movedizo que hacía imposible ver cómo era su rostro. Con gran agilidad se aproximó llevando su servilleta en la mano, larguirucho y enfundado dentro de una levita de bocací, que por la espalda casi le llegaba hasta la misma nuca, agitó su pelambre, y con la misma agilidad condujo al señor arriba, por las escaleras de madera, hasta el dormitorio que ya tenía reservado.

El aposento era de cierto estilo, ya que la posada era asimismo de cierto género, exactamente como acostumbran a ser las posadas de las ciudades de provincias, donde por dos rublos diarios los forasteros pueden gozar de una habitación tranquila, con cucarachas como ciruelas que aparecen por todos los rincones, y con una puerta que da al aposento vecino, siempre cerrada mediante una cómoda; en él casualmente se halla un señor silencioso y tranquilo, pero en extremo curioso, que muestra gran interés por conocer todo lo que se relaciona con el viajero.

La fachada de la posada presentaba características que se correspondían con el interior. Era muy larga y tenía dos plantas. La inferior no estaba aún revestida de yeso, y así continuaba, mostrando sus ladrillos de color rojo muy enmohecidos a causa del tiempo, con sus desagradables cambios, y ya bastante sucios de por sí. La planta superior había sido pintada con el consabido amarillo. Abajo se encontraban diversos tenderetes en los que vendían artículos de guarnicionería, cuerdas y rosquillas. En la esquina, o para ser más exactos, en la ventana de la esquina, se había instalado un vendedor de hidromiel con su samovar de cobre y un rostro tan rojo como el samovar, hasta el extremo de que a distancia se habría llegado a creer que en la ventana había dos samovares, aunque uno de ellos ostentaba unas barbas más negras que la pez.

Mientras el recién llegado se dedicaba a pasar revista del aposento, fueron trayendo el equipaje, al que precedía una maleta de piel blanca un tanto desgastada, con señales de que no era la primera vez que viajaba. Fue subida por el cochero Selifán (hombre de poca estatura que llevaba un gabán corto), y por el criado Petrushka, mozo de unos treinta años, vestido con un levitón muy usado —heredado del señor, por lo que podía suponerse—; con sus gruesos labios y respetable nariz presentaba un aspecto rudo. Detrás de la maleta siguió un pequeño cofre de caoba con incrustaciones de abedul de Carena, unas hormas para las botas y un pollo asado envuelto en un papel azul.

En cuanto todo esto se halló en la habitación, el cochero Selifán se encaminó hacia la cuadra para cuidar de los caballos, mientras el criado Petrushka disponía las cosas para acomodarse en la reducida antesala, un cuchitril muy oscuro en el que había dejado ya su capote, y, junto con él, un olor muy particular que igualmente había sido comunicado al saco que después trajo y en el que guardaba algunas prendas de su uso. En este cuchitril puso, adosada a la pared, una estrecha cama de sólo tres patas, encima de la cual colocó algo que tenía cierto parecido con un colchón que había logrado sacar al fondista, pero tan duro y aplastado, y tal vez tan grasiento como un blin[?]

Mientras los sirvientes se hallaban disponiendo y ordenando las cosas, el señor se trasladó a la sala. Todo viajero conoce sobradamente estas salas: sus muros pintados al aceite, ennegrecidos en la parte alta a causa del humo de las pipas, y relucientes en la parte baja por el continuo roce de las espaldas de los viajeros, y todavía más por las espaldas de los mercaderes de la ciudad, ya que éstos se presentaban allí en grupos de seis o siete para tomar su consabido par de vasos de té; el techo ahumado, al igual que la araña, con su infinidad de vidrios que saltaban y chocaban entre sí cada vez que el mozo se deslizaba por el desgastado linóleo, llevando en sus manos con gran habilidad la bandeja donde había tan considerable cantidad de tazas de té como aves en la orilla del mar; los cuadros al óleo cubrían las paredes… En resumen, igual que en todas las fondas, con la sola diferencia de que en uno de aquellos cuadros figuraba una ninfa con unos senos como no cabe duda jamás vio el lector. Por lo demás, tal capricho de la naturaleza se puede contemplar en diversos cuadros acerca de temas históricos traídos a Rusia nadie sabe cuándo, de dónde ni por quién, a veces incluso por nuestros próceres, entusiastas de las artes, que los compraron atendiendo el consejo de los cocheros que los acompañaban.

El señor se desprendió de la gorra y de la bufanda de lana de vivos colores con que iba envuelto, una de esas bufandas que a los casados teje su mujer con sus propias manos y que le obsequia al mismo tiempo que le da las instrucciones pertinentes acerca de cómo debe taparse con ella, y que a los hombres solteros nadie sabría decir a ciencia cierta quién se las facilita. Yo jamás he usado bufandas de esa clase. Cuando estuvo situado ordenó que le sirvieran la comida. Mientras le iban sirviendo los platos usuales en las posadas, a saber: sopa de col con una empanadilla que desde hace algunas semanas está aguardando al viajero, sesos con guisantes, salchichas con col, pollo asado, pepinos en salmuera y el eterno dulce de hojaldre dispuesto en todo momento para postre, se entretuvo charlando con el criado o mozo a fin de que éste le explicara toda clase de chismes sobre a quién había pertenecido anteriormente la posada y a quién pertenecía ahora, si proporcionaba saneados ingresos y si el dueño era un pillo redomado. A lo que el criado dio la consabida contestación: «¡Oh, señor, es un bandido!». Igual que en la Europa modernizada, en la civilizada Rusia proliferaban las gentes respetables que cuando comían en la fonda tenían que charlar forzosamente, y en ocasiones incluso gastar alguna broma.

Sin embargo, las preguntas del viajero no todas eran vanas. Se interesó detalladamente por el nombre del gobernador de la ciudad, por el del fiscal, por el del presidente de la cámara; en resumen, no olvidó a ningún funcionario importante. Quiso conocer también detalles más concretos, y preguntó, incluso dando vivas muestras de interés, acerca de todos los terratenientes importantes: número de hectáreas que poseían, a qué distancia vivía cada uno de ellos y si se dirigían a menudo a la ciudad. Preguntó detenidamente por el estado de la comarca, si en ella eran muy corrientes las enfermedades, las fiebres epidémicas, viruelas, calenturas malignas y demás; lo hacía con tanto detalle y precisión que daba muestras de algo más que de simple curiosidad. Era un caballero de severos modales y cuando se sonaba hacía un sorprendente ruido. Se ignora cómo lo hacía, pero su nariz sonaba igual que una trompa. Este don, que podría parecer tan anodino, le granjeó el afecto del mozo de la posada. Así, en cuanto oía ese ruido, sacudía su pelambrera, se ponía tieso con nuevas muestras de respeto, y asomándose desde lo alto de su mostrador, preguntaba:

—¿Se le ofrece algo al señor?

Después de la comida, el caballero tomó café y se recostó sobre el diván, poniendo previamente en el respaldo uno de esos cojines que en las posadas rusas parecen contener algo muy parecido a ladrillos y cantos rodados, y en modo alguno a esponjosa y suave lana. En seguida comenzó a bostezar y mandó que lo condujeran a su aposento, donde se tumbó y permaneció durmiendo durante un par de horas. A continuación, habiendo ya descansado y a instancias del mozo de la posada, escribió en un pedazo de papel su condición, nombre y apellidos, para ponerlo en conocimiento de quien correspondía, es decir, de la policía. Al bajar las escaleras el criado fue deletreando en el papel lo que sigue: «Consejero colegiado Pavel Ivanovich Chichikov; viaje por asuntos particulares».

Todavía estaba el criado deletreando cuando el propio Pavel Ivanovich Chichikov se marchó a dar una vuelta por la ciudad, que según parece le dejó satisfecho, ya que nada tenía que envidiar a las restantes capitales de provincia. La pintura amarilla en las casas de mampostería hería los ojos, y la pintura gris enseñaba discretamente sus tonos oscuros en las de madera. Las casas tenían una, una y media o dos plantas, y todas ellas lucían la consabida buharda que tanto gusta a los arquitectos provincianos. Algunas veces estas casas parecían perderse entre la calle, tan ancha como el campo, y las largas cercas de madera que nunca se acababan; otras, aparecían amontonadas, y en ésas se veía más animación de personas y animales. Se encontraban con letreros casi borrados por efecto de las lluvias, en los que podían adivinarse todavía rosquillas y botas pintadas; en otros había unos pantalones azules y el nombre de un sastre de Arsovia. Aquí, una tienda donde se vendían gorras con esta inscripción: «Vasili Fiodorov, extranjero»; allá aparecía pintada una mesa de billar y dos jugadores que llevaban un frac como el que lucían en nuestros teatros los invitados que salen a escena en el último acto. Los jugadores iban provistos de los tacos y estaban en actitud de apuntar, con los brazos algo vueltos hacia atrás y las piernas torcidas, como si hubieran estado ejecutando en el aire un entrechat. Debajo se veía escrito: «Establecimiento».

Por algunas partes, sencillamente en plena calle, había tenderetes con nueces, jabón y unas galletas que semejaban jabón. En otras, se descubría un figón en cuyo anuncio se representaba un pescado de tamaño mediano y, hundido en él, un tenedor. Pero lo que más a menudo se observaba eran las ennegrecidas águilas bicéfalas imperiales que actualmente han sido suplantadas por el lacónico letrero de «Bebidas». La pavimentación era por completo bastante deficiente.

Nuestro paseante se dejó caer también por el jardín público, formado por unos raquíticos arbolitos que no habían prendido bien, sostenidos por unos rodrigones triangulares bellamente pintados de verde al aceite. Sin embargo, a pesar de que dichos arbolitos no eran más altos que un bastón, de ellos se había hablado en los periódicos, con motivo de unas iluminaciones, diciendo que «nuestra ciudad ha sido embellecida, gracias a los desvelos de las autoridades, con un jardín de gruesos y tupidos árboles, que dan sombra en los días de mucho calor», y que «era conmovedor contemplar cómo los corazones de los ciudadanos palpitaban llenos de agradecimiento y cómo manaban de sus ojos lágrimas a raudales, como muestra de gratitud al señor alcalde».

Después que hubo preguntado con toda clase de detalles a un guardia por el camino más corto para llegar a la iglesia mayor, a las oficinas públicas y a la casa del gobernador, se dirigió hacia el río, que corría por el centro de la ciudad. De paso se apoderó de un prospecto clavado al poste de los anuncios, para leerlo con más detenimiento cuando regresara a casa. Miró fijamente a una dama de aspecto bastante agradable que circulaba por la acera de tablas y a la que seguía un chiquillo vestido de uniforme, con un paquete en la mano, lo observó bien todo para poder recordar después los lugares que tal vez le fueran necesarios, y volvió directamente a su aposento, subiendo ligeramente las escaleras apoyado en el brazo del mozo de la posada.

Tomó el té, se sentó a la mesa, dio orden de que le trajeran una vela, extrajo de su bolsillo el prospecto, y después de acercarlo a la luz comenzó a leerlo, mientras guiñaba levemente el ojo derecho. Por lo demás, el contenido del prospecto era bien poco interesante: se representaba una comedia de Kotzebue en la que el señor Popliovik hacía el papel de Roll y la señorita Ziablova el de Cora; los demás personajes eran ya algo todavía más secundario. No obstante él leyó todos los nombres, llegó hasta el precio de la butaca e incluso se enteró de que aquel prospecto había sido impreso en la imprenta del Gobierno provincial. Después dio la vuelta a la hoja a fin de ver si por detrás había algo escrito, pero no habiendo encontrado nada, se restregó los ojos, volvió a darle la vuelta al papel y lo depositó en su cofrecillo, que era el lugar donde solía guardar todo lo que llegaba a su poder. El día concluyó, según parece, con una ración de fiambre de ternera, una botella de vino rancio y un profundo sueño. Durmió como un tronco, según la expresión propia de algunas partes del extenso Imperio ruso.

El día siguiente lo dedicó por entero a las visitas. El recién llegado se dirigió a saludar a todos los grandes personajes de la ciudad. Acudió a presentar sus respetos al gobernador, quien, al igual que Chichikov, no era ni grueso ni delgado, ostentaba la cruz de Santa Ana e incluso se comentaba que le habían propuesto para la estrella de la misma Orden. Sin embargo, tenía un carácter en extremo bonachón y en algunas ocasiones incluso bordaba en tul. Después fue a casa del vicegobernador, a continuación a la del fiscal, a la del presidente de la Cámara, a la del jefe de policía, visitó también al arrendatario de los servicios públicos, al director de las fábricas del Estado... Es una pena, pero se hace un tanto difícil recordar a todos los poderosos de este mundo. No obstante será suficiente decir que el forastero desplegó una extraordinaria actividad en lo que concierne a las visitas: presentó sus respetos incluso al inspector de la Dirección de Sanidad y al arquitecto municipal.

Después se quedó todavía durante un buen rato en el coche, reflexionando acerca de si le quedaría alguien a quien visitar, pero en la ciudad se habían agotado los funcionarios. En su conversación con estos grandes señores había hecho gala de una extremada habilidad en el arte de adular a cada uno de ellos. Al gobernador le dijo, como de paso, que cuando se entra en su provincia tiene uno la misma sensación que si llegara al paraíso, que los caminos eran magníficos y que los gobiernos que nombran a tan sabios administradores merecen todo género de alabanzas. Al jefe de la policía le citó algo muy elogioso referente a los guardias urbanos. Mientras hablaba con el vice-gobernador y el presidente de la Cámara, que todavía no habían ido más allá de consejeros de Estado, se equivocó dos veces, tratándoles de «excelencia», lo que a ellos les gustó sobremanera. Resultado de todo ello fue que el gobernador le invitara a una velada familiar que tendría lugar aquel mismo día, y que los restantes funcionarios, a su vez, le convidasen uno a comer, otro a una partida de bostón y esotro a tomar el té.

El forastero no manifestaba muchos deseos de hablar acerca de sí mismo. Y cuando lo hacía, se limitaba a describirse en términos generales, con gran discreción, y en tales casos aparecían en su conversación expresiones algo folletinescas: que era un mísero gusano de este mundo, indigno de que nadie se preocupara por él, que a lo largo de su vida había visto mucho y que en el ejercicio de su cargo había padecido por defender la verdad, que se había granjeado numerosos enemigos, los cuales llegaron incluso a atentar contra su persona; que, finalmente, ansiando vivir en paz, iba en busca de alguna parte donde fijar su residencia, y que, tras haber llegado a esta ciudad, creía que era su deber ineludible acudir a presentar sus respetos a los primeros dignatarios. Esto es lo que se pudo saber en la ciudad acerca de esta nueva persona, la cual no desperdició la ocasión de acudir a la velada del gobernador, aquella misma tarde.

En los preparativos empleó más de dos horas, e igualmente en este aspecto, en lo que se refiere a arreglarse, puso el forastero una atención como en contadas ocasiones lo hiciera.

Después de haber echado una siestecilla, ordenó que le trajeran agua, y se enjabonó por extenso las dos mejillas, que hacía lo posible por mantener tersas ayudándose con la lengua. Acto seguido, cogiendo la toalla del hombro del mozo de la posada, restregó en todos sentidos su mofludo rostro, comenzando por detrás de las orejas, no sin antes soltar dos resoplidos frente a la misma boca del sirviente. A continuación se puso la lechuguilla delante del espejo, se arrancó dos pelitos que le salían de la nariz y se introdujo en un frac de color rojo pálido con motitas. Así compuesto, se hizo llevar en su propio coche por las amplias calles, escasamente iluminadas por la débil luz que salía de alguna ventana. Pero eso sí, la casa del gobernador se hallaba iluminada como si en ella se tuviera que celebrar un baile. Se encontraban allí coches provistos de sus faroles, dos gendarmes montaban guardia junto a la puerta principal, y en la lejanía se oían los gritos de los postillos: en resumen, no faltaba ni un solo detalle.

Cuando penetró en la sala, Chichikov se vio obligado a entornar los ojos por un momento, deslumbrado por el resplandor de las lámparas, las bujías y los vestidos de las damas. La luz lo inundaba todo. Los fraques negros pasaban solos o en grupos, aquí y allá, de igual modo que las moscas revolotean sobre un blanco pilón de azúcar en los calurosos días de julio, cuando la vieja ama de llaves lo corta en perfilados terrones frente a la ventana abierta, cuando todos los chiquillos, agrupados en torno a ella, siguen con curiosidad los movimientos de sus ligeras manos que sujetan el aparato, y los aéreos escuadrones de moscas, alzados por el viento, penetran osadamente, como dueñas y señoras, y aprovechándose de la ceguera de la vieja, a resultas de los años y del sol que la deslumbra, se precipitan sobre los deliciosos terrones, bien por separado, bien en nutridos grupos. Saturadas tras el exuberante verano, que por sí solo les ofrece deliciosos platos, no entran con objeto de comer, sino sólo para dejarse ver, para ir y venir por el pilón de azúcar, para restregarse una contra otra sus patas delanteras o traseras, o para frotarse las alas entre ellas, o para, estirando las patas delanteras, restregárselas sobre la cabeza, dar la vuelta y emprender el vuelo para regresar de nuevo formando otros enojosos escuadrones.

Acababa apenas Chichikov de lanzar una mirada alrededor, cuando el gobernador, acercándose, lo cogió del brazo y seguidamente le presentó a la gobernadora. También en esta ocasión supo el forastero comportarse de modo muy digno: dijo un cumplido muy a tono para un hombre de alguna edad, y de categoría ni muy elevada ni muy baja.

Cuando las parejas dispuestas para el baile empujaron a los demás hacia la pared, él, cruzando los brazos en la espalda, se quedó contemplándolas atentamente durante unos dos minutos. Eran numerosas las damas bien vestidas y a la moda, al mismo tiempo que otras se habían ataviado con lo que buenamente puede encontrarse en una ciudad de provincias. Los hombres, como sucede en todos los lugares, se clasificaban en dos grupos: unos eran jóvenes y no desperdiciaban la ocasión de galantear a las damas. De entre ellos, algunos habrían podido difícilmente ser distinguidos de sus cofrades petersburgueses: llevaba sus mismas patillas, peinadas con sumo cuidado y mucho gusto, o, sencillamente, los óvalos de sus rostros muy bien afeitados; se sentaban junto a las damas de la misma manera que en San Petersburgo.

El otro grupo estaba integrado por hombres maduros o que, lo mismo que Chichikov, no eran ni jóvenes ni viejos. Estos, al revés que los primeros, contemplaban de reojo a las damas, intentaban mantenerse alejados de ellas, y procuraban asegurarse de si los sirvientes del gobernador habían dispuesto ya las mesas de tapete

11

verde para el whist[3]. Eran carillenos y carirredondos, y los había hasta con verrugas e incluso picados de viruelas; sus cabezas no se adornaban con tufos ni con rizos; tampoco se peinaban a estilo «el diablo me lleve», según expresión de los franceses, sino que, por el contrario, llevaban los cabellos recortados o sumamente lisos. Los rasgos de sus rostros eran más duros y también más redondeados. Se trataba de los respetables funcionarios de la ciudad. ¡Ay! Los obesos de este mundo saben disponer y ordenar sus cosas mucho mejor que los delgados. Los delgados son más a propósito para servir como secretarios particulares o se limitan a figurar en plantilla y revolotear de un lado para otro; su vida parece demasiado etérea, demasiado ligera, sin ningún fundamento. Los obesos, por el contrario, jamás ocupan puestos inestables, sino muy seguros; si toman asiento en un lugar puede afirmarse que nada conseguirá separarlos de él, y que crujirá y se hundirá bajo sus posaderas sin que ellos lo dejen. Les desagrada el oropel. Llevan un frac de tan buen corte como los delgados, pero, en cambio, el contenido de sus arquetas es una bendición de Dios.

Al delgado, antes de tres años no le queda ya ni un solo siervo a quien no haya llevado al Monte de Piedad. El obeso, con toda tranquilidad, cuando uno lo advierte, ha adquirido en las afueras de la ciudad una casa, la cual pone a nombre de su esposa, después compra otra en otro extremo de la ciudad, a continuación una pequeña finca y finalmente una espaciosa granja con todos sus campos y bosques.

Por último, tras servir a Dios y al azar, merecedor del aprecio general, el obeso pide el retiro, se marcha al campo y se convierte en propietario, en uno de esos terratenientes rusos, tan hospitalarios, y vive, vive muy bien, por añadidura. Más tarde, sus delgados herederos, de acuerdo con la costumbre rusa, derrochan rápidamente la completa totalidad de los bienes paternos.

No es posible ocultar que pensamientos muy parecidos ocuparan a Chichikov mientras se entretenía examinando a los reunidos, y el resultado de estas reflexiones fue que finalmente se agregó entre los obesos, entre los que halló a la mayoría de sus conocidos: el fiscal, hombre de negrísimas y espesas cejas y con un ligero tic en el ojo izquierdo que parecía estar diciendo: «Ven aquí a mi lado, debo decirte algo». Por lo demás, se trataba de una persona reservada y seria. También se encontraba allí el jefe de Correos, muy bajo pero charlatán y filósofo, y el presidente de la Cámara, persona muy sensata. Todos ellos saludaron a Chichikov como a un antiguo conocido, y él respondió con una inclinación que resultó agradable, a pesar de que no puso en ella demasiado esmero. En aquella mansión le presentaron a Manilov, propietario afectuoso y cortés, y a Sobakevich, otro terrateniente, un poco torpe, que de buenas a primeras le dio un pisotón en un pie y le dijo: «Disculpe».

En seguida colocaron en su mano las cartas, invitándole a jugar al whist, cosa que aceptó mediante otra cortés inclinación. Se sentaron alrededor del tapete verde y ya no lo abandonaron hasta la hora de cenar. Todas las conversaciones cesaron totalmente, como sucede siempre que al fin se emprende una tarea que vale la pena. El mismo jefe de Correos, tan parlanchín como era, nada más verse las cartas en la mano, adoptó un semblante de pensador, cubrió su labio superior con el inferior, y así continuó durante el tiempo en que se prolongó el juego. Siempre que echaba una figura, daba un violento golpe en la mesa y decía:

—¡Ahí tenéis a la vieja mujer del pope!

Y si era un rey, decía;

—¡Ahí tenéis al campesino de Tambov!

Y el presidente de la Cámara añadía:

—¡De los bigotes! ¡Voy a tirarle de los bigotes!

En algunas ocasiones, cuando echaban una carta, se les escapaban frases como éstas:

—¡Que sea lo que fuere! ¡A falta de otra cosa, echaremos piques!

O bien simples exclamaciones:

—¡Corazones! ¡Corazoncitos! ¡Piques! ¡Piquitos!

O sencillamente:

—¡Pic!

Con estos nombres conocían ellos los palos de la baraja. Al terminarse la partida, como es forzoso en estos casos, discutieron con mucho apasionamiento. Nuestro forastero también discutió, pero lo hacía con un arte tan extraordinario que los presentes pudieron darse cuenta de que, aunque intervenía, lo realizaba de modo muy agradable. Jamás decía: «Usted salió», sino «Usted tuvo a bien salir»; «Me cupo el honor de matar su dos», y otras cosas por el estilo.

Con el fin de que sus rivales se pusieran de acuerdo, cada vez que hablaba les ofrecía a todos su pitillera de plata esmaltada, en cuyo interior pudieron ver dos violetas que su dueño había guardado para perfumar el ambiente. La atención del forastero se vio atraída sobre todo por Manilov y Sobakevich, los dos propietarios de quienes hablamos antes. Procuró informarse en todo lo que se refería a ellos, y para esto llamó aparte al presidente de la Cámara y al jefe de Correos. El tipo de preguntas que les hizo manifestó a las claras que no le guiaba una simple curiosidad, sino que le impulsaba cierta intención ya que en primer lugar se interesó por el número de hectáreas que poseían, y preguntó en qué estado se hallaban sus haciendas, y sólo al final se informó de sus nombres y apellidos.

No tardó mucho en cautivarles. Manilov, hombre aún joven y de ojos tan dulces como los de una paloma, que siempre los entornaba al reírse, se mostró encantado. Le estrechó las manos largo rato y le suplicó encarecidamente que tuviera la bondad de visitarle en su aldea, la cual, según él decía, sólo se hallaba a quince verstas[4] de la ciudad. Chichikov contestó, haciendo una cortés inclinación y con un sincero apretón de manos, que no sólo lo haría con gran placer, sino que creía que era un deber sagrado. Asimismo Sobakevich le dijo lacónicamente: «Otro tanto le ruego yo», después de lo cual dio un taconazo con sus botas, tan enormes que con gran dificultad podría hallarse un pie a su medida, especialmente en los tiempos actuales, en que en Rusia empiezan a desaparecer los bogatires[5].

Al día siguiente Chichikov fue a comer a casa del jefe de policía, donde a continuación estuvieron jugando al whist desde las tres de la tarde hasta las dos de la noche. Por cierto que allí tuvo ocasión de conocer a Nozdriov, gran propietario, de unos treinta años, mozo en extremo desenvuelto que comenzó a tutearle en cuanto cruzó con él apenas tres o cuatro palabras. Nozdriov tuteaba igualmente al fiscal y al jefe de policía. Su trato era muy amistoso, pero en cuanto subieron las apuestas, el fiscal y el jefe de policía se pusieron a vigilar con gran atención todas las cartas que él recogía o echaba.

La tarde del siguiente día Chichikov estuvo en casa del presidente de la Cámara, quien recibió a sus invitados, entre los que se hallaban dos damas, en bata, que para más detalles estaban algo sucias. Sucesivamente acudió a una velada en casa del vicegobernador, a una gran comida que ofrecía el arrendatario de los servicios públicos, a otra pequeña comida que daba el fiscal y que, por cierto, nada tuvo que envidiar a un gran banquete; estuvo también en el aperitivo que dio el alcalde después de la misa y que valió igualmente por una comida. En resumen, ni una sola hora se quedaba en la posada, donde sólo se le veía para dormir. El forastero sabía estar siempre en el sitio que le correspondía y se mostró como hombre experimentado en el trato. Cualquiera que fuese el tema, sabía en todo momento mantener la conversación: si se hablaba de la cría de caballos, él hablaba también sobre razas equinas; si se trataba de buenos perros, él hacía Observaciones muy adecuadas; si se terciaba sobre un expediente incoado por la Cámara, demostraba que en modo alguno era un profano en lo que a los asuntos de los tribunales respecta; si daban en enumerar de virtudes, también en este tema razonaba muy bien, hasta con lágrimas en los ojos; si se trataba del billar, tampoco se quedaba atrás; si de la manera de preparar un ponche, tampoco en esto era manco; si de los funcionarios y vistas de aduanas, sus opiniones y observaciones acerca de ellos eran tan acertadas que se habría dicho que él mismo había ejercido como funcionario y vista aduanero.

Sin embargo, lo más destacable era que sus palabras sabía revestirlas de cierta dignidad y comportarse a las mil maravillas. Cuando hablaba no lo hacía ni demasiado fuerte ni excesivamente bajo, sino en su justo tono. En resumen, se le mirara por donde se le mirase, era la misma corrección en persona. Todos los funcionarios estaban entusiasmados con la llegada de ese nuevo personaje. El gobernador decía de él que era persona de muy buenas intenciones; el fiscal, que era hombre de mucho sentido común; el coronel de la gendarmería, que era caballero muy culto e instruido; para el presidente de la Cámara era un señor muy digno y que no andaba a ciegas; para la esposa del jefe de Correos, un visitante extremadamente cortés y amable. El mismo Sobakevich, que en contadas ocasiones hablaba bien de nadie, cuando llegó de la ciudad bastante tarde y habiéndose desnudado, al acostarse junto a su bella mujer le dijo:

—He ido, querida, a la velada que ofrecía el gobernador y a la comida en casa del jefe de policía. Allí he tenido ocasión de conocer al consejero colegiado Pavel Ivanovich Chichikov. ¡Es una persona extraordinariamente agradable!

A lo que su mujer se limitó a responder con un «hum» y a darle un empujón con el pie. Esta opinión tan favorable y halagadora para el forastero se extendió por toda la ciudad y perduró hasta el momento en que una peregrina cualidad de nuestro protagonista y un asunto o lance, como se dice en provincias, en el que se vio envuelto, dejó atónitos a la gran mayoría de los ciudadanos.

CAPÍTULO II

Nuestro héroe llevaba ya más de una semana en la ciudad, pasando el tiempo, como suele decirse, de modo muy agradable en continuas veladas y comidas. Por último, resolvió trasladar al exterior el campo de sus actividades y hacer una visita a los propietarios Manilov y Sobakevich, a quienes así lo había prometido. Tal vez le impulsara otro motivo de más peso, una razón más seria, que le tocaba más de cerca... Pero el lector se irá enterando de todo por sus pasos contados y en el momento oportuno, si tiene la suficiente paciencia para leer la presente narración, muy larga, que se extenderá y ampliará a medida que se aproxime a su fin, que corona toda obra.

Al cochero Selifán le dio la orden de tener enganchados los caballos, por la mañana muy temprano, en el coche de paseo. Petrushka debía permanecer en la posada, pues estaba encargado de guardar el aposento y equipaje. Y al llegar aquí, no estará de sobras que el lector se sean presentados estos dos criados de nuestro protagonista. Aunque no son personajes de gran importancia, y a pesar de que corresponden a los que se les da el nombre de secundarios, o incluso de tercer orden; a pesar de que ni la marcha de los acontecimientos ni los resortes del poema se apoyan en ellos, y sólo los rozan en escasas ocasiones, el autor siente gran afición por los detalles en sus mínimos aspectos, y en este sentido, aunque ruso, pretende usar la misma meticulosidad que un alemán.

Por otra parte, en esto no empleará mucho tiempo ni espacio, ya que bastará añadir poca cosa a lo que el lector ya conoce, es decir, que Petrushka llevaba una levita bastante amplia de color marrón, heredada de su señor, y, siguiendo fielmente la costumbre de los hombres de su clase social, tenía la nariz grande y los labios gruesos. Por su carácter era más bien callado que hablador. En él se veía incluso una elevada tendencia a la ilustración, es decir, a leer libros, cuyo contenido no le importaba lo más mínimo. Le daba exactamente lo

13

mismo que contara las aventuras de un héroe enamorado, que fuera un simple abecedario o un libro de oraciones: todo lo leía con idéntica atención. De haberle entregado un libro de Química, con él habría apechugado también. Le gustaba no lo que leía, sino el hecho de leer, o mejor dicho, el proceso de la lectura, ver cómo las letras se iban juntando para formar palabras que, en algunas ocasiones, sólo el diablo sabría lo que querían decir.

A la lectura se dedicaba de ordinario en posición horizontal en la antesala, encima de la cama y el colchón, razón por la cual éste estaba tan aplastado y liso como una torta. Aparte de la afición a la lectura, tenía otras dos costumbres que eran en él otros tantos rasgos característicos: acostarse vestido, sin desnudarse jamás, con la levita que llevaba siempre puesta, y emanar constantemente un olor muy particular, tan personal y propio, como de aposento repleto de gente y sin ventilación de tal modo que con sólo dejar en cualquier parte, aunque se tratara de una habitación deshabitada hasta aquel momento, y trasladar a ella su capote y sus cosas, parecía que en aquel cuarto habitaba mucha gente desde hacía más de diez años.

Chichikov, que era en extremo quisquilloso y en ocasiones incluso exigente, todas las mañanas hacía una inspiración, fruncía el entrecejo, meneaba la cabeza y exclamaba:

—No sé qué demonios te pasa. Si es que sudas, tendrías que ir al baño, muy a menudo.

Petrushka no respondía ni media palabra y en seguida procuraba hacer cualquier cosa, se dirigía con el cepillo en la mano hacia el frac de su señor, colgado en la percha, o recogía lo primero que encontraba. Se ignora lo que pensaba en esas ocasiones; tal vez se dijera para sus adentros: «¡Pues tú sí que estás bueno! Jamás te cansas de repetir cincuenta veces lo mismo». Dios sabrá; es harto difícil indagar lo que un criado está pensando mientras su señor le reprende. Así, pues, esto es todo lo que por ahora podemos decir sobre Petrushka.

Selifán, el cochero, era el polo opuesto… Pero al autor le ruboriza su empeño en distraer a los lectores por tanto tiempo con personas de tan baja condición, sabiendo sobradamente por experiencia cuán reacios son a conocer nada de las clases inferiores. El ruso es así: en él prevalece la pasión por aproximarse a todo el que ocupe aunque sólo sea un peldaño más arriba en la escala social, y prefiere conocer superficialmente a un conde o a un príncipe que entablar cualquier íntima amistad. El autor hasta llega a tener sus temores por lo que respecta a nuestro héroe, que no es más que un consejero colegiado. Quizá los consejeros palatinos no opongan resistencia a entablar conocimiento con él, pero los que han llegado al grado de general, quién sabe, acaso le dediquen una de esas miradas de desprecio que se dirigen con altivez a todo cuanto se arrastra a nuestros pies, o lo que es más grave todavía, quizá pasen de largo con una indiferencia que sería fatal para el autor. Pero por penoso que resulte lo uno y lo otro, es preciso volver con nuestro protagonista.

Así, pues, habiendo dado la víspera las oportunas órdenes, se despertó muy temprano, se lavó, se friccionó de arriba abajo con una esponja mojada, cosa que no hacía nada más que los domingos —y ese día era domingo—, se afeitó de tal manera que sus mejillas quedaron tan sumamente tersas y vivaces, que parecían de seda, se puso su frac de color rojo claro con pequeñas motitas, y su capote forrado de piel de oso, descendió las escaleras apoyándose ya por un lado ya por otro en el mozo de la posada, y subió al coche. Entonces el coche cruzó con gran estruendo el portón de la posada y salió a la calle. Un pope que se tropezó por el camino se descubrió en cuanto le vio, y algunos chiquillos, con sus camisas a cuál más sucia, le tendieron la mano exclamando:

—Una limosnita para este pobre huérfano.

El cochero, al advertir que uno de ellos hacía grandes esfuerzos por subirse a la trasera, le lanzó un latigazo, y el coche prosiguió su camino, saltando al trote por el desigual empedrado de la calzada. Con gran alegría distinguieron a lo lejos la barrera pintada a franjas de la puerta de la ciudad, señal evidente de que el empedrado, como les sucede a todos los suplicios, no tardaría en llegar a su fin. Chichikov tuvo tiempo aún de dar algunas cabezadas un tanto fuertes contra el techo del carruaje antes de que éste comenzara a rodar sobre terreno blando.

En cuanto la ciudad se quedó atrás, comenzaron a desfilar a ambos lados del camino las cosas más peregrinas y absurdas, según es costumbre en nuestro país: pequeños montículos, un bosque de abetos, diversos grupos de pinos jóvenes, bajos y ralos, troncos de viejos pinos calcinados por los incendios, brezos y otras menudencias semejantes. Se veían aldeas tiradas a cordel con sus casas que parecen montones de leña, cubiertas con unas techumbres de color gris, circundadas por adornos de madera tallada, que parecían imitar los dibujos de las toallas bordadas.

Algunos campesinos, como suelen hacer siempre, se hallaban sentados en sendos bancos frente a sus casas, enfundados en sus zamarras de piel de carnero y sin dejar de bostezar. Las mujeres, de rostro ancho, vestidas con trajes ajustados a la altura del pecho, contemplaban el panorama desde las ventanas del piso superior. Por las de la planta baja aparecían los terneros o el puntiagudo hocico de los cerdos. En resumen, se trataba de un paisaje conocido a la perfección. Habían recorrido ya quince verstas cuando a Chichikov le vino a la memoria que, según lo que había dicho Manilov, por allí debía hallarse su aldea, pero siguieron más allá del poste que indicaba la versta dieciséis sin que hubieran visto ninguna aldea. Y les habría sido muy difícil encontrarla si no hubiera sido por dos campesinos con quienes se cruzaron en el camino. Al preguntarles si Zamanilovka distaba mucho de allí, los agricultores se descubrieron y uno de ellos, más avispado, que llevaba barba de chivo, repuso:

—Querrás decir Manilovka, y no Zamanilovka.

—Sí, por supuesto, Manilovka.

—Claro, Manilovka —dijo el campesino—. Una versta más allá la encontrarás a tu derecha.

—¿A mi derecha? —repitió el cochero.

—Sí, a tu derecha —respondió el campesino—. Allí verás el camino que va a Manilovka. Zamanilovka no existe. Su nombre es éste, Manilovka.

—No hay ninguna Zamanilovka. Al subir la cuesta podrás ver un edificio de piedra de dos pisos; es la casa señorial, es decir, la casa en que vive el señor. Pero nunca se ha tenido idea de que por aquí hubiera ninguna Zamanilovka.

Prosiguieron su camino en busca de Manilovka. Pasaron otras dos verstas y hallaron el camino vecinal que torcía a la derecha. Pero recorrieron dos verstas más, y tres, y cuatro, y el edificio de piedra de dos pisos aún no aparecía. Chichikov se acordó entonces de que siempre que alguien invita a uno a visitarle en su aldea, que se halla a quince verstas, debe calcular que serán con seguridad treinta o más.

El lugar en que estaba situada la aldea de Manilovka presentaba escasos atractivos. La mansión señorial se hallaba en un altozano, expuesta a todos los vientos que quisieran soplar. La ladera de aquel altozano estaba cubierta de césped bien igualado, con algunos macizos de lilas y acacias amarillas siguiendo el estilo inglés. Por diversos lugares cinco o seis abedules presentaban a los vientos su raquítico ramaje. Bajo dos de ellos había un cenador de cúpula chata pintada de color verde, con columnas hechas con troncos de azul, donde se leía: «Templo de meditación en la soledad». Algo más abajo podía distinguirse un estanque cuya superficie estaba tapizada de hierbas, lo que, por lo demás, se ve con mucha frecuencia en los jardines ingleses de los propietarios rusos. Al pie de ese altozano y rozando con la misma ladera, se hallaban, a lo largo y a lo ancho, varias cabañas de madera, todas ellas de un tono gris, que nuestro protagonista, impulsado por razones que nos son desconocidas, comenzó a contar en seguida. Las cabañas eran más de doscientas. Entre ellas no se veía ni un solo árbol ni el más pequeño rastro de vegetación. Sólo había troncos y más troncos.

El paisaje aparecía animado por dos mujeres que, tras haberse recogido las sayas de un modo muy tradicional, arrastraban por el estanque, con el agua hasta las rodillas, los dos palos de una red rota, en la que habían quedado enredados dos cangrejos y un gobio. Ambas mujeres tenían toda la apariencia de haber reñido y no dejaban de discutir. En la lejanía, a un lado, distinguíase la masa oscura de un pinar, presentando unos insípidos tonos azulados. Hasta el tiempo parecía haberse acomodado adrede al ambiente general del paisaje: no era un día ni despejado ni nublado, sino que ofrecía cierto color gris claro como sólo puede hallarse en los viejos uniformes de los soldados de guarnición, de esa tropa en verdad pacífica y tranquila, a pesar de que acostumbra a emborracharse todos los domingos.

Como complemento del cuadro no podía faltar el gallo, anuncio de los cambios de tiempo, el cual, aunque los demás del corral con sus picos le habían abierto la cabeza hasta los mismos sesos debido a razones relacionadas con los consabidos galanteos, se desgañitaba cantando e incluso agitaba sus alas, tan deshilachadas como una vieja harpillera.

Mientras se aproximaba, Chichikov advirtió en la puerta al dueño de la casa en persona, vestido con una levita verde, quien con una mano en pantalla para protegerse los ojos del sol, intentaba identificar el carruaje que acudía a sus dominios. A medida que el coche se iba aproximando a la puerta, sus ojos adoptaron una expresión alegre y la sonrisa se fue haciendo cada vez más amplia.

—¡Pavel Ivanovich! —exclamó finalmente cuando Chichikov hubo descendido del coche—. ¡Creía que ya no se acordaba de nosotros!

Los dos amigos se dieron unos sonoros besos y Manilov llevó al recién llegado al interior de la casa. Y a pesar de que el tiempo que emplearán para recorrer el vestíbulo, la antesala y el comedor no será mucho, trataremos de aprovecharlo para decir unas breves palabras acerca del dueño de la casa. El autor se ve obligado a confesar que tal empresa resulta bastante difícil. Se prestan mucho más los caracteres grandes: sólo con dejar en el lienzo los colores a grandes pinceladas, poner en él los ojos negros de dulce mirada, las espesas cejas, la frente surcada por las arrugas, la capa negra o roja como el fuego apoyada en los hombros, y ya tenemos el retrato concluido. Pero todos estos señores de los que hay tantísimos en el mundo y en apariencia tan semejantes son entre sí, si se fija uno bien en ellos puede distinguir numerosas particularidades apenas perceptibles; todos estos señores presentan enormes dificultades para el retrato. En tales casos es necesario poner en juego toda la atención de que uno es capaz hasta que se logra ver con relieve los rasgos más sutiles, casi invisibles, y, hablando en términos generales, debe penetrar muy hondo la mirada harto ejercitada en el arte de la observación.

Difícilmente se puede decir con seguridad cómo era el carácter de Manilov. A veces se encuentran personas de las que a menudo se dice que no son ni esto ni lo de más allá, ni blanco ni negro. Tal vez a Manilov se le debería incluir en este grupo. De primera impresión se diría que era un hombre notable. Su rostro poseía agradables rasgos, aunque quizá sobraba en ellos el almíbar. Sus maneras tenían algo que atraía. Era rubio, de ojos azules y de agradables sonrisas. En los primeros instantes de conversación con él, uno no podía por menos que exclamar: «¡Qué bueno y agradable es este señor!». Un minuto después uno permanecerá en silencio, y al minuto siguiente no podrá dejar de decir: «¿Qué demonios es esto?», y tratará de alejarse. Si no lo hace así, se siente invadido por un mortal aburrimiento. Jamás escapará de su boca una palabra viva, ni tan sólo altanera, como se puede escuchar a la mayoría de la gente cuando conversan acerca de cualquier tema que les interese o que les toca de cerca.

Cada persona siente entusiasmo por alguna cosa. Uno se entusiasma por los galgos. Otro experimenta gran afición por la música y siente extraordinariamente todos sus matices. Un tercero es un auténtico maestro en cuanto se sienta a la mesa. A un cuarto le gustaría representar un papel aunque sólo sea una pulgada por encima del que le ha sido asignado. Un quinto, menos ambicioso, duerme y sueña que está paseando con un edecán, luciéndose ante sus amigos, conocidos e incluso desconocidos. Un sexto está dotado de una mano que siente un deseo sobrehumano de matar un as de piques o un dos, al mismo tiempo que la mano de un séptimo pretende poner algo en orden e intenta aproximarse al rostro del jefe de postas o de los cocheros. En resumen, todos y cada uno poseen su manía. Sin embargo, Manilov no tenía ninguna.

En casa apenas hablaba y se pasaba la mayor parte del día meditando y reflexionando, aunque Dios sabe en qué pensaría. No puede afirmarse que se ocupara de la marcha de la hacienda; ni siquiera se acercaba nunca a los campos, y los asuntos marchaban por sí solos. Siempre que el administrador iba a él para decirle: «Sería preciso hacer esto y lo de más allá», él se limitaba a responder: «Sí, no estaría mal», sin dejar ni por un momento de fumar su pipa, a la que se había acostumbrado durante el tiempo en que sirvió en el ejército, donde fue conceptuado como un oficial cultísimo, discretísimo y delicadísimo. «Sí, no estaría mal», repetía a menudo.

Cuando acudía a él un campesino y le decía, mientras se rascaba el cogote: «Señor, déme autorización para irme a ganar un jornal con que pagar el tributo», le respondía: «Vete», siempre con la pipa en la boca, y ni siquiera le pasaba por la cabeza la idea de que el campesino se había marchado a emborracharse.

En algunas ocasiones, plantado en la puerta de la casa, se quedaba mirando el patio y el estanque y pensaba en lo bien que estaría si los uniera mediante un paso subterráneo, o si construyera sobre el estanque un puente de piedra y colocara a ambos lados diversos puestos en los que los comerciantes podrían vender todos esos pequeños artículos que necesitan los mujiks[6]. En esos momentos sus ojos adquirían una expresión sumamente dulce y su rostro adoptaba un aire de extremada complacencia.

Sin embargo, estos proyectos nunca pasaban de ser más que simples palabras. En su despacho había siempre un libro, en cuya página catorce había una señal, que comenzó a leer hacía dos años.

En la casa constantemente faltaba algo. La sala contenía unos hermosos muebles tapizados con elegante tela de seda que sin duda habría costado lo suyo, pero no alcanzó para dos sillones, y éstos continuaban tapizados con una sencilla harpillera, a pesar de que desde hacía unos cuantos años el dueño de la casa repetía siempre cuando llegaba una visita: «No se siente en estos sillones, aún tienen que terminarse».

Había otra estancia enteramente vacía, aunque en los primeros días de casarse él había dicho a su esposa: «Querida, debemos arreglar las cosas para que mañana sin falta traigan algunos muebles para poner aquí, aunque sea con carácter provisional».

Cuando comenzaba a anochecer, los criados traían un candelabro de bronce que representaba las tres Gracias de la Antigüedad, con una hermosa pantalla de nácar, y a su lado un sencillo inválido de cobre, una palmatoria coja y torcida que dejaba caer a uno de los lados todo el sebo, cosa de la que no se daban cuenta ni el dueño de la casa, ni la dueña, ni siquiera los criados. Su mujer y él, sin embargo, se mostraban en extremo satisfechos el uno del otro.

Llevaban ya más de ocho años de matrimonio, pero continuaban ofreciéndose un pedazo de manzana, una almendra, un dulce, diciendo con voz enamorada y conmovedora que denotaba el más perfecto amor:

—Abre la boquita, corazón mío, cómete este pedacito.

Se entiende que la boquita se abría, y además de una manera muy graciosa. En los cumpleaños se preparaban sorpresas el uno al otro, por ejemplo, una pequeña fundita bordada con abalorios que servía para guardar el mondadientes. Y con mucha frecuencia, en momentos en que estaban sentados en el sofá, de pronto, el uno abandonaba su pipa y la otra su labor, suponiendo que entonces la tuviera en la mano, y se daban un beso tan dulce e interminable que durante el tiempo en que permanecían besándose, cualquiera habría podido fumarse sobradamente un cigarrillo. En resumen, eran realmente felices. Bien es cierto que se podía advertir que en una casa hay muchos otros quehaceres aparte de los prolongados besos y de las sorpresas, y que cabía la posibilidad de hacer numerosas preguntas. Así por ejemplo, ¿por qué se cocinaba tan sin ton ni son? ¿Por qué la despensa se hallaba medio vacía? ¿Por qué el ama de llaves era una ladrona? ¿Por qué todos los criados eran borrachos y extraordinariamente sucios? ¿Por qué la servidumbre entera se pasaba durmiendo todo el santo día, y si estaban despiertos, permanecían sin dar golpe?

Pero estas pequeñeces eran cosas mezquinas, y la dueña de la casa había recibido una especial educación. Bien sabemos que la buena educación se recibe en los pensionados. Y en todos, ellos por lo regular, se enseñan tres asignaturas que son la base de las virtudes del ser humano: un idioma, imprescindible para la felicidad de la vida de sociedad; el piano, gracias al cual el marido podía disfrutar de algunos momentos muy gratos, y, por último, la parte que se relaciona directamente con la economía del hogar, es decir, las labores de punto, que permiten confeccionar bolsitas y otras sorpresas.

No obstante, existen diferentes perfeccionamientos y modificaciones por lo que atañe a los métodos, especialmente en los tiempo actuales. Es algo que depende sobre todo de la sensatez y de la capacidad de las directoras de dichos centros. Hay pensionados en que lo más importante es el piano, después el idioma y sólo al final viene la economía doméstica. Otras veces sucede que lo más importante es la economía doméstica, es decir, el arte de confeccionar sorpresas de punto, después sigue el idioma y el piano sólo figura en último lugar. Los métodos cambian.

No vendrá mal hacer constar que la señora de Manilov..., pero, lo confieso, me asusta tremendamente

16

hablar de las damas, tanto más que ya comienza a ser hora de volver con nuestros héroes, los cuales se hallaban desde hacía varios minutos en la puerta de la sala intentando que el otro pasara primero.

—Hágame el favor, no se tome por mí tanta molestia, yo pasaré detrás de usted —decía Chichikov.

—De ningún modo, Pavel Ivanovich, usted es mi invitado —replicaba Manilov, haciendo gestos de que pasara.

—No se moleste, se lo suplico, no se moleste. Tenga la bondad de entrar —continuaba Chichikov.

—No, no insista, no consentiré en pasar delante de un hombre tan culto y tan agradable.

—¿Por qué culto…? Se lo ruego, pase.

—Hágame el favor de pasar primero.

—¿Por qué?

—Porque sí —contestó Manilov con una grata sonrisa.

Por último ambos amigos pasaron a la vez, de lado, con el consiguiente apretón mutuo.

—Permítame usted presentarle a mi esposa —dijo Manilov—. Corazón mío, éste es Pavel Ivanovich.

Chichikov pudo contemplar a una dama en la que ni siquiera se había fijado cuando Manilov y él intentaban cederse el paso en la puerta. Su aspecto era muy agradable. Llevaba una bata de seda de color claro que la favorecía mucho. Su delicada y pequeña mano depositó rápidamente algo sobre la mesa y estrujó un pañuelo de batista con sus extremos bordados. Se levantó del diván en que se había sentado y Chichikov, con gran satisfacción, se aproximó a besarle la mano. La señora de Manilov dijo, con un ligero tartamudeo, que se alegraban mucho de su llegada y que no había día en que su marido no hablara de él.

—Sí —añadió Manilov—, ella no dejaba de preguntarme: «¿Por qué no viene ese amigo tuyo?». «Espera, corazón mío, ya verás como vendrá». Y al fin nos ha hecho ahora el honor de visitarnos. De verdad, nos ha dado usted una gran alegría… un día de mayo…, una fiesta en el corazón…

Chichikov, al ver que la cosa iba hasta las fiestas en el corazón, se turbó un poco y contestó con suma modestia que su apellido no era famoso y que ni siquiera poseía un rango de importancia.

—Usted lo posee todo —replicó Manilov sonriendo agradablemente—. Usted lo posee todo, e incluso más.

—¿Qué le ha parecido nuestra ciudad? ¿Le ha gustado? —preguntó la dueña de la casa—. ¿Lo ha pasado bien?

—Es una ciudad magnífica, una bella ciudad —repuso Chichikov—, y lo he pasado muy bien. Todos sus habitantes son sumamente amables.

—¿Y qué le parece a usted nuestro gobernador? —prosiguió la señora de Manilov.

—¿No es verdad que se trata de un hombre muy honorable, que es en extremo amable? —añadió Manilov.

—Totalmente cierto —contestó Chichikov—. Es una persona muy honorable. ¡Y hasta qué punto ha llegado a compenetrarse con sus funciones! ¡Cómo las comprende! ¡Ojalá existieran muchos como él!

—¡Cómo sabe recibir a todo el mundo! ¡Con qué delicadeza se comporta siempre! —exclamó Manilov con su agradable sonrisa, y la satisfacción le hizo entornar los ojos del mismo modo que el gato al que le hacen ligeras cosquillas detrás de las orejas.

—Es una persona en extremo agradable —continuó Chichikov—. ¡Y qué habilidad la suya! No lo podía imaginar. ¡Cómo sabe bordar! Me enseñó una bolsita que había bordado él; muy pocas señoras podrían hacerlo con mejor arte.

—¿Y qué me dice del vicegobernador? ¿No es cierto que es muy simpático? —preguntó entonces Manilov volviendo a entornar los ojos.

—Es una persona muy respetable, respetabilísima —contestó Chichikov.

—Pero permítame, ¿qué opina del jefe de policía? ¿Verdad que es un señor muy agradable?

—Sumamente agradable. ¡Qué hombre tan inteligente, y qué cultivado!

—Durante toda la noche estuvimos jugando al whist en su casa junto con el presidente de la Cámara y el fiscal. Es una persona muy respetable, respetabilísima.

—¿Y qué le parece la esposa del jefe de policía? —preguntó la dueña de la casa—. ¿Verdad que es una señora muy simpática y agradable?

—¡Oh! Es una de las mujeres más simpáticas y honorables que he conocido jamás —contestó Chichikov.

Acto seguido le tocó el turno al presidente de la Cámara, al jefe de Correos, y de este modo estuvieron pasando revista a la mayoría de los funcionarios de la ciudad, los cuales resultaron todos ser unos hombres respetabilísimos.

—¿Residen ustedes siempre en el campo? —preguntó al fin a su vez Chichikov.

—Normalmente vivimos en el campo —repuso Manilov—. En algunas ocasiones nos trasladamos a la ciudad, pero únicamente para disfrutar de la sociedad de gentes cultas. Uno se vuelve salvaje, ¿sabe usted?, cuando se queda siempre encerrado en su casa.

—Tiene toda la razón, es cierto —asintió Chichikov.

—Por supuesto —continuó Manilov—, sería muy distinto si tuviéramos buenos vecinos, si por ejemplo, alguien con quien poder hablar del buen trato, intercambiar delicadezas, seguir la marcha de una ciencia, de forma que el alma lograra expansionarse, que se creyera uno, por así decirlo, estar volando por los espacios…

—Iba a añadir algo más, pero al darse cuenta de que se había entregado con exceso a las divagaciones, hizo un

gesto indefinido y prosiguió—: En este caso, naturalmente, el campo y la soledad resultarían muy agradables…
Sólo a veces, cuando uno se pone a leer Sin Otechestva[7].

Chichikov manifestó estar totalmente de acuerdo con esto, añadiendo que era imposible encontrar nada tan agradable como la vida en el campo y el recogimiento, gozando en la contemplación de la naturaleza y leyendo otras veces un buen libro…

—Pero, ¿sabe usted? —añadió Manilov—. Si uno no tiene algún amigo con el que poder compartir los propios sentimientos…

—¡Oh! ¡Verdaderamente, tiene usted toda la razón! —le interrumpió Chichikov—. ¿Qué representan entonces todos los tesoros que pueda haber en el mundo? «No busques el dinero, busca buenos amigos», aconsejó cierto sabio.

—¿Y sabe usted, Pavel Ivanovich? —prosiguió Manilov dando a su rostro una expresión no ya dulce, sino incluso empalagosa, con la mixtura con que el habilidoso médico mundano azucara la medicina, convencido de que con ello alegrará al enfermo—. Entonces uno experimenta algo parecido a cierto placer espiritual… Por ejemplo, en este momento, cuando la fortuna me ha deparado la felicidad, podríamos asegurar que única, de conversar con usted y de gozar de su grata compañía…

—¡Por Dios! ¿Qué puedo tener yo de agradable? Sólo soy una persona insignificante, carente por completo de importancia.

—¡Oh, Pavel Ivanovich! Permítame usted que le hable con el corazón en la mano. Entregaría encantado la mitad de mi fortuna a cambio de sólo una parte de las cualidades que posee.

—Por el contrario, soy yo quien me consideraría el más…

Se ignora hasta dónde habrían llegado ambos amigos en esa mutua expansión si no hubiera comparecido un criado anunciando que la comida estaba dispuesta.

—Hágame el favor —dijo Manilov—. Perdónenos usted si nuestra comida es muy distinta de las que se ofrecen en las capitales y en las casas lujosas. Somos gente sencilla; de acuerdo con la costumbre rusa, tenemos sopa de col, pero se la ofrecemos con toda el alma. Hágame el favor de pasar.

Nuevamente estuvieron porfiando durante un buen rato acerca de quién tenía que pasar primero hasta que, por último, Chichikov se introdujo de costado en el comedor.

En él se encontraban ya dos niños, hijos de Manilov. Tenían esa edad en que los pequeños comen ya junto con los mayores, pero en sillas altas. A su lado se hallaba el preceptor, quien para saludar hizo una cortés inclinación al mismo tiempo que esbozaba una sonrisa. La dueña de la casa se sentó junto a la sopera. Al invitado se le indicó que tomara asiento entre ella y el anfitrión mientras un criado iba anudando las servilletas al cuello de los niños.

—¡Qué niños tan simpáticos! —exclamó Chichikov contemplándolos—. ¿Qué edad tienen?

—El mayor ocho años y el menor acaba de cumplir los seis —repuso la señora de Manilov.

—Escucha, Temístoclus —dijo Manilov al mayor, que intentaba sacar la barbilla de la servilleta que le había anudado el criado.

Chichikov arqueó un poco las cejas al oír este nombre griego, al que, se ignora la causa, Manilov hacía acabar en «us», pero en seguida volvió a su rostro la expresión que era corriente en él.

—Contesta, Temístoclus, ¿cuál es la mayor ciudad de toda Francia?

El preceptor clavó su mirada en Temístoclus, como si fuera a comérselo con los ojos, pero se tranquilizó por completo y asintió con la cabeza al oír que el pequeño decía:

—París.

—Y en Rusia, ¿cuál es la ciudad mayor de todas? —preguntó de nuevo Manilov.

El preceptor volvió a ponerse en guardia.

—San Petersburgo —repuso Temístoclus.

—¿Y qué otra?

—Moscú —repuso Temístoclus.

—¡Qué inteligente! —exclamó Chichikov—. Pero permítame… —continuó algo sorprendido dirigiéndose a los padres—. ¡Tan pequeño y hay que ver lo que sabe! Permítame decirle que este niño es muy listo.

—¡Oh! Todavía no lo conoce usted bien —dijo Manilov—. Es muy inteligente y muy capaz. El menor, Alcides, es menos vivo, pero él, cuando ve una cochinilla o cualquier otro animal, parece que se le enciendan los ojos de tanto brillarle y se va al instante a mirar. A mí me gustaría que se dedicara a la diplomacia. Temístoclus —agregó dirigiéndose al niño—, ¿quieres ser embajador?

—Sí —repuso Temístoclus sin dejar de masticar un pedazo de pan ni de mover la cabeza hacia uno y otro lado.

En ese preciso instante el criado que se hallaba a sus espaldas limpió la nariz al futuro embajador, e hizo muy bien, ya que de no hacerlo así se habría deslizado hasta la sopa una enorme gota de algo que no tenía relación alguna con lo que contenía el plato.

La conversación versó acerca de lo agradable que es la vida tranquila, y la dueña de la casa interrumpía de vez en cuando para hacer observaciones sobre el teatro de la ciudad y los actores. El preceptor miraba con mucha atención a los interlocutores, y cuando se daba cuenta de que estaban a punto de sonreír, abría la boca y se reía a sus anchas. Seguramente se trataba de una persona agradecida y quería pagar de este modo al propietario el buen trato que éste le dispensaba.

No obstante hubo un momento en que su rostro adquirió una expresión severa y dio unos fuertes golpetazos en la mesa, con la mirada clavada en los pequeños, que estaban sentados delante de él. Y lo hizo muy a tiempo, puesto que Temístoclus acababa de morder en la oreja de Alcides, y éste, con la boca abierta y los ojos cerrados, se disponía a armar el gran escándalo. Sin embargo, advirtiendo que esto le podía acarrear quedarse sin postre, se esforzó para que su boca adoptara la expresión acostumbrada y, con los ojos inundados en lágrimas, comenzó a roer un hueso de cordero de tal forma que sus mejillas quedaron llenas de reluciente grasa.

La dueña de la casa se dirigía con frecuencia a Chichikov en los siguientes términos:

—Apenas come usted. Se ha servido demasiado poco.

A lo que él contestaba en cada ocasión:

—Muchísimas gracias, ya he comido bastante. Es preferible una agradable conversación a un buen manjar.

Por último, se levantaron de la mesa. Manilov se mostraba muy satisfecho y, con una mano apoyada en la espalda de su invitado, se preparaba a acompañarlo a la sala, cuando el invitado le comunicó de pronto y con expresión muy significativa que deseaba hablar con él acerca de un asunto de mucha importancia.

—Si es así, le suplico que venga a mi despacho —repuso Manilov, y lo llevó a una estancia de pequeñas proporciones, cuyas ventanas daban al azulado y frondoso bosque. Este es mi rincón —agregó.

—Me gusta, en efecto —dijo Chichikov recorriendo toda la estancia con la mirada.

Realmente, resultaba bastante agradable. Las paredes estaban pintadas de una especie de color azul que se acercaba a grisáceo. Había cuatro sillas, una butaca, una mesa en la que se encontraba el libro aquel de que ya hablamos antes, con una señal entre las hojas, y algunos papeles escritos. Pero lo que más se veía allí era tabaco. Había en unos cuantos recipientes, en la tabaquera, e incluso amontonado sobre la mesa. En las dos ventanas se distinguían pequeñas montañas de ceniza de pipa, dispuestas con sumo cuidado en bonitas filas. Era fácil advertir que esto proporcionaba en ocasiones un agradable pasatiempo al anfitrión.

—Permítame suplicarle que se siente en esta butaca —dijo Manilov—. Aquí podrá hacerlo con más comodidad.

—Gracias, pero prefiero sentarme en una silla.

—Permítame que no le complazca —replicó Manilov con una sonrisa—. Esta butaca la reservo para mis huéspedes. Lo quiera o no, tiene que sentarse en ella.

Chichikov tomó asiento.

—Permítame ofrecerle una pipa nueva.

—No, se lo agradezco, no fumo —contestó Chichikov con voz dulce y como lamentándolo.

—¿Por qué? —inquirió Manilov con voz asimismo suave e investigadora.

—Tengo miedo de acostumbrarme. Tengo entendido que la pipa hace adelgazar.

—Permítame decirle que esto es sólo un simple prejuicio. Al contrario, yo pienso que fumar en pipa es, sin comparación, más saludable que tomar rapé. En nuestro regimiento había un teniente, un hombre sumamente agradable e instruido, que en todo momento llevaba la pipa en la boca, y no la soltaba ni tan siquiera al sentarse a la mesa, ni aún, con perdón sea dicho, en todos los demás lugares. Ahora tiene más de cuarenta años, y a Dios gracias, goza de inmejorable salud.

Chichikov repuso que, efectivamente, esto sucede con frecuencia, y que en la naturaleza se ven gran cantidad de cosas que ni siquiera una mente privilegiada es capaz de explicar.

—Pero permítame que le pida una cosa… —dijo en un tono de voz en que se notaba una expresión extraña o casi extraña, y acto seguido, sin que se sepa el motivo, miró atrás—. ¿Hace ya mucho tiempo que presentó la última relación de los criados que hay en su hacienda?

—Sí, hace mucho tiempo, o para ser más exacto, ya no me acuerdo.

—¿Y sabe cuántos campesinos se le han muerto a partir de entonces?

—Lo ignoro por completo. Valdrá más que se lo pregunte al administrador. ¡Eh, tú! Ve a buscar al administrador, hoy debe estar aquí.

El administrador acudió. Era un hombre que no se hallaba muy lejos de los cuarenta años. Se afeitaba la barba, llevaba levita, y, por lo visto su vida era extremadamente tranquila, pues su cara rolliza, el color amarillento y pálido de su piel y sus diminutos ojillos daban a entender que era muy amigo del colchón y de las sábanas. Desde el primer momento podía verse que había hecho su carrera de igual forma que el resto de administradores de haciendas rústicas. Al principio, sólo fue en la casa un muchacho que sabía simplemente leer y escribir; más tarde contrajo matrimonio con alguna Agaska, que era ama de llaves, favorita de la señora, convirtiéndose él en amo de llaves, y de ahí pasó a administrador. Y en cuanto hubo alcanzado este empleo, se comportó, es fácil comprenderlo, como todos los administradores: se llevaba bien y era amigo de los campesinos más ricos de la aldea, aumentaba los impuestos de los más pobres, se levantaba a las ocho bien tocadas, aguardaba que apareciera el samovar[8] y tomaba su té.

—Oye, amigo, ¿cuántos campesinos se han muerto desde que se presentó la última relación?

—¿Cuántos? Pues muchos —repuso el administrador, quien levantó la mano a la altura de su boca para cubrirla ligeramente, como si fuera un escudo, a fin de disimular el hipo.

—Sí, así lo creo yo —asintió Manilov—. Han muerto muchos, muchísimos —y dirigiéndose a Chichikov añadió—: Realmente, son muchos.

—¿Cuántos, más o menos? —apuró Chichikov.

—Sí, eso, ¿cuántos? —repitió Manilov.

—¿Cómo quieren que se lo diga? No se sabe cuántos han sido. Nadie se preocupó por contarlos.

—Sí, exactamente —dijo Manilov dirigiéndose a Chichikov—. Es lo que me imaginaba. La mortalidad ha sido muy alta y se ignora cuántos murieron.

—Tú ten la bondad de contarlos —dijo Chichikov al administrador— y trae una relación nominal de todos ellos.

—Sí, una relación nominal de todos... —repitió Manilov.

El administrador dijo entonces: «A sus órdenes», y se marchó.

—¿Y para qué quiere usted la relación? —preguntó Manilov después que el administrador hubo salido.

Esta pregunta pareció confundir al invitado. En su rostro apareció una expresión de violencia e incluso se le subieron los colores a la cara. Era la violencia de quien ofrece resistencia a decir algo. Y efectivamente, Manilov pudo escuchar unas cosas tan raras y extraordinarias como jamás habían escuchado sin duda oídos humanos.

—¿Desea usted saber el motivo? Pues bien, el motivo es que me gustaría comprar campesinos... —dijo Chichikov, quien, hecho un lío, dejó la frase sin terminar.

—Permítame —prosiguió Manilov—, ¿en qué forma quiere comprar los campesinos, con sus tierras o sencillamente las personas, o sea sin cultivos?

—No. No se trata precisamente de campesinos —replicó Chichikov—. Lo que yo pretendo son sólo los muertos.

—¿Cómo? Perdóneme, no tengo el oído muy fino y he creído oírle decir algo muy extraño.

—Mi intención —explicó Chichikov— es comprar muertos, pero que en la relación del censo consten como vivos todavía.

Manilov dejó caer la pipa y así, boquiabierto, permaneció durante un buen rato. Ambos amigos, que anteriormente habían charlado acerca de los placeres de una vida presidida por los lazos de la amistad, se quedaron inmóviles, mirándose fijamente el uno al otro, de igual modo que esos retratos que en otros tiempos se ponían frente a frente a ambos lados del espejo. Por último Manilov volvió a coger su pipa, y miró al invitado de la cabeza a los pies, esperando ver en sus labios una sonrisa irónica, con la convicción de que se trataba de una broma. Pero no vio nada de esto, por el contrario, le pareció que el rostro de Chichikov estaba aún más serio de lo que solía. Después pensó si su invitado habría perdido el juicio, y con cierto temor le miró con atención. Pero los ojos y el aspecto del invitado eran totalmente normales. No se advertían en él ese brillo inquieto y salvaje que tiene la mirada de un loco. En él todo era correcto y normal. Por más que Manilov reflexionara acerca de lo que debía hacer, no se le ocurrió otra cosa que lanzar en fino chorrito el humo que le quedaba aún en la boca.

—Así pues, me gustaría saber si usted ve algún inconveniente en cederme, entregarme o como usted quiera, los campesinos que en realidad están muertos pero que a efectos fiscales se consideran todavía como vivos.

Sin embargo, Manilov se hallaba tan confuso, tan turbado, que sólo era capaz de mirarle fijamente.

—Creo que hay para ello algún inconveniente... —observó Chichikov.

—¡Oh, no, no, no veo dificultad alguna! —replicó Manilov—. Lo que pasa es que no alcanzo a comprender... Perdóneme... Por supuesto que a mí no me dieron una instrucción tan brillante como la que se advierte claramente en todos sus gestos. Carezco del elevado arte de expresarme... Tal vez en este momento... en lo que acaba usted de decir... hay algo que no llego a entender. ¿No escogió usted las palabras adecuadas para que la frase resultara más bella?

—No —contestó Chichikov—. No, yo hablo de las cosas tal como son, es decir, me refiero a las almas que realmente han muerto.

Manilov llegó al colmo de la confusión. Se daba cuenta de que debía hacer algo, preguntar algo, pero el diablo sabía qué era lo que debía preguntar. Acabó por lanzar otro chorrito de humo, pero esta vez no por la boca, sino por la nariz.

—Así, pues, si no encuentra usted inconveniente, podríamos proceder ahora mismo a redactar la escritura de compra —dijo Chichikov.

—¡Cómo! ¿Una escritura de compra de almas muertas?

—¡Oh, no! —contestó Chichikov—. En ella figurará que están vivos, tal como consta en la relación del Registro. Estoy acostumbrado a no salirme nunca de lo que mandan las leyes, a pesar de que esto me representó graves quebrantos en el ejercicio de mi cargo. Pero tiene que perdonarme, el deber es sagrado para mí. Ante la ley enmudezco.

Las últimas palabras produjeron satisfacción en Manilov, pero continuó sin comprender el auténtico sentido de aquel negocio, y debido a ello por toda respuesta se limitó a chupar su pipa con tanta energía que ésta acabó roncando como un fagot. Daba la impresión de que pretendía sacar de ella su parecer acerca de tan inusitada circunstancia. Pero la pipa no hizo más que roncar.

—Tal vez tenga usted alguna duda...

—¡Oh, no! ¡Qué cosas se le ocurren! No se trata de eso. No es que usted me inspire la más mínima desconfianza. Pero permítame, ¿no será este asunto, o para hablar con más propiedad, este negocio, un tanto contrario a las leyes del país y al futuro de Rusia?

Manilov sacudió entonces la cabeza y se quedó mirando a Chichikov de un modo muy significativo, al mismo tiempo que mostraba en las facciones de su rostro y en sus abultados labios una expresión tan profunda como acaso jamás se haya visto en un rostro humano, con la excepción, quizá, de un ministro en extremo inteligente, y eso únicamente cuando se encuentra ante un verdadero rompecabezas.

Pero Chichikov se limitó a decir que este asunto o negocio no era en modo alguno contrario a las leyes del país ni al futuro de Rusia, añadiendo que gracias a ello el Tesoro saldría beneficiado, ya que percibiría los derechos reales que legítimamente le correspondían.

—De manera que usted piensa…

—Yo pienso que quedará muy bien.

—Si es así, la cosa cambia; no tengo nada que oponer —dijo Manilov tranquilizándose totalmente.

—Ahora sólo falta ponernos de acuerdo en lo que respecta al precio.

—¿De qué precio habla? —exclamó Manilov, y se detuvo—. ¿Es que piensa usted que voy a cobrarle por campesinos que, en cierta manera, ya no existen? Si usted tiene ese capricho, al que podríamos calificar como sentimental, yo, por mi parte, se los cedo absolutamente gratis, y los gastos de la escritura de compra correrán de mi cuenta.

El historiador de los hechos que relatamos se haría merecedor de graves reproches si no constatara aquí el gran placer que sintió el invitado al oír las palabras de Manilov. Por muy serio y discreto que fuera, poco le faltó para dar un salto a la manera de las cabras, cosa que, como todo el mundo sabe, sólo se hace en los momentos de intensa alegría. Se revolvió en la butaca con tanta violencia que rasgó la tela de lana con que estaba tapizado el asiento. El propio Manilov se le quedó mirando atónito. Desbordante de gratitud, volcó sobre Manilov tal cantidad de palabras de agradecimiento, que éste incluso llegó a turbarse. Más rojo que la grana, denegó con la cabeza y finalmente replicó que aquello carecía de importancia, que él habría querido poder ofrecerle otras muestras de la atracción de sus corazones, del magnetismo del alma, etán, en cierto sentido, algo que no tenía absolutamente ningún valor.

—Ni muchísimos menos —exclamó Chichikov dándole un fuerte apretón de manos. Emitió un profundo suspiro como si se hallara dispuesto a expansionarse y dar rienda suelta a sus sentimientos. Por último prosiguió emocionado—: ¡Si usted supiera el servicio que acaba de prestar con esto, al parecer sin importancia, a un desconocido! Realmente, ¿qué no habré tenido que soportar en este mundo? Como un barquichuelo abandonado en medio de las furiosas olas… ¡Qué persecuciones, qué injusticias no habré tenido que sufrir! ¡Qué amarguras no me serán conocidas! ¿Y por qué? Porque me mantuve fiel a la verdad, porque procuré que mi conciencia se conservara en toda su pureza, porque tendí la mano a la viuda necesitada y al desvalido huérfano…

Cuando llegó a este punto sacó de su bolsillo un pañuelo para enjugar una furtiva lágrima que se deslizaba por su mejilla.

Manilov se sintió extraordinariamente conmovido. Los dos amigos permanecieron durante un buen rato estrechándose las manos y, silenciosos, se miraron fijamente a los ojos, de los que fluían las lágrimas. Manilov no se decidía a soltar las manos de nuestro protagonista, y las estrechaba con tanto ardor que éste no sabía ya cómo desprenderlas. Al fin consiguió ir retirándolas poco a poco y declaró que sería preferible firmar sin pérdida de tiempo la escritura, para lo cual sería conveniente que el propio Manilov se trasladara a la ciudad.

Después cogió el sombrero con intención de despedirse.

—¡Cómo! ¿Ya quiere marcharse? —dijo Manilov casi asustado, después de haber vuelto ya a la normalidad.

En este preciso instante su esposa penetró en el despacho.

—Lisanka —le dijo él algo compungido—, Pavel Ivanovich se va.

—Será porque se ha aburrido con nosotros —observó la dueña de la casa.

—Señora —exclamó Chichikov—, aquí, aquí mismo —prosiguió llevándose la mano al corazón—, sí, aquí conservaré el grato recuerdo de las horas que he pasado en su compañía. Y puede estar segura de que para mí la felicidad máxima sería vivir con ustedes, si no en la misma casa, por lo menos no lejos de ella.

—¿Sabe una cosa, Pavel Ivanovich? —dijo Manilov, a quien aquella idea le pareció magnífica—. Sería en efecto un gran placer vivir juntos en una misma casa, filosofar sobre cualquier materia, profundizar un tema a la sombra de los árboles…

—¡Oh! ¡Qué vida paradisíaca sería! —exclamó Chichikov, suspirando—. Adiós, señora —agregó mientras besaba la mano a la anfitriona—. Adiós, mi honorable amigo. No se olvide de mi encargo.

—Tenga la completa seguridad de que no me olvidaré —repuso Manilov tranquilizándole—. Volveremos a vernos dentro de dos días como máximo. Todos se dirigieron al comedor.

—Adiós, queridos niños —dijo Chichikov al ver a Temístoclus y Alcides, que en aquellos momentos jugaban con un húsar de madera al que le faltaban ya un brazo y la nariz—. Adiós, pequeños. Perdonadme que no os haya traído nada, pero la verdad es que no tenía la menor idea de vuestra existencia. Sin embargo, la próxima vez que vuelva por aquí os traeré algo. A ti te traeré un sable. ¿Quieres un sable?

—Sí —contestó Temístoclus.

—Y para ti un tambor. ¿No es cierto que deseas un tambor? —continuó inclinándose hacia el pequeño.

—Un tambor —murmuró Alcides mirando hacia el suelo.

—Bueno, te traeré un tambor. Un estupendo tambor que hará así: tan, rataplán, plan, tan, rataplán, plan…

21

Adiós encanto. Adiós.

Le besó en la frente y se volvió hacia sus anfitriones con esa risita con que se suele hablar a los padres cuando se trata de los inocentes caprichos de sus hijos.

—Sinceramente se lo digo, Pavel Ivanovich, haría usted bien en quedarse —dijo Manilov después que todos hubieron salido al portal—. Fíjese usted en esos nubarrones.

—No son más que unas nubecillas sin importancia —replicó Chichikov.

—¿Ya sabe cuál es el camino que lleva a la hacienda de Sobakevich?

—Pensaba preguntárselo ahora.

—Permítame, se lo voy a indicar a su cochero.

Manilov dio al cochero toda clase de explicaciones, y lo hizo con tanta amabilidad, que en cierto momento llegó incluso a tratarle de «usted».

El cochero, enterado ya de que debía torcer por el tercer camino con que se tropezara, dijo: «Esta vez acertaremos, señor», y Chichikov se puso de nuevo en marcha, despedido por los saludos de sus anfitriones, quienes, puestos de puntillas, durante un buen rato permanecieron agitando sus pañuelos.

Manilov estuvo aún en el portal por más tiempo contemplando cómo desaparecía el carruaje, y allí continuó, fumando su pipa, cuando ya lo había perdido de vista. Por último, se marchó al interior de la casa, y habiéndose sentado en una silla, se dedicó a reflexionar, alegrándose de todo corazón por la ocasión que se le había deparado de proporcionar una pequeña satisfacción a su invitado. Después sus reflexiones fueron desviándose sin darse cuenta hacia otras materias hasta que finalmente acabaron por perderse Dios sabe dónde. Pensó en los placeres de la amistad, en la delicia que sería vivir a orillas del río con un amigo; luego, a través de dicho río tendería un puente, construiría más adelante una gran casa con un mirador tan elevado que desde él podría divisarse Moscú; allí, al caer la tarde, tomarían el té al aire libre y conversaría acerca de agradables temas. Acto seguido, Chichikov y él asistirían sobre magníficos carruajes a una reunión en la que todos se sentirían seducidos por su amable trato, y el zar, que al fin se enteraba de la estrecha amistad que les unía, los nombraba generales, siguiendo por último algo que sólo Dios sabía qué era y que él no lograba entender. La peregrina petición que Chichikov le había hecho interrumpió de modo brusco el curso de sus ensueños. Por mucho que lo intentaba, era incapaz de comprender el sentido que se ocultaba tras todo aquello. Permaneció dándole vueltas y más vueltas sin conseguir hallar una explicación satisfactoria, y de esta manera se le pasó el tiempo, fumando la pipa, hasta que llegó la hora de cenar.

CAPÍTULO III

Entretanto, Chichikov, con un estado de ánimo excelente, continuaba avanzando en su carruaje, que desde hacía largo rato se deslizaba por el camino real. En el anterior capítulo hemos tenido ocasión de conocer cuál era el principal objeto de sus gustos y predilecciones. Nada tiene, pues, de particular, el que en seguida se dedicase a él por completo, en cuerpo y alma. Las consideraciones, conjeturas y cálculos, según daba a entender la expresión de su rostro, eran no poco gratas, ya que a cada instante dejaban la huella de una sonrisa llena de satisfacción. Sumido en sus meditaciones, no se dio cuenta de que el cochero, contento por la recepción de que le habían hecho objeto los criados de Manilov, hacía observaciones muy atinadas al caballo blanco que iba a la derecha del tiro. Dicho equino era extremadamente astuto, simulaba que con sus esfuerzos contribuía a arrastrar el coche, mientras el bayo de varas y el alazán claro de la izquierda —al que llamaban «Asesor», porque era un asesor quien se lo había vendido— trabajaban a conciencia, hasta el punto de que se veía claramente la satisfacción que ello le producía.

—¡Hazte el listo, hazte el listo, ya veremos quién de los dos lo es más —exclamaba Selifán enderezándose y soltando un latigazo al holgazán—. ¡A ver si te enteras de cuál es tu deber, pedazo de cuerno! El bayo es un animal serio que cumple con su obligación, y por esto espero darle doble ración de pienso, porque se lo merece; también el «Asesor» es un buen caballo… ¡Eh, eh, deja quietas las orejas! No seas estúpido y escucha cuando te hablan. No tengo por qué enseñar nada malo a un ignorante como tú… ¡Vaya el muy necio, dónde va a meterse!

Cuando llegó a este punto le lanzó otro latigazo, refunfuñando:

—¡Eh, animal! ¡Maldita holgazanería!

Después les gritó a todos:

—¡Adelante, amigos! —e hizo restallar el látigo sobre los tres, pero no para castigarles, sino a fin de demostrar que estaba satisfecho de ellos.

Después de proporcionarles esta alegría, volvió a dirigirse al blanco:

—Estás convencido de que nadie advierte tu conducta. No, si esperas ser tratado con consideración, tienes que portarte bien. Ahí tienes los criados del propietario a quien hemos visitado, son buenas personas. Cuando me tropiezo con hombres de bien disfruto hablando con ellos. Siempre soy amigo de la gente de bien y siempre nos entendemos a la perfección. Tanto si hay que tomar té como un bocado, siempre lo hago muy gustoso cuando es en compañía de hombres de bien. Todos lo apreciarán. Ahí tienes a nuestro amo, a quien todo el mundo respeta, porque él, ¿te enteras?, estuvo al servicio del Estado, es consejero colegiado…

Sumido en estas reflexiones, Selifán fue adentrándose hasta las más peregrinas abstracciones. Si Chichikov hubiera escuchado sus palabras, se habría enterado de muchos detalles que concernían a él personalmente. Pero se hallaba tan metido en sus pensamientos, que sólo el violento estampido de un trueno consiguió sacarle de sus meditaciones, haciéndole mirar en torno a él: el cielo aparecía completamente cubierto por las nubes y las gotas de lluvia caían sobre el polvoriento camino. Finalmente otro trueno más cercano retumbó con mayor fuerza y comenzó a llover a cántaros. El agua caía oblicuamente, de manera que azotaba ahora uno, ahora otro lado del carruaje. Después comenzó a caer verticalmente, tamborileando en la parte alta del vehículo, hasta que las gotas le llegaron al rostro. Esto hizo que cerrara las cortinillas de cuero, las cuales iban provistas de un par de aberturas en forma de círculo practicadas a fin de que se pudiera contemplar el paisaje, e indicó a Selifán que se diera toda la prisa posible. Este, interrumpido en lo mejor de su monólogo, advirtió que, efectivamente, las cosas no estaban como para perder tiempo, cogió de debajo del pescante un viejo paño de color gris, se envolvió con él, empuñó la riendas y arreó a los caballos, que casi podía decirse que permanecían inmóviles, puesto que el instructivo discurso había hecho que se sumieran en un grato relajamiento. No obstante, Selifán era incapaz de recordar si habían pasado dos cruces, o bien tres. Tras reflexionar unos momentos, concluyó que debían ser bastantes los cruces que habían dejado atrás. Y siguiendo la costumbre de los rusos, que en los momentos de gran importancia resuelven sin entrar en consideraciones, torció a la derecha por el primer camino con que se tropezó, arreó a los caballos y los lanzó al galope, sin pensar hasta dónde llegaría.

No parecía que la lluvia fuera a detenerse pronto. El polvo del camino se transformó rápidamente en barro y a los caballos les resultaba más difícil a cada instante arrastrar el carruaje. Chichikov se hallaba muy inquieto, puesto que pasaba el tiempo y la hacienda de Sobakevich continuaba sin verse. Miraba por todos lados, pero reinaba tal oscuridad que era imposible ver nada.

—¡Selifán! —gritó finalmente asomándose a la ventanilla.

—¿Qué manda usted, señor? —inquirió Selifán.

—¿Aún no aparece la aldea?

—No, señor, no la veo por ninguna parte.

Y a continuación Selifán hizo restallar el látigo y comenzó una letanía tan larga que parecía interminable. En ella había de todo: los gritos de que se valen los cocheros de toda Rusia, de un extremo a otro, para animar y estimular a los caballos; adjetivos de todo tipo hilvanados de cualquier modo, tal como le iban pasando por la mente. Así incluso llegó a dar el nombre de «secretarios» a los caballos.

Puestas así las cosas, Chichikov se dio cuenta de que su coche comenzaba a dar grandes brincos y a sacudirle sin piedad. De ahí dedujo que probablemente el carruaje se habría salido del camino y estarían marchando a campo traviesa. El mismo Selifán parecía haberse dado cuenta también, pero no abrió la boca para nada.

—¿Qué camino es éste, estúpido? —exclamó Chichikov.

—Con un tiempo así es imposible hacer nada, señor. Hay tal oscuridad que no alcanzo a ver ni siquiera el látigo.

Apenas había concluido de pronunciar estas palabras cuando el coche se inclinó hasta tal punto, que Chichikov se vio obligado a agarrarse con las dos manos.

—¡Ve con cuidado, que volcamos! —exclamó.

—No, señor, no es posible que esto me ocurra a mí —contestó Selifán—. Yo mismo sé que volcar es una cosa que no está nada bien.

Acto seguido intentó dar la vuelta al coche, pero le hizo girar tanto que por fin volcó. Chichikov se encontró de pies y manos en el fango. Selifán paró los caballos, aunque la verdad es que fueron ellos mismos quienes se detuvieron por sí solos, pues estaban sumamente agotados. Circunstancia tan imprevista dejó a Selifán atónito. Descendió del pescante, se colocó frente al coche, y con los brazos en jarras, mientras su señor luchaba intentando librarse del barro, comentó después de unos segundos de meditación:

—Pues es verdad, ha volcado.

—¡Estás más borracho que una cuba! —gritó Chichikov.

—No, señor, ¿cómo puede usted decir estas cosas?, yo mismo sé que eso de emborracharse está muy mal. Estuve charlando con un amigo, ya que no tiene nada de malo el conversar con un hombre de bien. También estuvimos comiendo juntos un bocado. En esto no hay nada de extraño. Con una persona de bien se puede tomar un bocado.

—¿No recuerdas ya lo que te dije en la última ocasión que compareciste borracho? —le preguntó Chichikov.

—Claro que lo recuerdo. ¿Cómo iba a olvidarlo? Sé muy bien cuál es mi deber. Sé que el emborracharse está mal. He charlado con un hombre de bien porque…

—Cuando dé orden de que te azoten entonces te enterarás de cómo se debe hablar con un hombre de bien.

—Como su merced ordene —contestó Selifán mostrándose de acuerdo en todo—. Si se me tiene que azotar, se me azota. Yo no tengo nada que oponer. ¿A santo de qué no me han de azotar si yo mismo me lo he buscado? Para eso está la voluntad del señor. Es preciso azotar porque el mujik comete estupideces. Hay que mantenerlo todo en orden. Si se me tiene que azotar, se me azota. ¿A santo de qué no me han de azotar?

El señor no supo qué responder a estas palabras. Pero en aquel instante pareció como si el propio Destino se hubiera resuelto a apiadarse de él. En la lejanía se oyeron los ladridos de un perro. Chichikov se alegró mucho y ordenó que arreara a los caballos. El cochero ruso posee un buen olfato cuando la vista de nada le sirve. Así sucede a veces que con los ojos cerrados se lanza al galope y siempre llega a alguna parte. Selifán, que no veía absolutamente nada, dirigió los caballos con tanto tino hacia la aldea, que sólo se paró cuando las varas del carruaje se encontraron con una valla, siendo entonces imposible continuar avanzando.

A través de la densa cortina de lluvia, no sin trabajo logró distinguir Chichikov algo que se parecía a una techumbre. Mandó a Selifán en busca del portón, cosa que seguramente se habría prolongado durante un buen rato si en Rusia, en lugar de porteros, no hubiera perros, los cuales informaron de su presencia con tanta sonoridad que se vio obligado a taparse los oídos con ambas manos. En una de las ventanas brilló una luz y su confuso resplandor se esparció hasta llegar a la valla, permitiendo que nuestros viajeros vieran el portón. Selifán dio unos cuantos golpes y pronto se abrió una puertecilla, asomándose por ella una figura envuelta en una manta; el señor y el criado pudieron oír entonces una ronca voz de mujer:

—¿Quién es? ¿Quién arma ese escándalo?

—Somos unos viajeros, madrecita. Permítanos pasar y quedarnos aquí esta noche —le dijo Chichikov.

—Con mucha rapidez lo arregla usted todo —repuso la mujer—. ¿Le parece que ésas son horas de venir? Esto no es ninguna fonda. Aquí vive una señora propietaria.

—¿Qué quiere que le hagamos nosotros, madrecita? Nos hemos perdido. Con el mal tiempo que hace no pretenderá que pasemos la noche en la estepa.

—Sí, está todo muy oscuro y hace un tiempo de mil demonios —añadió Selifán.

—Mantente callado, necio —exclamó Chichikov.

—¿Quién es usted? —preguntó la vieja.

—Soy un noble, madrecita.

La palabra «noble» pareció hacer entrar en razón la mujer.

—Aguarde a que se lo diga a la señora —repuso, dos minutos después regresaba llevando un farol la mano.

El portón se abrió. Brilló también la luz en otra de las ventanas. El carruaje se introdujo en el patio y se paró junto a una casita, que era difícil distinguir debido a la oscuridad reinante. La luz de la ventana sólo iluminaba la mitad. Frente a la casa había también un charco, sobre el cual caía la luz. La lluvia se deslizaba sonoramente por las tablas de la techumbre e iba a caer en forma de estrepitosos chorros en un tonel que habían puesto al efecto en una esquina.

Al mismo tiempo los perros seguían ladrando con todo género de voces: uno lanzaba al cielo unos aullidos tan interminables que daba la impresión de que gracias a ello percibía sabe Dios qué sueldo; otro emitía aullidos cortos, como un sacristán; entre ellos podía oírse, como si fuera la campanilla del coche de postas, un infatigable agudo, seguramente de un cachorro, y sobre todo ello sobresalía, por último, un gruñido de tono bajo, que debía ser de algún viejo dotado de una vulgar naturaleza canina, pues roncaba como acostumbra a hacerlo el contrabajo cuando el concierto se halla en su punto álgido, cuando el tenor se alza sobre las puntas de los pies, deseoso de emitir una nota aguda, y todo parece estar buscando las alturas, y únicamente él, hundiendo su mal afeitada barbilla en la corbata, se inclina hasta casi llegar al suelo, desde donde lanza su nota, que hace retumbar los cristales. Ese concierto canino con tal cantidad de músicos daba ya a entender que era aquélla una aldea de cierta importancia, aunque nuestro protagonista, empapado por todas partes y temblando de frío, sólo pensaba en la cama.

En cuanto se hubo detenido definitivamente, corrió a protegerse en la marquesina de la entrada, dio un traspiés y poco faltó para que se cayera. En la puerta apareció otra mujer, de menos edad que la primera, pero que guardaba con ella un gran parecido. Le indicó que pasara a una estancia que él recorrió de una sola mirada. Estaba empapelada con un viejo dibujo a rayas; en ella se veían algunos cuadros, de pájaros, y entre ventana y ventana había unos antiguos espejos con oscuros marcos que tenían la forma de hojas arrolladas. Detrás de cada espejo había una carta, o una baraja vieja, o una media. Un reloj de pared cuya esfera tenía flores pintadas... Ya no pudo distinguir nada más. Los ojos se le estaban cerrando como si se los hubieran embadurnado con miel.

Había transcurrido un minuto cuando compareció la dueña de la casa. Era una mujer bastante entrada en años, que llevaba una cofia puesta a toda prisa y un mantón de franela al cuello, una de esas modestas propietarias que se quejan de las pérdidas a causa de la mala cosecha, que se mantienen alejadas de todo y que, mientras tanto, van juntando lentamente un dinerillo que esconden en viejas bolsitas dentro de los cajones de las cómodas. En una de las bolsitas guardan los rublos, en otra las monedas de medio rublo y en otra las de veinticinco kopecs, aunque a primera vista se diría que la cómoda no contiene más que ropa blanca, ovillos, chambras y algún abrigo descolorido, destinado a convertirse en vestido si el viejo se quema cuando la terrateniente se dedica en vísperas de fiesta a confeccionar toda suerte de pastas y galletas, o si se desgasta de tanto usarlo. Sin embargo, el vestido no se quema si se desgasta por el uso. La vieja es muy mañosa y el abrigo, así como los demás vestidos, está destinado a pasar en herencia a una sobrina-nieta por parte de su hermana.

Chichikov le pidió perdón por las incomodidades que le estaba ocasionando con su intempestiva llegada.

—No se preocupe, no se preocupe —repuso ella—. Le ha traído Dios con un tiempo... ¡Qué huracán, qué truenos!... Tendría que ofrecerle alguna cosa, pero a estas horas no hay modo de preparar nada.

Las palabras de la propietaria fueron interrumpidas por un peregrino silbido que casi asustó al recién llegado. Parecía como si la estancia hubiera sido invadida por las serpientes. Pero al levantar la vista se tranquilizó, advirtiendo que el causante de todo era el reloj de pared, que había tenido la ocurrencia de dar las horas. A continuación del silbido se oyó un ronquido, y por último, empleando para ello todas sus fuerzas, dio las dos con tal estrépito que se habría creído que alguien estaba golpeando con un bastón una cacerola rota. Después de esto el péndulo prosiguió su reposado vaivén a uno y otro lado.

Chichikov dio las gracias a la dueña de la casa y le declaró que no necesitaba nada, que no se preocupara por nada, que no le pedía nada más que una cama. Le tentó luego la curiosidad de averiguar en qué lugar se encontraba y qué distancia había hasta la hacienda de Sobakevich, pero la vieja contestó que jamás había oído hablar de ese señor y que por allí no había ningún propietario que se llamara así.

—Supongo que a Manilov sí que le conocerá —preguntó Chichikov.

—¿Y quién es ese Manilov?

—Un propietario, madrecita.

—No, nunca he oído hablar de él. No hay ningún propietario con ese nombre.

—¿Y quiénes viven por estos alrededores?

—Están Bobrov, Svinin, Konopatiev, Jarpakin, Trepakin, Pleshakov…

—¿Son gente acomodada?

—No, padre, no son gente muy acomodada. Uno poseerá veinte almas, otro treinta, pero ninguno de ellos llega a las cien.

Chichikov se dio cuenta de que se hallaba en un lugar perdido.

—¿Está muy lejos de aquí la ciudad?

—A unas sesenta verstas más o menos. ¡Cuánto siento no poder ofrecerle nada! ¿No le apetecería tomar té?

—Se lo agradezco, madrecita. Pero sólo necesito una cama.

—Verdaderamente, después de un camino como el que ha tenido que recorrer le hará mucha falta el descanso. Podrá dormir aquí, en este diván. ¡Eh, Fetinia! ¡Trae en seguida almohadas y sábanas y un edredón! ¡Vaya tiempo que nos ha enviado Dios! ¡Qué vendaval y qué truenos! Durante toda la noche he tenido una vela ante los iconos. ¡Pero si lleva la espalda y los costados todos manchados de barro! ¿Cómo se ha ensuciado de este modo?

—Gracias a Dios que sólo ha sido esto. Aún he de dar las gracias por no haberme roto las costillas.

—¡Por todos los santos, qué desastre! ¿No desea que le den fricciones en la espalda?

—No, muchas gracias, no se preocupe usted. Únicamente le ruego que ordene a una muchacha que ponga a secar y limpie mi traje.

—¿Te has enterado, Fetinia? —dijo la propietaria dirigiéndose a la mujer que había abierto la puerta y que, en cuanto hubo traído el edredón, comenzó a mullirlo por los dos lados, llenando de plumas toda la habitación—, Toma el frac y la ropa del señor, ponlo todo a secar al fuego, como hacías con la ropa del difunto amo, y después restriégalo y sacúdelo bien.

—Sí, señora —repuso Fetinia al tiempo que extendía una sábana sobre el edredón y colocaba algunas almohadas.

—Ya está la cama preparada —dijo la propietaria—, Hasta mañana, padrecito, que duerma bien. ¿No tendrá la costumbre de que le rasquen las plantas de los pies cuando se acuesta? Se lo digo porque a mi difunto marido había que rascárselas, de otro modo no lograba conciliar el sueño.

No obstante, el invitado agradeció tal oferta. La dueña de la casa se marchó y él comenzó a desnudarse con toda rapidez vistiendo la ropa prestada y dando a Fetinia todo lo que se había quitado, tanto el traje como la ropa interior. Y la criada, después de darle también las buenas noches, se retiró llevando consigo estas húmedas prendas. Cuando se quedó solo se puso a contemplar con aire de satisfacción aquel promontorio, que casi se alzaba hasta el techo. Se advertía que Fetinia era toda una maestra en el arte de mullir colchones. Aproximó una silla con que subirse al improvisado lecho, el cual se hundió casi hasta el mismo suelo, y las plumas, desplazadas de allí, salieron revoloteando hacia todos los rincones del aposento. Chichikov apagó la vela y tras cubrirse con la manta de algodón, enroscándose como un ovillo, al cabo de un minuto ya estaba dormido.

Al día siguiente, era ya hora muy avanzada cuando se despertó. El sol, que penetraba por la ventana, iba a darle en los mismos ojos, y las moscas, que la noche anterior dormían tranquilamente en el techo y en las paredes, ahora se dirigían contra él. Una de ellas se había posado en sus labios, otra en la oreja, y una tercera, que intentaba hacerlo en un párpado, tuvo la mala fortuna de posarse en las aletas de la nariz, y Chichikov, al respirar, la arrastró hasta el mismo agujero nasal, por lo que se vio forzado a lanzar un violento estornudo. Esto fue lo que le hizo despertarse.

Cuando miró en torno suyo, advirtió que no todos los cuadros representaban pájaros; entre ellos había un retrato de Kutuzov y otro, pintado al óleo, de un hombre de edad vestido con el uniforme de vueltas rojas de la época del emperador Pablo Petrovich. El reloj volvió a emitir sus silbidos y dio las diez. En la puerta apareció un rostro de mujer que desapareció en seguida, ya que Chichikov, ansiando dormir a sus anchas, se había quitado absolutamente toda la ropa. Aquel rostro le parecía familiar. Intentó recordar, y cayó en la cuenta de que era la dueña de la casa.

Se puso la camisa. El traje, completamente seco y muy limpio, estaba junto a la cabecera de la cama. Se vistió, se puso frente al espejo y estornudó de nuevo, pero con tanta violencia que un pavo que en aquel instante se aproximaba a la ventana, situada casi a ras del suelo, parloteó como si le estuviera diciendo algo en su extraña lengua, tal vez para desearle los buenos días, a lo que Chichikov le contestó llamándole estúpido.

A continuación se encaminó hacia la ventana y se dedicó a contemplar el paisaje que se ofrecía a sus ojos. Daba casi al mismo gallinero; por lo menos, lo que alcanzó a ver era un pequeño patio repleto de aves de corral y de toda clase de animales domésticos. Había innumerables gallinas y pavos. Entre ellos caminaba reposadamente el gallo, sacudiendo la cresta y moviendo la cabeza para uno y otro lado como si escuchara algo. También se encontraba allí una cerda con sus pequeños. En aquel lugar, al mismo tiempo que revolvía en un montón de basura, se tragó un pollito, sin que por lo visto se diera cuenta ni ella misma, ya que continuó engullendo, una después de otra, todas las cortezas de sandía.

Detrás de la valla de madera de este pequeño patio o gallinero se extendían enormes huertas donde crecían coles, patatas, cebollas, remolachas y otras clases de verduras. Por todas partes se veían asimismo manzanos y diversos árboles frutales a los que había cubierto con redes a fin de protegerlos contra los gorriones y las urracas. Los primeros volaban de un lado para otro agrupados en verdaderas bandadas. Con el mismo fin de ahuyentarlos habían colocado allí espantapájaros, sobre altas pértigas, con los brazos en cruz. Uno de ellos iba tocado con una cofia de la misma propietaria.

Más allá de las huertas se hallaban las cabañas de los campesinos, las cuales, a pesar de que estaban dispuestas sin ningún orden, ni siquiera formando calles rectas, producían la impresión de que sus habitantes vivían con cierto desahogo, pues todas se encontraban en buen estado; las tablas podridas de las techumbres habían sido sustituidas por otras nuevas; los portones cerraban bien, y en los cobertizos pudo ver aquí un carro nuevo de reserva, allá incluso dos. «Pues esta aldea es bastante grande», pensó Chichikov, y se propuso entablar conversación con la propietaria a fin de conocer con más exactitud su hacienda. Miró por una rendija de la puerta por la que hacía un rato se había asomado una cabeza de mujer, y vio que estaba sentada delante de la mesa de té. Salió, pues, con rostro amable y sonriente.

—Buenos días, padrecito. ¿Ha pasado buena noche? —le preguntó la anfitriona levantándose.

La dueña aparecía mejor arreglada que la noche anterior; iba vestida con un traje oscuro y no llevaba la cofia de dormir, aunque seguía con el mantón atado al cuello.

—Sí, he dormido muy bien —repuso Chichikov tomando asiento en una butaca—. ¿Y usted, madrecita?

—Bastante mal, padre.

—¿A qué se debe?

—Es por el insomnio. Tengo los riñones doloridos y aquí en la pierna, sobre la rodilla, hay algo que me molesta.

—No será nada, ya se le pasará, madrecita. No se preocupe por esto.

—Dios quiera que no sea nada y se me pase pronto. Me he dado friegas con aguarrás y grasa de cerdo. ¿Cómo prefiere tomar el té? En este tarro hay jarabe de fruta.

—Bueno, madrecita, lo tomaré con jarabe de fruta.

Me imagino que el lector se habrá dado cuenta de que Chichikov, a pesar de su aire amable y cariñoso, se comportaba y hablaba con mayor libertad que en la casa de Manilov, y gastaba menos cumplidos. Porque en Rusia, si bien hay aspectos en los que no hemos llegado a la altura de los extranjeros, en lo que atañe al trato los hemos adelantado en mucho. No cabe la posibilidad de detallar todas las gradaciones y matices de nuestro trato. El francés o el alemán no serán capaces de comprender nunca todas estas diferencias y particularidades. Se valdrá casi del mismo tono de voz y del mismo lenguaje para hablar con un millonario que con un estanquero, aunque, como es de suponer, en su interior se arrastra servilmente ante el primero. Nosotros somos muy distintos: entre nosotros los hay que son tan inteligentes que con el propietario a quien pertenecen doscientas almas hablarán de un modo completamente diferente que cuando se dirigen a un terrateniente que posee trescientas. Y con el de trescientas se valdrá de un tono muy distinto al que empleará para dirigirse a un propietario de quinientas, y con el de quinientas usará otro tono con respecto al de ochocientas. En resumen, aunque se llegara hasta el millón siempre surgirían matices nuevos.

Imaginemos, por ejemplo, que hay una oficina, no en nuestro país, sino en el otro extremo del mundo, y que dicha oficina tiene su jefe. Miradlo bien, os lo suplico, cuando se halla entre sus subordinados. ¡El miedo no nos permitirá decir ni siquiera una palabra! Nobleza, altivez, ¿qué no aparecerá en su rostro? Como para coger el pincel y hacerle un retrato. ¡Prometeo, Prometeo en persona! Posee mirada de águila y camina lenta y majestuosamente. Pues bien, esa misma águila, en cuanto sale de la oficina y se aproxima al despacho de su superior camina como una perdiz, con sus papeles bajo el brazo, a punto de perder los estribos. Igual ocurre en la vida social que en una velada, si los que están en torno a él pertenecen a una categoría inferior a la suya, aunque sólo sea muy ligeramente inferior, Prometeo continúa siendo Prometeo, pero si, por el contrario, los que le rodean son escasamente superiores, Prometeo es objeto de una metamorfosis que ni siquiera Ovidio en persona podría imaginarse. ¡Se transforma en una mosca, y aún menos, en un pequeño granito de arena!

«Pero si éste no es Iván Petrovich —se dice uno al contemplarle—. Iván Petrovich es de elevada estatura y éste es bajo y delgado. Aquél habla siempre con voz de trueno y jamás se ríe, y en cambio a éste no hay manera de entenderle; pía como un pajarito y se ríe sin cesar».

Pero se le acerca uno, le contempla bien, y realmente, es el mismo Iván Petrovich.

«¡Vaya, vaya!», piensa uno...

Pero volvamos a nuestro héroe. Chichikov, como ya pudimos observar, había decidido no gastar demasiados cumplidos. De ahí que, cuando ya había tomado una taza de té después de endulzarla con jarabe de fruta, comenzó de la manera que sigue:

—Parece que posee usted una buena aldea, madrecita. ¿Cuántas almas tiene?

—Unas ochenta, padrecito —contestó la dueña de la casa—. Pero ahora estamos pasando una mala época. La cosecha del año anterior fue tan mala, que Dios no permita otra igual.

—Pero los campesinos parecen robustos y las cabañas son resistentes…

—Pero permítame que le pregunte su nombre. Soy tan despistado… Vine aquí de noche…

—Soy la viuda del secretario colegiado Korobochka.

—Muy agradecido. ¿Y cuál es su nombre patronímico?

—Nastasia Petrovna.

—¿Nastasia Petrovna? Es un bonito nombre, Nastasia Petrovna. Una tía mía, hermana de mi madre, también se llama Nastasia Petrovna.

—¿Y cuál es el nombre de usted? —inquirió la dueña de la casa—. Usted es asesor, ¿no es cierto?

—No, madrecita —repuso Chichikov con una sonrisa—. Yo no soy asesor, viajo por razones personales.

—¡Ah! En este caso debe ser un mayorista. ¡Qué lástima que hubiera vendido la miel a tan bajo precio a unos comerciantes! Estoy segura de que usted me la habría comprado.

—No, no se la habría comprado.

—¿Y qué es entonces lo que compra? ¿Cáñamo? Aunque apenas me queda ya casi nada, todo lo más medio pud[9].

—No, madrecita, es muy distinto lo que yo compro. Dígame, ¿algunos de sus campesinos han fallecido?

—¡Ay, padrecito, dicciocho! —contestó la vieja suspirando—. Y los que han muerto eran los mejores, unos magníficos trabajadores. Es cierto que han nacido otros, pero no sirven para nada, no son más que morralla. Y se presentó aquí el asesor y dijo que por cada uno de ellos hay que pagar las cargas al fisco. Por los muertos debo pagar como si aún estuvieran vivos. La pasada semana, el herrero, pareció abrasado.

—Conocía su oficio a la perfección y además era mecánico.

—¿Acaso se produjo algún incendio, madrecita?

—¡Oh, no! Dios nos libre de una desgracia así, un incendio habría sido mucho peor. Se abrasó por sí solo, se quemó por dentro. Había bebido en exceso. Desprendió una llamita azul, se consumió y quedó totalmente negro, tan negro como el carbón. ¡Qué herrero tan excelente era! Ahora no puedo emplear mi coche, no tengo quien hierre los caballos.

—¡Las cosas dependen de la voluntad de Dios, madrecita! —exclamó Chichikov lanzando un suspiro—. No es posible oponer nada contra la sabiduría de Dios… Y bien, ¿me los quiere usted ceder, Nastasia Petrovna?

—¿Quién quiere que le ceda, padrecito?

—Pues todos esos que han fallecido.

¿Y cómo voy a hacerlo?

—Es muy fácil. O si no, véndamelos. Por ellos le daré a cambio algún dinero.

—¿Pero cómo? No alcanzo a comprender. ¿Es que pretende que sean desenterrados?

Chichikov advirtió que su anfitriona iba demasiado lejos y que tenía que explicarle de qué se trataba. En breves palabras le contó que la compra o cesión no sería más que una mera fórmula y que en el documento las almas constarían como si fueran seres vivos.

—¿Y para qué los necesita? —inquirió la vieja mirándole con los ojos muy abiertos.

—Esto es asunto mío.

—¡Pero si están muertos!

—Nadie dice que no lo estén. Esa es la razón de que usted salga perdiendo, porque no están vivos. Ahora paga por ellos, y de este modo le evitaría preocupaciones al encargarme del pago. ¿Lo entiende? Y no sólo le evitaré esas preocupaciones, sino que además le entregaré quince rublos. ¿Lo comprende ahora?

—Verdaderamente, no lo sé —repuso ella midiendo con cuidado las palabras—. Jamás he vendido muertos.

—¡Pues sólo faltaría! Sería un milagro que los hubiera vendido. ¿O acaso usted cree que puedan proporcionar algún beneficio?

—No, lo dudo. Lo que se dice beneficio, no rinden ninguno. Sólo me preocupa el hecho de que ya estén muertos.

«La vieja tiene la mollera dura», se dijo Chichikov.

—Oiga usted, madrecita —dijo—. Vea cómo están las cosas. Se está arruinando, paga por ellos como si aún no hubieran muerto…

—¡No me lo recuerde, padrecito! —exclamó ella—. Hace apenas tres semanas que pagué más de ciento cincuenta rublos. Y a esto hay que añadir lo que puse en el bolsillo al asesor.

—¿Lo ve usted? Piense que ya no habrá que entregarle nada más al asesor porque en adelante seré yo quien pague por ellos, y no usted. Yo me haré cargo de los pagos, y hasta los gastos de la escritura correrán por cuenta mía.

La dueña de la casa se quedó pensativa. Se daba cuenta de que, realmente, aquello tenía trazas de ser un buen negocio; pero aquel asunto era demasiado nuevo e inusitado y por eso experimentó un gran temor, asaltándole la duda de que aquel comprador pretendiera engañarla. Dios sabe de dónde venía, y para colmo había llegado de noche…

—Bueno, madrecita, ¿hacemos el trato? —le preguntó Chichikov.

—En honor a la verdad, padrecito, le diré que jamás tuve ocasión de vender muertos. Vivos sí, y sin ir más lejos hace tres años que vendí dos mozas al arcipreste, quien me dio por cada una cien rublos. Quedó profundamente agradecido, pues ambas eran muy trabajadoras; incluso tejen paños ellas mismas.

—Pero aquí no se trata ahora de vivos. ¡Que se vayan con Dios! Lo que yo deseo son muertos.

—Temo salir perjudicada. Podría ser que usted me engañara y que ellos… valieran más.

—Óigame, madrecita, ¡qué ideas se le ocurren! ¿Cuánto pueden valer? Fíjese bien, si sólo son cenizas. Cualquier cosa, aunque sea inservible, un pedazo de trapo simplemente, pues incluso el trapo tiene su precio. Cuando menos lo adquieren para fabricar papel, pero esto no sirve absolutamente para nada. Usted misma puede decírmelo. ¿Para qué sirven?

—Tiene toda la razón. No sirven para nada. Sólo me detiene el hecho de que se trate de muertos.

«¡Pero qué dura de mollera es esta mujer! —pensó Chichikov, quien comenzaba ya a perder la paciencia—. ¡Ya veremos cómo consigo arreglarme con ella! ¡La muy dura me está haciendo sudar!».

Sacó el pañuelo y se enjugó el sudor que, en efecto, le bañaba la frente. Sin embargo Chichikov no tenía motivo alguno para enojarse: hay hombres respetables, y hasta hombres de Estado que obran igual que una Korobochka. En cuanto se aferran a una idea, ya no hay manera de lograr que cambien. Por muchos argumentos, que se les presenten, tan claros como la luz del sol, todo rebota en ellos como un balón de goma contra la pared. Chichikov se enjugó, pues, el sudor, y trató de ver si conseguía llevarla al buen camino enfocando la cosa desde otro punto de vista.

—Usted, madrecita —le dijo—, o es que se empeña en no comprender mis palabras, o es que habla simplemente por hablar… Yo le entrego dinero a cambio, quince rublos en billetes. ¿Me comprende? Eso es dinero. Eso no lo hallará en medio de la calle. Dígame, ¿a qué precio vendió la miel?

—A doce rublos cada pud.

—Creo que está usted exagerando, madrecita. No la pudo vender a doce.

—Le aseguro que sí.

—Bien, aunque así sea, se trataba de miel. Emplearía en reunirla casi un año de idas y venidas, preocupaciones y trabajos. Fue preciso cuidar las abejas y alimentarlas en el sótano durante todo el invierno. Por el contrario, las almas muertas ya no son de este mundo. Usted no hizo nada para que abandonaran esta vida, con los consiguientes perjuicios para su hacienda. Fue solamente voluntad de Dios. En el caso de la miel, los doce rublos eran la recompensa por sus trabajos. Y en cambio yo le doy por nada no doce rublos, sino quince, y no se los entregaré en plata, sino en buenos billetes.

Chichikov estaba casi seguro de que mediante tan sólidos argumentos la propietaria acabaría cediendo.

—Yo soy una pobre viuda que entiende muy poco acerca de negocios —contestó la dueña de la casa—. Es preferible que espere un poco. Si aparece por aquí algún traficante le preguntaré que me informe de los precios.

—¡Pero qué vergüenza, qué vergüenza, madrecita! ¡Esto es vergonzoso! ¿Sabe usted lo que está diciendo? ¿Quién piensa que se lo comprará? ¿Para qué van a comprarle almas muertas?

—Tal vez puedan ser de alguna utilidad en la hacienda… —respondió la terrateniente quien, sin concluir la frase, se quedó boquiabierta mirando a Chichikov, casi con temor, ansiosa por ver lo que él replicaría.

—¡Difuntos en una hacienda! ¿Hasta dónde ha llegado usted? ¡Como no los utilice en la huerta, para ahuyentar durante la noche a los gorriones…!

—¡Dios nos proteja! ¡Pero qué barbaridades dice! —exclamó la vieja santiguándose.

—¿Para otra cosa querría utilizarlos? Además, usted se quedaría igualmente con sus huesos y sepulturas. La cesión se haría sólo en el papel. Bien, ¿qué contesta? Diga algo por lo menos.

La propietaria se quedó otra vez pensativa.

—¿Qué está pensando, Nastasia Petrovna?

—La verdad es que no sé qué debo hacer. Valdrá más que me compre cáñamo.

—¿Y para qué necesito el cáñamo? Lo que le pido es algo totalmente distinto, y usted me viene ahora con la ocurrencia del cáñamo. El cáñamo es cáñamo, en otra ocasión se lo compraré. Qué, ¿cerramos ya el trato, Nastasia Petrovna?

—Es un género raro… Es algo tan sorprendente…

De este modo las cosas, Chichikov acabó por perder la paciencia y los estribos, dio un silletazo contra el suelo y mandó a la propietaria al diablo.

En cuanto oyó hablar del diablo, la vieja se mostró horriblemente asustada.

—¡No lo mencione! ¡Que se vaya al infierno! —gritó, palideciendo—. Hace dos noches no hice más que soñar con el maldito. Tuve la idea de echar las cartas después de la oraciones, y sin duda fue un castigo que me mandó Dios. Presentaba un aspecto repugnante, con unos enormes cuernos de toro.

—Me extraña mucho que no sueñe con él por docenas. Sólo me impulsaba a todo esto el amor que como cristiano profeso hacia mi prójimo. Veía a una pobre viuda que se mata y pasa penalidades… Pero ¡ojalá reventaran ella y toda su aldea!

—¿Cómo se atreve a hablar de este modo? —dijo la propietaria mirándolo llena de espanto.

—Es que uno no sabe cómo hay que hablarle. Dicho sea con perdón, usted se comporta como el perro del hortelano, que ni come las berzas ni deja que las coman. Pensaba adquirir también diversos productos de su hacienda, pues llevo la contrata de varios centros oficiales…

Estas palabras obtuvieron un inesperado éxito, a pesar de que él las había pronunciado de pasada, no pensando ni de lejos en las consecuencias de su mentira. Pero su alusión a las contratas de centros oficiales causó gran impresión en Nastasia Petrovna. Por lo menos balbuceó con voz casi suplicante:

—¿Por qué se enoja de este modo? De haber sabido que tenía usted tan mal genio, no le habría llevado la contraria.

—No, si no me he enojado. El asunto no vale ni siquiera un kopec. ¿Por qué motivo iba yo a enojarme?

—Sea como usted quiera. De acuerdo, se las cederé por quince rublos. Sólo le ruego que no se olvide de mí cuando se le presenten contratas de harina centeno o de alforfón, o bien de ganado de carne.

—Está bien, madrecita, me acordaré de usted —dijo, al mismo tiempo que volvía a enjugar el sudor que se deslizaba a chorros por su rostro.

Acto seguido le preguntó si había en la ciudad algún representante o conocido suyo en quien poder delegar la firma de la escritura y todo cuanto fuera menester.

—Sí, está el arcipreste, el padre Kiril. Su hermano trabaja en la Cámara —contestó la propietaria.

Chichikov le rogó que redactara una autorización mediante la cual delegaba en el arcipreste, y a fin de ahorrarle molestias se ofreció a escribirla él mismo.

«No me vendría nada mal —pensaba mientras tanto la señora Korobochka— que me comprara el ganado de carne y la harina. Es necesario ganármelo. Todavía queda masa de la que hicimos ayer; le diré a Fitina que haga unos cuantos blinís. Podría ofrecerte también un pastel amasado con huevo; son muy sabrosos y en seguida están hechos».

La teniente se retiró con la idea de preparar lo preciso para el pastel, al que probablemente podrían acompañar otras obras del arte culinario. Chichikov se encaminó a la sala en que había dormido aquella noche a fin de sacar de su cofre los papeles que necesitaba.

La sala se hallaba ya en completo orden. Habían quitado de allí los magníficos edredones, y frente al diván había una mesa cubierta con un tapete. Depositó sobre ella su cofre y tomó asiento para descansar un poco, pues el sudor bañaba su cuerpo de tal forma que se sentía como si en aquel momento saliera del río: estaba completamente empapado, desde la camisa hasta las medias. «Esa maldita vieja me ha dejado agotado», pensó tras descansar un poco, y después abrió el cofre.

El autor tiene la convicción de que algunos de los lectores sienten tanta curiosidad que les gustaría incluso conocer el interior del cofrecillo. ¿Por qué no satisfacerles? Era como sigue: en el centro se hallaba la bacía, a la que seguían seis o siete departamentos muy estrechos que guardaban las navajas de afeitar. También había dos casillas para el tintero y la salvadera, entre las cuales se veía una alargada hendidura para las plumas, el lacre y otros objetos por el estilo. Asimismo había toda clase de compartimentos con tapa o sin ella que servían para guardar objetos de pequeño volumen, y que estaban repletos de tarjetas de visita, de esquelas mortuorias, programas de teatro y diversos papeles que Chichikov conservaba como recuerdo. El cajón superior, de numerosos compartimentos, se podía sacar, y debajo de él quedaba un espacio que contenía diversos cuadernos de papel de barba. A continuación había un cajoncito secreto para guardar el dinero, que se abría por un lado mediante una abertura oculta. Chichikov lo abría y cerraba siempre tan aprisa, que era poco menos que imposible afirmar con seguridad cuánto dinero había allí. El propietario del cofrecillo puso manos a la obra, y después de coger una pluma, comenzó a escribir. En este instante regresó la dueña de la casa.

—Tiene un cofrecillo muy hermoso —le dijo tomando asiento junto a él—. ¿Dónde lo compró? ¿En Moscú?

—Sí, en Moscú —contestó Chichikov sin dejar de escribir.

—Ya lo suponía. Todas las cosas que hacen en Moscú son de excelente calidad. Tres años atrás, mi hermana trajo para los niños unas botas de invierno que compró allí, y son tan fuertes que aún las usan. ¡Oh, qué cantidad de papel sellado! —prosiguió contemplando el cofrecillo, en el que, efectivamente, había papel sellado en abundancia—. ¿Por qué no me da un pliego? En toda la casa no queda ni una hoja; algunas veces, me encuentro en la necesidad de presentar una instancia en el Juzgado, y no sé dónde escribirla.

Chichikov repuso que ese papel no era el adecuado para hacer instancias, sino que era para escrituras. No obstante, a fin de que se contentara, le entregó un pliego de a rublo. Una vez concluida la carta, se la dio para firmarla y le pidió una relación de todos los campesinos muertos. Ocurrió que ella no guardaba registro alguno, pero sin embargo, recordaba de memoria a la mayoría. Le indicó, pues, que le fuera dictando sus nombres. Algunos apellidos le parecieron extraños, sobre todo los apodos con que se conocía a los mujiks, de tal forma que antes de escribirlos se los hacía repetir. En especial le causó cierto asombro un tal Piotr Saveliev Desprecia-Tina; cuando lo oyó no pudo por menos de exclamar: «¡Pues sí que es largo!». Otro llevaba el apodo de Boñiga, y hasta había uno cuyo nombre era simplemente Iván el Rueda. Acababa de escribir cuando llegó hasta su nariz el apetitoso olor de algo que estaban friendo en la cocina.

—Hágame el favor de probar un bocado —le dijo la propietaria.

Chichikov alzó entonces los ojos y vio que sobre la mesa habían colocado setas, buñuelos, pastelillos, blinís, empanadas y tortas con todo género de rellenos: de adormidera, de cebolla, de requesón y de todo lo que se pudiera desear.

—Tome un poco de este pastel de huevo —añadió la dueña de la casa.

Chichikov aproximó su silla al pastel de huevo y, cuando se había comido ya poco menos de la mitad, lo ensalzó. Realmente, el pastel estaba delicioso, y tras las fatigas sufridas en los forcejeos con la vieja, lo encontraba más sabroso todavía.

—¿Y no se sirve blinís? —le preguntó la Korobochka. Por toda respuesta Chichikov pinchó de una sola vez tres blinís, y después de untarlos con mantequilla derretida, se los llevó a la boca; a continuación se limpió las manos y los labios con la servilleta. La misma operación la repitió por tres veces, y rogó a la propietaria que diera orden de enganchar su coche. Nastasia Petrovna envió en seguida a Fetinia, mandándole al mismo tiempo que trajera otra fuente de blinís recién hechos.

—Estos blinís están exquisitos —exclamó Chichikov mientras daba cuenta de los que acababan de traer.

—Sí, los hacen muy bien —dijo el ama de casa—. Lo grave es que la cosecha no ha sido buena, y la harina es de baja calidad… Pero ¿por qué tantas prisas, padrecito? —añadió al advertir que Chichikov tomaba la gorra—. Si aún no han enganchado…

—Engancharán, madrecita, engancharán. Mi cochero lo hace en un segundo.

—Acuérdese usted de lo de las contratas.

—Lo recordaré, no se preocupe —repuso Chichikov cuando ya salía al zaguán.

—¿También compra tocino? —inquirió la propietaria saliendo detrás de él.

—¿Y por qué no he de comprar? Lo compraré, pero otra vez será.

—Tendré tocino después de Navidad.

—Bien, ya compraré, lo compraré todo. E igualmente compraré tocino.

—Tal vez necesite plumón. En la cuaresma de Adviento tendré plumón.

—Está bien, está bien —dijo Chichikov.

—Ya ve, padrecito, que su coche aún no está preparado —continuó la terrateniente cuando ya se hallaban en el portal.

—Estará, estará. Sólo le ruego que explique la manera de salir al camino real.

—Bueno, no sabría cómo decírselo —contestó la dueña de la casa—. Es difícil explicárselo, hay que dar muchas vueltas. Valdrá más que mande a una muchacha para acompañarle y así indicarle el camino. Ella podría ir en el pescante.

—Sí, por supuesto.

—Siendo así le diré que vaya. Conoce perfectamente el camino. Pero cuide que no se la lleve. Una vez se me llevaron una unos comerciantes.

Chichikov le dio palabra de que no lo haría y la señora Korobochka, ya tranquilizada, comenzó a pasar revista a todo lo que había en el patio. Fijó su mirada en el ama de llaves, que estaba sacando de la despensa un plato de madera que contenía miel, miró después a un campesino que apareció en el portón, y poco a poco se adentró totalmente en la vida de su hacienda.

Pero ¿para qué hemos de detenernos tanto en la Korobochka? Bien sea la Korobochka o Manilov, se trate de la vida doméstica o de la no doméstica, ¡sigamos adelante y pasemos de largo! Así es la vida: la alegría se transforma en tristeza cuando nos paramos por mucho rato frente a ella, y en estos casos Dios sabe las cosas que imaginamos. Tal vez lleguemos a pensar si será verdad que la Korobochka ocupa un puesto tan bajo en la infinita escala de la perfección humana. Si es realmente tan grande el abismo que la separa de su hermana, aislada por los infranqueables muros de su aristocrática mansión, con sus perfumadas escalinatas de hierro, con resplandecientes cobres, caobas y alfombras, que bosteza sujetando en sus manos un libro a medio leer esperando un ingenioso visitante de la alta sociedad en la conversación con el cual encontrará terreno abonado para lucir su donaire y exponer esas ideas aprendidas de memoria que, siguiendo las leyes que dicta la moda, dominan en la ciudad por espacio de una semana; unas ideas que no tienen relación alguna con lo que sucede en su casa y en sus haciendas, totalmente abandonadas y sumidas en la confusión porque no tiene la menor noción acerca de cómo se deben administrar, sino que se refieren al cambio político que tendrá lugar en Francia o a la nueva orientación que ha tomado el catolicismo. ¿Para qué hablar de ello? No obstante, ¿a qué se debe que en plenos momentos de euforia y despreocupación, cuando la mente permanece en blanco, se insinúa de un modo espontáneo un sentimiento totalmente nuevo? La sonrisa no ha tenido tiempo aún de borrarse del rostro, y ya la persona ha cambiado y aparece distinta, aun rodeada de los mismos seres, y es otra la luz que ilumina su rostro…

—¡El coche! ¡Ya está ahí el coche! —gritó Chichikov al ver que se aproximaba al fin hacia el portal de la casa—. ¿Qué has hecho durante tanto tiempo, imbécil? Se diría que aún te dura la borrachera de ayer.

Selifán no replicó.

—¡Adiós, madrecita! Y la muchacha, ¿dónde está?

—¡Eh, Pelagueia! —gritó la propietaria a una jovencita de unos once años que se hallaba no lejos del portal, vestida con una ropa de tela hecha y teñida en casa y descalza por completo, aunque mirándola de lejos parecía calzar botas altas: tal era la capa de barro que cubría sus piernas—. Indícale el camino a este señor.

Selifán ayudó a subir al pescante a la muchachita, la cual, puesto el pie en el estribo lo manchó todo de barro, y a continuación se encaramó arriba y se sentó al lado del cochero. Acto seguido fue Chichikov quien puso el pie en el estribo, y dado que pesaba lo suyo, hizo que el carruaje se inclinara hacia el lado derecho; luego se acomodó bien y dijo:

—Ahora todo está en su punto. Adiós, madrecita. Y los caballos se pusieron en marcha.

Selifán permanecía muy serio y a la vez muy atento a lo suyo, cosa que siempre le sucedía tras haber incurrido en una falta o después de haberse emborrachado. Los caballos iban extremadamente limpios. La collera de uno de ellos, que casi siempre aparecía desgarrada, hasta el extremo de que por los rotos del cuero se veía la crin de su interior, había sido cosida con gran habilidad.

Selifán, con aspecto muy taciturno, se limitaba a restallar el látigo, sin dirigir a los caballos las frases que solía, aunque el blanco, claro está, habría deseado oír alguno de sus instructivos discursos, ya que mientras tanto las riendas se iban aflojando en las mano del parlanchín auriga y si el látigo se paseaba por lo lomos no era más que para guardar las formas. Pero de sus silenciosos labios sólo salían insulsas exclamaciones de desagrado: «¡Vamos, cuervo! ¡Distráete!», y se acabó.

Hasta el mismo bayo y el «Asesor» se mostraban descontentos por no oír ni en una sola ocasión los habituales «amigos» y «respetables». El blanco recibía unos golpes en extremo desagradables en las partes más anchas y llenas de su cuerpo. «¡Pues sí que está furioso!» —pensaba para sus adentros moviendo un poco las orejas—. ¡Sabe muy bien dónde pegar! ¡No lo hace en el lomo, no, sino que busca las partes en que pueda dañar más! Busca las orejas o los ijares».

—¿Hacia la derecha? —preguntó con sequedad Selifán a la moza sentada junto a él en el pescante, mientras indicaba con el látigo un camino que, después de la lluvia, negreaba por entre los campos tapizados de un verde claro y vivo.

—No, no, ya le avisaré —contestó la muchacha.

—¿Por dónde? —preguntó nuevamente Selifán en cuanto se hubieron aproximado al camino.

—Por aquí —repuso la muchacha señalando con una mano.

—¡Qué desastre! —exclamó Selifán—. Ahí está la derecha. ¿Ni siquiera sabes dónde están tu derecha y tu izquierda?

A pesar de que el día era espléndido, el suelo aparecía tan cubierto de barro que las ruedas del carruaje pronto se llenaron de fango, como si fuera una capa de fieltro, debido a lo cual el vehículo resultó mucho más pesado, sobre todo porque el terreno era de una arcilla sumamente pegajosa. A causa de lo uno y de lo otro no lograron salir de los caminos vecinales hasta después del mediodía. Y aún así no les habría sido nada fácil si no hubiera estado con ellos la moza, pues los caminos serpenteaban en todas direcciones, como los cangrejos cuando se salen de un saco, y Selifán se habría visto obligado a continuar dando vueltas, aunque en esta ocasión no por culpa suya.

No mucho después la muchacha les señaló con la mano un edificio que aparecía a lo lejos, y dijo:

—Ese es el camino real.

—¿Y qué es aquella casa? —preguntó Selifán.

—Una posada —repuso ella.

—Está bien, ahora ya podemos continuar sin tu ayuda —le dijo Selifán—. Márchate a casa.

Tras detener el carruaje la ayudó a apearse, mientras refunfuñaba entre dientes:

—Anda, patas negras.

Chichikov le dio una moneda de cobre y la muchacha emprendió el camino de vuelta, satisfecha ya por haber subido en el pescante.

CAPÍTULO IV

Nada más llegar a la posada, Chichikov ordenó detener el coche por dos motivos: para que los caballos descansaran un poco, y para tomar él mismo una copa y un bocado.

El autor ha de confesar la gran envidia que siente hacia el estómago y el apetito de esta clase de gentes. Para ellos no representan absolutamente nada todos esos señores de San Petersburgo y de Moscú que se dan la gran vida, pasan las horas pensando en lo que van a comer al día siguiente y en el menú que tendrán pasado mañana, y que antes de dar principio a la comida toman forzosamente una píldora; que se alimentan de ostras, cangrejos de mar y otras maravillas por el estilo y que después se marchan a Karlsbad o al Cáucaso a hacer una cura de aguas.

No, a estos señores jamás les envidio. Pero los señores de medio pelo, que en una estación de postas piden que les sirvan jamón, en la próxima lechón asado, en la tercera una loncha de esturión o cualquier clase de embutido, adobado con cebolla, y después, como si nada, se sientan a la mesa a la hora que sea y para comenzar comen una sopa de pescado junto con bollitos rellenos con tanto primor que sólo con verlos basta para despertar el apetito a cualquiera; esos señores, digo, esos señores sí que gozan de un envidiable don de los cielos.

Más de uno y más de dos de esos señores que viven por todo lo alto darían al instante la mitad de sus mujiks y la mitad de sus haciendas, sea hipotecadas o bien sin hipotecar, con todos sus refinamientos según el estilo extranjero y el ruso, a cambio de un estómago como el que poseen los señores de medio pelo. Pero lo grave es que ningún dinero, ni siquiera hacienda, con refinamientos o sin ellos, permite comprar el estómago de los señores de medio pelo.

La posada, un edificio de madera enmohecida por el tiempo, dio entrada a Chichikov bajo su acogedor y estrecho cobertizo, sostenido por unos torneados postes que guardaban gran parecido con los viejos candelabros de las iglesias. Era una especie de isba rusa, aunque un poco mayor. Los dibujos tallados en las cornisas, que extendían su madera nueva en torno a las ventanas y por debajo de la techumbre, contrastaban

31

vivamente con las negruzcas paredes. En los postigos se veían pintados jarrones con flores.

Subió la escalera de madera hasta llegar al espacioso zaguán, donde halló una puerta que chirriaba cuando se abría, y una vieja gorda que llevaba un vestido de percal de colores muy chillones que le dijo:

—Por aquí, tenga la bondad.

En la estancia halló todos los viejos adornos que cualquiera halla en los pequeños mesones de madera que tan frecuentes son en los caminos, a saber: el samovar cubierto de escarcha, los muros de pino perfectamente cepillados, el armario adosado a un rincón con sus tazas y teteras, los huevos de porcelana sobredorada frente a los iconos, suspendido de cintas azules y rojas, la gata que ha parido recientemente, el espejo que refleja a uno no con dos ojos, sino con cuatro, y una especie de torta en lugar de cara; los ramos de hierbas aromáticas y de claveles secos, por último, a los dos lados de las imágenes, unas hierbas y unos claveles secos hasta tal punto que quien se aproxima a ellos para olerlos tiene que estornudar por fuerza.

—¿Tienen lechón? —preguntó Chichikov a la mujer.

—Sí.

—¿Con raíces de rábano y nata?

—Sí, con raíces de rábano y nata.

—¡Pues sírvalos, por favor!

La mujer se marchó en busca de lo necesario y regresó trayendo un plato, una servilleta almidonada de tal modo que se mantenía tiesa como una corteza seca, un cuchillo cuyo mango de hueso estaba ya amarillento y cuya hoja era tan fina como un cortaplumas, un tenedor con sólo dos púas y un salero que no había forma de conseguir que permaneciera de pie en la mesa.

Siguiendo su costumbre, nuestro protagonista comenzó en seguida a entablar conversación con la mujer y le preguntó quién era el dueño de la posada, si ella misma o si había posadero, qué beneficios le procuraba su negocio, si los hijos vivían en matrimonio, si el primogénito estaba soltero o se había ya casado, cómo era su esposa, si le había aportado una buena dote o no, si el suegro se mostraba contento y no se había enojado por recibir escasos regalos con motivo de la boda. En resumen, no se olvidó absolutamente de nada. No es preciso añadir que se interesó por todos los propietarios de la comarca; se enteró de que los había de todo tipo: Blojin, Pochitaev, Milnoi, el coronel Cheprakov, Sobakevich...

—¡Cómo! ¿Conoces a Sobakevich? —preguntó al escuchar el nombre de este último.

De este modo se enteró además de que la vieja no sólo conocía a Sobakevich, sino también a Manilov, y que éste era más remilgoso que Sobakevich: ordenaba que le prepararan ternera y una gallina; si tenían hígado de cordero, igualmente lo pedía, y lo único que hacía era probar de todo un poco; en cambio Sobakevich pedía sólo un plato y se lo comía todo, e insistía se empeñaba en repetir por el mismo precio.

Mientras así charlaba y comía su cochinillo, del que no quedaba ya más que el último pedazo, se oyó el estrépito de un coche que se aproximaba. Miró por la ventana y distinguió un carruaje que en aquel momento se paraba frente al mesón. Dicho cochecillo iba tirado por tres magníficos caballos. De él descendieron dos hombres, uno de ellos rubio y de elevada estatura, y el otro moreno y bastante más bajo. El rubio llevaba una chaqueta húngara de paño azul marino, y el moreno un sencillo abrigo corto a rayas.

Más allá se veía otro cochecillo de tres al cuarto, vacío, al que arrastraba un tiro de cuatro caballos de largo pelo con sus colleras completamente estropeadas y los aparejos de cuerda. El hombre rubio subió las escaleras con toda rapidez, mientras el moreno buscaba algo en el coche al tiempo que charlaba con el criado y hacía señas a los del coche que iba tras ellos. Chichikov encontró que su voz le era un tanto conocida. Mientras lo miraba, el rubio tuvo tiempo de llegar hasta la puerta y abrirla. Era de elevada estatura, de rostro enjuto, o, como dicen, consumido, y ligero bigote de un color que tiraba a rojo. Su rostro tostado daba a entender que era un hombre para quien el humo le era muy familiar, ya fuera el de la pólvora, o cuando menos el del tabaco.

Saludó a Chichikov con toda cortesía y éste correspondió pagándole con la misma moneda. Seguramente les habrían bastado escasos minutos para entablar una conversación larga y tendida, pues los preparativos estaban ya hechos, y casi a la vez manifestaron su alegría por el hecho de que la lluvia del día anterior hubiera acabado totalmente con el polvo del camino, de que el aire seguía siendo fresco y resultaba grato viajar.

En este punto se hallaban cuando entró el moreno, quien, tras quitarse la gorra y arrojarla sobre la mesa, se ahuecó con altivo gesto sus negros y abundantes cabellos. Era un mozo de mediana estatura, de complexión robusta, de llenas y coloreadas mejillas, dientes blancos como la nieve y patillas tan negras como la pez. Se le veía rebosante de vitalidad y de salud.

—¡Vaya, vaya, vaya! —exclamó de pronto, quedándose con los brazos abiertos en cuanto vio a Chichikov—. ¿A qué se debe tu presencia aquí?

Chichikov advirtió entonces que se trataba de Nozdriov, aquel con quien había estado comiendo en casa del fiscal y con el que pocos minutos después de conocerse habían intimado hasta tal punto que comenzaban ya a tutearse, si bien era cierto que él no había dado pie para ello.

—¿Dónde has estado? —preguntó de nuevo Nozdriov, que siguió hablando sin aguardar la respuesta—. Yo, hermano, he ido a la feria. Dame la enhorabuena: ¡Me han despellejado! Puedes estar seguro de que jamás me desplumaron de tal forma. Mira en qué coche he venido. ¡Mira por la ventana! —y se puso a empujar a Chichikov con tal fuerza que a éste poco le faltó para darse un coscorrón en el marco—. ¡Contempla qué asco! Apenas si andaban los muy malditos; me he visto obligado a pasar a su coche —continuó, señalando con un dedo a su compañero—. ¿Os conocéis? Te presento a Mizhuiev, mi cuñado. Durante toda la mañana hemos estado hablando de ti. «Vas a ver —le decía yo— si nos tropezamos con Chichikov». ¡Ay, hermano, si supieras cuánto he perdido! Puedes creerme, no me queda ya nada, incluso he perdido los cuatro potros. Ya ves, aquí estoy, sin reloj y sin cadena…

Chichikov miró y advirtió que, en efecto, iba desprovisto de tales prendas. Hasta creyó ver que una de sus patillas era más pequeña y menos espesa que la otra.

—Sólo con que hubiera podido disponer de veinte rublos más —continuó Nozdriov—, veinte rublos exactamente, ni más ni menos, habría logrado recuperar lo perdido, y te aseguro, palabra de honor, que en estos momentos tendría treinta mil en el bolsillo.

—Lo mismo decías entonces —replicó el rubio—, y sin embargo te di esa cantidad y la perdiste en un santiamén.

—No los habría perdido, te aseguro que no los habría perdido. Cometí una tontería y si no hubiera sido por esto no los habría perdido. De no haber duplicado la puesta a aquel maldito siete, habría hecho saltar la banca.

—No obstante no la hiciste saltar.

—No lo hice, porque se me ocurrió doblar la puesta en un momento nada oportuno. ¿Piensas que el mayor aquel juega tan bien?

—Ignoro si juega bien o no, pero lo cierto es que te dejó sin siquiera un kopec.

—¡Pues vaya cosa! —exclamó Nozdriov—. De este modo también yo le ganaría. Pero que intente doblar, y entonces comprobaré qué clase de jugador es. En cambio, hermano Chichikov, ¡cómo nos divertimos en los primeros días! Era una feria magnífica. Los mismos comerciantes aseguraban que jamás había ido a ella tanta gente. Yo todo lo que llevé de mi hacienda lo vendí a muy buen precio. ¡Cómo nos divertimos, hermano! Aun ahora, cuando me acuerdo… ¡Demonio! ¡Qué lástima que no hubieras venido! Imagínate que a unas tres verstas de la ciudad se hallaba un regimiento de dragones. Todos los oficiales, que vendrían a ser unos cuarenta, acudieron a la ciudad… Cuando comenzamos a beber… El subteniente Potseluev… un excelente individuo, que lleva unos bigotes así de largos… Al vino de Burdeos lo llama burdashka. «Tráenos burdashka», decía al mozo… Y el teniente Kuvshinnikov… ¡Qué tipo más agradable! Ese sí que es un verdadero juerguista. Siempre iba con él. ¡Y menudo vino el que nos dio Ponomariov! Debes saber que es un granuja, es imposible comprar nada en su tienda: al vino le echa toda clase de porquerías, corcho quemado, sándalo e incluso saúco, el muy miserable. Por el contrario, si saca una botella de una habitación trasera a la que él llama reservado, entonces es como si estuviera uno en el paraíso. El champaña que se bebe en casa del gobernador es kvas comparado con el que bebíamos allí. No era Cliquot, sino un Cliquot matradura, que significa doble Cliquot. Nos sirvió también una botella de cierto vino francés llamado bombón. Huele a rosas y a todo cuanto quieras. ¡Vaya juerga!… Al otro día llegó a la ciudad un príncipe de no sé dónde, ordenó que se compara champaña y no pudieron hallar ni una sola botella en toda la ciudad. Los oficiales habían agotado todas las existencias. ¿Creerás que en el transcurso de la juerga yo sólo me bebía diecisiete botellas?

—Bueno, tú no eres capaz de liquidar diecisiete botellas —objetó el rubio.

—Palabra de honor que es cierto —replicó Nozdriov.

—Tú di lo que te parezca, pero yo afirmo que ni siquiera te bebes diez.

—¿Apuestas a que sí?

—¿Y para qué hemos de apostar?

—Apuesta la escopeta que adquiriste en la ciudad.

—No, de ninguna manera.

—Apuesta, haz la prueba.

—No, no quiero.

—Perderías la escopeta igual que perdiste el gorro. ¡Cuánto sentí, Chichikov, que no hubieras venido! No habrías dejado ni por un instante al teniente Kuvshinnikov. ¡Cómo habríais intimado! Es muy distinto al fiscal y a todos esos tacaños funcionarios provinciales de nuestra ciudad, que se estremecen antes de soltar cada kopec. Este, hermano, juega a la banca y a todo lo que se ofrezca. ¿Qué te habría costado ir con nosotros? Eres un tonto por no haber ido. Dame un abrazo, vamos, ¡no sabes cuánto te aprecio! Mira, Mizhuiev, el destino es quien nos ha unido. Ni él tiene que ver nada conmigo, ni yo con él, apareció sabe Dios cómo y yo vivo aquí… ¡Y la cantidad de carruajes que había! Estuve jugando a la ruleta y al principio gané una taza de porcelana, una guitarra y dos tarros de pomada. Después continué dándole a la rueda, y no sólo lo perdí todo, sino que además me sacaron seis rublos, los muy miserables. ¡Y si hubieras visto lo mujeriego que es Kuvshinnikov! Estuvimos en la mayoría de los bailes. Había una joven muy elegante, con lazos y volantes y el diablo sabe qué más… Yo me decía: «¡Diablos!». Pero Kuvshinnikov, el muy decidido, tomó asiento junto a ella y comenzó a galantearla en francés… Créeme, ni siquiera a las mujeres del pueblo dejaba tranquilas. Era lo que él llamaba no desperdiciar la ocasión. Había un excelente pescado ahumado. Yo me he traído uno, tuve la idea de comprarlo cuando aún tenía dinero. Y tú, ¿adónde vas?

—A visitar a cierta persona —repuso Chichikov.

—No lo hagas y vente conmigo.

—No, no es posible. Debo resolver un asunto.

—Un asunto. Eso te lo acabas de inventar, don Ungüentos.

—Te doy mi palabra de que debo resolver un asunto urgente, y además de mucha importancia.

—Apuesto lo que sea a que no dices la verdad. Contesta, ¿a quién vas a visitar?

—A Sobakevich.

Cuando oyó estas palabras, Nozdriov se puso a reír a carcajadas. Era una risa de la que sólo es capaz una persona sana, una risa en la que luce todos sus dientes blancos como la nieve, le tiemblan y bailan las mejillas, y dos puertas más lejos el vecino se despierta, abre desorbitadamente los ojos y exclama: «¡Pues le ha dado fuerte la risa!».

—No veo que haya motivo para reír tanto —replicó Chichikov algo enojado.

Pero Nozdriov continuó riendo a carcajadas, y apenas si pudo decir:

—Apiádate de mí, que estoy a punto de reventar.

—Pues no veo el porqué. Le di mi palabra de que iría a verle —continuó Chichikov.

Nozdriov dijo:

—Entonces que no te pase nada. ¡Es un judío! Sé muy bien cómo es tu carácter y te equivocas por entero si piensas que allí tendrás una partida de banca o una botella de buen vino. Escucha, hermano, deja que Sobakevich se vaya al diablo y tú ven conmigo. ¡Ya verás qué salmón ahumado el que tengo! El muy animal de Ponomariov se pasó todo el rato haciendo reverencias y diciendo: «Sólo para usted. En toda la feria no logrará hallar otro igual». Es un pillo con todas las de la ley. Así se lo dije claramente: «Usted y nuestro contratista son los peores granujas». El bestia no hacía más que reír y acariciarse la barba, Kuvshinnikov y yo comimos todos los días en su casa. ¡Ah, hermano, ya no me acordaba de decirte! Sé que insistirás, pero no te lo entregaré ni por diez mil rublos, te lo digo para que lo sepas. ¡Eh, Porfiri! —gritó, tras acercarse a la ventana, a su criado, que sujetaba la navaja en una mano y en la otra un pedazo de pan y una loncha de salmón ahumado que había tenido la buena fortuna de cortar aprovechando que tuvo que ir en busca de algo al coche—. ¡Eh, Porfiri! —gritó de nuevo Nozdriov—. Trae aquí el cachorro. ¡Qué cachorro! —continuó dirigiéndose otra vez a Chichikov—. Lo he robado, su dueño no quería entregarlo ni a cambio de sí mismo. Yo le habría dado la yegua alazana, aquella que, como ya sabes, le cambié a Jovstiriov…

Pero Chichikov jamás había visto ni a la yegua alazana ni al tal Jovstiriov.

—¿Quiere el señor tomar algo? —preguntó entonces la vieja aproximándose a Nozdriov.

—No, nada. ¡Cómo nos divertimos, hermano!… Bueno, sí, trae una copa de vodka. ¿De qué es?

—De anís —repuso la mujer.

—Está bien, tráela —dijo Nozdriov.

—Tráeme otra a mí —añadió el rubio.

—En el teatro se hallaba una actriz que cantaba como un ruiseñor.

Kuvshinnikov, que había acudido conmigo, dijo: «¡Si consiguiera conquistarla!». Habría alrededor de cincuenta barracas. Fenardi pasó cuatro horas dando vueltas como un molino de viento.

Nozdriov se calló unos instantes para coger la copa que le ofrecía la vieja haciéndole una profunda reverencia.

—¡Eh, tú, tráelo para acá! —gritó a Porfiri cuando vio que entraba llevando el cachorro.

Porfiri vestía como su señor, con un abrigo corto guateado, aunque un poco mugriento.

—Tráelo, déjalo aquí, en el suelo.

Porfiri hizo lo que le ordenaban, y el cachorro se estiró olfateando.

—¡Aquí está! —exclamó Nozdriov mientras lo cogía de la piel del cuello y lo levantaba.

El animal lanzó un aullido lastimero.

—Y no has hecho lo que te indiqué —dijo Nozdriov dirigiéndose a Porfiri, al mismo tiempo que examinaba con atención la tripa del cachorro—. No lo has peinado, ¿verdad?

—Pues claro que lo he peinado.

—¿Y las pulgas?

—No sé. Es posible que las haya cogido en el coche.

—No es cierto, bien sabes que no. Ni siquiera te has acordado de peinarlo. Me imagino que incluso le has pegado las tuyas. Mira, Chichikov, fíjate qué orejas tiene. Tócalas.

—¿Para qué si ya las veo? Es de buena raza —repuso Chichikov.

—No, no, cógelo, tócale las orejas.

A fin de darle gusto, Chichikov tocó las orejas al animal y dijo:

—Realmente, será un espléndido perro.

—¿Y qué me dices de la nariz? Fíjate qué fría está. Vamos, tócala.

Deseando no incomodar a Nozdriov, Chichikov tocó asimismo la nariz del cachorro y exclamó:

—Tiene buen olfato.

—Es un verdadero perro de muestra —continuó Nozdriov—. Te confieso que desde hace mucho tiempo sentía deseos de tener un perro de muestra. Cógelo, Porfiri, llévatelo.

Porfiri cogió en brazos al cachorro y se lo llevó para dejarlo en el coche.

—Oye, Chichikov, has de ir a mi casa. Sólo hay hasta allí cinco verstas.

En un abrir y cerrar de ojos estaremos en ella y después, si te parece bien, puedes ir a ver a Sobakevich.

«¿Y por qué no? —pensó Chichikov—. Sí, iré. Es una persona como las demás y por otra parte lo han dejado sin un kopec. Da la impresión de que es capaz de cualquier cosa, de modo que quizá logre sacarle algo de balde».

—De acuerdo —repuso—. Pero que conste que me quedaré sólo un rato. Llevo el tiempo muy justo.

—¡Eso es hablar! ¡Estupendo! Permite que te abrace —y Nozdriov y Chichikov se dieron un abrazo—. Magnífico, iremos los tres juntos.

—No —dijo entonces el rubio—, yo no pienso ir. Debo regresar a casa.

—¡Bah, tonterías, hermano, tonterías! No te dejaré ir.

—Te digo que mi mujer se enojará. Ahora ya puedes ir en su coche —agregó señalando a Chichikov—. No digas más. Ni se te ocurra siquiera.

El rubio pertenecía a esa clase de personas que en el primer momento parecen tercas. Aún no ha abierto uno la boca y ya se disponen a llevarle la contraria; jamás aceptarán lo que sea contrario a su manera de pensar ni llamarán necio al que creen inteligente; jamás transigirán, sobre todo, en bailar al son que otro toque. Y sin embargo, después resulta que siempre tienen poco carácter, que aceptan lo que al principio rechazaban, que al necio lo llaman inteligente y que bailan de maravilla al son que otro toca. En resumen, que comienzan bien y terminan mal.

—¡Tonterías! —exclamó Nozdriov tras una indicación del rubio. Se caló la gorra y el rubio marchó detrás de él.

—Señor, que no me ha pagado aún el vodka… —dijo la vieja.

—Está bien, está bien, madrecita. Oye, cuñado, ten la bondad de pagar. En mi bolsillo no hay ni un solo kopec.

—¿Qué he de darte? —preguntó el cuñado.

—Sólo veinte kopecs, padrecito —contestó la vieja.

—No mientas, no mientas. Entrégale diez kopecs y con eso ya hay de sobras.

—Es muy poco, señor —objetó la vieja, quien no obstante cogió el dinero dando muestras de gratitud e incluso se precipitó a abrirles la puerta. En modo alguno perdía, ya que había pedido cuatro veces más de lo que cuesta el vodka.

Todos tomaron asiento. El coche de Chichikov no se alejaba del otro, en el que iban Nozdriov y su cuñado, de manera que pudieron conversar tranquilamente durante todo el viaje. Detrás de ellos seguía el coche de Nozdriov, que poco a poco se quedaba rezagado, con los pencos tomados de alquiler. En él iban Porfiri y el perro.

Teniendo en cuenta que la conversación que sostenían los viajeros ofrece muy poco interés para el lector, será mejor decir algo acerca de Nozdriov, personaje que tal vez esté destinado a representar en nuestro poema un papel de alguna envergadura.

Es cierto que el lector conoce ya un poco la personalidad de Nozdriov. Cualquiera ha encontrado gran cantidad de hombres como él. Se les suele dar el nombre de muchachos despiertos, durante la infancia y en la escuela tienen fama de buenos compañeros, y con mucha frecuencia se ganan buenas palizas. En sus rostros se advierte siempre algo atrevido, franco, abierto. Inmediatamente hallan conocidos y le tutean a uno antes de que haya tenido tiempo de darse cuenta. Cuando entablan una amistad, se diría que ella durará eternamente, pero la mayoría de las veces sucede que acaban riñendo con el nuevo amigo en la misma cuchipanda en que se habían conocido. Todos ellos son habladores, insensatos, amantes de las juergas, gentes de nota. A sus treinta y cinco años, Nozdriov no se diferenciaba absolutamente nada de cuando tenía dieciocho o veinte. El matrimonio no había originado en él el menor cambio, tanto más que su esposa pronto se fue al otro mundo, dejándole dos niños que maldita la necesidad que tenía de ellos, y de los que se encargaba una niñera bastante bonita. En su casa no se podía permanecer más de un día.

Su penetrante olfato percibía las ferias y todo género de juergas y bailes que tenían lugar en varias docenas de verstas a la redonda, y en un santiamén comparecía allí, discutía y alborotaba tras el tapete verde, ya que, igual que todos los de su especie, sentía pasión por las cartas. Como hemos tenido ocasión de comprobar era un tanto tramposo, conocía muchos ardides y estaba dotado de habilidades que con frecuencia el juego concluía en otro juego: o le zurraban, o le tiraban de sus bellas y pobladas patillas, pero de tal manera que en algunas ocasiones regresaba a casa con una sola patilla, y por añadidura bastante ralada. No obstante sus rollizas y sanas mejillas tenían tanto vigor vegetal, que pronto volvían a brotar las patillas aún más esplendorosas que antes. Y lo más peregrino de todo era algo que sólo puede suceder en Rusia: transcurrido cierto tiempo se encontraba de nuevo con los mismos que le habían zurrado a base de bien, y se reunía con ellos como si nada; ni él se daba por recordado, ni los demás se daban tampoco por aludidos.

Nozdriov era, en cierto aspecto, un hombre histórico. Ninguna reunión en la que él tomaba parte concluía sin su historia. Por fuerza tenía que suceder alguna: o lo sacaban los guardias, o sus propios amigos se encontraban en la obligación de echarlo. Si no sucedía así, invariablemente pasaba algo que a los otros no les podía pasar en modo alguno: comenzaba a beber con tanta desconsideración que una de dos, o no paraba de reír, o mentía con tal descaro que al final a él mismo le producía vergüenza. Mentía sin más ni más, sin ninguna necesidad de ello. De buenas a primeras salía diciendo que poseía un caballo de pelo azul o rosa, o bien otras necedades por el estilo, hasta el extremo de que los oyentes acababan por alejarse de él exclamando: «Por lo que veo, hermano, has comenzado ya con tus embustes».

Hay personas que experimentan el prurito de perjudicar al prójimo, en ocasiones incluso sin razón alguna. Hay quien, por ejemplo, aun tratándose de persona que ocupa un elevado cargo, de noble aspecto, con alguna alta condecoración que luce sobre su pecho, os estrechará la mano, charlará con vosotros acerca de temas profundos que invitan a meditar, y después, de inmediato, os hará una jugarreta ante vuestros propios ojos. Y os la hará de igual modo que lo haría un simple registrador colegiado, y no como una persona distinguida y que charla acerca de temas que invitan a meditar. Nozdriov poseía también ese peregrino prurito. Cuanto más intimaba uno con él, tanto antes le hacía una jugarreta: decía de él todo lo más absurdo que era posible imaginar, echaba por tierra una boda o una venta, y eso sin ocurrírsele siquiera la idea de poner fin a la amistad. Por el contrario, si por casualidad se encontraba de nuevo con él, lo trataba amigablemente e incluso le reprochaba: «Eres un fresco, nunca te dejas ver por mi casa».

En numerosos aspectos, Nozdriov era una persona que presentaba múltiples facetas, es decir, que igual servía para un roto que para un descosido. En un mismo momento os convidaba a ir a donde fuera, hasta el fin del mundo que, a cambiar cualquier objeto por lo que prefirierais. Una escopeta, un caballo, un perro: todo era objeto de trueque. No le impulsaba a ello la intención de salir ganando, sino que le arrastraba su extraordinario dinamismo, aquel carácter que no le dejaba permanecer quieto. Si comparecía en una feria y tenía la buena fortuna de encontrarse con un infeliz y dejarlo sin un kopec, adquiría todo lo primero que hallaba en los tenderetes: collares, velas para encender la pipa, pañuelos para el ama, pasas, un potro, un lavamanos de plata, hilo de Holanda, tabaco, harina, pistolas, arenques, barajas, una piedra de afilar, porcelana, pucheros, botas, hasta donde le permitía el dinero.

Sin embargo, en contadas ocasiones llegaba a su casa nada de todo esto. Casi aquel mismo día pasaba a manos de un jugador con más suerte, a veces añadiéndole la propia pipa, la boquilla y la bolsa del tabaco, y otras, con el complemento de los cuatro caballos, del cochero y del coche, de tal modo que el propietario, con una zamarra o una levita estropeada, se veía obligado a ir en busca de algún amigo que le pudiera llevar en su coche.

¡Este era Nozdriov! Tal vez haya quien crea que es un tipo pasado de moda, asegurando que los Nozdriov han dejado de existir. ¡Ay! Se equivocarán quienes así piensen. Los Nozdriov tardarán aún bastante en desaparecer. Están entre nosotros, surgen a cada paso, con la diferencia, quizá, de que van vestidos de otra forma. La gente no suele ser muy perspicaz y se imagina que la persona que viste otra ropa es ya otra.

Mientras tanto, los tres carruajes llegaron al portal de la casa de Nozdriov. Allí no habían dispuesto nada para recibirlos. En el centro del comedor se encontraban dos caballetes, y dos campesinos, subidos en ellos estaban blanqueando las paredes al mismo tiempo que entonaban una interminable canción. El suelo aparecía cubierto de manchas de cal. Nozdriov se apresuró a ordenar a los campesinos que se marcharan con sus caballetes, y se dirigió a otro aposento para dar órdenes. Los invitados pudieron oír que encargaba la comida al cocinero. Chichikov, quien comenzaba ya a sentir algún apetito, se dio cuenta de que no se sentarían a comer antes de las cinco. Regresó Nozdriov y llevó a sus invitados a recorrer la aldea: alrededor de las dos les había mostrado ya completamente todo lo que había que ver. En primer lugar pasaron a ver la cuadra, en la que había dos yeguas, una gris con manchas y otra alazán claro, y un potro bayo que no se caracterizaba por su buena figura pero por el cual juró Nozdriov que había pagado diez mil rublos.

—No es cierto que pagaras diez mil —objetó su cuñado—. Ni siquiera vale mil.

—Te doy mi palabra de que pagué diez mil —dijo Nozdriov.

—Por mí puedes asegurar cuanto quieras —contestó su cuñado.

—¿Qué apuestas?

Pero el cuñado se negó a apostar nada.

Después Nozdriov les mostró los boxes vacíos en los que antes había tenido también magníficos caballos. En la cuadra había además un chivo, puesto que, de acuerdo con la vieja creencia, juzgaba necesario tener un animal de ese género entre los caballos; el chivo parecía entenderse bien con los equinos, se paseaba por debajo de sus vientres al igual que si anduviera por su propia casa. Acto seguido Nozdriov los condujo a ver un lobezno, al que tenía atado de una cuerda.

—Es un excelente lobezno —dijo—. Lo alimento a base de carne cruda. Me propongo conseguir que sea una auténtica fiera.

Se encaminaron después a ver el estanque, en el cual, según afirmaba Nozdriov, había unos peces de tal tamaño que entre dos personas apenas podían sacar uno, cosa que su pariente puso igualmente en duda.

—Ahora voy a enseñarte, Chichikov —dijo Nozdriov— una espléndida pareja de perros. Sus cuartos traseros son tan duros como una roca. ¡Sus colmillos son verdaderas agujas!

Los llevó a una casita de apariencia muy agradable que se hallaba en el centro de un espacioso patio cercado. Cuando penetraron en él vieron innumerables perros de toda clase de colores y pelajes: negruzcos, pardo rojizos, negros con manchas, pardos con una estrella blanca en su frente, semipardos, de orejas grises, de orejas negras... Respondían a todos los nombres que pueda uno imaginar, siempre en imperativo: «Dispara, Ladra, Corre, Muerde, Pendenciero, Bórralo, Ataca, Impaciente, Recompensa, Golondrina, Guardiana». Nozdriov se sentía entre ellos igual que un padre en el seno de su familia.

Todos ellos con los rabos levantados se precipitaron a saludar a los invitados. Unos diez pusieron sus Patas sobre los hombros de Nozdriov. «Ladra» se acercó hacia Chichikov con idénticas pruebas de amistad, y, levantado sobre las patas traseras, le pasó la lengua por los mismos labios, hasta el punto de que él se vio obligado a escupir inmediatamente. Observaron a los que destacaban de los demás por la dureza de sus músculos, y dictaminaron que eran unos perros muy buenos.

Después se encaminaron a ver a una perra de Crimea que se había quedado ciega y que, según afirmaba Nozdriov, viviría ya poco tiempo, pero que dos años atrás era una perra muy buena. La contemplaron y vieron que, realmente, estaba ciega. Acto seguido se dirigieron a ver el molino de agua, que carecía de la solera sobre la cual «vuela» la muela, según la atinada expresión del campesino ruso.

—Ahora iremos a la herrería —dijo Nozdriov.

Caminaron un corto trecho y, efectivamente, vieron la dependencia y se pararon a examinarla.

—Allí, en aquel campo —dijo Nozdriov mientras señalaba con un dedo—, hay tal cantidad de liebres que no permiten ver el suelo. En cierta ocasión, llegué a coger una con las manos por las patas traseras.

—Jamás has cogido tú una liebre por las patas traseras —objetó el cuñado.

—Sí, la cogí, es cierto que la cogí —contestó Nozdriov—. Ahora —continuó volviéndose a Chichikov— te voy a enseñar las lindes de mis tierras.

Y mientras esto decía, condujo a sus huéspedes por un campo en el que en muchos lugares sólo había terrones. Los huéspedes tuvieron que atravesar barbechos y terrenos arados. Chichikov comenzaba a sentirse cansado. En muchas partes, cuando se pisaba el suelo, éste rezumaba agua, tanta era la humedad que había en aquellos campos bajos. En los primeros momentos ponían el pie con sumo cuidado, pero después, al comprobar que era todo igual, acabaron por continuar avanzando sin preocuparse de dónde había mucho o poco barro. Caminaron aún un buen trecho hasta que por último vieron, efectivamente, la linde, que consistía en una estrecha zanja y un pequeño poste de madera. ¡Ya estamos en la linde! —exclamó Nozdriov—. Todo lo que ves del lado de acá me pertenece, e incluso del otro lado, ese bosque que negrea y lo que se halla detrás del bosque también me pertenece.

—¿Y desde cuándo te pertenece? —preguntó el cuñado—. ¿Acabas de comprarlo hoy? Pues antes no te pertenecía

—Sí, acabo de comprarlo no hace muchos segundos —repuso Nozdriov.

—¿Cuándo has tenido tiempo de comprarlo?

—Bueno, hace tres días que lo compré. Y, ¡diablos!, por cierto que lo pagué caro.

—Si entonces estábamos en la feria.

—¡No seas inocente! ¿Es que uno no puede comprar tierras mientras está en la feria? Sí que estaba en la feria, pero el administrador las compró, mientras yo me hallaba ausente.

—Sí, por supuesto, tu administrador… —dijo el cuñado sacudiendo la cabeza y sonriendo con ironía.

Los invitados volvieron por un camino tan cómodo como a la ida. Nozdriov los llevó a su despacho, en el que, sin embargo, no había nada de lo que acostumbran a tener los despachos, es decir, libros y papeles. Lo único que se veía allí, colgando de las paredes, eran sables y dos escopetas, una de ochocientos y otra de trescientos rublos. El cuñado, en cuanto las vio, se redujo a menear la cabeza. Después les enseñó unos puñales turcos, en uno de los cuales se leía grabado por error: «Maestro Savell Sibiriakov». A continuación les mostró un organillo, que Nozdriov se apresuró a hacer tocar.

Aquel instrumento sonaba de modo muy agradable, pero tenía que tener por dentro algún desperfecto, puesto que la mazurca que estaba tocando concluyó con el Mambrú se fue a la guerra y el Mambrú se transformó de pronto en un conocido vals. Nozdriov hacía ya rato que no le daba vueltas al manubrio, y no obstante el organillo era tan travieso que en manera alguna quería permanecer en silencio, y todavía continuó sonando por sí solo.

Después les llegó el turno a las pipas, pipas de madera, de espuma y de barro, culotadas y sin culotar, forradas con gamuza y sin forrar, una larga pipa con boquilla de ámbar que acababa de ganar hacía poco, una bolsita de tabaco bordada por cierta condesa que en otros tiempos se enamoró perdidamente de él y cuyas manos, según la expresión del propio Nozdriov, eran superflú, con lo que seguramente pretendía indicar el máximo de la perfección.

Más tarde tomaron un aperitivo de salmón ahumado y cuando se sentaron a comer eran ya casi las cinco. Era fácil advertir que para Nozdriov la comida no representaba lo principal. Concedía escasa importancia a los guisos, de los cuales unos se habían quemado y en cambio otros estaban crudos. Se veía claramente que el cocinero se dejaba llevar más por la inspiración del momento, y metía en la cazuela lo que tenía al alcance de la mano; si encontraba pimienta, metía pimienta si col, metía col. Y de este modo recurría a la leche a los guisantes, al jamón… En resumen, todo era bueno mientras resultara algo caliente, ya que sabor siempre tendría alguno. Por el contrario, Nozdriov jugó un buen papel en el capítulo de los vinos. Antes de que fuera servida la sopa ya había llenado a sus huéspedes un gran vaso de oporto y otro de Haut Sauterne, pues en las capitales de provincia y de distrito no está de moda el simple sauterne. Después, Nozdriov ordenó que trajeran una botella de vino de Madeira que ni siquiera un mariscal de campo había probado jamás. Efectivamente, el madeira parecía abrasar el paladar, porque los comerciantes, que saben los gustos de los propietarios, quienes saborean el buen madeira, le agregaban ron en enormes cantidades, e incluso a veces vodka, confiados en que el estómago de los rusos es capaz de soportarlo todo. Acto seguido trajeron una botella especial que, según dijo el anfitrión, contenía una mezcla de champaña y borgoña.

Nozdriov no dejaba de llenar constantemente los dos vasos, a derecha e izquierda, el de su cuñado y el de Chichikov. Este se dio cuenta, no obstante, de que el propio Nozdriov se servía con mucha mesura, razón por la que permaneció alerta, y siempre que Nozdriov se distraía charlando o servía a su cuñado, aprovechaba la ocasión para derramar el contenido de su vaso en el plato.

Poco después apareció en la mesa un licor de serbal acerca del que Nozdriov aseguró que tenía exactamente el mismo sabor que la crema, pero que despedía un olor a matarratas que tumbaba de espaldas. Luego bebieron una especie de bálsamo de cuyo nombre era difícil acordarse, sobre todo porque el propietario le daba cada vez un nombre distinto.

Hacía ya mucho rato que la comida llegó a su fin; habían saboreado y vuelto a saborear todos los vinos, y sin embargo los huéspedes continuaban sentados a la mesa. Chichikov no quería en modo alguno hablar a Nozdriov de lo que para él era lo más importante mientras el cuñado estuviera presente, el cual, en resumidas cuentas, era un extraño, siendo así que el asunto que le ocupaba requería un amistoso diálogo confidencial. Aunque por otra parte es cierto que el cuñado no representaba peligro alguno, pues parecía haber bebido más de lo preciso y, sentado en su silla, daba cabezadas sin cesar. Dándose cuenta él mismo del estado tan inseguro en que se hallaba, rogó que se le permitiera marchar a su casa, pero lo hizo con una voz tan lánguida y decaída, que era como si, según el decir ruso, se dispusiera a poner al caballo la collera con tenazas.

—¡De ningún modo! ¡No te lo voy a permitir! —exclamó Nozdriov.

—De veras te ruego que me permitas irme —dijo el cuñado—. Si no me dejas me voy a enfadar.

—Eso son majaderías, majaderías. En seguida organizaremos una partida, jugaremos al monte.

—No, juega tú si quieres, pero a mí no me es posible. Mi mujer me armaría un gran escándalo. Créeme, debo explicarle cuanto vi en la feria. De veras te lo digo, he de darle ese gusto. No, no me obligues quedarme.

—¡Que se vaya tu mujer a paseo! ¡Pues sí que es importante lo que tengáis que hacer juntos!

—¡No, no! Es una mujer muy honesta y muy fiel. No me niegues ese favor… Créeme, te lo suplico con lágrimas en los ojos. No, no me obligues a quedarme. Te aseguro que debo irme. Te lo digo con el corazón en la mano.

—Déjale que se marche. Para lo que puede servirnos… —dijo Chichikov al oído de Nozdriov.

—¡Tienes toda la razón! —exclamó éste—. ¡No puedo soportar a esos tipos de corazón tan blando! —y continuó levantando la voz—: ¡Vete al infierno! ¡Márchate a acariciar a tu mujer, fetiuk[10]!

—No, hermano, no me llames fetiuk —dijo entonces el cuñado—. A ella se lo debo todo. Es tan buena, tan cariñosa, tan agradable… Cuando lo pienso me dan ganas de llorar. Querrá saber las cosas que he visto en la feria. Deberé contárselo todo. Es tan buena y agradable…

—Vamos, márchate, dile necedades. Aquí está tu gorra.

—No, hermano, no debes hablar así de mi esposa. De este modo también me estás ofendiendo a mí. ¡Es tan buena y agradable…!

—Bueno, pues lárgate con ella en seguida.

—Sí que me marcho, disculpa que no me pueda quedar. Lo haría con sumo agrado, pero no me es posible.

El cuñado continuó repitiendo sus excusas durante un buen rato, sin darse cuenta de que ya había subido al carruaje, de que el portón se había quedado muy atrás, y de que llevaba mucho tiempo sin tener a nadie con quien charlar, como no fueran los campos desiertos. Es preciso suponer que su esposa no se enteraría por él de muchas cosas acerca de la feria.

—¡No es más que un guiñapo! —exclamó Nozdriov de pie frente a la ventana y contemplando cómo se alejaba el coche—. ¡Mira qué manera de tirar! El caballo de varas es bueno, hace mucho tiempo que me he encaprichado por él. Pero con este hombre no hay modo de hacer trato. ¡Es un fetiuk, un verdadero fetiuk!

Se encaminaron al interior. Porfiri dispuso unas velas y Chichikov vio que el propietario tenía en sus manos, sin saber cómo había aparecido, una baraja.

—Bueno —dijo Nozdriov mientras apretaba los extremos de la baraja, llegándola a doblar de tal manera que la hizo restallar, saltando el papel en que estaba envuelta—. Para distraernos un poco, pongo una banca de trescientos rublos.

Sin embargo, Chichikov se hizo el sordo y dijo, como si acabara de acordarse en ese momento:

—¡Ah! Antes de que me olvide de ello, he de pedirte un favor.

—¿Y en qué consiste?

—Primero, dame tu palabra de que no te negarás.

—Pero, ¿en qué consiste?

—¡Dame tu palabra!

—Está bien.

—¿Palabra de honor?

—Bueno, palabra de honor.

—Lo que quiero pedirte consiste en esto: sin duda tendrás muchos campesinos muertos y que aún constan, en la relación del registro.

—Sí, ¿y qué?

—Que los pongas a nombre mío.

—¿Por qué?

—Los necesito… Eso es asunto mío. En suma, los necesito.

—Probablemente, habrás discurrido algo. Confiésalo, ¿qué es?

—¿Y qué quieres que discurra? Con una cosa que para nada sirve, ignoro lo que se puede discurrir.

—¿Para qué los necesitas?

—¡Pues sí que tiene gracia! Aunque sea una cosa que no sirve para nada, él querría olerla y tocarla.

38

—Entonces, ¿por qué te niegas a decírmelo?

—¿Acaso ganarás algo con saberlo? Sencillamente, no es más que un capricho.

—Bien, fíjate pues en una cosa: hasta que me lo hayas dicho, no pienso hacerlo.

—Esto no es honrado. Me diste tu palabra de honor, y no obstante ahora te echas atrás.

—Como prefieras, pero no voy a hacerlo, mientras no me digas para qué los quieres.

«¿Qué le puedo decir?», pensó Chichikov, y tras reflexionar unos instantes le contó que las almas muertas las quería a fin de adquirir peso en la sociedad, que no poseía grandes fincas y que mientras no aumentara su hacienda deseaba tener siervos de esa clase.

—¡Falso, estás mintiendo! —exclamó Nozdriov sin dejarle concluir—. ¡Estás mintiendo, hermano!

El mismo Chichikov observó que su invención no había sido muy acertada y que el pretexto que había dado resultaba bastante flojo.

—Bueno, voy a ser sincero contigo —dijo, intentando corregir su fallo—. Sólo te pediré que no se lo cuentes a nadie. Me he hecho el propósito de casarme, pero debes saber que los padres de mi novia son personas de muchas pretensiones. Me encuentro en un verdadero compromiso, y ahora me arrepiento de haber contraído esta obligación. Se empeñan en que el novio tenga como mínimo trescientas almas. Y puesto que aún ciento me faltan casi ciento cincuenta…

—¡No es verdad, mientes otra vez! —volvió a gritar Nozdriov.

—Pues lo que es ahora —replicó Chichikov— no he mentido ni siquiera eso —y al decir esto señalaba con el pulgar la parte más pequeña de su meñique.

—Apostaría la cabeza a que estás mintiendo.

—Creo que te estás pasando de la raya. ¿Quién piensas que soy? ¿Por qué razón tengo que mentir forzosamente?

—Te conozco muy bien. Eres un granujá redomado, como amigo permite que te lo diga. De ser yo superior tuyo, ordenaría que te colgaran del primer árbol.

Chichikov se sintió muy enojado cuando oyó estas palabras. Cualquier expresión grosera e indecorosa le resultaba ya muy molesta. Ni siquiera le complacía el que se le tratara con familiaridad, salvo si el que se tomaba esta libertad era un personaje importante. De ahí que se ofendiera muy de veras.

—Te aseguro que daría orden de que te colgaran —volvió a decir Nozdriov—. Te hablo sinceramente, no con intención de ofenderte, sino simplemente, como lo haría con cualquier amigo.

—Todas las cosas tienen sus límites —dijo Chichikov con aire de dignidad ofendida—. Si quieres presumir con frases de este tipo, márchate a un cuartel —y después añadió—: Si no quieres entregármelas gratis al menos véndemelas.

—¿Vendértelas? Te conozco, Darías muy poco por ellas, ¿no es cierto?

—¡Pues vaya que eres tú bueno! Date cuenta, ¿es qué acaso se trata de brillantes?

—Así es, ya digo yo que te conozco.

—Tienes instintos de judío. Lo que deberías hacer es cedérmelas y se acabó.

—Bueno, óyeme, para que veas que no soy amigo tacaño, no te voy a cobrar nada. Cómprame el potro y te las cederé gratis.

—Piensa lo que dices. ¿Para qué quiero yo el potro? —dijo Chichikov, a quien esta oferta le había dejado atónito.

—¿Cómo que para qué? Yo di por él diez mil rublos y sólo te pido cuatro mil.

—¿Y para qué necesito el potro? No tengo yeguada.

—Escucha, no me entiendes. Al contado no te cobraré más que tres mil, y los mil restantes me los pagarás cuando te parezca.

—No necesito el potro. ¡Que se quede con Dios!

—En este caso, cómprame la yegua alazana.

—Tampoco necesito la yegua.

—Por la yegua y por el caballo gris que viste antes sólo te voy a cobrar dos mil.

—No me hacen ninguna falta los caballos.

—Entonces véndelos. En la primera feria a la que vayas podrá conseguir por ellos tres veces más.

—Véndelos tú mismo, si es que tienes la seguridad de que podrás ganar tanto.

—Sé que ganaría, pero quiero que también tú resultes beneficiado.

Chichikov le dio las gracias por tan buenos deseos y se negó rotundamente a comprar la yegua alazana y el caballo gris.

—Está bien, cómprame pues algún perro. Te venderé una pareja que, con sólo verlos, hacen que se le ponga a uno la piel de gallina. Son lanudos y tienen unos bigotes así de grandes. Su pecho es muy ancho y sus patas están cubiertas de pelo; no les entrará la tierra.

—¿Para qué quiero los perros? Yo no soy cazador.

—Pero yo quiero que tengas perros. Escucha, si no necesitas los perros, cómprame el organillo. Es un excelente organillo. Te aseguro bajo palabra de honor que pagué por él mil quinientos rublos. Te lo vendo por novecientos.

—¿Para qué necesito el organillo? No soy ningún alemán de esos que van pidiendo, arrastrándolo por los caminos.

—Pero éste no es un organillo como los que emplean los alemanes. Es un órgano. Obsérvalo bien. Es enteramente de caoba. ¡Te lo volveré a mostrar!

Y al decir esto Nozdriov cogió a Chichikov por un brazo intentando arrastrarlo a la estancia contigua. Y por mucha resistencia que opusiera Chichikov, y por más que asegurara que ya sabía cómo era el organillo, no le quedó más remedio que escuchar de nuevo cómo Mambrú se iba a la guerra.

—Si no quieres comprármelo, escucha: te daré el organillo y todas las almas muertas que poseo a cambio de tu coche y de trescientos rublos.

—¡Pues sólo faltaría eso! ¿Y cómo quieres que prosiga mi viaje?

—Yo te daré otro coche. Ven al cobertizo y lo verás. Sólo habrás de darle una mano de pintura, y te quedará un magnífico coche.

«¡El diablo se ha metido en él!», pensó Chichikov, y tomó la decisión de renunciar a todo género de coches, organillos y perros, aunque tuvieran un pecho extraordinario y unas patas peludas.

—Te ofrezco el coche, el organillo y las almas muertas, ¡todo junto!

—No —repuso Chichikov.

—¿Y por qué no?

—Porque no quiero, simplemente.

—¡Demonio, cómo eres! Estoy viendo que contigo es imposible tratar como es de rigor entre buenos amigos y compañeros.

—¿Acaso crees que soy estúpido o qué? Juzga tú mismo: ¿para qué voy a comprar cosas que no me serán de ninguna utilidad?

—Está bien, como quieras, no se hable más. Ahora te conozco muy bien. ¡Eres un canalla! Pero escucha, ¿quieres jugar una pequeña partida? Apuesto a una sola carta todas las almas muertas y el organillo juntos.

—Quien lo apuesta todo a una carta corre un albur —replicó Chichikov mientras miraba de reojo las dos barajas que Nozdriov tenía en sus manos. Creyó ver que ambas habían sufrido determinadas manipulaciones, y hasta el dibujo del reverso de los naipes se le antojó que era demasiado sospechoso.

—¿Por qué un albur? —contestó Nozdriov—. No hay nada desconocido. Si la suerte está de tu parte, podrás ganar un dineral. ¡Aquí la tienes! ¡Vaya suerte! —exclamó, comenzando a tirar a fin de incitarlo—. ¡Vaya suerte! Aquí la tienes, ahí está; ese condenado nueve me hizo perder todo. Presentía que iba a traicionarme, pero ya había cerrado los ojos y me decía: «¡Que el diablo te lleve, traicióname si te apetece, maldita!».

Mientras Nozdriov hablaba de este modo, Porfiri llegó trayendo una botella. No obstante Chichikov se negó rotundamente no sólo a jugar sino también a beber.

—¿Por qué no quieres jugar? —le preguntó Nozdriov.

—Porque no me apetece, y si he de decirte la verdad, el juego no me gusta; me disgusta.

—¿Por qué no te gusta?

Chichikov se encogió de hombros y repuso:

—Porque no.

—¡No eres más que un guiñapo!

—Tendré que conformarme, si así me hizo Dios.

—¡Lo que realmente eres es un fetiuk! Antes pensaba que en cierto modo eras una persona decente, pero no tienes ni la más remota idea de lo que es saber comportarse. Contigo no es posible hablar como se hace con un amigo… Ni siquiera tienes noción de lo que es la sinceridad. Eres un perfecto Sobakevich, ¡tan canalla como él!

—¿Por qué motivo me insultas de este modo? ¿Es que tengo la culpa de que me disguste jugar? Véndeme las almas muertas sin añadirles nada, si es que hasta tal punto aprecias esta porquería.

—¡Ni lo pienses! Tenía la intención de regalártelas, pero ahora en modo alguno lo haré. No te las daría ni a cambio de tres reinos. Eres un vulgar trapacero. De ahora en adelante no quiero tener ninguna clase de tratos contigo. Porfiri, ve a decirle al mozo de la cuadra que no dé avena a sus caballos, que el heno ya les basta para comer.

Esta última conclusión Chichikov no la esperaba ni remotamente.

—¡Habría sido preferible que jamás te hubieras presentado ante mi vista! —exclamó por último Nosdriov.

No obstante, a pesar de su altercado, el propietario y el invitado cenaron juntos, si bien es cierto que en la mesa no aparecieron vinos de nombres raros. Únicamente había, solitaria, una botella de algo en extremo agrio que pretendía ser vino de Chipre. Una vez concluida la cena, Nozdriov condujo a Chichikov a un cuarto trasero, en el que le había dispuesto una cama, y le dijo:

—¡Ahí está tu cama! Ni siquiera las buenas noches quiero desearte.

Nozdriov se marchó y Chichikov se quedó con un estado de ánimo muy desagradable. Se reprochaba a sí mismo el haber acudido a casa de Nozdriov, con lo que estaba perdiendo el tiempo inútilmente. Pero lo que más se reprochaba era el haber hablado de su asunto. Había obrado con demasiada ligereza, como un niño, como un imbécil. Su asunto no era lo más a propósito como para tratar de él con Nozdriov. Nozdriov era un guiñapo, una persona capaz de toda clase de mentiras, que podía añadir de su propia cosecha lo que quisiera y lanzar a los cuatro vientos Dios sabe qué habladurías de todo tipo… Había hecho mal, sí, había hecho muy mal.

«Soy un necio», se repetía constantemente.

Pasó muy mala noche. Ciertos insectos, diminutos y muy revoltosos, no cesaban de acribillarle con sus picaduras, tan dolorosas, que no hacía más que rascarse el lugar afectado al mismo tiempo que exclamaba: «¡Ojalá os lleve el diablo a todos, a vosotros y a Nozdriov!».

Era muy temprano cuando se levantó. Después de haberse puesto la bata y las botas se encaminó, cruzando el patio, a la cuadra, donde dio orden a Selifán de que enganchara en seguida. Al regresar, mientras atravesaba el patio, tropezó con Nozdriov, que iba también con bata y que llevaba la pipa entre los dientes.

Nozdriov le deseó los buenos días amigablemente y le preguntó qué tal había dormido.

—Así, así —contestó Chichikov con sequedad.

—Pues yo, hermano —prosiguió Nozdriov—, he pasado la noche soñando unas cosas repugnantes que incluso da asco recordarlas. Y después de lo de ayer, me ha quedado en la boca un sabor tan desagradable, que parece como si dentro de ella hubiera estado durmiendo un escuadrón entero. Imagínate que he soñado que me molían a golpes. ¡Así como lo oyes! ¿Y sabes por obra de quién? Estoy seguro de que no lo acertarías: el subcapitán Potseluiev y Kuvshinnikov.

«No estaría nada mal —se dijo Chichikov— que te arrancaran la piel a tiras, pero de verdad».

—¡Qué mal me lo hacían pasar! Me desperté y, ¡demonio!, algo me picaba realmente. De seguro que eran malditas pulgas. Bueno, ve y vístete, ahora regreso. Antes he de reñir al sinvergüenza del administrador.

Chichikov se marchó a su habitación para lavarse y vestirse. Una vez aseado se dirigió al comedor; en la mesa habían puesto ya una botella de ron y un servicio de té. Aún eran muy visibles las huellas de la comida del día anterior. Todavía no habían pasado la escoba por allí; en el suelo se hallaban las migas de pan de la víspera, y el mantel continuaba sucio por la ceniza del tabaco.

Poco después entró el propietario. Llevaba la misma bata de antes, que dejaba al descubierto el pecho, en el que crecía algo parecido a una barba. Con su pipa en la mano y bebiendo el té a sorbos, habría recordado la figura de uno de esos pintores a quienes no les satisfacen como modelos los señores relamidos y repeinados, como los que aparecen en los carteles de anuncio de las barberías, o con el pelo recortado.

—Bueno, ¿en qué estás pensando? —preguntó Nozdriov tras un corto silencio—. ¿Quieres que juguemos una partidita a ver si me ganas las almas muertas?

—Te dije repetidas veces que no juego. Pero si quieres vendérmelas, te las compraré.

—No quiero vendértelas, es una cosa que no debe hacerse entre amigos. No tengo por qué beneficiarme de diablo sabe qué. Es muy distinto jugarlas al monte. Aunque sólo sea una partida, ¿tampoco aceptas?

—Ya he dicho que no.

—¿Y te niegas también a cambiar?

—Sí.

—Escucha, podemos jugar a las damas. Si me ganas son tuyas. La verdad es que poseo demasiados muertos a los que es preciso borrar del registro. ¡Eh, Porfiri! Ve a buscar el tablero de las damas.

—No insistas, no pienso jugar.

—Esto no es lo mismo que jugar al monte. Aquí no caben la suerte ni los engaños. Gana el que sabe más. Y te advierto que no sé jugar nada absolutamente, de manera que tendrás que darme alguna ventaja.

«¡Aceptaré! —se dijo Chichikov para sus adentros—. A las damas sé yo jugar bastante bien y no le será nada fácil engañarme con sus trampas».

—Está bien, conformes. Jugaremos a las damas.

—¡Las almas muertas contra cien rublos!

—¿Para qué? Contra cincuenta bastará.

—No, ¿qué es eso de apostar cincuenta rublos? Valdrá más que yo añada también un cachorro de medio pelo o un broche de oro.

—Como te parezca —repuso Chichikov.

—¿Qué ventaja me vas a dar? —le preguntó Nozdriov.

—¿Ventaja? Por supuesto que ninguna.

—Cuando menos deja que sea yo quien salga y permíteme hacer dos jugadas.

—No, yo también juego mal.

—Ya conocemos a los que dicen jugar mal —replicó Nozdriov mientras hacía avanzar una ficha, al mismo tiempo que empujaba otra con la manga de su bata.

—Hace mucho tiempo que no he jugado a las damas —dijo Chichikov moviendo a su vez una ficha.

—¡Eh, oye! ¿Qué significa esto, hermano?

—Ponla en el lugar que le corresponde —exclamó Chichikov.

—¿Qué dices?

—Que pongas esa ficha en su lugar —dijo Chichikov Mientras veía ante sus propios ojos cómo otra ficha parecía ir directamente a dama; sólo Dios sabía de dónde había salido—. No —dijo levantándose—, es imposible jugar contigo. Este no es modo de jugar, moviendo tres fichas a un tiempo.

—¿Tres fichas dices? Ha sido un error. Una se ha adelantado sin querer, si lo prefieres la volveré atrás.

—Pero la otra, ¿de dónde ha salido?

—¿Cuál quieres decir?

—Esa que va a coronar.

—¡Pues sí que es buena! ¿No lo recuerdas?

41

—No, hermano, llevo bien la cuenta de las jugadas y me acuerdo de todas. Esta acabas de ponerla ahí. Su lugar es éste.

—Pero ¿qué estás diciendo? ¿Cuál es su sitio? —preguntó Nozdriov enrojeciendo hasta las orejas—. Por lo que puedo observar, hermano, eres un mentiroso.

—No, hermano, el mentiroso eres tú, aunque la cosa no te ha salido bien.

—¿Por quién me tomas? —replicó Nozdriov—. ¿Acaso piensas que te voy a engañar?

—No te tomo por nadie, pero no jugaré más contigo.

—¡No, ahora no te puedes echar atrás! —gritó Nozdriov un tanto enfurecido—. La partida ya está comenzada.

—Está en mi derecho dejarla, y por lo tanto la dejo, ya que no juegas como persona decente.

—¡Mentira! ¡No puedes hablar así!

—No, hermano, quien está mintiendo eres tú.

—No he hecho ninguna trampa ni tienes por qué negarte. Has de acabar la partida.

—No lo lograrás —contestó Chichikov con frialdad, tras lo cual se acercó al tablero y revolvió todas las fichas.

Nozdriov se dejó arrastrar por la furia que le invadía y se aproximó tanto a Chichikov que éste tuvo que retroceder dos pasos.

—¡Te voy a obligar a que juegues! Da igual que hayas revuelto todas las fichas, me acuerdo muy bien de las jugadas. Volveremos a ponerlas tal como estaban.

—No, hermano, esto se acabó. No jugaré contigo.

—¿Qué, te niegas a jugar?

—Tú mismo ves que no es posible jugar contigo.

—Dime claramente si quieres jugar o no —exclamó Nozdriov aproximándose otra vez a Chichikov.

—¡No, no quiero! —gritó Chichikov, quien no obstante se llevó las manos a la cara a fin de prevenir cualquier eventualidad, ya que aquella disputa se había puesto realmente demasiado violenta.

Su precaución fue muy oportuna, pues Nozdriov alzó la mano… y habría podido suceder muy bien que una de las preciosas y rollizas mejillas de nuestro protagonista se hubiera visto cubierta por una afrenta imborrable. Pero tuvo la buena fortuna de desviar el golpe, cogió a Nozdriov por ambas manos y se las sujetó con toda la fuerza de que era capaz.

—¡Porfiri! ¡Pavlushka! —comenzó a gritar Nozdriov intentando desasirse.

Cuando oyó esta llamada, a fin de que la servidumbre no fuera testigo de una escena tan corruptora, y dándose cuenta de que de nada valdría sujetar a Nozdriov, Chichikov disminuyó la presión de sus manos. En este instante llegó Porfiri y detrás de él Pavlushka, un robusto mozo con quien llevaba todas las de perder.

—¿De modo que te niegas a concluir la partida? —inquirió Nozdriov—. ¡Contesta claramente!

—No es posible concluirla —repuso Chichikov volviéndose hacia la ventana. Su coche le esperaba ya a punto. Selifán parecía aguardar una indicación suya para aproximarse al portal. Pero era absolutamente imposible salir de la estancia, con los dos forzudos mozarrones que le cerraban el paso.

—¿Te niegas a concluir la partida? —repitió Nozdriov, cuyo rostro estaba más encendido que la grana.

—La terminaría si tú te condujeras como hombre honrado. Pero así no es posible.

—¡Conque no es posible, miserable! ¡No es posible porque has advertido que llevabas las de perder! ¡Azotadlo! —gritó fuera de sí dirigiéndose a Porfiri y Pavlushka, al mismo tiempo que él empuñaba su larga pipa de cerezo.

Chichikov palideció terriblemente. Intentó decir algo, pero sintió que sus labios se movían sin que de ellos saliera sonido alguno.

—¡Azotadlo! —repitió Nozdriov avanzando un paso con la pipa de cerezo en la mano, acalorado y bañado en sudor, como si se dispusiera a asaltar una inexpugnable fortaleza—. ¡Azotadlo! —repitió de nuevo con la misma voz con que, al prepararse para el asalto definitivo, grita a su sección: «¡Adelante, muchachos!» un esforzado teniente tan famoso ya por su valentía que cuando se acerca el momento de una ardua acción sus superiores invariablemente reciben la orden de contenerlo. Sin embargo, el teniente, arrastrado ya por la pasión del combate, no es capaz de entender lo que dicen. Se imagina estar delante de Suvorov y se precipita a lo más enconado de la lucha. «¡Adelante, muchachos!», sigue gritando mientras avanza, sin pararse a pensar que con su acción desbarata el plan general del asalto, que miles y miles de bocas de fusil asoman por las aspilleras de las inexpugnables murallas, que se alzan hasta las nubes, que su impotente sección será aniquilada y que ya va zumbando por los aires la bala fatal que hará callar su atronadora garganta.

Pero si Nozdriov era la imagen y semejanza del valeroso teniente que se halla fuera de sí, la fortaleza contra la que se dirigía no era precisamente inexpugnable. Por el contrario, la fortaleza estaba de tal modo sitiada por el temor, que su alma se había ocultado en los mismos talones. Ya la silla con la que pensaba defenderse se la habían quitado de las manos los forzudos mozarrones, ya se disponía, más muerto que vivo, con los ojos cerrados, a probar la dureza de la pipa circasiana del propietario. Y Dios sabe lo que habría sucedido. Pero los hados le fueron propicios y contribuyeron a salvar las espaldas, los costados y todas las dignas partes de nuestro protagonista. De pronto, como si hubiera bajado de las nubes, se oyó el tintineo de una campanilla, resonó con toda claridad el estrépito de las ruedas de un coche que se aproximaba al portal, e incluso llegó hasta el mismo aposento el resoplo de los sudorosos caballos cuando se detenían. Instintivamente todos dirigieron sus miradas a la ventana: cierto señor, de espesos bigotes y levita de corte militar, se apeó del coche. Se informó antes en el zaguán y penetró en la estancia en el preciso instante en que Chichikov, sin tiempo para reponerse del susto, ofrecía el más lamentable aspecto en que se viera jamás a un mortal.

—Permítame, ¿quién de los presentes es el señor Nozdriov? —preguntó el recién llegado, quien se quedó contemplando un tanto atónito a Nozdriov, que aún empuñaba su pipa a manera de palo, y Chichikov, quien por entonces comenzaba a reponerse del mal trago pasado.

—Permítame que primero le pregunte con quién tengo el honor de hablar —inquirió a su vez Nozdriov mientras se acercaba al desconocido.

—Soy capitán de la policía rural.

—¿Y qué es lo que desea?

—He venido a hacerle saber que se halla usted a disposición del tribunal hasta que sea vista su causa.

—¿Qué necedad es ésa? ¿Qué causa dice usted? —preguntó Nozdriov.

—Está usted acusado de haber ofendido al terrateniente Maximov en persona. Se encontraba usted ebrio y le dio unos cuantos vergajazos.

—¡Mentira! ¡Nunca he visto a ningún terrateniente llamado Maximov!

—Permítame decirle, señor, que soy un oficial. ¡A su servidumbre puede hablarle de este modo, pero no a mí!

En este punto estaba la conversación cuando Chichikov, sin aguardar la contestación de Nozdriov, se precipitó a coger su gorra y, pasando por detrás del capitán de policía, se fue deslizando hasta el portal, donde subió inmediatamente a su coche y dio orden a Selifán de que arreara los caballos a todo galope.

CAPÍTULO V

Nuestro protagonista se marchaba con el resuello todavía en el cuerpo. A pesar de que los caballos avanzaban a todo galope y la aldea de Nozdriov se había perdido ya de vista, quedando oculta tras los campos y las colinas, no dejaba de volver la cabeza con temor, pensando que podían haber salido tras él y si estarían a punto de darle alcance. Aspiraba con dificultad y al ponerse la mano sobre el corazón se dio cuenta de que saltaba como pájaro encerrado en una jaula.

«¡Qué manera de hacerme sudar! Ese…». Y entonces volcó sobre Nozdriov deseos y maldiciones de todo tipo, con los que mezclaba incluso palabras gruesas. ¿Qué se le va a hacer? Era ruso, y por otra parte estaba sumamente enojado. El asunto no era como para no tomarlo en serio.

«De no haber aparecido muy oportunamente el capitán de policía —pensaba—, tal vez allí mi existencia habría llegado a su fin. Habría desaparecido de igual modo que desaparece una burbuja en el agua, sin dejar huella de su paso, ni descendencia, sin ver a mis futuros hijos, ni a mi fortuna ni un apellido decente». Pues nuestro protagonista sentía gran preocupación por su descendencia y porvenir.

«¡Qué señor tan repugnante! —se decía Selifán—. Es el primero que veo como él. Se merece que le escupiera en la cara. A la persona no le des comida si no quieres, pero al caballo tienes la obligación de alimentarlo, puesto que a él le gusta la avena. Es su alimento. La avena representa para él lo que la comida para nosotros: es su sustento».

Los caballos parecían asimismo haber sacado no muy buena impresión de Nozdriov. No sólo «Asesor» y el bayo estaban de mal humor, sino también el blanco. A pesar de que a él le tocaba la peor ración de avena y Selifán se la arrojaba al pesebre exclamando: «¡Come, miserable!», lo que le echaba era avena, y no simple heno: la comía con sumo agrado y muchas veces introducía su largo morro en el pesebre de sus compañeros para probar lo que les habían dado a ellos, especialmente cuando Selifán se había ausentado de la cuadra. Pero en esta ocasión no les habían dado más que heno… Eso no estaba nada bien. Se veía claramente lo descontentos que estaban todos.

Pero poco después las reflexiones de los descontentos fueron interrumpidas cuando menos lo esperaban y de modo brusco. Todos, incluido el cochero, advirtieron la cosa cuando ya se les había echado encima un carruaje arrastrado por seis caballos y casi sobre ellos oyeron cómo gritaban la damas que iban en él, y las amenazas y maldiciones del otro cochero.

—¿No me has oído, imbécil, cuando te gritaba que giraras a la derecha? ¿Estás borracho?

Selifán se dio cuenta de que había cometido una falta, pero como al ruso le molesta reconocer su culpa ante los demás, a continuación se irguió, exclamando:

—¿Y por qué corrías tú tanto? ¿Acaso has dejado en la taberna tus ojos en prenda?

Acto seguido intentó hacer que su coche retrocediera a fin de desenredar los aparejos, pero no era ésta una empresa fácil, ya que todo se había hecho un lío.

El caballo blanco, sintiéndose curioso, olfateaba a los nuevos amigos que le habían aparecido a ambos lados. Mientras tanto las damas del otro carruaje, con el susto reflejado en la cara, investigaban en torno a ellas. Una era de edad y la otra una jovencita de dieciséis años, de dorada cabellera peinada con mucha gracia. El hermoso óvalo de su cara tenía la misma forma redondeada de un huevo recién puesto y, al igual que éste, poseía su misma blancura transparente cuando las morenas manos del ama de llaves lo sacan del ponedero para observarlo al trasluz, frente a los resplandecientes rayos del sol. Sus suaves orejitas eran también transparentes, y se coloreaban con la cálida luz que las atravesaba. La expresión de susto que se advertía en sus labios entreabiertos e inmóviles, y las lágrimas de sus ojos, resultaban tan emotivas, que nuestro héroe la contempló con la mirada fija en ella sin hacer caso alguno del barullo que habían organizado los cocheros y los caballos.

—¡Hazte atrás, imbécil! —gritó con furia el otro cochero.

Selifán tiró de las riendas, el otro cochero hizo otro tanto, los caballos retrocedieron pero se enredaron de nuevo al pisar los tirantes, Para colmo, el blanco se sentía tan complacido con sus nuevos amigos que en modo alguno quería alejarse del carril al que le había empujado el Destino, y con el morro junto al cuello de su amigo, parecía estarle diciendo algo al oído, sin duda una necedad de primera clase, ya que el otro no paraba de mover las orejas.

No obstante, aquel barullo atrajo a los campesinos de una aldea felizmente cercana. Como un espectáculo de tal categoría es para el campesino una bendición de Dios, algo semejante a lo que para el alemán representa el periódico o el club, poco después se habían concentrado en gran número en torno a los carruajes, hasta el punto de que en la aldea únicamente quedaron las viejas y los niños pequeños.

Al fin soltaron los tirantes. Varios golpes que recibió el blanco en el morro le obligaron a retroceder. En resumen, los separaron. Pero sea por la indignación que experimentaban los demás caballos al ver que los separaban de sus amigos, sea por simple estupidez, la cuestión es que por más que el cochero les arreara con el látigo, permanecían como clavados, sin avanzar un solo paso.

El interés de los campesinos aumentó hasta extremos inconcebibles. Los consejos se sucedían, todos intentaban meter baza:

—Tú, Andriushka, agarra por las riendas al de la derecha, y tú, tío Mitiai, móntate en el de varas. Vamos tío Mitiai, móntate.

El tío Mitiai, larguirucho y enjuto, con barba de color rojizo, hizo lo que le indicaban, transformándose en algo parecido a un campanario de aldea, o más todavía, a uno de los ganchos con que se extrae el agua de un pozo. El cochero fustigó a los caballos, pero tanto esto como los incesantes esfuerzos del tío Mitiai fueron inútiles.

—¡Detente, detente! —gritaron los campesinos—. Tío Mitiai, móntate en el derecho, y tú, tío Miniai, monta en el de varas.

El tío Miniai, un campesino de robustas espaldas, barba negra como la pez y vientre semejante al enorme samovar en que se calienta el hidromiel para todos los aterridos asistentes al mercado, se montó con gusto al caballo de varas, que estuvo a punto de derribarse bajo su peso.

—Ahora irá bien la cosa —gritaron los campesinos—. Dale, dale a éste.

Suéltale un latigazo a ese otro que se agita como si fuera un koramora[11].

Al ver, no obstante, que todo continuaba igual y que los latigazos no surtían efecto alguno, el tío Mitiai y el tío Miniai montaron ambos en el caballo de varas, y en el de la derecha se subió Andriushka. Por último, el cochero, agotada su paciencia, prescindió de la ayuda del tío Mitiai y del tío Miniai, e hizo bien, ya que los caballos estaban bañados en sudor, como si hubieran recorrido de una galopada la distancia que les separaba de la estación de postas. Los dejó reposar un rato, y los caballos mismos se desenredaron y continuaron su camino.

En el transcurso de todas estas maniobras, Chichikov se quedó mirando muy atentamente a la joven desconocida. Intentó en repetidas ocasiones iniciar conversación con ella, pero las cosas le salieron mal.

Entretanto, las damas prosiguieron su viaje y la hermosa cabecita, los suaves rasgos de su rostro y el fino talle se esfumaron como si fueran una visión.

Y otra vez se quedaron solos en el camino el carruaje, los tres caballos ya conocidos por el lector, Selifán, Chichikov y la soledad de los vastos campos que les rodeaban. En la vida, cualquiera que sea el sitio que consideremos, ya entre las ásperas, pobres, endurecidas y sucias capas inferiores, ya entre las superiores, frías hasta la monotonía y aburridamente pulcras, en todas partes, aunque sólo sea una vez, se encuentra el hombre con una visión totalmente distinta a cuanto hasta aquel momento ha hallado y que, cuanto menos una vez, despierta en él sentimientos muy contrarios a los que en él latían y latirán en el transcurso de toda su vida.

Constantemente, a través de las tribulaciones y pesares de que aparece entretejida nuestra vida, cruza gozosa una resplandeciente alegría, como una refulgente carroza tirada por bellos caballos con jaeces de oro y cristales que deslumbran al sol, que, de pronto, cruza una mísera aldehuela perdida, que jamás vio otra cosa que los carros de los mujiks, mientras que los campesinos se quedan durante largo tiempo boquiabiertos y con el gorro en la mano aun después de haber perdido de vista el fantástico carruaje. Así, pues, cuando menos lo esperábamos, surgió la jovencita rubia en nuestra narración y, con igual rapidez desapareció de ella.

De haber sido Chichikov un muchacho de veinte años, estudiante o bien joven húsar, o sencillamente un joven que daba los primeros pasos en el camino de la vida, ¡Santo Dios, qué sentimientos habrían nacido en él! ¡De qué manera se habría removido y hablado su alma! Durante mucho rato se habría quedado abstraído en aquel lugar, con la mirada fija en la lejanía sin ver lo que se ofrecía a sus ojos, no acordándose ya de su viaje ni de las reconvenciones y los reproches que le aguardaban por su retraso, no acordándose de su persona, de sus asuntos, del mundo ni de todo lo que en él existe.

Pero nuestro protagonista era hombre de alguna edad, y estaba dotado de un carácter prudente y frío. También él permaneció meditabundo, pero sus pensamientos fueron muy positivos, no había en ellos nada de vaguedad, y hasta en cierto modo eran unas ideas sólidamente fundadas.

«¡Qué maravillosa mujercita! —se decía para sus adentros mientras abría la tabaquera y tomaba una pulgada de rapé—. Sin embargo, ¿qué es lo mejor que posee? Por lo que parece, ha salido recientemente de un pensionado o instituto; no tiene nada de mujer, es decir, nada de eso que precisamente resulta en las mujeres más grato. Ahora es como una niña, en ella nada es complicado, dice lo que piensa y ríe cuando le apetece. Con ella es posible hacer todo cuanto se quiera, puede llegar a convertirse en una maravilla, o puede resultar un guiñapo, ¡y resultará un guiñapo! Será suficiente que la cojan por su cuenta la mamaíta y las tiítas. En escasamente un año la llenarán de toda clase de ideas de mujer hasta el extremo de que ni su propio padre logrará conocerla. Así surgirán en ella la presunción y la altivez, comenzará a moverse de acuerdo con instrucciones aprendidas de memoria; la atormentarán los quebraderos de cabeza, preguntándose con quién, cuando y cómo se debe hablar, y cómo se debe mirar a cada cual; constantemente estará temiendo hablar más de la cuenta; llegará a hacerse una confusión con todo y acabará mintiendo siempre. ¡El diablo sabe cómo terminará!».

Durante un rato permaneció en silencio, y después continuó:

«Me gustaría enterarme de algo acerca de su familia. ¿Quién puede ser su padre? ¿Un rico propietario de buen carácter, o simplemente un hombre sensato que ejerciendo su cargo ha sabido reunir algún capital?, porque si, supongámoslo, a esta jovencita le dan una dote de doscientos mil rublos, resultaría un bocado maravilloso, realmente magnífico. Podría hacer feliz, por así decirlo, a cualquier hombre formal».

Los doscientos mil rublos comenzaron a presentársele de modo tan agradable, que en su interior comenzó a reprocharse no haberse valido de aquel incidente para preguntar al cochero o al postillón la identidad de las dos viajeras. Sin embargo, pronto surgió a lo lejos la aldea de Sobakevich, que le distrajo de sus reflexiones y le hizo volver a la materia que en todo momento le ocupaba.

Encontró la aldea bastante grande. Dos bosques, uno de pinos y otro de abedules, se extendían a derecha e izquierda semejantes a dos alas, una oscura y otra más clara. En el centro se alzaba un edificio con buharda cuya techumbre estaba pintada de rojo y las paredes de color gris bastante oscuro, un edificio muy semejante a los que se construyen para los campamentos militares y para los colonos alemanes. Se veía claramente que su construcción había representado una incesante lucha entre el arquitecto y los deseos del propietario… El primero era extremadamente formalista y le gustaba la simetría, y en cambio el segundo quería la comodidad. Así, había ordenado que en un ala taparan todas las ventanas, practicando, por el contrario, un ventanuco que sin duda era necesario para dar luz a algún oscuro aposento.

De igual manera el frontal no correspondía al centro de la casa, por más que el arquitecto se hubiera esforzado, ya que el propietario había ordenado quitar una columna lateral, con lo cual resultaba que las columnas no eran cuatro, como al primer momento se creía, sino sólo tres. Una valla de sólida madera y constituida por tablas de enorme grosor rodeaba todo el patio.

Todo indicaba muy a las claras que el dueño se preocupaba en extremo por la solidez. Para los cobertizos, la cuadra y la cocina se habían utilizado gruesos y pesados troncos, como si fueran construcciones hechas para conservarse durante siglos enteros. Las cabañas de los campesinos eran asimismo tremendamente sólidas. Ninguna de ellas tenía adornos tallados o cualquier clase de filigranas, pero eran resistentes y estaban bien terminadas. Hasta el pretil del puente había sido levantado con unos troncos de roble de grosor como solamente se ven en los barcos y en los molinos. En resumen, se mirara donde se mirase, todo aparecía hecho a conciencia, fuerte, aunque en extremo pesado.

Cuando se aproximó al portal, Chichikov pudo distinguir dos cabezas que se asomaban casi al mismo tiempo por una ventana: una era de mujer, con cofia, y su rostro, estrecho y alargado, tenía la misma forma que un pepino; la otra era de hombre, ancha y redonda como esas calabazas de Moldavia que en nuestro país se utilizan para hacer balalaicas ligeras de dos cuerdas, esos instrumentos que son el ornato y la distracción del joven de veinte años, presumido y osado, que guiña el ojo y silba a las muchachas de blanco pecho y cuello liso que forman corro en torno a él para escuchar su delicado rasgueo. A continuación los dos rostros desaparecieron. En la puerta apareció un criado que llevaba una chaquetilla gris de alto cuello azul, quien indicó a Chichikov que pasara al vestíbulo, adonde salió después el mismo dueño de la casa. En cuanto vio al recién llegado, dijo con voz ronca: «Tenga la bondad», y lo condujo a los aposentos interiores.

Chichikov lanzó una mirada de reojo a Sobakevich y le pareció que estaba viendo a un oso de tamaño mediano. Para darle todavía más parecido, llevaba un frac de color de la piel de oso, de mangas demasiado largas; los pantalones eran igualmente muy largos, y él caminaba de manera muy desgarbada, pisando sin cesar a quien se hallara en las inmediaciones. El color de su rostro era como el del hierro puesto al rojo, bastante parecido al de las monedas de cobre de cinco kopecs. Es de sobras sabido que en el mundo hay numerosos rostros como ése, que la Naturaleza forjó sin pensarlo demasiado, sin utilizar delicadas herramientas como el punzón, la lima y otras, sino que los forjó a hachazos; tras un hachazo surgió la nariz, después de descargar otro salieron los labios, mediante una gruesa barrena le taladró los ojos y, sin detenerse a pulir su obra, la arrojó al mundo exclamando: «¡Vive!».

Así era Sobakevich, robusto y tallado toscamente. Su cabeza se mantenía más bien baja que alta, su cuello no hacía el más mínimo movimiento, y, a causa de esta rigidez, en contadas ocasiones miraba a su interlocutor, sino que contemplaba una esquina de la estufa o bien la puerta. Chichikov le miró de nuevo mientras pasaban al comedor. ¡Era verdaderamente un oso, un auténtico oso! A fin de completar el parecido, se llamaba Mijail Semionovich[12]. Conociendo ya muy bien la costumbre que tenía de pisar a cuantos se hallaban cerca, Chichikov avanzaba con sumo cuidado y siempre le cedía el paso. El mismo dueño de la casa pareció advertirlo y en seguida le preguntó:

—¿Acaso le he molestado?

Pero Chichikov le contestó dándole las gracias y añadiendo que todavía no había experimentado ninguna molestia.

En cuanto hubieron llegado a la sala, Sobakevich, señalándole una butaca, volvió a decir:

—Tenga la bondad.

Chichikov tomó asiento y lanzó una ojeada a las paredes y a los cuadros que pendían de ellas. Todos representaban buenos mozos, generales griegos en su tamaño natural: Maurocordato vestido con guerrera y pantalones de color rojo, y provisto de lentes que cabaleaban sobre su nariz; Miauli, Kanaris. Se trataba de unos héroes con tales pantorrillas y bigotazos que sólo con verlos se echaba uno a temblar. Al lado de éstos, sin que nadie supiera por qué ni para qué, se hallaba Bragation[13], delgado y bajito, con unos pequeñísimos cañones y banderas al pie, encerrados en un diminuto marco.

A continuación se veía a la heroína griega Bobelina, cuya pierna parecía más gruesa que el torso de los petimetres que actualmente invaden los salones. Era como si el propietario, hombre fuerte y robusto, hubiera tenido el propósito de adornar la estancia con gentes no menos fuertes y robustas. Junto a Bobelina, al lado mismo de la ventana, se veía una jaula en la que estaba encerrado un tordo oscuro moteado de blanco, el cual guardaba también un gran parecido con Sobakevich. Apenas habían tenido tiempo de quedar callados el recién llegado y el propietario, cuando abriéndose la puerta de la sala, penetró en el aposento la señora, dama de muy elevada estatura y que llevaba una cofia sujeta con unas cintas que habían sido teñidas en casa. Entró con aire majestuoso, manteniendo la cabeza erguida como una palmera.

—Esta es mi Feodulia Ivanovna —dijo entonces Sobakevich.

Chichikov se levantó y besó la mano a Feodulia Ivanovna, quien casi se la metió en la boca, por lo que tuvo oportunidad de advertir que se lavaba con la salmuera de los pepinos.

—Querida —continuó Sobakevich—, te presento a Pavel Ivanovich Chichikov, a quien tuve el honor de conocer en casa del gobernador y en la del jefe de Correos.

Feodulia Ivanovna le indicó que tomara asiento, diciendo asimismo: «Tenga la bondad» y moviendo la cabeza del mismo modo que lo hacen las actrices cuando representan el papel de reinas. Después se sentó en el diván, y tras arrebujarse en su pañoleta de lana, ya no volvió a parpadear, ni siquiera a mover una ceja.

Chichikov alzó de nuevo la vista y vio otra vez a Kanaris con sus gruesas pantorrillas y sus largos bigotes, a la Bobelina y al tordo en la jaula.

Por espacio de cinco minutos permanecieron todos sin pronunciar palabra. Lo único que podía oírse era el repiqueteo que producía el tordo con su pico en los barrotes de la jaula, en el fondo de la cual había unos cuantos granos de trigo. Chichikov volvió a pasar revista a la estancia: todo lo que se encontraba en ella era macizo, fuerte, y tenía una extraña semejanza con el dueño de la casa. En un rincón de la sala había un barrigudo escritorio de madera de nogal, cuyas cuatro patas eran extraordinariamente absurdas. La mesa, las sillas, las butacas, todo era pesado y producía sensación de desasosiego. En resumen, cada cosa, cada silla, parecía estar diciendo: «¡Yo también soy Sobakevich!» o «¡Yo también me parezco a Sobakevich!».

—Nos acordamos de usted el jueves pasado, en casa de Iván Grigorievich, el presidente de la Cámara —dijo por último Chichikov al ver que ninguno de los presentes tenía el propósito de hablar—. Fue una velada muy agradable.

—Sí, aquel día no fui a la casa del presidente —dijo Sobakevich.

—Es una magnífica persona.

—¿Quién? —preguntó Sobakevich mirando al rincón de la estufa.

—El presidente.

—Se lo habrá parecido a usted. Pero es un masón y un estúpido como no se puede encontrar otro en el mundo.

Chichikov se quedó cortado al oír una frase tan tajante; sin embargo, se rehizo y prosiguió:

—Es verdad, todos tienen sus defectos, pero, por el contrario, el gobernador es una persona excelente.

—¿Excelente el gobernador?

—Sí. ¿Acaso no es cierto?

—¡Es el mayor bandolero que pueda haber en el mundo!

—¿Qué me dice? ¡El gobernador, un bandolero? —exclamó Chichikov incapaz de comprender de qué modo el gobernador había parado en bandolero—. Debo confesarle que no lo suponía ni remotamente —continuó—. Permítame, no obstante, hacer notar que sus maneras no son de mala persona, sino que más bien se distingue por su delicadeza.

Y para demostrar su afirmación se puso a hablar de las bolsitas que sabía bordar y de la dulce expresión de su cara.

—También su rostro es de bandolero —añadió Sobakevich—. Si se le pone una navaja en la mano y se le deja en cualquier camino, es capaz de matar al primero que se le presente. ¡Lo matará por un kopec! Y el vicegobernador otro tanto, son tal para cual.

«No le hablaré más de ellos, parece que no le caen bien —se dijo Chichikov—. Voy a hablarle del jefe de policía, pues creo que de él sí es amigo».

—A pesar de todo —dijo—, debo confesarle que quien más me gusta es el jefe de policía. ¡Qué carácter tiene tan abierto y franco! ¡Qué sinceridad se advierte en su rostro!

—¡Es un granuja! —exclamó Sobakevich con mucha sangre fría—. Es capaz de traicionarle, de engañarle, y se sentará con usted a la mesa. Los conozco muy bien a todos. Son unos pillos de siete suelas. Toda la ciudad es como ellos: un granuja cabalga sobre otro mientras un tercero los va azuzando. Son unos Judas. El único hombre honrado es el fiscal, y aun así, en realidad no es más que un cochino.

Tras estas loables, aunque compendiadas, biografías, Chichikov se dio cuenta de que lo mejor era pasar por alto a los restantes funcionarios, acordándose de que a los Sobakevich les disgustaba hablar bien de nadie.

—Bien, querido —intervino entonces la mujer de Sobakevich dirigiéndose a él—, es hora de ir a comer.

—Tenga la bondad —rogó el marido a Chichikov.

Se dirigieron a la mesa en la que estaban dispuestos los entremeses; el invitado y el dueño de la casa tomaron, como corresponde, una copa de vodka y menudencias de todo género, tanto saladas como no, a fin de despertar el apetito; o sea que hicieron como se acostumbra, a lo largo y a lo ancho de la espaciosa Rusia no sólo en las ciudades sino también en las aldeas. Seguidamente se encaminaron al comedor, precediéndoles, como un ganso, la dueña de la casa.

La mesa, un tanto pequeña, había sido dispuesta para cuatro comensales. El cuarto, que compareció poco después, era alguien de quien nos resultaría imposible decir si era casada o soltera, parienta, ama de gobierno o, sencillamente, habitante de la casa; se trataba de alguien sin cofia, de alrededor de treinta años, cubierta por un pañolón de vivos colores. Hay seres que existen en el mundo no como objetos, sino como pequeñas manchitas o motitas sobre un objeto. Se hallan todas ellas en un mismo lugar, mantienen de igual manera la cabeza, la mayoría de las veces las toma uno por un oso y piensa que desde que nacieron sus labios jamás pronunciaron una sola palabra. Por el contrario, allá en la habitación de las criadas o en la despensa se convierten en una potencia.

—Esta sopa de coles es hoy muy buena, alma mía —dijo Sobakevich sorbiendo cucharada tras cucharada, al mismo tiempo que se servía de la fuente un gran pedazo de ñaña, ese conocido manjar que se come con la sopa de coles y que consiste en un estomago de cordero relleno de gachas de alforfón, patas y sesos—. Una ñaña igual —continuó dirigiéndose ahora a Chichikov— no la comería usted en la ciudad. ¡El diablo sabe qué es lo que le servirían allí!

—No obstante, la mesa del gobernador es bastante buena —comentó Chichikov.

—¿Sabe de qué manera guisan? Si estuviera enterado de ello, le resultaría imposible probar un solo bocado.

—Ignoro cómo guisan, no estoy capacitado para juzgar, pero las chuletas de cerdo y el pescado cocido a vapor estaban deliciosos.

—Lo creería usted. Sé muy bien lo que compra en el mercado. Ese miserable de cocinero, que aprendió con un francés, compra un gato, y después de despellejarlo lo hace pasar por liebre.

—¡Huy, qué asco! —exclamó la mujer de Sobakevich.

—De este modo es como lo hacen en todas sus casas, alma mía; yo no tengo ninguna culpa, pero así lo hacen. Los desperdicios, todo lo que aquí echa Akulka al basurero, con perdón sea dicho, ellos lo meten en la sopa. ¡Sí, en la sopa, como lo oyes!

—Siempre te pones a contar en la mesa cosas nada agradables —replicó la mujer de Sobakevich.

—¡Qué quieres, alma mía! —dijo éste—. Si fuera yo quien lo hace… Pero sabes perfectamente que yo no comeré porquerías. Aunque me trajeras las ranas rebozadas en azúcar, no las probaría, como tampoco las ostras. Sé muy bien a que se parecen las ostras. Sírvase usted cordero —continuó, volviéndose hacia Chichikov—. Esto es costado de cordero con gachas de alforfón. No se trata de la pepitoria que preparan en las comidas de los señores con una carne que desde cuatro días antes está en la plaza. Son inventos de los doctores franceses y alemanes. Yo los mandaría ahorcar a todos. ¡Han inventado la dieta, curan haciendo que la gente pase hambre! Son personas endebles y se imaginan que sus métodos sientan bien al estómago de los rusos. Todo eso no son más que invenciones suyas… —y en este punto Sobakevich, enojado, sacudió la cabeza—. No hacen más que hablar de la ilustración y sobre la ilustración, y no obstante la ilustración es una porquería. Diría otra palabra, pero no lo hago por respeto, teniendo en cuenta que nos hallamos en la mesa. Yo no hago las cosas como ellos. Si hay cerdo, venga todo el cerdo a la mesa; cuando hay cordero, venga el cordero entero; y cuando hay ganso, ¡el ganso entero! Para mí vale más comer dos platos, pero en la cantidad necesaria, lo que mi estómago exige.

Y Sobakevich avaló sus palabras con hechos. Después de haberse servido medio costado de cordero, se lo comió completamente, royendo y chupando hasta el más pequeño hueso.

«Sí —se dijo Chichikov para sus adentros—, es persona de buen diente».

—En mi casa somos muy distintos —continuó diciendo Sobakevich, mientras se limpiaba las manos con la servilleta—. No hacemos igual que un Pliushkin cualquiera, quien poseyendo más de ochocientas almas come y vive peor que mi pastor.

—¿Quién es ese tal Pliushkin? —preguntó Chichikov.

—Es un pillo —repuso Sobakevich—, un tacaño como usted no se puede hacer idea. Los presos de la cárcel viven mucho mejor que él. Mata a los suyos de hambre.

—¿Es cierto? —exclamó Chichikov interesado—. ¿Y dice usted que sus gentes se mueren en enormes proporciones?

—Se le mueren como moscas.

—¿Es posible que como moscas? Y dígame, ¿dónde vive? ¿Está cerca de aquí?

—A unas cinco verstas.

—¡Cinco verstas! —exclamó Chichikov, e incluso sintió que su corazón latía con más velocidad—. Al salir de su portón, ¿a qué lado se encuentra? ¿A la derecha o a la izquierda?

—Si quiere seguir mi consejo, no pregunte siquiera por el camino que conduce a la casa de ese perro —repuso Sobakevich—. Es mucho mejor acudir a un lugar excusado que a su casa.

—No se lo preguntaba por nada, sino solamente porque me interesan los lugares más diferentes —contestó Chichikov.

Detrás del costado de cordero siguieron las empanadas, cada una de las cuales era de tamaño mucho mayor que un plato, y seguidamente un pavo tan grande como un ternero, que estaba relleno de huevo, hígado, arroz y Dios sabe qué más, todo ello metido en el vientre de dicha ave.

En este punto concluyó la comida, pero cuando Chichikov se levantó de la mesa tuvo la sensación de que había aumentado su peso en un pud.

Se encaminaron entonces a la sala, donde les aguardaban unos platos de dulce que no era ni de ciruela, ni de pera, ni de ninguna baya conocida, aunque, sin embargo, ni el invitado ni el dueño de la casa lo probaron.

La anfitriona se marchó con intención de llenar de dulce otros platos.

Chichikov, aprovechando que ella se hallaba ausente, se volvió hacia Sobakevich, quien, apoltronado en su butaca, no hacía más que carraspear después de tan copiosa comida, y emitiendo unos sonidos ininteligibles, santiguándose de vez en cuando y tapándose la boca a cada instante con una mano. Chichikov le dirigió las palabras que siguen:

—Querría hablarle de cierto asuntillo.

—Aquí hay más dulce —interrumpió la anfitriona, que en aquel momento volvía con un plato—. Es de rábano preparado con miel.

—Luego —dijo Sobakevich—. Tú puedes irte a tu aposento. Pavel Ivanovich y yo nos quitaremos el frac y reposaremos un rato.

La dueña de la casa iba a ordenar que trajeran edredones y almohadas, pero el anfitrión dijo:

—No es necesario, descansaremos en los sillones.

La anfitriona se retiró y Sobakevich inclinó un poco la cabeza, como si se dispusiera a escuchar cuál era aquel asuntillo.

Chichikov comenzó de muy lejos, habló acerca del Imperio ruso y alabó grandemente su extensa superficie; dijo que ni siquiera la antigua monarquía romana había sido tan enorme, cosa que, con toda razón, llenaba de asombro a los extranjeros... Sobakevich le escuchaba con la cabeza inclinada y sin pronunciar palabra. Y de acuerdo con las leyes que existen en este Imperio, continuó Chichikov, cuya gloria no tiene par, los siervos que están inscritos en el registro y cuyos trabajos en este mundo llegaron a su fin, continúan constando como existentes, mientras no se confeccione un nuevo registro, como si aún estuvieran vivos, con el propósito de no recargar las oficinas públicas, con una infinidad de datos minuciosos y absurdos, y de no rellenar más el ya de por sí complicado mecanismo estatal... Sobakevich continuaba escuchándole con la cabeza inclinada. Y no obstante, aunque esta medida fuera muy justa, por otra parte resultaba en cierto modo gravosa para gran número de terratenientes, obligándoles a pagar las cargas como si se tratara de siervos vivos. Y él, impulsado por el aprecio que sentía por su amigo, estaba dispuesto a hacerse cargo de ese deber, verdaderamente gravoso. En cuanto a la materia principal, Chichikov se expresó con extremada cautela: no llamó a dichos siervos almas muertas, Sino simplemente inexistentes.

Sobakevich le estuvo escuchando hasta el final con la cabeza agachada, sin que en su cara se notase ninguna expresión. Producía la sensación de que aquel cuerpo era algo sin alma, o de que, en caso de tenerla, no ocupaba el sitio que debía corresponderle, sino que, a semejanza del koschei[14] inmortal, se encontraba más allá de las lejanas montañas, envuelta en un pellejo tan grueso que todo lo que se removía en su fondo no daba lugar en la superficie a la más mínima conmoción.

—¿Qué me responde? —inquirió Chichikov, esperando la contestación un tanto emocionado.

—Lo que usted quiere son almas muertas, ¿no es Cierto? —repuso Sobakevich sin trasparentar el menor asombro, como si se estuviera tratando la venta de trigo.

—Sí —asintió Chichikov, quien volvió a suavizar la expresión añadiendo—: inexistentes...

—Las hallaremos, ¿por qué no las hemos de hallar? —dijo Sobakevich.

—Y si hay algunas, usted, con toda seguridad, estará encantado de librarse de ellas.

—¿Por qué no había de estarlo? Bien, se las venderé —dijo Sobakevich alzando un poco la cabeza y dándose cuenta de que el comprador debería obtener de ello algún beneficio.

«¡Diablos! —se dijo Chichikov—. Este ofrece antes de que haya dicho nada de comprarlas», y añadió en voz alta:

—¿Y cuánto querría por ellas, por ejemplo? Aunque es un artículo que... incluso queda raro hablar de precios...

—Para que no pueda decir que pido mucho, cien rublos por pieza —repuso Sobakevich.

—¡Cien rublos! —exclamó Chichikov, quien se quedó como petrificado y mirándole a los ojos sin saber qué pensar, si era que él lo había oído mal, o bien que la lengua de Sobakevich, naturalmente torpe, había ofrecido resistencia a las intenciones del dueño, pronunciando una palabra por otra.

—¿Lo cree usted caro? —preguntó Sobakevich, agregando después—: ¿Y cuál es su precio?

—¿Precio? Sin duda nos hemos equivocado o no nos entendemos bien. Hemos olvidado de qué materia tratamos. Con la mano sobre el corazón, pienso que lo más que se puede ofrecer son ochenta kopecs.

—¿Qué dice? ¿Ochenta kopecs?

—A mi entender no es posible dar más.

—No es cualquier cosa lo que vendo.

—No obstante pensará usted como yo que tampoco son personas.

—A ver si se cree usted que hallará algún estúpido que le venda por veinte kopecs las almas que están inscritas en el registro.

—Pero óigame, ¿por qué dice almas inscritas en el registro? Se trata de almas muertas, absolutamente muertas, de las que sólo queda una palabra que nada significa. Sin embargo, a fin de no prolongar más nuestra conversación acerca de este tema, le daré un rublo y medio. Si usted acepta, bien, y si no, no me es posible ofrecer nada más.

—¡Vergüenza debería darle ofrecer esa cantidad! No regatee y diga cuál es su verdadero precio.

—No me es posible, Mijail Semionovich; con el corazón en la mano se lo digo, créame que me es imposible, y lo que es imposible, es imposible —dijo Chichikov, aunque añadió otros cincuenta kopecs.

—¿Por qué es usted tan tacaño? —le preguntó Sobakevich—. ¡No es nada caro, puede creerlo! Otro propietario le engañaría, le vendería guiñapos en lugar de siervos. Los míos son magníficos, a cual mejor: el que no posee un oficio es un forzudo campesino. Así por ejemplo el carretero Mijeiev. Sólo se dedicaba a hacer coches de ballestas. Y no como los que hacen en Moscú, que una hora después ya se han roto, sino sólidos y recios, y él mismo los barnizaba y tapizaba.

Chichikov abrió la boca para hacer notar que, sin embargo, Mijeiev estaba bien muerto, pero Sobakevich había dado rienda suelta a su lengua, como se acostumbra a decir, sin que podamos afirmar de dónde le procedía aquella locuacidad.

—¿Y Stepan Probka, el carpintero? Apostaría la cabeza a que no consigue hallar otro que se le parezca. ¡Qué fuerza tenía! De haber servido en la Guardia, Dios sabe lo que le habrían hecho. ¡Media tres varas, o más!

Chichikov intentó otra vez hacer constar que igualmente Probka había abandonado este mundo, pero parecía que a Sobakevich le hubieran dado cuerda. De su boca manaba tal torrente de palabras que, a pesar de que uno se resistiera, no tenía más remedio que escucharle.

—¡Y el estufero Milushkin! Era capaz de construir una estufa en la casa que uno eligiera. O el zapatero Maxim Teliatnikov. Con sólo clavar la lesna, tenía un par de botas hechas. ¡Y no digamos qué botas eran aquéllas! Y jamás bebía vodka. ¡Y Eremei Sorokopliojin! El solo valía como todos los demás juntos. Tenía un comercio en Moscú y como tributo me pagaba quinientos rublos. ¡Qué gente! ¡No pueden compararse con los que venda ningún Pliushkin!

—Pero permítame —dijo al fin Chichikov, quien se admiraba de tal torrente de palabras, las cuales parecía que no iban a acabar nunca—. ¿A qué viene contarme ahora todas sus cualidades? En resumidas cuentas ya no sirven para nada. No son más que personas que han fallecido. Y los que están en el otro mundo maldita la cosa para la que pueden servirnos.

—Sí, por supuesto que están muertos —asintió Sobakevich, como si se diera cuenta en este momento de que, efectivamente, habían ya muerto, y añadió—: Por otra parte, ¿qué decir de los que aún están vivos? ¿Qué es esa gente? Son moscas, no seres humanos.

—Existen, y en esto consisten todas sus aspiraciones.

—¡No, no se trata de aspiraciones! Debo decirle que no hallará otro como Mijeiev. Era un hombrón que no cabía en este aposento. ¡Era algo que merecía verse! Era capaz de soportar más carga que un caballo. Me gustaría saber dónde podría usted hallar otro igual.

Sus últimas palabras las dijo ya volviéndose hacia donde se encontraban los retratos de Bragation y Colocotronis[15], que colgaban de la pared, como suele suceder siempre que el que habla apela no a aquél a quien dirige sus palabras, sino a un testigo circunstancial, de quien sabe que no se oirá ni respuesta, ni opinión ni confirmación de lo expresado, pero al que, no obstante, se pone a mirar como si le invitara a actuar como mediador; y el desconocido, algo confuso al principio, no sabe si debe responder acerca de un asunto del que lo ignora todo, o si aguardar un rato, para salvar las apariencias, y a continuación marcharse.

—No, no puedo ofrecer más de dos rublos —dijo Chichikov.

—Bueno, para que no crea que le pido demasiado y que me niego a hacerle un favor, lo dejaremos en setenta y cinco rublos por alma, en billetes, y sólo por nuestra mutua amistad.

«¿Pensará que soy estúpido?», se dijo Chichikov, que añadió después en voz alta:

—Verdaderamente resulta extraño; es como si nos encontráramos representando una función de teatro o una comedia. De no ser así no logro explicármelo… Usted da la impresión de ser un hombre muy instruido e inteligente. Lo que estamos tratando es lo mismo que nada. ¿Es que acaso vale algo? ¿Quién puede necesitarlo?

—Usted tiene la intención de comprarlo, y por lo tanto lo necesita.

Chichikov se mordió los labios y no supo qué responder. Comenzó a hablar de circunstancias familiares, pero Sobakevich se limitó a replicar:

—No me interesa saber qué clase de circunstancias son ésas: en las cosas de familia no me meto, eso es asunto suyo. Usted quiere almas y yo se las vendo; si no me las compra esté seguro de que se va a arrepentir.

—Dos rublos —repitió Chichikov.

—¡Dale que dale! Dijo dos y se empeña en no ceder ni a la de tres. ¡Dígame usted cuál es su verdadero precio!

«¡Si se lo llevara el diablo…! —pensó Chichikov—. Le daré medio rublo más a fin de que quede contento».

—Subiré otro medio rublo.

—También yo le voy a decir mi última palabra. ¡Cincuenta rublos! Tenga la seguridad de que salgo perdiendo. En ningún lugar comprará a tan buen precio gente tan buena.

«¡Qué tacaño!», pensó Chichikov, y continuó en voz alta, algo enojado:

—Pero… como si éste fuera un asunto serio. En cualquier otra parte me las cederán gratis. Cualquiera me las entregará, y encima se quedará satisfecho por haberse librado de ellas. ¡Sólo un estúpido se negará a cederlas, debiendo como debe pagar las cargas!

—Pero ignoro si estará en su conocimiento, y esto que quede entre nosotros, se lo digo en confianza, que esta clase de compra no siempre está autorizada. Y si yo la voy explicando por ahí, yo u otro cualquiera, después nadie confiaría respecto a los contratos o compromisos que pudiera contraer.

«¡Adónde va a parar el muy canalla!», se dijo Chichikov, y acto seguido dijo sin inmutarse:

—Como prefiera, yo no compro por ninguna clase de necesidades, como usted supone, sino por simple afición. Dos y medio, y si no le parece bien, adiós.

«¡Qué duro es! ¡Se empeña en no dar su brazo a torcer!», se dijo Sobakevich.

—Está bien, sea, entrégueme treinta y cinco rublos y ya puede quedarse con ellos.

—No, ya observo que se niega a vender. Bien, adiós.

—Aguarde, aguarde —exclamó Sobakevich cogiéndole de un brazo y dándole un pisotón, ya que nuestro héroe no recordaba las precauciones y en justo castigo tuvo que lanzar un grito y bailar sobre un solo pie.

—Perdóneme. Creo que le he hecho daño. Siéntese aquí, tenga la bondad —y mientras esto decía le hizo sentarse en la butaca, cosa en la que manifestó incluso cierta habilidad, como el oso amaestrado que sabe dar volteretas y demuestra su destreza cuando le dicen: «Vamos a ver, Misha, cómo se ocultan las mujeres», o bien: «¿Cómo hacen los chiquillos para robar guisantes?».

—Estoy perdiendo el tiempo tontamente. He de darme prisa.

—Aguarde un poco más, le diré algo que le gustará —y aproximándose a Chichikov, le susurró al oído en voz baja, como si le comunicara un secreto—: ¿Le parece bien veinticinco?

—¿Veinticinco rublos? No, de ningún modo. No pienso dar ni la cuarta parte. No subiré ni un solo kopec. Sobakevich permaneció callado. Chichikov se calló también. Su silencio duró como unos dos minutos. Eragation, con su nariz aguileña, presenciaba con sumo interés esta transacción.

—¿Cuál es su último precio? —preguntó al fin Sobakevich.

—Dos y medio.

—Usted piensa que el alma humana es igual que un nabo cocido. Entrégueme por lo menos diez rublos.

—Me es imposible.

—Está bien, con usted no se puede tratar. Salgo perdiendo, pero ese maldito carácter que tengo hace que me sienta obligado a dar gusto a mi prójimo. Pues será preciso registrar la escritura, para que todo se lleve a cabo como es debido.

—Por supuesto.

—Y para ello deberé acudir a la ciudad.

De este modo se cerró el trato. Resolvieron que al siguiente día se encontrarían en la ciudad para ultimar lo concerniente a la escritura. Chichikov le pidió una relación de los campesinos, y Sobakevich accedió con gusto. Se dirigió al escritorio y comenzó a escribir los nombres de todos, agregando una explicación con los méritos de cada uno.

Al mismo tiempo Chichikov, que no tenía nada que hacer, se entretuvo contemplando la ancha mole de Sobakevich. Contemplaba sus espaldas, que parecían la grupa de un caballo de Viatka, y sus piernas, semejantes a los guardacantones de hierro que ponen en las aceras, y no pudo por menos de pensar: «¡Bien te ha dotado Dios! Eres de ésos de los que se dice que han sido mal cortados, pero bien cosidos… ¿Eras ya un oso al nacer, o te transformó en oso la vida en este alejado rincón del mundo, las sementeras, el constante trato con los campesinos, convirtiéndote en un hombre mezquino? Pero no, estoy seguro de que habrías sido exactamente lo mismo aunque te hubieran dado una educación a la moda, lanzado al mundo y residido en San Petersburgo, en lugar de en este perdido rincón. La única diferencia consiste en que ahora engulles media espalda de cordero con gachas y unas empanadas del tamaño de un plato, y entonces habrías comido chuletas con trufas. Ahora tienes bajo tu autoridad a los campesinos; os entendéis bien y si te comportas bien con ellos es solamente porque te pertenecen y saldrías perdiendo. Entonces mandarías sobre unos funcionarios a los que tratarías con dureza, pensando que no te pertenecían, o robarías al Tesoro. ¡No, el que nace con el puño cerrado jamás abrirá la mano! Y si consiguís abrirle uno o dos dedos, aún será peor. Si estudia cualquier materia aunque sea de un modo muy superficial, cuando ocupe un cargo un tanto más visible, habrá que ver la importancia que se dé entre los que conocen esa misma materia a fondo. Y tal vez exclame más tarde: "¡Ya verán lo que valgo!». «Entonces inventará una disposición que hará que muchos se lleven las manos a la cabeza… ¡Ay! ¡Si todas las personas fueran como éste…!».

—Aquí está la relación —dijo Sobakevich volviéndose hacia él.

—¿Ya la ha terminado? Démela.

Se puso a mirarla y quedó sorprendido por el orden y la precisión con que la había escrito: no sólo constaban, ordenadamente, el nombre, el oficio, la edad y el estado de cada uno, sino que al margen había anotado algunas observaciones respecto a su conducta y afición al vodka. En resumen, que daba gusto verla.

—Bueno, ahora entrégueme algo como señal —le dijo Sabokevich.

—¿Y para qué quiere la señal? En la ciudad se lo entregaré todo a la vez.

—Usted no ignora que eso es lo que suele hacerse —objetó Sobakevich.

—No sé qué le pueda dar. No he traído dinero conmigo. Tal vez pueda darle unos diez rublos.

—¿Diez rublos? Entrégueme cuando menos cincuenta.

Chichikov quería seguir negándose a ello, pero Sobakevich le aseguró de un modo tan rotundo que disponía de dinero, que sacó otro billete y a continuación le dijo:

—Ahí tiene quince rublos más, y en total son veinticinco. Pero tenga la bondad de hacerme un recibo.

—¿Para qué necesita un recibo?

—Así es preferible. Uno nunca sabe lo que puede ocurrir...

—De acuerdo, entrégueme el dinero.

—¿El dinero? Aquí está, en mi mano. Cuando haya firmado el recibo se lo daré.

—¿Como quiere que le extienda el recibo? Antes he de ver el dinero.

Chichikov dio los billetes a Sobakevich y éste los depositó sobre la mesa, sujetándolos con los dedos de la mano izquierda; con su mano derecha escribió que había recibido veinticinco rublos en billetes a cuenta de las almas que acababa de vender. Después de haber firmado dicho recibo, contempló de nuevo los billetes.

—Este es muy viejo —dijo mientras examinaba uno de ellos a la luz—. Está un poco ajado, pero entre amigos no es cuestión de detenerse en detalles de esta clase.

«Es un avaro, un avaro —se dijo Chichikov—. ¡Y además un bestia!».

—Y mujeres, ¿no quiere ninguna?

—No, gracias.

—Se las vendería a muy buen precio. Siendo usted, se las cobraría a rublo por pieza.

—No, no necesito mujeres.

—Pues si no las necesita, no hay más que hablar. Sobre gustos no hay nada escrito. A unos les agrada el pope, y a otros la mujer del pope, según el dicho popular.

—Querría suplicarle también que esto quedara entre nosotros —dijo Chichikov al despedirse.

—Ya se comprende. No hay razón para meter en todo ello a un tercero. Lo que se realiza sinceramente entre buenos amigos tiene que quedar entre ellos. ¡Adiós! Le agradezco su visita. Acuérdese de nosotros. Si dispone de una hora libre, no deje de venir a comer y a charlar un rato. Quizá nos podamos hacer mutuamente algún otro favor.

«¡En eso precisamente estaba yo pensando! —se dijo Chichikov para sus adentros mientras subía en el coche—. ¡El maldito avaro ha conseguido sacarme dos rublos y medio por alma muerta!».

Se sentía descontento del modo cómo se comportó Sobakevich. Al fin y al cabo se conocían, se habían encontrado en casa del gobernador y en la del jefe de policía, y había procedido con él como si se tratara de un extraño, había aceptado dinero por algo que carecía totalmente de valor. Al salir el coche del patio, volvió la cabeza y vio que Sobakevich continuaba aún en el portal, como si quisiera enterarse de la dirección que tomaba.

—¡Todavía sigue allí, el muy miserable! —murmuró entre dientes, y dio orden a Selifán de que se dirigiera hacia las cabañas de los campesinos, de tal manera que desde la casa del propietario no pudiera verse hacia dónde se encaminaba el coche. Tenía intención de llegarse a la casa de Pliushkin, al que, según le había dicho Sobakevich, se le morían los siervos como moscas, pero no quería que Sobakevich lo supiera. Cuando el coche ya se hallaba al final de la aldea, llamó a un campesino, el cual, como una incansable hormiga, marchaba hacia su casa cargando un gran tronco con el que se había tropezado en el camino.

—¡Oye, tú, barbudo! ¿Cómo se puede ir hasta la aldea de Pliushkin sin tener que pasar frente a la casa del señor?

El campesino pareció encontrarse en un aprieto para responder tal pregunta.

—¿Acaso no lo sabes?

—No señor, no sé cómo se podrá ir.

—¡Pues sí que tienes gracia! ¿No sabes quién es Pliushkin, uno que es muy avaro y que da de comer mal a su gente?

—¡Ah, sí! ¡Tiene que ser el remendado! —exclamó el campesino.

Al término remendado le agregó otro muy acertado, pero que no se emplea en sociedad, y debido a ello lo omitimos. No obstante, debemos suponer que esa palabra venía muy a propósito, pues Chichikov continuó riendo cuando el campesino había desaparecido de su vista y llevaban recorrido un gran trecho. ¡Al pueblo ruso le gustan las expresiones fuertes! Y si le imponen a uno un mote, lo heredarán sus descendientes, le acompañará a la oficina, continuará con él una vez se haya retirado, cargará con él en San Petersburgo e incluso en el fin del mundo. Y por más que se las ingenie intentando ennoblecer ese epíteto, a pesar de que pague a escritorzuelos para que lo hagan proceder de una antigua casta de príncipes, da igual: su apodo proclamará gritando a los cuatro vientos, con su garganta de cuervo, cuál es la procedencia del pájaro. La palabra que da en

51

el blanco, aunque pronunciada de viva voz, nadie puede borrarla, igual que la palabra escrita. Y siempre es acertado lo que salió de las entrañas de Rusia, donde no se encuentran gentes alemanas, ni finlandesas, ni de ninguna otra procedencia, sino que vive el elemento nativo, lo genuinamente ruso, que no va buscando palabras, que no las empolla como la clueca a sus huevos, sino que las suelta igual que las piensa, como un documento de identidad, sin que sea menester añadir nada más, ni describir cómo tiene uno la nariz o la boca. ¡Basta una pincelada para que quede uno dibujado de arriba abajo!

¡Qué infinidad de monasterios y templos con cúpulas, torres y cruces se encuentran diseminados a lo largo y a lo ancho de la piadosa y santa Rusia! Del mismo modo son incontables las naciones, los pueblos y las generaciones que se aglomeran y se deslizan sobre la faz de la tierra como abigarrados conjuntos. Y cada pueblo que lleva en sí mismo la prenda de sus energías, repleta su alma de capacidad creadora, junto con los otros dones de que Dios le dotó, se distingue particularmente por su propio verbo, el cual, al designar un objeto cualquiera, refleja en sus expresiones una parte de su propio carácter. El vocablo del británico responderá al conocimiento del corazón y de la vida. Una elegancia suave, que resplandece y pronto se esfuma, es la palabra del francés. Pero no existe palabra de tanta agilidad y tan amplios vuelos, que salga de lo más profundo del corazón, que hierva y vibre, como la palabra rusa, cuando ella da en el blanco.

CAPÍTULO VI

Hace mucho tiempo, en mi incipiente juventud, durante los años de mi infancia, que tan pronto pasó para no volver, representaba para mí una gran alegría llegar por vez primera a un lugar desconocido, tanto si era una pequeña aldea como una pobre villa, cabeza de distrito, un pueblo grande o una barriada: mi insaciable mirada infantil descubría una infinidad de cosas curiosas. Un edificio cualquiera, todo lo que se me aparecía bajo el sello de la novedad, era para mí motivo de admiración.

Un edificio oficial, de mampostería, de ese estilo arquitectónico tan conocido, con una mitad de ventanas simuladas, que se alzaba solitario en medio de un abigarrado conjunto de casitas de troncos y de una planta, propiedad de pequeños burgueses; la redonda cúpula enteramente recubierta de chapa de hierro que se levantaba sobre la nueva iglesia, más blanca que la nieve; el mercado, el pisaverde provinciano que aparecía donde menos se le esperaba: todo lo observaba mi viva y despierta atención, y sacando la cabeza desde el carromato que me transportaba, contemplaba el corte, nuevo para mí, de una levita, los cajones de madera repletos de clavos o bien de azufre, que amarilleaba al mirarlo de lejos, de jabón o de pasas, cajones que, cuando pasaba, distinguía al fondo de una verdulería junto con frasquitos de resecos caramelos de Moscú. Asimismo contemplaba al oficial de Infantería que marchaba por la acera, y que, habiendo venido de Dios sabe qué provincia, se había visto sumido en la monotonía de la cabeza de distrito, y al comerciante que, vestido con un chaquetón de Siberia, pasaba en su coche, y con la imaginación me veía transportado a su miserable vida.

Sólo el hecho de ver pasar a un funcionario de las oficinas del distrito ya me hacía pensar. Quizá acudía a una velada, o a visitar a un hermano suyo, a su casa, permanecer sentado media hora en el portal hasta que empezaba a anochecer y esperaba la hora de cenar con su madre, su esposa, la hermana de su esposa y los demás miembros de la familia. ¿De qué hablarían cuando la muchacha, engalanada con su collar de monedas, o el mozo de recia chaquetilla llevaban, después de la cena, la vela de sebo en la sempiterna palmatoria de la casa?

Siempre que me aproximaba a la aldea de cualquier terrateniente, miraba con curiosidad el elevado y estrecho campanario de madera o la vieja iglesia, también de madera, en la que reinaban las sombras. Parecía que me llamaban a lo lejos, a través del verde de los árboles, la roja techumbre y las blancas chimeneas de la mansión señorial, y esperaba con suma impaciencia a que a los dos lados se abrieran los huertos que la ocultaban y apareciese toda entera, entonces, ¡ay!, de apariencia a la que yo no encontraba nada vulgar. Esas imaginaciones me impulsaban a reflexionar acerca de cómo sería el propietario, si era obeso, si tenía hijos o si en cambio eran seis hijas que reían con su sonora carcajada juvenil y jugaban con la más pequeña a la bella durmiente; si eran rubias o morenas, si el terrateniente era una persona divertida o por el contrario hosca como los últimos días del mes de septiembre, si miraba el calendario y conversaba acerca de cosas tan aburridas para la gente joven como el trigo y el centeno.

En la actualidad llego con indiferencia a cualquier aldea desconocida, y contemplo, también con indiferencia, sus vulgares construcciones. Mi mirada, hoy fría, no se manifiesta acogedora, ni me divierte, y todo aquello que en tiempos pasados era motivo de que en mi rostro apareciera una viva expresión, que despertaba en mí la risa y la locuacidad, ahora resbala y mis labios inmóviles permanecen en indiferente silencio. ¡Dónde está mi juventud! ¡Dónde está mi lozanía!

Mientras Chichikov reflexionaba riéndose interiormente del apodo que los mujiks habían colgado a Pliushkin, llegó, sin que se diera cuenta, a un gran pueblo con un sinnúmero de cabañas y calles. Sin embargo pronto se lo hicieron notar unas violentas sacudidas que sufrió el carruaje cuando entraba en la calzada de troncos y comparadas con las cuales no son nada las que originan los cantos que pavimentan las calles de la ciudad. Esos troncos se levantaban y se hundían, como si se tratara del teclado de un piano, y el viajero que no se preparaba convenientemente recibía un chichón en el cogote o un chichón en la frente, o con sus propios dientes se mordía la punta de su propia lengua. Chichikov observó que todas las construcciones estaban marcadas con un sello de vejez. Los troncos de las cabañas eran oscuros y viejos; la mayoría de las techumbres estaban más agujereadas que una criba; en otras no quedaba más que la figura que en un principio la remataba y el costillar de las vigas.

Era como si los mismos dueños se hubieran dedicado a arrancar las ripias y tablas, considerando, y no sin razón, que las cabañas no defienden contra la lluvia y que si el tiempo es bueno y no llovizna, no hay motivo para permanecer en ellas cuando tanto sitio hay en la taberna o en el camino, en resumen, donde a uno le apetece. Las ventanas de las cabañas no tenían cristales, y algunas habían sido tapadas con un pedazo de tela o una zamarra. Los balcones cubiertos, con barandillas, que ignoramos para qué se adosan a veces a las cabañas rusas, estaban torcidos, y de sus oscuras maderas no podía afirmarse precisamente que resultaran pintorescas.

Detrás de las cabañas se extendían en numerosos lugares hileras de grandes fajinas de trigo que, a juzgar por las apariencias, hacía ya largo tiempo que estaban allí; tenían el mismo color que el ladrillo viejo y mal cocido, y en la parte alta se veían porquerías de todo género, e incluso los matojos crecían a los lados. Se advertía fácilmente que era la mies del amo.

Más allá de las fajinas y de los decrépitos techos surgían recortándose sobre el puro cielo, ora a la derecha ora a la izquierda, según que el carruaje girara a un lado o a otro, dos iglesias muy juntas, una construida en madera, ya abandonada, y la otra de mampostería, pintada de amarillo, y cuyos muros aparecían agrietados y cubiertos de manchas.

Empezó a hacerse visible una parte de la casa señorial, hasta que apareció por entero en el sitio donde la hilera de cabañas concluía para ceder paso a un campo de coles al que rodeaba una cerca baja y rota por algunos lugares. Aquel extraño castillo, largo, exageradamente largo, ofrecía el aspecto de un decrépito inválido. Por un lado tenía una sola planta y por otro, dos. Sobre su ennegrecida techumbre, que no en todos los puntos resguardaba su vejez, se veían dos terrazas, una enfrente de la otra, un tanto desvencijadas y sin la pintura que las había cubierto en otros tiempos. El enlucido de paredes del edificio mostraba enormes desconchaduras, evidente testimonio de lo mucho que habían sufrido a causa del mal tiempo, los vientos, las lluvias y los cambios otoñales de temperatura. Únicamente dos ventanas permanecían abiertas, y las demás tenían los postigos cerrados y hasta estaban reformadas con tablas. Esas dos ventanas, a su vez, eran asimismo cegatas. En una de ellas habían pegado un triángulo de papel azul, de ese que se emplea para envolver azúcar.

A espaldas de la casa y rebasando la aldea se extendía un espacioso y abandonado jardín que se perdía en el campo. Aun repleto de hierbajos era lo único que le daba al pueblo cierta fragancia, resultando realmente pintoresco en su artístico abandono. Como si fueran nubes verdes e irregulares cúpulas de palpitantes hojas, se destacaban en la lejanía las copas de aquellos árboles que crecían en su total libertad. El enorme tronco blanco de un abedul que carecía de copa, arrancada por la tempestad o la tormenta, sobresalía de entre el frondoso verdor y aparecía redondo en el aire como si se tratara de una refulgente columna de mármol de regulares proporciones. La parte por donde había sido desgajado, que correspondía al capitel, mostraba su mancha negra sobre la nieve de su blancura como un gorro o una oscura ave.

El lúpulo cubría por su parte inferior las matas de serbal, de saúco y de avellano silvestre, se deslizaba a continuación por la parte superior de la cerca y terminaba trepando por el abedul roto, por cuyo tronco se enroscaba hasta la mitad. En cuanto llegaba a este punto, caía y pasaba a enredarse en las copas de otros árboles, o colgaba en el aire formando rizos con sus finos garfios, dulcemente balanceados por el viento.

Por algunas partes se abría la verde espesura, iluminada por los rayos del sol, y mostraba entre uno y otro hueco unas negruras que parecían tenebrosas fauces. Esas aberturas aparecían rodeadas de sombras, y con dificultad se lograba distinguir un serpenteante sendero, unas barandas derribadas, un cenador muy cuarteado, el viejo tronco de un sauce con innumerables cavidades, los frondosos arbustos que al igual que grises cerdas apuntaban sus hojas y ramas, sofocadas en medio de tan espesa vegetación, y por último el tierno ramaje de un arce que extendía a un lado sus hojas, como patas verdes, bajo una de las cuales el sol, que había entrado sabe Dios por dónde, la convertía en algo transparente e ígneo, en un prodigio de luces entre tan espesa oscuridad.

A una parte, en los límites del jardín, varios olmos, muy por encima de los demás árboles, sostenían en lo alto unos grandes nidos de cuervo que se balanceaban sobre sus trémulas copas. En algunos de ellos, ramas a medio desprender pendían hacia abajo con sus hojas secas.

En resumen, todo resultaba grato como cuando la Naturaleza y el Arte se hallan unidos; como cuando sobre el trabajo del hombre, en ocasiones acumulado sin sentido, se desliza para dar el último toque la cuchilla de la Naturaleza y aligera las pesadas masas, echa por tierra la burda simetría y los míseros vacíos, a cuyo través asoma el plan desnudo, que nada calla, confiriendo un maravilloso color a todo lo que había sido creado en el frío de la exagerada perfección.

Giró el carruaje por dos veces y nuestro héroe se encontró al fin frente a la casa, que le produjo una impresión más triste que antes. El verde moho cubría la carcomida madera de la empalizada y del portón. Una infinidad de edificaciones, según parece inutilizadas por el paso de los años, viviendas de la servidumbre, sótanos y graneros, se acumulaban en el patio. Junto a ellos, a uno y otro lado, había puertas que comunicaban con los otros patios. Todo daba a entender que en tiempos pasados la vida se había desarrollado allí ampliamente, y en cambio ahora todo parecía gris y sombrío. No se veía nada que comunicara vida al cuadro, ni puertas abriéndose, ni gente saliendo, ni signo alguno de los trabajos y preocupaciones que animan una casa.

Solamente el portón principal estaba abierto, y eso debido a que en aquel momento entraba por él un campesino que guiaba su carro cargado, cubierto mediante una estera, que producía la sensación de haber sido colocada allí para infundir vida a aquel lugar muerto. De no ser así, también el portón se hallaría cerrado a cal y canto, ya que del anillo de hierro pendía un enorme candado.

Chichikov divisó en seguida junto a una de las construcciones a cierta figura que dialogaba con el campesino del carro. Durante largo rato no consiguió distinguir a qué sexo pertenecía la tal figura, si se trataba de una mujer o de un hombre. Vestía unas ropas completamente indefinidas, algo que tenía gran parecido con una bata de mujer, y llevaba un gorro al estilo de los que llevan las criadas campesinas, pero encontró su voz demasiado ronca para ser femenina. «Es una mujer», se dijo al principio, pero en seguida agregó: «¡Ah, no, no lo es!». «Por supuesto que se trata de una mujer», concluyó al fin, después de haberla examinado con más atención.

También la figura le contempló a su vez detenidamente. Pareció como si la llegada del forastero fuera para ella un auténtico milagro, porque pasó revista no sólo a Chichikov, sino incluso a Selifán y a los caballos, desde el morro hasta la cola. Teniendo en cuenta que de su cintura pendían varias llaves y que empleaba palabras bastante gruesas para reñir al campesino, Chichikov sacó la conclusión de que debía ser el ama de llaves.

—Escucha, madrecita —le dijo Chichikov mientras descendía del coche—. ¿Está en casa el señor…?

—No, no está —interrumpió el ama de llaves sin esperar a que concluyera la pregunta, y a continuación, después de una breve pausa, prosiguió—: ¿Qué le trae por aquí?

—Debo resolver con él cierto asunto.

—Pase —dijo entonces el ama de llaves al mismo tiempo que se volvía, mostrándole una espalda llena de harina y un roto en los bajos.

Chichikov se introdujo en el vasto y oscuro zaguán, más frío que un sótano. De allí pasó a una estancia, igualmente oscura, que aparecía escasamente iluminada por la luz que se filtraba a través de la ancha rendija practicada entre la parte baja de la puerta y el suelo. Cuando esta puerta se abrió, encontrándose al fin en un aposento claro, se quedó asombrado por el desorden que allí imperaba. Era como si en la casa anduvieran de limpieza general y hubieran amontonado allí momentáneamente todos los muebles.

Encima de una mesa se veía hasta una silla rota, y junto a ella un reloj con el péndulo inmóvil, en el que una araña había ido tejiendo su tela. Adosado a la pared, de lado, se hallaba un armario que guardaba plata antigua, botellas y porcelana china. En un escritorio con incrustaciones de nácar que en algunas partes se habían desprendido, dejando unos huecos de color amarillento rellenos de cola, había una infinidad de objetos de todo género: una pila de papeles escritos en letra pequeñísima sujetos por medio de pisapapeles, coronado por un huevo, cuyo mármol había adquirido una tonalidad de color verde; un libro antiguo encuadernado en piel y adornado con cantos dorados; un limón totalmente seco, del tamaño aproximado de una nuez silvestre; un brazo de sillón; una copa llena de cierto líquido y con tres moscas dentro, cubierta con un naipe; un trocito de lacre, un trapito, dos plumas manchadas de tinta, y un mondadientes amarillo por completo, que su dueño había usado ya antes de que los franceses entraran en Moscú.

Las paredes aparecían engalanadas con varios cuadros, colgados uno al lado de otro del modo más absurdo. Un grabado apaisado y amarillento que figuraba una batalla, en el que destacaban unos tambores gigantescos, unos soldados con tricornio gritando a todo pulmón, y unos caballos que se sumergían en el agua, colocado en un marco de caoba con estrechas franjas de bronce sin cristal, y unos pequeños círculos, asimismo de bronce, en los ángulos. A continuación había un gran cuadro ya oscurecido, pintado al óleo, que representaba flores, frutas, una sandía partida por la mitad, una cabeza de jabalí y un pato al que le colgaba la cabeza.

Del centro del techo pendía una araña cubierta por un saco de lienzo al que el polvo confería algún parecido con el capullo de seda en que se encierra el gusano.

En un rincón aparecían amontonados una serie de objetos más toscos, indignos de ser colocados sobre una mesa. Se hacía bastante difícil aclarar qué era lo que había en aquel montón, ya que el polvo lo cubría en tal abundancia, que si uno se decidía a tocarlo quedaba con las manos cubiertas como por guantes. Destacaban del conjunto, sí, una pala rota de madera y una vieja suela.

Nadie creería que allí moraba, un ser vivo. La única muestra que inducía a pensarlo consistía en un gorro, viejo y grasiento, que se encontraba sobre la mesa.

Mientras Chichikov se entretenía contemplando aquel extraño mobiliario, se abrió una puerta lateral que cedió paso al ama de llaves con quien se había tropezado en el patio. Pero al momento advirtió que más que un ama de llaves era un amo. El ama de llaves, al menos, no se afeita, mientras que éste, por el contrario, se afeitaba, si bien es cierto que muy de tarde en tarde, pues toda la sotabarba y la parte inferior de las mejillas guardaban una gran semejanza con una bruza de las utilizadas para limpiar los caballos. Chichikov, convertido su rostro en un interrogante, aguardó con impaciencia las palabras del «amo de llaves». Este, a su vez permaneció a la espera de lo que Chichikov tuviera que decirle. Por último, sorprendido este último de tan extraña situación, se decidió a preguntar:

—¿Está el señor en casa?

—El amo se halla aquí.

—¿Dónde? —inquirió Chichikov.

—¿Acaso está usted ciego? —exclamó el «amo de llaves»—. El amo soy yo.

Nuestro héroe retrocedió involuntariamente y le contempló de la cabeza a los pies. En el transcurso de su vida se le habían presentado ocasiones de ver gentes de todo tipo, hasta individuos como ni el lector ni yo quizá no lleguemos a ver jamás. Pero era la primera vez que se encontraba con un tipo como el que tenía delante. Su rostro no revelaba nada digno de mención, era casi igual al de numerosos viejos enjutos, salvo la única particularidad de que la barbilla le sobresalía hasta tal extremo que a cada instante se veía obligado a cubrirla con un pañuelo a fin de que no le cayera en ella la saliva. Sus ojillos aún no se habían apagado y se movían bajo sus altas y espesas cejas como el ratón que, sacando el morro de la tenebrosa madriguera, con las orejas tiesas y moviendo el bigote, otea por si se ha escondido un gato o un chicuelo travieso, y olfatea lleno de recelo.

Su indumentaria era bastante más notable. Por más esfuerzos que se hicieran, no había manera de adivinar de qué había sido confeccionada su bata. Las mangas y la parte delantera estaban tan llenas de mugre y tan relucientes que semejaban cuero del que se usa para las botas. Por la parte de atrás, en lugar de dos faldones le colgaban cuatro, y de ellos salía en largos flecos el algodón del forro. Alrededor del cuello llevaba algo igualmente indefinible: no podía afirmarse si se trataba de una media, de una liga o de una faja, aunque no era ni muchísimo menos una corbata. En resumen, si Chichikov se hubiera tropezado con alguien con esta vestimenta en las puertas de una iglesia, sin duda le habría dado una moneda de cobre. Porque, dicho sea en honor de nuestro protagonista, es preciso hacer constar que tenía un corazón compasivo y que era incapaz de resistirse al impulso de dar una limosna a los pobres.

Pero lo que se hallaba frente a él no era un mendigo, sino un terrateniente. Este era dueño y señor de más de mil almas, y no sería tarea fácil encontrar otro que poseyera tanto trigo y centeno, en grano o en harina, que tuviera sus despensas y almacenes tan llenos de paño y lienzo, de pieles curtidas y sin curtir, de pescado, de todo género de verduras y de carne y pescado en salazón. Si alguien contemplaba el patio, donde se veía una gran provisión de madera y de útiles de toda clase que jamás eran usados, pensaría que se encontraba en un mercado de utensilios de madera de Moscú, al que acuden todos los días las despiertas tías y suegras, precediendo a la cocinera, a hacer sus compras, y donde hay amontonados los más diversos objetos de madera encolada, pulida, torneada y trenzada: barriles, toneles, jarros, barreños provistos de asas y sin ellas, copas de gran tamaño, canastillos, cestas en que las mujeres guardan sus cosas, cajas hechas de corteza de abedul, cestas de mimbre y tantísimas otras cosas empleadas tanto por los ricos como por los pobres de Rusia. ¿Para qué necesitaría Pliushkin aquella superabundancia de cosas? Ni a lo largo de toda su vida habría podido usarlas, aunque poseyera dos haciendas como la que ya tenía.

Pero todo le parecía poco. No contento con lo que poseía, recorría a diario las callejuelas de su aldea, buscaba por los sitios más recónditos, y todo lo que podía hallar —un trapo, un clavo, una suela vieja, un puchero ajado— se lo llevaba a su casa y lo depositaba en el montón que Chichikov había tenido oportunidad de ver en el rincón de la estancia.

—¡Ya tenemos al pescador de pesca! —exclamaban los campesinos cuando le veían dar principio a su habitual recorrido.

Y efectivamente, después de haber pasado él no había necesidad alguna de barrer la calle. Si un oficial que iba de paso perdía una espuela, inmediatamente ésta iba a parar al referido montón. Cuando una campesina que se había entretenido charlando en el pozo dejaba el cubo olvidado, él se llevaba el cubo.

Sin embargo, cuando un campesino lo sorprendía casualmente in fraganti, jamás discutía y se limitaba a devolver el objeto robado. Pero si el objeto llegaba al consabido montón, todo había concluido: juraba y perjuraba que aquel objeto le pertenecía, que lo había adquirido en tal ocasión, a Fulano de Tal, o lo había recibido en herencia de su abuelo. En el interior de su casa guardaba todo lo que encontraba en el suelo: un pedazo de lacre, un trozo de papel, un plumón, y todo ello lo colocaba en el escritorio o en la ventana.

¡Y hubo una época en que fue un terrateniente que sabía cuidar de sus posesiones! Había estado casado y era un buen padre de familia, y vecinos iban a su casa a comer y escuchar sus lecciones acerca del modo como dirigir convenientemente una hacienda. Todo fluía con sumo orden y se realizaba por sus pasos contados: marchaban como era debido los molinos, los batanes, los bancos de carpintero, las fábricas de paño y la hilandería. Todo permanecía bajo la atenta mirada del dueño, quien, al igual que trabajadora y afanosa araña, pero calculadora, iba y venía por todos los rincones de la tela que era su economía.

Sus sentimientos, demasiado fuertes, no se transparentaban en los rasgos de su cara, pero sus ojos reflejaban inteligencia; su conversación era la de una persona experimentada y conocedora del mundo, y los visitantes le prestaban oídos con mucho agrado. La dueña de la casa, amable y locuaz, gozaba fama de hospitalaria. Al encuentro de los huéspedes acudían las dos hijas, ambas hermosas, rubias y lozanas como flores. Salía el hijo, un muchachito muy vivaracho, que daba un beso a todos sin pararse a pensar si el besuqueo gustaba o no al invitado.

Las ventanas de la casa estaban todas abiertas. En el entresuelo se hallaban los aposentos del profesor, un francés que se afeitaba a la perfección y era magnífico cazador. Siempre llegaba cargado con urogallos o patos para la comida, y en ocasiones incluso traía sólo huevos de gorrión, que él rogaba que le hicieran en tortilla, ya que ninguno de los habitantes de la casa quería probarlos. También en el entresuelo vivía una compatriota suya, la institutriz de las señoritas. El dueño de la casa comparecía en el comedor vestido con levita, algo usada, pero limpia y con los codos sin zurcidos.

Pero la hacendosa ama de casa murió. Una parte de las llaves pasaron a sus manos, y junto con ellas una serie de pequeñas preocupaciones. Pliushkin se volvió más inquieto y, como les ocurre a todos los que se han quedado viudos, sus recelos y su avaricia fueron en aumento. En su hija mayor, Alexandra Stepanovna, no podía confiar por completo, y no le faltaba razón, pues no tardó mucho en fugarse con un subcapitán de cierto regimiento de Caballería, casándose con él a toda prisa en una iglesia de pueblo, ya que sabía muy bien que su padre detestaba a los oficiales. Tenía la peregrina idea de que todos los militares eran derrochadores y amantes del juego. El padre la maldijo, pero no se preocupó de ir en su busca. La casa se quedó entonces todavía más vacía. El propietario acusó una tendencia más clara a la avaricia y entre sus ásperos cabellos comenzaron a surgir canas, fieles compañeras de la tacañería. Despidió al profesor francés, ya que el hijo llegó a la edad de ingresar en el servicio público. También despidió a la institutriz, pues resultó que estaba complicada en el rapto de Alexandra Stepanovna. El hijo, enviado a la capital de la provincia para que se adiestrara en la Cámara, según el decir del padre, a una tarea importante, en lugar de esto se alistó en un regimiento y después le escribió, cuando todo estaba consumado, pidiéndole dinero para el equipo. No es nada de extrañar que en lugar de dinero recibiera lo que entre las gentes de pueblo se suele llamar una higa.

Por último murió la hija menor, que se había quedado con él en casa, y el viejo se convirtió a partir de entonces en el único guardián, custodio y dueño de sus riquezas. La soledad en que habitaba ofreció pasto en abundancia a su avaricia, la cual, como todo el mundo sabe, tiene un hambre de lobo, y a medida que devora más va creciendo. Los sentimientos humanos, que ya por naturaleza no eran en él demasiado profundos, decrecían constantemente, y cada día que pasaba se perdía algo en aquella ruina.

Para colmo de males, como si viniera adrede para reafirmarle en su opinión respecto a los militares, su hijo perdió una cantidad considerable jugando a las cartas. Le envió su sincera maldición paterna y nunca más dio un solo paso por averiguar si aún vivía o había pasado al otro mundo. A medida que transcurrían los años, las ventanas de su casa se fueron cerrando, hasta que únicamente dos quedaron abiertas, y aun una de ellas había sido medio tapada con un papel. Con los años se despreocupaba cada vez más de los asuntos más importantes de su finca, y su mezquina visión se centraba en los plumones y papeles que recogía en su habitación. Se iba volviendo más y más intratable con la gente que acudía a comprar los productos de sus propiedades. Los compradores regateaban sin freno hasta que terminaron olvidándole, en la convicción de que aquello era un diablo y no un ser humano. El heno y la mies se le pudrían, las fajinas y los almiares se transformaban en estiércol muy adecuado para abonar las coles; la harina almacenada se endurecía hasta el punto de que era preciso partirla a hachazos; el paño y el lienzo que se fabricaban en la casa ofrecían un aspecto que causaba miedo mirarlos, ya que con sólo tocarlos se volvían polvo. Había perdido la cuenta de lo que poseía de cada cosa, y sólo recordaba el lugar del armario en que encerraba una garrafilla que contenía cierto licor y a la que había hecho previamente una señal para que nadie osara beber a sus espaldas, o el lugar en que había dejado un trozo de papel o un pedazo de lacre.

Al mismo tiempo la hacienda rendía los mismos beneficios de antes: el campesino tenía que pagar iguales cargas, cada mujer debía traer tal cantidad de nueces y almendras, la tejedora estaba obligada a entregar tanto lienzo. Y todo esto se iba amontonando en los almacenes y todo se convertía en polvo y guiñapos, hasta que llegó el momento en que el propio dueño acabó convirtiéndose en un guiñapo humano. Alexandra Stepanovna acudió un par de veces con su hijito a visitarle, con objeto de inspeccionar las posibilidades que había de conseguir de su padre alguna cantidad de dinero; según parece, la vida de campaña con el subcapitán no presentaba tantos incentivos como se imaginaba antes de la boda. Pliushkin la perdonó, eso sí, e incluso dejó al nietecito, para jugar, un botón que se hallaba sobre la mesa, pero a ella no le entregó ni un solo kopec. En la segunda ocasión Alexandra Stepanovna compareció con dos chiquillos y le trajo una mona de pascua para acompañar al té, y una bata nueva, ya que la que vestía su padre estaba que daba pena verla. Pliushkin acarició a sus nietos, los subió sobre sus rodillas, uno a cada lado, y les hizo trotar como si fueran a caballo, cogió la mona de Pascua y la bata, pero a la hija no le dio absolutamente nada. Alexandra Stepanovna se fue de allí con las manos vacías.

¡Así era, pues, el propietario ante cuya presencia había llegado nuestro héroe! Debo decir que individuos de esta clase aparecen muy de cuando en cuando en Rusia, donde todo el mundo muestra más tendencia a expansionarse que a comprimirse. Y resultaba tanto más sorprendente teniendo en cuenta que en el vecindario se encontraban otros terratenientes de esos que son amantes de las juergas por todo lo alto, como corresponde a todo señor ruso, y cuyo único pensamiento consiste en disfrutar de toda clase de placeres que ofrece la vida. El viajero que no ha visitado aquellos alrededores se detiene atónito al ver su mansión, sin llegar a comprender qué poderoso príncipe resolvió habitar entre tan modestos e ignorantes propietarios. Semejan palacios sus blancas casas de mampostería con infinidad de chimeneas, terrazas y veletas, rodeadas de una manada de pabellones y de todo género de construcciones para los visitantes forasteros. ¿Qué no habrá allí? Funciones de teatro, bailes; durante toda la noche resplandece el jardín, engalanado con luces y farolillos, y no deja de sonar la música. Media provincia, vestida con sus mejores galas, se pasea regocijadamente bajo los árboles, y nadie se sorprende lo más mínimo ante esta iluminación artificial, cuando, como cosa de teatro, del conjunto de árboles sale una rama alumbrada por una peregrina luz, desposeída de su vivo verdor, al mismo tiempo que allá en lo alto, más oscuro, severo y veinte veces más amenazador, se distingue el cielo, y las cimas de los árboles ven cómo tiemblan sus hojas allí arriba, penetrando en las tinieblas, y protestan por aquel resplandor de oropel que ilumina en la parte baja sus raíces.

Hacía varios minutos que Pliushkin permanecía sin pronunciar palabra, y Chichikov continuaba sin ser capaz de iniciar la conversación, distraído por el aspecto que presentaba el propietario y por todo lo que en la estancia había. Durante un buen rato estuvo intentando acertar con las palabras de que podía valerse para explicar los motivos de su visita. Se sintió tentado de decirle que habían llegado a sus oídos referencias a las excepcionales cualidades y virtudes de su alma, razón por la que creía deber suyo rendirle personalmente el homenaje de su respeto, pero advirtió que eso sería excesivo. Contempló nuevamente de reojo todo lo que había en la estancia y se dio cuenta de que los términos «excepcionales cualidades» y «virtudes de su alma» eran susceptibles de ser sustituidos perfectamente por los de «economía» y «orden». De ahí que, modificando de este modo su discurso, dijera que había oído hablar de su economía y de la excelente dirección de su hacienda, por lo que había considerado deber ineludible visitarle a fin de conocerlo y presentarle personalmente sus respetos. Por supuesto que se habría podido hallar otro motivo de más peso, pero en aquellos momentos no se le ocurrió otra cosa.

Pliushkin respondió gruñendo algo entre labios, ya que no le quedaba ningún diente; a pesar de que no fue posible entenderle, lo más seguro es que el significado de sus palabras fue éste: «¡Vete al diablo tú y tus respetos!». Sin embargo, dado que la hospitalidad se practica en nuestro país hasta tal extremo que ni tan sólo el más avaro osa quebrantar sus leyes, añadió después algo más inteligible:

—Haga el favor de tomar asiento.

Y tras una pausa continuó:

—Hace ya mucho tiempo que no recibo visitas, y lo cierto es que dudo mucho de que proporcionen algún beneficio. Se ha puesto de moda esa estúpida costumbre de visitarse unos a otros mientras se deja la hacienda abandonada. ¡Y encima se ha de dar heno a sus caballos! Hace largo rato que he comido y mi cocina tiene el techo muy bajo, es algo pésimo; la chimenea se ha derrumbado totalmente, y cuando se enciende siempre existe el peligro de ocasionar un incendio.

«¡Esto está clarísimo! —se dijo Chichikov—. Menos mal que en casa de Sobakevich se me ocurrió coger una empanadilla y un pedazo de cordero».

—Y agregue a eso una broma de mal gusto: en toda la finca no queda ni un solo puñado de heno —continuó Pliushkin—. Aunque, bien mirado, ¿cómo es posible que uno lo guarde? Tengo poca tierra, los campesinos son unos holgazanes, les disgusta el trabajo, no piensan más que en acudir a la taberna… Como me descuide un poco, al final de mis días me arrastraré por los caminos pidiendo limosna.

No obstante —observó Chichikov con suma discreción— tengo entendido que usted posee mil almas y pico.

—¿De dónde ha sacado eso? No lo crea. Se trataría de un bromista que pensó reírse de usted. Hablan de mil almas, pero comienza uno a contar y no halla nada. En estos tres últimos años esas malditas calenturas se me han llevado muchos campesinos.

—¿Qué está diciendo? —exclamó Chichikov con expresión entristecida—. ¿Son muchos los que han muerto?

—Sí, muchos.

—¿Cómo cuántos?

—Ochenta más o menos.

—¿De veras?

—No tengo por qué mentirle.

—Y dígame, estos muertos serán los que han fallecido desde que presentó usted la última relación al Registro, ¿no es cierto?

—Aún me conformaría si así fuera —contestó Pliushkin—. Lo malo es que desde aquella fecha ascenderán a ciento veinte.

—¿De verdad? ¿Ciento veinte? —exclamó Chichikov, que se quedó boquiabierto por la sorpresa.

—Soy muy viejo para andar mintiendo, padrecito —dijo Pliushkin—. Ya me acerco a los setenta.

Dio la impresión de que las exclamaciones casi jubilosas que lanzó Chichikov le habían ofendido. Éste se dio cuenta de que en verdad resultaba inconveniente su indiferencia ante el infortunio ajeno. Suspiró, pues, profundamente, y dijo que lo lamentaba.

—De nada sirven las condolencias —replicó Pliushkin—. No muy lejos de aquí vive un capitán que el diablo sabe de dónde ha venido y que se dice pariente. Me llama tío y me besa la mano. Cuando empieza a condolerse lanza tales gritos que me veo obligado a taparme los oídos. Su rostro es completamente rojo, sin duda siente una gran afición por la bebida. Seguramente derrochó su fortuna junto con otros oficiales, o se arruinó por culpa de una actriz de teatro, y ahora me viene con sus condolencias.

Chichikov intentó explicarle que su condolencia era muy distinta a la del capitán, y que se hallaba dispuesto a demostrárselo no con palabras vanas, sino con hechos. Y a continuación, sin rodeos, se declaró dispuesto a hacerse cargo del deber de pagar los impuestos que correspondían a todos los mujiks fallecidos en tan lamentable ocasión. Su ofrecimiento pareció dejar tremendamente atónito a Pliushkin. Abrió los ojos desorbitadamente, permaneció durante un buen rato contemplando a su interlocutor, y al fin dijo:

—Usted, padrecito, ¿no estuvo por casualidad sirviendo en el ejército?

—No —repuso Chichikov con bastante malicia—. He sido funcionario civil.

—¿Funcionario civil? —repitió Pliushkin, quien comenzó a chuparse los labios como si comiera algo—. ¿Cómo es posible? Pues usted saldría perdiendo…

—Sólo por darle gusto estoy dispuesto a hacerme cargo de las pérdidas.

—¡Ay, padrecito! ¡Ay, mi benefactor! —exclamó Pliushkin, sin advertir que, con la alegría, de la nariz le salían unas motas de color tabaco que parecían posos de café, y que los faldones de su bata se habían entreabierto, enseñando una indumentaria harto indecorosa—. ¡Ha llegado a consolar a este pobre viejo! ¡Ay, Dios mío! ¡Ay, santos del cielo!

Pliushkin no pudo continuar. Sin embargo, apenas había transcurrido un minuto cuando esta alegría, tan de repente aparecida en aquella cara de madera, se esfumó con idéntica rapidez, recobrando su aspecto acostumbrado, y sus facciones indicaron con toda claridad la preocupación en que se había sumido. Hasta se limpió con el pañuelo, con el que hizo una pelota y comenzó a pasárselo por el labio superior.

—No obstante, permítame, no se ofenda. ¿Usted se compromete a pagar las cargas todos los años? ¿A quién dará el dinero, a mí o al fisco?

—Le diré cómo lo haremos: vamos a firmar una escritura como si aún vivieran y usted me los vendiera.

—Sí, una escritura… —repitió Pliushkin, que se quedó meditabundo y otra vez comenzó a comerse los labios—. Pero la escritura representa gastos. Los que están en las oficinas son tan granujas… En otros tiempos podía uno taparles la boca con cincuenta kopecs y un saco de harina, pero en cambio ahora no se conforman con menos de un carro lleno de grano y un billete de diez rublos. Les agrada tanto el dinero… No comprendo cómo los sacerdotes no prestan atención a esto. Deberían decir algo en sus sermones, ya que, se diga lo que se quiera, contra la palabra de Dios no hay quien se atreva a ir.

«Tú supongo que sí te atreverías», se dijo Chichikov para sus adentros, y a continuación explicó que, en consideración a él, se hallaba dispuesto a dejar que los gastos de la escritura corrieran por su cuenta.

Cuando oyó que también se encargaría de los gastos de escritura, Pliushkin llegó a la conclusión de que el visitante era un perfecto idiota y que mentía al asegurar que había sido funcionario civil, siendo así que estuvo sirviendo en el ejército y corrió detrás de las actrices. A pesar de todo no fue capaz de ocultar su júbilo, y deseó toda clase de venturas no sólo a Chichikov sino también a sus descendientes, sin detenerse siquiera a preguntar si realmente tenía hijos. Se aproximó a la ventana, dio con los nudillos varios golpes en el cristal y después gritó:

—¡Eh, Proshka!

Un minuto después se oyó que alguien entraba en el zaguán a todo correr y se entretenía allí durante un buen rato. Se oyó andar a alguien que llevaba botas, se abrió por último la puerta y penetró Proshka, un mozalbete de trece años calzado con unas botazas tan enormes que cuando caminaba se le salía casi de los pies. Explicaremos en seguida por qué Proshka llevaba unas botas de tal tamaño. Para toda la servidumbre no había más que un solo par de botas, que debía estar siempre en el zaguán. Todo aquel que se dirigiera a los aposentos del señor debía atravesar el patio descalzo, calzarse en el zaguán y, así calzado, se introducía en el aposento. Cuando se marchaba volvía a dejar las botas en el zaguán y regresaba pisando sobre sus propias suelas. Si alguien hubiera mirado a través de la ventana en los días otoñales, y especialmente por la mañana, cuando comenzaban las heladas, habría podido ver a los criados saltando de modo tal como no era fácil que lo hiciera en el teatro el más ágil danzarín.

—Mira qué rostro, padrecito —dijo Pliushkin dirigiéndose a Chichikov mientras con un dedo señalaba a Proshka—. Es más bruto que un leño, pero en cuanto uno se despista y olvida algo por ahí, tendría que ver cómo lo roba. ¿Qué quieres, idiota? ¿A qué has venido?

Pliushkin guardó silencio, a lo que Proshka respondio con otro silencio.

—Pon el samovar, ¿me oyes? Coge la llave y entrégasela a Mavra, que vaya a la despensa y en la repisa verá un pedazo de la mona de Pascua que trajo Alexandra Stepanovna; dile que lo traiga para el té… Aguarda, ¿adónde vas? ¡Bruto, que eres un bruto! ¿Acaso tienes hormiguillo en los pies? Escúchame primero: el bizcocho está un poco estropeado por la parte superior, de modo que dile que lo raspe con el cuchillo y que no eche las migas, que las lleve al gallinero. ¡Si te metes tú en la despensa ya sabes lo que te espera! ¡Una buena ración de jarabe de porra! Si tienes ahora buen apetito, después aún lo tendrás mejor. Intenta entrar en la despensa, que yo aguardaré mirando por la ventana. Uno no puede fiarse de nadie —continuó volviéndose hacia Chichikov en cuanto Proshka se hubo marchado con sus botas.

Acto seguido se miró con recelo al visitante. Una magnanimidad tan fuera de lo normal comenzó a parecerle inconcebible, y se dijo para sus adentros: «¡Diablos! Quizá sea un presuntuoso, igual que todos esos derrochadores. ¡Miente, miente para conversar un rato y que le invite a tomar el té, y después se marchará por donde ha venido!». De ahí que, como medida de precaución y a fin de probarlo, manifestó que sería preferible hacer la escritura cuanto antes, ya que uno no puede estar seguro de nada: hoy está vivo y mañana Dios sabe.

Chichikov declaró que estaba dispuesto a formalizar la escritura en seguida, si así lo quería él, y pidió la relación de todos los mujiks.

Esto tranquilizó a Pliushkin. Fue fácil ver que estaba pensando algo, y así era, cogió las llaves, se encaminó al armario, y después de abrirlo anduvo por un buen rato entre las tazas y los vasos; por último dijo:

—No logro encontrarlo, pero aquí guardaba un licor de excepción. ¡Tal vez se lo han bebido! Son unos bandidos. ¿Será esto?

Chichikov advirtió que tenía en sus manos una botella enteramente cubierta de polvo, como si llevara una camiseta.

—Lo hizo mi difunta esposa —prosiguió Pliushkin—. Esa sinvergüenza del ama de llaves lo dejó sin ni siquiera taparlo. ¡La muy miserable! Se metieron en él gusanos y todo género de porquería, pero yo lo saqué y aquí está todo limpiecito. Voy a servirle una copa.

Pero Chichikov se negó a tomar aquel licor, afirmando que ya había comido y bebido.

—¡Ya ha comido y bebido! —exclamó Pliushkin—. Sí, por supuesto, a la gente de buena sociedad se la distingue en el acto: no han comido y se muestran satisfechas. En cambio, a cualquier granuja de ésos, por mucho que le ofrezcas… Siempre que se presenta el capitán, lo primero que hace es pedirme algo de comer. Me llama tío, y soy tan tío suyo como él abuelo mío. Sin duda en su casa carece de todo y por eso pasa el tiempo yendo de una parte a otra. Decía usted que le hace falta una relación de todos esos haraganes, ¿no es cierto? Yo los había anotado en un papel, como si lo supiera, a fin de excluirlos cuando tuviera lugar la primera revisión.

Pliushkin se caló las gafas y comenzó a buscar entre sus papeles. Al desatar todo tipo de legajos obsequió al visitante con tal cantidad de polvo que éste no pudo por menos que estornudar. Por último extrajo un papel totalmente lleno de anotaciones. Los nombres de los mujiks aparecían más apretujados que las moscas. En él había de todo: Paramonov, Pimenov, Panteleimonov... e incluso se asomó cierto Grigori Irás no Llegarás. En total resultaban ser más de ciento veinte. Chichikov esbozó una sonrisa cuando observó tal abundancia. Guardó el papel en un bolsillo y dijo a Pliushkin que debería acudir a la ciudad para firmar la escritura.

—¿A la ciudad? ¿Por qué? ¿Voy a dejar sola la hacienda? De mi gente no se puede uno fiar, aquí todos son granujas o ladrones. En un solo día son capaces de dejarme incluso sin un clavo en que colgar mi caftán.

—¿Y no tiene usted allí algún conocido?

—¿A quién quiere que tenga? Todos mis conocidos están ya muertos o han dejado de ser conocidos. ¡Ah, padrecito! ¡Sí, tengo uno! —exclamó de pronto—. Conozco al propio presidente, en otros tiempos acostumbraba a visitarme. ¡Cómo no lo he de conocer! ¡Por supuesto que lo conozco! ¿A quién, si no, podré escribir?

—Claro está que a él.

—¡Éramos muy buenos amigos! En el colegio habíamos sido compañeros.

Por aquel rostro de palo se deslizó algo que quería parecerse a un cordial rayo de luz; manifestó no un sentimiento, sino el débil reflejo de un sentimiento, algo que se podría comparar a cuando en la superficie de las aguas surge de pronto alguien que se está ahogando y entre la muchedumbre que invade la orilla se oye una exclamación de júbilo. No obstante la alegría era prematura; a pesar de que sus hermanas y hermanos le arrojan una cuerda en espera de ver sus hombros o sus manos agotados por la lucha, aquella aparición era la última. Todo permanece sordo, y la superficie del mudo elemento, tranquila y reposada tras el último esfuerzo del infeliz, parece aún más horrible y desierta. Así la cara de Pliushkin, en la que por un instante se había deslizado una sombra de sentimiento, se volvió todavía más insensible y chabacana.

—Encima de la mesa tenía una cuartilla —dijo— pero no sé qué se habrá hecho de ella. De esta gente se puede uno fiar tan poco...

Miró debajo de la mesa y sobre ella, buscó por todas partes y al fin gritó:

—¡Mavra! ¡Mavra!

Como respuesta a su llamada compareció una mujer llevando en la mano un plato en el que descansaba el pedazo de bizcocho de cuya existencia ya está informado el lector. Entre ellos se entabló el diálogo que sigue:

—¿Qué has hecho con el papel, malvada?

—Le aseguro, señor, que no he visto más papel que el pedazo de que se sirvió usted para tapar la copa.

—Leo claramente en tus ojos que lo has robado.

—¿Y por qué iba a robarlo? No me serviría de nada, yo no sé de letras.

—Mientes, se lo has dado al sacristán; él sabe escribir y se lo diste a él.

—Si el sacristán necesita papel, él mismo se lo puede proporcionar. ¡Yo no he visto el suyo!

—Espera, que el día del Juicio Final dos diablos te van a quemar con chuzos de hierro. ¡Ya verás cómo te asan!

—No, no me asarán, pues ni siquiera he tenido en la mano ese papel. Quizá se me pueda reprochar alguna debilidad de mujer, pero lo que jamás podrá decir nadie es que yo sea una ladrona.

—Los diablos te tostarán. Dirán: «¡Toma tu merecido, sinvergüenza, por haber engañado a tu señor!». ¡Pues vaya si te asarán!

—Pero yo les diré: «¡La culpa no es mía! ¡Os aseguro que la culpa no es mía, yo no lo robé...!». Pero si está ahí, sobre la mesa. ¡Siempre me está acusando sin razón alguna!

Pliushkin vio, realmente, el papel, y durante unos instantes permaneció en silencio. Después se mordió los labios y dijo:

—¿Por qué te pones así? ¡Menuda escandalosa estás hecha! En cuanto se le dice una palabra, ella responde con diez. Bueno, ve a buscar la lumbre para lacrar la carta. No, espera, eres capaz de coger la vela de sebo, y el sebo se derrite muy pronto, se consume y se acabó. No son más que gastos inútiles. Vale más que traigas una astilla encendida.

Mavra se marchó. Pliushkin tomó asiento en la butaca, cogió la pluma y aún permaneció durante un buen rato dando vueltas al papel tratando de ver si podría partirlo por la mitad. Al fin llegó a la conclusión de que eso no era posible, mojó la pluma en el tintero, que contenía no sólo un líquido mohoso sino también una infinidad de moscas, y comenzó a escribir. Lo hacía con unas letras semejantes a las notas de música, intentando sujetar la mano, que se le disparaba por toda la cuartilla, y escribiendo todo lo apretado que podía, aunque lamentándose, con todo, por el mucho espacio en blanco que quedaba.

¡A qué grado de mezquindades, a qué minucias y bajezas puede llegar a caer el hombre! ¡Hasta qué punto puede transformarse! ¿Tiene esto visos de verdad? Sí que lo tiene, todo le puede suceder al hombre. El que hoy es un impetuoso joven se quedaría horrorizado si contemplara el retrato de lo que será en su vejez. Llevaos con vosotros todos los impulsos humanos cuando salgáis de los fáciles años de la juventud para entrar en la severa virilidad que todo lo endurece. Llevaoslo, no los abandonéis en el camino. ¡Después no os será posible recuperarlos! ¡La vejez que os aguarda, horrible y temible, jamás devuelve nada! Más compasiva que la vejez es la sepultura, en ella se escribirá: «Aquí han enterrado a un hombre», pero nada se puede leer en los insensibles y fríos rasgos de la inhumana vejez.

—¿Sabe usted de algún amigo al que le hagan falta siervos fugitivos? —preguntó Pliushkin mientras doblaba la carta.

—¿Acaso han huido algunos? —se apresuró a preguntar a su vez Chichikov, poniéndose alerta.

—Sí, ciertamente. Mi yerno trató de informarse y dice que no hay modo de hallarlos, pero él es militar, y a los militares ya se sabe, les complace hacer sonar las espuelas, pero en cuanto tienen que hacer gestiones en los tribunales…

—¿Como cuántos serán?

—Deben llegar ya a los setenta.

—¿De veras?

—Como se lo digo. No hay año en que no escape alguno. Son gentes muy comilonas, el ocio les abre el apetito y yo no dispongo de lo suficiente ni para mí mismo. Los cedería a cualquier precio. Dígale usted a su amigo que me los compre. Con que logre encontrar aunque sólo sea diez de ellos, hará un buen negocio, ya que cada siervo inscrito en el Registro vale quinientos rublos.

«No, no es cuestión de que esto lo huela ningún amigo», pensó Chichikov, y contó que no habría nadie a quien le interesara el negocio, pues los gastos alcanzarían una suma más elevada, porque los tribunales deberían hacer gestiones por muchas partes. Pero si él se encontraba tan apurado, impulsado por la simpatía que le había inspirado, estaba dispuesto a dar…, aunque era una bagatela de la que ni siquiera valía la pena hablar.

—¿Cuánto estaría dispuesto a dar? —inquirió Pliushkin, a quien las manos le temblaban como el azogue a causa de su avaricia.

—Le daría veinticinco kopecs por cada uno.

—Y cómo pagaría, ¿al contado?

—Sí, ahora mismo le entregaría el dinero.

—Sólo le voy a rogar, padrecito, que, considerando mi pobreza, me los pague a cuarenta kopecs.

—Mi apreciado amigo —dijo Chichikov—, no sólo a cuarenta kopecs, sino incluso a quinientos rublos se los pagaría. Lo haría con sumo gusto, pues veo que es usted un anciano bueno y honorable que sufre precisamente debido a su propia bondad.

—Tiene toda la razón —dijo Pliushkin meneando acongojado la cabeza—. Mi bondad es la culpable de todo.

—¿Lo ve usted? Inmediatamente he comprendido su carácter. Y por lo tanto, ¿por qué no iba a pagarle quinientos rublos por cada uno? Pero… no poseo bienes. Estoy dispuesto a subir cinco kopecs más para que de esta manera salga a treinta kopecs por cabeza.

—Como diga, padrecito, pero debería aumentar aunque sólo sean dos kopecs.

—De acuerdo, pondré otros dos kopecs. ¿Cuánto son en total? Creo que antes habló de setenta.

—No, son setenta y ocho.

—Setenta y ocho, setenta y ocho a treinta kopecs por cabeza, serán… —nuestro protagonista se detuvo a pensar un segundo, no más, y añadió—: Resultan veinticuatro rublos con noventa y seis kopecs —pues, estaba fuerte en aritmética.

En seguida hizo que Pliushkin le extendiera el recibo y a continuación le dio el dinero, que el viejo recibió con las dos manos y llevó hasta el escritorio con idénticas precauciones que si fuera un líquido y temiera verterlo. Se aproximó al escritorio, volvió a mirar el dinero y lo dejó, también con toda precaución, en una de las gavetas, donde sin duda estaban condenados a quedarse enterrados hasta el momento en que padre Karp o el padre Polikarp, los dos sacerdote que había en su aldea, lo enterraran a él mismo, con gran alegría de su hija y de su yerno, y quizá también del capitán que decía ser pariente suyo.

Después de haber guardado el dinero, Pliushkin tomó de nuevo asiento en la butaca como si no consiguiera hallar otros temas de que hablar.

—¿Ya se marcha? —preguntó, al advertir un ligero movimiento que Chichikov había hecho para sacar del bolsillo su pañuelo.

La pregunta le hizo recordar que, efectivamente, no había razón para detenerse más.

—Sí, ya es hora de irme —dijo al mismo tiempo que cogía el sombrero.

—¿Y el té?

—No, será en otra ocasión. Lo tomaremos la próxima vez que venga por aquí.

—¡Y yo que había ordenado que prepararan el samovar! Si he de decirle la verdad, no siento gran afición por el té, es una bebida cara y el azúcar ha subido de precio extraordinariamente. ¡Proshka! ¡Ya no es necesario el samovar! Llévale el bizcocho a Mavra, ¿me oyes? Que lo deje donde estaba, o no, tráelo aquí y yo mismo lo llevaré. Adiós, padrecito, que Dios le bendiga. Y déle la carta al presidente. Sí, que la lea, es un antiguo conocido mío. ¡Cómo no! En el colegio fuimos compañeros.

Acto seguido este peregrino fenómeno, este enjuto vejete, salió al patio a despedirle, y luego ordenó que cerraran el portón. Después pasó revista a las despensas para asegurarse de que se hallaban en su puesto los guardas, los cuales estaban en todas las esquinas, golpeando alguna que otra vez en un tonel vacío, en lugar de la habitual chapa de hierro, con una pala de madera; seguidamente llegó hasta la cocina, donde, bajo el pretexto de comprobar si se daba bien de comer a su gente, se tragó un buen plato de sopa de col y gachas, riñendo a todos los presentes por sus latrocinios y su mal comportamiento, y finalmente regresó a su aposento. Una vez a solas, pensó hasta en el modo de agradecer a su visitante aquella generosidad sin par.

«Le puedo regalar el reloj de bolsillo —se dijo para sus adentros—. Es un reloj bueno, de plata, y no cualquier cosa de bronce o de alpaca. Está un poco estropeado, pero ya lo arreglará. Es joven aún y le hace falta reloj de bolsillo para gustar a su novia. Pero no —agregó tras haberlo pensado un poco—, vale más que se lo deje cuando me muera, en el testamento, para que le sirva de recuerdo mío».

No obstante Chichikov, sin necesidad alguna de reloj, se encontraba en la mejor disposición de ánimo. La inopinada adquisición representaba un verdadero regalo. Efectivamente, dijeran lo que quisieran, ¡se trataba de doscientas almas, y no sólo muertas, sino que así mismo había fugitivos! Es verdad que cuando se aproximaba a la aldea de Pliushkin presentía ya que llevaría a cabo un buen negocio, pero ni muchísimo menos imaginaba que le saldría tan redondo.

En el transcurso del camino no le abandonó ni por un momento el extraordinario alborozo que le poseía. Se ponía a silbar, se llevaba la mano a la boca de modo que parecía que tocaba la trompa, e incluso entonó una canción tan extraña que el mismo Selifán se quedó escuchando, movió la cabeza y comentó:

—¡Vaya cómo canta el señor!

Al llegar a la ciudad se había hecho ya de noche. La sombra se confundía totalmente con la luz y se tenía la sensación de que incluso los mismos objetos se confundían también. La barra de las puertas de la ciudad, con sus franjas de color rojo, había adquirido una tonalidad indefinida. Los bigotes del soldado que estaba de guardia parecían habérsele subido a la frente, bastante por encima de los ojos, y no se le podía ver la nariz. El ruido y las sacudidas manifestaron con toda claridad que el carruaje se deslizaba ya sobre el empedrado.

Los faroles no estaban aún encendidos y apenas en algunas casas se advertía luz. En los rincones y callejuelas se sucedían conversaciones y escenas propias de aquella de las ciudades en que hay gran número de soldados, de cocheros, de operarios y de seres de un género particular en figura de damas cubiertas por chales rojos que no usaban medias y que, al igual que los murciélagos, iban revoloteando por las esquinas. Chichikov no se dio cuenta de su presencia, ni siquiera prestó atención a los innumerables funcionarios flacos y con bastón que probablemente volvían a su casa tras un paseo por los alrededores de la ciudad. De vez en cuando llegaban a sus oídos gritos que parecían de mujer: «¡Mientes, borracho! ¡Jamás te he tolerado tal clase de groserías!», «¡No me pegues, bestia! ¡Acompáñame a la comisaría y allí te lo demostraré!». En resumen, expresiones que queman como la pez hirviendo a cualquier muchacho de veinte años cuando, al regresar del teatro, lleva en su pensamiento una calle española, la noche de España y una maravillosa imagen de mujer de rizados cabellos y con una guitarra en sus manos. ¿Qué sueños no bullirán en su mente?

Se halla en el paraíso, ha acudido a visitar a Schiller, cuando de pronto estallan como trueno las fatales palabras y advierte que otra vez ha regresado a la tierra, que se halla en la plaza Sennaia, muy cerca de una taberna, y de nuevo se ve envuelto en las miserias de la vida cotidiana.

Por último, tras una sacudida más que mediana, el carruaje pareció quedar como en una zanja, frente a la puerta de la posada, y Chichikov fue recibido por Petrushka, quien con una mano sujetaba los faldones de su levitón, ya que le molestaba que se le abriera, mientras que con la otra le ayudó a apearse. También salió a su encuentro el mozo de la posada, llevando una vela en la mano y el paño al hombro. Ignoramos si Petrushka se mostró contento de la llegada de su señor. Pero sí sabemos que él y Selifán se hicieron guiños y que su rostro, tan severo habitualmente, pareció aclararse algo.

—Ha pasado el señor largo tiempo fuera —dijo el mozo mientras alumbraba la escalera.

—Sí —dijo Chichikov al subir el primer peldaño—. Bueno, ¿y tú, qué me cuentas?

—A Dios gracias estoy bien —repuso el mozo haciendo una inclinación—. Ayer llegó un militar. Es teniente, y ocupa la habitación dieciséis.

—¿Un teniente?

—No sabemos de quién se trata. Vino de Riazán, trae caballos bayos.

—Bueno, bueno, ya veremos que te sigues portando —dijo Chichikov, y penetró en su aposento.

Cuando cruzó el vestíbulo venteó el aire y dijo a Petrushka:

—Lo menos que podías haber hecho es ventilar la habitación.

—Ya lo hice —repuso Petrushka, pero era falso.

El propio señor sabía muy bien que estaba mintiendo, pero no sentía deseos de discutir. Estaba en extremo fatigado después del viaje. Pidió que le sirvieran una cena muy ligera, solamente cochinillo, y enseguida se desnudó, se metió bajo las sábanas y quedó profundamente dormido, como un tronco, como sólo son capaces de hacerlo los felices mortales que desconocen lo que son las hemorroides y las chinches, y que no están dotados de una capacidad intelectual demasiado elevada.

CAPÍTULO VII

¡Feliz el viajero que, tras un largo y monótono viaje, con sus fríos y barros, con los jefes de posta que jamás han dormido lo suficiente, y con el repiqueteo de las campanillas, con los arreglos, las discusiones, los cocheros, los herreros y demás personas de mal vivir, que se tropieza en el trayecto, distingue, por fin, el familiar techo con las luces que acuden a su encuentro, y se figura los conocidos aposentos, las jubilosas exclamaciones de los que vienen a recibirle, el estrépito y las carreras de los chiquillos, y las sedantes y reposadas charlas interrumpidas por las febriles caricias capaces de alejar de la memoria todo recuerdo penoso! ¡Feliz el padre de familia, pero infortunado el soltero!

¡Feliz el escritor que abandona los caracteres poco gratos y aburridos que asombran por la tristeza que infunden en el alma y se aproxima a caracteres en los que se manifiestan las elevadas cualidades del ser humano, que de la gran multitud de personajes que se le presentan a diario, se limita a escoger las contadas excepciones, que nunca traiciona la excelsa canción de su lira, no desciende de la cima en que se halla hasta sus hermanos mezquinos y míseros, y, alejado del suelo, se entrega en cuerpo y alma a sus sublimes imágenes!

Mucho más envidiable es su hermosa suerte: se encuentra entre ellas igual que en el seno de su propia familia y, no obstante, su fama se extiende hasta llegar a los más apartados confines. Su obra es un humo embriagador que cubre como un velo los ojos de los hombres; los adula hasta el máximo, disimula lo que en la vida hay de desagradable y les manifiesta lo que de hermoso hay en el hombre.

Los aplausos van tras él y todos siguen su carro triunfal. Es proclamado gran poeta del universo, que alza su vuelo muy por encima de los demás genios del mundo, de igual modo que el águila se remonta sobre cualquiera de las aves que a más altura suben. Su nombre basta para hacer palpitar a los fogosos corazones de la juventud, lágrimas de agradecimiento tiemblan en todos los ojos… Nadie se le puede comparar en poderío, ¡es un dios!

Otra suerte, otro destino espera al escritor que se atreve a sacar a la superficie todo cuanto a cada instante se nos presenta ante nuestros ojos y que, llenos de indiferencia no ven todo el horrible y espantoso cúmulo de pequeñeces que rodean nuestra vida, todo el abismo de los caracteres fríos y desgarrados que vemos diariamente, que tan abundantes son en esta tierra nuestra, nuestro camino en ocasiones aburrido y amargo, y que con la ruda fuerza del inexorable cincel los presenta vivamente, con todo relieve, a la contemplación de los humanos. No llevará tras sí los aplausos de la muchedumbre, no verá lágrimas de gratitud ni el unánime entusiasmo de las almas a las que haya logrado conmover. No se precipitará a su encuentro la jovencita de dieciséis años, movida por un impulso heroico. No se adormecerá en el plácido encanto de los sones que él mismo ha arrancado. No eludirá, por último, el juicio frío e hipócrita de sus contemporáneos, que llamarán mezquinas y ruines las obras que él creó con tanto cariño, le arrinconarán en el detestable zaguán destinado a los escritores que ofenden a la Humanidad, le atribuirán las cualidades que caracterizan a los personajes modelados por él mismo, y negarán el corazón, el alma y el fuego divino del talento.

Pues el tribunal de los contemporáneos se niega a admitir como igualmente prodigiosas las lentes que se utilizan para la contemplación de los soles y las que nos muestran los movimientos de apenas perceptibles insectos. Asimismo se niega a admitir que se necesita un alma muy elevada para transformar en una perla de la creación el cuadro tomado de la vida miserable. También se niega a admitir que la risa entusiasta y fuerte merece figurar a idéntica altura que el impulso lírico, y que media un tremendo abismo entre esa risa y las muecas del histrión de las barracas de feria. Igualmente se resiste a admitir todo esto; lo transformará todo en insultos y reproches para el escritor incomprendido. Sin nadie que sienta como él ni se haga eco de su voz, sin un solo ademán de simpatía, como el viajero que carece de familia, se encontrará solo en medio del camino. Ardua es su empresa y experimentará con amargura el peso de su soledad.

Un extraño poder determina que aún le queda por hacer un extenso recorrido del brazo de sus particulares héroes, que aún ha de contemplar la vida que cruza como una enorme masa, contemplarla a través de las risas, de las que el mundo se da cuenta, y a través de las lágrimas, a las que el mundo no advierte ni tiene noción de que existan. Se halla todavía lejos el tiempo en que la horrible tempestad de la inspiración mane de otras fuentes, salga de la mente, cubierta por un sagrado horror y un halo de luz, y se oiga, con confuso estremecimiento, el poderoso trueno de otras palabras…

¡Adelante, adelante! ¡Fuera la arruga que surca la frente y la huraña expresión del rostro! Introduzcámonos de una vez en la vida, con todo su mudo chisporroteo y sus cascabeles, y veamos qué se ha hecho de Chichikov.

Chichikov, habiéndose despertado, se desperezó y advirtió que había dormido bien. Durante un par de minutos permaneció boca arriba, hizo una mueca y con el rostro radiante se acordó de que era dueño y señor de casi cuatrocientas almas. Saltó de la cama y ni siquiera se preocupó de mirarse al espejo el rostro, que él amaba sinceramente y en el que, según parece, lo más atractivo para él era la barbilla, ya que con mucha frecuencia alardeaba de ella ante los amigos, especialmente cuando se estaba afeitando. «¡Fíjate —acostumbraba a decir mientras su mano se deslizaba por la cara— qué barbilla tengo! ¡Es totalmente redonda!».

Sin embargo en esta ocasión no se detuvo a mirarse la barbilla ni el rostro, sino que directamente, tal como estaba, se dispuso a calzarse las botas de tafilete con adornos de distintos colores, unas de esas botas que en tan enormes proporciones vende la ciudad de Torzhok gracias a la negligencia del espíritu ruso, y engalanado al igual que los escoceses, en camisa, echando al olvido la gravedad y la conveniencia de su mediana edad, dio dos saltos, dándose unos hábiles golpes por el talón.

En seguida puso manos a la obra. Se dirigió al cofrecillo, comenzó por frotarse las manos con idéntica satisfacción que lo hace un incorruptible juez de los zemstvos[16], que cuando inicia una investigación se aproxima a la mesa para tomar una copa y un bocado, y a continuación extrajo de él los papeles. Quería concluir lo antes posible con el asunto sin más dilaciones, redactar él mismo la escritura y copiarla a fin de no tener que pagar nada a los oficinistas. La fórmula oficial se la sabía de memoria y escribió sin vacilar con mayúsculas: «Año mil ochocientos y tantos», y después, ahora con minúsculas: «El terrateniente Fulano de Tal», añadiendo todos los datos precisos.

Al cabo de dos horas lo tenía todo terminado. Cuando después echó una mirada a aquellos pliegos con los nombres que en otro tiempo habían sido campesinos, que trabajaron, labraron, bebieron, guiaron coches y engañaron a sus amos, o sencillamente fueron buenos campesinos, una indefinible y extraña sensación se apoderó de él. Cada uno de aquellos papeles parecía estar dotado de su propio carácter, y a través de él era como si cada campesino adquiriera igualmente un carácter particular. Los campesinos de la Korobochka poseían la mayoría sus apodos y remoquetes. La relación de Pliushkin destacaba por su laconismo: muchas veces constaban únicamente las iniciales del nombre y patronímico, y a continuación dos puntos, Sobakevich sorprendía por la exorbitante cantidad de minuciosos detalles, entre los que no había olvidado indicar todas las cualidades de cada campesino. De uno se afirmaba: «Es un buen carpintero»; de otro: «Sabe mucho de su oficio y jamás bebe».

También señalaba, bastante circunstancialmente, quiénes eran los padres y la conducta de uno y otro. Sólo detrás de un tal Fedotov había escrito: «De padre desconocido; su madre es la criada Kapitolina, pero posee un buen carácter y no roba». Todos esos detalles conferían como un aspecto de vida, era como si los campesinos vivieran todavía la víspera. Chichikov permaneció largo rato mirando sus nombres, se sintió conmovido y exclamó suspirando:

—¡Cuántos os habéis juntado en estas listas! ¿Qué hicisteis cuando vivíais, queridos míos? ¿De qué manera os las componíais para salir adelante?

Y su mirada se detuvo ante un nombre, el de Piotr Saveliev Desprecia-Tina, conocido nuestro, y que en otros tiempos pertenecía a la terrateniente Korobochka. Chichikov no pudo contenerse y dijo:

—¡Qué largo eres! ¡Tú sólo ocupas toda la línea! ¿A qué te dedicabas? ¿Eras operario, o, sencillamente un campesino? ¿Qué género de muerte te arrebató de este mundo? ¿Acabaste en la taberna, o te aplastó un carro mientras dormías en medio del camino? «Stepan Probka, carpintero, no bebe». ¡Ah! ¡Aquí aparece Stepan Probka, el bogatir que habría servido para la guardia! Sin duda caminaste por toda la provincia con tu hacha en la cintura y las botas colgando del hombro, te alimentabas con un kopec de pan y dos de pescado ahumado, habrías guardado en tu bolsa cien rublos para llevártelos a casa, y quizá habrías cosido en tu pantalón de lienzo o metido en las botas del dinero que destinabas a pagar las cargas que debías. ¿En qué lugar llegaste al final de tus días? Te subiste, impulsado por las ansias de ganar más, hasta la cúpula de cualquier iglesia, o quizá llegaste a la misma cruz, resbalaste y caíste contra el suelo, y sólo algún tío Mijei, que se hallaba por los alrededores, dijo, mientras te contemplaba y se rascaba el bigote: «¡Ay, Vania, qué mala suerte has tenido!», y después, habiéndose anudado una cuerda a la cintura, subió a ocupar tu puesto.

—«Maxim Teliatnikov, zapatero». ¡Vaya, zapatero! «Según la expresión popular, «borracho como un zapatero». Te conozco, amigo, sé muy bien quién eres. Si lo deseas, estoy dispuesto a contarte tu historia. Te enseñó el oficio un alemán que os daba de comer a todos reunidos, os sacudía con el tirapié siempre que cometíais una mala acción y no permitía que salierais a la calle a hacer travesuras. Eras un magnífico zapatero y el alemán nunca dejaba de ensalzarte al hablar con su esposa o con algún compañero. Y una vez tu aprendizaje llegó a su fin, te dijiste: «Ahora voy a establecerme por mi cuenta. Sin embargo, no haré como el alemán, que sólo busca el kopec, sino que pienso enriquecerme de una vez». Te comprometiste con tu señor a pagarle un censo anual bastante elevado, abriste tu pequeño taller, tomaste una infinidad de encargos y diste principio a tu trabajo. Lograste adquirir a la tercera parte del precio normal un cuero estropeado y por cada par ganabas más del doble de lo que ganaba el alemán. Pero dos semanas más tarde tus botas estaban ya rotas y las reclamaciones que recibiste fueron extremadamente enérgicas. Tu taller quedó vacío y comenzaste a beber y a revolcarte por las calles, sin dejar de decir: «Las cosas de este mundo no van nada bien. Los rusos no pueden vivir, los alemanes les están estorbando siempre».

Al llegar a este punto Chichikov leyó: «Elisaveta Vorobei». ¡Vaya! ¡Una mujer! ¿Cómo era que se encontraba en la relación? El canalla de Sobakevich le había engañado hasta en eso. Realmente, se trataba de una mujer. Era poco menos que imposible decir cómo había ido a parar a la relación, pero su nombre había sido escrito con tanta habilidad, que de lejos se podía pensar que se trataba de un hombre, de tal modo resultaba Elisavet en lugar de Elisaveta. No obstante, Chichikov no le dio gran importancia y lo único que hizo fue tacharlo.

—«Grigori Irás no Llegarás». ¿Cómo deberías ser tú? ¿Eras un cochero que logró poseer tres caballos y un cochecillo, que te marchaste para siempre de tu casa, la madriguera en que viste la luz, y te dedicaste a trasladar a los comerciantes de una feria a otra? Perdiste la vida en un camino, o fuiste muerto por tus mismos compañeros a causa de la mujer de un soldado, rechoncha y colorada, o un vagabundo de los bosques se prendó de tus manoplas de cuero y de tus caballejos, resistentes aunque presentaran un aspecto nada atrayente. O tal vez tú mismo, medio recostado, permaneciste reflexionando durante largo rato y a continuación, sin más ni más, te dirigiste a la taberna, arrojándote después al río por un boquete abierto en el hielo, y si te he visto no me acuerdo. ¡Esos rusos! ¡Les molesta morir de muerte natural!

—¿Y vosotros, queridos? —continuó mirando de nuevo el papel en que constaban los siervos fugitivos de Pliushkin—. Vosotros, a pesar de que estéis vivos, pocos beneficios podréis reportarme. ¿Hacia dónde os conducen ahora vuestros veloces pies? ¿Os encontrabais mal con Pliushkin, o es quizá que vuestro espíritu aventurero os llevó a los bosques, donde os dedicáis a desvalijar a todo el que pasa por allí? ¿Os halláis en la prisión o bien estáis sirviendo a otros señores y labráis la tierra? Eriomin Kariaguin, Nikita Volokita, y el hijo de este último, Antón Volokita; a juzgar por sus apellidos, éstos tres eran buenos corredores. Popov, un sirviente, tiene que saber de letras; éste no se valía del cuchillo, sino que robaba guardando siempre las apariencias.

Sin embargo el capitán de la policía rural te detiene por ir indocumentado. «¿A quién perteneces?», te pregunta agregando en tan propicia ocasión varias palabras gruesas. «Al terrateniente Fulano de Tal», contestas tú sin vacilar. «¿Y qué haces por aquí?», vuelve a preguntar el capitán. «Se me ha permitido trabajar fuera de la hacienda a cambio de un canon», respondes tú, decidido. «Bueno, enséñame tu pasaporte». «Yo no lo tengo, sino mi amo; trabajo en el taller de Pimenov». «Pues que venga Pimenov. ¿Eres tú Pimenov?». «Sí, soy yo». «¿Te dio su pasaporte?». «No, no me dio ningún pasaporte». «¿Por qué no dices la verdad?», replica el capitán, añadiendo una palabra gruesa. «Así es —contestas tú hábilmente—, no se lo pude dar a él porque llegó muy tarde a casa; se lo entregué a Antip Projorov, el campanero, para que me lo guardara». «Bien, que venga el campanero. ¿Te entregó su pasaporte?». «¡Qué va, no me entregó nada!». «¡De nuevo estás mintiendo! —replica el capitán con el aditamento de una palabra gruesa—. ¿Qué has hecho de tu pasaporte?». «Lo tenía —respondes tú de pronto—, pero seguramente lo perdí por el camino». «El capote del soldado —continúa el capitán intercalando algunas palabras gruesas—, ¿por qué lo robaste? ¿Y por qué robaste al cura un cofre repleto de monedas de cobre?». «Yo no hice tal —objetas tú en seguida—. Jamás he tomado parte en ningún robo». «Entonces, ¿cómo es que tenías tú el capote?». «Lo ignoro; sin duda lo traería alguien». «¡Eres un pedazo de animal, un pedazo de animal! —exclama el capitán moviendo la cabeza y poniéndose en jarras—. ¡Eh, vosotros, ponedle grillos en los pies y conducidlo a la cárcel!». «Como usted ordene, encantado», contestas tú. Sacas la tabaquera de tu bolsillo y la ofreces amablemente a los dos inválidos que te ponen los grillos, y a continuación les preguntas cuánto tiempo hace que están licenciados y en qué guerra estuvieron. Y te quedas en prisión mientras el tribunal decide acerca de tu causa. Por último, el tribunal toma la resolución de que se te traslade de la cárcel de Tsarevokokshaisk a la de tal ciudad, donde el nuevo tribunal acuerda que seas trasladado otra vez a cualquier Vesiegonsk. Y de este modo vas de una cárcel a otra, pasas revista a tu nuevo hogar y dices: «En Vesiegonsk se está mejor, incluso se puede jugar a la taba, hay más gente y también más sitio». ¡Abakum Firkov! ¿A qué te dedicas tú, amigo? ¿Por qué parajes andas? ¿Llegaste hasta el Volga y te agradó la vida libre de los sirgadores?...

Cuando llegó a este punto, Chichikov se detuvo y permaneció pensativo. ¿En qué pensaba? ¿Meditaría en la suerte de Abakum Firkov o en la suya propia, igual que cualquier ruso, sea cual fuere su edad, condición y medios de vida, cuando reflexiona en la vida libre y sin trabas? Así es, ¿dónde se halla Firkov? Se divierte con estrepitoso alborozo en cualquier embarcadero de trigo, donde le han contratado los comerciantes. Luciendo cintas y flores en los sombreros, la multitud de sirgadores se divierte, despidiéndose de sus queridas y mujeres, altas y esbeltas, adornadas con cintas y collares de monedas. De lado a lado bulle la plaza entre cantos y bailes.

Mientras tanto los cargadores, entre la batahola de gritos, discusiones y voces de estímulo, cargan sobre sus espaldas con ayuda de un gancho hasta nueve puds y vuelcan ruidosamente el trigo y los guisantes en el interior de las panzudas barcazas, depositan los sacos de mijo y de avena, y a lo lejos se advierten a lo largo y ancho de la plaza los sacos amontonados en forma de pirámides, como si se tratara de bombas, constituyendo un gran arsenal de cereales, hasta que todo esto es transportado a las hondas embarcaciones que, en interminable flota, se pondrán en marcha en cuanto llegue el deshielo de primavera. ¡Entonces os tocará el turno a vosotros para trabajar, sirgadores! Todos a una, igual que antes os divertíais y os dedicabais a vuestras locuras, os llegará la hora de trabajar y sudar, y mientras tiráis de la sirga entonaréis un canto tan interminable como la propia Rusia.

—¡Cómo, son ya las doce! —exclamó por último Chichikov al mirar su reloj—. Me he entretenido demasiado. ¡Si cuando menos hubiera hecho alguna cosa práctica! Pero lo único que he hecho ha sido pensar tonterías. ¡En verdad que soy un estúpido!

Y tras estas palabras, pasó de la indumentaria escocesa a la europea, se ciñó muy apretado con su cinturón el vientre, algo voluminoso, se echó unas cuantas gotas de agua de colonia, cogió una gorra de abrigo y, llevando los papeles bajo el brazo, se dirigió a la Cámara Civil, con el fin de formalizar su adquisición. Las prisas no eran resultado del temor de llegar tarde; eso no le producía temor alguno, ya que conocía al presidente, y éste podía acortar o alargar, a su gusto, las horas de oficina, de igual modo que el antiguo Zeus de Romero, que alargaba los días o enviaba en seguida la noche cuando quería que concluyera la batalla de sus héroes favoritos, o deseaba que la alargaran hasta el final. Se debía a que él mismo sentía deseos de poner fin al asunto lo antes posible. Hasta ese momento estaría inquieto y violento.

No obstante esto, no podía dejar de pensar que las almas no eran totalmente auténticas y que en casos como éste la mejor solución era librarse cuanto antes del fardo. Acababa de salir a la calle, meditando acerca de todo esto, mientras llevaba sobre sus hombros una piel de oso forrada con paño marrón, cuando al girar una esquina se encontró frente a frente con un señor que llevaba asimismo una piel idéntica a la suya en todo, y un gorro provisto de orejeras. El señor lanzó una exclamación: era Manilov. En seguida se estrecharon en un abrazo y en esta postura permanecieron por espacio de unos cinco minutos. Se dieron mutuamente unos besos tan fuertes, que los dos sufrieron casi todo el día de dolor de dientes.

A Manilov el júbilo le dejó en el rostro sólo la nariz y los labios, puesto que sus ojos habían desaparecido por completo. Durante más o menos un cuarto de hora retuvo entre las suyas la mano de Chichikov, calentándosela considerablemente. Empleando los términos más finos y gratos contó cómo se había precipitado a dar un abrazo a Pavel Ivanovich, y al final añadió un cumplido de los que solamente se dirigen a la jovencita con quien se dispone uno a bailar. Chichikov se quedó boquiabierto, y no sabía cómo agradecérselo, cuando Manilov sacó de debajo de su abrigo un pliego enrollado y atado con una cinta de color rosa, que dio a Chichikov muy diestramente con sólo dos dedos.

—¿Qué es eso?

—Es la relación de los campesinos.

—¡Ah!

Chichikov procedió a desenrollar el papel y le dirigió una ojeada, admirándose de la pulcritud con que estaba escrito y de la belleza de la letra.

—Está escrito de un modo irreprochable —dijo—. Ni siquiera será preciso copiarlo. ¡Y por añadidura lleva un adorno! ¿Quién ha hecho esta magnífica orla?

—No me lo pregunte —objetó Manilov.

—¿La ha hecho usted?

—No, mi esposa.

—¡Santo Dios! Realmente me siento abochornado por haberle ocasionado tantas molestias.

—No hay molestias cuando se trata de Pavel Ivanovich.

Chichikov, agradecido, hizo una reverencia. Cuando se enteró de que se encaminaba hacia la Cámara con objeto de legalizar la escritura, Manilov manifestó deseos de ir con él. Los dos amigos continuaron juntos, cogidos del brazo. En cualquier desnivel del terreno, incluso en las más leves subidas y bajadas, Manilov sujetaba a su compañero y lo levantaba casi en vilo, diciéndole con una amistosa sonrisa que en modo alguno podía consentir que Pavel Ivanovich se lastimara los pies. Chichikov se sentía avergonzado y no sabía cómo darle las gracias, ya que advertía que era un tanto pesado. De esta manera, en un incesante intercambio de favores, llegaron finalmente a la plaza en la que se hallaban las oficinas públicas.

Estas ocupaban un gran edificio de mampostería que constaba de tres plantas, blanco como el azúcar, sin duda para simbolizar la pureza de las almas de los funcionarios que en él se cobijaban. Los demás edificios no guardaban relación alguna con las desmesuradas proporciones del primero. Eran la garita del centinela, frente a la cual se encontraba un soldado armado de fusil, dos o tres paradas de coches de punto y, por último, unas vallas muy largas pintarrajeadas con los dibujos e inscripciones propios de estos lugares, trazados con tiza y carbón. En aquel solitario paraje, que era lo que en nuestro país se suele conocer con el nombre de hermosa plaza, no se veía nada más.

En algunas ocasiones, por las ventanas de la planta segunda y también de la tercera, aparecían las insobornables cabezas de los sacerdotes de Temis[17], que se escondían inmediatamente, de seguro porque en aquel instante llegaba el jefe. Los dos amigos no subieron la escalera como es habitual, sino que lo hicieron corriendo, pues Chichikov, ansioso por huir del apoyo de la mano de Manilov, aceleraba el paso, al mismo tiempo que Manilov, a su vez, volaba, intentando impedir que Chichikov se cansara, motivo por el cual ambos se hallaban extraordinariamente sofocados al introducirse en el lóbrego pasillo. Ni éste ni las estancias llamaban la atención por su aseo. En aquellos tiempos no había aún quién se ocupara de eso, y lo que estaba sin barrer, sucio se quedaba, sin adquirir un aspecto atrayente. Temis recibía sus visitas sin cumplidos, tal como estaba, de trapillo.

Tendríamos que describir aquí las oficinas por las que pasaron nuestros héroes, pero el autor experimenta una terrible timidez cuando se trata de oficinas públicas. Incluso en las ocasiones en que se le presentó la oportunidad de acudir a alguna de noble y radiante apariencia, con resplandecientes suelos y muebles, siempre trató de evadirse cuanto antes, sin alzar la mirada, mansamente, y de ahí que no tenga la más mínima noción acerca de cómo florecen y prosperan esos lugares.

Nuestros héroes pudieron ver numerosos papeles, unos en borrador y otros pasados a limpio, cabezas inclinadas, anchas nucas, fraques, levitas de corte provinciano e incluso alguna simple chaquetilla de color gris claro que destacaba mucho de lo demás. Su dueño, con la cabeza ladeada y casi pegada al muro, copiaba hábilmente algún acta de expropiación de tierras o de embargo de una hacienda que hubiere sido arrebatada a algún pacífico propietario, el cual continuaba aguardando el fin de sus días en ella donde había tenido hijos y nietos. Asimismo se escuchaban frases pronunciadas con voz ronca: «Fedoseis Fedoseievich, hágame el favor de entregarme el expediente número 368». «Tiene usted la mala costumbre de poner el corcho del tintero en un sitio donde nadie consigue encontrarlo».

Algunas veces, una voz más majestuosa, que seguramente pertenecía a uno de los jefes, resonaba altanera: «Toma, copia esto, o me llevaré tus botas y te dejaré seis días en ayunas».

El rasgueo de la pluma originaba igual ruido que el de diversos carros repletos de ramas que cruzaran un bosque cubierto de un palmo de hojas secas.

Chichikov y Manilov se dirigieron hacia la primera mesa, ocupada por dos funcionarios de poca edad, y les preguntaron:

—¿Tendrían ustedes la bondad de indicarnos cuál es la mesa en que se encargan de los asuntos referentes a los siervos?

—¿Y qué es lo que quieren ustedes? —preguntaron ambos funcionarios volviéndose hacia ellos.

—Tengo que presentar una solicitud.

—¿Qué ha comprado?

—Lo que yo deseo saber es dónde se encargan de los asuntos de los siervos. ¿Es aquí, o en otra mesa?

—Primero dígame qué ha adquirido y a qué precio, y entonces le indicaremos cuál es. De lo contrario no se lo podemos decir.

Chichikov advirtió en seguida que los funcionarios eran simplemente curiosos, como todo funcionario joven, y pretendían darse importancia.

—Oigan, amigos —replicó—, sé perfectamente que todos los asuntos de los siervos, cualquiera que sea el importe de la operación, se tramitan en el mismo lugar. Por eso les pido que me digan dónde es. Si no están ustedes enterados de la organización de su oficina, iremos a otro.

Los dos funcionarios no contestaron, y sólo uno de ellos señaló con el dedo a un rincón, donde se hallaba un viejo sentado ante su mesa y ordenando sus papeles. Chichikov y Manilov cruzaron por entre las mesas y se aproximaron a él. El viejo permanecía muy abismado en lo suyo.

—Permítame —le dijo Chichikov haciendo una inclinación—, ¿es aquí donde se tramitan los expedientes de siervos?

El viejo levantó los ojos y repuso con toda calma:

—No es aquí donde se tramitan esa clase de expedientes.

—¿Y dónde entonces?

—En la sección de siervos.

—¿Y dónde está la sección de siervos?

—Es la que dirige Iván Antonovich.

—¿Y dónde está Iván Antonovich?

El viejo les indicó, señalando con el dedo, otro rincón de la oficina.

Chichikov y Manilov procedieron a buscar a Iván Antonovich. Este les había dirigido ya una mirada de reojo, pero en aquel preciso instante se abstrajo totalmente en lo que estaba escribiendo.

—Permítame —le dijo Chichikov haciendo una inclinación—, ¿es aquí la sección de siervos?

Iván Antonovich pareció no haber oído; continuó abstraído totalmente en sus papeles y guardó silencio como respuesta. Al momento se advertía que había sentado ya la cabeza, no se trataba de un jovencito parlanchín y botarate. Iván Antonovich parecía haber rebasado con mucho los cuarenta; tenía los cabellos negros y en abundancia; todo el centro de su rostro avanzaba para formar la nariz; era, en resumen, lo que se acostumbra a conocer con el nombre de «cara de jarro».

—Permítame —dijo de nuevo Chichikov—, ¿es aquí la sección de siervos?

—Sí, es aquí —repuso Iván Antonovich volviendo su cara de jarro, y después prosiguió en su ocupación.

—He venido por el siguiente asunto: he comprado cierto número de campesinos a diversos propietarios y pienso llevarlos a otras haciendas, por lo que es necesario legalizar la escritura.

—¿Se encuentran presentes los vendedores?

—Sólo algunos; de los restantes traigo la correspondiente autorización.

—¿Trae también la instancia?

—Sí. Yo querría… Tengo prisa… ¿Se podría ultimar hoy mismo el asunto?

—¿Hoy? Eso no es posible —contestó Iván Antonovich—. Se tienen que pedir informes, comprobar que no hay nada que lo impida.

—Sin embargo, en cuanto a acelerar el asunto, el presidente, Iván Grigorievich, es muy buen amigo mío…

—Iván Grigorievich no está solo. Hay otros también —replicó Iván Antonovich con expresión severa.

Chichikov comprendió la indirecta de Iván Antonovich y dijo:

—Los demás también quedarán contentos. Fui funcionario y conozco…

—Diríjase a ver a Iván Grigorievich —dijo Iván Antonovich suavizando la voz, que se hizo más cariñosa—. Que él dé la orden a quien corresponda, que la cosa no ha de quedar por nosotros.

Chichikov sacó un billete de su bolsillo y lo colocó ante Iván Antonovich quien, como quien no ve la operación, puso con toda rapidez un libro sobre él. Chichikov quería que se diera cuenta de la presencia del billete, pero Iván Antonovich le indicó mediante un movimiento de cabeza que no era preciso.

—Él les conducirá —dijo Iván Antonovich al mismo tiempo que señalaba con la cabeza a uno de los sacerdotes victimarios que se hallaba allí, el cual ofrecía sus sacrificios a Temis con tanto celo que las dos mangas de su traje le habían reventado por los codos, y por esa parte le salía el forro, razón por la cual a su debido tiempo fue ascendido a registrador colegiado.

Dicho sacerdote se puso al servicio de nuestros héroes, de igual modo que en otros tiempos sirvió Virgilio a Dante, y los condujo al despacho del presidente, donde casi no había más que anchos butacones, y en el que, sentado ante la mesa, detrás del zertsalo[18] y de los enormes tomos, se encontraba, solo como el sol, el jefe. En este lugar, el nuevo Virgilio experimentó tal sentimiento de veneración, que, sin osar avanzar más adelante, dio media vuelta, enseñando su espalda, raída como una harpillera, en la que se había enganchado una pluma de gallina.

Cuando penetraron en el despacho se dieron cuenta de que el presidente no estaba solo. A su lado se hallaba Sobakevich, a quien el zertsalo tapaba totalmente. Chichikov y Manilov fueron acogidos con exclamaciones. La butaca presidencial se movió estrepitosamente. Sobakevich se levantó también y se hizo visible en toda su plenitud, con sus largas mangas. El presidente dio un abrazo a Chichikov y el despacho quedó invadido por el rumor de los besos. Los dos se interesaron por su respectiva salud y resultó que ambos padecían dolor de riñones, circunstancia que se atribuyó a su vida sedentaria.

66

El presidente estaba ya enterado de la adquisición por medio de Sobakevich, a juzgar por las felicitaciones que Chichikov recibió; esto, en los primeros momentos, produjo algún desconcierto a nuestro amigo, sobre todo al ver que Sobakevich y Manilov, con quienes había ultimado el asunto separadamente, se encontraban ahora juntos. No obstante dio las gracias al presidente, y dirigiéndose a continuación a Sobakevich le preguntó:

—¿Y qué tal va su salud?

—No puedo quejarme, gracias a Dios —repuso Sobakevich.

Y así era, no tenía motivo alguno de queja.

—Usted siempre ha destacado por su excelente salud —dijo el presidente—. Su difunto padre había sido también muy fuerte.

—Sí, iba a menudo a la caza del oso —comentó Sobakevich.

—Pienso —añadió el presidente— que usted tumbaría asimismo un oso si quisiera enfrentarse con él.

—No, no lo conseguiría —objetó Sobakevich—; mi padre era más fuerte que yo —y continuó después de lanzar un suspiro—: Las gentes de ahora no son como las de entonces. Fíjense, por ejemplo, en mi vida. ¿Qué vida es ésa? Se diría que…

—¿Pero qué tiene de malo su vida? —inquirió el presidente.

—No es buena, no es buena —repuso Sobakevich moviendo la cabeza—. Véalo usted mismo, Iván Grigorievich: me acerco ya a los cincuenta y jamás he estado enfermo. Si por lo menos me hubiera dolido la garganta o salido un divieso… No, no es posible que esto acabe bien, algún día tendré que pagarlo —y Sobakevich quedó sumido en un ataque de melancolía.

«¡Ha hallado un buen motivo para quejarse!», se dijeron a la vez para sus adentros el presidente y Chichikov.

—Traigo una esquela para usted —dijo entonces Chichikov, quien sacó de su bolsillo la carta de Pliushkin.

—¿De quién es? —preguntó el presidente, y cuando la hubo abierto exclamó—: ¡Ah, es de Pliushkin! ¡Qué vida ésta! Era un hombre en extremo inteligente y muy rico. En cambio ahora…

—Es un perro —interrumpió Sobakevich—, un granuja, mata a sus gentes de hambre.

—Muy bien, pues sólo faltaría —dijo el presidente después de haber leído la esquela—. No tengo inconveniente alguno en representarlo. ¿Cuándo quiere usted que firmemos la escritura, ahora o en otra ocasión?

—Ahora —repuso Chichikov—. Incluso le pediré que si fuera posible se firmara hoy, ya que tengo intención de marcharme mañana. He traído los contratos y la solicitud.

—Todo eso está muy bien, se hará como usted quiera, pero no permitiremos que se marche tan pronto. Las escrituras estarán listas hoy mismo y hoy podremos firmarlas. Voy a dar la orden —dijo abriendo la puerta que comunicaba con la oficina, la cual rebosaba de funcionarios que presentaban el aspecto de afanosas abejas repartidas en los panales, suponiendo que a los panales se les pueda comparar con los expedientes oficinescos—. ¿Está aquí Iván Antonovich?

—Sí, señor —respondió una voz desde el interior.

—Dígale que venga.

Iván Antonovich, cara de jarro, conocido ya por nuestros lectores, se presentó en la puerta del despacho e hizo una respetuosa inclinación.

—Tome usted, Iván Antonovich, todos esos contratos…

—Acuérdese, Iván Grigorievich —le interrumpió Sobakevich—, de que se necesitaran como mínimo dos testigos por cada parte. Ordene ahora mismo que vayan en busca del fiscal. Jamás tiene quehacer, sin duda estará en su casa. Todo se lo hace el pasante Zolotuja, que es la persona más venal que hay en el mundo. Al inspector de Sanidad tampoco le agobia el trabajo; lo hallarán en su casa, si es que no ha acudido a cualquier parte a jugar a las cartas. Son muchos los que están por aquí cerca que nunca hacen nada: Trujachevski, Begushkin…

—Precisamente, precisamente —exclamó Iván Grigorievich, y ordenó a un oficinista que fuera en su busca.

—También le pediría que hiciera venir al representante de un terrateniente con el que realicé asimismo una operación. Es el hijo del archipreste padre Kiril. Está empleado aquí mismo.

—¡Por supuesto! También lo haremos llamar —repuso el presidente—. Todo se hará, pero a los funcionarios no les dé nada, se lo suplico. Mis amigos no tienen que pagar.

A continuación dio a Iván Antonovich una orden que, al parecer, a éste no le satisfizo mucho. Los contratos habían influido, por lo visto, de una manera muy favorable sobre Iván Grigorievich, especialmente cuando comprobó que el importe total de las adquisiciones ascendía casi a los cien mil rublos. Miró a Chichikov durante largo rato, como el hombre que siente una gran satisfacción, y por último dijo:

—¡Vaya, vaya! Ha hecho usted una buena compra, Pavel Ivanovich.

—Sí, ha sido una buena compra —repitió Chichikov.

—Es un buen negocio, un magnífico negocio.

—Sí, yo mismo me doy cuenta de que no podía haber hecho nada mejor. Dígase lo que se diga, el destino del hombre no queda definido hasta que se asienta firmemente en sólidas bases, y no en las quimeras del libre pensamiento que caracterizan a la juventud.

Muy oportunamente, aprovechó la ocasión para hacer una crítica del liberalismo, propio de los jóvenes. Sin embargo, cosa notable, era fácil advertir en sus palabras una cierta vacilación, como si él mismo se estuviera diciendo: «¡Mientes, hermano! ¡Pero qué manera de mentir!». Ni siquiera osaba mirar a Sobakevich y a Manilov, temiendo leer algo en sus rostros. No obstante, sus temores eran vanos.

La cara de Sobakevich ni tan sólo se inmutó, y Manilov, como hechizado por las palabras de Chichikov, asentía lleno de satisfacción como el amante de la música cuando la intérprete sobrepasa al mismo violín y emite un agudo como la garganta de ningún pájaro podría lanzar.

—¿Por qué no le explica a Iván Grigorievich —intervino Sobakevich— qué es lo que ha adquirido? Y usted, Iván Grigorievich, ¿por qué no le pregunta qué ha comprado? ¡Qué gente! Realmente de oro. Le he vendido mi carruajero Mijeiev.

—¡Qué dice usted! ¿Ha vendido a Mijeiev? —inquirió el presidente—. Conozco a Mijeiev, es un excelente oficial. En cierta ocasión arregló mi tílburi. Pero permítame, ¿cómo puede ser eso? ¿No me dijo usted que había muerto?

—¿Quién? ¿Mijeiev? —contestó Sobakevich impasible—. Fue un hermano suyo el que murió, pero él sigue vivito y coleando. Aún está más fuerte que entonces. Hace escasos días concluyó un coche como no lo construirán ni en Moscú. Bien miradas las cosas, tendría que trabajar solamente para el zar.

—Sí, Mijeiev es un excelente oficial —dijo el presidente—. Y estoy sorprendido de cómo se ha desprendido de él.

—Si Mijeiev fuera el único... También he vendido a Stepan Probka, mi carpintero, a Milushkin, el estufero, a Maxim Teliatnikov, mi zapatero... ¡A todos los he vendido!

Y al preguntarle el presidente por qué razón los había vendido, teniendo en cuenta que en la finca hacen falta buenos oficiales, repuso con gesto de despreocupación:

—Simplemente, porque me entró la vena. Se me ocurrió venderlos, y así lo hice —y moviendo la cabeza como si estuviera arrepentido de ello, añadió—: A pesar de que mis cabellos ya son grises, aún no he sentado la cabeza.

—Y permítame, Pavel Ivanovich —dijo el presidente—, ¿a qué se debe que adquiera campesinos sin tierra? ¿Acaso piensa llevárselos?

—Sí, me los llevaré fuera.

—¡Ah! Eso es otra cosa. ¿A qué parte?

—¿A qué parte...? A la provincia de Jersón.

—Ya. Es una magnífica tierra —observó el presidente, y acto seguido ensalzó mucho la hierba que crece en aquel lugar—. ¿Y dispone de bastante tierra?

—Sí, toda la necesaria para los campesinos que he adquirido.

—¿Hay allí río o estanque?

—Río. Pero también hay un estanque.

Al pronunciar estas palabras Chichikov miró de casualidad a Sobakevich, y aunque éste continuaba sin inmutarse, creyó leer en su rostro: «Mientes. No hay estanque, ni río, ni aun tierra».

Mientras continuaban charlando, uno tras otro comenzaron a llegar los testigos: el fiscal del guiño de ojos al que los lectores ya conocen, el inspector de Sanidad, Trujachevski, Begushkin y demás, que, según la expresión de Sobakevich, eran unos holgazanes con todas las de la ley.

La mayoría de ellos no conocían lo más mínimo a Chichikov; para cubrir el número que se precisaba fueron requeridos diversos funcionarios de la Cámara. Mandaron venir también no sólo al hijo del arcipreste padre Kiril, sino al arcipreste en persona. Todos y cada uno de los testigos hicieron constar sus cargos y dignidades, y después estamparon su firma unos con la letra inclinada hacia la izquierda, otros torcida, y los últimos, sencillamente, con las letras patas arriba, con unos caracteres que son totalmente ajenos al alfabeto ruso.

Nuestro conocido Iván Antonovich lo dispuso todo con suma habilidad: los contratos se inscribieron en el registro, se llevó a cabo todo lo que era preciso hacer, se cobró el medio por ciento en concepto de derechos para la publicación en Vedomosti[19] y, en suma, lo que desembolsó Chichikov fue verdaderamente una miseria. El presidente hasta ordenó que sólo le cobraran la mitad de los derechos reales; la otra mitad, se ignora cómo, fue a engrosar la minuta de otro comprador.

—Bien —dijo el presidente una vez lo hubieron terminado todo—, ahora ya sólo queda remojar la adquisición.

—Yo estoy dispuesto cuando a ustedes les parezca —dijo entonces Chichikov—. Indiquen la hora que quieran. Por mi parte significaría una falta imperdonable si para tan agradable compañía no hiciera abrir unas cuantas botellas de champaña.

—No, no he querido decir eso: el champaña es cosa nuestra —replicó el presidente—. Tenemos la obligación de hacerlo, es un deber. Usted se encuentra en esta ciudad de visita, y por lo tanto es a nosotros a quienes corresponde obsequiarle. ¿Saben ustedes, señores? Lo que podríamos hacer es llegarnos, tal como estamos, a la casa del jefe de policía. Es una persona que hace milagros. Con sólo guiñar el ojo al pasar por los puestos de pescado y por una taberna, nos organizará un espléndido aperitivo. Y aprovecharemos la ocasión para jugar una partida de whist.

Nadie era capaz de rechazar tal sugerencia. La sola mención de los puestos de pescado bastó para despertar el apetito a los presentes. En seguida cogieron sus gorras y gorros y dieron por concluido el acto.

Cuando cruzó las oficinas, Iván Antonovich hizo una cortés reverencia y murmuró al oído de Chichikov:

—Ha adquirido siervos por valor de cien mil rublos y solamente me han dado veinticinco rublos.

—Pero debe tener en cuenta qué clase de siervos son —repuso Chichikov en el mismo tono—. Es una gente que no sirve para nada. No valen ni siquiera la mitad.

Iván Antonovich advirtió en el acto que el comprador era un hombre de carácter y que no podría sacar de él nada más.

—¿Cuánto pagó usted a Pliushkin por sus siervos? —le dijo en voz baja Sobakevich.

—¿Y por qué incluyó usted en la relación a Vorobia? —preguntó por su parte Chichikov.

—¿De qué Vorobia habla? —exclamó Sobakevich como sorprendido.

—De la mujer, de Elisaveta Vorobia, que usted escribió Vorobei como si se tratara de un hombre.

—Yo no metí en la lista a ninguna Vorobia —replicó Sobakevich, quien se alejó dirigiéndose hacia el grupo.

Finalmente llegaron en tropel a la casa del jefe de policía. Este, en efecto, obraba milagros. En cuanto se hizo dueño de la situación llamó a un guardia, un mozo vivaracho que calzaba altas botas charoladas, y le susurró sólo dos palabras al oído, agregando después:

—¿Comprendes?

Acto seguido, mientras los invitados daban principio en otra estancia a la partida de whist, sobre la mesa fueron apareciendo platos de salmón, de esturión, de caviar fresco y caviar prensado, arenques, queso, lenguas de buey ahumadas y lomo de esturión también ahumado, en fin, de todo lo que había en el mercado. A continuación fueron apareciendo los complementos que ofrecía el dueño de la casa: una empanadilla rellena con las barbas de un esturión de más de nueve puds, otra rellena con setas, pastelillos y pastas.

En cierto modo el jefe de policía era el padre y benefactor de la ciudad.

Entre sus habitantes se hallaba como en el seno de su propia familia y en el mercado y en todas las tiendas entraba como en su propia despensa. Generalmente se mantenía en su puesto, y en el ejercicio de sus funciones podía decirse que había alcanzado la perfección. Incluso no resultaría nada fácil decir si él había sido creado para su puesto o el puesto había sido creado para él.

Los negocios los manejaba con suma destreza, hasta el punto de que sus ingresos duplicaban sobradamente los de sus predecesores en el cargo, no obstante lo cual se había granjeado el aprecio y estimación de toda la ciudad. Los mercaderes eran los primeros en sentir cariño hacia él, pues no era nada orgulloso. En efecto, accedía a ser el padrino de sus hijos, fraternizaba con ellos y, a pesar de que en ocasiones los despellejaba a conciencia, lo hacía con extremada habilidad: dábales palmaditas en la espalda, se reía, les ofrecía té, prometía ir con ellos a jugar una partida de damas, se mostraba interesado por la marcha de sus negocios, etcétera. Si llegaba a saber que uno de sus hijos se había puesto enfermo, aconsejaba qué clase de medicina le convenía tomar. En resumen, era un tipo excepcional.

Al pasar en su tílburi para mantener el orden, siempre hallaba ocasión de dirigir unas palabras afectuosas a uno y a otro.

—¡Hola Mijeich! Hemos de acabar esa partida.

—Sí, Alexei Ivanovich —contestaba Mijeich mientras se quitaba el gorro—, tenemos que acabarla.

Tú, Ilia Paramonich, llégate a ver el potro; apostaremos a ver cuál de los dos corre más, si el tuyo o el mío.

El comerciante, a quien los caballos le volvían loco, sonreía con aire de satisfacción y, frotándose la barba, respondía:

—Lo intentaremos, Alexei Ivanovich.

Incluso los mismos dependientes, que solían escuchar con el gorro en la mano, se miraban satisfechos como queriendo decir: «Alexei Ivanovich es una buena persona». En resumen, se había granjeado una gran popularidad y los comerciantes se mostraban de acuerdo en afirmar que Alexei Ivanovich «le saca a uno, pero jamás le dejará en la estacada».

Al advertir que ya todo estaba dispuesto, el jefe de policía invitó a los jugadores a aplazar la partida para después, y todos se encaminaron hacia el otro aposento, del que llegaba un olorcillo que desde hacía rato hormigueaba de modo muy grato las narices de los huéspedes y hacia donde Sobakevich no dejaba de mirar, atraído por el esturión que se encontraba aparte, ocupando una enorme fuente.

Los huéspedes tomaron una copa de vodka de ese color aceitunado que únicamente se halla en las piedras transparentes de Siberia que en Rusia se utilizan para fabricar sellos, y, tenedor en ristre, se aproximaron preparados para demostrar su carácter y sus gustos, atacando uno al caviar, otro al salmón, el de más allá al queso. Sobakevich, menospreciando esas pequeñeces, se acomodó delante del esturión y, al mismo tiempo que los demás bebían, comían y charlaban, en no mucho más de un cuarto de hora dio cuenta del enorme pescado, de modo que cuando el jefe de policía recordó su existencia y dijo. «Veamos, señores, qué les parece esta obra de la Naturaleza», y se aproximó, junto con los demás, al pescado, advirtió que de la obra de la Naturaleza apenas si quedaba otra cosa que la cola. Sobakevich, simulando que eso nada tenía que ver con él, se aproximó a un plato alejado del resto y pinchó con el tenedor un pez ahumado.

Tras haber puesto fin de esta manera al esturión, Sobakevich tomó asiento en una butaca y ya no bebió ni comió nada más; lo único que hizo fue entornar los ojos y parpadear. El jefe de policía no daba la sensación de escatimar el vino. Los brindis se sucedían unos a otros sin parar. El primero de ellos, fue, como los lectores podrán muy bien adivinar, a la salud del nuevo propietario de la provincia de Jersón; después se brindó por el bienestar de sus mujiks y por su afortunada instalación en las nuevas tierras; a continuación se bebió a la salud de su futura y bella esposa, cosa que produjo una grata sonrisa en los labios de nuestro protagonista.

Todos se agruparon a su alrededor e insistieron en que permaneciera en la ciudad aunque sólo fuera dos semanas más:

—Dirá usted lo que le parezca, Pavel Ivanovich, pero esto viene a ser lo que se dice enfriar la cabaña. Apenas ha pisado el umbral cuando ya quiere irse. No, usted ha de quedarse por más tiempo con nosotros. Le casaremos aquí. ¿No es cierto, Iván Grigorievich, que lo casaremos?

—¡Pues claro que lo casaremos! —asintió el presidente—. Lo casaremos, aunque se resista con todas sus fuerzas. Ha llegado aquí, de manera que no se queje. Nos molestan las bromas.

—¿Por qué iba yo a resistirme con todas mis fuerzas? —preguntó Chichikov sonriendo—. La boda no es asunto al que nadie oponga resistencia; lo importante es hallar novia.

—Habrá novia, ¡cómo no! ¡Tendrá usted todo cuanto desee!

—En este caso…

—¡Muy bien, se queda! —exclamaron todos—. ¡Bravo! ¡Viva Pavel Ivanovich! ¡Bravo! —y con sus copas en la mano se aproximaron a brindar.

Chichikov brindó con todos ellos.

—¡No, no, otra vez! —gritaron los más impetuosos, y brindaron de nuevo.

Se aproximaron por tercera vez, y por tercera vez se repitieron los brindis. Todos se sintieron invadidos por una gran alegría. El presidente, que era una persona extraordinariamente simpática a la hora de divertirse, abrazó sin cesar a Chichikov, diciéndole con cariño:

—¡Alma mía, mamaíta mía! —y después, mientras castañeteaba con los dedos, comenzó a bailar en torno a él al mismo tiempo que tarareaba la conocida canción: ¡Oye, tú, campesino de Kamarin!

Tras el champaña le llegó el turno al vino de Hungría, que aún infundió más ánimo y alborozo a los presentes. Al whist lo habían olvidado totalmente. Discutían, alborotaban y charlaban acerca de cualquier cosa: de política e incluso del arte de la guerra, exponiendo ideas tan atrevidas que en otros momentos habrían costado una paliza a sus hijos si éstos se hubieran atrevido a exponerlas. Resolvieron un sinnúmero de asuntos de lo más enrevesado.

Chichikov jamás había experimentado tanta alegría. Se veía ya como un auténtico propietario de la provincia de Jersón, conversaba acerca de los distintos perfeccionamientos que introduciría en su finca, como por ejemplo la rotación de cultivos, y de la felicidad y bienaventuranza de dos almas, empezando después a recitar a Sobakevich la carta en verso que escribió Werther a Carlota, a lo que Sobakevich, apoltronado en su asiento, se limitó a responder con un parpadeo, ya que después del esturión le dominaba una extraordinaria modorra. Chichikov advirtió que había llegado demasiado lejos en sus expansiones, pidió un coche y aceptó la invitación del fiscal, que ponía a su entera disposición su tílburi.

El cochero del fiscal, según pudo apreciarse a lo largo del trayecto, era un mozo muy entendido en su cometido, puesto que guió con una sola mano, mientras que con la otra, dirigida hacia atrás, sujetaba al señor. Así llegó Chichikov a la posada, donde por espacio de un buen rato no dejó de decir estupideces referentes a una novia rubia de hermoso color y con un hoyuelo en la mejilla derecha, a aldeas de Jersón y a diferentes sumas. Hasta llegó a ordenar a Selifán que reuniera a todos los mujiks para pasar lista general antes de ponerse en camino hacia su nueva residencia. Selifán se le quedó escuchando silenciosamente durante largo rato y después salió a indicar a Petrushka:

—Ve a desnudar al señor.

Petrushka forcejeó para quitarle las botas, con el resultado de que poco faltó para que diera con botas y amo en el santo suelo. Al fin logró descalzarlo; no obstante, el señor se desnudó como es debido, dio unas cuantas vueltas en la cama, que crujió con gran estrépito, y se quedó dormido como si fuera un auténtico terrateniente de Jersón.

Petrushka sacó al pasillo los pantalones y el frac de color rojo oscuro con pequeñas motitas, los colgó en una percha de madera y comenzó a sacudirlos con un bastón y a cepillarlos, levantando una nube de polvo que se adueñó de todo el pasillo. Iba a descolgar el traje cuando miró por la ventana y vio que Selifán regresaba de la cuadra. Sus miradas se cruzaron y se entendieron sin necesidad de palabras: el señor estaba ya acostado y ellos podían llegarse a cierto lugar. Con toda rapidez, tras haber llevado al aposento los pantalones y el frac, Petrushka se dirigió al patio y salieron juntos a la calle, charlando sobre cosas totalmente ajenas al objetivo de su expedición.

No puede afirmarse que el paseo fuera largo. Se limitaron a pasar al otro lado de la calle, dirigiéndose hacia cierta casa que estaba situada delante mismo de la posada, y cruzaron una puerta de cristales un tanto baja y ahumada, que les llevó a un cuartucho que se hallaba en los bajos del edificio, donde en torno a unas mesas de madera se veían una infinidad de individuos de todo tipo: que se afeitaban o que llevaban barba, vestidos con pellizas de piel de oveja y a cuerpo, o con capote de frisa.

Dios sabe lo que en aquel lugar harían Selifán y Petrushka, pero una hora más tarde salieron cogidos del brazo, en un silencio absoluto, dándose mutuas pruebas de gran atención y previniéndose sin cesar de la proximidad de toda suerte de esquinas. Tal como iban, cogidos del brazo, permanecieron durante más de un cuarto de hora intentando subir las escaleras, hasta que al fin las remontaron y llegaron al piso. Petrushka se paró un instante a observar su yacija, reflexionando acerca del modo de acostarse de la manera más conveniente, hasta que se tumbó atravesado de tal forma que las piernas las apoyaba en el suelo. Selifán se acostó en la misma cama con la cabeza apoyada en el vientre de Petrushka, sin advertir siquiera que no era éste el lugar donde tenía que dormir, sino en el cuarto de la servidumbre o en la cuadra, junto a los caballos.

Ambos se durmieron de inmediato, lanzando unos ronquidos de sorprendente potencia, a los que, en el otro aposento, contestaba el señor mediante un fino silbido nasal.

Pronto quedó todo envuelto en el silencio, y la posada sumida en un profundo sueño. Sólo continuó iluminada una de las ventanas: la que pertenecía al aposento del teniente que acababa de llegar de Riazán, hombre, por lo visto, que sentía gran afición por las botas altas, ya que eran cuatro pares los que había ya encargado y no dejaba de probarse el quinto. En diversos momentos se aproximó al lecho dispuesto a descalzarse y acostarse, pero no acababa de resolverse: las botas, efectivamente, estaban muy bien cosidas, y todavía se quedó por un buen rato con la pierna en alto y contemplando el excelente tacón.

CAPÍTULO VIII

Las adquisiciones de Chichikov se transformaron en la comidilla de todo el mundo. En la ciudad se conversaba, se reflexionaba y discutía respecto de si era ventajosa la adquisición de siervos para trasladarlos a otras tierras. Muchos eran los que daban muestras de un profundo conocimiento de la materia.

—En efecto —decían unos—, las tierras de las provincias meridionales son buenas y fértiles, en eso todos estamos de acuerdo. Pero ¿qué ocurrirá con los siervos de Chichikov sin agua? Pues por allí no existe río alguno.

—Eso de la carencia de agua aún no es grave, Stepan Dmitrievich, pero la instalación en nuevos lugares es algo que no resulta nada seguro. Bien sabemos que el campesino que tiene que roturar tierras vírgenes, cuando nada posee, ni tan sólo una cabaña, huirá como dos y dos son cuatro, oteará los contornos y si te he visto no me acuerdo.

—Aguarde, no vaya usted tan aprisa, Alexei Ivanovich; no estoy conforme en eso de que los campesinos de Chichikov huirán. El ruso es capaz de todo y se aclimata en todas partes. Incluso en Kamchatka, si se le entregan unas buenas manoplas, cogerá el hacha y edificará para él una cabaña nueva.

—No obstante, Iván Grigorievich, te olvidas de algo muy importante: ignoras cómo son los campesinos de Chichikov. No te acuerdas de que el propietario no se desprende nunca de un buen mujik. Apostaría la cabeza a que los que ha comprado Chichikov son o borrachos y ladrones, o pendencieros y holgazanes.

—Lo que dice usted está muy bien, tiene toda la razón, nadie venderá buenos siervos y los campesinos de Chichikov son holgazanes y borrachos, pero es preciso tener en cuenta que existe la moral, que existe un factor moral, en el presente son unos granujas, pero en cuanto se vean instalados en otras tierras se volverán excelentes súbditos. Hay en el mundo numerosos ejemplos de esto, y también la Historia nos los presenta.

—No es posible que eso suceda nunca, nunca, créeme —decía el intendente de las fábricas del Estado—. Los siervos de Chichikov tropezarán con dos poderosos enemigos. El primero es la vecindad de las provincias ucranianas, donde, como ya es sabido, la venta del alcohol es totalmente libre. Pueden estar seguros de que al cabo de dos semanas su vida se habrá convertido en una continua borrachera. El segundo enemigo es ese espíritu de vagabundos que adquieren cuando se les traslada de un lugar a otro. Sería preciso que Chichikov les prestara constante vigilancia, que los sujetara con guantes de hierro, que les hiciera trabajar sin descanso, incluso en cosas absurdas, y que no confiara en nadie, sino que lo realizara todo él mismo, personalmente, y que les diera algún que otro puñetazo.

—Chichikov no se verá obligado a ocuparse personalmente y a repartir puñetazos; al fin y al cabo, ¿para qué, si puede disponer de un buen administrador?

—¡A ver si logra usted hallar un buen administrador! ¡Son todos unos sinvergüenzas!

—Si son sinvergüenzas sólo se debe a que los señores se desentienden de los asuntos de la hacienda.

—Eso es cierto —asentían muchos—. Si el señor tiene alguna idea de la administración de su hacienda y sabe conocer a las personas, siempre encontrará un buen administrador.

El intendente contestó que por menos de cinco mil rublos era imposible hallar un buen administrador. El presidente objetó que se podría hallar por tres mil, pero el intendente dijo:

—¿Dónde cree que lo hallará? Como no lo tenga en las narices…

—No en las narices —le interrumpió el presidente—, sino en nuestro distrito. Ahí está Piotr Petrovich Samoilov. ¡Ese es el administrador que necesita Chichikov para sus campesinos!

Muchos comprendían la situación de Chichikov, y se asustaban por las dificultades que ofrecería el traslado de tan considerable número de mujiks. Se temía realmente que tuviera lugar un motín entre gente tan inquieta como eran los siervos de Chichikov. A esto el jefe de policía hizo notar que los temores de que se produjera un motín eran infundados, que para evitarlo había la autoridad del capitán de la policía rural, quien, sin necesidad alguna de acudir en persona, tenía suficiente con mandar su gorra, y que la gorra, por sí sola, se bastaba para forzar a los mujiks a trasladarse a las nuevas tierras.

Eran muchos los que exponían sus opiniones acerca de cómo se conseguiría domeñar el turbulento espíritu de los siervos de Chichikov. Había opiniones para todos los gustos: unas se inclinaban con exceso por la severidad característica del ejército y una crueldad extremada, mientras que otras abogaban por la suavidad.

El jefe de Correos observó que Chichikov tenía un deber sagrado, que podía transformarse en un padre para sus siervos y transmitirles los bienes de la ilustración, aprovechando el momento para dedicar grandes alabanzas a la escuela de Lancaster de enseñanza mutua.

De este modo se opinaba y se conversaba en la ciudad. Muchos fueron los que, llevados por sus mejores intenciones, expusieron sus consejos personalmente a Chichikov, e incluso llegaron a ofrecerle una escolta armada para acompañar a los siervos hasta el nuevo lugar de residencia. Chichikov les dio las gracias por sus consejos, añadiendo que si se le hacía necesario, no dudaría en acudir a ellos, y renunció rotundamente a la escolta, ya que, según él, no hacía falta alguna, pues los mujiks que él había adquirido eran todos muy pacíficos y ellos mismos deseaban el traslado, y de ninguna manera podía estallar entre ellos un motín.

Ahora bien, toda esa serie de habladurías y comentarios trajo consigo las consecuencias más favorables que Chichikov pudiera imaginar: circuló el rumor de que era millonario. Los habitantes de la ciudad, que como ya vimos en el primer capítulo habían cobrado un sincero afecto hacia Chichikov, en cuanto hubieron aparecido tales rumores, sintieron que su cariño aumentaba.

Bien es cierto que todos ellos eran excelentes personas, se llevaban de maravilla y se trataban como auténticos amigos. Presidía siempre sus conversaciones un sentimiento de bondad y de sencillez: «Mi querido amigo Iliá Ilich», «Escúchame, Antipator Zajarievich», «No es cierto, querido Iván Grigorievich». Al dirigirse al jefe de Correos, llamado Iván Andreievich, agregaban invariablemente: «Sprechen Sie Deutsch, Iván Andreievich?[20]». En resumen, formaban una verdadera familia.

Muchos de ellos tenían su cultura. El presidente de la Cámara se sabía de memoria Ludmila, de Zhukovski, que aún era una novedad, y recitaba a la perfección muchos fragmentos de este poema, sobre todo:

Se durmió el bosque,

el valle duerme,

pronunciando las palabras de tal manera que producía la ilusión de que, realmente, el valle se hallaba dormido. Para acentuar el parecido incluso entornaba los ojos.

El jefe de Correos sentía más afición por la filosofía y leía con sumo interés, hasta por la noche, Las noches, de Young, y Clave de los misterios de la Naturaleza, de Eckartshausen, de cuyas obras tomaba unos extensos apuntes, aunque nadie sabía qué clase de apuntes eran aquéllos. Tenía gran agudeza, usaba palabras floridas y se complacía, como él mismo afirmaba, adornando la frase. El adorno residía en una infinidad de expresiones tales como: «Caballero, algo así, ¿comprende?, ¿sabe usted?, figúrese, respecto a, en cierta manera» y otras, que él dejaba fluir a chorros.

Asimismo adornaba la frase, y con bastante oportunidad, mediante una serie de guiños, los cuales conferían una expresión muy cáustica a la mayoría de sus satíricas observaciones.

Los restantes eran igualmente bastante cultos. Uno leía a Karamzin, otro Moskovskie Vedomosti[21], el de más allá no leía absolutamente nada. Ese era lo que se dice un fardo, esto es, una persona a la que se tenía que levantar de un puntapié si se esperaba que hiciera cualquier cosa; aquél era simplemente un vago de tomo y lomo que se pasaba todo el santo día tumbado y al que resultaría vano intentar ponerle en pie, pues de ningún modo se levantaría.

Respecto a su buena presencia, ya sabemos que todos eran personas seguras, entre ellos no se encontraba ningún tísico. Eran de ésos a quienes la esposa, en las afectuosas charlas que se producen en la intimidad, llaman gordito, regordete, barrigón, negrito y demás cosas por el estilo. La mayoría era gente de bien y muy hospitalaria, y aquel que había compartido con ellos el pan y la sal o había pasado una tarde en su compañía jugando al whist, era considerado ya como un amigo íntimo.

Con mayor motivo tenían por tal a Chichikov, con sus encantadores modales y seductoras virtudes, un hombre que conocía realmente el gran secreto de resultar agradable a los demás. Le cobraron tal afecto que nuestro protagonista no encontraba la forma de abandonar la ciudad. No hacía más que oír: «¡Quédese aunque sea una semanita, sólo una semanita, Pavel Ivanovich!». En resumen, que lo llevaban en palmitas. Pero mucho más profunda, sin comparación posible, fue la impresión (digna de asombro) que Chichikov produjo entre las damas.

Para comprenderlo sería preciso hablar por extenso de las mismas damas, de su sociedad, y pintar con vivos colores sus cualidades morales. Pero al autor esto le parece muy delicado. Por un lado, le frena el gran respeto que experimenta hacia las esposas de los dignatarios, y por otro, le es simplemente difícil. Las damas de la ciudad de N. eran… no, no me es posible, siento una tremenda timidez. En las damas de la ciudad de N. lo más destacable era… Resulta incluso extraño, la pluma se niega a obedecerme, es como si alguien le hubiera puesto un plomo.

Está bien. Cuando se habla de caracteres, parece que se tendrá que ceder la palabra a aquellos que se valen de más vivos colores y de una paleta más rica; nosotros deberemos conformarnos con decir, quizá, unas breves palabras referentes a su aspecto, limitándonos, por otra parte, a lo superficial. Las damas de la ciudad de N. eran lo que se llama presentables, y en lo que a esto concierne con toda seguridad se las habría podido poner a todas las demás. En cuanto a su modo de comportarse, de mantener el tono, de seguir la etiqueta y una infinidad de conveniencias de las más sutiles, y sobre todo en lo que se refiere a guardar la moda en sus menores detalles, incluso aventajaban a las damas de San Petersburgo y de Moscú.

Vestían con sumo gusto, por la ciudad se desplazaban en coche, tal como manda la última moda, y detrás del coche el lacayo, con una librea de dorados galones, iba balanceándose. La tarjeta de visita, aunque se tratara de algo escrito sobre un dos de tréboles o un as de piques, era considerada como lo más sagrado. Ella fue la culpable de que dos damas, entrañables amigas e incluso parientas, riñeran para siempre, ya que una de ellas no se había acordado de devolver la visita. Y por más que después sus maridos y familiares se esforzaron por reconciliarlas, no fue posible: en el mundo podía hacerse lo que fuera excepto reconciliar a dos damas que habían reñido por no devolver una visita. Así quedaron aquellas dos: distanciadas, según la expresión de la buena sociedad de la ciudad de que estamos tratando.

Por lo que respecta a quién tenía que ocupar los primeros puestos, se originaban asimismo escenas muy violentas, que en ocasiones empujaban a los maridos a adoptar medidas verdaderamente caballerescas cuando intentaban salir en defensa de sus cónyuges. Al duelo no se llegaba, por supuesto, ya que todos eran funcionarios de la Administración, pero hacían cuanto estaba en sus manos por llenar al otro de fango, cosa que, como ya se sabe, en ocasiones acarrea consecuencias de más gravedad que cualquier duelo.

En lo tocante a la moral, las damas de N. eran en extremo severas, todas ellas se hallaban poseídas por una noble indignación contra el vicio y toda clase de tentaciones, y condenaban sin la menor compasión las más pequeñas debilidades. Si alguna vez tenía lugar entre ellas lo que llaman una aventurilla, la guardaban en secreto, de modo que nada daba a entender lo ocurrido. Se conservaba enteramente la dignidad y el propio marido se encontraba tan preocupado que si advertía algo u oía mencionar la aventurilla, se limitaba a contestar con pocas palabras y recurriendo con sensatez a un dicho: «A nadie le importa lo que la comadre estuvo hablando con el compadre».

Debemos agregar que las damas de N. destacaban, al igual que numerosas damas petersburguesas, por la extremada cautela y conveniencia de sus palabras y expresiones. Jamás decían «me he sonado», «he sudado» o «he escupido», sino «he aligerado mi nariz», «he utilizado el pañuelo». Bajo ningún concepto se podía decir «este plato o esta taza huele que apesta». Ni siquiera se podía decir nada que aludiese a tal cosa, sino que echaban mano de expresiones como «este plato no se comporta bien», o algo parecido. Con el fin de ennoblecer todavía más el idioma ruso, en la conversación se había prescindido de la mitad aproximadamente de las palabras, razón por la que muy a menudo se recurría al francés; por el contrario, cuando hablaban en francés era otra cosa: entonces estaban permitidas palabras mucho más fuertes que las mencionadas anteriormente.

Así, pues, eso es todo lo que podemos decir acerca de las damas de N. hablando superficialmente. Si ahondáramos más, por supuesto que aparecerían muchas otras cosas, pero es bastante peligroso escarbar en el corazón de las damas. Nos limitaremos, pues, a un examen superficial, y continuaremos adelante.

Hasta entonces las damas no habían hablado mucho de Chichikov, aunque, eso sí, le hacían plena justicia por lo que respecta a su agradable trato social. Pero en seguida que comenzaron a circular rumores sobre sus millones, hallaron en él otras cualidades. Sin embargo, no es que las damas fueran interesadas; la culpa la tenía la palabra «millonario» y no el propio millonario, sino precisamente la palabra, en la que, además del talego de oro, suena algo que tiene tanto poder sobre los miserables, como sobre los que no son ni carne ni pescado, como sobre los hombres buenos: en resumen, que tiene poder sobre todos. El millonario posee la ventaja de que puede contemplar la vileza totalmente desinteresada, la vileza pura, que no está basada en el cálculo con numerosísimos los que saben muy bien que nada recibirán de él y que no tienen derecho alguno a recibirlo, pero forzosamente saldrán a su encuentro, sonreirán, se descubrirán, harán que se les invite a una comida a la que saben que acudirá el millonario. No se puede afirmar que las damas experimentaran esa tierna disposición hacia la ruindad. Sin embargo, en más de un salón se dijo que Chichikov, claro, aun no siendo guapo, era como un hombre tiene que ser, ni muy delgado ni muy gordo, lo cual no quedaría bien. Se aprovechó la ocasión para pronunciar unas cuantas palabras ofensivas sobre los flacos, de los que se aseguró que guardaban mucho parecido con un mondadientes y que no tenían nada de hombres.

En la indumentaria de las damas aparecieron numerosos detalles nuevos de todo género. Llegó a tal punto la aglomeración en las tiendas de tejidos que se produjeron empujones e incluso casi atropellos. Era como si todas las damas hubieran salido de paseo, a tal número llegaban los carruajes que se reunieron. Los comerciantes no salían de su sorpresa al ver que unos cuantos retales que habían traído de la feria y que no hallaban manera de vender debido a su precio, que se consideraba demasiado elevado, se los quitaban de las manos.

Una dama se presentó en misa con un miriñaque de tales proporciones que ocupaba media iglesia, hasta el extremo de que el comisario de policía, que estaba presente, ordenó que todo el mundo se hiciera atrás, esto es, hacia el atrio, a fin de no atropellar la indumentaria de tan distinguida dama. El mismo Chichikov no pudo por menos de advertir el interés tan extraordinario que despertaba. En cierta ocasión, al volver a la posada, halló una carta encima de la mesa. No fue posible averiguar de dónde procedía ni quién la había traído; el mozo de la posada le contó que quien la trajo había dicho que no quería que se supiera nombre.

La carta comenzaba con una categórica afirmación: «¡Tengo que escribirte!». Después decía que una misteriosa afinidad existía entre sus almas; esta verdad aparecía respaldada por una serie de puntos que llenaban casi medio renglón. A continuación seguían unas reflexiones, tan notables como justas, y creemos de obligación exponerlas: «¿Qué es la vida? Un valle en el que el sufrimiento encuentra cobijo. ¿Qué es este mundo? Una multitud de personas que no sienten». La autora de la carta recordaba seguidamente que sus lágrimas mojaban las líneas escritas por su amante madre, quien hacía ya veinticinco años que había marchado de este mundo para siempre. Chichikov era invitado a retirarse al desierto, a abandonar definitivamente la ciudad, donde las gentes viven en medio de asfixiantes vallas que no permiten el paso del aire. El final de la carta era de una espantosa desesperación y acababa con los versos que siguen:

Dos tórtolas te enseñarán
mis cenizas heladas,
y con triste arrullo te dirán:
ella murió bañada en lágrimas.

A pesar de que el último verso no estaba bien medido, eso carecía de importancia. La carta se ajustaba por entero al espíritu de su tiempo. En ella no se veía ninguna firma: ni nombre, ni apellido, ni tan siquiera se indicaba mes o fecha. En el post scriptum se agregaba solamente que su propio corazón debía adivinar quién era la autora y que en el baile ofrecido por el gobernador, que se celebraría al día siguiente, podría encontrar el original. Todo esto le intrigó sobremanera. En el anónimo había tantas cosas que excitaban su curiosidad, que volvió a leer la carta, nuevamente la leyó por tercera vez y por último dijo:

—¡Querría saber quién la ha escrito!

En resumen, todo parecía dar a entender que el asunto se había puesto serio. Durante más de una hora permaneció dándole vueltas a la cuestión, y concluyó comentando, con la cabeza inclinada y los brazos abiertos:

—La carta está muy bien, pero que muy bien escrita.

Después, se comprende, envolvió sobre y papel y la depositó en el cofrecillo, junto a un programa de teatro y una invitación de boda, que se encontraba sin tocar en el mismo desde hacía siete años. Poco más tarde, efectivamente, le trajeron la invitación para el baile que ofrecía el gobernador, cosa muy corriente en todas las capitales de provincia: donde hay gobernador hay baile, ya que de lo contrario no existiría el debido amor y aprecio por parte de la nobleza.

Todo lo demás fue abandonado y alejado en seguida, y Chichikov se concentró por completo en los preparativos del baile, dado que, realmente, tenía muchas razones que le impulsaban a hacerlo así. Seguramente desde que el mundo ha sido creado jamás una persona ha empleado tanto tiempo en su arreglo. Una hora entera pasó mirándose la cara en el espejo. Trató de darle un sinnúmero de expresiones: ora importante y grave, ora respetuosa pero sonriente, ora reverente y sin sonrisa. Hizo frente al espejo una serie de inclinaciones acompañadas de unos vagos sonidos, algo semejantes al francés, a pesar de que él no tenía la menor noción acerca de esta lengua. Incluso se hizo a sí mismo varios gestos de agradable sorpresa, alzando las cejas, moviendo los labios y hasta la lengua. En resumen, ¡qué es lo que no le pasa a uno por la cabeza cuando se halla solo, advierte que es bien parecido y tiene la seguridad de que nadie mirará por el ojo de la cerradura!

Por último se dio un papirotazo en la barbilla y exclamó: «¡Pero qué rostro más agradable tienes!», y comenzó a vestirse. En el momento de vestirse se encontraba siempre en la mejor disposición de ánimo: mientras se ponía los tirantes o se anudaba la corbata, daba un taconazo y se inclinaba con extraña agilidad, y, a pesar de que jamás bailaba, hacía un entrechat. Esta vez el entrechat tuvo una consecuencia, aunque nada grave: la cómoda retembló y se cayó el cepillo que estaba encima de la mesa.

Su aparición en el baile fue causa de una gran expectación. Todos acudieron a su encuentro, uno con los naipes en la mano, otro interrumpiendo la conversación en el momento culminante, cuando estaba diciendo: «Pues el tribunal del zemstvo del distrito contestó que…», aunque ya no pudo saberse qué contestó el tribunal del zemstvo del distrito, pues el que así hablaba, lo abandonó todo y se precipitó a saludar a nuestro protagonista.

—¡Pavel Ivanovich! ¡Ay, Dios mío, Pavel Ivanovich! ¡Queridísimo Pavel Ivanovich! ¡Mi estimado amigo Pavel Ivanovich! ¡Ahí tenemos a Pavel Ivanovich! ¡Aquí está nuestro Pavel Ivanovich! ¡Permita que le abrace, Pavel Ivanovich! ¡Traédmelo para acá, que quiero dar un fuerte abrazo al estimadísimo Pavel Ivanovich!

Chichikov se vio abrazado por varias personas al mismo tiempo.

No había conseguido librarse del todo de los abrazos del presidente cuando se encontró ya en los del jefe de policía; el jefe de policía lo pasó al inspector de Sanidad; el inspector de Sanidad, al arrendatario de los servicios públicos; el arrendatario de los servicios públicos, al arquitecto… El gobernador que en aquel instante se hallaba con las damas, sosteniendo en una mano el papel de un caramelo y en la otra un pequeño perrito de lanas, cuando le vio, dejó caer el papel y el perrito, el cual soltó un grito al darse un trastazo. En resumen, la aparición de Chichikov produjo una alegría y una satisfacción o, cuando menos, el reflejo de la satisfacción general.

Les sucedió lo mismo que se observa en los rostros de los funcionarios ante quienes ha comparecido en visita de inspección el jefe de las oficinas que ellos atienden. Una vez han pasado el primer susto, advierten que le han gustado muchas cosas, que se digna sonreír y pronuncian unas frases agradables, y los funcionarios ríen doblemente; se ríen de buena gana incluso los que no han podido oír bien las frases, se ríe incluso el policía que se encuentra lejos, al lado de la puerta, y que desde que nació jamás se ha reído, ya que lo único que ha hecho es enseñar el puño a la gente; sin embargo, siguiendo las leyes inmutables del reflejo, su cara expresa algo que se parece a una sonrisa, si bien su sonrisa produce la sensación de que de un momento a otro va a estornudar tras haber tomado una pulgarada de rapé fuerte.

Nuestro protagonista contestó a todos y cada uno con extremada naturalidad: se inclinaba a derecha e izquierda, un poco de lado, según era costumbre en él, pero con una soltura que sedujo a todos. Las señoras lo rodearon en seguida, formando una deslumbrante guirnalda, e hicieron llegar hasta él nubes enteras de toda clase de perfumes: una olía a rosas, otra emanaba olor a violetas y primavera, la de más allá parecía saturada de reseda. Chichikov no hacía otra cosa que arrugar la nariz y olfatear.

En sus vestidos se veía un derroche de buen gusto: los rasos, las muselinas y las gasas eran de tonos pálidos que entonces estaban de moda, de colores a los que resultaba difícil darles nombre (hasta tal punto se había llegado en la exquisitez del gusto). Los ramilletes de flores y los lazos revoloteaban por todas partes sobre los trajes en el más pintoresco desorden, aunque dicho desorden era el resultado de profundas reflexiones y de numerosos ensayos. El tenue sombrero se apoyaba sobre las orejas y parecía como si dijera: «¡Eh, que salgo volando! ¡Qué pena que no pueda llevar conmigo a mi hermosa dueña!».

Las cinturas, muy ceñidas, presentaban las formas más sólidas y gratas a la vista (debemos hacer constar que las señoras de la ciudad de N. eran un tanto regordetas, pero sabían ajustarse tan bien el talle y eran de un andar tan agradable, que disimulaban a la perfección su obesidad).

Todo lo tenían pensado y previsto con mucha prudencia y tacto; el cuello y los hombros, descubiertos, los mostraban exactamente hasta el punto preciso, pero nada más; cada una de ellas lucía sus posesiones hasta el límite en que sus propias convicciones le decían que eran capaces de originar la perdición de un hombre. Lo demás permanecía todo oculto, con sumo gusto, ora por una tenue corbatita, ora por un chal tan diáfano como esos pasteles a los que se da el nombre de «besos», que les rodeaba enteramente el cuello, ora por unas pequeñas paredes dentadas de suave batista que se conocen con el nombre de «discreciones», que cubrían sus hombros. Tales «discreciones» cubrían por delante y por detrás lo que ya no podía causar la perdición de un hombre, aunque inducían a creer que era allí justamente donde se hallaba la misma perdición.

Sus largos guantes no tapaban hasta las mangas, sino que, intencionadamente, dejaban descubiertas las partes incitantes del brazo, sobre el codo, que en muchas mostraba una envidiable robustez; a otras se les habían roto sus guantes de cabritilla, pues obligados como estaban a permanecer tensos hasta el máximo, les habían estallado. En resumen, parecía como si todo llevara escrito: «No, no nos encontramos en provincias, estamos en la capital, ¡esto es el mismo París!».

Sólo se veían escasas cofias de una forma como nunca se vio en la tierra, o una pluma real que, contra todas las modas vigentes, se atenía exclusivamente al gusto personal de quien la llevaba. Pero no era posible evitarlo, ya que es algo propio e inalienable de todas las capitales de provincias: por una parte o por otra, la cuerda no puede por menos de romperse.

Chichikov, mientras las damas le rodeaban, iba pensando: «¿Quién de ellas será, no obstante, la que escribió la carta?», y al mismo tiempo adelantaba la nariz. Pero su nariz se encontró metida en medio de una serie de codos, bocamangas, mangas, blusas, cintas y vestidos. Sonaron las primeras notas de un galop y todo se dispersó al instante: la esposa del jefe de Correos, el capitán de policía rural, la señora de la pluma azul, la señora de la pluma blanca, el príncipe georgiano Chipjaijilidzev, el funcionario de Moscú, el funcionario de San Petersburgo, el francés Couvou, Perjunovski, Berebendoski, todo desapareció al instante…

—¡Ya lo tenemos! ¡Comenzó el revuelo! —murmuró Chichikov retrocediendo, y una vez que las señoras se hubieron sentado se puso otra vez a mirarlas, intentando adivinar por la expresión de sus rostros y de sus ojos quién había sido la autora de la carta. En todos sitios vio, no obstante, un mismo sentimiento casi no desvelado, tan imperceptible y fino, tan sutil…

«No —pensó Chichikov—, las mujeres son una cosa… —y entonces hizo un gesto como el que renuncia a comprender—. ¡No vale la pena hablar de ellas! Intentar explicar o contar todo lo que les pasa por el rostro, todas esas alusiones y sutilezas. Resultaría imposible sacar nada en claro. Sus ojos empiezan ya por ser un reino inmenso en el que cualquiera que penetre se perderá. No podrán sacarlo de allí ni siquiera con gancho. A ver quién intenta, por ejemplo, describir el fulgor de esos ojos: es un fulgor húmedo, como aterciopelado, de azúcar. ¡Sabe Dios todo lo que se encierra en ese fulgor! Es duro y suave a un tiempo, totalmente lánguido, o, como dicen algunos, es una delicia, o no lo es, sino algo incomparablemente más intenso que una delicia, que invade el corazón y se introduce por todos los rincones del alma como si poseyera una ganzúa. Resulta incluso imposible hallar la palabra adecuada: es la mitad galante del género humano, y solamente eso».

Perdón. Por lo visto de los labios de nuestro protagonista se ha escapado una palabra oída en la calle. ¡Qué le vamos a hacer! Así es, en nuestro país, la situación del escritor. Sin embargo, si una palabra salida de la calle se encuentra en los libros, la culpa no la tiene el autor, sino los lectores, y sobre todo los lectores que pertenecen a la alta sociedad. Son los primeros en no pronunciar normalmente ninguna palabra rusa, y en cambio las francesas, inglesas y alemanas las usan en tal cantidad que hasta llegan a hartarle a uno, y las pronuncian manteniéndose atentas a cuantas reglas de pronunciación se quiera: el francés lo hablan con la nariz y con un acento gangoso, y el inglés lo pronuncian del mismo modo que lo haría un pájaro, hasta el punto de que incluso su fisonomía se vuelve de pájaro, y se ríen de todos aquellos que no consiguen poner fisonomía de pájaro. Lo único de que carecen es del elemento ruso, con la excepción, tal vez, de que, impulsados por su patriotismo, hacen edificar en su casa de campo una cabaña al estilo ruso.

De este modo son los lectores de la alta sociedad, y, junto con ellos, todos los que se agregan a la alta sociedad. Y no obstante, ¡qué espíritu tan exigente no tendrán! Se empeñan en que todo se escriba forzosamente en el lenguaje más depurado, más severo y noble. En resumen, pretenden que el idioma ruso nos caiga del cielo, adecuadamente perfeccionado, y se pose en sus mismas lenguas, de tal modo que no tengan otra cosa que hacer que abrir la boca y sacar la lengua. Por supuesto que la mitad femenina del género humano es sabia, pero debemos reconocer que son más sabios aún los dignos lectores.

Mientras tanto, Chichikov continuaba vacilando, sin conseguir adivinar quién era la dama que había escrito aquella carta. Trató de observar con más atención y advirtió que por parte de las señoras se expresaba asimismo

75

algo que, al mismo tiempo que da esperanza, prometía dulces tormentos al corazón del infeliz mortal, de manera que, por último, pensó: «¡No, no es posible adivinarlo!». A pesar de ello, no disminuyó en lo más mínimo la alegre disposición de ánimo que le invadía. Intercambió gratas frases con alguna señora, haciéndolo de la forma natural y hábil que le caracterizaba, se aproximó a otras, a fin de saludarlas, con esos breves pasitos con que acostumbran a andar los vejetes presumidos que llevan tacones altos, esos a los que se suele dar el nombre de potros ratoniles y que con tanta destreza se mueven entre las damas. Volviéndose hábilmente a derecha e izquierda, dejaba arrastrar el pie de un modo apenas perceptible, enseñándolo a la manera de un corto trazo o de una coma.

Las señoras se veían muy satisfechas y no sólo hallaron en él una infinidad de detalles simpáticos y gratos, sino que notaron en su rostro una majestuosa expresión, algo de guerrero, propio de un Marte, cosa que, como todo el mundo sabe, gusta mucho a las mujeres. Incluso comenzaron a pelearse por causa de él: cuando se dieron cuenta de que habitualmente se colocaba cerca de la puerta, algunas se precipitaron a ocupar una silla junto a la entrada, y cuando una tuvo la buena fortuna de lograrlo, poco faltó para que se produjera una historia nada agradable; y muchas, que querían hacer lo mismo, encontraron eso una insolencia realmente repugnante.

Chichikov se hallaba tan entretenido charlando con las damas, o mejor dicho, las damas se hallaban tan entretenidas charlando con él, lo mareaban de tal modo con sus sutiles y complicadas alegorías, que él tenía que adivinar, hasta el extremo de que el sudor comenzó a bañar su frente, que olvidó por completo el deber de cortesía que le obligaba a aproximarse primero de todo a la dueña de la casa para saludarla. Se dio cuenta al escuchar la voz de la gobernadora, que desde hacía varios minutos se encontraba frente a él:

—¡Ah, es usted, Pavel Ivanovich!

Soy incapaz de transcribir fielmente las palabras que pronunció la gobernadora, pero dijo algo que rebosaba amabilidad, a la manera como se expresan las damas y los caballeros que aparecen en las novelas de nuestros escritores mundanos, tan aficionados a describir los salones y a presumir con su conocimiento, del buen tono, algo parecido a: «¿Es que se han apoderado de su corazón de tal modo que en él ya no queda lugar, ni el más mínimo rincón, para las que usted ha olvidado con tanta crueldad?». Nuestro protagonista se volvió inmediatamente hacia la gobernadora e iba ya a responder algo que sin duda no tendría nada que envidiar a las respuestas de los Zvonski, Linski, Gremidin, Lidin y demás militares que hallamos en las novelas de moda, tan hábiles todos ellos, cuando al azar, sin advertirlo la vista, se quedó como si un rayo le hubiera caído encima.

Frente a él no se encontraba sólo la gobernadora: de la mano llevaba a una jovencita de unos dieciséis años, fresca y rubia, de correctas y suaves facciones, barbilla puntiaguda y un óvalo encantadoramente redondeado, un rostro que cualquier pintor querría utilizar de modelo para una madonna y que muy raramente se halla en Rusia, donde a todo le gusta manifestarse en grande: los bosques, las estepas, las montañas, los rostros, los labios y los pies.

Se trataba de la rubia con quien se había tropezado en el camino, cuando se marchaba de la casa de Nozdriov, cuando por culpa de los cocheros o los caballos sus carruajes habían chocado de manera tan rara, los aparejos se habían enredado y el tío Miniai y el tío Mitiai habían intentado arreglar aquello. Chichikov se turbó de tal manera que fue incapaz de pronunciar una sola palabra. El diablo sabe lo que dijo, pero desde luego fue algo que en modo alguno habrían dicho Gremidin, ni Zvonski ni Lidin.

—¿Conoce usted a mi hija? —preguntó la gobernadora—. Hace poco que ha salido del pensionado donde estaba estudiando.

Él repuso que por casualidad había tenido la suerte de conocerla; intentó agregar algo más, pero no le salió absolutamente nada. La gobernadora agregó unas breves frases y se dirigió con su hija hacia otro lado de la sala, donde había otros invitados, mientras que Chichikov continuó inmóvil, como la persona que gozosamente ha salido de su casa para dar un paseo, dispuesta a fijarse en todo, y de repente se detiene, acordándose que ha olvidado alguna cosa. Nada puede existir más estúpido que esa persona: en un segundo la despreocupación se esfuma de su rostro e intenta acordarse de qué es lo que olvidó. ¿Un pañuelo? No, su pañuelo lo lleva en el bolsillo. ¿El dinero? También lo lleva en el bolsillo. Se diría que lo ha cogido todo, pero no obstante un extraño espíritu le murmura al oído que ha olvidado algo. Contempla distraídamente a cuantos pasan por delante de él, los veloces coches, los fusiles y morriones de un regimiento que desfila, el rótulo de una tienda, pero sin ver nada.

Así, Chichikov de repente se sintió ajeno a todo cuando tenía lugar en torno a él. Durante este tiempo, de los olorosos labios de las señoras llovió un sinnúmero de preguntas y alusiones pronunciadas con la mayor delicadeza y amabilidad:

—¿No estará permitido a estas infelices habitantes de la tierra la osadía de preguntarle en qué está pensando?

—¿Dónde se hallan los felices lugares por los que aletean sus sueños?

—¿Se puede saber cómo se llama la que le ha sumido en ese dulce valle de reflexiones?

Pero él respondía a estas preguntas sin prestar la más mínima atención a lo que decía, y las agradables frases desaparecían como si se sumergieran en el agua. Incluso se mostró tan descortés que al cabo de un rato se alejó de las damas, ansioso por averiguar hacia dónde se habían dirigido la gobernadora y su hija. A pesar de todo las damas no parecían dispuestas a dejarle ir tan pronto; cada una de ellas resolvió en su fuero interno valerse de toda esa serie de armas que tan peligrosas resultan para nuestros corazones, y poner en juego cuanto de mejor tenían. Es preciso notar que algunas damas —digo algunas, pero no todas— poseen una pequeña debilidad: si advierten que están dotadas de un encanto, la boca, la frente, las manos, creen que esa parte mejor de su rostro será lo primero en que se fijen los demás, y todos a una dirán: «¡Observad qué bella nariz griega tiene!», «¡Qué perfecta y encantadora frente la suya!». La que posee hermosos hombros está convencida de que todos los jóvenes se quedarán como hechizados y no dejarán de repetir cuando ella pase por su lado: «¡Oh, qué hombros tan maravillosos!», y ni siquiera prestarán atención al rostro, el pelo, la frente y la nariz, y en caso de que lo hagan será como si se tratara de una cosa que no le pertenece.

De este modo piensan algunas damas. Todas y cada una se prometieron comportarse en los bailes de la forma más encantadora que les fuera posible y mostrar con todo su brillo la superioridad de lo que tenían más perfecto. La jefa de Correos ladeó la cabeza con tanta languidez en el momento en que bailaba un vals que realmente parecía que se trataba de un ser sobrenatural. Cierta dama muy agradable —que no había acudido allí en absoluto con la intención de bailar debido a lo que ella llamaba una incomodidad, es decir, unos diminutos granitos que habían aparecido en su pie derecho, circunstancia que le había forzado a ponerse unas botas de pana— no pudo contenerse y dio unas cuantas vueltas a pesar de sus botas de pana, con el único fin de que la jefa de Correos no lograra salirse con la suya.

Pero de todo esto nada produjo en Chichikov los efectos apetecidos. Ni siquiera se dignó fijarse en los círculos que describían las damas, sino que, puesto de puntillas, no dejaba de otear por encima de las cabezas, intentando ver dónde podía hallarse la atractiva rubia; después se inclinaba e intentaba ver entre los hombros y las espaldas, hasta que por último logró contemplarla. Se encontraba sentada junto a su madre, sobre la cual se mecía con aire majestuoso algo semejante a un turbante oriental coronado con una pluma.

Dio la sensación de que se disponía a tomarlas a las dos al asalto. Ya porque influyera en él la primavera, ya fuera porque alguien le empujó por detrás, el hecho es que continuó adelante con decisión sin fijarse en nadie ni en nada. El arrendatario de los servicios públicos se vio obsequiado con un empujón que le hizo tambalearse y con no poca dificultad consiguió sostenerse sobre una pierna, pues de no ser así habría arrastrado consigo a toda una fila. El jefe de Correos tuvo que retroceder y se quedó mirándole con una mezcla de sorpresa y de sutil ironía, pero él ni siquiera se dio cuenta. Sólo veía a lo lejos a la rubia que estaba poniéndose un largo guante y que seguramente se hallaba muy deseosa de lanzarse a volar sobre el parquet. Allí, muy cerca, cuatro parejas estaban bailando una mazurca; los tacones repiqueteaban contra el suelo y un subcapitán de Infantería hacía grandes esfuerzos, poniendo en juego cuerpo y alma, brazos y pies, por conseguir un paso que ni aun soñando habría podido nadie marcar.

Chichikov se deslizó junto a los que bailaban la mazurca, y, casi rozando los zapatos de los caballeros, fue a parar directamente al lugar en que se hallaban la gobernadora y su hija. Pero al aproximarse a ellas se mostró extremadamente tímido, olvidó sus elegantes pasitos, rápidos y cortos, e incluso se sintió un poco turbado, de tal modo que sus movimientos resultaron un tanto torpes.

No podemos afirmar con certeza si en nuestro protagonista acababa de despertarse el sentimiento del amor; incluso no es seguro que los hombres como él, esto es, los que no son gordos, aunque tampoco flacos, sean capaces de amar. No obstante, con todo y con eso, había algo raro, algo que a él mismo no le era posible explicarse. Tuvo la sensación —según asegura más tarde—, de que todo el baile, con todas las conversaciones y ruidos, era algo que ocurría a lo lejos: los violines y las trompetas sonaban más allá de unas montañas y todo se encontraba envuelto en una niebla, parecido al campo de un cuadro pintado con descuido.

Y en medio de aquel campo lleno de brumas y pintado de cualquier manera, lo único que sobresalía con precisión, como algo acabado, eran los finos rasgos de la seductora rubia: el redondeado óvalo de su bonito rostro, y su fina cintura, esa cintura que acostumbran a tener las jovencitas durante los primeros meses después de haber concluido sus estudios, su vestidito blanco y hasta casi sencillo, que ceñía levemente y con mucho primor su joven y esbelto cuerpo, y que ponía de manifiesto unas líneas puras. Toda su figura recordaba una joya delicadamente tallada en marfil. Era la única figura blanca y, como un ser claro y transparente, destacaba entre las demás personas, que formaban un conjunto opaco y confuso.

Según parece, es cosa que ocurre en el mundo. Según parece, incluso los Chichikov, durante unos breves momentos de su vida, se transforman en poetas, aunque la palabra «poeta» resultaría ya excesiva aplicada a ellos. No obstante se sintió como si hubiera rejuvenecido, casi como si se hubiera transformado en un húsar. Advirtió que junto a ellas se encontraba una silla vacía y no dudó en sentarse en ella. En los primeros momentos la conversación no fluía como es debido, pero después la cosa se arregló y la charla empezó a cobrar bríos. Sin embargo… aquí, aun sintiéndolo mucho, tendremos que decir que las personas serias y que ocupan importantes cargos resultan un tanto pesadas en la conversación con las señoras. En estos oficios son auténticos maestros los tenientes y, todo lo más, aquellos que no han ido más allá del grado de capitán. Sabe Dios cómo lo harán. No parece que cuenten grandes cosas, pero lo cierto es que las jóvenes se ríen a carcajadas. Por el contrario, lo que dice un consejero de Estado es harto conocido: o habla de que Rusia es un país de considerables proporciones, o se lanza al terreno de los chicoleos, a los que en verdad no les falta ingenio, pero que dejan un horrible regusto a algo sacado de los libros. Siempre que cuenta algo gracioso, se ríe en exceso, mucho más que la que le está escuchando.

Explicamos todo esto para que los lectores puedan darse cuenta de por qué la rubia comenzó a bostezar mientras nuestro protagonista le hablaba. Chichikov, no obstante, sin advertirlo siquiera, le explicó una infinidad de cosas agradables que ya había tenido ocasión de contar en otras diversas partes, a saber: en la provincia de Simbirsk, en casa de Sofrón Ivanovich Bespechni, donde por aquel entonces se hallaban la hija del propietario, Adelaida Sofronovna, y sus tres cuñadas, María Gavrilovna, Adelgueida Gavrilovna y Alexandra Gavrilovna; en la provincia de Riazán, en casa de Fiodor Fiodorovich Perekroiev; en la provincia de Penza, en casa de Frol Vasilievich Pobedonosni, y en la de su hermano Piotr Vasilievich, donde se encontraban su cuñada Katerina Mijailovna y las sobrinas-nietas de ésta, Emilia Fiodorovna y Rosa Fiodorovna; en casa de Piotr Varsonofievich, en la provincia de Viatka, donde estaba Pelagueia Egorovna, hermana de la cuñada de aquél, junto con su sobrina Sofía Rostislavna y las hemanastras Sofía Alexandrovna y Maklatura Alexandrovna.

Tal conducta de Chichikov causó un profundo desagrado en las damas. Una de ellas pasó a propósito por su lado para hacérselo advertir, y hasta rozó, como con descuido, a la rubia, con el desmesurado miriñaque de su vestido, y el flotante chal que cubría sus hombros pasó ondeando de tal forma que su extremo tocó el rostro de la muchacha. Mientras tanto, a sus espaldas, de los labios de una de las damas salió, al mismo tiempo que un olor a violeta, una observación muy mordaz e hiriente. No obstante él, o no la oyó o simuló no oírla. Sea como fuere, esto no estuvo nada bien, ya que siempre hay que estimar como es debido la opinión de las damas. Cuando se arrepintió de ello era ya demasiado tarde.

El desagrado, exactamente en todos los sentidos, apareció reflejado en muchas caras. Por considerable que fuera el peso de Chichikov en la sociedad, a pesar de que era millonario y su rostro tenía algo de guerrero, de Marte, hay cosas que las damas no pueden perdonar a nadie, quienquiera que sea, y entonces puede darse por perdido. Se dan circunstancias en que la mujer, por débil que sea su carácter comparándolo con el del hombre, da pruebas de más fortaleza no ya que el hombre, sino que cualquier otra cosa en el mundo. El desprecio de nuestro héroe, a pesar de ser casi involuntario, restableció entre las damas la armonía que había estado a punto de romperse a causa de la posesión de la silla. En ciertas palabras ordinarias que él había dicho con sequedad, hallaron venenosas alusiones. Para colmo de desgracias, uno de los jóvenes presentes compuso unos versos satíricos acerca de los que danzaban, cosa que, como todo el mundo sabe, sucede siempre en los bailes de provincias. En seguida se los atribuyeron a nuestro héroe. El descontento aumentó y las damas comenzaron a cuchichear por todas partes del modo más desagradable. La infeliz colegiala quedó aniquilada totalmente y la sentencia contra ella fue firmada.

Mientras tanto, a Chichikov le esperaba una sorpresa nada grata: al mismo tiempo que la rubia bostezaba y él le explicaba diversas historietas de las que él había sido protagonista en diferentes ocasiones e incluso le hablaba del filósofo griego Diógenes, se presentó en la puerta, procedente de otro aposento, Nozdriov. Se ignoraba si venía del bar o de un saloncito verde en el que se jugaba al whist más fuerte que de costumbre; si venía por su propia voluntad o si le habían echado de mala manera, pero la cosa es que se le veía contento y alegre, cogido del brazo del fiscal, al que sin duda llevaba arrastrando así desde hacía un buen rato, pues el pobre hombre no cesaba de mover sus frondosas cejas en todas direcciones como si buscara el modo de evadirse de aquel amistoso paseo del brazo de Nozdriov.

Porque lo cierto es que aquello resultaba insoportable. Nozdriov, que se había animado con sólo dos tazas de té, por supuesto que con su acompañamiento de ron, no hacía más que decir una mentira detrás de otra. Cuando lo vio a lo lejos, Chichikov tomó incluso la resolución de sacrificarse, esto es, de abandonar su envidiable sitio y alejarse lo más rápidamente que le fuera posible, puesto que el encuentro con él no presagiaba nada bueno. Pero la mala suerte quiso que en aquel preciso instante se volviera el gobernador, quien manifestó una gran alegría por haber hallado a Pavel Ivanovich, y lo detuvo, rogándole que le sirviera de juez en una disputa que sostenía con dos señoras sobre si el amor de las mujeres es un sentimiento duradero. Nozdriov, que entretanto le había visto, se dirigió hacia él.

—¡Vaya! ¡Ahí tenemos al propietario de Jersón! ¿Qué hay, propietario de Jersón? —exclamó aproximándose y riendo de una forma tan estrepitosa que sus mejillas, frescas y encendidas, se estremecían como una rosa primaveral—. ¿Has adquirido muchos muertos? ¿No está usted enterado, Excelencia? —continuó gritando y dirigiéndose al gobernador—. ¡Adquiere almas muertas! ¡Sí, como lo oye! Escúchame, Chichikov, te voy a hablar como amigo, todos nosotros somos amigos tuyos, aquí está Su Excelencia. Bueno, pues yo te ahorcaría, ¡te juro que te ahorcaría!

Chichikov no sabía qué hacer.

—Puede usted creerme, Excelencia —prosiguió Nozdriov—: cuando me rogó que le vendiera las almas muertas, poco faltó para que yo reventara de risa. Cuando he llegado aquí he sabido que había adquirido siervos por valor de tres millones para trasladarlos a otras tierras. ¿Cómo los va a trasladar? Lo que a mí quería comprarme eran muertos. Oye, Chichikov, eres un animal, un perfecto animal. Aquí está Su Excelencia, ¿no es verdad, fiscal?

Pero el fiscal, y Chichikov, y hasta el gobernador se encontraban tan confusos que no hallaron palabras para responder. Nozdriov, sin dedicarles ninguna atención, siguió hablando como el hombre que está bastante borracho:

—Tú, hermano, tú, tú… No me separaré de ti hasta que me entere de para qué has adquirido almas muertas. Oye, Chichikov, tendría que darte vergüenza, bien sabes que soy tu mejor amigo. Aquí está Su Excelencia, ¿no es verdad, fiscal? No puede imaginarse, Excelencia, la buena amistad que existe entre nosotros. Aquí estoy yo, si me preguntaran a quién quiero más, si a mi propio padre o a Chichikov, y me rogasen que contestara con el corazón en la mano, diría que a Chichikov. Tal como lo oye… Permíteme, querido, que te dé un beso. Permítame, Excelencia, que le dé un beso. Sí, Chichikov, no me lo rechaces, permite que te dé un beso en esa mejilla tan blanca como la nieve.

Nozdriov fue rechazado con sus besos de una forma tan violenta que poco faltó para que cayera al suelo. Todos los demás se alejaron de él y ahí acabó la cosa. No obstante, sus palabras sobre la adquisición de almas muertas, gritadas a voz en cuello y acompañadas de carcajadas, llamaron la atención incluso de las personas que se hallaban en los más alejados rincones de la pieza. Encontraron todos aquella noticia tan extraña, que permanecieron como petrificados, dibujándose en sus rostros una estúpida expresión inquisitiva. Chichikov se dio cuenta de que numerosas damas se hacían guiños con una sonrisa mordaz y llena de rencor, y en algunos rostros se adivinó una ambigüedad que acabó de aumentar su confusión.

Todos sabían muy bien que Nozdriov era un gran embustero, y no tenía nada de extraordinario oírle los mayores absurdos. Pero el ser humano es así, resulta casi imposible comprender las razones, pero es así: basta que circule una noticia, por absurda que sea, basta que se trate de una novedad, para que un mortal la comunique a otro, aunque no sea más que para añadir: «¡Vea usted qué embuste circula por ahí!», y el tercero le escuchará con sumo agrado, aunque luego diga él mismo: «Sí, es un absurdo embuste, no merece que se le preste atención alguna». Y al instante acudirá a buscar a otro para explicárselo y exclamar al final con noble indignación: «¡Qué embuste tan ruin!». El rumor correrá por toda la ciudad, los mortales, sin dejar ni uno solo, lo comentarán hasta que se cansen y a continuación agregarán que es una estupidez indigna de que se pierda el tiempo hablando de ello.

Esta circunstancia, a simple vista absurda, transformó visiblemente a Chichikov. Por estúpido que sea lo que dice el necio, en ocasiones es más que suficiente para confundir al hombre inteligente. Se sintió contrariado y a disgusto, exactamente igual que si con sus brillantes botas se hubiera metido en un maloliente charco. En resumen, se sentía molesto, muy molesto. Intentó olvidar todo aquello, distraerse y divertirse, jugó una partida de whist, pero todo le marchó al revés: jugó dos ocasiones el palo del contrario y como un necio mató su propia carta. El presidente era incapaz de comprender que Pavel Ivanovich, con lo buen jugador que era, pudiera equivocarse de tal forma, y sacrificó incluso su rey de piques, en el que, como él mismo decía, confiaba tanto como en Dios.

Como es de suponer, el jefe de Correos, el presidente y hasta el jefe de policía gastaron a nuestro protagonista las bromas de rigor acerca de si estaba enamorado, que ellos se habían dado cuenta de que el corazón de Pavel Ivanovich no andaba muy bien y sabían perfectamente quién lo había herido. Pero nada de esto le hacía recobrar la tranquilidad, por más que intentara reír y gastar bromas.

En el transcurso de la cena tampoco se encontró a gusto, a pesar de que sus compañeros de mesa eran personas muy agradables y de que hacía ya largo rato que se habían llevado a Nozdriov, porque incluso las mismas damas habían observado que su comportamiento resultaba cada vez más escandaloso. En pleno cotillón se le había ocurrido sentarse en el suelo, entreteniéndose en tirar de los faldones a los que bailaban, cosa que, según decían las damas, era completamente intolerable.

La cena fue muy animada. Todos los rostros, que aparecían entre los candelabros de tres brazos, las flores, las botellas y los dulces, se veían iluminados por una sonrisa de satisfacción. Las damas, los oficiales y los señores de frac, extraordinariamente amables, llegaron incluso a resultar empalagosos. Los caballeros se levantaban y se apresuraban a quitar a los criados los platos, que después ofrecían con peregrina destreza a las damas. Cierto coronel llegó a ofrecer a una señora una salsera en la punta de su espada desenvainada.

Los caballeros de edad madura, entre los que se hallaba Chichikov, discutían en voz alta, acompañando cada una de sus acertadas palabras de un pedazo de ternera o de pescado bien envuelto en mostaza, y charlaban de materias sobre las que él conversaba siempre, pero él se parecía a la persona fatigada o deshecha por un largo viaje, que no comprende nada ni le es posible percibir el sentido de nada. Sin aguardar siquiera a que la cena llegara a su fin, se marchó a la posada, mucho antes de la hora en que solía retirarse.

Allí, en el aposento ya conocido por el lector, con la puerta cerrada por la cómoda, sus reflexiones y su espíritu se volvieron tan inquietos como inquieto era el sillón en el que se había sentado. Su corazón experimentaba una sensación confusa, como si un triste vacío lo hubiera invadido.

—¡Ya podría llevarse el diablo a cuantos inventaron todos estos bailes! —exclamó malhumorado—. ¿De qué se alegran esos necios? En la provincia la cosecha ha sido muy mala, los precios son elevadísimos, y no se les ocurre otra cosa que organizar bailes. ¡Con tal de lucir sus trapos! ¡Pues realmente, había algunas que llevaban encima por valor de más de tres mil rublos! Y todo eso va a cuenta de las cargas que pagan los mujiks, o, lo que todavía es peor, a cuenta de nuestra propia conciencia. Bien se sabe para qué se aceptan las dádivas y se hace de lo blanco negro: para comprar un chal a la esposa, o bien uno de esos polisones o lo que sea. ¿Y para qué? Para no dar pie a que una murmuradora cualquiera, una Sidorovna, proclame que el atavío de la jefa de Correos era mejor, se gastan dos mil rublos. Quieren bailes, divertirse, y el baile es una porquería que no va de acuerdo con el espíritu de los rusos, con nuestro carácter. El diablo lo entenderá; un hombre adulto, mayor de edad, que de pronto sale enteramente vestido de negro, desplumado y más estirado que un diablo, y comienza a mover los pies. Hay quienes ni se acuerdan de su propia pareja y continúan charlando con otro acerca de una importante cuestión, al mismo tiempo que mueven los pies a uno y otro lado como monigotes. Todo es debido al afán de imitación. Como los franceses se comportan a los cuarenta años como un mozalbete de quince, ¡pues nosotros hemos de hacer lo mismo! No, realmente… después de un baile uno se encuentra como si hubiera cometido un pecado; no apetece ni recordarlo. Uno siente su cabeza tan vacía como después de haber hablado con un hombre de mundo, que conversa de todos los temas, pasa rozando por todo, todo lo que dice, brillante y llamativo, lo ha sacado de los libros, pero de cuanto dijo no queda nada, y después advierte que incluso el diálogo con un sencillo comerciante, que lo único que conoce es su negocio, pero que lo conoce a fondo, por experiencia propia, vale mucho más que todas esas frases que nada significan. Veamos, ¿qué es lo que podemos sacar en limpio de un baile? Imaginemos que un escritor tuviera la idea de describir toda esa escena tal como es. En el libro resultaría tan absurda como en la realidad. ¿Es moral o todo lo contrario? ¡El diablo lo sabe! Uno lo abandona, cierra el libro y se queda ignorándolo.

Esta es la poco favorable opinión de Chichikov respecto a los bailes en general, aunque es de suponer que esta vez su descontento se debía a otra razón. Su mal humor no era debido sobre todo al baile en sí, sino a lo que en él había tenido lugar, al hecho de que había aparecido ante todos sabe Dios cómo, a que le habían puesto en una ambigua y extraña situación.

En efecto, mirando las cosas con ojos de persona sensata, se daba cuenta de que todo aquello no era más que una necedad, una estupidez que no quería decir nada, especialmente en aquellos momentos, cuando lo más importante estaba ya ultimado como era debido. Pero el hombre es un ser sorprendente: se sentía en verdad disgustado de que lo miraran con malos ojos aquellos a quienes él no apreciaba y sobre los cuales se expresaba con palabras tan duras, criticando sus vestidos y su vanidad. Y su enojo creció aún más al comprender, en cuanto hubo analizado lo ocurrido, que, en cierto modo, él mismo tenía la culpa.

Sin embargo no se irritó consigo mismo, y con razón. Todos sentimos la pequeña debilidad de ser un poco indulgentes para con nosotros mismos y preferimos hallar a alguien sobre quien descargar nuestro enojo, por ejemplo, un criado, o un funcionario que está a nuestras órdenes y que tiene la mala ocurrencia de comparecer en ese instante ante nosotros, o la esposa, o aunque se trate de una simple silla, que saldrá volando quién sabe hacia dónde, hacia la misma puerta, y que se quedará sin una pata o sin un brazo. ¡Para que se entere bien de lo que significa nuestro enfado!

Así, Chichikov halló pronto al prójimo sobre el que descargar todo lo que la ira le pudiera inspirar. Ese prójimo no era otro que Nozdriov. Y no es preciso añadir que quedó vapuleado tan concienzudamente como sólo es vapuleado un starosta ladrón o como es tratado un cochero por un capitán cualquiera ejercitado en esos menesteres o en ocasiones incluso por un general, quien a las numerosas expresiones que se han hecho clásicas, agrega otras totalmente nuevas, de su propia invención. El árbol genealógico de Nozdriov salió a relucir por entero y gran parte de los miembros de su familia por línea ascendente quedaron bastante mal parados.

Mientras se hallaba sentado en su duro sillón, sumido en tales reflexiones y turbado por el insomnio, acordándose de Nozdriov y de toda su familia, y frente a él alumbraba la vela de sebo, cuya mecha se había transformado en un negro carbón y amenazaba constantemente con apagarse; mientras la oscura y ciega noche se asomaba por la ventana, dispuesta a transformar su negrura en azul cuando llegara la aurora, y en la lejanía cantaban los gallos; mientras en la ciudad, sumida en profundos sueños, tal vez atravesaba las calles un capote de frisa, un desgraciado de Dios sabe qué clase y condición que no conocía otra cosa (¡ay!) que el camino tan pisado por el escandaloso pueblo ruso, en ese preciso instante, decimos, en el otro extremo de la ciudad se producía un acontecimiento que contribuiría a hacer más desagradable la situación de nuestro protagonista.

Por las calles y callejuelas más alejadas avanzaba ruidosamente un vehículo tan peregrino que nos encontraríamos en gran dificultad si intentáramos especificar qué clase de vehículo era. No se trataba de una tartana, ni de un tílburi, ni de una calesa; antes guardaba gran parecido con una sandía carirredonda colocada sobre ruedas. Las mejillas de dicha sandía, esto es, las portezuelas, que aún tenían las huellas de pintura amarilla, ajustaban muy mal, debido al desfavorable estado de los cierres, que los habían sujetado de cualquier forma mediante cuerdas. La sandía se hallaba totalmente repleta de almohadones de percal que tenían la forma de saquitos, rollos y simples cojines, y de sacos llenos de pan, bollos y rosquillas de todas clases. En medio de todo aquello destacaban dos empanadas. La parte trasera estaba ocupada por un individuo que quería hacer las veces de lacayo, y que llevaba una chaquetilla de tela casera y una barba en la que comenzaban a verse canas: era lo que suele conocerse con el nombre de «mozo».

El estrépito del vehículo sobre las piedras y el chirrido de los hierros y tornillos oxidados hicieron despertar al guarda en la otra punta de la calle, el cual, empuñando su alabarda, exclamó casi gritando con voz, medio adormilada: «¿Quién va?», aunque, al ver que no iba nadie y que sólo se oía un ruido a lo lejos, quitó del cuello un pequeño animalito, se aproximó al farol llevándolo entre los dedos y a continuación lo ajustició entre las uñas. Seguidamente dejó la alabarda y se quedó dormido de conformidad con los reglamentos de la orden de Caballería que profesaba.

Los caballos no hacían más que caerse sobre las patas delanteras, ya que no estaban herrados y, según parece, desconocían el liso empedrado de la calzada de la ciudad. El vehículo dio unas cuantas vueltas, pasando de una calle a otra, hasta que se introdujo en una oscura callejuela, dejó atrás la iglesia parroquial de San Nicolás, y se paró frente a la casa del arcipreste. Del carromato salió una muchacha con un pañuelo a la cabeza y un chaquetón guateado y comenzó a aporrear la puerta con los dos puños tan enérgicamente que cualquiera habría creído que se trataba de un hombre. (Al mozo de la chaquetilla de tela casera hubo que sacarle después arrastrándolo por las piernas, porque estaba dormido como un tronco).

Los perros se pusieron a ladrar, el portal se abrió y tragóse por último, aunque no sin trabajo, aquella tosca producción del arte carreteril. El vehículo penetró en un pequeño patio en el que apenas quedaba espacio libre a causa de la aglomeración de leña, gallineros y todo género de jaulas. Del carromato salió una dama: era la viuda del secretario colegiado Korobochka. La vieja, poco después de haber partido nuestro héroe, experimentó el temor de que se la hubiera hecho víctima de un fraude, y habiendo pasado tres noches sin conciliar el sueño resolvió ir a la ciudad, a pesar de que los caballos estaban sin herrar, a fin de enterarse de buena tinta de a qué precio se pagaban las almas muertas. Podría suceder, Dios no lo permitiera, que hubiera incurrido en el error de venderlas por la cuarta parte de su precio.

Las consecuencias de la venida de la señora Korobochka las hallará el lector explicadas en cierta conversación que tuvo lugar entre dos damas. Dicha conversación…, pero valdrá más dejarla para el capítulo que sigue.

CAPÍTULO IX

Por la mañana, incluso antes de la hora indicada en la ciudad de N. para recibir visitas, una dama engalanada con un distinguido vestido a cuadros cruzó la puerta de una casa de madera pintada de color amarillo, con buhardas y columnas azules; esta dama iba acompañada por un lacayo de librea con diversas esclavinas y galón de oro en su brillante sombrero redondo. La dama subió con precipitación las gradas del estribo del carruaje que le esperaba a la entrada. El lacayo cerró la portezuela, levantó el estribo, y, después de agarrarse a la correa de la trasera, exclamó dirigiéndose al cochero: «¡Vamos ya!».

La dama experimentaba el irrefrenable deseo de comunicar lo antes posible una noticia de la que acababa de enterarse. No hacía más que mirar por la ventanilla y con sumo pesar observaba que todavía faltaba por recorrer la mitad del camino. Las calles le parecían más largas que de costumbre. El asilo, una gran casa blanca de mampostería con estrechas y pequeñas ventanas, se hacía tan tremendamente largo que, por último, gritó, incapaz de contenerse:

—¡Maldito edificio! ¡Nunca se acabará!

El cochero tuvo que escuchar dos veces la misma orden:

—¡Vamos, aprisa, Andriushka! ¡Con qué calma te lo tomas hoy!

Al fin llegaron a la meta. El carruaje se paró frente a un edificio de madera de una sola planta, pintado de color gris oscuro con adornos de marquetería en las ventanas, y elevada cerca delante de ellas, con un pequeño jardín donde crecían unos raquíticos arbolillos a los que el polvo de la ciudad había terminado dando un tono blanco. En las ventanas se veían macetas con flores, un loro columpiándose en su jaula, que se agarraba con el pico a la anilla, y dos perritos que estaban durmiendo al sol.

En esta casa vivía una íntima amiga de la dama recién llegada. El autor se encuentra con notables inconvenientes para dar nombre a ambas damas sin que después se enojen con él como ya lo hicieron en otros tiempos. Darles un apellido imaginario puede ser peligroso. Cualquier nombre que a uno se le ocurra; por fuerza tiene que aparecer en algún rincón de nuestro imperio —pues no en vano es tan vasto—, y quien lo lleve se enojará en extremo y dirá que el autor se personó allí en secreto a fin de saberlo todo: cómo es, que prefiere comer, que ropas viste y qué casa de Agrafena Ivanovna frecuenta. Y Dios nos libre de nombrarlos por sus títulos, todavía resulta más peligroso. Todos nuestros títulos y estamentos se sienten hoy en día tan enojados que todo lo que leen en un libro impreso cada uno lo interpreta como refiriéndose a su propia persona: se diría que es algo que se masca en el aire. Es suficiente observar que en tal ciudad hay un imbécil para que todo el mundo se dé por aludido. De repente sale un caballero respetable por su apariencia y exclama: «¡Yo también soy una persona, entonces también soy imbécil!». En resumen, que inmediatamente adivina de qué se trata.

De ahí que, a fin de evitar todo eso, a la dama que recibía la visita la llamaremos tal y como lo hacían casi unánimemente en la ciudad N., es decir: dama agradable bajo cualquier concepto. El nombre se lo había granjeado legítimamente, ya que no regateaba nada para resultar agradable hasta el máximo, a pesar de que, es cierto, por detrás de su amabilidad asomaban la nariz, las impaciencias de su carácter femenino y a pesar de que, en algunas ocasiones, en cada palabra agradable asomaba la nariz, un alfiler. Y no hablemos ya de cómo hervía su corazón contra la que pretendiera ser la primera en cualquier cosa.

Pero todo esto aparecía cubierto por los más delicados modales que sea posible hallar en una ciudad de provincias. Sus movimientos eran en todo momento llenos de gracia, le agradaban los versos, algunas veces incluso sabía dar a su cabeza una pose soñadora y todo el mundo se mostraba de acuerdo en afirmar que se trataba de una dama agradable bajo cualquier concepto. La otra dama, la que venía de visita, estaba dotada de un carácter con menos facetas, y por eso la llamaremos sencillamente agradable.

La llegada de la visitante despertó a los perrillos que se hallaban durmiendo al sol: la peluda «Adéle», que constantemente estaba enredada en sus propias lanas, y «Popurrí», un chucho de delgadísimas patas. Los dos se precipitaron con los rabos enroscados hacia el vestíbulo, donde la recién llegada se estaba despojando de su abrigo a cuadros, quedándose con un vestido de un color y dibujo a la moda y grandes pieles que le envolvían el cuello. El aroma de jazmín invadió toda la estancia.

En cuanto la dama agradable bajo cualquier concepto se enteró de la llegada de la dama sencillamente agradable, acudió rápidamente a recibirla. Se cogieron de las manos, se abrazaron y lanzaron una exclamación como la de dos colegialas que se tropiezan un día cuando no hace mucho que han salido del internado, cuando sus mamaítas todavía no han tenido ocasión de contarles que el padre de la una disfruta de menos recursos y ocupa un puesto inferior al padre de la otra. Los besos fueron tan sonoros que ambos perritos comenzaron de nuevo a ladrar, razón por la que se les espantó con un pañuelo, y las dos damas se encaminaron a la sala, azul, como pueden muy bien imaginarse, con su diván, su mesa de forma ovalada e incluso unos reducidos biombos cubiertos de yedra. Tras ellas penetraron en la sala, gruñendo, la peluda «Adéle» y «Popurrí», el de las patas

81

delgadas.

—Aquí, aquí, venga a este rinconcito —dijo la dueña, de la casa indicando a la visitante que se sentara en un rincón del diván—. Así, muy bien. Tome este cojín.

Y mientras esto decía puso detrás de la otra un cojín en el que aparecía bordado con hilo de lana un caballero como generalmente acostumbran a ser los caballeros bordados en cañamazo: tenía por nariz una escalera y por labios unos rectángulos.

—Qué contenta estoy de que usted... He oído el carruaje y estaba preguntándome quién sería a estas horas. Parasha afirmaba que era la vicegobernadora; pensé que de nuevo venía esa estúpida a molestar y me disponía a decir que me hallaba fuera de casa...

La recién llegada quería ya poner manos a la obra y dar parte a la otra de la noticia. Pero la exclamación que en ese preciso instante lanzó la dama agradable bajo cualquier concepto cambió el rumbo de la conversación.

—¡Qué tela tan alegre! —dijo la dama agradable, contemplando el traje de la dama sencillamente agradable.

—Sí, es muy alegre. No obstante, Praskovia Fiodorovna cree que resultaría mejor si los cuadros fueran algo más pequeños y los lunares, en lugares de ser de color marrón, fueran azules. A mi hermana le han enviado una telita que es una delicia, no existen palabras para decirlo. Figúrese: unas pequeñas rayitas muy finas, muy finas, con fondo azul celeste, y atravesando esas rayas todo está lleno de ojitos y patitas, ojitos y patitas, ojitos y patitas... ¡Se trata de algo insuperable! Con seguridad se puede afirmar que nunca ha habido en el mundo nada parecido.

—Será un tanto chillón, querida.

—No, no lo es.

—Sí, tiene que resultar chillón.

Es preciso advertir que la dama agradable bajo cualquier concepto era un poco materialista, dada a la negación y a la duda, y en la vida eran bastantes las cosas que rechazaba. La dama sencillamente agradable insistió diciendo que no era chillón y añadió:

—¡Ah, enhorabuena, ya no están de moda los volantes!

—¿Qué me dice?

—Ahora se llevan festoncitos.

—¡Qué horror, festoncitos!

—Pues ahora todo son festoncitos: pelerinas de festoncitos, hombrillos de festoncitos, festoncitos en las mangas, festoncitos en los bajos, festoncitos por todas partes.

—No me gusta, Sofía Ivanovna, eso de que no haya más que festoncitos.

—No se puede usted figurar, Anna Grigorievna, lo bien que queda. Se cose con dos dobladillos, con sisas anchas por la parte de arriba... Ya verá qué sorpresa le causa; entonces dirá... Pero figúrese que los cuerpos se llevan ahora aún más largos, y se estila el escote en pico, de forma que el hueso queda totalmente fuera. Las faldas van muy fruncidas, como antes con los tontillos, y por detrás se pone algodón para que resulte bien.

—Bueno, en ese caso... —murmuró la dama agradable bajo todos los conceptos mientras movía la cabeza con aire de dignidad.

—Tiene usted toda la razón —repuso la dama sencillamente agradable.

—Puede decir lo que le parezca, pero yo no me vestiré así.

—Yo tampoco... Si se piensa hasta qué extremos llega algunas veces la moda... ¡Es algo totalmente incomprensible! Le he dicho a mi hermana que me preste los patrones para reírme. Mi criada Melania lo está cosiendo.

—Cómo, ¿que tiene usted los patrones? —dijo la dama agradable bajo todos los conceptos, sin poder disimular un ademán de visible emoción.

—Sí, me los mandó mi hermana.

—Querida, por todo lo que más quiera, le suplico que me los preste.

—Se los he prometido a Praskovia Fiodorovna. De todos modos, se los entregaré cuando ella me los devuelva.

—¿Y quién será capaz de ponerse nada después de que lo haya estrenado Praskovia Fiodorovna? Me parece muy raro su modo de actuar, olvida a las amigas por los extraños.

—Es tía segunda mía.

—¡Dios sabe qué clase de tía es! Por parte de su marido... No, Sofía Ivanovna, ni quiero ni oírlo. Es como si usted pretendiera ofenderme... Según parece se ha cansado de mí, por lo visto pretende usted romper conmigo.

La pobre Sofía Ivanovna no sabía qué hacer. Advertía perfectamente que se había metido entre dos fuegos muy intensos. ¡Bien se lo había ganado, por presumir! Experimentaba deseos de pincharse con alfileres su necia lengua.

—¿Y qué se ha hecho de nuestro seductor forastero? —preguntó entonces la dama agradable bajo todos los conceptos.

—¡Ay, Dios mío! ¿Cómo es posible que se me haya ido el santo al cielo? ¿Tiene usted idea de por qué he venido, Anna Grigorievna?

La visita sintió que se le aceleraba la respiración, las palabras se mostraban dispuestas, al igual que milanos, a lanzarse una tras otra, y fue necesaria toda la crueldad de su íntima amiga para osar interrumpirla.

—Pues por más que usted lo alabe y ensalce —exclamó más vivamente que de costumbre—, le diré con toda franqueza, se lo diré a él mismo en la cara, que es una mala persona, una mala persona, una mala persona. Escuche lo que tengo que contarle…

—Ha corrido el rumor de que es guapo, pero de guapo no tiene nada, realmente nada, su nariz es… asquerosa.

—Pero deje usted, deje que le explique, querida Anna Grigorievna, ¡permita que le explique! Se trata de una historia, ¿me entiende?, una historia. C'est se qu'on appelle une histoire[22] —exclamaba la visitante comenzando a desesperarse y con lastimera voz.

Debemos hacer constar que la conversación de ambas damas estaba salpicada de una infinidad de palabras extranjeras e incluso extensas frases en francés. Pero por mucha que sea la admiración del autor hacia las salvadoras ventajas que el idioma francés ofrece a Rusia, por mucho entusiasmo que despierte en él la loable costumbre de nuestra alta sociedad, que se vale de esa lengua a todas las horas del día, por supuesto que impulsada por un profundo sentimiento de amor a la patria, no se decide a intercalar ninguna frase de idiomas extranjeros en este poema suyo, que es ruso. Continuaremos, pues, en ruso.

—¿Qué historia es ésa?

—¡Ay, vida mía! ¡Si pudiera usted, Anna Grigorievna, imaginarse la situación en que yo me hallaba! Figúrese: ha venido hoy a mi casa la esposa del arcipreste, del padre Kiril, y ¿qué piensa usted que me ha contado de nuestro forastero, ese tan tranquilito?

—Pero ¿es que ronda a la esposa del arcipreste?

—¡Ay, Anna Grigorievna, eso no sería nada! No se trata de eso. Escuche lo que me ha explicado la esposa del arcipreste. Se ha presentado en su casa una propietaria llamada Korobochka, extremadamente asustada y pálida como un cadáver. ¡Y qué cosas dice, qué cosas dice! Es una auténtica novela. A altas horas de la noche, cuando todo estaba tan oscuro como boca de lobo y en la casa todo el mundo dormía, comenzaron a dar unos horribles golpes en la puerta, gritando a voz en cuello que si no abrían en seguida derribarían la puerta. ¿Qué le parece? ¿Qué opina de nuestro seductor forastero?

—Pero ¿es que la Korobochka es joven y bonita?

—Ni muchísimo menos, se trata de una vieja.

—¡Qué encanto! Se dedica a conquistar a una vieja. En vista de esto no hay nada que decir acerca del gusto de nuestras damas, hallaron de quién enamorarse.

—No es nada de eso, Anna Grigorievna, no es ni muchísimo menos lo que usted se imagina. Figúrese la situación: comparece armado de punta en blanco, algo así como un Rinaldo Rinaldini, y le exige que le venda todos los campesinos que habían fallecido. La Korobochka contestó de una manera muy razonable que no le era posible, porque estaban muertos. «No, —replicó él—, no están muertos, es asunto mío si lo están o no. ¡No están muertos! —se puso a gritar—. ¡No están muertos!». En resumen, que armó un horrible escándalo: todos los de la aldea salieron huyendo, los niños lloraban, nadie entendía nada, ¡terrible, lo que se dice terrible!… No puede usted imaginarse, Anna Grigorievna, la impresión que me produjo todo esto cuando lo oí. «Señora —me decía Mashka—, está usted muy pálida, mírese al espejo». «No es ahora el momento de mirarme al espejo —le contesté—, he de ir en seguida a explicárselo a Anna Grigorievna». Y sin perder ni un segundo ordené que engancharan. Andriushka, el cochero, me preguntó hacia dónde nos dirigíamos, y yo era incapaz de pronunciar una sola palabra, pero lo que me quedé mirándole como una estúpida. Sin duda creería que me había vuelto loca. ¡Ay, Anna Grigorievna, si supiera usted de qué manera me ha sobresaltado esto!

—No obstante es todo muy extraño —dijo la dama agradable bajo todos los conceptos—. ¿Qué significarán esas almas muertas? Debo confesar que no comprendo nada en absoluto. Es la segunda vez que oigo mencionar esas almas muertas. Mi marido asegura que Nozdriov no dice la verdad, pero no me cabe duda de que se encierra algo en esto.

—Pues imagínese, Anna Grigorievna, en qué situación quedé cuando lo supe. «Ahora —dice la Korobochka—, no sé qué tengo que hacer. Hizo que firmara por la fuerza un documento falso y me arrojó quince rublos en billetes. Carezco de experiencia, soy una infortunada viuda y no sé nada…». ¡Menudo escándalo! No puede usted hacerse idea del sobresalto que me produjo el oírlo.

—Dirá lo que a usted le parezca, pero no se trata de almas muertas. Aquí hay algo muy diferente.

—Yo también lo creo así —repuso con cierta sorpresa la dama sencillamente agradable, sintiendo la invencible curiosidad de saber qué era lo que podía encerrarse en todo aquello. Y después preguntó, acentuando la pronunciación—. ¿Qué piensa usted que se encierra en ello?

—Y usted, ¿qué cree?

—¿Qué creo?… Confieso que ni siquiera sé qué pensar.

—A pesar de ello, querría saber la opinión que se ha formado en torno a este asunto.

La dama sencillamente agradable no supo qué contestar. Sólo era capaz de sobresaltarse, pero no de formarse una idea clara de las cosas, debido a lo cual se sentía más necesitada que cualquiera otra de consejos y de una verdadera amistad.

—Pues entérese de lo que es eso de las almas muertas —dijo la dama agradable bajo cualquier concepto.

La otra, cuando escuchó estas palabras, se convirtió toda en oídos: las orejas se le pusieron tiesas por sí mismas, se incorporó hasta el punto de que casi perdió contacto con el diván, y aunque era un tanto pesada, dio la sensación de que adelgazaba, de que se transformaba en una delicada pluma y de que al más leve soplo iba a salir volando.

Así el señor ruso que va a cazar con su jauría, cuando se aproxima al bosque de donde saltará la liebre acosada por los ojeadores, montado a caballo y con la fusta en alto, se transforma por un momento en pólvora a la que se disponen a aproximar la mecha encendida. Sus ojos permanecen fijos en el aire enturbiado por la ligera niebla y ya se figura que alcanza la pieza por más que se alce contra él la blanda nieve de la estepa, que le lanza estrellas de plata al bigote, a la boca, a los ojos, a las cejas y a su gorro de castor.

—Esas almas muertas… —dijo la dama agradable bajo cualquier concepto.

—¿Qué, diga?, —se impacientó la visitante, a quien la dominaba la emoción.

—¡Almas muertas!…

—¡Hable de una vez, por Dios se lo suplico!

—Eso lo han inventado como tapadera. Lo que realmente hay es que él se propone raptar a la hija del gobernador.

La conclusión era, efectivamente, peregrina e inesperada en cualquier sentido en que se tomara. Cuando oyó esto, la dama sencillamente agradable quedó como petrificada, se puso pálida, tan pálida como un cadáver, en efecto, se sobresaltó, en esta ocasión muy de veras.

—¡Ay, Santo Dios! —exclamó al tiempo que juntaba las manos—. Eso sí que no podía figurármelo.

—Pues yo se lo confieso, en seguida que abrió usted la boca advertí de qué iba la cosa —dijo la dama agradable bajo cualquier concepto.

—¿Y qué opina después de esto, Anna Grigorievna, acerca de la educación que se recibe en los pensionados? ¡Esta es la inocencia!

—¡Inocencia! He tenido ocasión de oír cosas que ella decía, y le doy mi palabra de que me resultaría imposible repetirlas.

—¿Sabe usted, Anna Grigorievna? A una se le destroza el corazón al ver a qué punto de inmoralidad se ha llegado.

—Los hombres enloquecen por ella. Y yo le aseguro que no le veo nada de particular… Es terriblemente amanerada.

—¡Ay, vida mía, Anna Grigorievna! Parece una estatua, su rostro no tiene ninguna expresión.

—¡Qué amanerada, pero qué amanerada es! ¡Dios Santo, qué amanerada! Ignoro de quién lo habrá aprendido, pero en toda mi vida jamás he visto una mujer tan gazmoña.

—Querida, sólo es una estatua más pálida que un cadáver.

—No hable usted así, Sofía Ivanovna, se da colorete de un modo espantoso.

—Se equivoca usted, Anna Grigorievna, es blanquete, blanquete y sólo blanquete.

—Querida, yo me senté cerca de ella. Se da colorete, se había embadurnado la cara con una capa del espesor de un dedo; se le caía a pedazos, como si se tratara de estuco. Lo ha aprendido de su madre, que no es más que una coqueta, y su hija le dará cien vueltas.

—Permítame, si quiere se lo juraré por lo que usted misma me indique. ¡Que pierda a mi marido, a mis hijos y todos los bienes si ella lleva ni una pizca, ni un tanto así de colorete!

—¡Pero qué está usted diciendo, Sofía Ivanovna! —exclamó la dama agradable bajo cualquier concepto, juntando las manos.

—¡Hay que ver de qué manera es usted, Anna Grigorievna! La miro y no me es posible evitar hacerme cruces —replicó la dama agradable, quien también juntó las manos.

No se sorprenda el lector de que las dos damas se mostraran disconformes en algo que habían observado casi al mismo tiempo. En el mundo hay gran número de cosas que poseen esta propiedad: si las contempla una dama serán totalmente blancas, mientras que si las contempla otra serán rojas, tan rojas como el arándano rojo.

—Ahí va otra prueba de que es pálida —continuó la dama agradable—. Recuerdo como si lo estuviera viendo que yo me hallaba sentada al lado de Manilov y le hice notar: «¡Mire usted qué pálida!». En verdad que es preciso ser tan necio como lo son todos nuestros hombres para volverse locos por ella. Y nuestro seductor forastero… ¡Ah, qué poco agradable me parecía! No puede imaginarse, Anna Grigorievna, hasta qué extremo me resultaba desagradable.

—Pues se encontraban allí ciertas damas a las que en modo alguno les era indiferente.

—¿Lo dice usted por mí, Anna Grigorievna? Jamás podrá afirmarlo, jamás, jamás.

—No me estoy refiriendo a usted. ¡Como si no existiera nadie más!

—¡Nunca, nunca, Anna Grigorievna! Permítame decirle que me conozco demasiado bien, Tal vez pueda afirmarse de algunas que presumen de ser inaccesibles.

—Perdóneme, Sofía Ivanovna. Permítame decirle que yo jamás me mezclé en asuntos tan escandalosos. De otras se podrá decir, pero de mí nunca; permítame decírselo.

—¿Por qué se disgusta usted? Se hallaban allí otras damas, hasta había algunas que se apresuraron a ocupar una silla junto a la puerta a fin de estar cerca de él.

Tras estas palabras de la dama agradable parecía inevitable que estallara una tormenta, pero, por sorprendente que pueda parecer, las dos damas se calmaron de pronto y no estalló absolutamente nada. La dama agradable bajo cualquier concepto recordó que todavía no se encontraban en su poder los patrones del vestido de moda, y la dama sencillamente agradable advirtió que todavía no había logrado enterarse de ningún detalle del descubrimiento hecho por su amiga íntima, y la paz se restableció en seguida.

Por otra parte, no puede afirmarse que ninguna de las dos estuvieran por naturaleza inclinadas a molestar a los demás; sus caracteres no se gozaban con el infortunio ajeno. Era que, sin siquiera advertirlo, a lo largo de la conversación surgía alguna vez por sí mismo el pequeño deseo de lanzar un alfilerazo; el pequeño placer que, aprovechando el momento oportuno, sentían zahiriendo con algo que doliera: «¡Anda! ¡Ahí tienes, trágate eso!». Son muy diversas las necesidades el corazón, tanto del sexo femenino como del masculino.

—Hay algo que no logro comprender —dijo la dama sencillamente agradable—, y es cómo Chichikov, que se encuentra aquí de paso, ha tenido esa osadía. No podía llevarlo a cabo sin disponer de cómplices.

—¿Y usted piensa que carece de ellos?

—Dígame, ¿quién podría ayudarle?

—El mismo Nozdriov.

—¿Nozdriov?

—¿Y por qué no? Es algo muy propio de él. Bien sabe usted que pretendió vender a su mismo padre, o mejor dicho, pretendió jugárselo a las cartas.

—¡Dios mío, qué interesante es todo esto que me cuenta usted! Nunca pude sospechar que Nozdriov tuviera algo que ver en esta historia.

—Pues yo siempre lo supuse.

—¡Cuando uno se detiene a pensar en lo que sucede en el mundo! ¿Quién podía imaginarse, cuando Chichikov llegó aquí, que iba a producir tal revuelo? ¡Ay, Anna Grigorievna, si supiera usted qué sobresaltos los míos! De no ser por lo mucho que usted me aprecia y por su amistad…, se lo confieso, me sentiría como en el borde de un precipicio… Imagínese usted. Mi Masha, al verme tan pálida, me dijo: «Señorita, tiene usted la cara tan blanca como el papel». «Masha —repliqué yo—, en este momento no estoy para eso». ¡Hay que ver las cosas que suceden! ¡Y Nozdriov implicado en todo ello!

La dama agradable se consumía en deseos de conocer más detalles en torno al rapto, o sea, la hora y demás. La dama agradable bajo cualquier concepto repuso abiertamente que lo ignoraba. No sabía mentir: muy distinto era hacer suposiciones, e incluso así sólo si las suposiciones se basaban en una convicción íntima. Cuando estaba íntimamente convencida, entonces era capaz de mantenerse en sus trece, y si un abogado, aunque se tratara del más ejercitado y entendido en refutar opiniones ajenas, hubiera medido las armas con ella, habría comprobado a la perfección lo que significa la convicción íntima.

No tiene nada de extraño que ambas damas acabaran quedando convencidas de lo que al principio imaginaban como una simple sospecha. Nosotros, los que nos consideramos inteligentes, actuamos de modo casi idéntico y la prueba de ello la encontramos en nuestros razonamientos científicos. Primero, el sabio se aproxima al asunto como un pillo de siete suelas, comienza tímidamente, con moderación, sigue haciendo la más inocente pregunta. ¿Acaso procede de allí? Tal país, ¿no habrá recibido su nombre de ese rincón?, o bien: ¿No será este documento de una época más tardía? O bien: ¿No será preciso entender que al hablar de este pueblo en realidad se refieran a tal otro? Cita a éstos y aquéllos escritores antiguos, y en seguida que advierte el más pequeño atisbo, o se imagina advertir un detalle, recobra ánimos, se engalla, comienza a conversar con los escritores antiguos en un plan de confianza, les hace preguntas y él mismo responde por ellos, no acordándose ya de que todo tenía su origen en una débil suposición. Cree verlo así, le parece que todo se ha aclarado, y el razonamiento concluye con estas palabras: «Así es cómo sucedió, es necesario entender que se trata de tal pueblo, desde este punto de vista se debe enfocar el asunto». Después lo grita a todos los vientos desde la cátedra y la verdad acabada de descubrir empieza a circular por el mundo, conquistando adeptos y partidarios.

En el mismo instante en que las dos damas acababan de resolver con tanto acierto como ingenio el complicado asunto, en la sala penetró el fiscal con su rostro de palo, sus frondosas cejas y su ojo que guiñaba como siempre. Las damas, tras interrumpirse una a otra, le comunicaron todos los acontecimientos, le explicaron lo de la adquisición de almas muertas y del propósito de raptar a la hija del gobernador, y con todo ello le hicieron sumirse en tal mar de confusiones que, a pesar de que permanecía inmóvil en su sitio, abría y cerraba sin cesar el ojo izquierdo y se quitaba con la ayuda del pañuelo el rapé que se le había metido por la barba, sin ser capaz de comprender lo más mínimo.

De este modo lo dejaron las dos damas, las cuales, cada una por su parte, se encaminaron a sublevar la ciudad. Dicha empresa lograron realizarla en escasamente media hora. Todo entró en efervescencia, aunque nadie podía comprender nada. Las damas supieron liar hasta tal punto las cosas que todo el mundo, en especial los funcionarios, se quedaron como viendo visiones.

Al principio se hallaron en la situación del colegial dormido a quien sus compañeros, que se despertaron antes, le han introducido en la nariz un «húsar», esto es, un papel con tabaco. Después de sorber todo el tabaco con el afán característico del durmiente, se ha despertado al fin de sopetón, mira en torno a él como un estúpido, con los ojos tan abiertos que casi se le salen de las órbitas, y es incapaz de darse cuenta de dónde se encuentra ni de qué le ha sucedido; después comienza ya a distinguir las paredes iluminadas por los oblicuos rayos del sol, las risotadas de los compañeros que se ocultan en los rincones y la mañana que le contempla desde el exterior con el bosque donde cantan una infinidad de pájaros, el riachuelo iluminado por el sol, que se pierde a un lado y a otro entre los delicados juncos, invadido por chicuelos desnudos que se llaman en el agua a voz en grito, y tras todo esto, por último, advierte que tiene un «húsar» en la nariz.

Exactamente igual les sucedió al principio a los sencillos vecinos y a los funcionarios de la ciudad. Todos se quedaron como carneros, con los ojos desmesuradamente abiertos. Las almas muertas, Chichikov y la hija del gobernador se mezclaron y confundieron en sus cabezas de manera terrible. Después ya, tras la primera sensación de aturdimiento, pareció que podían distinguir cada cosa por separado y desglosar lo uno de lo otro, y comenzaron a pedir cuentas y a enojarse, al ver que la cuestión no se aclaraba.

Y así era, ¿en qué consistía eso de las almas muertas? En lo referente a las almas muertas no era posible hallar la menor lógica. ¿En qué consistía eso de adquirir almas muertas? ¿Quién era el estúpido capaz de hacerlo? ¿Quién iba a tirar de este modo el dinero? ¿Para qué iban a servir esas almas muertas? ¿Qué relación tenía con todo ello la hija del gobernador? Si se había formado el propósito de raptarla, ¿para qué se dedicaba a adquirir almas muertas? Y si adquiría almas muertas, ¿para qué tenía que raptar a la hija del gobernador? ¿Es que tal vez se las pensaba regalar? ¿Qué necedades eran esas que corrían por la ciudad?

Por cualquier parte se tropezaba uno con la misma historia. ¡Si por lo menos tuviera algún sentido!... Pero lo cierto es que la cosa había sido puesta en circulación, y por lo tanto, ¿habría para ello alguna razón? ¿Qué razón podía haber en las almas muertas? Todo aquello no era más que una necedad, un embrollo, chismes, el diablo sabía qué era... En resumen, comenzaron los comentarios y la comidilla de toda la ciudad fueron las almas muertas y la hija del gobernador, Chichikov y las almas muertas, la hija del gobernador y Chichikov, todo se puso en movimiento. Era como si la ciudad, dormida hasta aquel momento, se hubiera visto de pronto agitada por un torbellino. Abandonaron sus madrigueras todos los lirones y holgazanes que se pasaban el santo día acostados en bata y que desde hacía años permanecían encerrados en sus casas, culpando ora al zapatero, que les había hecho las botas demasiado estrechas, ora al sastre, ora al borracho del cochero. Todos aquellos que desde hacía yo qué sé cuánto tiempo no visitaban a nadie y sólo mantenían relación con los Zavalishin y Polezhaev (nombres muy célebres que derivan de los verbos «estar tumbado» y «echarse», extraordinariamente en boga en Rusia, así como la frase «llegarse a visitar a Sopikov y a Jrapovitski», sinónimo de un profundo sueño de espaldas, de costado y en cualquier otra postura, acompañado de silbidos de la nariz, ronquidos y otros atributos), todos aquellos a los que no había modo de hacer que salieran de su casa ni siquiera con el cebo de una sopa de esturiones de dos varas, que les sola valía más de quinientos rublos, como todo lo que a dicha sopa acostumbra a seguir; en resumen, resultó que la ciudad era grande y que estaba poblada como es debido.

Surgieron a la luz un Sisoi Pafnutievich y un Macdonald Karlovich, de los que jamás había oído hablar nadie. Por los salones se paseó un hombre altísimo con señales evidentes de haber recibido un balazo en un brazo, de tan elevada estatura como nunca habían visto otro. Carruajes de todas clases, que organizaron una auténtica confusión, invadieron todas las calles. En otra época y en distintas circunstancias, tal vez aquellos rumores no habrían logrado despertar la atención de nadie y habrían pasado de largo. Pero hacia demasiado tiempo que la ciudad de N. no recibía ninguna noticia. Es más, a lo largo de tres meses no había corrido chisme alguno, cosa que, como todo el mundo sabe, es tan necesaria para una ciudad como el normal abastecimiento de comestibles.

Entre la infinidad de comentarios pudieron advertirse dos criterios totalmente opuestos y dos bandos que se enfrentaban el uno al otro: el de los hombres y el de las mujeres. El bando de los hombres, el más necio, dedicaba su atención a las almas muertas. El de las mujeres se fijaba única y exclusivamente en el rapto de la hija del gobernador. En este segundo bando, dicho sea para hacer justicia a las damas, reinaba muchísimo más orden y circunspección. Se advierte que el Destino quiere que sean buenas amas de casa, y que sepan disponer las cosas.

Entre ellas todo adquirió en seguida un aspecto vivo y bien definido, revistió formas claras y precisas, las cosas se iban concretando y depurando. En resumen, que resultó un cuadro completo y preciso. Ellas opinaban que desde hacía largo tiempo Chichikov estaba enamorado y que se encontraban en el jardín por la noche, a la luz de la luna; el gobernador habría aceptado concederle la mano de su hija, ya que Chichikov era rico como un judío, pero había el inconveniente de su esposa, a la que él había abandonado (nadie era capaz de decir de qué manera llegó a saberse que Chichikov estaba casado); la mujer de Chichikov, víctima de un amor sin esperanzas, envió entonces al gobernador una carta muy conmovedora, y Chichikov, viendo que los padres jamás consentirían, había tomado la resolución de raptarla.

En otros lugares la versión que se daba del asunto era algo distinta. Afirmaban que Chichikov no era casado, pero que, como hombre sutil y que actuaba siempre sobre seguro, había comenzado cortejando a la madre y sosteniendo con ella secretas relaciones, tras lo cual acabó por pedir la mano de la hija. La madre, aterrorizada al pensar que con ello se cometería un acto contrario a la religión, y asaltada por los remordimientos, lo había rechazado rotundamente, razón por la que Chichikov se decidió por el rapto. A todo esto se fueron añadiendo numerosas enmiendas y explicaciones conforme los rumores llegaban hasta los más recónditos callejones. Las capas inferiores de la sociedad rusa sienten gran afición a comentar los rumores que circulan por la alta sociedad, y por eso no tiene nada de particular que en casas donde ni remotamente habían visto a Chichikov comenzaran a hablar de lo sucedido, dando cada vez más aumentado y corregido.

El asunto se iba volviendo más interesante por momentos y cada día adoptaba formas más concretas hasta que, tal como era, en su aspecto definitivo, llegó al conocimiento de la misma gobernadora. Esta, como madre de familia, como primera dama de la ciudad, se sintió en extremo ofendida por semejantes historias y, no sin razón, montó en cólera. La infeliz rubia fue sometida al más desagradable tête á tête en que haya podido encontrarse una jovencita de dieciséis años. Manaron a raudales las preguntas, los interrogatorios, las amenazas, las censuras, los reproches y exhortaciones, de tal manera que la muchacha estalló en llanto, bañada en lágrimas, sin lograr entender ni una palabra de lo que le decían. Al portero se le dieron órdenes rigurosas de que no permitiera pasar a Chichikov, fuera cual fuese la hora y bajo ningún pretexto.

Una vez cumplida su misión con respecto a la gobernadora, las damas se abalanzaron sobre el bando de los hombres, intentando atraérselo y asegurando que las almas muertas no eran más que una invención de la que se había echado mano sólo a fin de evitar las sospechas y de realizar el rapto felizmente. Una buena parte de los hombres quedaron al fin convencidos de esto y se pasaron al bando de las mujeres, a pesar de las violentas censuras de sus compañeros, que les llamaban mujerzuelas sin carácter, calificativo que, como ya se sabe, resulta extremadamente ofensivo para el sexo masculino.

Aunque los hombres prepararon sus armas e intentaron defenderse, en su bando no había el orden que caracterizaba al bando de las mujeres. En ellos todo parecía tosco, duro, desordenado, inservible, sin ajustar, inútilmente en sus mentes reinaba el barullo, el desconcierto, la confusión, todo era una barahúnda, un revoltijo. En resumen, resaltaba a la perfección la vacua naturaleza del sexo masculino, una naturaleza pesada, tosca, incapaz de comprender los dictados del corazón ni los asuntos de la organización doméstica, una naturaleza holgazana, incrédula, siempre temerosa y siempre vacilante. Ellos afirmaban que todo eso era una necedad, que el rapto de la hija del gobernador era una cuestión más propia de un húsar que de un funcionario civil, que Chichikov no lo llevaría a cabo, que las mujeres mentían, que la mujer es igual que un saco, en el que cabe todo lo que le meten dentro, y que lo primero de todo, en lo que realmente tenían que fijarse, era en las almas muertas, las cuales, por otra parte, el diablo sabía qué podían significar, aunque no cabía duda de que se trataba de una cosa execrable.

En seguida vamos a saber por qué los hombres pensaban que se trataba de una cosa execrable. En la provincia había sido nombrado recientemente un nuevo gobernador general, cosa que, como todo el mundo sabe, produce gran inquietud entre los funcionarios: llegan las reprimendas, las reconvenciones y las censuras, y también el reparto de prebendas que el nuevo jefe ofrece a sus subordinados. «Si llega a enterarse de que por la ciudad circulan unos rumores tan estúpidos —se decían los funcionarios—, nos puede costar muy caro». El inspector de Sanidad se quedó de pronto pálido como un cadáver al figurarse Dios sabe qué: se preguntó si las almas muertas serían los enfermos fallecidos en considerable número en los hospitales y otros lugares como resultas de una epidemia de calenturas contra la que no se habían tomado las medidas oportunas, y pensó que tal vez Chichikov era un funcionario de las oficinas del gobernador general que había sido enviado allí para realizar una investigación secreta.

Así se lo dijo al presidente. Este replicó que era absurdo, pero después palideció asimismo y se preguntó: ¿Y si los mujiks adquiridos por Chichikov eran, en efecto, almas muertas? ¿Y si el gobernador general llegaba a enterarse de que él había estado de acuerdo en que se llevara a cabo la escritura de la venta sin poner reparo alguno, y que hasta había actuado como apoderado de Pliushkin? ¿Qué pasaría entonces? Fue suficiente que lo comunicara a uno y a otro para que todos se pusieran pálidos. El temor es más contagioso que la peste y se comunica de inmediato.

Todos comenzaron entonces a buscarse pecados, hasta los que no habían cometido. Las palabras «almas muertas» eran pronunciadas como si se tratara de algo indefinido e incluso se llegó a pensar si no se referían a los muertos enterrados con toda rapidez con motivo de unos sucesos que habían tenido lugar poco antes.

El primero de aquellos sucesos guardaba relación con unos mercaderes de Solvichegodsk que habían venido a la feria de la ciudad y que cuando ya habían vendido todos sus artículos, organizaron un festín con sus compañeros, los mercaderes de Ustsisolsk, festín celebrado al estilo ruso, pero con aditamentos alemanes: licores, ponches, bálsamos y demás.

La comilona, como es de suponer, acabó en riña. Los de Solvichegodsk eliminaron a los de Ustsisolsk, aunque salieron de la refriega con las costillas molidas y un sinnúmero de cardenales, prueba evidente de los notables puños que poseían los difuntos. Uno de los vencedores quedó con la nariz totalmente aplastada, de tal modo que apenas le sobresalía en el rostro medio dedo. Los mercaderes reconocieron su culpa, y contaron que aquello era debido a los deseos que sintieron de divertirse un poco. Circulaban rumores de que cada uno de ellos había dado al juez cuatrocientos rublos, aunque la cosa estaba muy oscura. Las investigaciones e interrogatorios demostraron que los comerciantes de Ustsisolsk habían perecido asfixiados a causa de las emanaciones de carbón, y así se les enterró, tras certificarse su muerte por asfixia.

El otro suceso ocurrido hacía poco se relacionaba con los mujiks de la aldea de Vshivaia-spes, perteneciente a la Corona, quienes junto con los mujiks de Borovka y Zadirailovo, de igual condición, habían dado muerte a la policía del zemstvo en la persona de un cierto asesor llamado Drobiazhkin; por lo visto, la policía del zemstvo, es decir, el asesor Drobiazhkin, visitaba muy a menudo dichas aldeas, en las que se había declarado una epidemia de calenturas, cuya causa era la mencionada policía del zemstvo, que manifestaba cierta debilidad de corazón y se interesaba demasiado por las mujeres y jovencitas de la aldea.

No se pudo averiguar exactamente lo que sucedió, aunque los mujiks declararon abiertamente que el susodicho policía era más lascivo que un gato, que numerosas veces habían ido tras él y que en una ocasión incluso lo arrojaron desnudo de una cabaña en la que se había metido.

Lógicamente, el policía del zemstvo merecía ser castigado por su debilidad de corazón, aunque no obstante tampoco podía aprobarse que los mujiks de Vshivaie-spes y de Zadirailovo hubieran tomado la justicia por su mano, suponiendo que, en efecto, hubieran tenido algo que ver en la muerte. A pesar de todo el asunto estaba demasiado oscuro; al policía del zemstvo se le había hallado en medio de un camino con la guerrera desgarrada y el rostro hecho una lástima, hasta el extremo de que resultó imposible reconocerlo.

El asunto fue pasando de una instancia a otra hasta que llegó a la Audiencia, donde a puerta cerrada se razonó de este modo: los mujiks eran muy numerosos y no era posible averiguar quiénes de entre ellos habían tomado parte concretamente en el suceso, y en cambio Drobiazhkin estaba muerto y pocos beneficios eran los que podría alcanzar aunque ganara el juicio, siendo así que los mujiks estaban vivos, motivo por el cual para ellos era en extremo importante que se sentenciara a su favor. En consecuencia se falló: que la culpa de todo la había tenido el asesor Drobiazhkin de Vshivaia-spes y de Zadirailovo, y que había fallecido de un ataque de apoplejía sufrido al regresar en su trineo.

Parecía que aquel suceso estaba ya resuelto a las mil maravillas, pero los funcionarios, se ignora por qué, dieron en creer que las almas muertas tenían algo que ver con el asunto. Para acabar de embrollar las cosas, como hecho adrede, cuando los señores funcionarios se hallaban en tan embarazosa situación, al gobernador le llegaron dos documentos al mismo tiempo. En uno de ellos se le comunicaba que, según informes, en la provincia se encontraba un falsificador de billetes de Banco que escondía su personalidad bajo varios supuestos nombres, rogando que se adoptaran las medidas oportunas y más enérgicas para su búsqueda y captura. El segundo documento era un oficio del gobernador de la vecina provincia en el que se daba parte de la fuga de un criminal y se suplicaba que procedieran a la detención inmediata de todos los sospechosos indocumentados que hallaran.

Ambos documentos causaron gran asombro, sumiendo a la ciudad en un mar de dudas. Las hipótesis y conclusiones anteriores cayeron todas por su base. Cierto es que nadie imaginaba que esto tuviera relación alguna con Chichikov. No obstante, puesto a pensar cada uno por su parte, recordaron que en realidad ignoraban quién era Chichikov, que éste se había expresado muy vagamente acerca de sí mismo; había dicho, sí, que le habían perseguido por defender a la justicia, pero todo esto resultaba muy vago, y al recordar que, según sus propias palabras, se había creado numerosos enemigos, que incluso llegaron a atentar contra su vida, pasaron más adelante en sus deducciones: quiere decirse que su vida se hallaba en peligro, que era perseguido y que había cometido algo… Sí, ¿quién era realmente Chichikov? En verdad que no era posible creer que se tratara de un falsificador de billetes, y menos todavía de un bandolero: ofrecía el aspecto de un hombre de buenas intenciones. Sin embargo, a pesar de todo, ¿quién era realmente?

Y los señores funcionarios se hicieron la pregunta que debían haberse hecho al principio, esto es, en el primer capítulo de nuestro poema. Resolvieron hacer unas cuantas preguntas a los que habían tomado parte en la cuestión de las almas muertas a fin de aclarar, por lo menos, qué adquisición era aquélla y qué debía entenderse por esas almas muertas; tal vez Chichikov hubiera contado, aunque fuese de pasada, cuáles eran sus verdaderas intenciones, y comunicado a alguien quién era él.

Ante todo acudieron a la Korobochka, pero fue muy poco lo que consiguieron poner en claro: le había pagado quince rublos, le compraba asimismo plumón y le había asegurado que compraría muchas otras cosas: adquiría tocino por cuenta de los establecimientos públicos, y sin duda se trataba de un granuja, ya que hubo uno que también adquiría plumón y tocino y estafó más de cien rublos a la esposa del arcipreste.

Lo restante no fue más que una repetición de lo dicho, y los funcionarios advirtieron que la Korobochka era, simplemente, una vieja necia. Manilov repuso que respondía de Pavel Ivanovich como de sí mismo y que entregaría todos sus bienes a cambio de poseer una centésima parte de sus virtudes; en resumen, que se explicó acerca de él en los términos más elogiosos, agregando algunos pensamientos sobre la amistad, expuestos mientras entornaban los ojos. Tales pensamientos explicaban satisfactoriamente los tiernos impulsos de su corazón, pero no sirvieron para aclarar a los funcionarios nada de lo que les interesaba.

Sobakevich contestó que consideraba a Chichikov un hombre de bien, que los siervos los había vendido seleccionados, y que eran personas que vivían en todos los sentidos, aunque no podía responder de lo que les sucediera en el futuro; si fallecían durante el viaje, debido a las dificultades del traslado, no sería él el responsable, sino que todo dependía de la voluntad de Dios; las calenturas y otras enfermedades mortales son demasiado frecuentes, y es fácil encontrar ejemplos de que aldeas enteras han resultado víctimas de ellas.

Los señores funcionarios apelaron entonces a otro recurso, no precisamente muy noble, pero al que se recurre en algunas ocasiones, como es el preguntar directamente a través de la servidumbre. Así, pues, interrogaron a los criados de Chichikov acerca de la vida que había llevado hasta entonces y de las circunstancias referentes a su amo, pero tampoco averiguaron grandes cosas. De Petrushka sólo pudieron sacar en claro el olor a cuarto cerrado, y de Selifán, que había sido funcionario público y que había servido en Aduanas. Nada más.

Esta clase de gente tiene una costumbre muy peculiar. Cuando se le pregunta directamente algo, jamás lo recuerdan, se les va todo de la cabeza y lo único que hacen es responder que no lo saben, y en cambio cuando se les pregunta de algo distinto, se dan cuenta en seguida de lo que uno pretende saber y lo cuenta con más detalles de lo que es preciso.

Todas las investigaciones y averiguaciones de los funcionarios les condujeron a descubrir que no sabían nada a ciencia cierta de Chichikov y que, no obstante, forzosamente tenía que ser algo.

Finalmente acordaron hablar de esta cuestión y resolver, cuando menos, las medidas que debían adoptar con respecto a Chichikov: si se trataba de un hombre al que se tenía que detener y encarcelar por sospechoso, o si se trataba de un hombre que podía él mismo detenerles y encarcelarles a todos por sospechosos. A tal fin decidieron reunirse en la casa del jefe de policía, el padre y benefactor de la ciudad, al que nuestros lectores ya conocen.

CAPÍTULO X

En cuanto se hubieron reunido todos en casa del jefe de policía, los funcionarios tuvieron ocasión de darse cuenta de que, tras tantas inquietudes y preocupaciones, todos habían adelgazado mucho. Efectivamente, el nombramiento de un nuevo gobernador general, los importantes documentos recibidos, y los rumores que circulaban, todo esto dejó sensibles huellas en sus caras, y a un buen número de ellos los fraques les venían extremadamente anchos. El fenómeno era general: el presidente, el inspector de Sanidad, el fiscal, e incluso un tal Semión Ivanovich, a quien nadie llamaba por su apellido y que lucía en su dedo índice un anillo que acostumbraba a mostrar a las damas, también él estaba como todos, más flaco. Es verdad que hubo valientes a quienes no les había abandonado el ánimo, como siempre sucede en tales ocasiones, pero eran muy pocos, tan pocos que quedaban reducidos a uno: el jefe de Correos. Sólo él no había cambiado en su carácter, siempre igual. En casos semejantes solía exclamar:

—¡Bien sabemos lo que son los gobernadores generales! Los cambiarán en tres o cuatro ocasiones, mientras que yo, señores míos, hace treinta años que no me he movido del mismo cargo.

A lo que los demás funcionarios acostumbraban a responder:

—A ti te va bien, sprechen Sie deutsch Iván Andreich; con recibir y mandar cartas estás al cabo de la calle. Cuando más, cierras la oficina una hora antes y cobras un tanto al comerciante que acude después por hacerte cargo de su carta, o aceptas un paquete que no deberías expedir. En una situación como la tuya, ¡cómo no!, cualquiera es un santo. Pero ¿y si el diablo acudiera a tentarte todos los días, cuando uno se resiste a aceptar y el dinero mismo se le viene a las manos? Tú careces de graves preocupaciones, sólo tienes un hijo. Mientras que yo… Aquí tienes a Praskovia Fiodorovna, a la que no entiendo cómo la hizo Dios que todos los años me trae uno o una Praskushka o un Petrushka. Si tú te encontraras en mi situación, otro gallo te cantara.

Así hablaban los funcionarios. Y respecto a si se puede o no resistir al diablo, no corresponde al autor juzgar sobre ello.

En el consejo reunido en esta ocasión se notaba muy en falta algo que es muy necesario y que las gentes del pueblo llaman sentido común. Hablando en términos generales, parece que nosotros no hemos sido creados para las asambleas representativas. En nuestras reuniones, empezando por el mir[23] campesino y terminando por todo género de comités científicos y de cualquier otro tipo, si no hay una cabeza que lo dirija todo, impera un tremendo desorden. Incluso es difícil explicarlo; según parece, nuestro pueblo sólo acierta cuando se reúne para comer o bien para divertirse, como sucede con los clubes y círculos al estilo alemán. Pero la disposición a emprender cualquier cosa en cualquier momento, según parece la tenemos todos.

De súbito, cuando nos viene en gana, fundamos sociedades benéficas, de fomento y yo qué sé de qué clase. El fin será magnífico, pero de todo ello no resultará nada. Quizá sea debido a que desde el principio nos mostramos satisfechos y consideramos que ya está todo realizado. Por ejemplo, se nos ocurre crear una sociedad benéfica para ayudar a los pobres, entregamos respetables sumas y en seguida, para celebrar una acción tan meritoria y digna de encomio, ofrecemos un almuerzo a las primeras autoridades de la ciudad, en el cual se invierte, claro está, la mitad de lo que se ha recaudado. Con lo que queda del dinero se alquila un espléndido piso para el comité, dotado de calefacción y portero. Al final de todo sólo quedan para los pobres cinco rublos y medio, y aun a la hora de distribuirlos surgen discrepancias entre los miembros, ya que cada uno intenta beneficiar a un conocido o recomendado.

Sin embargo, la reunión que en este momento nos ocupa era totalmente distinta: se había llegado a ella por necesidad. No se trataba ahora de pobres ni de cualquier otra cuestión que no les afectara directamente, sino de algo que concernía personalmente a todos y cada uno de los funcionarios: se trataba de un desastre que les amenazaba a todos por igual. En consecuencia, forzosamente habían de aparecer unidos y unánimes. Pero el diablo sabe lo que salió de todo aquello.

Dejando aparte las discrepancias propias de cualquier consejo, las opiniones de los presentes demostraron una incomprensible vacilación: unos afirmaban que Chichikov era el falsificador de billetes de Banco, y acto seguido agregaban: «Aunque tal vez no se trate del falsificador». Otros decían que era un funcionario de las oficinas del gobernador general, y acababan diciendo: «A pesar de todo, el diablo lo sabe, en la frente no lo lleva escrito».

A la observación de que se trataba de un bandolero disfrazado se opusieron todos. Hicieron constar que, además de su aspecto, tan agradable, en su conversación no se advertía nada que denotara a un sujeto capaz de llevar a cabo actos criminales. De repente el jefe de Correos, que desde hacía varios minutos se hallaba sumido en un mar de reflexiones, quizá impulsado por un arrebato de inspiración o por otro motivo, exclamó:

—¿Saben, señores, quién es?

La voz con que pronunció estas palabras indicaba algo tan espantoso que hizo que todos preguntaran a la vez:

—¿Quién?

—Señor mío, no es otro, ni más ni menos, que el capitán Kopeikin.

Y al preguntar todos a un tiempo:

—¿Quién es ese capitán Kopeikin?

El jefe de Correos exclamó:

—¿Ignoran ustedes quién es el capitán Kopeikin?

Todos respondieron que no tenían la más remota idea de quién era el capitán Kopeikin.

—El capitán Kopeikin —dijo entonces el jefe de Correos al mismo tiempo que abría su tabaquera a medias temiendo que un vecino introdujera en ella sus dedos, de cuya limpieza dudaba mucho, pues incluso había adquirido la costumbre de decir: «Ya sabemos, padrecito, que es usted capaz de meter sus dedos en cualquier lugar, y el rapé es algo que precisa mucha limpieza»—. El capitán Kopeikin —repitió el jefe de Correos cuando hubo tomado el rapé—, si lo explico será una historia muy distraída; en cierto modo cualquier escritor podría utilizarla como argumento para una novela.

Todos los reunidos expresaron sus deseos de conocer esta historia, o, según las palabras del jefe de Correos, argumento muy distraído para cualquier escritor, y él comenzó como sigue:

Historia del capitán Kopeikin

—Después de la campaña del año doce, señor mío —comenzó diciendo el jefe de Correos, a pesar de que frente a él había no un señor, sino seis—, después de la campaña del año doce, uno de los heridos evacuados era el capitán Kopeikin. Ignoro si en Krasnoe o en Leipzig, lo cierto es que había perdido un brazo y una pierna. En aquellos tiempos todavía no existía disposición alguna respecto a los heridos; las pensiones a los inválidos fueron establecidas bastante más tarde, de manera que ustedes se pueden imaginar. El capitán Kopeikin se dio cuenta de que debía trabajar, pero el brazo que conservaba era el izquierdo. Se encaminó hacia su casa, habló con su padre, y el padre le dijo:

»No me es posible darte de comer, apenas si consigo ganarme mi pan».

Al capitán Kopeikin se le ocurrió marchar a San Petersburgo, con objeto de pedir al zar una ayuda, explicando que en tales lugares había expuesto su vida y derramado su sangre. En resumen, en furgones y carromatos del ejército, con toda clase de dificultades, logró llegar a San Petersburgo. Imagínense ustedes, ¡un cualquiera como el capitán Kopeikin y que de pronto se encuentra en una capital de la que se puede afirmar que no existe en el mundo otra como ella! ¡Es como si de repente viera la luz, un campo de vida, una Scherezada de ensueño! Se vio en la avenida Nevski, o en la calle Gorojavaia, o en la calle Liteinaia. La aguja del Almirantazgo destacando en el aire, los puentes colgantes sin punto alguno de apoyo, en resumen, lo que se dice una verdadera Semíramis.

»No tenía más remedio que buscarse alojamiento, pero todo era espantosamente caro: cortinajes, alfombras, tapices, una verdadera Persia. Daba la sensación de que uno no hacía más que pisar dinero cuando entraba en un piso de ésos.

»Y al circular por las calles llegaba a su nariz un olor a miles de rublos. Eso cuando mi capitán Kopeikin tenía por todo capital diez billetes de a cinco. Consiguió hallar cobijo en una fonda del camino de Revel que le costaba un rublo cada día. Por toda comida ingería un plato de sopa de coles y un pedazo de carne de vaca. Advirtió que en esas condiciones no podría vivir largo tiempo. Preguntó a quién debía dirigirse y le contaron que había una comisión superior, una especie de junta, ¿comprenden?, cuyo presidente era el general en jefe Fulano de Tal. Por aquella época el zar no había regresado todavía a la capital; las tropas seguían en París, todos se hallaban en el extranjero.

»Kopeikin se levantó muy de mañana, se rascó la barba con la mano izquierda, pues pagar al barbero representaba un desembolso, y tras ponerse el viejo uniforme, se dirigió con su pata de palo a ver al jefe, al alto personaje de quien le habían hablado. Preguntó en qué lugar vivía.

«Ahí vive», le contestaron señalando una casa de la Ribera del Palacio. Una cabaña como las de los campesinos. Los cristales de las ventanas medían braza y media, de modo que los jarrones y todo lo que había en su interior, en los aposentos, era como si estuviera fuera: en cierto sentido se podía tocar con la mano desde la calle. Magníficos mármoles en las paredes, adornos de metal, los tiradores de las puertas, todo daba la sensación de que, ante todo debía uno aproximarse a la tienda de la esquina, comprar jabón y frotarse con él dos horas las manos antes de rozarlo. En resumen, que todo resplandecía de tal suerte que a uno se le iba la vista. El propio portero parecía un generalísimo: rostro de conde, como el de un perro de aguas bien alimentado, bastón dorado, cuello de batista, el muy sinvergüenza… Kopeikin a duras penas logró subir con su pata de palo hasta la antesala y se encaminó hacia un rincón a fin de no tirar con el codo ninguno de aquellos jarrones de porcelana dorada procedentes de América o de la India. Es fácil suponer que la espera fue larga, ya que cuando él se presentó allí el general se acababa de levantar de la cama y el ayuda de cámara le ofrecía una jofaina de plata para que hiciera sus abluciones, como ustedes comprenderán.

»Haría unas cuatro horas que el capitán Kopeikin se hallaba esperando cuando entró un ayudante o funcionario de la guardia.

»—El general —anunció— se dispone a salir a la antesala».

»En la antesala había más personas que habas en un plato. Y no eran personas de nuestra condición, sino que todas pertenecían a la cuarta o la quinta clase, coroneles, y a alguna incluso le refulgía un gran macarrón en la charretera, en resumen, generales. De repente pareció como si todo se agitara suavemente, como si una leve brisa penetrara en la estancia. A uno y otro lado se oyó: «chist, chist», y por último se hizo un completo silencio. Entró el personaje. Bueno… ya se pueden ustedes imaginar: ¡un hombre de Estado! La cara… Bueno, de acuerdo con su categoría, ya comprenden…, con una elevada categoría… ya comprenden la expresión. No es

90

preciso añadir que todos los que se hallaban en la antesala estaban extraordinariamente nerviosos, temblando y aguardando a que, en cierto modo, se decidiera su suerte.

»El ministro dignatario se dirigía a uno y a otro y le preguntaba:

»¿Qué es lo que desea? ¿Y usted? ¿Qué se le ofrece? ¿De qué se trata? ¿Cuál es el asunto que le trae?.

»Por último llegó hasta donde estaba Kopeikin. Este, armándose de valor, dijo:

«Excelencia, he derramado mi sangre, he perdido un brazo y una pierna, me encuentro en la imposibilidad de trabajar y me atrevo a pedir una merced del zar». El ministro vio delante de él a un hombre con una pata de palo y la manga derecha vacía sujeta a la levita de su uniforme. "Está bien —repuso—. Venga por aquí dentro de algunos días". Kopeikin se marchó casi entusiasmado: había sido recibido en audiencia por tan elevado dignatario y, por otra parte, pronto se resolvería el asunto de su pensión. Caminaba por la acera muy animado. Se llegó a la posada de Palkin a beber un poco de vodka, comió en el restaurante Londres, donde pidió una chuleta con alcaparras y también un pollo con guarnición en abundancia. Mandó que le trajeran una botella de vino y después, por la tarde, se dirigió al teatro. En suma, que se corrió una pequeña juerga.

»Por la acera se tropezó con una inglesa tan esbelta como un cisne. Kopeikin sintió hervirle la sangre en las venas y se precipitó tras ella con su pata de palo. «Pero no —se dijo—. Valdrá más dejarlo hasta que haya cobrado la pensión. He gastado mucho». Bueno, pues tres o cuatro días más tarde Kopeikin volvió otra vez a la audiencia del dignatario y esperó hasta que éste hubo salido.

«—Vengo —le dijo— a escuchar la orden de Su Excelencia respecto a los heridos y enfermos…». Y continuó exponiendo su asunto en la debida forma.

El ministro, como ustedes comprenderán, en seguida lo reconoció.

«—Está bien —contestó—, pero en este momento no me es posible decirle nada nuevo. Sólo que deberá aguardar hasta que regrese el zar. Con toda seguridad se adoptarán entonces medidas respecto a los heridos, pero sin tener en cuenta la voluntad del monarca, a mí me es imposible hacer nada».

»Tras estas palabras hizo un saludo y se despidió.

»Ya pueden figurarse la disposición de ánimo del capitán Kopeikin. Se había imaginado que al otro día le entregarían el dinero diciéndole: «Toma, querido, para que bebas y te diviertas». Y en lugar de esto le habían ordenado que aguardara, sin haberle señalado siquiera un plazo. Cruzó el portal como un perro escaldado, con las orejas gachas y el rabo entre las piernas. «Esto no puede ser —pensó—. Iré de nuevo a contarle que el dinero ya se me acaba y que si no me ayudan pronto me voy a morir de hambre». En resumen, señor mío, que volvió otra vez a la Ribera del Palacio. Sin embargo allí le comunicaron: «Hoy no recibe, tiene que volver mañana».

»Y al otro día, lo mismo. El portero ni siquiera se fijó en él. Mientras tanto, en el bolsillo no le quedaba más que un billete de cinco rublos. Al menos antes comía su sopa de coles y un pedazo de carne de vaca, pero ahora no tenía más remedio que resignarse a comer un arenque que compraba en la tienda, o un pepino en salazón y un kopec de pan. En suma, que el infeliz pasaba un hambre atroz. Pasaba frente a uno de esos restaurantes a los que ustedes ya conocen, donde el cocinero es un francés de rostro abierto con su ropa de hilo de Holanda, con su delantal más blanco que la nieve, que está haciendo chuletas con trufas o alguna salsa, en suma, manjares que, al verlos, uno sería hasta capaz de comerse a sí mismo. Pasaba junto a las tiendas de Miliutin y en el escaparate contemplaba un salmón así de enorme, guindas a cinco rublos cada una, una gran sandía, tan grande como una diligencia, que parecía asomarse en busca del imbécil capaz de pagar los cien rublos que por ella pedían. En suma, que a cada instante le acosaban las tentaciones, la boca se le hacía agua y no dejaba de oír el invariable «mañana».

»Ya pueden ustedes figurarse su situación. Por un lado, la sandía y el salmón, por otro, sirviéndole siempre el mismo plato: «mañana». Por último, el infeliz no fue capaz de soportarlo más y tomó la decisión de entrar como fuera, al asalto.

»Aguardó en la puerta a que apareciera otro solicitante y aprovechándose de que había llegado un general se escurrió y consiguió llegar con su pata de palo hasta la antecámara. El ministro apareció como siempre: «¿Qué es? ¿Qué quiere usted?

»—¡Ah! —exclamó al reconocer a Kopeikin—. Ya le dije que debía aguardar una decisión».

»—Apiádese de mí, Excelencia, no dispongo lo que se dice ni de un pedazo de pan».

»—¿Y qué quiere que yo le diga? No me es posible hacer nada por usted. Entretanto haga lo que pueda por valerse por sí mismo. Búsquese usted mismo recursos».

»—Pero, excelentísimo señor, usted mismo puede comprender que no me puedo procurar ningún recurso faltándome un brazo y una pierna.

»—No obstante —replicó el ministro—, convendrá usted conmigo en que yo no puedo mantenerle a costa mía. Los heridos son muy numerosos y todos tienen igual derecho… Tenga paciencia. Cuando llegue el monarca, le prometo que no le abandonará la merced del zar.

»—Pero ya no puedo esperar más, excelentísimo señor —objetó Kopeikin en un tono un tanto brusco.

»Comprenderán ustedes que el ministro estuviera molesto. Efectivamente, todo eran generales que aguardaban decisiones y órdenes. Eran importantes asuntos de Estado que requerían una inmediata solución, cada minuto era de mucho valor y no podía despegarse de aquel diablo.

»—Discúlpeme —dijo—, no tengo tiempo. Me están esperando otros asuntos de mucha más importancia.

»Le recordaba muy finamente que comenzaba a ser hora de que se marchara. Pero el hambre espoleó al capitán Kopeikin.

»—Como ordene Su Excelencia, pero no pienso irme de aquí hasta que haya resuelto mi asunto.

»Bueno, figúrense ustedes. Responder de esta manera a un personaje que con una sola palabra puede hacer que salga por los aires sin que ni el mismo diablo consiga dar con él... Aun en nuestros medios, si un funcionario de categoría inferior dice algo como esto, se toma como una intolerable grosería. ¡Y en aquel caso se trataba de un general en jefe y de un capitán Kopeikin! ¡Noventa rublos y un cero a la izquierda! El general no replicó y le miró fijamente con una mirada que era como un arma de fuego, como para horrorizarse. Pero Kopeikin, imagínense ustedes, ni siquiera se inmutó, y se quedó inmóvil, como petrificado en su sitio.

»—¿Qué más puedo decirle? —replicó el general de malos modos—, aunque lo cierto es que lo trató con bastante consideración; otro le habría aterrorizado de tal manera que al cabo de tres días aún le continuaría dando vueltas la cabeza, y él se limitó a agregar: Está bien, ya que la vida le resulta aquí muy cara y no puede esperar tranquilamente en la capital a que se solucione su asunto, haremos que corra por cuenta del Gobierno. ¡Vamos, que venga un correo! ¡Que le lleven al lugar de procedencia!

»El correo se presentó de inmediato. Era un muchachote de tres varas de alto y con unas manos tan grandes que parecían haber sido creadas para llevar las riendas. De un puñetazo dejaba a cualquiera sin una muela. Pues bien, cogieron a nuestro siervo de Dios y le metieron en un carro. "Menos mal —pensó Kopeikin—; todavía le he de estar agradecido, por lo menos no deberé pagar nada por el viaje".

»Y mientras iba con el correo se hizo esta reflexión: «Está bien, ya que el general me dijo que yo mismo me proporcionara recursos, los encontraré».

»Se ignora cómo y adónde lo condujeron. El capitán Kopeikin se hundió en el río del olvido, en el Leteo, como le llaman los poetas. Pero precisamente en este punto es donde se inicia el hilo, el asunto de la novela. Quedamos en que se ignora la suerte que corrió el capitán Kopeikin. Pero apenas habían transcurrido dos meses cuando en los bosques de Riazán apareció una cuadrilla de bandoleros, y el capitán de dicha cuadrilla, señor mío, era, ni más ni menos...

—Permíteme, Iván Andreievich —dijo entonces interrumpiéndole el jefe de policía—, pero tú mismo dijiste primero que el capitán Kopeikin se había quedado sin una mano y una pierna, y en cambio Chichikov...

El jefe de Correos lanzó una exclamación, se dio una violenta palmada en la frente y ante todos, públicamente, se llamó imbécil. No era capaz de comprender que al principio mismo de su relato no le hubiera pasado por la cabeza fijarse en tal circunstancia, y reconoció la razón del proverbio: «El ruso comprende cuando ya es demasiado tarde», aunque, a pesar de todo, acto seguido intentó arreglar las cosas diciendo que en Inglaterra habían perfeccionado hasta tal punto la mecánica, que, según aseguraban los periódicos, habían inventado allí unas patas de palo que llevaban un resorte invisible, el cual cuando se apretaba, hacía que la persona saliera volando por los aires hasta una distancia tal, que después era imposible encontrarla.

No obstante, todos dudaron de que Chichikov fuese el capitán Kopeikin, y pensaron que el jefe de Correos había llegado demasiado lejos. Sin embargo, tampoco ellos se quedaron cortos, y movidos por la inventiva del jefe de Correos, llegaron aún más lejos. Entre las numerosas posibilidades expuestas, se llegó a decir, aunque parezca imposible, que Chichikov no era otro que Napoleón disfrazado, que el inglés, desde mucho tiempo atrás, venía dando muestras de su envidia a Rusia —un país tan vasto—, cosa que en varias ocasiones había salido en caricaturas, en las cuales se veía al ruso conversando con el inglés. Este último llevaba atado con una cuerda a un perro, que representaba a Napoleón, como es de suponer, y decía: «Ve con cuidado, que si te portas mal te echaré este perro». Y ahora podía suceder que le hubieran permitido abandonar la isla de Santa Elena, y vagaba por el imperio ruso como si fuera Chichikov, aunque en realidad no lo era.

Los funcionarios, en verdad, no llegaron al extremo de creer esto, pero, puestos a pensar y reflexionando cada uno de ellos en su interior, hallaron que el rostro de Chichikov, puesto de perfil, guardaba mucho parecido con el retrato de Napoleón. El jefe de policía, que había luchado en la campaña del año doce y que había visto en persona a Napoleón, se vio obligado a reconocer que la estatura de éste no era más elevada que la de Chichikov y que tampoco se podía afirmar de él que fuera ni demasiado gordo ni demasiado delgado. Quizá algunos lectores aseguren que todo esto es inverosímil; a fin de darles gusto, también el autor está dispuesto a asegurar que es inverosímil, pero, por desgracia, todo ocurrió tal y como lo hemos expuesto, y el hecho resultaba aún más sorprendente si se tiene en cuenta que la ciudad no era un rincón perdido, sino que, por el contrario, se encontraba cerca de las dos capitales.

No obstante es preciso tener presente que todo esto sucedía poco después de la gloriosa expulsión de los franceses. Por aquel entonces todos nuestros propietarios, comerciantes, funcionarios, dependientes y cualquiera que supiese leer, y otro tanto los que no sabían, se convirtieron en unos políticos furibundos en el transcurso de ocho años como mínimo. Moskovskie Vedomosti[24] y Sin Otechestva[25] eran leídos sin compasión, y al llegar a las manos del último lector estaban tan raídos que no servían para nada. En lugar de las preguntas acostumbradas: «¿A qué precio ha vendido la medida de avena? ¿De qué modo aprovechó las primeras nevadas de ayer?», se preguntaban: «¿Qué dicen los periódicos? ¿Han dejado escapar de nuevo a Napoleón de la isla?».

Los comerciantes lo temían sobremanera, ya que creían a pies juntillas en las predicciones de un profeta que desde hacía tres años estaba en presidio. Este profeta, que procedía de quién sabe dónde, calzado con laptis[26] y vestido con una chaqueta de piel de carnero que apestaba a pescado podrido, anunció que Napoleón era nada menos que el Anticristo y que se hallaba sujeto con cadenas a un muro, más allá de seis estepas y siete mares, pero que despedazaría las cadenas y llegaría a apoderarse de todo el mundo.

El profeta dio con sus huesos en la prisión, como debía ser, pero su predicción no dejó de producir efecto y fue causa de una gran efervescencia entre los comerciantes. Durante mucho tiempo, hasta cuando llevaban a cabo las operaciones más ventajosas, cuando se encaminaban hacia la fonda a tomar un té para festejarlas, el tema de sus conversaciones era el Anticristo. Numerosos funcionarios y nobles llegaron asimismo a pensar otro tanto, y, contagiados por el misticismo, que por aquel entonces estaba muy en boga, como ya sabemos, encontraban en cada letra de la palabra «Napoleón» un sentido particular; incluso hubo muchos que descubrieron en él las cifras apocalípticas.

Así, pues, no resulta extraño que los funcionarios dieran vueltas también en torno a este punto, aunque pronto volvieron a la realidad, dándose cuenta de que su fogosa imaginación les había arrastrado demasiado lejos y que las cosas no eran de este modo.

Reflexionando tras muchas disputas, resolvieron que no estaría de más interrogar de nuevo a Nozdriov como era debido. Se trataba del primero que había puesto sobre el tapete la historia de las almas muertas y, por lo que se veía, le unía a Chichikov una estrecha amistad; por lo tanto, no cabía duda de que conocería algo respecto a la vida de éste. Intentaron, pues, a ver qué les decía Nozdriov.

¡Qué gentes tan extrañas esos señores funcionarios, y, detrás de ellos, las gentes de cualquier otra condición! Sabían de sobras que Nozdriov era un mentiroso, que no se podía dar crédito a una sola palabra suya, aunque fuera acerca de algo que careciera de la menor importancia, y acudieron precisamente a él. ¡Cualquiera los atiende! Hay quien no cree en Dios, pero tiene la seguridad de que se morirá si se le ocurre rascarse el entrecejo; deja pasar la creación del poeta, transparente y clara como el día, presidida por la armonía y un elevado sentido de la sencillez, y se pone a admirar la obra del primer atrevido que se le presenta, en la cual todo es confuso, enredado y caótico, donde la naturaleza aparece del revés, y en su obra encuentra el verdadero conocimiento de los misterios del corazón del hombre.

Hay también quien pasa su vida hablando mal de los médicos y acaba recurriendo a una vieja que cura mediante conjuros y salivazos o, lo que aún es peor, él mismo inventa un potingue, hecho con sólo porquería, que, nadie sabe por qué, se figura que será el mejor remedio para su mal. La verdad es que, en cierto modo, se puede perdonar a los señores funcionarios, quienes se hallaban en una situación muy difícil. Según dicen, el que se está ahogando se agarra a cualquier astilla, ya que en esos instantes no se le ocurre pensar que la astilla sólo es capaz de sostener como máximo a una mosca, siendo así que él pesa casi cuatro puds, o tal vez cinco. No está entonces para pensar eso, y se agarra a la astilla.

Así, los señores funcionarios se agarraron a Nozdriov. A continuación el jefe de policía le escribió una nota suplicándole que compareciera para la tarde, y un guardia de altas botas y mejillas tremendamente encendidas, sujetando la espada con una mano, se dirigió corriendo a grandes pasos hacia la casa de Nozdriov. Encontró a éste entregado a una tarea de trascendental importancia: desde hacía cuatro días se hallaba encerrado en un aposento, sin permitir que entrara nadie y recibía la comida a través de un pequeño ventanuco, lo que significa que había enflaquecido y presentaba un aspecto lamentable.

El asunto que se traía entre manos requería suma atención: consistía en elegir de entre unas cuantas docenas de barajas un juego del mismo dibujo en el que poder confiar como si se tratara del más leal amigo. Todavía le quedaba trabajo como mínimo para dos semanas, y durante este tiempo Porfiri debía limpiar el ombligo del cachorrillo de marras con un cepillo especial y lavarlo con jabón tres veces al día. Nozdriov se enojó sobremanera cuando se vio molestado en su retiro; sin más ni más mandó al guardia al diablo, pero al ver por la nota que había ganancia en perspectiva, pues se esperaba que un novato acudiera a la velada, se tranquilizó en seguida, cerró apresuradamente el aposento con llave, se vistió de cualquier manera y dirigió sus pasos hacia la casa del jefe de policía.

Las declaraciones, testimonios y suposiciones de Nozdriov se contradecían hasta tal extremo con lo que los señores funcionarios se figuraban, que de las conjeturas de éstos nada quedó. Nozdriov era una persona para quien no existían las vacilaciones; todo lo que en los señores funcionarios era timidez y debilidad, en Nozdriov era decisión y firmeza. Contestó con seguridad a todas las preguntas; declaró que por valor de unos cuantos miles de rublos y que se las vendió porque no veía razón alguna para no hacerlo. Al preguntarle si se trataba de un espía que intentaba enterarse de algo, respondió que, en efecto, era un espía, que ya en la escuela, en la que estudiaron juntos, era un acusón, motivo por el cual sus compañeros, entre los que se hallaba él mismo, Nozdriov, le habían propinado tal paliza, que fue preciso aplicarle a las sienes doscientas cuarenta sanguijuelas: quiso decir cuarenta, pero las doscientas se le escaparon sin que ni él mismo se diera cuenta.

A la pregunta de si era un falsificador de billetes de Banco, contestó que sí, que realmente lo era, y aprovechó la ocasión para explicar un hecho que evidenciaba muy a las claras la extraordinaria destreza de Chichikov en esos menesteres. Habiendo llegado a conocimiento de las autoridades que poseía billetes falsos por valor de unos dos millones de rublos, habían procedido a sellar su casa; pues bien, a pesar de que en cada puerta se hallaban los soldados de guardia, Chichikov, en una sola noche, logró cambiar todos los billetes, de tal modo que al otro día, cuando levantaron los sellos, resultó que todos los billetes que vieron eran legítimos.

Preguntado acerca de si Chichikov había tenido realmente intenciones de raptar a la hija del gobernador y de si él mismo se había ofrecido a ayudarle para llevar a cabo esta empresa, Nozdriov contestó que sí, que le había ayudado, y que si no hubiera sido por él nada habría salido bien; al decir esto advirtió que su embuste podía costarle caro, pero era ya incapaz de contener la lengua. Por otra parte, era difícil, porque se le habían ocurrido unos detalles tan interesantes, que resultaba imposible guardarlos para sí: incluso dio el nombre de la aldea en cuya iglesia parroquial se celebraría la boda: se trataba de Trujmachovka, el pope era el padre Sidor y por casarlos les cobraría setenta y cinco rublos. El sacerdote se resistía al principio, y sólo consintió en vista de las amenazas de Nozdriov, quien le metió el resuello en el cuerpo diciéndole que lo denunciaría por haber casado al tendero Mijail con su comadre.

Contó además Nozdriov que había puesto su coche a disposición de Chichikov y que tenía dispuestos caballos de refresco en todas las estaciones de posta. En sus ansias de entrar en detalles llegó incluso a dar los nombres de los cocheros. Intentaron tocar el tema de Napoleón, pero se arrepintieron, pues Nozdriov explicó tales absurdos que ni guardaban parecido alguno con la verdad ni con nada, hasta tal extremo que los funcionarios se alejaron, suspirando, de él, dejándolo por imposible. El jefe de Correos fue el único que continuó escuchándole, con la esperanza de que acabaría diciendo algo interesante, pero un rato después se marchó también, comentando:

—¡El diablo sabe lo que es eso!

Y todos se mostraron de acuerdo en que, por más que uno sude, nunca conseguirá sacar peras del olmo.

Los funcionarios se encontraron en una situación peor que al principio, y llegaron a la conclusión de que no habían logrado averiguar nada respecto a Chichikov. Quedó claramente de manifiesto cómo es el ser humano: es inteligente, sabio, sensato en todo cuanto se relaciona con los demás, pero no en lo que atañe a su propia persona. ¡Qué firmeza y prudencia hay en los consejos que da en los momentos difíciles! ¡Qué mente más lúcida! —exclama la gente—. ¡Qué carácter tan firme!». Pero si, a esa mente lúcida le sucede una desgracia y se encuentra en un caso apurado, desaparece el carácter, el firme varón se turba y se transforma en un infeliz cobarde, en una nulidad, en un débil ser, en un fetiuk, para valernos de la expresión de Nozdriov.

Todos esos rumores, comentarios y opiniones, sin que pueda saberse el motivo, afectaron sobre todo al pobre fiscal. Le afectaron de tal modo que, al regresar a su casa, dio en pensar y en pensar y de pronto, sin más ni más, se murió. Se ignora si fue un ataque de parálisis u otra cosa, pero lo cierto es que se hallaba sentado en su silla y, sin ton ni son, cayó en redondo. Siguieron los gritos y exclamaciones de rigor: «¡Oh, Dios Santo!», mandaron a buscar al médico para que lo sangrara, pero advirtieron que el fiscal sólo era ya un cuerpo sin alma. Hasta aquel momento no observaron, con dolor, que el difunto había tenido alma, aunque por modestia él no la había demostrado jamás.

Sin embargo, la aparición de la muerte resulta tan espantosa cuando se trata de un hombre pequeño como cuando afecta a uno grande. Aquel que poco tiempo antes caminaba, se movía, jugaba al whist, firmaba documentos y se dejaba ver con frecuencia entre los funcionarios con sus espesas cejas y su ojo, que guiñaba sin cesar, yacía en estos momentos sobre una mesa y su ojo izquierdo ya no hacía guiños, aunque una ceja continuaba levantada con expresión inquisitiva. Sólo Dios sabía qué preguntaba el difunto, ni por qué había muerto o para qué había vivido.

¡Pero todo esto es absurdo! ¡No se puede comprender! No es posible que los funcionarios llegaran a asustarse de tal forma, a acumular tantas necedades, a alejarse hasta tal punto de la verdad, cuando un niño puede comprender fácilmente de qué se trata. Así pensarán numerosos lectores, y reprocharán al autor que haya llegado a extremos inverosímiles, o tacharán de necios a los infelices funcionarios, porque todos somos en extremo generosos cuando se trata de la palabra «necio» y nos encontramos dispuestos a adjudicársela a nuestro prójimo veinte veces por día. Es suficiente hallar un aspecto estúpido entre diez para que le califiquen a uno de necio sin pensar para nada en los nueve aspectos buenos.

A los lectores les es muy fácil juzgar desde su tranquilo rincón, desde una altura que les deja ver todo el horizonte y otearlo todo cuando las cosas suceden allá abajo, desde donde únicamente se pueden distinguir los objetos más cercanos. En los anales de la historia de la Humanidad muchos son los siglos que el hombre tacharía y destruiría completamente por creerlos inútiles. En el mundo se han cometido muchos errores en los que parece que ahora no incurriría un niño. ¡Qué alejados, estrechos, tortuosos, desviados e infranqueables caminos eligió la Humanidad en su afán de llegar a la verdad eterna, siendo así que delante de ella se le ofrecía abierto un camino recto, parecido al camino que lleva al soberbio edificio destinado a residencia del zar!

Era un camino más ancho y majestuoso que todos los demás, iluminado por el sol, y en él brillaban las luces por la noche, pero las gentes se alejaban de él y se encaminaban hacia las tinieblas. Y en cuantas ocasiones, aunque les orientara el pensamiento venido del cielo, retrocedieron y se desviaron, fueron a parar, en pleno día, a lugares infranqueables, se arrojaron unos a otros una niebla que les cegaba y, siguiendo unos fuegos fatuos, alcanzaron el borde de un abismo para después preguntarse aterrorizados: ¿Dónde está la salida? ¿Dónde está el camino?

Nuestra generación lo ve todo con claridad, le sorprenden los errores, le causa risa la insensatez de sus mayores, sin advertir que esos anales han sido escritos con fuego celestial, que en ellos clama cada letra, que un dedo imperioso le señala por doquier a ella, a la generación actual. Pero nuestra generación se ríe, y arrastrada por el orgullo y la vanidad, empieza una serie de nuevos errores, de los que con el tiempo se reirán asimismo nuestros descendientes.

Chichikov ignoraba todo lo sucedido. Como hecho adrede, había cogido un resfriado —una ligera inflamación de la garganta—, enfermedad que con tanta generosidad obsequia el clima de nuestras ciudades de provincias. A fin de evitar que su vida se truncara sin dejar descendencia, no lo permitiera Dios, pensó que lo mejor que podía hacer era encerrarse tres días en su aposento.

Ese tiempo lo empleó en hacer gárgaras sin cesar con leche en la que habían cocido higos, que después se comió, mientras llevaba en la mejilla una cataplasma de alcanfor y manzanilla. Con objeto de distraerse hizo varias relaciones nuevas de todos los siervos que había adquirido, leyó un volumen de La duquesa de La Vallière que encontró en su maleta, revisó todos los apuntes y objetos que tenía guardados en su cofrecillo, releyó unas cuantas cosas y se aburrió soberanamente. No lograba comprender cómo ninguno de los funcionarios de la ciudad había venido a interesarse por su salud, siendo así que antes podía verse siempre frente a la puerta de la posada el coche del jefe de Correos, el del presidente o el del fiscal. Reflexionando acerca de esto, en sus paseos por la estancia, se limitaba a encogerse de hombros.

Finalmente se encontró mejor, y Dios sabe la alegría que experimentó al ver que podía salir otra vez al aire libre. Sin dar largas al asunto, comenzó a arreglarse, abrió el cofre, llenó un vaso con agua caliente, y después de sacar la brocha y el jabón se dispuso a afeitarse, cosa que a decir verdad le hacía mucha falta, ya que, pasándose la mano por la barba y contemplándose al espejo, exclamó:

—¡Vaya bosque!

Y efectivamente, a pesar de que no se trataba de un bosque, las mejillas y el mentón los tenía cubiertos por una vegetación bastante frondosa.

En cuanto se hubo afeitado, se vistió rápidamente, tanto, que poco faltó para que se cayera mientras se ponía el pantalón. Por fin, ya vestido, se echó algunas gotas de agua de colonia y, muy abrigado, con la mejilla vendada como medida de precaución, salió a la calle. Su salida, como la de cualquier convaleciente, le produjo sensación de una fiesta. Todo le sorprendía: las casas, los campesinos que encontraba, por cierto que bastante serios, puesto que a algunos de ellos les habrá sobrado tiempo para atizar un buen puñetazo en la cara de su vecino. Su primera visita iba destinada al gobernador. A lo largo del trayecto se le ocurrieron todo género de pensamientos. Recordó a la rubia, su imaginación comenzó ya a desatarse y empezó a bromear un poco y a reírse de sí mismo.

En esta disposición de ánimo se hallaba ya cerca de la casa del gobernador. Ya estaba quitándose de prisa y corriendo el capote en el vestíbulo cuando el portero le dejó atónito con unas palabras que en modo alguno podía esperarse:

—¡He recibido órdenes de no permitirle el paso!

—¿Acaso no me reconoces? Mírame bien a la cara —dijo Chichikov.

—¿Cómo no voy a reconocerle? No es la primera vez que le veo —objetó el portero—. Justamente a usted se refiere la orden de no dejarle pasar. Los demás pueden hacerlo todos.

—¡Pues ésa sí que es buena! ¿Y por qué?

—Sus motivos tendrán cuando así lo han mandado —dijo el portero, y añadió un «sí», tras lo cual se situó frente a él desembarazadamente, sin rastro de la actitud afectuosa con que en otras ocasiones acudía con presteza para ayudarle a quitarse el capote. Producía la sensación de que estuviera diciendo para sus adentros: «¡Vaya! Cuando los amos te despachan, buena pieza estarás tú hecho».

«No lo comprendo», se dijo Chichikov, y a continuación se encaminó a la casa del presidente de la Cámara, pero éste se azaró al verlo hasta tal punto, que no fue capaz de pronunciar dos palabras a derechas, y comenzó a soltar tal retahíla de estupideces que ambos se sintieron avergonzados.

Cuando se marchó, por más que intentara comprender el significado de las palabras del presidente, no consiguió explicárselas.

Después acudió a visitar a otros: al jefe de policía, al vicegobernador, al jefe de Correos; sin embargo, o no le recibieron, o lo hicieron de una manera tan extraña, su conversación fue tan forzada y tan incomprensible, se turbaron de tal manera y organizaron tal embrollo, que Chichikov llegó incluso a dudar del estado de sus mentes. Trató de ver a alguno más para aclarar cuando menos las razones de aquella conducta, pero nadie le explicó los motivos.

Como un sonámbulo estuvo vagando por la ciudad sin rumbo fijo, sin poder decidir si era él quien se había vuelto loco, eran los funcionarios quienes habían perdido el juicio, y se trataba todo de un pasado sueño o se había armado un lío mayor que el peor de los sueños. Era ya tarde, comenzaba a oscurecer cuando regresó a la posada, de donde se había marchado con tan buena disposición de ánimo, y ordenó que le trajeran el té. Pensativo, sumido en vagas reflexiones sobre su extraña situación, comenzaba a servirse el té, cuando de pronto se abrió la puerta y compareció Nozdriov en persona.

—Bien dice el refrán que nada son siete verstas cuando lo que se pretende es visitar a un amigo —comenzó mientras se quitaba la gorra—. Pasaba por aquí y como vi la luz, pensé que aún no estarías acostado. ¡Ah, qué estupendo que tengas el té en la mesa! Aceptaría encantado una taza. Hoy me han dado para comer todo género de porquerías y tengo el estómago medio revuelto. Di que me llenen una pipa. ¿Dónde está la tuya?

—Yo nunca fumo en pipa —contestó Chichikov con sequedad.

—Estupideces. ¡Como si yo ignorara que eres fumador! ¡Oye, tú! ¿Cómo se llama tu criado? ¡Eh, escucha, Vajramei!

—Su nombre no es Vajramei, sino Petrushka.

—¿Cómo es posible? ¿No se llamaba Vajramei?

—Jamás he tenido ningún Vajramei.

—Sí, por supuesto. Vajramei era el criado de Derebin. Imagínate la suerte de Derebin: una tía suya se enojó con su hijo por haberse éste casado con una sierva y le ha dejado toda su fortuna. ¡Vaya suerte, si yo tuviera una tía así, que me asegurara mi futuro! Y a propósito, hermano, estás tan retirado que no se te ve por ninguna parte. Claro, sé muy bien que algunas veces te agrada distraerte con cuestiones científicas y te entregas a la lectura. Confesamos no poder decir, como tampoco Chichikov, de dónde habría sacado Nozdriov que nuestro protagonista se distraía con cuestiones científicas y se entregaba a la lectura. ¡Ay, hermano Chichikov! ¡Si hubieras visto…! ¡Habrías hallado alimento para tu mente satírica! —Ignoramos asimismo por qué Chichikov estaba dotado de una mente satírica—. Imagínate que estuvimos montando en la montaña rusa de Lijachov, ¡qué bien lo pasamos! Perependev, que iba conmigo, comentó: «Si Chichikov estuviera aquí…». —Agregaremos que Chichikov no conocía al tal Perependev—. Y por cierto, debes reconocer que no te comportaste nada bien conmigo cuando jugamos a las damas, ¿te acuerdas? Porque entonces fui yo quien ganó. Sí, hermano, me hiciste trampas pero el diablo me conoce, soy incapaz de enojarme contigo. El otro día, charlando con el presidente… ¡Ah, sí! Debo decirte que toda la ciudad está contra ti. Están convencidos de que falsificas billetes de Banco, me acosaron a preguntas, pero yo te defendí a capa y espada, les conté que habíamos sido compañeros de colegio y que conocí a tu padre. Ya te puedes imaginar todo lo que les dije.

—¡Cómo! ¿Que yo falsifico billetes de Banco? —exclamó Chichikov levantándose de un brinco.

—Pero ¿por qué los has aterrorizado de tal modo? —continuó Nozdriov—. El miedo los tiene como locos. Creen que eres un espía y un bandolero. El fiscal se ha muerto del susto, mañana lo enterrarán. ¿Irás? Lo cierto es que con el nombramiento del nuevo gobernador general tienen miedo de que les suceda algo por culpa tuya. Yo pienso que si el gobernador general se da importancia y coge pretensiones, no logrará absolutamente nada de los nobles. Los nobles quieren cordialidad, ¿no es cierto? Por supuesto que se puede encerrar en su despacho y no ofrecer ningún baile, pero así, ¿qué lograría? Así no lograría ganar nada. Y por cierto, Chichikov, te has metido en un asunto muy peligroso.

—¿Qué asunto peligroso es ése? —preguntó Chichikov perdiendo la calma.

—El del rapto de la hija del gobernador. He de confesarte que no me lo esperaba, de verdad que no me lo esperaba. Al principio, cuando os vi juntos en el baile, comencé a pensar que estabas tramando algo… Aunque yo no encuentro que la muchacha tenga nada de particular. Hay una, pariente de Bikusov, hermana de su esposa, ¡aquélla sí que es una muchacha! ¡Es totalmente distinta! ¡Una preciosidad!

—Pero ¿qué es lo que dices? ¿Quién iba a raptar a la hija del gobernador? —gritó Chichikov con los ojos desmesuradamente abiertos.

—Bueno, ya está bien, hermano. ¡Hay que ver lo reservado que eres! La verdad es que venía a decirte que puedes contar conmigo. Seré tu padre y te proporcionaré el coche y caballos de refresco, pero será con una condición; tienes que prestarme tres mil rublos. Me hacen falta con urgencia.

Mientras Nozdriov se explicaba como queda expuesto, Chichikov se restregó los ojos repetidas veces, deseoso de convencerse de que estaba despierto y no soñaba. La falsificación de billetes de Banco, el rapto de la hija del gobernador, la muerte del fiscal, de la que por lo visto era él la causa, la llegada del gobernador general: todo esto le asustó sobremanera. «Estando así las cosas —se dijo—, hay que ir con tiento y no descuidarse; me iré cuanto antes».

Intentó quitarse de encima lo antes posible a Nozdriov, llamó a Selifán y le ordenó que al amanecer tuviera ya las cosas dispuestas para abandonar la ciudad, a las seis de la mañana; tenía que pasar revista a todo, engrasar las ruedas y demás. Selifán repuso: «Así se hará, Pavel Ivanovich», aunque todavía permaneció un rato parado junto a la puerta, indeciso. El señor ordenó en seguida a Petrushka que sacara de debajo de la cama la maleta, cubierta ya por una espesa capa de polvo, y con ayuda de su sirviente comenzó a meter en ella sus efectos personales: camisas, calcetines, ropa limpia y ropa sucia, hormas para las botas, un calendario… Lo fue dejando todo de cualquier manera; pensaba dejarlo todo dispuesto para que al día siguiente no tuviera que retrasar la partida.

Selifán, tras haberse quedado como unos dos minutos junto a la puerta, salió pausadamente del aposento. Muy despacio, tan despacio como pueda uno imaginarse, bajó las escaleras, dejando las huellas de sus mojadas botas en los viejos peldaños, y se rascó durante un buen rato el cogote. ¿Qué quería decir en él semejante operación? Y en general, ¿qué significaba eso de rascarse el cogote? ¿Mal humor porque al otro día no podría reunirse en la taberna con un compañero de desgastada pelliza ceñida con un pañuelo? ¿O acaso era que había iniciado algún amorío y se vería obligado a suprimir las entrevistas del atardecer en el portal, cuando, con las blancas manos de ella entre las suyas, un muchachote de roja camisa tocaba la balalaica ante los criados, y los operarios que habían ido a la ciudad a trabajar dejaban fluir su tranquila charla? ¿O le pesaba, simplemente, abandonar su lugar acostumbrado en la cocina, junto con la estufa, donde dormía cubierto con su zamarra, dejar la sopa de coles y los excelentes pastelillos de la ciudad para volver a arrastrarse por los caminos entre la lluvia y el barro y todo género de incomodidades? Dios lo sabe, no es posible adivinarlo. Para los rusos, son muchas las cosas que puede significar el hecho de rascarse el cogote.

CAPÍTULO XI

Ahora bien, todo ocurrió de distinto modo a como Chichikov lo había planeado. En primer lugar, se despertó más tarde de lo que calculaba: ésta fue la primera contrariedad. Después de haberse levantado, mandó a preguntar si el coche estaba ya enganchado y todo lo demás dispuesto, pero se le comunicó que ni había sido enganchado el coche ni estaba nada dispuesto. Esa fue la segunda contrariedad. Se enojó, amenazó con azotar a nuestro amigo Selifán y aguardó impaciente a que apareciera este último con las disculpas que pudiera ofrecerle a fin de justificarse. Selifán pronto cruzó la puerta y el señor experimentó la satisfacción de oír justamente las mismas frases que los criados dicen cuando se tiene prisa por emprender un viaje.

—Es necesario herrar los caballos, Pavel Ivanovich.

—¡Pedazo de imbécil! ¡Animal! ¿Por qué no me lo avisaste antes? ¿Acaso no has tenido tiempo?

—Sí he tenido tiempo… Y también, Pavel Ivanovich, se tiene que ajustar la llanta de una rueda; está a punto de salirse y el camino no tiene más que baches… Y si lo permite, la delantera del coche se debe asegurar, porque tal como va no resistiría ni dos jornadas.

—¡Desgraciado! —gritó Chichikov alzando las manos y llegándose tan cerca de Selifán que éste, temiendo recibir un obsequio de su señor, retrocedió varios pasos y se puso en guardia—. ¿Es que quieres matarme? ¿Quieres degollarme? ¡Sinvergüenza! ¡Maldito animal! ¡Monstruo salvaje! ¿Pretendías cortarme el cuello en el camino? Llevamos aquí más de tres semanas y durante todo ese tiempo ni te has pasado por la cabeza decirme nada. Y ahora, en el último momento… Lo has estropeado todo. ¿Acaso no lo sabías? Porque tú lo sabías, ¿no es cierto? Contesta, ¿lo sabías?

—Sí que lo sabía —repuso Selifán al tiempo que bajaba la cabeza.

—Y entonces, ¿por qué no me lo avisaste, di?

Selifán no supo qué responder, aunque, con la cabeza inclinada, parecía estar pensando: «Ya ve lo que pasa; lo sabía y no se lo avisé».

—Vete inmediatamente a buscar a un herrero; quiero que todo esté preparado dentro de dos horas, ¿lo entiendes? Si no está dentro de dos horas, te daré una buena paliza.

Nuestro protagonista estaba en extremo irritado. Selifán caminaba ya hacia la puerta para cumplir las órdenes que había recibido, pero se detuvo y añadió:

—Aún he de decirle, Pavel Ivanovich, que el caballo blanco, el que va a la derecha del tiro, es un granuja. Sería preciso venderlo, sólo sirve de estorbo.

—¡Sí, en este momento me iré a la feria a venderlo!

—Le aseguro, Pavel Ivanovich, que lo único que tiene es apariencia. Es un miserable, jamás he visto otro caballo…

—¡Imbécil! Lo venderé cuando me venga en ganas. ¡Y encima empezar con razonamientos! Si no me traes a los herreros y no está todo dispuesto dentro de un par de horas, te daré una buena somanta. No pienso dejarte ni un solo hueso sano. ¡Y ahora vete! ¡Largo de aquí!

Selifán se marchó.

Chichikov, descompuesto, arrojó al suelo el sable que llevaba consigo siempre que iba de viaje para infundir el debido respeto a quien fuera preciso. Por espacio de un cuarto de hora discutió con los herreros hasta que al fin quedaron de acuerdo en el precio, ya que los herreros, como es de rigor, eran unos perfectos miserables, y cuando se olieron que el trabajo corría mucha prisa pidieron exactamente seis veces más del precio acostumbrado. Chichikov se acaloró, los trató de sinvergüenzas, de ladrones, de bandidos, hasta les amenazó con el Juicio Final, pero los herreros se mantuvieron en sus trece: no sólo no rebajaron nada, sino que emplearon en el trabajo cinco horas y media en vez de dos.

En este tiempo Chichikov tuvo la satisfacción de experimentar los gratos minutos conocidos por todos los viajeros, cuando la maleta está hecha y el suelo aparece cubierto de cuerdas, papeles y basura, cuando uno no pertenece ni al camino ni al lugar en que se halla, cuando observa por la ventana a las gentes que cruzan la calle charlando de sus pequeños asuntos, levantan la mirada con una necia curiosidad, se fijan en él y continúan adelante, circunstancia ésta que contribuye a aumentar el mal humor del infeliz viajero que no viaja.

Uno siente repugnancia por todo cuanto ve: la tienda de la acera de enfrente, la cabeza de la vieja de la vecina casa, que se llega hasta la ventana de menguadas cortinas, pero no se aleja. Continúa mirando, ya sin darse cuenta de lo que está viendo, ya con una atención embotada, observa lo que se mueve y aplasta enfurecido una mosca que pasa zumbando y que tropieza contra el cristal.

Pero todo llega a su fin, y así llegó también el momento anhelado. Todo estaba a punto: la delantera del coche había sido reparada, la rueda reforzada con una nueva llanta, y los caballos abrevados; los sinvergüenzas de los herreros se fueron, contando el dinero ganado y deseándole un feliz viaje. Engancharon el coche, pusieron en él dos hogazas acabadas de salir del horno que había comprado a última hora, y, finalmente, Chichikov subió a su asiento despedido por el mozo de la posada, que iba vestido con su eterna levita de bocací, por los restantes criados de la posada y los sirvientes y cocheros de otros señores, gentes que siempre aprovechan la ocasión para presenciar el espectáculo de la partida de un carruaje, y el coche aquel, del tipo como el que acostumbran a usar los solterones, que durante tanto tiempo se había detenido en la ciudad y que tal vez haya llegado a cansar al lector, salió por el portal de la posada. «¡Gracias a Dios!», se dijo Chichikov al tiempo que se persignaba.

Selifán hizo restallar el látigo, a su lado se sentó Petrushka, que al principio se había quedado subido al estribo, y nuestro protagonista, tras acomodarse sobre el tapiz georgiano, puso en sus espaldas un cojín de cuero, aplastando las dos hogazas que acababan de salir del horno, y el coche empezó otra vez a saltar y a dar tumbos gracias al empedrado, el cual, como todo el mundo sabe, tenía la virtud de lanzar los objetos al aire.

Embargado por un sentimiento indefinido, contempló los edificios, los muros, las cercas y las calles, que, por su parte, parecían también saltar, desfilando poco a poco hacia atrás, y que quién sabe si vería de nuevo a lo largo de su vida. Cuando torcieron una esquina, el vehículo se vio obligado a detenerse porque toda la calle estaba ocupada por un interminable cortejo fúnebre. Chichikov se asomó por la ventanilla y ordenó a Petrushka que preguntara qué entierro era aquél. De este modo se enteró de que se trataba del entierro del fiscal. Habiéndose apoderado de él una desagradable sensación, se escondió en un rincón, echó la capota y por último corrió las cortinillas.

Una vez parado el vehículo, Selifán y Petrushka se quitaron piadosamente sus gorras y comenzaron a observar a todos los que desfilaban y a contar el número de los que iban a pie y en coche. Su amo, que les había dado órdenes de no saludar a ningún criado conocido, se dedicó asimismo a mirar disimuladamente por el ventanillo de que estaban provistas las cortinillas de cuero. Detrás del féretro, descubiertos, marchaban todos los funcionarios.

Chichikov sintió el temor de que reconocieran su coche, pero ellos no estaban para prestar atención a nada. Ni siquiera hablaban de las distintas cuestiones de la vida que suelen atraer a los que acompañan a un muerto. Los pensamientos de todos ellos se concentraban por completo en sí mismos: reflexionaban acerca de cómo sería el nuevo gobernador general, de cómo pondría manos a la obra y qué acogida les iba a dispensar.

Detrás de los funcionarios, que marchaban a pie, iban los carruajes ocupados por las damas con velos negros. La rapidez con que movían las manos y los labios demostraba que se hallaban entregadas a una animada charla. Quizá conversaban también sobre la llegada del nuevo gobernador general, hacían conjeturas respecto a los bailes que ofrecía, y se preocupaban de sus eternos bordaditos y festoncitos.

A continuación iban los coches desocupados, los cuales formaban una larga hilera. Cuando todos hubieron acabado de pasar, Chichikov pudo continuar su camino. Corrió las cortinas de cuero, lanzó un suspiro y exclamó con verdadero sentimiento:

—¡Ahí está el fiscal! ¡Vivía con toda tranquilidad y ha fallecido! Los periódicos dirán que ha muerto, con gran dolor de sus subordinados y de toda la Humanidad, un padre ejemplar y un marido modelo; escribirán mucho. Agregarán, sin duda, que le acompañó el llanto de su viuda y huérfanos. Aunque, bien mirado, no tenía más que las espesas cejas.

Ordenó a Selifán que fuera más rápido y comentó para sus adentros: «No obstante, me alegro de que hayamos tropezado con el entierro. Según dicen, tropezarse con un muerto da buena suerte».

El coche se dirigió hacia unas calles menos transitadas. No tardaron en verse solamente las interminables vallas de madera que denotaban la proximidad de las afueras de la ciudad. El empedrado llegó a su fin, atravesaron la barrera y la ciudad quedó atrás. Concluía todo, otra vez se encontraban en camino. Nuevamente, a uno y otro lado, comenzaron a desfilar los postes militares, los jefes de posta, las hileras de carros, los pozos, las negruzcas aldeas con sus samovares, sus mujeres y el hábil y barbudo posadero que acude con la avena en las manos, el caminante de raídos laptis que ya ha recorrido ochocientas verstas, las pequeñas ciudades con sus edificios, sus tenderetes de madera en los que venden barriles de harina, pan, laptis y otras cosas por el estilo. Nuevamente cruzaron barreras pintadas a franjas, puentes a medio reparar, campos que se extendían a ambos lados del camino, grandes coches de terratenientes rurales, un soldado a caballo transportando un cajón verde repleto de metralla, con la inscripción: «Batería número tal». Campos verdes, negros y amarillos, labrados hacía poco, interrumpían la uniformidad de la estepa; una canción cuyas notas se arrastran en la lejanía, las copas de los pinos sumergidas en la niebla, las campanadas que se pierden en lontananza, los cuervos amontonados como moscas y el horizonte infinito… ¡Rusia! ¡Rusia! ¡Te veo, te veo desde este prodigio que es mi maravillosa lejanía![27] Te veo dispersa, pobre, y sin embargo acogedora. No regocijan ni asustan a la vista los atrevidos portentos de la naturaleza, coronados por los atrevidos portentos del arte, las ciudades con sus elevados palacios de innumerables ventanas que se alzan sobre grandísimas rocas, los pintorescos árboles y las yedras que trepan por los edificios en medio del estrépito de las cascadas, a las que cubre un eterno polvo de agua. No se alza la mirada para contemplar los peñascos que se yerguen sin fin sobre ella. No deslumbra la luz al atravesar los oscuros arcos, tendidos uno sobre otro, ocultos bajo los sarmientos, la hiedra y los infinitos millones de rosas silvestres; no resplandecen a través de ellos, en lontananza, las eternas líneas de las refulgentes montañas, que se levantan hacia el transparente cielo de plata. En ti todo es abierto, solitario y llano. Como pequeños puntos, como signos, sin que nada llame la atención en ellas entre las llanuras, emergen chatas ciudades; nada se encuentra que cautive y seduzca la vista. Y a pesar de ello, ¿qué poder inefable y misterioso atrae hacia ti? ¿Por qué mis oídos escuchan infatigablemente, por qué resuena en ellos tu triste canción y se extiende de mar a mar, a lo largo y a lo ancho de tus dominios? ¿Qué hay en ella, en esta canción, que clama, y solloza, y agobia el corazón? ¿Qué sonidos son esos que acarician dolorosamente, intentan entrar en mi alma y se enroscan en mi corazón? ¡Oh, Rusia! ¿Qué quieres de mí? ¿Qué lazo inescrutable me tiene vinculado a ti? ¿Por qué me contemplas así y por qué todo lo que hay en ti vuelve hacia mí su mirada llena de esperanza…? Y aún más: estoy perplejo, inmóvil, y ya se cierne sobre mí el negro nubarrón que amenaza lluvia, y enmudezco ante tus infinitos espacios. ¿Qué pronostican esos espacios sin fin? ¿Es ahí, en ti misma, dónde se gestará la idea infinita cuando tampoco tú tienes fin? ¿Cómo no hemos de hallar en ella al bogatir, siendo así que dispone de ancho campo para desenvolverse? Tus vastos espacios me envuelven con aire amenazador y con enorme fuerza encuentra reflejo en lo más profundo de mi alma. Con un poder sobrenatural hace luz en mis ojos. ¡Oh, qué lejanía tan prodigiosa y esplendente, que en ningún otro lugar conoce la tierra! ¡Rusia…!

—¡Detente, detente, idiota! —gritó Chichikov a Selifán.

—¡Vas a ganarte un sablazo! —rugió un correo de larguísimos bigotes, que galopó a su encuentro—. ¿Es que no ves que se acerca un coche oficial, así el diablo se lleve tu alma? —Y como una visión cruzó con gran estrépito una troica envuelta en nubes de polvo.

¿Qué cosa atrayente y maravillosa hay en la palabra camino? La misma palabra nos llama, nos arrastra. ¡Y qué portentoso es el propio camino! Un día radiante, las hojas otoñales, el aire fresco… Bien abrigados con un capote de viaje, el gorro calado hasta las orejas, nos acurrucamos en un rincón. El último escalofrío sacude nuestro cuerpo y ya sentimos un grato calorcillo. Los caballos se deslizan al galope… ¡De qué modo tan tentador se asoma la modorra y se cierran los ojos! Entre sueños se escucha la canción No son blancas las nieves, los resoplidos de los caballos y el estruendo de las ruedas, y ya ronca uno, acomodado junto a su compañero de viaje. Cuando se despierta, advierte que han dejado atrás cinco estaciones de posta. La luna, una ciudad desconocida, iglesias con antiguas cúpulas de madera y ennegrecidas agujas, oscuras casas de troncos y blancos edificios de mampostería.

La luna ilumina aquí y allá. Se diría que blancos pañuelos habían sido extendidos por las paredes, la calzada y las calles. Sombras negras como el carbón cruzan en bandadas sobre esos pañuelos blancos. Como un brillante metal resplandecen las techumbres de troncos y no se ve ni un alma: todo el mundo duerme. Todo lo más, una solitaria luz brilla en alguna ventana: el zapatero que remienda unas botas, el panadero que trajina en el horno, ¿quién se preocupa por ellos? ¿Y la noche? ¡Oh espíritus celestiales! ¡Qué noche hay en lo alto! ¡Qué aire, qué cielo, lejano y alto en sus insondables profundidades, que se extiende tan interminable, tan sonoro, tan transparente…!

El frescor de la noche hace que uno cierre los ojos y se adormezca, y uno pierde entonces la noción de las cosas, comienza a roncar, y se revuelve gruñendo el pobre vecino, que siente nuestro peso y al que apenas hemos dejado sitio.

Cuando nos despertamos, otra vez se extienden ante nuestros ojos los campos y la estepa; no hay nada, todo es un desierto, todo es llano. Los postes militares desfilan ante nosotros y empieza a asomarse la aurora. En el frío firmamento, que ya está clareando, surge una franja de pálido oro. El viento es más fresco y cortante. Nos abrigamos mejor con nuestro capote. ¡Qué agradable resulta el frío! ¡Qué prodigioso es el sueño que vuelve a apoderarse de nosotros! Una sacudida y otra vez nos despertamos. El sol se halla ya en lo alto. «¡Cuidado, cuidado!», grita una voz. Una carreta desciende por la empinada cuesta. Abajo se encuentra un ancho dique, el cual forma un embalse ancho y diáfano que brilla al sol como si fuera de cobre. Igual que una estrella, reluce a un lado la cruz de la iglesia del pueblo. Los campesinos charlan y el estómago empieza a sentir las punzadas del hambre…

¡Santo Dios! ¡Qué bello eres a veces, lejano camino! ¡En cuántas ocasiones he recurrido a ti, como el que fallece y se ahoga, y en todo momento me sacaste a flote y me salvaste con tu generosidad! ¡Qué cantidad de maravillosos proyectos nacieron en ti, cuántos poéticos sueños y cuántas asombrosas impresiones has hecho nacer…!

También nuestro amigo Chichikov se entregaba en esos momentos a ensueños que no tenían nada de prosaicos. Veamos qué sentía. Al principio, nada; lo único que hacía era mirar atrás, con el afán de convencerse de que, realmente, había salido de la ciudad. Pero al darse cuenta de que la ciudad había desaparecido de su vista, de que ya no se distinguían herrerías, ni molinos, ni todo eso que rodea a las ciudades, que incluso las blancas cúpulas de las iglesias de piedra se habían confundido con el suelo, se dedicó por entero al camino, mirando solamente a un lado y a otro, como si la ciudad de N. se hubiera borrado de su memoria, como si hubiera pasado por ella en los lejanos tiempos de su niñez. Por último, igualmente el camino dejó de atraerle, cerró los ojos y apoyó la cabeza sobre un cojín.

El autor debe aquí confesar la satisfacción que esto le causa, ya que de este modo le brinda la oportunidad de hablar de su héroe; hasta este momento, como el lector ha tenido oportunidad de ver, se lo han impedido ora Nozdriov, ora los bailes, ora las damas, ora las murmuraciones de la ciudad, ora, en fin, las mil naderías que únicamente nos parecen tales cuando las hallamos escritas en un libro, pero que consideramos asuntos en extremo importantes cuando ocurren en el mundo. No obstante, ahora vamos a dejar de lado completamente todo, y nos dedicaremos a esta cuestión.

No es muy probable que el héroe que hemos elegido guste a los lectores. A las damas claro está que no, lo podemos asegurar, puesto que las damas exigen que el héroe sea la misma perfección en persona. ¡Pobre de él si ofrece la menor mancha en su alma o en su cuerpo! Por muy adentro que el autor penetre en el alma del héroe, aunque logre reflejarla con mayor perfección que un espejo, nadie lo apreciará lo más mínimo. El hecho de que Chichikov sea un tanto grueso y de edad madura le dañará mucho: al héroe nunca se le perdona el exceso de carne, y un sinnúmero de damas se alejarán exclamando: «¡Bah, qué asco!». ¡Ay! El autor sabe muy bien todo esto, y aun considerándolo así, se ve en la imposibilidad de tomar como héroe a un hombre virtuoso…

Pero… tal vez resuenen en esta misma narración otras cuerdas que con anterioridad no fueron pulsadas, se muestre la inconmensurable riqueza del alma rusa que retrata, así como a Chichikov, el campesino que está dotado de las virtudes que Dios le ha dado, o a una maravillosa jovencita rusa como en ningún otro lugar del mundo podría hallarse, con toda la prodigiosa hermosura de su alma femenina, toda ella rebosando abnegación y generosos impulsos. ¡Comparados con ellos parecerán muertos todos los seres virtuosos de otras razas, del mismo modo que parece muerto el libro comparado con la palabra viva! Se mostrarán en toda su grandeza los sentimientos rusos… y advertirán ellos con cuánta profundidad arraigó en la naturaleza del eslavo lo que en la de otros pueblos no hizo otra cosa que resbalar…

Pero ¿a qué fin adelantarnos a los acontecimientos? No cuadra al autor, hombre ya de cierta edad, educado por la rígida vida interior y por la lozana serenidad que la soledad procura, aturdirse como un muchacho. ¡Cada cosa a su tiempo y en su correspondiente lugar! El hombre que hemos tomado como héroe no es un ser virtuoso. Hasta podemos decir por qué razón no hemos querido hacerlo así. Porque comienza ya a ser hora de dejar descansar al hombre virtuoso, porque las palabras «hombre virtuoso», sin cesar en los labios de todos, nada significan; porque el ser virtuoso ha sido transformado en un caballo en el que no existe escritor que no haya montado, arreándolo con la fusta y con todo cuanto halla a mano; porque se ha hecho sudar al hombre virtuoso hasta tal punto que en él no queda ya ni una pizca de virtud, el cuerpo ha desaparecido y no conserva más que las costillas y el pellejo; porque con toda hipocresía invocan al ser virtuoso; porque al ser virtuoso ya no se le respeta. No, hora es de que también el miserable sea uncido al yugo. Así pues, unciremos al miserable.

El origen de nuestro héroe era modesto y oscuro. Sus padres eran nobles, aunque se desconoce si lo eran por su linaje o fueron nombrados por sus servicios personales. En su físico no se parecía a ellos. Al menos, una parienta que había asistido a su nacimiento, una mujer pequeña y delgada, dijo cuando cogió al niño en brazos:

—No ha salido como yo imaginaba. Tenía que parecerse a la abuela materna, cosa que habría sido preferible, y ha nacido como dice el refrán: «No se parece ni al padre ni a la madre, sino a un muchacho que pasó por el camino».

La vida le miró en sus primeros tiempos con un gesto agrio y nada acogedor, a través de un oscuro ventanillo tapado por la nieve. Su infancia se deslizó sin un amigo, ni siquiera un compañero. Un estrecho cuarto con unas reducidas ventanas que jamás estaban abiertas, ni en invierno ni en verano; su padre, un hombre enfermo que llevaba una larga levita forrada con piel de cordero y unas pantuflas de punto en chancletas en los pies descalzos, que constantemente suspiraba en sus paseos por la habitación y que escupía en una salvadera depositada en una esquina; las eternas sesiones de pupitre con la pluma en la mano y la tinta en los dedos e incluso en la boca, la eterna máxima delante de sus ojos: «No mientas, obedece y respeta a tus mayores y lleva la virtud en tu corazón»; el eterno arrastrarse de las pantuflas por el aposento y la voz familiar, aunque siempre severa: «¡Ya vuelves a hacer tonterías!», resonando cuando el pequeño, cansado de la monotonía del trabajo, añadía a cualquier letra un rabo o un gancho; la eterna sensación, siempre muy desagradable, cuando después de estas palabras su pobre oreja era retorcida dolorosamente entre las uñas de unos largos dedos que llegaban hasta él por la espalda. Este fue el mísero cuadro de su niñez, de la cual apenas conservaba un borroso recuerdo.

Pero en la vida todas las cosas cambian con rapidez, y un día, con el radiante sol de primavera, cuando los primeros torrentes se desbordan, padre e hijo subieron a un carro, arrastrado por un caballejo pío, bayo con manchas amarillas, de esos a los que los tratantes dan el nombre de «urracas». Lo conducía casi enano, cabeza de la única familia de mujiks que pertenecían al padre de Chichikov, y que en la casa se encargaba de la mayoría de los trabajos. Llevados por el tal caballejo, el viaje se prolongó por espacio de dos días; hicieron noche en el camino, atravesaron un río, comieron empanadas, cordero asado y cosas frías, y hasta la mañana del tercer día no llegaron a la ciudad.

Ante la mirada del muchacho resplandecieron, con súbita magnificencia, las calles de la ciudad, a las cuales contempló boquiabierto. Después, el caballejo se metió con el carro en una zanja, que daba principio a una estrecha callejuela en pronunciada pendiente y cubierta de barro. Tras muchos esfuerzos, espoleado por los gritos del jorobado y hasta del señor, los sacó de allí hasta que llegaron a un reducido patio, situado en la ladera, con dos manzanos en flor frente a una casa de pequeñas proporciones; en la parte trasera sólo crecían el serbal y el saúco, que ocultaban a la vista un cobertizo de madera provisto de un ventanillo con un cristal oscuro que apenas permitía pasar la luz.

En aquella casa vivía una parienta suya, una anciana arrugada, pero que aún acudía a diario al mercado y después ponía a secar las medias en el samovar. La anciana dio al pequeño unas palmadas en la mejilla y miró sorprendida sus rollizas carnes. Este era el lugar donde tenía que permanecer para asistir todos los días a la escuela de la ciudad. El padre se quedó allí aquella noche y al otro día emprendió el camino de regreso.

Cuando se separaron, los ojos del progenitor no derramaron ni una sola lágrima; el niño recibió algunas monedas de cobre para gastos y golosinas y, lo que era más importante, una serie de buenos consejos:

—Mira, Pavluska, estudia, no cometas tonterías ni hagas travesuras, y, ante todo, haz lo posible por agradar a tus maestros y superiores. Si agradas a los superiores, aunque no destaques en el estudio, seguirás tu camino y pasarás delante de todos. No entables amistad con tus compañeros, que no te enseñarán nada bueno. Todo lo más, hazte amigo de los ricos, pues sólo ellos te podrán ser de alguna utilidad. No obsequies ni convides a nadie, y haz de manera que te inviten a ti. Y sobre todo, cuida y guarda cada kopec. El dinero es lo más seguro que existe en el mundo. El amigo o el compañero te engañarán y te traicionarán cuando te halles en un caso apurado, pero el dinero jamás te hará traición. El dinero te permitirá poseer y lograr todo lo que quieras.

En cuanto le hubo dado estos consejos, el padre dejó al hijo, regresó a casa con su caballejo y ya nunca más volvieron a verse, aunque sus palabras y consejos quedaron hondamente grabadas en la memoria del niño.

Al día siguiente Pavluska comenzó a asistir a clase. En los estudios demostró mucha capacidad; destacaba más por la aplicación y el orden. En cambio dio pruebas de una gran inteligencia en otro aspecto, en el práctico. En seguida comprendió el asunto y en sus relaciones con los compañeros eran éstos los que le invitaban, sin que él les invitara ni una sola vez. Es más, en algunas ocasiones se guardaba las golosinas que le habían dado y después las vendía a los mismos que se las obsequiaron. Era un niño, pero ya sabía prescindir de todo. De las monedas que le entregó su padre no gastó ni un solo kopec. Por el contrario, aquel mismo año supo aumentarlas, demostrando una destreza casi extraordinaria: modeló un pinzón con cera, lo pintó y luego lo vendió a muy buen precio.

Más tarde, durante cierto tiempo, se entregó a otras especulaciones: compraba en la plaza algo de comer y en clase tomaba asiento cerca de los niños más ricos; cuando se daba cuenta de que al compañero se le comenzaba a abrir la boca —fiel señal de que sentía hambre—, sacaba de su pupitre como quien no hace la cosa un pedazo de bollo o de rosquilla, lo enseñaba al compañero y le cobraba conforme fuera su apetito. Por espacio de dos meses estuvo dedicándose en casa a domesticar un ratón que tenía encerrado en una pequeña jaula de madera, hasta lograr que le obedeciera cuando le ordenaba levantarse sobre las patas traseras, echarse y ponerse de pie, e igualmente lo vendió luego a muy buen precio. Cuando llegó a tener cinco rublos, los cosió dentro de una bolsita y comenzó a guardar sus ahorros en otra.

Con respecto a sus maestros y superiores demostró aún más inteligencia. Nadie como él sabía estarse tan quieto en su asiento. Debemos hacer constar que el maestro sentía gran debilidad por el silencio y el buen comportamiento; a los muchachos inteligentes y agudos no podía soportarlos, puesto que le parecía que tenían que reírse de él. Era suficiente que uno se ganara una observación, debida a su fama de ingenioso, o que alguien moviera una ceja sin advertirlo, para que cayera sobre él la cólera del maestro. Lo arrojaba de clase y lo castigaba sin piedad.

—¡Tengo que sacarte del cuerpo ese orgullo y espíritu de rebeldía! —acostumbraba a gritar—. Te conozco demasiado bien, mucho mejor de lo que te puedas conocer tú mismo. ¡He de ponerte de rodillas! ¡Vas a ver el hambre que te hago pasar!

Y el infeliz muchacho, ignorando el motivo, se lastimaba las rodillas y se pasaba días enteros sin probar bocado.

—¿La capacidad y la inteligencia? Todo esto es estúpido —decía el maestro—. Sólo me importa la conducta. Calificaré con las mejores notas en todas las asignaturas a aquellos que se porten de modo ejemplar, aunque no sepan ni palabra. Y a los revoltosos y aficionados a las burlas les pondré un cero aunque sepan más que Salomón.

Así hablaba el maestro, que sentía un odio a muerte hacia Krilov[28] por aquello que había dicho de que «me da igual que bebas si eres inteligente». En su rostro y en sus ojos era fácil advertir la complacencia que sentía cuando explicaba que en la escuela en la que estuvo anteriormente el silencio era tal, que podía oírse el vuelo de una mosca, que ni un solo alumno tosía ni se sonaba en clase durante todo el año y que hasta el momento en que tocaba la campanilla no era posible saber si allí había alguien o no.

Chichikov comprendió en seguida el espíritu de su maestro y cuál tendría que ser su conducta. En las horas de clase ni siquiera pestañeaba, aunque sus compañeros no dejaran de pellizcarle por detrás; cuando sonaba la campanilla, se precipitaba a entregar al maestro el tricornio (pues el maestro llevaba tricornio), en cuanto se lo había entregado, salía el primero de la clase e intentaba pasar frente a él tres veces como mínimo, y siempre se descubría. Esto le alcanzó un extraordinario éxito.

Durante el tiempo que permaneció en la escuela fue muy bien considerado, y al concluir sus estudios recibió en todas las asignaturas las mejores calificaciones, diploma y un libro con una dedicatoria en letras doradas: A la ejemplar aplicación y buena conducta. Era por aquel entonces un joven de aspecto bastante agradable cuya barba requería ya los servicios de la navaja. Hacia esa época falleció su padre. Por toda herencia recibió cuatro camisetas algo raídas por el uso, dos viejas levitas forradas de piel de cordero, y una misérrima cantidad en metálico. Al parecer, el padre únicamente entendía en el arte de dar buenos consejos respecto al ahorro, pues lo que él había ahorrado era bien poco. Chichikov se apresuró a vender por mil rublos la vieja casucha medio derruida y sus pocas tierras, y la familia de mujiks la trasladó a la ciudad, con intención de instalarse en ella y encontrar empleo en una oficina pública.

Por aquel mismo tiempo echaron de la escuela, por cualquier estupidez o por un motivo de peso, al infortunado maestro enamorado del silencio y del ejemplar comportamiento. La desgracia hizo que se aficionara a la bebida y bebió hasta que ya no le quedaron recursos. Enfermo, sin un mísero trozo de pan ni nadie que le ayudara, vivía abandonado en un frío tabuco. Sus antiguos alumnos, los inteligentes y agudos, aquellos en los que siempre le pareció encontrar orgullo y espíritu de rebeldía, en cuanto se enteraron de su desgraciada situación reunieron algún dinero, que le entregaron, aunque para ello se vieran obligados a vender cosas de las que ellos mismos tenían necesidad... El único que se resistió a contribuir fue Pavluska Chichikov, que dio como pretexto su falta de recursos, y se limitó a dar una moneda de cinco kopecs, que sus compañeros le arrojaron a la cara exclamando: «¡Eres un tacaño!».

El pobre maestro se cubrió el rostro con las manos cuando supo el proceder de sus antiguos alumnos. Las lágrimas se deslizaron en abundancia de sus apagados ojos, como si fuera un niño indefenso.

—Dios hace que llore en mi lecho de muerte —dijo con débil voz, y lanzó un profundo suspiro al tener conocimiento de cuál había sido la conducta de Chichikov, agregando—: ¡Ah, Pavluska! ¡Cómo cambian las personas! ¡Tan bueno como era! ¡Era obediente, dócil, suave como la seda! Me ha engañado, y ¡de qué modo me ha engañado...

A pesar de ello, no se puede afirmar que nuestro héroe estuviera dotado de un corazón duro ni que sus sentimientos se hallaran tan embotados como para desconocer la piedad y la lástima. Era muy capaz de experimentar lo uno y lo otro. Habría ayudado incluso con sumo gusto, pero siempre y cuando se tratara de una cantidad de poca consideración, para no tocar un dinero que se había hecho el propósito de no tocar. En resumen, que los consejos de su padre de guardar hasta el último kopec eran seguidos al pie de la letra.

Pero el dinero no le seducía como moneda en sí; no era ni avaro ni tacaño. No eran esos sentimientos los móviles de su conducta. Lo que él pretendía era disfrutar de los placeres y comodidades de la vida: coches, una magnífica casa, buenas comidas; eso era lo que en todo momento rondaba en su mente. Y para que después, con el tiempo, llegara a gozar de todo esto, era preciso guardar hasta el último kopec, privándose de él y negándoselo a los demás. Cuando circulaba por su lado el elegante carruaje de un rico, con un buen tronco de caballos enjaezados con gran lujo, se quedaba como petrificado en el sitio y luego, como si despertara de un largo sueño, exclamaba:

—¡Y pensar que no fue más que un oficinista! ¡Llevaba los cabellos cortados al estilo de los mujiks!

Todo cuanto denotaba riqueza y comodidades producía en él una impresión de la que ni siquiera él mismo era capaz de darse cuenta por entero. Cuando acabó sus estudios se negó a tomarse el más pequeño descanso; hasta tal punto llegaban sus ansias por ponerse a hacer algo práctico. No obstante, a pesar de sus diplomas, con no poco trabajo logró colocarse en una oficina pública. ¡También en los más apartados rincones se necesitan influencias! El puesto que logró era muy modesto, con un sueldo de treinta o cuarenta rublos al año, pero tomó la firme resolución de trabajar y de vencer y superar toda clase de dificultades.

En efecto, demostró capacidad de sacrificio y paciencia realmente sorprendentes. Desde primeras horas de la mañana hasta la caída de la tarde, sin que su cuerpo ni su espíritu denotaran el menor cansancio, escribía sumergido en sus papeles, no marchaba a su casa, dormía en las mesas de la oficina, comía algunas veces con los guardas, y, no obstante todo esto, sabía mantenerse aseado y limpio, se vestía con decencia y comunicaba a su rostro una expresión agradable; incluso en sus ademanes se advertía cierta nobleza.

Es preciso observar que sus compañeros de oficina se caracterizaban por su fealdad y su aspecto un tanto desaseado. Sus rostros guardaban parecido con un pan mal cocido: un carrillo sobresalía por un lado, el mentón tiraba por otro, el labio superior lo tenían colgando como una ampolla que, para colmo, se hubiera rajado; en resumen, eran lo que se dice feos de verdad. Todos ellos hablaban en un tono muy severo y con una voz que parecía que estuvieran a punto de dar una somanta a alguien. Muy a menudo ofrecían sacrificios a Baco, demostrando de este modo que entre los eslavos todavía se conservan numerosos vestigios del paganismo. Incluso en algunas ocasiones llegaban a la oficina un tanto bebidos, a consecuencia de lo cual no podía decirse que el aire que se respiraba allí fuera precisamente aromático.

En medio de tales funcionarios resultaba imposible que no destacara Chichikov, que era el polo opuesto en todos los sentidos, no sólo por su figura agraciada sino también por su agradable voz, aparte de que era un enemigo declarado de toda clase de bebidas fuertes. Pero a pesar de todo, los principios fueron difíciles. Su jefe era un viejo covachuelista, ejemplo de insensibilidad y que jamás se conmovía por nada: se mostraba en todo momento inabordable, nunca, a lo largo de toda su vida, había sonreído ni había dado los buenos días a nadie; ni siquiera se había interesado por su salud. Ni por una vez había visto nadie que se mostrara en la oficina tal como era en la calle o en casa. Jamás había demostrado simpatía alguna hacia nadie ni se había emborrachado con intención de reírse. Jamás se había entregado a la desenfrenada alegría a que se entrega el bandido en los momentos de embriaguez. Ni el menor indicio de todo esto se podía encontrar en él.

En él no había nada ni de bueno ni de malo, y la carencia de todo dejaba un espantoso vacío. Su rostro duro como el mármol, sin ninguna imperfección notable, no se semejaba a nada; sus rasgos mantenían entre sí una fría proporción. Sólo las diminutas picaduras de viruela y las arrugas que surcaban aquel rostro lo incluían entre esa categoría de personas a las que, como dice la expresión popular, el diablo acude por la noche a fin de moler guisantes en su cara. Producía la impresión de que en el mundo no existía fuerza humana capaz de abrirse camino hasta aquel individuo y de granjearse su buena disposición, pero Chichikov lo intentó.

Al principio probó a resultarle agradable con todo género de pequeñas atenciones: miró detalladamente el modo como el viejo tajaba las plumas que empleaba para escribir, preparó varias siguiendo ese modelo y no desperdiciaba ocasión de ponerle una en la mano. Soplaba sobre su mesa para quitar de ella el rapé y la arenilla. Se procuró un trapo nuevo para su tintero. Buscó el lugar donde colocaba el sombrero, el más extravagante sombrero que se haya visto nunca en el mundo, y siempre se lo llevaba en el momento en que tocaban a su fin las horas de oficina. Le cepillaba el traje si se había manchado de cal al rozar la pared. Pero todo esto pasaba sin dejar ningún rastro, como si no hiciera nada.

Por último, indagó acerca de su vida doméstica y familiar, se enteró de que tenía una hija ya de veinte años cuyo rostro era como si en él molieran guisantes por la noche. Por esta parte es por donde resolvió dar principio al asalto. Supo cuál era la iglesia a la que solía acudir los domingos. Hizo lo posible por situarse siempre frente a ella, siempre bien vestido y con la camisa almidonada, y al fin el éxito coronó todos sus esfuerzos. ¡El rígido covachuelista se tambaleó e invitó a Chichikov a tomar el té! Antes de que en la oficina tuvieran tiempo de darse cuenta, Chichikov se había trasladado a la vivienda del viejo, donde pronto se hizo necesario, e incluso imprescindible; se encargaba de comprar la harina y el azúcar y trataba a la hija como si fuera su prometida. Llamaba al covachuelista papá y hasta le besaba la mano.

En la oficina todos estaban convencidos de que a finales de febrero, antes de la cuaresma, tendría lugar la boda. El rígido covachuelista llegó incluso a hacer gestiones en su favor, y cierto tiempo después Chichikov ocupaba ya una plaza parecida a la del viejo, que había quedado vacante. Esta parecía ser la intención que le impulsaba a intimar con el viejo covachuelista, ya que acto seguido ordenó que trasladaran en secreto su baúl de casa y al día siguiente anunciaba el cambio de domicilio. Ya no volvió a llamar papá al viejo covachuelista ni a besarle la mano, ni se habló nunca más de la boda, como si nada hubiera sucedido. Eso sí, cuando se tropezaba con él le estrechaba la mano afectuosamente y le convidaba a tomar el té, de tal modo que el covachuelista, a pesar de su eterna inmovilidad y de su correosa indiferencia, movía siempre la cabeza y murmuraba a media voz:

—¡Me ha engañado, me ha engañado ese hijo del diablo!

Fue el umbral más difícil que se vio obligado a cruzar. Desde entonces todo marchó más fácilmente y con mayor éxito. La gente se fijaba en él. Poseía todo lo que en este mundo es menester: era agradable en sus modales y en su trato, y se desenvolvía bien en los negocios. En posesión de tales recursos, pronto se procuró lo que se llama una canonjía, a la que supo explotar de maravilla.

Es preciso decir que hacia aquella época se había comenzado a perseguir rígidamente todo género de cohechos. Él no se acobardó y supo aprovecharse de tal estado de cosas, dando muestras de ese espíritu de inventiva que el ruso manifiesta únicamente cuando se ve acorralado. Él se comportaba así: cuando se presentaba un solicitante e introducía la mano en el bolsillo con intención de sacar una de esas consabidas cartas de recomendación que llevan la firma del príncipe Jovanski[29], como se acostumbra a decir en Rusia, le salía al paso sonriéndole, y le cogía la mano:

—No, no, no crea usted que yo…, no, no. Es nuestra obligación, nuestro deber. ¡Para eso estamos aquí, para servirles! En este sentido, no tenga usted cuidado. Mañana mismo estará todo a punto. Indíqueme su domicilio y no se preocupe por nada más. Se lo enviaremos a casa.

El solicitante regresaba a su casa entusiasmado, diciendo para sus adentros: «¡Al fin he visto a un hombre como debe ser! ¡Es un auténtico diamante!».

Sin embargo transcurría un día, otro, un tercero, y a su casa no llegaba nada. Volvía otra vez a la oficina y su asunto estaba igual que antes. Entonces se dirigía al diamante.

—¡Ah, discúlpeme! —decía Chichikov con toda cortesía cogiéndole las dos manos—. Hemos de hacer tantas cosas… Pero mañana estará listo, mañana sin falta. Me siento incluso avergonzado.

Estas palabras las pronunciaba acompañándolas de unos encantadores ademanes. Si mientras hablaba se le abrían un poco los faldones de la bata, su mano intentaba en seguida corregir el desaguisado y sujetar los faldones. Pero ni al día siguiente, ni al otro, ni al otro le traían nada a casa. El solicitante comenzaba a caer en la cuenta: ¿no será preciso dar algo? Intentaba aclarar el asunto y le respondían que tenía que dar algo a los escribientes.

—¿Y por qué no? Estoy dispuesto a entregarles veinticinco kopecs.

No, no se trata de veinticinco kopecs, sino de veinticinco rublos para cada uno.

—¿Veinticinco rublos a cada escribiente? —se sorprendía el solicitante.

—¿Por qué se acalora? —le contestaban—. Todo está arreglado de tal modo que los escribientes reciben veinticinco kopecs y lo demás va a parar a manos del jefe.

El poco avispado solicitante se daba una palmada en la frente y censuraba con acritud el nuevo orden de cosas, la persecución del cohecho y el trato amable y cortés de los funcionarios. Cuando menos, antes sabía uno a qué atenerse: deslizaba un billete de diez rublos en la mano del jefe de la oficina y asunto concluido. En cambio ahora le sacaban a uno veinticinco y aún perdía una semana antes de caer en la cuenta. ¡Al diablo la nobleza y el desprendimiento de los funcionarios! El solicitante tenía toda la razón, pero ahora, por el contrario, no hay quien se deje cohechar: todos los jefes de oficinas son personas de gran honradez y nobleza, y sólo los secretarios y los escribientes son unos granujas.

No tardó en ofrecérsele a Chichikov un campo de acción bastante más amplio: se formó una comisión que se encargaría de dirigir las obras de un importante edificio público. Logró tomar parte en esa comisión y se convirtió en uno de sus miembros más activos. Esta comisión empezó a actuar inmediatamente, y sus esfuerzos se prolongaron por espacio de seis años. Pero ya se debiera al clima, ya a los materiales utilizados, la cosa es que el edificio oficial no avanzaba más allá de los cimientos, mientras que en otros lugares de la ciudad cada uno de los miembros de la comisión se vio dueño de una hermosa casa: sin duda allí era mejor el suelo. Los miembros de la comisión empezaron a vivir con todo desahogo y a pensar en el matrimonio.

Sólo ahora fue cuando Chichikov comenzó a emanciparse de las severas leyes de la abstinencia y de sus implacables sacrificios. Sólo entonces comenzó a relajarse su prolongada vigilia, y resultó que jamás había sido indiferente a los placeres de que fue capaz de privarse en la época de la fogosa juventud, cuando nadie consigue dominarse totalmente. Se permitió unos cuantos detalles superfluos: tomó un cocinero bastante bueno y adquirió bonitas camisas de Holanda. El paño de sus trajes era ya como el de ningún otro en toda la provincia, y a partir de entonces manifestó su preferencia por el color marrón con motitas rojas. Ya había comprado un excelente tronco y él mismo llevaba las riendas, obligando al caballo de varas a hacer corvetas. Ya se había acostumbrado a friccionarse con una esponja mojada en agua a la que agregaba un chorro de colonia. Ya empleaba un jabón muy caro que conservaba suave su piel. Ya…

Pero cuando menos lo esperaban, el jefe superior, un hombre falto de carácter, se vio sustituido por un militar, un hombre severo y furibundo enemigo de los que se dejaban cohechar y de todo lo que lleve el nombre de injusticia. Al segundo día había metido ya a todos el resuello en el cuerpo, pidió informes y advirtió

103

que las cuentas no estaban en regla y que a cada instante faltaban notables sumas. Pronto vio las hermosas casas de los miembros de la comisión y comenzó una revisión a fondo.

A los funcionarios se les separó de sus cargos, las casas pasaron a pertenecer al Estado y fueron destinadas a establecimientos benéficos y a escuelas para hijos de militares.

Todos se granjearon una mayúscula reprimenda, y principalmente Chichikov. Su rostro, a pesar de que era agradable, no gustó al nuevo jefe, Dios sabe por qué —a veces sucede sin la menor causa—; lo cierto es que le cogió ojeriza. El inflexible jefe parecía terrible a todos, pero como, no obstante, era militar y, por lo tanto, no estaba muy al corriente de todas las sutilezas de la ley, cierto tiempo después, debido a sus apariencias de gente amante de la justicia y a su capacidad para amoldarse a todo, los restantes funcionarios se ganaron su buena voluntad, y poco después el general se hallaba en manos de unos granujas aún mayores, aunque él no los creía tales. Hasta se mostraba satisfecho de haber elegido debidamente a las personas y se vanagloriaba en serio de su capacidad para conocer los caracteres.

Los funcionarios no tardaron en entender a su jefe. Todos los que se encontraban bajo sus órdenes se dedicaron a perseguir la justicia de un modo implacable. La acosaban por cualquier parte, igual que un pescador acosa con su bichero a un enorme esturión, y lo hicieron con tal éxito que pronto disponía cada uno de un capital de varios miles de rublos. Durante ese tiempo entraron en la senda de la verdad numerosos funcionarios de los que antes habían sido despedidos, a los que se readmitió. No obstante, Chichikov no consiguió salir a flote por más que, atraído por las cartas del príncipe Jovanski, lo defendiera el primer secretario, quien hacía del general lo que le venía en gana. En esta ocasión todo resultó inútil. El general pertenecía a esa clase de personas que, aunque hacían de él lo que querían (por supuesto sin que él lo advirtiera), si se le metía una idea en la cabeza, en ella se quedaba como un clavo, sin que existiera ninguna posibilidad de sacársela. Lo único que el sagaz secretario consiguió hacer fue destruir su hoja de servicios, tan llena de manchas, y aún así se vio obligado a apelar a los compasivos sentimientos del jefe, pintándole con vivos colores la conmovedora suerte de la infortunada familia de Chichikov, familia que, afortunadamente, no existía.

—¡Qué le vamos a hacer! —pensó Chichikov—. Cuando el anzuelo se queda sujeto en el fondo, no te quejes. El llanto no me servirá de nada. Es preciso hacer algo.

Y resolvió comenzar otra vez, iniciar otra vez su carrera, armarse otra vez de paciencia, privarse otra vez de todo, a pesar de que le gustaba sobremanera el desahogo con que había comenzado a vivir. No tuvo más remedio que marcharse a otra ciudad y abrirse allí camino. Pero las cosas no iban bien. En muy poco tiempo tuvo que cambiar de empleo dos o tres veces. Eran unos cargos miserables y sucios.

Debemos decir que Chichikov era la persona más amante del decoro que nunca hubiera en el mundo. Aunque en sus principios tuvo que moverse entre gente sucia, su alma se mantuvo siempre pura, le complacía que en las oficinas las mesas estuvieran bien barnizadas y que todo presentara un aspecto decoroso. Jamás se permitía el uso de palabras malsonantes y le molestaba que en las palabras de los demás no hubiera el respeto y consideración que se deben al título o al cargo.

Pienso que al lector le gustará saber que se mudaba cada dos días de ropa interior, y en verano, cuando el calor era más fuerte, se mudaba todos los días: era incapaz de soportar los olores desagradables, por este motivo, cuando Petrushka iba a ayudarle a descalzarse y desnudarse, se metía siempre en la nariz un clavo de especia, y muchas veces sus nervios eran tan sensibles como los de una jovencita. De ahí que le resultara tan duro volver de nuevo a aquellos ambientes en que todos olían mal y hablaban peor aún. Por más que intentara hacerse fuerte, durante aquella época de reveses se puso más flaco y adquirió muy mal color. Había comenzado ya a engordar y se habían formado ya en él las redondeces de que era dueño cuando lo conoció el lector, y ya en más de una ocasión, contemplándose al espejo, reflexionaba acerca de muchos temas desagradables: de la esposa, de la habitación de los niños, y una sonrisa seguía a sus reflexiones. Pero ahora, cuando cierto día se vio sin darse cuenta reflejado en el espejo, exclamó asombrado:

—¡Virgen Santa, pero qué feo estoy!

Y tras esto ya no quiso mirarse otra vez. Sin embargo nuestro protagonista lo soportó todo, con paciencia y con firmeza, hasta que, por último, entró en Aduanas. Debemos decir que desde hacía largo tiempo en esto consistía el secreto objetivo de sus afanes: veía las bonitas cosas del extranjero que poseían los funcionarios de Aduanas, qué porcelanas y telas mandaban a sus comadres, hermanas y tías. Muchas veces había dicho, lanzando un profundo suspiro:

—Ahí es donde estaría encantado de poder entrar. ¡Uno se halla junto a la frontera y trata con personas cultas! ¡Qué finas camisas de Holanda podría comprarme!

Es preciso agregar que en esos instantes pensaba también en un jabón francés de gran calidad que confería una maravillosa blancura a la piel y dejaba las mejillas muy lozanas y tersas. Ignoraba cómo se llamaba, pero no cabía duda de que lo hallaría en el extranjero. Así, pues, hacía ya largo tiempo que sentía deseos de entrar en Aduanas, pero hasta entonces no lo había logrado por causa de los contratiempos surgidos con motivo del asunto de la comisión encargada de la construcción del famoso edificio. Por otra parte pensaba, y no sin razón, que la cuestión de Aduanas sólo era cosa de cien pájaros volando, mientras que la comisión era un pájaro que ya tenía en la mano. Ahora, pues, tomó la firme resolución de ingresar en Aduanas, y no paró hasta lograrlo.

En su nuevo cargo hizo gala de un extremado celo. Era como si estuviera escrito que tenía que ser funcionario de Aduanas. Jamás se había visto, ni siquiera se había oído, una perspicacia y una disposición como las suyas. Al cabo de tres o cuatro semanas se había impuesto de tal modo en los asuntos, que ya lo conocía todo en absoluto: ni siquiera se tomaba la molestia de pesar y medir, sino que por la factura sacaba en conclusión el número de varas de paño o de hilo de que constaba cada pieza; con sólo coger un paquete podía decir cuántas libras pesaba. Por lo que respecta a los registros, según afirmaban sus mismos compañeros, tenía un olfato de perro: causaba asombro la paciencia que derrochaba para tocar cada botón y la perspicacia, la gran sangre fría y la amabilidad con que trataba a todo el mundo.

Y mientras la persona que soportaba el registro comenzaba a perder los estribos y a sentir siniestros deseos de dar unos bofetones en tan agradable cara, él, atento e imperturbable, se limitaba a decir:

—Perdóneme usted que le moleste, ¿quiere hacer el favor de ponerse de pie?

O bien:

—¿Será tan amable la señora de pasar a la estancia vecina? La esposa de uno de nuestros funcionarios le explicará.

O bien:

—Permita que con esta navajita descosa un poco el forro de su capote.

Y al decir esto, sacaba de allí pañuelos y chales con igual sangre fría que si los estuviera sacando de su propio baúl. Incluso los jefes aseguraban que era un verdadero diablo: hallaba objetos en las ruedas y en las varas de los coches, en las orejas de los caballos y en partes en la que a ningún autor se le habría ocurrido siquiera pensar y donde sólo pueden fisgar los funcionarios de Aduanas. El infeliz viajero que cruzaba la frontera tardaba unos cuantos minutos en reponerse, mientras se secaba el sudor que bañaba todo su cuerpo; se persignaba y decía:

—Pues sí.

Se hallaba en una situación semejante a la del colegial que abandona el despacho adonde el director le hizo llamar para leerle la cartilla y que, en lugar de esto, del modo más inesperado, le da una buena paliza.

Pronto hizo la vida imposible a los contrabandistas. Era el terror y la desesperación de todos los judíos polacos. Su probidad parecía algo fuera de lo normal; se mostraba incorruptible y no había forma de sobornarlo. Incluso se negó a reunir un pequeño capital con los distintos objetos confiscados y mercancías que no pasaban a Hacienda a fin de evitar el papeleo que eso acarreaba. Su celo y desinterés tan fuera de lo común no podían por menos de causar el asombro general y de llegar a conocimiento de los superiores. Fue ascendido y a continuación presentó un proyecto para poner fin a los contrabandistas, pidiendo únicamente los medios necesario para realizar la operación él mismo. En seguida pusieron a sus órdenes los hombres precisos y le otorgaron plenos poderes para llevar a cabo todo género de pesquisas. Era lo único que pretendía.

Por aquel entonces se había formado una banda de contrabandistas que obraba con todas las de la ley; la atrevida empresa auguraba un beneficio de varios millones de rublos. Chichikov estaba al tanto de todos sus movimientos e incluso rechazó los intentos que se hicieron para sobornarlo, limitándose a contestar con sequedad:

—Aún es pronto.

Inmediatamente después de concedérsele plenos poderes, lo hizo saber a la sociedad, anunciando.

—Ya es hora.

Los cálculos eran exactos. En sólo un año podía ganar lo que en veinte años de celosos servicios no conseguiría. Antes se negaba a toda clase de relaciones con los contrabandistas, porque era un simple peón y no habría ganado gran cosa, en cambio ahora... Ahora era totalmente distinto: podía dictar sus condiciones. Con objeto de salvar obstáculos, procuró ganarse la voluntad de otro funcionario, amigo suyo, que no fue capaz de resistirse a la tentación a pesar de que sus cabellos eran ya blancos. Se fijaron las condiciones y la sociedad comenzó a actuar.

El principio de las operaciones fue muy brillante. Seguramente el lector habrá oído la tan conocida historia del ingenioso viaje de las ovejas de España que atravesaron la frontera con pieles dobles llevando encajes de Brabante valorados en un millón de rublos. Esto sucedió precisamente cuando Chichikov estaba prestando servicio en Aduana. Ningún judío habría podido realizar tal empresa si Chichikov en persona no hubiera tomado parte en el asunto. Tras haber repetido la operación de las ovejas en tres o cuatro ocasiones, los dos funcionarios se hallaron con un capital de cuatrocientos mil rublos cada uno. Se aseguraba que el de Chichikov pasaba de los quinientos mil, porque era mucho más hábil. Dios sabe hasta qué enorme volumen habrían llegado aquellos benditos capitales si el diablo no se hubiera metido por medio. El diablo desvió de su camino a ambos funcionarios, quienes, hablando llanamente y con franqueza, se tiraron los trastos a la cabeza sin ningún motivo.

Durante una acalorada disputa, quizá porque se hallaran un tanto bebidos, Chichikov llamó al otro funcionario «hijo de pope», y a pesar de que éste era, realmente, hijo de pope, lo cierto es que se enojó muy de veras y replicó con palabras duras y tajantes:

—¡No es cierto! ¡Mientes! ¡Yo soy consejero de Estado y no hijo de pope! ¡El hijo de pope lo serás tú! —y agregó después, con ganas de incomodarle—: ¡Por supuesto que lo eres!

Aunque le había devuelto la pelota y aunque la frase «¡por supuesto que lo eres!» podía ser muy fuerte, no dejó las cosas ahí y, en secreto, presentó una denuncia contra Chichikov. Por otra parte, según se afirmaba, andaba de por medio cierta muchacha lozana y de carnes apretadas como un nabo, según la expresión de los funcionarios de Aduanas. Aseguraron que se había pagado a ciertos sujetos para que por la noche, en cualquier oscura callejuela, propinaran una paliza a nuestro héroe. La cuestión es que los dos funcionarios fueron burlados y quien acabó gozando de la muchacha fue cierto subcapitán Shamshariov. Dios sabrá lo que de verdad sucedió, el lector aficionado puede imaginarse lo que guste.

Lo importante fue que sus relaciones con los contrabandistas dejaron de ser secretas. El consejero de Estado se buscó la perdición, pero consigo arrastró a su compañero. A los dos funcionarios les instruyeron expediente, se les confiscó todo lo que poseían, y esto les dejó tan sorprendidos como si un trueno hubiera estallado sobre sus cabezas. Cuando volvieron en sí y se calmaron, advirtieron, aterrorizados, lo que habían hecho. El consejero de Estado, siguiendo la costumbre rusa, se emborrachó para ahogar sus penas, en cambio el colegiado hizo frente a la prueba. Supo conservar algún dinero, por fino que fuera el olfato de los que habían ido a realizar las diligencias.

Chichikov desplegó todos los recursos de una inteligencia ejercitada ya en esos menesteres y que conocía a fondo al ser humano: dónde echó mano de la amabilidad, dónde de las expresiones conmovedoras, dónde de la adulación, que nunca viene mal, dónde del dinero. En resumen, que dispuso las cosas de tal manera que, cuando menos, no salió tan mal parado como su compañero y evitó ser juzgado como un delincuente común. Sin embargo, perdió el capital y todas las prendas procedentes del extranjero: hubo quien manifestó mucha afición a todo ello. Conservó, eso sí, unos diez mil rublos, que había guardado aparte por si llegaban malos tiempos, dos docenas de camisas de Holanda, un coche como los que utilizan los solteros y dos siervos, el criado Petrushka y el cochero Selifán. Además, los funcionarios de Aduanas, todos ellos personas de buen corazón, le dejaron seis o siete pastillas de jabón para que no perdiera la tersura y lozanía de sus carrillos. Y eso era todo. ¡Esta era, pues, la situación en que nuevamente se encontraba nuestro héroe! ¡Tal era el cúmulo de desastres que habían caído sobre él! A eso era a lo que él daba el nombre de sufrir por haber salido en defensa de la justicia. Ahora podría cualquiera llegar a la conclusión de que después de tales tormentas, pruebas, contrariedades del destino y sinsabores, que le había proporcionado la vida, se alejara con sus diez mil rublos, que eran suyos y muy suyos, y se marchara a cualquier apartado rincón, a cualquier cabeza de distrito, quedándose allí para siempre con su bata de algodón, junto a la ventana de su casa, contemplando todos los domingos las peleas de los campesinos, o llegándose, a fin de estirar las piernas, hasta el gallinero, para comprobar personalmente si había engordado la gallina destinada a la sopa, y que de este modo pasaría el resto de sus días, tranquilo, aunque, a su manera, inútilmente. Pero no sucedió así. Tenemos que hacer justicia a la energía indomable de su carácter. Su incomprensible pasión no se había extinguido tras todo aquello, que era suficiente, si no para matar, sí para enfriar y amansar definitivamente a cualquiera. Le dominaban el dolor y el despecho, se revolvía contra todo el mundo, se lamentaba de las injusticias del destino, se enfurecía contra las injusticias de los hombres, pero, no obstante, era incapaz de renunciar a los nuevos intentos. En resumen, demostró una paciencia comparada con la cual no es nada la paciencia de leño del alemán, que éste lleva ya en la pereza y calma con que su sangre circula.

La sangre de nuestro héroe, por el contrario, vibraba con toda plenitud, y era menester una poderosa fuerza de voluntad para hacer entrar en razón y mantener sujeto todo cuanto en él intentaba liberarse de las trabas que lo retenían. Razonaba, y en sus razonamientos podía encontrarse cierta dosis de justicia. «¿Por qué tengo que ser yo? —se decía—. ¿Por qué esta desgracia ha tenido que caer sobre mí? ¿Quién es el que en este momento desaprovecha la ocasión? A nadie he hecho desgraciado: no he robado a las viudas ni he arruinado a nadie. Todo lo más me he limitado a tomar lo que sobraba, a tomar allí donde otro cualquiera habría tomado. De no haberme aprovechado yo, se habría aprovechado otro cualquiera. ¿Por qué unos prosperan y yo tengo que quedarme en gusano? ¿Qué soy ahora? ¿Para qué sirvo? ¿Cómo me atreveré ahora a mirar a la cara a cualquier digno padre de familia? ¿Cómo no me remorderá la conciencia sabiendo que no hago nada práctico? ¿Qué dirán algún día mis hijos? Dirán que su padre fue un animal, que no les dejó fortuna alguna».

Ya estamos enterados de que Chichikov mostraba grandes preocupaciones por su descendencia. ¡Era una cuestión tan delicada! Tal vez otro no habría llegado tan lejos, pero a él le preocupaba una pregunta que, sin que conozcamos el motivo, acudía por sí misma: «¿Qué dirán mis hijos?». Y este futuro cabeza de un linaje se comportaba como el cauteloso gato que mientras con un ojo mira si se presenta el amo, se apodera precipitadamente de todo lo que halla a su alcance: velas, tocino, jabón, un canario; en suma, que no deja escapar nada.

De esta forma se lamentaba Chichikov, aunque su mente no dejaba de forjar proyectos; quería entrar en actividad y sólo aguardaba el momento oportuno de poner en marcha un plan. Una vez se agazapó, otra volvió a las dificultades de la vida, de nuevo se privó de todo, ahora abandonó la limpieza y una situación acomodada, y se hundió en el barro y en una vida mísera. Esperando algo mejor, hubo de dedicarse a hacer de comisionado, profesión que en nuestro país todavía había adquirido carta de ciudadanía. Los comisionados tenían que soportar los empellones de todos, eran apenas respetados por los oficinistas e incluso por los mismos poderdantes; estaban condenados a arrastrarse en las antesalas y a aguantar groserías, pero la necesidad le forzó a soportarlo todo.

Entre los asuntos que le encomendaron se hallaba uno relativo a la hipoteca en el Consejo de Tutela de algunos cientos de mujiks. La hacienda estaba arruinada por la desaparición del ganado, por las bribonadas de los administradores, por las pésimas cosechas, por las enfermedades y epidemias, que habían arrebatado a los mejores trabajadores, y, por último, por las necedades del mismo propietario, quien en Moscú había puesto casa a la última moda y que para ello había tenido que invertir toda su fortuna, hasta el último kopec, al extremo de que no le quedaba ni siquiera, para comer. Así, pues, no le tocaba otro remedio que hipotecar lo último que aún le quedaba.

Por aquella época las hipotecas eran algo nuevo que producía cierto temor. Nuestro héroe, en su calidad de comisionado, tras asegurarse la buena voluntad de todos (ya se sabe que sin asegurarse de antemano la buena voluntad no es posible lograr ni un simple certificado; como mínimo será preciso echar en cada gaznate una botella de vino de Madeira), tras asegurarse, pues, la buena voluntad de todos cuantos era menester, contó la circunstancia de que la mitad de los mujiks habían fallecido. Lo hizo para evitar complicaciones en adelante.

—Pero, ¿constan en la relación presentada al Registro? —preguntó el secretario.

—Sí —repuso Chichikov.

—Siendo así, ¿por qué se asusta? —añadió el secretario—. Unos nacen, otros mueren, y todos hacen lo que quieren.

Según parece, el secretario sabía hablar en prosa rimada. Pero a Chichikov se le ocurrió una idea brillantísima, como jamás había alumbrado en mente humana. «¡Soy un imbécil! —pensó—. Busco los guantes y los tengo en el bolsillo. Imaginemos que adquiero todos esos que han fallecido antes de que sea presentada la nueva relación en el Registro; imaginemos que adquiero mil y que el Consejo de Tutela me entrega doscientos rublos por cada uno. ¡Resultará un capital de doscientos mil rublos! Ahora es un momento muy oportuno, no hace mucho hubo una epidemia y, gracias a Dios, fueron muchos los que murieron. Numerosos terratenientes se han arruinado con sus juergas y jugando a las cartas, y ahora se marchan a San Petersburgo para buscar un empleo. Las haciendas están abandonadas, los administradores las manejan de cualquier forma, cada año se hace más difícil pagar los impuestos y nadie vacilará en cedérmelas con gusto, aunque únicamente sea por librarse de los gravámenes. Quizá haya incluso quien me pague algo por ello. Por supuesto que es difícil, complicado y que da miedo pensar que de todo esto pudiera aún resultar algo desagradable. Pero la inteligencia del ser humano para algo tiene que servir. Es verdad que quien no dispone de tierra no puede adquirir ni hipotecar siervos. Pero yo los compraré para llevarlos a otra provincia. Ahora, en las provincias de Jersón y Táurida la tierra la regalan, con la única condición de que sea poblada. ¡Allí los llevaré a todos! ¡A Jersón! ¡Que vivan allí! El traslado puede hacerse legalmente, de la forma que está establecida por los tribunales. Y si quisieran cerciorarse, presentaría una declaración firmada por el propio capitán de la policía rural. A la aldea la podré llamar Chichikov, o según mi nombre de pila, Pavlovskoe».

De este modo se forjó en la mente de nuestro protagonista la peregrina idea que hemos utilizado como argumento; ignoro si los lectores se le mostrarán agradecidos, pero al autor se le hace difícil no expresar su reconocimiento. Porque, dígase lo que se diga, si esta idea no hubiera pasado por la mente de Chichikov, nuestro poema nunca habría llegado a ver la luz. Se persignó, siguiendo la costumbre rusa, y puso manos a la obra.

Alegando que buscaba lugar donde fijar su residencia y bajo otros pretextos, se dejó caer en diferentes rincones de nuestro imperio, principalmente en aquellos que más habían padecido a causa de las malas cosechas, epidemias, desgracias naturales y demás; en resumen, en los lugares donde creía que podía resultarle más sencilla y económica la adquisición de las gentes que le eran necesarias. No se dirigía a ciegas a cualquier terrateniente, sino que, por el contrario, seleccionaba a los que le parecían bien o a aquellos que, a su modo de ver, ofrecerían menos dificultades para tales negocios, procurando previamente entablar conocimiento y granjearse su buena disposición, para que, en el momento oportuno, pudiera comprar los siervos más por vía de amistad que mediante una operación de compraventa.

En consecuencia, los lectores no deben enojarse con el autor si los personajes que les ha presentado hasta este momento le desagradan; el responsable de ello es Chichikov; él es el amo y señor, y nosotros tenemos que seguirle hasta donde él quiera ir. Por lo que a nosotros respecta, si se nos reprocha que los personajes y los caracteres aparecen descoloridos y son poco agraciados, diremos únicamente que al principio jamás se aprecia toda la amplitud de la corriente ni el volumen de una obra. La llegada a una ciudad, aunque ésta sea la capital, resulta siempre algo desvaído. Al principio todo es gris y monótono: aparecen una infinidad de fábricas ennegrecidas y sólo después hallamos los edificios de seis pisos, las tiendas, los rótulos y las grandes avenidas con sus columnas, campanarios, estatuas y torres, con la magnificencia, el ruido y el estrépito de todo lo que, para nuestro asombro, ha sido producido por la mano y la inteligencia del hombre.

El lector ha visto ya de qué modo se llevaron a cabo las primeras adquisiciones. Más adelante tendrá ocasión de ver en qué forma se desarrolla el asunto, los éxitos y reveses de nuestro protagonista, cómo resuelve y supera los más difíciles obstáculos, cómo surgen figuras gigantescas, cómo se mueven los ocultos resortes de la amplia narración, se ensanchan sus horizontes y adquiere un majestuoso curso lírico. Aún le falta recorrer mucho camino al señor de cierta edad, al cochecillo como los que emplean los solterones, al criado Petrushka, al cochero Selifán y a los tres caballos a los cuales conocemos ya por sus respectivos nombres, desde el «Asesor» hasta el granuja del blanco.

Así, pues, ¡aquí tenemos a nuestro protagonista tal cual es! Quizá quieran que definamos de un simple trazo sus cualidades morales. Que no se trata de un héroe que abunde en virtudes y perfecciones, eso de sobras se ve. Pero entonces, ¿qué es? ¿Un canalla? ¿Por qué un canalla? ¿Por qué ser tan severos con nuestros semejantes? En nuestro país no hay actualmente canallas, hay gentes bien intencionadas y agradables; los que, para vergüenza suya, merecerían que se les abofeteara en público, no serán más de dos o tres, y aun éstos hablan ya de la virtud. Al hombre de esta clase sería más justo llamarle dueño de su casa, espíritu aficionado a las adquisiciones. Las ansias de adquirir son las culpables de todo; son las culpables de que se realicen los negocios a los que se da el nombre de «no muy limpios». Es verdad que en un carácter como éste se halla ya algo que repele, y el lector que, en el transcurso de su vida, entablaría amistad con un hombre de tal condición, lo sentaría a su mesa y pasaría con él el tiempo gratamente, lo mirará de reojo cuando lo vea convertido en héroe de un drama o de un poema. No obstante, obrará cuerdamente quien no desprecie ningún carácter, y, fijando en él su atenta mirada, descubra los primeros móviles que lo guían.

En el ser humano todo se transforma con gran rapidez. Antes de que uno haya tenido tiempo de darse cuenta, se ha desarrollado en su interior un horrible gusano que se apodera implacablemente de todos sus jugos vitales. Y con mucha frecuencia, no ya una gran pasión, sino una ruin pasioncilla por algo deleznable, va creciendo en su espíritu nacido para superiores empresas, haciendo que olvide sus grandes y sagrados deberes y que encuentre lo elevado y lo santo en lo que sólo son despreciables minucias.

Las pasiones humanas son tan infinitas como las arenas del mar, no guardan ningún parecido las unas con las otras, pero todas ellas, las viles y las hermosas, se manifiestan al principio sumisas a la voluntad del hombre y después se imponen a él con poderosa fuerza. Bendito sea aquel que entre todas las pasiones escoge la más bella. Crece y se decuplica a cada hora, a cada minuto, su inmensa dicha, y penetra más y más en el infinito paraíso de su alma. Existen pasiones, no obstante, cuya elección no procede del hombre. Nacieron con él, en el instante en que él vio la primera luz, y no le han sido concedidas fuerzas que bastaran para alejarse de ellas. Son regidas por los sublimes designios y en ellas existe algo que invoca perpetuamente, que no enmudece en el curso de toda la vida. Están destinadas a cumplir una gran misión en la tierra. Tanto si se encarnan en figuras borrosas como si pasan igual que una luminosa aparición que trae la alegría al mundo, están destinadas unas y otras a procurar al ser humano un bien ignorado. Tal vez en la misma pasión que domina a nuestro héroe, que le arrastra, que no depende de su voluntad, y en su fría existencia, se contiene lo que reducirá a cenizas y hará caer de rodillas al hombre frente a la celestial sabiduría. Asimismo es un misterio la razón de que dicha figura haya surgido en el poema que ahora sale a la luz.

Pero lo peor no es el hecho de que haya quien se muestre descontento con Chichikov, sino que en lo más profundo de mi alma habita la absoluta seguridad de que los lectores podrían mostrarse contentos de ese mismo Chichikov, de nuestro héroe. Si el autor no hubiera ahondado en su alma, si no hubiera removido en su fondo lo que resbala y se oculta de la luz, si no hubiera descubierto sus más íntimos pensamientos, aquellos que las personas no confían a nadie, si lo hubiera presentado tal como pareció a toda la ciudad, a Manilov, a los demás, todos se habrían sentido satisfechos y lo habrían considerado como un hombre interesante.

Poco habría importado que fuera un personaje sin vida; por el contrario, al concluir la lectura, el alma no se sentiría en modo alguno turbada y todos habrían podido acudir nuevamente a la mesa de juego, a las cartas que sirven de consuelo a la vasta Rusia. Sí, queridos lectores, vosotros no habríais deseado ver las miserias humanas al descubierto. ¿Para qué?, os preguntáis. ¿Es que no sabemos ya nosotros mismos que en la vida se encuentran un sinnúmero de cosas detestables y absurdas? Sin necesidad de que nos lo enseñen, con frecuencia nos tropezamos con cosas que no nos producen la menor alegría. Será preferible que nos muestre lo bello, lo atrayente. ¡Es mejor olvidar! «¿Para qué me cuentas que las cosas de la hacienda van muy mal? —preguntó el terrateniente al administrador—. Lo sé sin que haga falta que tú me lo digas. ¿Es que no sabes hablar de otros temas? Deja que lo olvide, prefiero ignorarlo; entonces me sentiría dichoso». Y el dinero que le habría podido servir para remediar algo la situación, lo emplea para otros fines o para buscar el olvido. La mente, que quizá habría sido capaz de hallar una inesperada fuente de considerables recursos, queda adormecida. Y en el momento en que menos se lo espera, la hacienda se vende en pública subasta y el terrateniente se encuentra reducido a la miseria, e impulsado por la necesidad, llegaría a aceptar cualquier bajeza que antes le habría causado horror.

También abundan contra el autor las acusaciones de los llamados patriotas, que se quedan tranquilos en sus rincones, se entregan a asuntos totalmente ajenos y amasan un pequeño capital, arreglando sus asuntos a costa de los ajenos. Pero cuando tiene lugar algo que ellos juzgan ofensivo para la patria, en cuanto surge un libro en el que se dicen amargas verdades, abandonan sus rincones al igual que arañas que descubrieron una mosca enredada en su tela, y comienzan sus gritos: «¿Creen ustedes que está bien que salga a relucir esto? Lo que aquí se describe nos pertenece. ¿Les parece eso bien? ¿Qué pensarán los extranjeros? Creerán que todo esto no nos duele. Creerán que no somos patriotas».

Confieso que no hay nada que objetar a tan discretas observaciones, especialmente en lo que respecta a la opinión de los extranjeros. En todo caso, lo que sigue:

En un lugar apartado de Rusia vivían dos personas. Una de ellas era un padre de familia, llamado Kifa Mokievich, hombre de temperamento reposado que no se preocupaba por nada. De su familia no se ocupaba lo más mínimo; su existencia se dirigía más al lado especulativo y sentía gran atracción por lo que él llamaba cuestiones filosóficas. «Ahí tenemos, sin ir más lejos, a las fieras —decía mientras paseaba por la habitación—; las fieras nacen desnudas. ¿Por qué? ¿A qué se debe que no nazcan como las aves? ¿Por qué no salen de un huevo? En verdad que la naturaleza de las cosas es incomprensible. A medida que uno va profundizando, menos logra entender». De este modo pensaba Kifa Mokievich. Pero no es eso lo más importante.

El otro, hijo del anterior, se llamaba Moki Kifovich, y mientras su padre se entregaba a sus reflexiones acerca del nacimiento de las fieras, él, que era lo que en Rusia se conoce con el nombre de bogatir, daba rienda suelta a los poderosos impulsos propios de un muchachote de veinte años. Era incapaz de hacer nada con delicadeza: o rompía el brazo a uno, o hinchaba las narices a otro. En casa y en la vecindad, todos, empezando por las muchachas de servicio y terminando por perros del patio, se escapaban a todo correr en cuanto le veían. Incluso su propia cama la había hecho pedazos. Tal era Moki Kifovich, por lo demás un bendito de Dios. Pero no es eso lo más importante.

Lo más importante es lo que sigue:

—Escucha, padre y señor Kifa Mokievich —decían al primero los criados propios y ajenos—, pero ¿te das cuenta de lo que hace Moki Kifovich? Es un revoltoso que a nadie deja tranquilo.

—Sí, es travieso, muy travieso —acostumbraba a responder el padre—, pero ¿qué le voy a hacer yo? Para pegarle es ya demasiado tarde, y en caso de que lo hiciera, todos me llamarían cruel. Tiene mucho amor propio, y si yo le riñera delante de los demás se pondría en razón. Pero me niego a dar un cuarto al pregonero, la ciudad entera lo sabría y lo creerían un perro. Y me duele lo que puedan pensar. ¿Acaso no soy su padre? A pesar de que mis meditaciones filosóficas en ocasiones no me dejan tiempo para preocuparme por él, ¿acaso no soy su padre? ¡Sí que lo soy! ¡Soy su padre, diablos, su padre! ¡A Moki Kifovich lo llevo aquí, en el corazón! —y Kifa Mokievich se golpeaba el pecho y se enfurecía cada vez más—. Si es un perro, cuando menos que no se enteren por mí, que no sea yo quien lo descubra.

Y manifestando de esta forma sus paternales sentimientos, dejaba que Moki Kifovich prosiguiera sus proezas de bogatir, mientras que él volvía a entregarse a su materia predilecta, preguntándose de súbito algo como esto: «¿Qué sucedería si el elefante naciera de un huevo? Pues la cáscara debería ser muy gruesa, no podría romperla ni un cañón. Sería preciso inventar una nueva arma de fuego».

Así pasaban su existencia los dos habitantes del tranquilo lugar, que, cuando menos lo esperaban, como si se asomaran por un ventanuco, aparecen al final de nuestro poema, y aparecen para dar una modesta respuesta a las acusaciones de ciertos impetuosos patriotas, que hasta este momento se dedicaban tranquilamente a alguna cuestión filosófica o se ocupaban de incrementar su hacienda a costa de esa patria a la que con tanta ternura aman, no piensan en no hacer nada malo, sino sólo en que nadie diga que hacen nada malo.

Pero no, no es el patriotismo ni ningún otro sentimiento puro lo que origina sus reproches. Hay algo que se oculta detrás de todo esto. ¿Para qué ocultarlo? ¿Quién sino el autor tiene la obligación de decir la sagrada verdad? Lo que vosotros teméis es la mirada penetrante, no osáis mirar al fondo de las cosas, os satisface que vuestros ojos se deslicen sobre todo sin deteneros a reflexionar. Hasta os reís con agrado de Chichikov, e incluso ensalzaréis al autor y exclamaréis: «Hay detalles bien observados, debe tratarse de un hombre muy divertido».

Y tras estas palabras, os volveréis hacia vosotros mismos con redoblado orgullo, vuestro rostro se iluminará con una sonrisa de satisfacción, y agregaréis: «Lo cierto es que en algunas provincias se encuentran personas muy extrañas y ridículas; y unos granujas de siete suelas por añadidura».

¿Quién de entre vosotros, impulsado por la humildad cristiana, se ha preguntado en silencio, sin palabras, en los momentos de conversación consigo mismo, profundizando en vuestra propia alma, si tiene algo de Chichikov? ¡Pues sólo faltaría eso! Pero en esta época pasa un conocido que ocupa una posición ni muy alta ni muy baja, y aquel que no se había formulado dicha pregunta da un codazo a su vecino y exclama: «Mira, fíjate bien, ahí va Chichikov, es Chichikov!».

Y acto seguido, igual que un niño, olvidando la compostura propia de su edad y del cargo que ocupa, irá tras él, burlándose y gritando: «¡Chichikov! ¡Chichikov! ¡Chichikov!».

Pero hemos comenzado a charlar en voz alta, sin darnos cuenta de que nuestro protagonista, que dormía mientras explicábamos su vida, se ha despertado, y muy bien podría suceder que oyera repetir tanto su apellido. Es preciso no olvidar ya que se trata de un hombre que se enoja fácilmente y que le molesta que se hable de él con poco respeto. Al lector poco le importa que Chichikov se enoje con él o deje de hacerlo, pero el autor no puede reñir en modo alguno con su héroe: es aún demasiado largo el camino que les queda por recorrer del brazo. Dos partes bastante extensas tenemos por delante, y eso no es una broma.

—¡Eh, eh! ¿Qué te ocurre? —exclamó Chichikov dirigiéndose a Selifán—. ¿Qué pasa?

—¿Qué? —preguntó Selifán con toda calma.

—¿Y todavía me lo preguntas? ¡Pedazo de animal! ¿Cómo vas? ¡Arrea!

Pues efectivamente, desde hacía largo rato Selifán iba con los ojos cerrados, limitándose a sacudir alguna que otra vez, entre sueños, las riendas sobre los lomos de los caballos, que al igual que él se echaban una siestecilla. Por lo que se refiere a Petrushka, ni siquiera se había enterado de dónde le había volado la gorra y se hallaba recostado hacia atrás, apoyando la cabeza en las rodillas de Chichikov, de modo que éste se vio obligado a darle un pellizco. Selifán se incorporó, descargó unos cuantos latigazos sobre el lomo del blanco, tras lo cual éste se lanzó al galope, e hizo restallar el látigo por encima de todos, mientras decía con voz cantarina:

—No temáis.

Los caballos se reanimaron y tiraron del ligero carruaje como si se tratara de una pluma. Selifán no hacía más que agitar el látigo y exclamar:

—¡Eh, eh, eh!

Al mismo tiempo que animaba a los caballos, daba pequeños saltos en el pescante, mientras que el cochecillo ora subía, ora bajaba con rapidez las pendientes de que aparecía cubierto el camino real, aunque todo él en realidad no era más que cuesta abajo. Nuestro héroe sonreía, dando suaves saltitos sobre el cojín de cuero, ya que le agradaba la marcha rápida. ¿A qué ruso no le encanta la velocidad? ¿No le va a gustar a su alma, esa alma que anhela girar como un remolino y divertirse en el frenesí, que exclama a veces: «¡Que se vaya todo al diablo!»? ¿No la ha de amar cuando en ella se percibe algo entusiasta y prodigioso?

Es como si una desconocida fuerza le arrastrara a uno con sus alas, como si uno mismo volara, como si volara todo: vuelan los postes militares, vuelan al encuentro de uno de los comerciantes sentados en la vara de su tartana, pasa volando a los dos lados del camino el bosque con sus oscuras formaciones de pinos y abetos, con el estruendo del hacha y el graznido de los cuervos, vuela todo el camino, nadie sabe hacia dónde, hasta que se pierde en la lejanía, y hay algo de extraño en ese veloz desfile, en el que uno no tiene tiempo de contemplar las cosas antes de que éstas desaparezcan. Lo único que parece inmóvil es el cielo sobre su cabeza, las nubes y la luna que se va abriendo camino entre ellas.

¡Oh, troica! ¿Quién te inventó, pájaro troica? Sólo podías ver la luz en el seno de un pueblo hábil, en una tierra a la que le disgustan las bromas y que se extiende por medio mundo. ¡Empieza a contar las verstas hasta que tus ojos se fatiguen! Y se trata de un vehículo sencillo a simple vista, que desconoce el hierro del tornillo, hecho y armado, en un abrir y cerrar de ojos, a golpe de hacha y de escoplo, por el diestro campesino de Yaroslav. El cochero no es un alemán de altas botas, sino un barbudo mujik de grandes manoplas, y se halla sentado el diablo sabe cómo. Se despabila, hace restallar su látigo, entona una larga canción y los caballos echan a correr como un torbellino, los rayos de las ruedas se confunden hasta que forman un círculo, el camino se estremece y resuena el grito del caminante que se paró atemorizado. La troica vuela, vuela, ya está allá lejos, sumergida en una nube de polvo, y hiende los aires.

¿No avanzas tú, Rusia, como una troica a la que nadie consigue alcanzar? Se levantan nubes de polvo por donde tú pasas, se estremecen los puentes y todo lo vas dejando atrás. El espectador se detiene asombrado por ese milagro de Dios. ¿No es un rayo caído del cielo? ¿Qué significa ese espantoso movimiento? ¿Qué desconocida fuerza encierran para el mundo esos también desconocidos corceles? ¡Ah, corceles, corceles! ¡Qué corceles! ¿Lleváis acaso un torbellino en las crines? ¿Lleváis un sensible oído en todas y cada una de vuestras fibras? Oyen la conocida canción que suena allá arriba, ponen en tensión a la vez los pechos de bronce, y, sin tocar apenas el suelo con los cascos, convertidos en una alargada línea, vuelan por los aires y avanza la troika movida por el hálito divino… ¿Adónde te diriges, Rusia? Contesta. No responde. Se oye el prodigioso son de la campanilla. Resuena y se transforma en viento el aire que rasga a su paso. Pasa de largo todo lo que existe en la tierra, miran, retroceden, y se apartan para dejarle el camino a otros pueblos y naciones.

SEGUNDA PARTE

CAPÍTULO I

¿Qué ansias son ésas de pintar siempre la calamidad, la miseria y las imperfecciones de nuestra existencia, de sacar a luz gentes de los más apartados y perdidos rincones de nuestra patria? Pero ¿qué le vamos a hacer si así es la naturaleza del autor y si, con los achaques de su propia imperfección, es incapaz de pintar otra cosa que no sea la calamidad, siempre la miseria y las imperfecciones de nuestra existencia, sacando a luz gentes de los más apartados y perdidos rincones de nuestra patria? Otra vez, pues, nos encontramos en un rincón apartado y perdido. Por el contrario, ¡qué perdido se halla este rincón, qué alejamiento el suyo!

Al igual que la enorme muralla de una interminable fortaleza, con sus contrafuertes y sus almenas, a lo largo de más de mil verstas, se alzaban las montañas. Se alzaban majestuosamente sobre la infinita extensión de las llanuras; ora formaban muros cortados a pico con sus bloques arcillosos y calcáreos, rasgados por hendiduras y barrancos, ora se ofrecían agradablemente en forma de salientes redondeados y cubiertos por el verdor de los jóvenes arbustos, que destacaban por encima de los troncos cortados de los árboles, ora alteraban con las manchas negruzcas de los bosques que milagrosamente se habían salvado de los estragos del hacha. El río, ora seguía con toda fidelidad las vueltas y recodos de las orillas, ora penetraba en las llanuras formando meandros, refulgía como el fuego al sol, se escondía entre los alisos, pobos y abedules, y salía de allí victorioso, con acompañamiento de puentes, molinos y presas, que producían la impresión de estar corriendo tras él en cada vuelta.

En un paraje, la abrupta ladera de las elevaciones aparecía más espesamente adornada con los verdes rizos de los árboles. Debido a las anfractuosidades del barranco, y gracias a un hábil trabajo de repoblación, se habían reunido allí el Norte y el Sur del reino vegetal. El abeto, el roble, el peral silvestre, el cerezo, el arce y el espino, la acacia amarilla y el serbal, en los que se enredaba el lúpulo, ora se ayudaban unos a otros a subir, ora se asfixiaban mutuamente, trepando desde el pie hasta la cima de las montañas. Arriba de todo, en la misma cima, podía entreverse, mezclados con las copas verdes de los árboles, las rojas techumbres de unos edificios señoriales, detrás de los cuales se distinguían la techumbres de las cabañas y la parte de la mansión del señor, con un balcón de madera tallada y una gran ventana de medio punto.

Por encima de todo este conjunto de árboles y tejados se elevaba la vieja iglesia de madera con sus cinco cúpulas doradas que brillaban al sol. Las cinco cúpulas estaban rematadas por cinco cruces de oro labrado, sujetas mediante cadenas, asimismo de oro labrado, de tal forma que viéndolas de lejos daban la sensación de estar suspendidas en el aire sin apoyo de ninguna clase, reluciendo como monedas de oro. Y todo ello, las copas de los árboles, las cruces y las techumbres, aparecía reflejado graciosamente invertido en el río, donde los pobres sauces, con sus troncos llenos de agujeros, permanecían solitarios en sus orillas, al mismo tiempo que otros penetraban en el agua, hasta la cual descendían las ramas y las hojas, como contemplando la maravillosa

110

imagen en aquellos lugares donde no se lo impedían las viscosas esponjas ni los amarillos nenúfares que flotaban entre el vivo verdor de la vegetación.

El paisaje era muy bello, pero aún lo era más contemplando a lo lejos desde lo alto del edificio. Ningún huésped o visitante se mostraba indiferente cuando se asomaba al balcón. El asombro los dejaba atónitos y sólo eran capaces de exclamar:

—¡Santo Dios, qué panorama!

Desde allí veíanse extensiones que no tenían principio ni fin: más allá de los prados, salpicados de pequeños bosques y molinos de agua, verdeaban diversos cinturones de espeso bosque; pasados los bosques, a través del aire que comenzaba a enturbiar la neblina, amarilleaban las arenas; y otra vez se extendían en la lejanía los bosques, de color azulado como el mar o la niebla; y otra vez seguían las arenas, más pálidas, pero que aún amarilleaban.

En el lejano horizonte se alzaban las crestas de unos montes gredosos, de una blancura deslumbradora incluso con el mal tiempo, como si sobre ellos brillara un sol perpetuo. Pero encima de su espléndida blancura, en las faldas, se veían, aquí y allá, como unas manchas humeantes de azulada niebla. Eran remotas aldeas, pero el ojo humano no alcanzaba a distinguirlas. Solamente la dorada cúpula de la iglesia, a la que el sol arrancaba chispas de oro, denotaba que allí había una importante localidad. Todo ello se hallaba sumido en un profundo silencio, un silencio que ni siquiera aparecía turbado por el eco del canto de las aves, que apenas llegaba hasta aquellos apartados rincones.

El visitante salía al balcón y tras pasarse las horas admirando el paisaje, sólo era capaz de exclamar:

—¡Santo Dios, qué panorama!

¿Quién era el habitante y dueño de esa aldea, hasta la que, como si se tratara de una inexpugnable fortaleza, no se podía llegar directamente, sino que era preciso seguir otro camino, donde los robles diseminados acogían amistosamente al huésped, como si sus extendidas ramas se abrieran en un íntimo abrazo y lo acompañaran hasta el edificio cuya parte alta distinguíamos desde abajo y que ahora se le aparecía todo entero, flanqueado a un lado por una fila de cabañas coronadas por adornos de talla, y al otro por la iglesia con sus refulgentes cruces de oro y sus caladas cadenas, asimismo de oro, que colgaban en el aire? ¿Qué feliz mortal era el señor de aquellos perdidos espacios?

El señor de todo aquello era un terrateniente del distrito de Tremalajan, Andrei Ivanovich Tentetnikov, un afortunado joven de treinta y dos años que, por añadidura, era soltero.

¿De qué clase de persona se trataba, qué cualidades reunía? A los vecinos, lectores; es preciso preguntar a los vecinos.

Un vecino que pertenecía a la raza de oficiales retirados inteligentes, una raza que actualmente está a punto de extinguirse, lo definió de este modo:

—Es un perfecto animal.

Un general que habitaba a diez verstas de allí, decía de él:

—Es un joven muy listo, pero es muy engreído. Yo podría serle de alguna utilidad, pues no me faltan relaciones en San Petersburgo, e incluso con… —el general no concluía la frase.

El capitán de policía rural contestaba en esta forma:

—Se trata de un don Nadie. Mañana sin falta iré a apremiarle para que pague los impuestos que aún tiene atrasados.

Los mujiks de su aldea, cuando se les interrogaba acerca de su amo, no contestaban nada. Esto significaba que su opinión no era muy favorable.

Pero hablando con imparcialidad, no era una mala persona, sino, sencillamente, un redomado holgazán.

En el mundo son muy numerosas las personas de esta clase; ¿por qué razón, pues, Tentetnikov no podía ser un holgazán? Sin embargo, veamos un día cualquiera de su vida, exactamente igual a los demás, y que el lector juzgue por sí mismo sobre su carácter y sobre si su género de vida estaba en relación con las bellezas que le rodeaban.

Se despertaba a altas horas de la mañana, y después de incorporarse, se quedaba durante un buen rato sentado en la cama, mientras se restregaba los ojos. Como éstos, desgraciadamente, eran pequeños, la operación se prolongaba con exceso. Durante todo ese tiempo, el criado Mijailo permanecía al lado de la puerta con la palangana y la toalla en las manos. El pobre Mijailo tenía que esperar una hora larga, tal vez dos, se marchaba a la cocina y cuando volvía, el señor continuaba sentado en la cama y restregándose los ojos. Por último se ponía en pie, y después de lavarse, se dirigía en bata al salón para tomar té, café, cacao e incluso leche recién ordeñada. Probaba un sorbo de cada cosa, lo llenaba todo de migas y lo ensuciaba todo, sin ninguna clase de consideraciones, con la ceniza de su pipa. Así pasaban dos horas. Y por si esto no fuera suficiente, llenaba una taza de té frío y se iba a tomarla a la ventana que daba al patio. Al pie de dicha ventana se desarrollaba todos los días la escena siguiente:

En primer lugar berreaba Grigori, un criado que se encargaba de la despensa, increpando a Perfilievna, el ama de llaves, aproximadamente en estos términos:

—Eres una indignante nulidad. Lo que deberías hacer es callarte, asquerosa.

—¿No quieres esto? —exclamaba la nulidad, esto es, la Perfilievna, haciendo la higa, pues se trataba de una mujer de rudas maneras, no obstante su amor por las pasas, caramelos y todo género de golosinas que tenía encerrados bajo llave.

111

—¡Serías capaz de pelear incluso con el administrador, mujer ruin! —gritaba Grigori.

—El administrador no es más que un ladrón como tú. ¿Piensas acaso que el señor no os conoce? Esta aquí y se entera de todo.

—¿Dónde está el señor?

—Ahí junto a la ventana. Lo oye todo. Efectivamente, el señor se hallaba junto a la ventana y lo oía todo.

Para acabar de completar el alboroto, un chiquillo, a quien su madre le había propinado un bofetón, gritaba con todas sus fuerzas; un galgo, al que el cocinero había escaldado cuando se quedó mirando por la ventana, aullaba desgarradoramente, sentado sobre sus cuartos traseros. En resumen, que resultaba imposible soportar aquel bullicio. El señor lo veía y lo oía todo. Y sólo cuando el alboroto era tan general que se hacía insoportable para la ocupación de no hacer nada, ordenaba decirles que armaran jaleo con más mesura.

Unas dos horas antes de la comida se encaminaba a su despacho para trabajar en serio en una obra que tenía que abarcar toda Rusia bajo sus más diversos aspectos: civil, político, religioso y filosófico, dar solución a los más difíciles problemas que el tiempo le había planteado y determinar con toda claridad el gran porvenir que le esperaba. En resumen, todo se le presentaba en la manera y forma en que gusta plantearse al hombre de nuestros días. Por otra parte, la enorme empresa no pasaba de ser un proceso de reflexión: mordisqueaba la pluma, surgían dibujos en el papel, que después era retirado para coger un libro y no abandonarlo ya hasta la hora de comer. Tal libro era leído con la sopa, con la salsa, con el asado e incluso con el dulce, de tal forma que la comida se enfriaba en los platos y algunos eran retirados sin tocarlos. A continuación venían la pipa y el café y el ajedrez, que jugaba consigo mismo. Lo que seguía después, hasta la hora de la cena, en verdad que no es cosa fácil de decir. Parece ser que, sencillamente, no hacía nada.

Así pasaba el tiempo, solo como un hongo en el mundo entero, aquel joven de treinta y dos años, constantemente enfundado en su bata y sin corbata. Jamás sentía deseo de pasear, caminar, ni siquiera de levantarse, ni tan sólo de abrir las ventanas a fin de que se ventilara su aposento. Y el espléndido panorama, que ningún visitante podía contemplar indiferente, era como si no existiera para el propio dueño.

Lo que acabamos de decir permitirá al lector llegar a la conclusión de que Andrei Ivanovich Tentetnikov formaba parte de la familia de esas gentes que no se extinguen en Rusia y a las que antes se las conocía con el nombre de holgazanes, vagos y perezosos, y que ahora, la verdad sea dicha, no sé cómo llamar. ¿Es que nacen ya así, o es que se forman después como producto de las malaventuradas circunstancias que rodean severamente al hombre? En lugar de contestar será preferible que narremos la historia de su educación y de su infancia.

Todo parecía dar a entender que algún día sería un hombre de provecho. A los doce años, siendo entonces un muchacho inteligente, un tanto aficionado a la meditación y algo enfermizo, entró en un centro de enseñanza regentado en aquellos tiempos por un hombre excepcional. Ídolo de los jóvenes, asombro de los educadores, el extraordinario Alexandr Petrovich tenía el don de captar la naturaleza humana[30]. (…). ¡Hasta qué punto conocía las cualidades del ruso! ¡Cómo conocía a los que tenían dificultades y sabía estimularlos! No había ni uno solo de aquellos alborotadores que después de llevar a cabo una de sus travesuras no se presentara a él por su propia iniciativa para confesarle su culpa. Y aún más, tras recibir una severa reprimenda, no se iba con la cabeza baja, sino muy alta. En sus palabras se notaba algo alentador, algo que parecía estar diciendo:

—¡Adelante! ¡Si te has caído, levántate cuanto antes!

No hablaba nunca de la necesidad de observar una buena conducta.

Solía decir siempre:

—Lo único que exijo es inteligencia. Quien quiere llegar a ser inteligente, carece de tiempo para cometer travesuras. Las travesuras tienen que desaparecer por sí mismas.

Y así era, las travesuras desaparecían por sí mismas. El que no intentaba ser mejor, era despreciado por sus compañeros. Los torpes y los necios tenían que aguantar los remoquetes más ofensivos por parte de los más pequeños y no osaban ponerles la mano encima.

—Esto es demasiado —protestaban muchos—. Los inteligentes se convertirán en unos engreídos.

—No, no es demasiado —decía él entonces—. A los incapacitados no los retengo por mucho tiempo, con un curso tienen suficiente, mientras que los inteligentes estudian otro curso más.

Y en efecto, todos sus alumnos capacitados estudiaban ese curso complementario. No se mostraba disconforme con muchas travesuras, pues veía en ellas los inicios del desarrollo de sus cualidades espirituales. Le eran tan necesarias, decía, como las erupciones al médico, para lograr conocer a ciencia cierta el interior de los individuos.

¡Cómo le apreciaban todos sus alumnos! No, nunca dan pruebas los niños de tanta estimación hacia sus padres. No, ni siquiera en los años locos de los locos afectos se experimenta una pasión tan fuerte e inextinguible como el amor que experimentaban hacia él.

Y alumno agradecido hasta los últimos días de su vida, cuando levantaba la copa el día del aniversario de su excepcional educador, el cual yacía en la tumba desde mucho tiempo atrás, dejaba fluir las lágrimas de sus ojos cerrados.

La más pequeña muestra de aprobación les hacía estremecerse y temblaban de pura emoción con el ambicioso deseo de sobrepasar a todos. A los poco capacitados no los retenía largo tiempo y tenían que resignarse con un curso abreviado. Pero los capacitados debían estudiar un programa doble. Y la última clase, que estaba reservada para los elegidos, no se parecía lo más mínimo a lo que era corriente en otros centros de enseñanza. Sólo en ella exigía a los discípulos lo que actualmente se exige con insensato criterio a los niños: la inteligencia superior que no se burla de los demás y es capaz de aguantar toda clase de mofas, de ser indulgente con el imbécil y no enojarse, de no perder la paciencia, de no vengarse bajo ningún concepto y conservar la clara serenidad de un alma impasible. Recurría a todo lo que puede modelar al hombre de firme carácter y llevaba a cabo con sus discípulos incesantes experiencias. ¡Oh, cómo conocía la ciencia de la vida!

En su escuela había escasos profesores y él mismo explicaba casi todas las asignaturas. Sin frases pedantescas ni enfáticas concepciones, sabía exponer la esencia misma de los conocimientos de tal forma que incluso el más joven de los alumnos advertía claramente su necesidad. Del cúmulo de conocimientos sólo enseñaba los que contribuyen a convertir al hombre en ciudadano del país que le dio el ser. La mayoría de sus lecciones consistían en una explicación de lo que esperaba a los jóvenes, y sabía presentar las cosas de tal suerte que el alumno, sentado en el pupitre, vivía ya con toda su alma su vida al servicio de la patria.

No ocultaba nada: presentaba ante los muchachos en toda su desnudez, el conjunto de los obstáculos y reveses con que se tropezarían en su camino, las seducciones y tentaciones que les aguardaban, sin guardar nada en silencio. Lo sabía todo, como si él hubiera pasado por todos los cargos y empleos. Sea porque la ambición crecía ya con intensidad en los discípulos, sea porque en los ojos mismos del excepcional profesor se advertía algo que decía a los muchachos ¡Adelante! —palabra tan conocida por el ruso, que produce tantos milagros en su insensible espíritu—, pero desde el mismo comienzo el joven buscaba sólo las dificultades, ardiendo en deseos de obrar allí donde le resultaba difícil, donde había mayores obstáculos, donde era necesario mostrar una gran fuerza de ánimo.

Eran en verdad pocos los que cursaban esos estudios, pero todos ellos salían realmente fogueados. Trataban de encontrar los puestos más difíciles, mientras que otros, aún los más capaces, agotaban su paciencia, lo dejaban todo cuando se veían ante contrariedades personales, o bien perdían la cabeza y, arrastrados por la abulia y la indolencia, se abandonaban e iban a parar a las manos de prevaricadores y granujas. Ellos, por el contrario, se mostraban firmes y, conociendo como conocían la vida y el hombre, instruido por la sabiduría, ejercían gran influencia incluso sobre los malos.

El fogoso corazón de los ambiciosos discípulos latía violentamente ante la idea de que, por fin, alcanzarían esa clase. ¿Qué otro profesor podía existir que más influencia ejerciera en nuestro Tentetrukov? Pero en el momento mismo en que llegaba al curso de los elegidos —lo que con tanto afán anhelaba—, el incomparable preceptor falleció de muerte repentina. ¡Oh, qué golpe representó esto para él! ¡Qué espantosa pérdida, la primera que experimentaba!

En el colegio todo se transformó. Un tal Fiodor Ivanovich sucedió a Alexandr Petrovich. En seguida instituyó cierto reglamento y comenzó a pedir a los pequeños lo que sólo se puede exigir a los mayores. La desenvoltura con que exteriormente se movían le pareció una muestra de desenfreno. Y como si pretendiera llevar la contraria a su antecesor, anunció ya desde el principio que para él la inteligencia y los éxitos en los estudios no significaban nada, y que él prestaría atención únicamente al buen comportamiento. Cosa extraña, Fiodor Ivanovich no alcanzó a lograr ese buen comportamiento. Comenzaron a hurtadillas las travesuras. Durante el día todo funcionaba bien, todos marchaban de dos en dos, pero cuando se acercaba la noche había que ver el desbarajuste que se armaba.

Respecto a los estudios, también sucedió algo extraño. Fueron contratados nuevos maestros, con un concepto nuevo de las cosas y con ángulos y puntos de vista nuevos. Los discípulos aprendieron innumerables términos y palabras nuevos. Estos preceptores exponían las asignaturas con lógica y entusiasmo, pero, ¡ay!, su ciencia no tenía vida alguna. En sus labios era letra muerta. En resumen, todo marchó al revés. El respeto hacia los maestros y superiores desapareció. Al director lo llamaban Fedka, Bulka[31] y otras cosas por el estilo. La depravación llegó más allá de los límites infantiles: se originaron tales escándalos que fue preciso expulsar a numerosos discípulos.

Dos años más tarde nadie habría podido reconocer aquel colegio.

Andrei Ivanovich estaba dotado de un apacible carácter. No le atraían ni las orgías nocturnas de sus compañeros —los cuales tenían cada uno su dama al mismo pie de las ventanas de la casa del director—, ni las mofas sacrílegas con que se burlaban cuando hallaban a un pope no demasiado inteligente. No, su alma, como a través de un sueño, se daba cuenta de su origen divino. Todo aquello no podía atraerle, pero sus entusiasmos se enfriaron. Su ambición había despertado, pero no hallaba campo en el que desarrollarla. Escuchaba a los maestros, que se exaltaban en la cátedra, y se acordaba de su profesor anterior, el cual, sin acaloramientos, sabía explicar las cosas de forma que resultara fácil comprenderlas. ¡Cuántas asignaturas y materias estudió! Química, Medicina, Filosofía e incluso Derecho e Historia Universal, pero tan extensa, que a lo largo de tres cursos el maestro sólo llegó a explicar la introducción y el desarrollo de la comunidad en ciertas ciudades de Alemania. ¡Sabe Dios lo que estudiaría! De todas estas materias en la cabeza le habían quedado algunos prácticos informes. Gracias a su inteligencia natural, se daba cuenta de que no se tenía que enseñar así, aunque ignoraba cómo tendría que hacerse.

Pero la juventud se siente feliz porque tiene un futuro. A medida que se aproximaba el fin de sus estudios, el corazón le latía con mucha más fuerza. Pensaba para sus adentros: «Esto no es la vida aún, esto sólo es la preparación para la vida. La auténtica vida está en el trabajo. Allí me esperan verdaderas empresas». Y sin dirigir ni una mirada al bello rincón que tanto sorprendía a sus huéspedes, sin llegarse hasta las tumbas de sus padres, según la costumbre de todos los ambiciosos, se encaminó a San Petersburgo, adonde, como todo el mundo sabe, acuden desde los más apartados rincones de Rusia nuestros fogosos jóvenes impulsados por los deseos de entrar en la Administración, de destacar, de hacer méritos o, sencillamente, de comprar unos palmos de ese engañoso conocimiento del mundo, incoloro y frío como el hielo.

Las ambiciosas pretensiones de Andrei Ivanovich fueron frenadas, no obstante, desde el principio, por su tío, el consejero de Estado efectivo Onufri Ivanovich, quien le declaró que lo más importante era la buena letra y que debía comenzar cuidando la caligrafía. Con muchas dificultades y con ayuda de las recomendaciones del tío, logró entrar en un departamento. Cuando fue introducido en una magnífica sala, inundada de luz, con suelo de parquet y escritorios barnizados, que producían la sensación de que en ella se reunían los más altos dignatarios del Estado para tratar de los destinos de la nación, y vio legiones de elegantes señores dedicándose a escribir entre gran ruido de plumas y con las cabezas ladeadas; cuando se le instaló en una mesa y le entregaron para copiar un documento que, como buscado a propósito, concernía a una cuestión de la menor importancia —era un asunto relativo a tres rublos que llevaban seis meses dando vueltas—, una rara sensación hizo presa en el inexperto joven, como si por haber cometido una falta le hubieran obligado a bajar del último curso a otro inferior. ¡Cómo se parecían aquellos señores a escolares! Para completar el parecido, algunos leían una estúpida novela traducida, que escondían entre los folios del expediente como si se hallaran entregados a su tarea, al mismo tiempo que se echaban a temblar cada vez que aparecía el jefe.

Todo esto le produjo una extraña sensación, pensó que sus anteriores ocupaciones eran más importantes que éstas, que la preparación para el trabajo era mejor que el trabajo mismo. Sintió añoranza por el colegio. Y de súbito se le apareció Alexandr Petrovich, como si estuviera vivo, y poco faltó para que rompiera a llorar. La sala, con los funcionarios y las mesas, comenzó a dar vueltas, y estuvo a punto de desvanecerse. «No —se dijo cuando volvió en sí—, me dedicaré al trabajo por mezquino que pueda parecerme al principio». Y haciendo de tripas corazón, decidió firmemente seguir el ejemplo de los demás.

¿Qué parte será la que se halle desprovista de placeres? Los hay en San Petersburgo, a pesar de su tosco y sombrío aspecto. En las calles reina un frío de treinta grados; un frío de pocos amigos; aúlla el viento, la bruja de las tormentas barre las aceras, ciega los ojos, llena de nieve los cuellos de piel, los bigotes de la gente y los peludos hocicos de las bestias; pero a través de los copos que danzan en todas direcciones, se ve brillar una ventana del tercer piso: en una acogedora estancia, a la luz de unas modestas velas de estearina, se mantiene una charla que reanima el corazón y el alma, a la vez que el samovar ronronea, o alguien lee unas hermosas páginas de uno de los inspirados poetas con que Dios ha distinguido a Rusia. Y el juvenil corazón del muchacho arde con el fervoroso entusiasmo con que ardería bajo el cielo del mediodía.

Tentetnikov pronto se acostumbró a sus funciones, aunque jamás llegaron a ser para él la meta principal como imaginaba al principio, sino algo secundario. El trabajo le servía para repartir su tiempo, haciendo que apreciara más los momentos que le quedaban libres. Su tío, el consejero de Estado efectivo, comenzaba ya a considerar que el sobrino llegaría a convertirse en un hombre de provecho cuando éste lo echó todo a rodar. Entre los amigos, por cierto muy numerosos, de Andrei Ivanovich, se encontraban dos que eran lo que se dice dos resentidos. Eran unos caracteres raros e inquietos, que no podían contemplar con indiferencia, no ya las injusticias, sino todo lo que a sus ojos revistiera las apariencias de injusticia. Buenos en el fondo, pero desordenados, querían para ellos indulgencia al mismo tiempo que se mostraban intolerantes con los demás. Su vehemencia y su indignación contra la sociedad ejercieron una profunda influencia en Tentetnikov. Le convirtieron en un ser nervioso e irascible e hicieron que prestara atención a todas las pequeñeces en las que antes ni siquiera se fijaba.

De la noche a la mañana dejó de gustarle Fiodor Fiodorovich Lenitsin, jefe de una de las secciones que ocupaban aquellas magníficas salas. Comenzó a buscar en él todo género de defectos. Le pareció que Lenitsin era todo fingimiento y almíbar en las conversaciones con los superiores y vinagre y hiel cuando se dirigía a sus subordinados; que, como todos los espíritus mezquinos, llevaba buena cuenta de quiénes eran los que no iban a ofrecerle sus respetos los días festivos, vengándose después de aquellos cuyos nombres no constaban en los pliegos de la portería. Esto fue causa de que cobrara hacia él una repugnancia fisiológica. Un espíritu maligno le impelía a hacerle alguna jugarreta a Fiodor Fiodorovich. Lo intentaba con verdadero placer y no paró hasta lograrlo.

Un día levantó en su presencia hasta tal punto la voz, que los superiores le comunicaron: o presentaba disculpas, o presentaba la dimisión. Él optó por presentar la dimisión. Su tío, el consejero de Estado efectivo, acudió a él asustado y suplicante:

—¡Por Dios te lo pido! ¿Te das perfecta cuenta de lo que acabas de hacer? ¡A quién se le ocurre dejar una carrera iniciada tan ventajosamente por la simple y exclusiva razón de que el jefe es distinto a como tú querrías que fuera! ¿Qué haces? ¿Qué haces? Si tomaran así las cosas, todos dejarían sus cargos. Entra en razón, deja de lado el orgullo y el amor propio y vayamos a ofrecerle tus excusas.

—No es lo que tú crees, tío —replicó el sobrino—. No me sería muy difícil darle explicaciones. Toda la culpa es mía; él es el jefe y yo no tenía que haberle hablado como lo hice. Pero hay otras obligaciones y deberes que debo atender: poseo trescientos siervos, la hacienda se halla abandonada y el administrador es un estúpido. El Estado no perderá gran cosa si otro me remplaza en la tarea de copiar documentos, pero su pérdida será considerable si esos trescientos hombres no pagan sus impuestos. Yo soy propietario, ¿qué se imagina usted?, y esto es algo que también obliga. Si yo me ocupo en conservar a los hombres que me han sido confiados y en mejorar su suerte, y si ofrezco al Estado trescientos súbditos ejemplares, sobrios y trabajadores, ¿será quizá mi

114

trabajo inferior al de cualquier jefe de sección, al de cualquier Lenitsin?

El consejero de Estado efectivo se quedó realmente atónito. No esperaba tal torrente de palabras. Tras haber reflexionado, un rato, se expresó más o menos de la manera siguiente:

—No obstante... ¿cómo eres capaz de hacer eso? ¿Cómo vas a enterrarte en el campo? ¿Qué sociedad piensas hallar entre los campesinos? Aquí, al menos, uno se encuentra en la calle con un general o con un príncipe. Pasas junto a algún... Hay alumbrado de gas, esto es la Europa industrial... Allí con lo único que te tropezarás será con mujiks y campesinas. ¿Por qué quieres condenarte a vivir en esa atmósfera de ignorancia para el resto de tu vida?

Pero las reflexiones del tío no hicieron mella alguna en el sobrino. La aldea comenzaba a parecerle un libre refugio en el que hallarían espacioso campo sus ideas y pensamientos, el único sitio donde le sería posible desplegar una actividad útil. Ya se había procurado las últimas obras publicadas sobre agricultura. En resumen, al cabo de dos semanas de tener lugar esta conversación estaba ya en las proximidades de los parajes en que había transcurrido su niñez, no lejos del rincón que ningún visitante o huésped podía por menos de admirar.

Nuevas sensaciones le embargaban. En su alma revivieron impresiones que se habrían creído borradas para siempre. Numerosos lugares los había olvidado totalmente, y, como si fuera la primera vez, contemplaba con curiosidad los bellos paisajes. Sin saber por qué, el corazón empezó a latirle con violencia. Cuando el camino le llevó por un estrecho barranco a lo más espeso de un vasto bosque y vio arriba y abajo, sobre su cabeza y a sus pies, robles tricentenarios que únicamente podían abarcar tres hombres juntos, alternando con el pino albar, el álamo y el olmo, y cuando al preguntar a quién pertenecía el bosque le respondieron que a Tentetnikov; cuando al abandonar el bosque el camino siguió por entre unos prados bordeados de pinares, mimbreras y sauces, con las alturas que se extendían muy arriba, y cruzó por dos puentes el mismo río, dejándolo ora a la derecha, ora a la izquierda, y a la pregunta de a quién pertenecían aquellos prados y terrenos anegadizos, le respondieron que a Tentetnikov. Cuando el camino siguió cuesta arriba y avanzó por una llana elevación, por un lado junto a las mieses, a los campos de trigo, cebada y centeno, y por otro junto a otras partes por las que antes había pasado y que ahora se le mostraban reducidas por la lejanía, y cuando, oscureciéndose poco a poco, el camino acabó por penetrar en la sombra de copudos árboles que extendían sus ramas sobre el verde tapiz hasta la misma aldea, y se presentaron ante sus ojos las cabañas de los campesinos con sus maderas talladas, y las rojas techumbres de los edificios de mampostería pertenecientes al propietario, la amplia casa y la vieja iglesia, y brillaron sus cúpulas doradas, cuando el palpitante corazón sabía, sin tener necesidad de preguntarlo a nadie, adónde había llegado, las sensaciones que hasta aquel momento se habían acumulado, se desbordaron, al fin, en un raudal de sonoras palabras:

—¿No he sido un necio hasta ahora? El destino me hizo dueño de un paraíso y yo mismo me condené a escribir papeles muertos. La instrucción que recibí, la cultura, me proporcionaron los conocimientos precisos para hacer el bien entre los hombres a mí confiados, para mejorar toda una comarca, para cumplir la serie de obligaciones de propietario, que al mismo tiempo es juez, conservador y ejecutor del orden. Y yo he colocado este puesto en manos de un administrador ignorante, mientras prefería preocuparme por asuntos ajenos entre gentes a las que no había visto nunca, de las que desconocía el carácter y las condiciones; prefería al verdadero Gobierno, ese imaginario Gobierno de papel de provincias que se encuentran a varios miles de verstas, que yo jamás he pisado, y en el cual yo sólo podía cometer una sarta de absurdos y necedades.

Mientras tanto, otro espectáculo le estaba esperando. Enterados de la llegada del señor, los campesinos se habían reunido en el portal de la casa. Le rodearon pañuelos, gorros, cinturones, camisas bordadas, caftanes y las pintorescas barbas de la bella aldea. Cuando oyó decir:

«¡Nuestro bienhechor! Se ha acordado de nosotros...» y los viejos se echaron a llorar recordando a su abuelo y a su bisabuelo, tampoco él fue capaz de contener las lágrimas. Se dijo: «¡Cuánto afecto! ¿Por qué me aprecian hasta tal extremo? Jamás los he visto, jamás me he preocupado por ellos», y decidió que en adelante compartiría con ellos los trabajos y las ocupaciones.

Comenzó a dirigir y a tomar disposiciones. Redujo las prestaciones, disminuyendo el número de días que los mujiks tenían obligación de trabajar para él y aumentando de esta forma el tiempo que el campesino podía destinar a su propia hacienda. Al estúpido del administrador lo despidió.

Tomaba parte en todo, se le podía ver en los campos, en los cobertizos de la mies, en la era, en los molinos, en el embarcadero cuando tenía lugar la carga de barcazas, de modo que incluso los holgazanes comenzaron a rascarse el cogote. Pero esto no duró gran cosa. El campesino es astuto y pronto advirtió que el señor, a pesar de ser diligente y de que mostraba deseos de hacer muchas cosas, ignoraba cómo poner manos a la obra y hablaba con términos cultos que nadie comprendía. Resultó como si el propietario y el campesino no se entendieran, como si cantaran con distintas voces y no acertaran a sostener la misma nota.

Tentetnikov se dio cuenta de que en sus tierras todo crecía peor que en las de los campesinos. Se sembraba antes y los brotes tardaban más en salir, aunque los mujiks trabajaban bien, según parecía; él mismo se hallaba presente e incluso ordenaba que se les ofreciera un trago de vodka para recompensar su celo. En la tierra de los campesinos el centeno había ya acabado de espigar, la avena había graneado y el mijo aparecía muy crecido, y en cambio en las suyas apenas si las mieses comenzaban a crecer y a espigar. En resumen, el señor advirtió que el campesino le engañaba, a pesar de las mejoras que él les había otorgado. Intentó reprocharles su comportamiento, pero le contestaron:

—¿Cómo puede ser, señor, que no sintamos los intereses del amo como si fueran nuestros? Usted mismo vio el interés con que labrábamos y sembrábamos, y mandó que nos dieran un trago de vodka.

¿Qué podía replicar?

—Y entonces, ¿a qué se debe que haya crecido tan mal? —preguntaba.

—¿Quién sabe? Sin duda el gusano se habrá comido las raíces. Por otra parte, el verano ha sido demasiado seco. No ha caído ni una sola gota.

Pero el señor veía que el gusano no se había comido las mieses de los campesinos, y que la lluvia había caído de una forma muy rara, como a trechos, favoreciendo al campesino y no acordándose de las tierras del señor.

Aún le resultaba más difícil entenderse con las mujeres. Estas no dejaban de ir a él para rogarle que las excusara del trabajo, quejándose de lo duras que eran las prestaciones. ¡Cosa extraña! Él había suprimido casi totalmente las prestaciones de baya, setas, nueces y telas, había reducido a la mitad todos los demás trabajos, pensando que las mujeres dispondrían de más tiempo para dedicarse a la casa, coserían ropa a sus maridos, harían su calzado y aumentarían sus huertas. Pero los resultados fueron muy distintos. La poltronería, las riñas, los comadreos y las discordias de todo tipo llegaron en el bello sexo hasta tal punto, que los maridos no dejaban de acudir a él a lamentarse:

—Te lo suplico, señor, haz que se ponga en razón ese diablo de mi mujer. Sí, es el mismísimo diablo. No me deja en paz.

Haciendo de tripas corazón, decidió mostrarse severo. Pero ¿cómo usar su severidad? Acudían también a él las mujeres quejándose de que se encontraban mal, de que se sentían enfermas, vestidas con unos trapos miserables que Dios sabe de dónde los habrían sacado.

—Vete, vete con Dios, aléjate de mi vista —decía el infeliz Tentetnikov, y acto seguido veía que, nada más cruzar el portón, la enferma empezaba a reñir con una vecina, a propósito de un nabo, y le molía las costillas como un robusto campesino no habría podido hacerlo.

Se le ocurrió construir una escuela para los mujiks, pero resultó tal necedad que se sintió completamente desanimado. Habría sido preferible que aquella idea no le hubiera pasado por la cabeza. ¡Qué escuela! Ni siquiera tenía nadie tiempo para acudir a ella: el niño de diez años ayudaba ya en todas las tareas y era allí donde se instruía.

En los asuntos judiciales y en los pleitos de nada le servían las sutilezas jurídicas que le habían enseñado sus maestros filósofos. Mentía una parte, mentía la otra, y ni el mismo diablo podía entender aquello. Se dio cuenta de que antes que las sutilezas jurídicas y filosóficas aprendidas en los libros era preciso el simple conocimiento de la naturaleza del ser humano. Advirtió que le faltaba algo, aunque no conseguía averiguar qué era. Y acabó sucediendo lo que tan a menudo ocurre: ni el campesino llegó a conocer al señor, ni el señor llegó a conocer al campesino. El campesino puso de manifiesto su parte mala y otro tanto le ocurrió al señor. Y el celo del terrateniente acabó por enfriarse.

A las faenas acudía ya sin ningún interés. Ya funcionasen con escaso ruido las guadañas, ya fueran hacinadas las mieses, ya se realizara cualquier otra faena, sus ojos se clavaban en la lejanía. Y si los trabajos se efectuaban a distancia, sus ojos buscaban objetos próximos o miraban a cualquier lado, a un recodo del río por cuyas orillas se deslizaba un martín pescador de patas y pico rojos. Contemplaba con curiosidad cómo el pájaro, habiendo atrapado a un pez cerca de la orilla, lo sujetaba atravesado en el pico, como no sabiendo si tragárselo o no, y a la vez miraba a otro martín pescador que blanqueaba a distancia, que no había cogido nada, y al que ya había atrapado a su pez.

O bien, con los ojos entornados y alzando la cabeza hacia los espacios infinitos, la abandonaba al perfume de los campos y a las voces de la cantarina población de los aires, cuando ésta se unía en todos los lugares, en el cielo y en la tierra, en un melodioso coro en el que nadie molestaba e interrumpía a los demás. Entre el centeno cantaba la codorniz, en la hierba cloqueaba el rascón, sobre ellos piaban las bandadas de pardillos, graznaba la becada, gorjeaba la golondrina, perdiéndose en la luz, y hacían sonar sus trompas las grullas, formando sus triángulos en los aires. Todos los contornos se hacían eco a los sonidos. ¡Oh, Creador! ¡Qué bello es tu mundo aun en el más alejado rincón, en una pequeña aldea, lejos de los grandes caminos y de las ciudades, con todas sus miserias!

Pero también esto acabó cansándole. Pronto suspendió totalmente sus salidas al campo, se recluyó en sus aposentos y se negó incluso a recibir al administrador cuando éste se presentaba para informarle de cómo iban los asuntos.

Antes acostumbraban a ir a visitarle algunos vecinos: un teniente de húsares retirado que apestaba a humo, un estudiante frustrado, de ideas radicales, cuyos conocimientos los había aprendido en periódicos y folletos. Igualmente esto acabó aburriéndole. Sus conversaciones empezaron a parecerle un tanto superficiales y su trato a la europea, con palmaditas en las rodillas, y su familiaridad y servilismo, exageradamente abiertos. Tomó la decisión de romper con todos y lo hizo incluso de un modo bastante brusco. Cuando uno de los mejores representantes de esas superficiales charlas acerca de todo, uno de esos coroneles parlanchines y entusiastas de las ideas nuevas que tienden a extinguirse, Varvar Nikolaevich Vishnepokromov, se presentaba dispuesto a conversar ampliamente con él de filosofía, de literatura, de política, de moral e incluso del estado de las finanzas inglesas, ordenó decir que no se encontraba en casa, al mismo tiempo que incurría en el descuido de asomarse a la ventana. Las miradas del visitante y del dueño de la casa se cruzaron. Uno, por supuesto, gruñó: «¡Bestia!», y el otro, impelido por el despecho, debió de responder algo relacionado con los cerdos.

Ahí concluyeron sus relaciones. A partir de entonces nadie acudió ya a visitarle. Él celebró esto y se dedicó a meditar acerca de una gran obra sobre Rusia. El lector ha tenido ya ocasión de ver en qué forma transcurrían sus meditaciones. Se estableció un extraño y desordenado orden. No puede afirmarse que no hubiera momento en que pareciera despertar de su sueño. Cuando el correo llegaba trayéndole revistas y periódicos y hallaba el nombre de un condiscípulo de viejos tiempos que ya había hecho notables progresos en la Administración pública o había contribuido ya en la medida de lo posible al avance de las ciencias y a la causa de la Humanidad, una secreta y suave melancolía se apoderaba de su corazón; una queja sorda y dolorosa se escapaba sin que él fuera capaz de dominarla. En aquellos momentos su existencia le parecía algo repugnante y deleznable. Con sorprendente vigor recordaba los tiempos del colegio, y Alexandr Petrovich se le aparecía como si aún viviera... Las lágrimas se deslizaban entonces abundantemente de sus ojos y sus sollozos se prolongaban a lo largo de casi todo el día.

¿Qué querían decir esos sollozos? ¿Revelaba de este modo su alma enferma el triste misterio de su dolencia? ¿No se había formado y robustecido ya la elevada personalidad que en él se esbozaba? ¿Era acaso que, al no haberse templado en su juventud en la lucha con los reveses, no había sabido elevarse y adquirir fortaleza cuando se tropezaba con las dificultades y contrariedades? ¿O que al fundirse, como el metal en el horno, el abundante caudal de sus grandes sensaciones, no había recibido el último temple, al fallecer demasiado pronto su excepcional maestro, y que actualmente no tenía a nadie en todo el mundo que pudiera dar vigor y fortaleza a sus energías, perpetuamente turbadas por las constantes vacilaciones y carentes de fluidez, alguien que gritara a su alma el alentador «¡Adelante!» que el ruso anhela oír por doquier, en todos los escalones de su vida, cualquiera que sea su estamento, condición u oficio? ¿Dónde está el ser humano capaz de gritarle al alma rusa en su propia lengua el todopoderoso «¡Adelante!», quien, conocedor de todas las fuerzas y virtudes, de toda la profundidad de nuestro carácter, fuera capaz de orientarnos como por encanto hacia una vida superior? ¡Con qué lágrimas, con qué cariño le pagaría el ruso reconocido! Pero los siglos suceden a los siglos, medio millón de inútiles y holgazanes duermen con profundo sueño y Dios no acaba de dar a Rusia la persona que pueda pronunciarla.

Un hecho estuvo a punto de despertarlo y de ocasionar una revolución en su carácter. Fue algo que tenía cierto parecido con el amor. Pero todo acabó en nada. No muy lejos, a diez verstas de su aldea, habitaba un general que, como ya vimos, no hablaba muy bien de Tentetnikov. Dicho general vivía como viven los generales, su mesa estaba siempre puesta para quien acudiera a visitarle, le gustaba que los vecinos vinieran a ofrecerle sus respetos, aunque jamás devolvía las visitas, hablaba con voz ronca, leía libros y tenía una hija que era una maravilla, una criatura como nunca se había visto otra hasta entonces. Era algo vivo como la vida misma.

Se llamaba Ulinka. Su educación fue algo que se salía bastante de lo corriente. Por institutriz había tenido a una inglesa que no sabía ni una palabra de ruso. Era aún una niña cuando falleció su madre. El padre no había tenido tiempo de ocuparse de ella. Eso sí, la amaba locamente y no había hecho más que mimarla. Como una criatura que ha crecido en la libertad, era muy caprichosa. Si alguien hubiera tenido ocasión de ver cómo la súbita cólera llenaba de severas arrugas su bella frente y el fuego que ponía en las disputas con su padre, la habría considerado como la más antojadiza de las criaturas. Pero su cólera sólo estallaba cuando oía hablar de una injusticia o de una mala acción, sea cual fuere la víctima. Nunca se irritaba ni discutía para defenderse o justificarse. La ira se esfumaba en cuanto veía en la desgracia a aquel contra quien se había enojado. A la primera petición de ayuda, cualquiera que fuese quien se la hiciera, estaba dispuesta a entregar su bolsa con todo su contenido, sin detenerse a pensar y sin que el cálculo la frenara. Era en extremo impetuosa. Cuando hablaba, parecía que toda ella siguiera el curso de sus ideas: la expresión de su rostro, la entonación, los movimientos de sus manos; incluso los pliegues de su vestido para el que el más desenvuelto y parlanchín no encontraba palabras. En ella no había nada oculto. No le producía temor alguno el descubrir sus pensamientos ante cualquiera, y ninguna fuerza la habría obligado a permanecer en silencio cuando quería hablar. Sus andares, deliciosos y muy personales, eran tan libres y seguros, que, sin darse cuenta, todo el mundo le cedía el paso. Frente a ella, el malo se turbaba y enmudecía; el más desenvuelto y parlanchín no encontraba palabras y se azoraba, mientras que el tímido podía charlar con ella como jamás había charlado en toda su vida con nadie, y desde el primer instante le parecía que la había conocido antes, que ya se habían visto en los tiempos de su niñez, en la casa paterna, en una regocijada velada, entre los divertidos juegos de la chiquillería, y más tarde, durante un buen rato, le parecía aburrida la sensata edad del adulto.

Esto justamente fue lo que sintió Tentetnikov. Un nuevo e inefable sentimiento invadió su alma. Su aburrida vida se iluminó de repente.

Al principio, el general recibió a Tentetnikov bastante bien; se mostraba amistoso, aunque no llegaron a simpatizar. Sus conversaciones se convertían en controversias y las dos partes quedaban con una sensación no muy grata, porque al general le molestaba que le llevaran la contraria. Tentetnikov, a su vez, también era quisquilloso. Claro está que, pensando en la hija, perdonaba muchas cosas al padre. La paz se mantuvo entre ellos hasta que llegaron dos parientas del general, la condesa Boldiriova y la princesa Yuziakina, antiguas damas de honor de la corte, pero que aún continuaban manteniendo algunas relaciones con palacio, debido a lo cual el general se rebajaba algo ante ellas.

Desde el momento en que aparecieron, Tentetnikov tuvo la sensación de que el general se comportaba con él con más frialdad, de que no advertía su presencia o lo trataba como a persona de inferior condición. Le decía con desdén: «amigo» y «escucha, hermano», llegando incluso a tutearle. Esto terminó por hacerle estallar. Conteniéndose, no obstante, apretando los dientes y dominándose, tuvo la presencia de ánimo suficiente como para decirle cortésmente y con voz suave, mientras su rostro se encendía y todo él hervía por dentro:

—Le doy las gracias, general, por su benevolencia. Al tutearme me invita a una íntima amistad y me fuerza a que yo le tutee a usted. Pero la diferencia de edad se opone a una relación tan familiar entre nosotros.

El general se mostró turbado. Buscando bien palabras o ideas, repuso, aunque un tanto deslavazadamente, que le había tuteado teniendo en cuenta que, en algunas ocasiones, el viejo puede hacerlo cuando conversa con un joven. (A su grado no hizo la menor alusión). Es fácil comprender que sus relaciones concluyeron ahí. Terminó también el amor, en sus mismos comienzos. Apagóse la luz que había brillado por unos momentos, y las tinieblas que vinieron a continuación se hicieron todavía más densas. Todo giró hacia la vida que el lector vio al empezar el capítulo: la vida del que se pasa las horas recostado y sin dar golpe. La suciedad y el desorden reinaron entonces en la casa. La escoba permanecía el día entero en medio de la estancia, haciendo compañía a la basura. Los pantalones aparecían tirados incluso en plena sala. En la elegante mesa, frente al diván, había unos grasientos tirantes, como si se tratara de un obsequio para las visitas. Se volvió tan dejado y abúlico, que no sólo le perdieren el respeto los criados, sino que incluso poco faltó para que las gallinas la emprendieran a picotazos con él. Con la pluma en la mano, pasaba horas y más horas dibujando cuernos, isbas, casas, carruajes y troicas. Algunas veces, completamente abstraído, la pluma dibujaba por sí misma, sin que el dueño se lo ordenara, y entonces surgía sobre el papel una cabecita de delicados rasgos, de mirada rápida y penetrante y un ondeante mechón de pelo, y veía, atónito, que el retrato se parecía extraordinariamente a aquella a quien ningún famoso pintor habría sido capaz de pintar. Y aún se sentía más triste: la seguridad de que en la tierra no existía la felicidad le volvía todavía más taciturno y aumentaba su apatía.

Tal era la disposición de ánimo de Andrei Ivanovich Tentetnikov cuando un día, según su costumbre, se aproximó a la ventana con su pipa y la taza en la mano, y observó que en el patio había cierta agitación y movimiento. El pinche de cocina y una sirvienta se precipitaban a abrir el portón, y aparecieron unos caballos exactamente iguales a los que se esculpen o pintan en los arcos de triunfo: un morro a la derecha, otro morro a la izquierda, y un tercero en el centro. Sobre ellos, en el pescante, se veía al cochero y a un lacayo enfundado en un levitón que iba ceñido con un pañuelo de bolsillo. Tras ellos aparecía un señor con gorro y capote, que llevaba una bufanda de vivos colores. Cuando el vehículo dio la vuelta para llegarse hasta la puerta de la casa, pudo advertirse que se trataba de un carruaje ligero con suspensión de ballestas. Un señor de aspecto muy distinguido descendió de él casi con la agilidad y rapidez propias de los militares.

Andrei Ivanovich se acobardó. Creyó que sería un funcionario del Gobierno. Debemos hacer constar que en su juventud se vio comprometido en un asunto un tanto imprudente. Dos húsares amantes de la filosofía, que habían leído hasta hartarse todo tipo de folletos, un esteta que no había concluido la carrera y un jugador arruinado, fundaron cierta sociedad filantrópica dirigida por un viejo bribón y masón, asimismo jugador, pero hombre elocuente. Dicha sociedad había sido instituida con el ambicioso propósito de proporcionar una felicidad duradera a todo el género humano, desde las riberas del Támesis hasta Kamchatka. Eran menester enormes cantidades de dinero. Las aportaciones de los generosos asociados fueron muy considerables. Sólo el alto director del tinglado tenía idea de adónde iba a parar todo aquello. Se vio arrastrado a la sociedad en cuestión por dos amigos que pertenecían a la clase de los resentidos, buenas personas, pero que, a consecuencia de los frecuentes brindis en pro de la ciencia, la cultura y el futuro progreso de la Humanidad, se convirtieron en unos borrachos de tomo y lomo. Tentetnikov se dio pronto cuenta de las cosas y rompió sus relaciones con aquel medio. Pero la sociedad se dedicó a otras actividades, indignas incluso de un noble, y la policía se vio obligada a intervenir en el asunto. Así, pues, se comprende que, a pesar de que se hubiera retirado y hubiera roto con ellos toda clase de relaciones, Tentetnikov no se sintiera muy tranquilo. Su conciencia no acababa de apaciguarse. No sin cierto temor dirigió la mirada hacia la puerta que se abría.

Sin embargo, el miedo que sentía se desvaneció en cuanto vio que el visitante se inclinaba con increíble agilidad, con la cabeza algo ladeada, y con breves palabras, pero claras, explicaba que desde hacía bastante tiempo se dedicaba a recorrer Rusia movido por la necesidad y por el afán de saber; que en nuestro país había cosas muy notables en abundancia, sin contar sus numerosas industrias y la diversidad de sus tierras; que se había sentido atraído por la pintoresca situación de su aldea, aunque, a pesar de esto, no habría osado molestarle con su inoportuna visita si, debido al mal estado de los caminos, después de las lluvias primaverales, su carruaje no hubiera sufrido una avería; y aun así, aunque no le hubiera sucedido nada al vehículo, no habría sido capaz de privarse del placer de acudir a presentarle personalmente sus respetos.

Una vez concluidas estas palabras, el visitante, que calzaba elegantes botas de charol abrochadas con botones de nácar, dio un delicioso taconazo y, no obstante su corpulencia, rebotó hacia atrás con la ligereza de una pelota de goma.

Ya calmado por completo, Andrei Ivanovich pensó que seguramente sería un curioso profesor que iba recorriendo Rusia en busca de plantas, quizá, o tal vez fósiles. En seguida se ofreció para ayudarle en todo lo que fuera necesario; puso a su disposición sus carroceros y herreros, le pidió que se sintiera como en su propia casa, le indicó que se sentara en una butaca Voltaire y se preparó para escuchar lo que tuviera que explicarle acerca de la Ciencias Naturales.

No obstante, el recién llegado hizo referencia más bien a cuestiones del mundo interior. Comparó su vida a un navío en medio de los mares, siempre empujado por los malos vientos; recordó que había tenido que cambiar repetidas veces de empleo, que había padecido mucho por salir en defensa de la justicia, que incluso su propia vida se había visto amenazada algunas veces por sus enemigos. Contó todavía muchas otras cosas que lo mostraban más bien como hombre práctico. Al final sacó un pañuelo blanco de batista y se sonó con tal sonoridad como Andrei Ivanovich jamás había oído. Algunas veces sucede que una vil trompeta resuena con tanto estrépito que produce la impresión de que no está retumbando en la orquesta, sino en nuestro propio oído. Un sonido semejante estalló en las desiertas habitaciones de la casa, hasta aquel momento adormecidas, y acto seguido se esparció un grato olor a agua de colonia, cuyo aroma había sido difundido al ser hábilmente desdoblado el pañuelo.

El lector habrá adivinado ya, tal vez, que el visitante no era otro sino nuestro honorable Pavel Ivanovich Chichikov, a quien teníamos abandonado desde hace largo tiempo. Había envejecido un poco; se advertía que el tiempo transcurrido había sido para él una época de inquietudes y tormentos. Parecía como si incluso el frac se hallara algo raído, y más desgastados y deslucidos tanto el coche como el cochero el criado, los caballos y los arneses. Parecía que incluso sus mismas finanzas no estaban en una situación envidiable. Pero la expresión del rostro, la dignidad de su figura y su delicioso trato eran los mismos. Hasta podría decirse que su trato era más encantador, que al tomar asiento en el sillón cruzó con más destreza los pies. Había más dulzura en sus palabras y expresiones, era más moderado y cauto en las expresiones, hacía gala de más tacto. Aparecían más blancos y limpios su cuello y su lechuguilla, y a pesar de que llegaba de viaje, ni una sola motita de polvo se había posado en su frac. Habría podido presentarse en una comida de gala. Sus mejillas y su mentón habían sido tan bien afeitados, que se necesitaba ser ciego para no admirar su grata redondez.

En seguida la casa experimentó una transformación. La mitad de la vivienda, que hasta aquel momento se había hallado sumida en la oscuridad, con las maderas clavadas, vio de súbito la luz y se iluminó. Cada cosa pasó a ocupar su lugar en las estancias ya iluminadas y no tardó en quedar todo del modo siguiente: la estancia destinada a dormitorio dio cabida a las cosas destinadas al tocado de noche; la estancia destinada a despacho…, pero antes es preciso saber que en esa estancia había tres mesas: el escritorio, junto al diván; otra mesa de juego entre las ventanas, frente al espejo, y una rinconera, que ocupaba el ángulo formado por la puerta del dormitorio y otra puerta que comunicaba con un salón deshabitado repleto de muebles cojos, en el que antes transcurrían años enteros sin que penetrara nadie y que actualmente hacía las veces de antesala. En la rinconera depositaron la ropa que antes se hallaba en la maleta, a saber: los pantalones para llevar con el frac, los pantalones nuevos, los pantalones grises, dos chalecos de raso y dos de terciopelo, la levita y dos fraques. Todas estas prendas quedaron amontonadas, formando una pirámide, y fueron cubiertas con un pañuelo de seda. En otro rincón, entre la ventana y la puerta, quedó alineado el calzado: unas botas un poco usadas, otras totalmente nuevas, las botas de charol y las zapatillas. También esto fue púdicamente cubierto con un pañuelo de seda, de tal forma que daba la impresión de que allí no había absolutamente nada. En el escritorio, con sumo orden, fueron instalados el cofrecillo, un frasco de agua de colonia, un calendario y dos segundos volúmenes de ciertas novelas. La ropa limpia pasó a ocupar la cómoda que ya anteriormente estaba en el dormitorio; la que tenía que darse a la lavandera, en un envoltorio, la colocaron debajo de la cama. Idéntica suerte cupo a la maleta en cuanto la hubieron vaciado. El sable que viajaba por los caminos para atemorizar a los ladrones, halló asimismo su lugar en el dormitorio, donde quedó colgando de un clavo junto a la cama. Todo adquirió un extraordinario aspecto de limpieza y de orden. En ninguna parte podría verse un pedazo de papel, una pluma, una mota de polvo. Hasta el aire se diría que estaba purificado: en el ambiente predominó a partir de entonces el grato olor de un hombre sano que se cambia a menudo de ropa interior, va al baño y se fricciona los domingos con una esponja mojada. En la antesala intentó instalarse de modo provisional el olor del criado Petrushka. Pero Petrushka pronto se vio confinado en la cocina, como correspondía.

Durante los primeros días, Andrei Ivanovich sintió cierto temor por su independencia; recelaba que su huésped iba a imponerle algún cambio y destruiría el régimen de vida que con tanta fortuna se había trazado. Pero sus temores eran infundados. Nuestro Pavel Ivanovich demostró una gran capacidad de adaptación. Se mostró de acuerdo con la filosófica placidez del anfitrión, diciéndole que de esta manera llegaría a centenario. Respecto a la soledad se expresó con mucho acierto, afirmando que era ella la que inspiraba los grandes pensamientos al hombre. Revisó la biblioteca y habló de los libros en general, ensalzándolos y haciendo ver que nos salvan del ocio. No hablaba mucho, pero sus palabras eran de peso. En su conducta dio muestras de mayor tacto aún. Comparecía en el momento exacto y se retiraba en el instante oportuno; no molestaba al anfitrión con sus preguntas en los momentos en que a éste no le apetecía hablar; jugaba con él gustosamente a las damas y plácidamente permanecía en silencio. Mientras que el uno fumaba su pipa, lanzando esponjosas nubes de humo, el otro, que no era fumador, discurría para distraerse algo por el estilo: por ejemplo, extraía del bolsillo la tabaquera de plata niquelada, y, sujetándola entre los dedos pulgar e índice de la mano izquierda, la hacía girar velozmente con el índice de la derecha, al modo como el globo terrestre gira sobre su eje, o se ponía a silbar, acompañándose con un ligero repiqueteo sobre la tabaquera. En resumen, que no molestaba a su anfitrión.

«Es la primera vez que me tropiezo con una persona con la que es posible vivir —pensaba Tentetnikov—. Es un arte que en nuestro país apenas se conoce. Existen bastantes hombres cultos, inteligentes y buenos, pero hombres cuyo carácter sea siempre igual, con los que se pueda pasar la vida entera sin meterse en disputas, dudo que se pudieran hallar muchos. Yo, es el primero que encuentro». Así opinaba Tentetnikov de su huésped.

En cuanto a Chichikov, estaba muy satisfecho de haberse instalado momentáneamente en la casa de un hombre tan pacífico y tranquilo. Ya se sentía fatigado de aquella vida de gitanos. Descansar en una aldea tan bella, aunque sólo fuera un mes, entregado a la contemplación de los campos al iniciarse la primavera, era conveniente incluso para la salud. Resultaría difícil hallar un rincón mejor que aquél para descansar. La primavera retrasada por mucho tiempo a causa de los fríos, se había iniciado con todo su esplendor, y la vida se manifestaba por doquier. Ya comenzaban a azulear los claros del bosque y en la radiante esmeralda del primer verdor amarilleaban el diente de león, y la anémona, con su lila rosado, inclinaba su fina corola. Enjambres de mosquitos e innumerables insectos habían invadido los pantanos, perseguidos por la araña de agua y las muchedumbres de pájaros que, venidos de todas partes, se habían reunido en los secos cañaverales. Y todos se aproximaban y se juntaban para observarse los unos a los otros. De súbito, se pobló la tierra, se despertaron los prados y los bosques.

En la aldea comenzaron los cánticos. Todo invitaba a la expansión. ¡Qué tonos tan vivos en el verdor de los campos! ¡Qué perfume en el aire! ¡Qué bullicio el de los pájaros en los huertos! ¡Un auténtico paraíso, alegría y júbilo! Toda la aldea vibraba y cantaba como en una boda.

Chichikov caminaba mucho. Cualquier sitio se prestaba para sus paseos. Ora se encaminaba hacia la elevada planicie, admirando el valle que se extendía a sus pies, donde las aguas primaverales habían dejado enormes charcas, y donde los bosques, sin hojas aún, parecían islas negras; ora dirigía sus pasos hacia el bosque adentrándose en la espesura, se metía en las barrancas, donde los árboles se amontonaban, inclinadas sus ramas bajo la pesada carga de los nidos, allí donde los cuervos graznaban y se entrecruzaban por el aire oscureciendo el cielo. Por la tierra, ahora seca ya, se podía llegar hasta el embarcadero, de donde salían las enormes barcazas cargadas con guisantes, trigo y cebada, al mismo tiempo que con ensordecedor ruido las aguas se precipitaban hacia las ruedas del molino, que había comenzado a funcionar. Fue a contemplar las primeras tareas de la primavera, a inspeccionar la negra tierra levantada poco antes con el arado, mientras que el sembrador, golpeando con la mano la criba que llevaba colgada al pecho, arrojaba la simiente por igual, sin que un solo grano cayera fuera de su lugar.

Chichikov se dedicó a recorrerlo todo. Cambió impresiones y conversó con el administrador, con los mujiks y con el molinero. Se puso al tanto de todo, de cómo y de qué modo marchaban los asuntos de la hacienda, de qué cantidad de grano se vendía, de la maquila que percibía en primavera y otoño, de cuál era el nombre de cada campesino, de sus lazos de parentesco, de dónde había adquirido su vaca el que la poseía y de qué daba de comer al cerdo. Lo que se dice de todo.

Igualmente trató de enterarse de cuántos campesinos habían fallecido, resultando que habían sido muy pocos. Como hombre inteligente que era, en seguida se dio cuenta de que las cosas iban mal en la hacienda de Andrei Ivanovich. Por todos lados se veían muestras de abandono, de incuria, de afición a la bebida y de robos. Y esta manera se decía para sus adentros: «¡Qué animal es ese Tentetnikov! ¡Tener abandonada hasta tal punto una hacienda que podría rentarle cincuenta mil rublos!».

En más de una ocasión, en el transcurso de sus paseos, tuvo la idea de hacerse con el tiempo —no entonces, por supuesto, sino más adelante, cuando su principal empresa hubiera llegado a buen fin y él gozara de los recursos necesarios— el pacífico propietario de una hacienda como aquélla. Es fácil comprender que estos pensamientos aparecían unidos a otros en los cuales se representaba a una mujercita joven, lozana y de piel blanca, hija de comerciantes o de una familia adinerada, que incluso tuviera conocimientos de música. Se figuraba asimismo a la joven generación que se encargaría de perpetuar el apellido de los Chichikov: un muchacho revoltoso y una bonita hijita, o dos chiquillos, o tres niñas incluso, para que todos se enteraran bien de que él había vivido, efectivamente, y no se había limitado a deslizarse como un fantasma o una sombra por la tierra, para no tener que avergonzarse ante la patria.

Se decía también en esos momentos que tampoco le iría nada mal un ascenso: que fuera nombrado, por ejemplo, consejero de Estado, pues se trataba de un título honorable y que a todo el mundo infundía respeto... ¡Pues no le pasan a uno cosas por la cabeza cuando pasea, cosas que lo alejan de la monótona realidad, que solivian y dan alas a su imaginación y le hacen gratos incluso los momentos en que tiene la seguridad de que es él y de que jamás se realizará lo que piensa!

También gustó la aldea a los criados de Pavel Ivanovich. Igual que él, allí se sentían bien. Petrushka no tardó en intimar con el despensero Grigori, aunque al principio ambos se daban importancia y presumían excesivamente uno ante otro. Petrushka quiso asombrar a Grigori narrándole las diversiones a que se había dedicado en diferentes partes, pero Grigori le hizo callar mencionando a San Petersburgo, ciudad en la que Petrushka jamás había estado. Este último, en su afán de quedar por encima del otro, habló de la enorme distancia que separaba los lugares por él frecuentados, pero Grigori aludió a cierto sitio que ni siquiera aparecía en el mapa y que se hallaba a más de treinta mil verstas, con lo que el criado de Pavel Ivanovich se quedó sin saber qué replicar, con la boca abierta, entre las chanzas de todos los criados. A pesar de ello, una estrecha amistad acabó uniéndolos. A la salida del pueblo, Pimén el Calvo, que era tío para todos los mujiks, poseía una taberna conocida con el nombre de Akulka. En ese establecimiento se les podía encontrar a cualquier hora. Allí entablaron amistad, convirtiéndose en lo que la gente del pueblo conoce como buenos parroquianos.

Selifán halló otro señuelo. Todos los días, al caer la tarde, en la aldea se reunían las muchachas para cantar en corro canciones de primavera. Se trataba de unas mozas bien formadas, de buena raza, como actualmente resultaba difícil hallarlas en los pueblos, que le hacían quedarse mirándolas como un estúpido horas enteras. Era poco menos que imposible dar la preferencia a ninguna de ellas: todas tenían blanco pecho y blanco cuello, ojos enormes, andares de pavo y una trenza que descendía hasta llegar a la cintura. Cuando entrelazaba sus manos con las blancas manos de ellas, cuando evolucionaba pausadamente con ellas en el corro o cuando se dirigía hacia ellas formando fila con los demás jóvenes y ellas, formando también una fila, reían y cantaban a plena voz: «Boyardos, traed al novio», mientras que en los contornos oscurecía cada vez más y desde la otra orilla del río volvía triste el eco de la canción, en aquellos momentos ni él mismo sabía lo que le pasaba. Después, tanto en sueños como despierto, por la mañana y por la noche, constantemente creía tener entre sus manos las blancas manos de ellas y que giraba y giraba en el corro. Hacía entonces un ademán de disgusto, y exclamaba:

—¡Malditas mozas, que no consigo quitármelas de encima!

A los caballos de nuestro héroe también les gustó la nueva vivienda. El de varas, el «Asesor» y hasta el blanco hallaron que la estancia en la casa de Chichikov era bastante divertida, la avena magnífica y la disposición de los establos en extremo cómoda: a pesar de que cada pesebre estaba separado mediante tabiques, por encima podía ver a los demás caballos, de tal modo que si al más alejado se le ocurría la idea de relinchar, se le podía contestar seguidamente.

En una palabra, que todos se encontraban como en su propia casa. En lo referente al asunto que llevaba a Pavel Ivanovich a la espaciosa Rusia —esto es, las almas muertas—, éste se había vuelto muy cauto y reservado. Incluso si hubiera tenido que tratar con unos perfectos idiotas, no habría comenzado de buenas a primeras. Y Tentetnikov, como quiera que fuese, no dejaba de leer libros, filosofar e intentar buscar la causa de todo, explicarse el porqué y el cómo de las cosas. «No —se decía—, vale más tantear por otro lado».

En sus frecuentes conversaciones con los criados, se enteró de que antes el señor solía visitar a menudo a su vecino el general, de que el general tenía una hija, de que el señor agradaba a la señorita y la señorita agradaba al señor… pero que luego, de repente, tuvieron algunas disputas y acabaron por distanciarse. Había advertido que Andrei Ivanovich manifestaba una gran afición a dibujar, a pluma y a lápiz, unas cabezas que siempre guardaban extraordinario parecido.

Cierto día, cuando había terminado de comer, mientras, siguiendo su costumbre, hacía girar la tabaquera de plata en torno a su eje, habló como sigue:

—Usted, Andrei Ivanovich, lo posee todo. Únicamente le falta una cosa.

—¿Qué? —inquirió el otro, al tiempo que dejaba escapar una nube de humo.

—Una compañera —repuso Chichikov.

Andrei Ivanovich no dijo nada, y en esto consistió toda la conversación. Chichikov se resistió a darse por vencido, escogió otro momento, en esta ocasión algo antes de la cena, cuando se charlaba de esto y de lo de más allá, y de súbito dijo:

—La verdad es, Andrei Ivanovich, que haría muy bien casándose.

Tentetnikov se hizo el sordo; era como si la misma conversación acerca de este tema le resultara molesta. Chichikov, a pesar de ello, no cejó en su intento. Por tercera vez buscó el momento oportuno, después de la cena, y dijo:

Y no obstante, por más vueltas que le doy, observo que usted necesita casarse. De no hacerlo así caerá en la hipocondría.

Sea porque las palabras de Chichikov eran en esta ocasión más persuasivas, sea porque entonces se sintiera más inclinado a las confidencias, lo cierto es que lanzó un suspiro, soltó una bocanada de humo, y al fin dijo:

—Para todo es preciso nacer con suerte, Pavel Ivanovich —y le habló de todo lo relativo a su amistad con el general y a la ruptura de sus relaciones.

Chichikov se quedó atónito al escuchar palabra por palabra, el fiel relato de aquella historia, y al comprobar que la causa de todo era un simple tuteo. Por unos instantes se quedó mirando fijamente a Tentetnikov sin saber qué pensar de él: si era tonto de remate, o, sencillamente, estúpido.

—¡Por favor, Andrei Ivanovich! —exclamó por último mientras le cogía las dos manos—. ¿Dónde está la ofensa? ¿Qué tiene el tuteo de ofensivo?

—El hecho en sí nada tiene de ofensivo —contestó Tentetnikov—. La ofensa consistió en la voz, en el tono con que me estuvo hablando. El tutearme significaba: «Acuérdate de que eres un don nadie; si yo te recibo sólo se debe a que no hay nadie mejor que tú. Pero ahora, cuando acaba de llegar una princesa, Yuziakina, recuerda bien cuál es tu puesto, no atravieses el umbral». Eso es lo que significaba.

Y mientras esto decía, el apacible y manso Andrei Ivanovich lanzaba chispas por los ojos y su voz temblaba con la irritación de quien se ve herido en sus sentimientos.

—Pero aun suponiendo que fuera en ese sentido, ¿qué había en ello de particular? —replicó Chichikov.

—¡Cómo! ¿Pretenderá usted que yo acuda de nuevo a su casa después de una acción como la suya?

—Eso no tiene nada de extraño. No es nada reprobable —dijo Chichikov flemáticamente.

—¿Que no es nada reprobable? —preguntó Tentetnikov, asombrado.

—Se trata de una costumbre muy propia de los generales, y no de una acción censurable: ellos tutean a todo el mundo. Por otra parte, ¿por qué no tolerar que le tutee a uno una persona respetable y cargada de méritos?

—Eso ya es otra cosa —dijo Tentetnikov—. Si fuera simplemente un anciano, un pobre, y no un general altivo y orgulloso, le permitiría que me tuteara e incluso lo consideraría como un honor.

«Es un perfecto idiota —se dijo Chichikov para sus adentros—. ¡Permitir que le tutee un desarrapado, y no dejárselo hacer por un general!».

121

—Está bien —repuso en voz alta—, admitamos que él le ofendió a usted, pero usted se desquitó: están por lo tanto en paz. Pero enemistarse con el olvido de los intereses personales, de lo que concierne a uno, discúlpeme… Cuando se ha trazado un fin es preciso intentar alcanzarlo contra viento y marea. ¡No tiene por qué parar atención en las ofensas! Las personas ofenden siempre, es así. En todo el mundo no podría hallar usted a nadie que no lo haga.

«¡Qué criatura más original es ese Chichikov!», pensó Tentetnikov, atónito y sorprendido por tales palabras. «¡Pero qué criatura más original es ese Tentetnikov!», pensó por su parte Chichikov.

—Andrei Ivanovich, voy a hablarle como lo haría a un hermano. Usted es un hombre que carece de experiencia, déjeme a mí y yo solucionaré el asunto. Acudiré a visitar a Su Excelencia y le diré que no es más que un mal entendido, que todo se debe a su juventud y a su desconocimiento de la gente y del mundo.

—Yo no pienso en modo alguno rebajarme ante él —objetó Tentetnikov ofendido—, y no puedo autorizarle para que hable en nombre mío.

—Yo no soy capaz de rebajarme —objetó por su parte Chichikov, asimismo ofendido—. Pedir perdón, humanamente, sí que puedo, pero rebajarme, nunca… Discúlpeme, Andrei Ivanovich, por mis buenos deseos, no imaginaba que mis palabras encontrarían tal acogida.

Todo esto fue dicho con un profundo sentimiento de dignidad.

—¡Perdóneme! —se apresuró a decir Tentetnikov, conmovido, al tiempo que le cogía las dos manos—. No era mi intención ofenderle. ¡Agradezco mucho sus buenas intenciones, se lo juro! Pero dejemos esta conversación. Le suplico que nunca más vuelva a hablarme de esto.

—Siendo así, mañana iré a visitar al general.

—¿Para qué? —preguntó Tentetnikov, atónito, mirándole fijamente.

—Para presentarle mis respetos.

«¡Qué persona más rara es ese Tentetnikov!», se dijo Chichikov. «¡Qué persona más rara es ese Chichikov!», se dijo Tentetnikov.

—Mañana sin falta, Andrei Ivanovich, a las diez, acudiré a visitarle. A mi modo de ver, cuanto antes se presenten los respetos a un hombre honorable, tanto mejor. Y como mi coche no está todavía arreglado, permítame que me vaya en el suyo.

—¡No faltaba más! ¿Por qué me lo pide? Usted es aquí dueño y señor de todo. El coche y cuanto precise se halla a su disposición.

Tras esta conversación se despidieron y se separaron para ir a acostarse, no sin pensar cada uno en las genialidades del otro. Pero ¡oh prodigio! A la mañana siguiente, cuando el carruaje se acercó a la puerta y Chichikov subió a él con la agilidad de un militar, con su nuevo frac, corbata blanca y chaleco, y se dirigió a presentar sus respetos al general, a Tentetnikov le dominó una agitación como hacía tiempo no sentía. Todo el curso de sus ideas, como enmohecido y adormilado, adquirió de pronto una inquieta actividad. Una nerviosa agitación se apoderó repentinamente de sus sentidos, que hasta aquel momento habían estado sumidos en la modorra de la indolencia. Ora se sentaba en el diván, ora se encaminaba hacia la ventana, ora cogía un libro entre las manos, ora intentaba pensar —inútiles deseos, las ideas no acudían a su mente—, ora intentaba no pensar en nada, vanos esfuerzos, las ideas, a manera de cabos y rabos de ideas le asaltaban y le venían por todas partes a la cabeza. «¡Qué extraña, sensación!», pensó, y se aproximó a la ventana, donde permaneció contemplando el camino, que cruzaba un robledal, y en cuya lejanía podía distinguirse aún una nube de polvo, que no había tenido tiempo de posarse.

Pero dejemos a Tentetnikov y vayamos tras Chichikov.

CAPÍTULO II

Los caballos eran buenos y en escasamente media hora recorrieron las diez verstas. Era un camino que cruzaba primero un robledal, después unos campos en los que el trigo comenzaba a verdear entre los surcos acabados de abrir, y a continuación una serie de elevaciones desde las que se divisaban lejanos paisajes. Luego se encontraba una avenida de tilos que apenas comenzaban a echar hojas, avenida que iba a dar en el centro mismo de la aldea. Allí, la avenida de tilos giraba a la derecha, convertida en una calle bordeada de álamos de ovalado ramaje, protegidos en su parte baja por un trenzado de mimbres, y que acababa en una verja de hierro fundido, a través de la cual se distinguía el frontón de la casa del general, con abundante labor de talla y sus ocho columnas de orden corintio. Por todos lados se olía a pintura al aceite, todo era renovado sin dar tiempo a que las cosas envejecieran. Debido a su limpieza, se habría dicho que el patio era un piso de parquet. Chichikov descendió del coche con muestras de respeto, se hizo anunciar al general y le introdujeron directamente al despacho.

La majestuosa prestancia del general le dejó admirado. Llevaba una bata de raso guateado de espléndido color púrpura. La mirada franca, el rostro viril, bigotes y enormes patillas ya grises, cabello recortado en la nuca, cuello grueso por detrás, de esos a los que se acostumbra a llamar de tres pisos o tres pliegues, con una arruga en medio; en resumen, se trataba de uno de esos bizarros generales que tan abundantes fueron en el famoso año 12.

El general Betrischev, como la mayoría de nosotros, poseía, al mismo tiempo que un gran número de buenas cualidades, una multitud de defectos. Unas y otros, como les sucede con frecuencia a los rusos, se unían en él en un pintoresco desorden. En los momentos decisivos se mostraba magnánimo, era valeroso y de una

122

generosidad ilimitada: siempre manifestaba una gran inteligencia. Y junto a todo esto, amor propio, caprichos, triquiñuelas de las que ningún ruso es capaz de prescindir cuando se halla inactivo. Detestaba a todos aquellos que le habían alentado en el servicio y siempre que aludía a ellos era mordaz y se expresaba con hirientes epigramas. Su primera víctima era un viejo compañero cuya capacidad e inteligencia juzgaba inferiores a las suyas, pero que le había aventajado y era ya gobernador general de dos provincias, precisamente, como hecho a propósito, de un territorio en el que estaba situada su hacienda, de tal manera que parecía como si dependiera de él. A fin de vengarse, hablaba con desprecio de su homólogo cuando se presentaba ocasión, criticaba todas sus disposiciones y en cualquiera de ellas veía la máxima insensatez. Todo en él parecía extraño, comenzando por la instrucción, de la que era un ardiente defensor. Le agradaba brillar y saber lo que otros ignoraban, y no le gustaban las personas que sabían algo que él no sabía. En resumen, le complacía alardear un poco de su inteligencia. Con una educación extranjera a medias como había sido la suya, le satisfacía hacer de gran señor ruso.

Así pues, es fácil comprender que con un carácter tan poco uniforme y con tan notables contradicciones hubiera de tener por fuerza innumerables disgustos en su carrera, como consecuencia de los cuales solicitó el retiro, echando las culpas de ello a cierto partido enemigo y sin tener la generosidad de culparse a sí mismo de nada. En cuanto se hubo retirado, conservó el mismo empaque majestuoso de antes. Continuaba siendo el mismo, tanto de levita, como de frac o cuando llevaba su bata. Empezando por la voz y terminando en el menor de sus gestos, todo en él era imperioso, autoritario, inspirando a sus inferiores si no afecto, al menos timidez. Chichikov experimentó lo uno y lo otro: afecto y timidez. Con la cabeza inclinada respetuosamente y extendiendo las manos como si fuera a levantar una bandeja repleta de tazas, hizo una flexión de tronco con sorprendente agilidad y dijo:

—He creído un deber el presentarme a Su Excelencia. Siento gran estimación por los valientes hombres que salvaron a nuestro país en el campo de batalla y he creído un deber el venir a presentarme personalmente a Su Excelencia.

Este modo de abordar la visita pareció complacer al general. Después de una acogedora inclinación de cabeza, repuso:

—Mucho gusto en conocerle. Hágame el favor de tomar asiento. ¿Dónde ha servido usted?

—Inicié la carrera —contestó Chichikov mientras se acomodaba no en el centro del asiento, sino de costado, y sujetándose al brazo del sillón— en una oficina pública, Excelencia. Después estuve en un juzgado, más tarde en una comisión de obras y luego en Aduanas. Mi vida podría ser comparada a un navío entre las olas, Excelencia. Mis pañales, por así decirlo, fueron la paciencia. Podría afirmarse que soy la encarnación de la paciencia... Y por lo que respecta a los enemigos que han atentado contra mi propia vida, no existen palabras que puedan describirlo ni pinceles que puedan pintarlo de manera que en el ocaso de mi vida busco únicamente un rincón donde pasar el resto de mis días. Por ahora me hospedo en la casa de un vecino de Su Excelencia...

—¿De quién?

—De Tentetnikov, Excelencia.

El general frunció el entrecejo.

—Él se siente muy apenado, Excelencia, por no haber dado pruebas de la debida deferencia...

—¿A quién?

—A los méritos de Su Excelencia. No halla palabras... «Si pudiera de alguna forma... —dice—, porque en verdad sé apreciar a los hombres que salvaron a la patria».

—¿Por qué? ¡Si no estoy enojado! —repuso el general, ya suavizado—. En el fondo le apreciaba sinceramente, no tengo la menor duda de que, con el tiempo, llegará a ser un hombre muy útil.

—Tiene usted toda la razón, Excelencia: un hombre realmente útil. Puede vencer, posee el don de la palabra y sabe manejar la pluma.

—Pero probablemente escribirá estupideces.

—No, Excelencia, no son estupideces... Se trata de algo serio... Está escribiendo... una historia, Excelencia.

—¿Una historia? ¿Sobre qué?

—Una historia... —Chichikov se detuvo, y ya fuera porque se hallaba en presencia de un general, ya por dar más importancia a la cosa, agregó—: una historia de los generales, Excelencia.

—¿De los generales dice usted? ¿Qué generales son ésos?

—Los generales en general, Excelencia, tomados en su conjunto. Es decir, hablando con propiedad, los generales de nuestro país.

Chichikov, totalmente desconcertado, se maldecía para sus adentros, y pensó: «¡Dios mío! ¡Pero qué sarta de necedades estoy diciendo!».

—Discúlpeme, pero no llego a entender... ¿Se trata de la historia de una época determinada, o bien de diversas biografías? ¿De todos los generales, o únicamente de los que tomaron parte en la campaña del año 12?

—Así es, Excelencia, de los que tomaron parte en la campaña del año 12 —y tras pronunciar estas palabras, se dijo para sus adentros: «¡Que me maten si logro comprender algo!».

—¿Y por qué razón no viene a verme? Yo podría proporcionarle curiosos documentos.

—No se atreve, Excelencia.

—¡Qué tontería! Por unas palabras carentes de importancia que nos cruzamos... Yo no soy lo que él se imagina. Hasta estoy dispuesto a acudir yo mismo a su casa.

—No lo consentirá, querrá venir él —replicó Chichikov, quien había recobrado ya su presencia de ánimo, al mismo tiempo que pensaba: «¡Pues sí que han venido a tiempo los generales! ¡Y yo que dije lo primero que se me ocurrió!».

En el despacho se oyó un leve ruido. La puerta de nogal de un armario tallado se abrió por sí misma y, con la mano apoyada en el tirador de cobre, apareció una grácil figura. Si en una estancia oscura hubiera surgido de pronto un cuadro transparente iluminado por detrás mediante potentes lámparas, no habría sido tanto el asombro que aquella aparición causó. Un rayo de sol pareció entrar con ella y mofarse del lóbrego despacho del general. En un principio, Chichikov no pudo darse cuenta de quién era la que tenía ante él. Resultaba difícil adivinar en qué país había visto la luz. Un rostro de facciones tan nobles y tan puras no se podría hallar en ninguna parte, como no fuera en los antiguos camafeos. Erguida y ligera como una flecha, parecía dominarlo todo. Pero esto no era más que una ilusión.

No era ni muchísimo menos de elevada estatura. Ello era debido a la singular armonía de todo su cuerpo. El vestido le sentaba tan maravillosamente que producía la impresión de que las mejores costureras se habían concertado para preparar su indumentaria. Pero esto no era más que otra ilusión. Todo parecía hecho como por sí mismo: dos o tres puntadas que hubieran recogido una pieza de tela sin cortar, formando pliegues y frunces, pero con tal arte que si se comparaba con ella a todas las señoritas vestidas a la moda, éstas habrían parecido unas criaturas comunes que se cubrieran de miserables retales. Y si la hubieran esculpido, con esos pliegues y frunces, en mármol, todo el mundo habría visto en ella una genial obra de arte. Un solo defecto: era excesivamente delgada.

—Tengo el gusto de presentarle a mi niña mimada —dijo el general al tiempo que se volvía hacia Chichikov—. Aunque ignoro aún su apellido, nombre y patronímico.

—¿Es forzoso saber el nombre y patronímico de una persona que no ha destacado por sus grandes acciones? —repuso con modestia Chichikov moviendo la cabeza.

—No obstante, es necesario conocerlos…

—Pavel Ivanovich, Excelencia —dijo Chichikov haciendo una inclinación casi con la misma ligereza de un militar y retrocediendo con la ligereza de una pelota de goma.

—Ulinka —continuó el general, quien añadió, dirigiéndose a su hija—. Pavel Ivanovich acaba de darme una noticia muy interesante. Nuestro vecino Tentetnikov no es ni mucho menos tan necio como habíamos creído. Se ocupa en una obra de bastante importancia: está escribiendo la historia de los grandes generales del año 12.

—¿Quién creía que se trataba de un necio? —replicó ella con rapidez—. Eso lo será Vishnepokromov, en quien tú tienes confianza y que es un hombre vacío y abyecto.

—¿Por qué abyecto? —preguntó el general—. Un tanto vacío sí lo es.

—Es un tanto miserable y un tanto repugnante, y no solamente un tanto vacío. El hombre que ofendió de este modo a sus hermanos y arrojó de casa a su hermana es una persona repugnante.

—Eso son cosas que se dicen.

—Desde el momento en que se dicen por algo será. No alcanzo a comprender, padre, con lo bueno que eres, con el gran corazón que tienes, recibes a un hombre que se halla tan lejos de ti como la tierra del cielo y de quien tú mismo sabes que es una mala persona.

—¿Se da usted cuenta? —dijo el general con una sonrisa irónica, dirigiéndose a Chichikov—. Constantemente estamos discutiendo —y volviéndose hacia su hija continuó—: Qué quieres que haga, querida, ¿que lo arroje de casa?

—No es preciso echarlo. Pero ¿por qué usas con él tantas muestras de consideración y afecto?

Al llegar aquí, Chichikov se consideró obligado a colocar unas palabras.

—Todos desean el cariño, señorita —dijo—. ¡Qué le vamos a hacer! Incluso los animales aman las caricias. Desde el establo donde se encuentran sacan el hocico como si suplicaran: ¡acaríciame!

El general se puso a reír.

—Precisamente sacan el hocico. ¡Acaríciame, acaríciame! ¡Ja, ja, ja! Y no sólo el hocico, sino que todo él aparece cubierto de suciedad, y quiere como si dijéramos un estímulo… ¡Ja, ja, ja!

El robusto cuerpo del general se vio sacudido por las carcajadas. Los hombros, que otros tiempos habían soportado las macizas charreteras, se agitaban como si aún las llevara. Chichikov se permitió asimismo una risita, aunque, por consideración hacia el general, lo hizo con la letra e: ¡je, je, je! Y asimismo su cuerpo se vio estremecido, si bien sus hombros no se agitaron, ya que no habían soportado el peso de unas macizas charreteras.

—El muy sinvergüenza roba, entra a saco en el Tesoro, ¡y aún quiere una recompensa! Afirma que no es posible trabajar sin un estímulo… ¡Ja, ja, ja!

Una expresión dolorosa apareció en la noble y agradable cara de la joven.

—No comprendo cómo eres capaz de reírte, papá. Esas acciones tan poco nobles no me producen más que pesadumbre. Cuando veo que hay personas que engañan ante los mismos ojos de todos y que no son castigadas con el desprecio general, no sé lo que me ocurre, me pongo mala. Pienso, pienso… —y poco faltó para que rompiera a llorar.

—No te enojes con nosotros, por favor —dijo el general—. Nosotros no tenemos ninguna culpa. ¿No es verdad? —y aquí se volvió hacia Chichikov—. Dame un beso y márchate a tus aposentos. Voy a vestirme para la comida. Porque tú —agregó mirando a los ojos a Chichikov— supongo que te quedarás a comer con nosotros, ¿no es así?

—Si Su Excelencia…

—Sin cumplidos, ¿a qué viene todo esto? A Dios gracias, aún puedo invitar a comer. Tenemos sopa de coles.

Con las manos hábilmente separadas, Chichikov hizo una respetuosa inclinación de cabeza como muestra de agradecimiento, de tal forma que durante unos pocos segundos todos los objetos que había en la estancia desaparecieron de su vista y únicamente alcanzó a ver las puntas de sus propias botas. Cuando tras permanecer cierto tiempo en una actitud tan respetuosa, alzó la cabeza, ya no vio a Ulinka. Había desaparecido. Su sitio lo ocupaba un gigantesco ayuda de cámara, con espesos bigotes y patillas, que llevaba en las manos una jofaina y un jarro de plata.

—¿Me permites que me arregle en tu presencia?

—Su Excelencia puede, en mi presencia, no sólo arreglarse, sino hacer todo lo que mejor le parezca.

El general se quitó la bata con una sola mano y, después de arremangarse la camisa dejando desnudos sus robustos brazos, procedió a lavarse, resoplando como un pato. El agua jabonosa salpicaba en todas direcciones.

—Les gusta, les gusta ser estimulados —exclamó al tiempo que se secaba el cuello—. ¡Acaríciales, acaríciales! ¡Si no se les estimula no querrán robar! ¡Ja, ja, ja!

Chichikov se encontraba en un estado de ánimo indescriptible. En aquel preciso instante le asaltó un golpe de inspiración. «El general es un hombre divertido y bonachón, ¿por qué no lo hemos de intentar?», se dijo para sus adentros, y al advertir que el ayuda de cámara se había marchado con la jofaina y el jarro, exclamó:

—Excelencia, es usted tan bueno con todos y tan atento que me decido a pedirle un gran favor.

—¿En qué consiste?

Chichikov dirigió una mirada en torno a él.

—Tengo un tío, Excelencia, muy viejo y decrépito. Posee trescientas almas y dos mil desiatinas[32], y yo soy su único heredero. Debido a su vejez, no puede gobernar personalmente la hacienda, pero tampoco me la quiere ceder a mí. Los motivos que alega no pueden ser más divertidos. «Ignoro cómo es mi sobrino —dice—, tal vez sea un derrochador. Que me demuestre que es un hombre de fiar. Que consiga él mismo, con su propio esfuerzo, trescientas almas y entonces le daré las trescientas que yo poseo».

—Es un idiota completo —dijo el general.

—Si sólo fuera idiota… Pero ahí no acaba todo. Dese cuenta de mi situación, Excelencia. El viejo tiene un ama de llaves y ésta tiene hijos. Como me descuide, van a heredar para ellos.

—El viejo imbécil ha perdido el juicio, eso es todo —dijo el general—. Aunque no acabo de ver en qué puedo serle útil —continuó, mirando perplejo a Chichikov…

—Verá lo que se me ha ocurrido, Excelencia. Si Su Excelencia quisiera cederme todas las almas muertas de su finca como si fueran vivos, por medio de una escritura de compraventa, yo le entregaría la escritura al viejo y él me dejaría la herencia.

Cuando el general escuchó estas palabras, lanzó tal sonora carcajada como acaso no se haya oído otra igual en el mundo. Tal como estaba, se dejó caer en un sillón, con la cabeza inclinada hacia atrás, y poco faltó para que se ahoga. Toda la casa se puso en conmoción. Acudió el ayuda de cámara. La hija se presentó asustada.

—¿Qué te ocurre, padre? —le preguntó aterrorizada, mirándole perpleja a los ojos.

Pero el general tardó en poder articular palabra.

—No pasa nada, hija, no es nada. Vete a tu habitación. Ahora pasaremos al comedor. Estate tranquila. ¡Ja, ja, ja!

Y las carcajadas del general, que varias veces parecían haberse calmado, estallaron nuevamente, resonando desde el vestíbulo al último de los aposentos. Chichikov había comenzado a inquietarse.

—¡Vaya con el tío! ¡La bromita va a ser de primera! ¡Ja, ja, ja! ¡Recibirá muertos en lugar de vivos! ¡Ja, ja, ja! «¡Ya vuelve a empezar! —pensó Chichikov—. Pues sí que es sensible. ¡A ver si al final estalla!».

—¡Ja, ja, ja! —continuaba el general—. ¡Vaya asno! ¡Sí que has tenido una buena ocurrencia! «Que saque de la nada trescientas almas y entonces le entregaré mis trescientas». ¡Qué asno!

—Sí, es un asno, Excelencia.

—¿Y tu jugarreta de obsequiar al viejo con muertos? ¡Ja, ja, ja! Daría lo que fuera por encontrarme allí cuando le entregaras la escritura. ¿Cómo es él? ¿Qué aspecto presenta? ¿Es ya muy viejo?

—Tiene ochenta años.

—Pero ¿se mueve aún? ¿Está bien conservado? Porque ha de estar fuerte cuando tiene ama de llaves.

—¡Ni remotamente! No es más que un montón de arena que se desmorona.

—¡Qué necio! Porque es un necio, ¿no es cierto?

—En efecto, Excelencia, es un necio.

—¿Y sale de casa? ¿Hace vida de sociedad? ¿Se aguanta todavía sobre las piernas?

—Sí, pero con dificultad.

—¡Qué estúpido! ¿Está fuerte? ¿Conserva aún la dentadura?

—Únicamente dos muelas, Excelencia.

—¡Qué asno…! Tú, hermano, no te enojes… A pesar de que se trate de tu tío, es un asno.

—Un asno, Excelencia, lo reconozco, aunque es pariente mío y me resulte penoso. Pero ¡qué le vamos a hacer!

Chichikov estaba mintiendo: no le producía el más leve dolor reconocerlo, tanto más que lo más seguro era que nunca había tenido tío alguno.

—Así pues, Excelencia, ¿me va usted a ceder...?

—¿Que te ceda las almas muertas? ¡Tu ocurrencia merece que te las entregue hasta con tierra y con vivienda! ¡Llévate el cementerio entero!

¡Ja, ja, ja! ¡Que viejo, pero qué viejo! ¡Ja, ja, ja! ¡Menuda broma vas a gastar a tu tío!

Y las carcajadas del general volvieron a resonar por toda la casa[33].(...).

CAPÍTULO III

«Si el coronel Koshkariov está realmente loco, no me vendría nada mal», pensó Chichikov al encontrarse nuevamente entre los campos y espacios abiertos, cuando todo había desaparecido y sólo quedaba el firmamento con dos nubes a un lado.

—Tú, Selifán, ¿te has enterado bien de cómo llegar hasta la casa del coronel Koshkariov?

—Ya pudo usted ver, Pavel Ivanovich, que estuve todo el tiempo arreglando el coche, de modo que no me fue posible. Petrushka se lo preguntó al cochero.

—¡Eres un imbécil! ¡Ya te he dicho muchas veces que de Petrushka no puede uno fiarse! Petrushka es un animal, Petrushka es un bruto. Y ahora no me cabe duda de que estará borracho.

—No es nada difícil —dijo Petrushka volviéndose a medias y mirando de reojo—. Sólo se tiene que bajar la cuesta y después seguir por el prado.

—¿Y tú, ¿no has tomado nada más que aguardiente? ¡Estás tu fresco! Podría creerse que has asombrado a toda Europa con tu belleza.

Y tras estas palabras, se rascó el mentón y pensó:

«¡Qué diferencia existe, no obstante, entre un ciudadano instruido y la fisonomía de un torpe criado!».

Mientras tanto, el carruaje comenzó a bajar la pendiente. Otra vez se abrieron ante ellos los prados y las llanuras salpicadas de pequeños bosquecillos de pinos. Mecido por las ligeras ballestas, el vehículo continuó bajando por la suave cuesta, siguió por los prados, pasó por delante de los molinos, cruzó con gran estruendo los puentes y avanzó con pequeñas sacudidas por el blando suelo de las tierras bajas. ¡Ni el menor bache repercutía en sus lados! Viajar en aquel carruaje era una auténtica delicia. En la lejanía divisaron unos arenales. Pasaron raudos unos matojos, entre finos olmos y plateados álamos, y sus ramas azotaban a Selifán y Petrushka, que iban en el pescante. A cada momento éste perdía su gorro. El severo criado saltaba del pescante, mientras maldecía al estúpido árbol y a su señor, que le había obligado a ir en la delantera pero en modo alguno quería atárselo, ni siquiera sujetarlo con la mano, esperando siempre que sería la última vez y que eso no se repetiría de nuevo. Poco después aparecieron los abedules, y más adelante los abetos. El suelo estaba cubierto de hierba del amarillo tulipán silvestre y del azulino acero. Las impenetrables tinieblas del bosque resultaban por momentos más densas y parecía que se fueran a convertir en noche.

Pero de pronto, aquí y allá, unos resplandores llegaron hasta ellos como brillantes espejos. Los árboles fueron aclarándose, los resplandores disminuyeron y ante sus ojos apareció una laguna, una llanura de agua de cuatro verstas más o menos de anchura. En la otra orilla, junto al lago, se alzaban las grises cabañas de una aldea. Se oyeron gritos. Aproximadamente una veintena de hombres, unos con el agua hasta la cintura, otros hasta los hombros y algunos hasta el cuello, estaban arrastrando una red hacia la otra orilla. Había tenido lugar un curioso percance: en la red se había enredado cierto individuo rechoncho, tan ancho como alto, que ofrecía el aspecto de una sandía o un tonel. No lograba soltarse de ningún modo y gritaba:

—¡Tú, Denis, pásaselo a Kozmá! ¡Y tú, Kozmá, dale el cabo a Denis! ¡Eh, Fomá el Grande, no tires tanto! ¡Ve a ayudar a Fomá el Pequeño! ¡Demonio! ¡Os digo que romperéis la red!

Al parecer, la sandía no sentía temor alguno por su propia persona: debido a su obesidad, no podía irse al fondo, y por más que hubiera intentado sumergirse, el agua lo habría sacado siempre a flote. Y aunque se hubieran subido dos a sus hombros, él, como una terca vejiga, se habría sostenido en la superficie con su carga; como máximo, se habría lamentado un poco y habría echado burbujas por la nariz. Lo que sí temía era que se rompiese la red y huyeran los peces, y por esta razón, unidos a los demás, tiraban de él desde la orilla varios hombres, que le habían arrojado unas cuerdas.

—Seguramente será el señor, el coronel Koshkariov —dijo Selifán.

—¿Por qué?

—Porque su piel es más blanca que la de los demás y porque posee una respetable gordura, como corresponde a un señor.

Mientras tanto, habían conseguido ya acercar a la orilla al señor envuelto en la red. Dándose cuenta de que hacía pie, se incorporó y en aquel momento divisó el vehículo que bajaba de la presa, y a Chichikov, que iba montado en él.

—¿Ha comido? —exclamó el señor llegándose a la orilla con un pez en la mano y envuelto totalmente en la red de igual manera que, en el verano, los brazos de las señoras aparecen cubiertos por los guantes calados. Una de sus manos hacía de visera, para protegerse del sol, y la otra la mantenía más abajo, al modo de la Venus de Médicis saliendo del baño.

—No —repuso Chichikov al tiempo que se descubría y saludaba desde el carruaje.

—En ese caso ya puede dar gracias a Dios.

—¿Por qué? —preguntó Chichikov con curiosidad, manteniendo el sombrero sobre la cabeza.

—Verá… Fomá el Pequeño, deja la red y ve a sacar el esturión que hay en la tina. Y tú, Kozma, llégate a echarle una mano.

Ambos pescadores sacaron de la tina la cabeza de un auténtico monstruo.

—¡En verdad que es un príncipe! ¡Ha venido del río! —gritó el obeso señor—. ¡Vaya a casa! ¡Tú, cochero, sigue el camino de abajo, el que cruza el huerto! ¡Fomá el Grande, corre a abrir la valla! Él le acompañará, yo iré en seguida.

Fomá el Grande, un mujik zanquilargo; descalzo y tal como estaba, sin llevar otra ropa que la camisa, precedió corriendo al vehículo a lo largo de toda la aldea, en la que frente a cada casa aparecían colgadas redes y nasas, ya que absolutamente todos los campesinos eran pescadores; después retiró una valla de uno de los huertos y el carruaje continuó hasta la plaza, cerca de una iglesia de madera detrás de la cual se divisaban los tejados de las dependencias.

«Este Koshkariov es un personaje un tanto extraño», se dijo Chichikov.

—¡Aquí estoy! —resonó una voz junto a él.

Chichikov se volvió. El señor se hallaba ya a su lado, vestido con una levita de color verde hierba y pantalones amarillos, pero sin corbata. ¡Verdaderamente un Cupido! A pesar de que iba sentado de lado en su coche, ocupaba todo el asiento. El gordo quería decirle algo, pero ya había desaparecido. Otra vez resonaron las voces: «¡Fomá el Grande y Fomá el Pequeño! ¡Kozmá, Denis!».

Cuando Chichikov llegó al portal de la casa, con gran sorpresa suya el señor obeso se encontraba ya allí y lo acogía en sus brazos. Era imposible comprender cómo había podido volar hasta tal extremo. Se besaron tres veces, siguiendo la vieja costumbre rusa: el señor estaba chapado a la antigua.

—Le traigo saludos de Su Excelencia —le dijo Chichikov.

—¿De qué Excelencia habla?

—De su pariente el general Alexandr Dmitrievich.

—¿Quién es Alexandr Dmitrievich?

—El general Betrischev —contestó Chichikov, atónito.

—No sé quién es —dijo, también atónito, el dueño de la casa.

Chichikov se quedó aún más sorprendido.

—¿Cómo es posible…? Cuando menos, supongo que tengo el honor de hablar con el coronel Koshkariov…

—No, no lo suponga. No ha llegado a su casa, sino a la mía. Me llamo Piotr Petrovich Petuj. ¡Petuj, Piotr Petrovich! —recalcó el señor.

Chichikov se quedó como fulminado por un rayo.

—¿Cómo es posible? —se volvió hacia Selifán y Petrushka, que también estaban con la boca abierta y los ojos desmesuradamente abiertos, el uno en el pescante y el otro junto a la portezuela del carruaje—. ¿Qué habéis hecho, imbéciles? Os tenía dicho que nos dirigíamos a casa del coronel Koshkariov… Y este señor es Piotr Petrovich Petuj…

—¡Habéis hecho muy bien, muchachos! Encaminaos hacia la cocina y allí os darán unos tragos de vodka —dijo Piotr Petrovich Petuj—. Desenganchad y después id al cuarto de los criados.

—Estoy avergonzado. Ha sido una equivocación tan inesperada… —se excusó Chichikov.

—No ha sido ninguna equivocación. Primeramente pruebe la comida y luego me dirá si ha sido una equivocación. Hágame el favor —dijo Petuj cogiendo a Chichikov del brazo y haciéndole pasar a las habitaciones interiores.

Dos muchachos que llevaban levitas de verano —los dos delgados como juncos, que le traían una vara al padre— acudieron a su encuentro.

—Son mis hijos, están estudiando en el gimnasio. Ahora han venido a pasar las vacaciones… Tú, Nikolasha, quédate aquí con el señor. Y tú, Alexasha, acompáñame —dijo el dueño de la casa, quien a continuación desapareció.

Chichikov se entretuvo charlando con Nikolasha, quien a juzgar por las apariencias, prometía ser una nulidad. Sin más ni más se puso a contarle a Chichikov que no valía la pena estudiar en el gimnasio provincial, que su hermano y él querían marchar a San Petersburgo, pues la vida de provincias no valía la pena…

«Comprendo —se dijo Chichikov para sus adentros—, todo terminará en pastelerías y bulevares».

—¿Y en qué estado —prosiguió en voz alta— se halla la hacienda de su padre?

—Está hipotecada —contestó el padre mismo, volviendo a entrar en el salón—, hipotecada.

«Malo —pensó Chichikov—. Si las cosas continúan así, a no tardar no habrá ni una sola hacienda que no esté hipotecada. ¡Es preciso darse prisa!».

—No obstante —dijo con cara de circunstancias—, no tenía que haberse dado prisa en hipotecarla.

—Da igual —repuso Petuj—. Dicen que es ventajoso. Todos lo hacen. ¿Cómo voy yo a quedarme atrás? Por otra parte, siempre he vivido aquí. Ahora me gustaría probar la vida de Moscú. Mis hijos también me animan, quieren gozar de la cultura de la capital.

«Es un necio, un necio —se dijo Chichikov—. Malgastará su fortuna y convertirá a sus hijos en unos

127

derrochadores. A primera vista, a los mujiks les interesa y a ellos también. Pero en seguida que hayan comenzado a ilustrarse en restaurantes y teatros, todo se irá al diablo. Más te valdría, pedazo de animal, quedarte a vivir en el campo».

—Ya sé qué es lo que está usted pensando —dijo Petuj.

—¿Qué?

—Está pensando: «Este imbécil de Petuj me invita a comer y la comida no aparece por ninguna parte». Ya llegará, querido. En menos tiempo que una moza rapada necesita para hacerse las trenzas, estará dispuesta.

—¡Padre, por ahí llega Platón Mijailovich! —exclamó Alexasha mirando por la ventana.

—Viene montando un caballo bayo —añadió Nikolasha, quien también se había acercado a la ventana.

—¿Dónde está, dónde está…? —preguntó Petuj uniéndose a ellos.

—¿Quién es Platón Mijailovich? —preguntó Chichikov dirigiéndose a Alexasha.

—Es un vecino nuestro, Platón Mijailovich Platonov, un hombre magnífico, una persona estupenda —repuso el propio Petuj.

Mientras tanto, en la estancia entró el mismo Platonov; se trataba de un hombre bien plantado, de rasgos agradables, cabellos rizados de color rubio claro y ojos oscuros. Detrás de él, armando ruido con su collar de cobre, se introdujo en la estancia un enorme perro que atendía por «Yarb».

—¿Ha comido? —le preguntó el anfitrión.

—Sí.

—¿Acaso viene a burlarse de mí? ¿Para qué lo quiero aquí si ya ha comido?

El recién llegado sonrió con ironía y dijo:

—Tranquilícese, no he probado bocado. No tengo el menor apetito.

—¡Si hubiera visto lo que acabamos de pescar! ¡Un esturión enorme! ¡Y qué carpas! ¡Y qué carasinos!

—Lo ve uno siempre tan animado que incluso molesta escucharle.

—¿Y por qué he de estar triste? —preguntó el dueño de la casa.

—¿Que por qué ha de estar triste? Porque todo resulta aburrido.

—Eso se debe a que apenas come. Intente llenarse el estómago. En estos últimos tiempos se ha inventado el aburrimiento. Antes nadie se aburría.

—¡Ya está bien de presumir! ¿Acaso usted no se aburre nunca?

—¡Nunca! No sé lo que es tedio, ni tampoco me queda tiempo para aburrirme. Cuando me levanto por la mañana ya me está aguardando el cocinero y es preciso encargar la comida. El té, el administrador, la pesca, la comida. Después de comer, apenas he tenido tiempo de dar una cabezada, cuando otra vez se presenta el cocinero y tengo que encargar la cena. ¿Cómo me va a quedar tiempo para aburrirme?

En el transcurso de esta conversación, Chichikov estuvo mirando al recién llegado, asombrándose de la perfección, de su buena figura, de la fragancia de su juventud bien conservada, de la lozanía de su tez, que no aparecía afeada por el más pequeño grano. Ni las pasiones, ni los pesares, ni nada que se pareciera a las preocupaciones e inquietudes, habían osado marcar su huella en aquel rostro virgen ni dejar en él la más leve arruga, aunque tampoco le habían infundido vida. Estaba como adormilado, a pesar de la sonrisa que muy de cuando en cuando lo animaba.

—Yo tampoco, permítame usted que se lo diga —intervino Chichikov—, logro comprender cómo se puede aburrir con una presencia como la suya. Claro que si hay poco dinero o enemigos capaces de atentar incluso contra la propia vida de uno…

—Puede tener la seguridad —le interrumpió el apuesto visitante— de que algunas veces, para variar, me gustaría tener alguna preocupación. ¡Si por lo menos alguien me hiciera enojarme! Pero ni siquiera eso. Me aburro, y eso es todo.

—¿Quiere esto significar que posee usted pocas tierras, pocos campesinos?

—En modo alguno. Entre mi hermano y yo tenemos diez mil desiatinas y más de mil siervos.

—Es extraño, no lo comprendo. ¿Ha habido malas cosechas? ¿Enfermedades tal vez? ¿Han fallecido muchos siervos?

—Todo lo contrario. Las cosas no pueden ir mejor de lo que van, y mi hermano lleva los asuntos de la hacienda del mejor modo posible.

—¡Y dice usted que se aburre! No lo entiendo —dijo Chichikov encogiéndose de hombros.

—Ahora pondremos fin al tedio —terció el dueño de la casa—. Alexasha, llégate en un momento a la cocina y di que traigan inmediatamente unos pastelillos. ¿Dónde están el babieca de Emelián y el granuja de Antosha? ¿Por qué no sirven aún los aperitivos?

La puerta se abrió en aquel momento y aparecieron el babieca de Emelián y el granuja de Antosha con sus servilletas al brazo; se apresuraron ambos a poner la mesa, que se vio ocupada por una bandeja y seis jarros llenos de licores de variada coloración. Acto seguido, alrededor de la bandeja y los jarros se formó un collar de platos con todo género de estimulantes entremeses. Los criados se movían con gran agilidad, trayendo constantemente nuevos platos cubiertos, en cuyo interior se oía el crepitar del aceite.

El babieca de Emelián y el granuja de Antosha cumplían a la perfección su cometido. Si se les llamaba de este modo era sólo a fin de que les sirviera de estímulo. El señor era un bonachón incapaz de decir a nadie nada injurioso. Pero el ruso gusta de agregar un grano de pimienta a la frase. Le resulta imprescindible, al igual que la copa de vodka, para facilitar la digestión. ¡Qué le vamos a hacer! Es así, le disgustan las cosas insípidas.

Después de los aperitivos se sirvió la comida, en la que el buenazo del anfitrión se convirtió en un auténtico bandolero. En cuanto veía en un plato un pedazo solo, servía otro, diciendo:

—Sin pareja, ni el hombre ni el ave pueden vivir.

Al que tenía dos, le añadía un tercero, exclamando:

—¿Qué número es el dos? Dios ama la Trinidad.

El invitado comía tres, y él aún insistía:

—¿Dónde se ha visto un carro con sólo tres ruedas? ¿Quién levanta una cabaña de tres esquinas?

Asimismo tenía su dicho para el cuatro y para el cinco. Chichikov se había visto obligado a aceptar como una docena de tajadas de cierto plato y creía que el anfitrión le iba ya a dejar tranquilo. Pero no fue así: sin pronunciar palabra le colocó en el plato un trozo de espinazo de una ternera que acababa de salir del asador, con riñones y todo. Pero ¡qué ternera!

—Durante dos años la estuve criando con leche —dijo el anfitrión—. La he cuidado como si se tratara de un hijo.

—No puedo más —exclamó Chichikov.

—Pruebe usted y después me dirá si puede.

—Ya no me cabe, no me queda sitio.

—Tampoco quedaba sitio en la iglesia, pero se presentó el corregidor y se lo hicieron. Ya había tales apreturas que no cabía ni un alfiler. Usted pruebe, este pedazo es el corregidor.

Probó Chichikov y, efectivamente, el pedazo resultó ser parecido al corregidor. Se hizo un sitio para él a pesar de que parecía que le sería imposible entrar. «¿Cómo va a ir un hombre así a San Petersburgo o a Moscú? ¡Con ese carácter tan hospitalario en menos de tres años se habría arruinado!».

Pero Chichikov ignoraba que en ese punto se ha llegado a tal grado de perfección que no ya en tres años, sino en tres meses, y sin necesidad de que sea hospitalario, se puede derrochar una fortuna.

También cuidaba de que constantemente estuvieran llenas las copas de sus invitados. Lo que éstos no bebían, se lo daba a Alexasha y Nicolasha, quienes, sin que fueran precisos grandes estímulos, vaciaban una copa tras otra. Era fácil adivinar a qué parte del saber humano dedicarían su atención en cuanto llegaran a la capital.

Los huéspedes no podían más: no sin esfuerzo se trasladaron al balcón y no sin trabajo consiguieron instalarse en unos sillones. El anfitrión ocupó el suyo, cuyo asiento parecía destinado a cuatro personas, e inmediatamente se quedó dormido. Su humanidad, transformada en un fuelle de fragua, empezó a emitir por la nariz y por la boca tales sonidos como difícilmente podría imaginarse un compositor moderno: aquello era una combinación de tambor, de flauta, y de un ronco zumbido, y de un ladrar de perros.

—¡Pues vaya manera de silbar! —exclamó Platonov.

Chichikov se puso a reír.

—Se comprende que comiendo de este modo no quede tiempo para aburrirse. Se duerme uno en seguida. ¿No es cierto?

—Sí. Pero, a pesar de todo, y usted me disculpará, no logro comprender cómo puede uno aburrirse. Contra el tedio hay un buen número de recursos.

—Usted dirá.

—¿Acaso le pueden faltar recursos a un hombre joven? Puede bailar, tocar cualquier instrumento... incluso puede casarse.

—¿Con quién?

—¿Es que no hay en los alrededores jóvenes ricas y bonitas?

—No.

—Entonces sería preciso buscar en otros lugares, viajar... —y una feliz idea iluminó de repente a Chichikov—. ¡Ahí tiene un magnífico recurso! —exclamó mirando fijamente a Platonov.

—¿Cuál?

—Viajar.

—¿Y adónde podría ir?

—Si no tiene otra cosa que hacer, venga conmigo —dijo Chichikov al mismo tiempo que pensaba, mirando a los ojos a Platonov: «Eso no estaría nada mal. Le haría correr con la mitad de los gastos y el arreglo del coche lo cargaría a su cuenta».

—¿A qué lugar se dirige?

—Por ahora, más que para cuidar de mis propios asuntos, viajo para atender los ajenos. El general Betrischev, amigo íntimo y se puede decir que mi bienhechor, me rogó que fuera a visitar a sus parientes... Claro que los parientes son los parientes, pero, en cierto modo, esto no carece de interés para mí: de este modo veo mundo, conozco gente, y todo esto, se diga lo que se diga, es como un libro vivo, una segunda ciencia.

Y a la vez que así hablaba, Chichikov iba pensando: «En verdad que sería una gran cosa. Hasta podría cargarle todos los gastos, e incluso realizar el viaje con sus caballos, mientras los míos se quedaban en su aldea engordando».

«¿Por qué no darme una vuelta por ahí? —pensaba entretanto Platonov—. En casa nada tengo que hacer, mi hermano se encarga de llevar los asuntos de la hacienda. Mi ausencia no dará lugar, pues, a ningún trastorno. ¿Por qué no dar una vuelta?».

—¿Y aceptaría usted —añadió en voz alta— venir a pasar dos días en mi casa, con mi hermano? De no ser así, él no dará su consentimiento.

—Encantado. Aunque fueran tres.

—¡En este caso, hecho! ¡Marchémonos ya! —exclamó Platonov animándose.

Y procedieron a darse un apretón de manos para sellar el acuerdo.

—¿Adónde van? ¿Adónde van? —gritó el anfitrión, despertándose y clavando en ellos los ojos—. ¡En modo alguno, señores! He dado orden de que quiten las ruedas del coche, y su caballo, Platón Mijailovich, se lo han llevado a quince verstas de aquí. Se quedará esta noche en mi casa y mañana, después de haber almorzado, podrán ustedes marcharse.

¿Qué otra cosa podían hacer si Petuj era así? No les tocó más remedio que quedarse. Como compensación, pasaron una tarde en extremo agradable. Su anfitrión organizó un paseo por el lago. Doce remeros, con veinticuatro remos, les condujeron entre canciones por entre la superficie de cristal del lago. De él salieron al río, que corría anchuroso entre unas orillas de ligera pendiente. A cada momento pasaban bajo los cables tendidos para la pesca. Las aguas parecían estar inmóviles. El paisaje, mudo, cambiaba ante sus ojos, y un bosque tras otro atraían sus miradas. Los remeros, manejando todos a un tiempo los veinticuatro remos, hacían deslizarse la barca como un veloz pájaro por el inmóvil cristal de la superficie.

Uno de los remeros, un muchacho de anchas espaldas, el tercero contando a partir del timón, entonaba con voz límpida y sonora, como si brotara de la garganta de un ruiseñor, el principio de cada canción. Seguían cinco, después seis, y la canción fluía tan ilimitada como la propia Rusia. Petuj vibraba de la cabeza a los pies y se agregaba al coro, reforzándolo cuando éste se debilitaba, y hasta el propio Chichikov se sentía ruso. Sólo Platonov pensaba: «¿Qué hay de agradable en esta triste canción? Aún se siente uno más taciturno».

Volvieron cuando ya estaba anocheciendo. En la semioscuridad, los remos batían el agua, en la que el cielo ya no aparecía reflejado. Era noche cerrada cuando atracaron en la orilla, en la que se veían algunas hogueras. Sobre enormes trébedes se preparaba una sopa de pescado recién cogido. Todos se habían marchado a sus viviendas; los animales y las aves habían sido ya encerrados, el polvo que antes levantara se había posado y la gente encargada de cuidar de ellos se hallaba en el portón, esperando los jarros de leche y que se les invitara a probar la sopa de pescado. En la oscuridad se oía el leve rumor de voces, y los ladridos de los perros llegaban desde las vecinas aldeas.

La luna había salido y comenzaba a iluminar los oscuros contornos; por último todo quedó bañado de luz. ¡Qué maravillosos cuadros! Pero nadie estaba para admirarlos. Nikolasha y Alexasha, en lugar de pasar frente a ellos a caballo en sus potros, compitiendo en rapidez, pensaban en Moscú, en las pastelerías y en los teatros de que les había hablado un cadete procedente de la capital. Su padre pensaba en lo que daría de comer a sus invitados. Platonov bostezaba. Chichikov era el más animado de todos. «Sí, realmente —se decía para sus adentros—, con el tiempo también yo llegaré a ser propietario de una aldea». Y se imaginó a su futura mujercita y a los pequeños Chichikov.

La cena representó otro hartazgo. Cuando Pavel Ivanovich entró en el aposento que le habían destinado y se acostó, pensaba, mientras su mano se deslizaba sobre el vientre: «Parece un tambor. Ningún corregidor lograría ahora entrar aquí». Daba la casualidad de que al otro lado de la pared se hallaba el despacho del propietario. El tabique era delgado y podía oírse todo cuanto se hablaba en la otra estancia. El dueño de la casa estaba encargando al cocinero lo que él llamaba almuerzo y que en realidad era una comida con todas las de la ley. ¡Y cómo lo encargaba! ¡Era como para despertar el apetito a un muerto!

—La empanada tienes que hacerla cuadrada —decía relamiéndose de gusto—. En una parte deberás poner barbos y lomo seco de esturión; en la otra, setas, gachas de alforjón, cebollas; y requesón dulce, sesos, y alguna otra cosa, ya sabes lo que quiero decirte… Haz de modo que se tueste bien por un lado y que por el otro esté muy poco cocida, que la masa quede bien empapada y que no se rompa, que se derrita en la boca como la nieve sin que uno se dé cuenta.

Y mientras esto decía, Petuj chascaba la lengua y se relamía de gusto.

«¡Diablos, no me dejará dormir!», pensó Chichikov, y se envolvió la cabeza en la manta a fin de no oír nada. Pero continuó oyendo:

—Alrededor del esturión deberás poner remolacha cortada en forma de estrellas, zanahorias, guisantes, nabos, tú mismo sabes, pero que haya guarnición en abundancia. Y en el estómago del cerdo pondrás hielo, para que quede bien hinchado.

Petuj no dejaba de encargar nuevos platos. Sólo se oía: «Cuece esto, asa lo otro, deja que suba bien». Cuando Chichikov se quedó dormido estaba hablando del pavo.

Al día siguiente, los huéspedes se dieron tal atracón, que Platonov ya no fue capaz de montar a caballo. Al potro lo enviaron con el mozo de cuadra de Petuj, mientras que ellos tomaban asiento en el coche. El perro fue detrás lentamente: también él se había dado un buen atracón.

—Esto pasa de toda medida —dijo Chichikov cuando ya se encontraban fuera del patio.

—Lo que me indigna es que no se aburre —confesó Platonov.

«Si yo disfrutara de una renta de setenta mil rublos —se dijo Chichikov para sus adentros—, no sabría lo que es el tedio. Sin ir más lejos, ahí está el contratista Murazov, se dice pronto, con diez millones… ¡Menudo dineral!».

—¿Le molestaría que nos llegásemos a visitar a mi hermana y a mi cuñado? Me gustaría despedirme de ellos.

—En modo alguno, con mucho gusto —repuso Chichikov.

—Si le interesan estas cosas, le gustará conocerlo. No hay nadie que sepa llevar mejor que él los asuntos de su finca. En diez años, una hacienda que producía treinta mil rublos le rinde ahora doscientos mil.

—¡Ah! Deberá ser un hombre muy respetable. Me gustará conocer a una persona como él. ¿Cómo no? Porque… ¿cómo se llama?

—Kostanzhoglo.

—¿Y su nombre y patronímico?

—Konstantin Fiodorovich.

—Konstantin Fiodorivch Kostanzhoglo. Me complacerá muchísimo conocerlo. Se aprende mucho con una persona como él.

Platonov se encargó de guiar a Selifán, cosa realmente necesaria, pues el cochero con gran dificultad lograba mantenerse en el pescante. Petrushka se cayó del coche como un tronco en dos ocasiones de tal manera que tuvieron que atarle al pescante.

—¡Qué bruto! —repetía constantemente Chichikov.

—Mire, aquí se inician sus tierras —dijo Platonov—. Parecen totalmente distintas.

Efectivamente, todo el campo aparecía plantado de árboles iguales y más derechos que flechas; después había otros, asimismo jóvenes, aunque ya crecidos, y un bosque viejo, cuyos árboles rivalizaban en altura. A continuación seguía otra franja de espeso bosque, otra vez árboles jóvenes y de nuevo el bosque viejo. Por tres veces cruzaron, como las puertas de una muralla, aquellas zonas boscosas.

—Todo lo que ve ha crecido en unos ocho o diez años. Otro, ni siquiera en veinte lo habría logrado.

—¿Y qué ha hecho para conseguirlo?

—Pregúntale a él. Es un agricultor que no desaprovecha nada. Conoce muy bien el suelo, sabe lo que conviene en cada lugar, qué cereal se debe sembrar junto a cada árbol. Todo cumple a un mismo tiempo tres o cuatro funciones. El bosque, no sólo de madera, sino que sirve también para proporcionar en tal parte tal cantidad de humedad a los campos, para fertilizar tanto el terreno con las hojas caídas, para dar tanta sombra. Cuando en los contornos hay sequía y se echa a perder la cosecha, su cosecha es buena. Es lástima, yo no entiendo gran cosa de todo esto y no sé explicarlo, porque hace auténticos prodigios… Lo creen un brujo.

«Realmente, es un hombre admirable —pensó Chichikov—. Es una verdadera pena que el joven sea superficial y no sea capaz de explicarlo».

Por último apareció la aldea, al igual que una ciudad, mostraba sus innumerables cabañas diseminadas en tres elevaciones, a las cuales coronaban otras tantas iglesias. Por todos lados encontraban gigantescas hacinas y graneros.

«Sí —se dijo Chichikov—, es fácil ver que aquí vive un amo que sabe cómo llevar las cosas».

Las cabañas eran todas muy fuertes, las calles estaban muy bien cuidadas; cuando veían un carro, el carro era siempre sólido y nuevo; los campesinos parecían inteligentes; las vacas eran a cuál mejor, los cerdos de los mujiks ofrecían un aspecto de nobles. Se advertía que en aquellas tierras vivían unos campesinos que, como dice la canción, apaleaban plata. No había césped ni parques, a la moda de los ingleses con todos sus caprichos, sino que, a la usanza antigua, se extendía una avenida de casas de labor y de graneros hasta la misma casa del propietario, a fin de que éste pudiera ver lo que ocurría a su alrededor. El edificio era rematado por una torre desde la cual se divisaba todo lo que sucedía en un radio de quince verstas. En el portal se tropezaron con unos criados despiertos, que no tenían nada en común con el borracho Petrushka, aunque no llevaban frac, sino unos caftanes cosacos de paño azul fabricado en la casa.

La dueña de la casa salió también al portal. Se trataba de una mujer lozana, bonita, tan parecida a Platonov como una gota de agua a otra, aunque con la diferencia de que no era indolente, sino por el contrario, muy alegre y comunicativa.

—¡Hola, hermano! ¡Cuánto celebro que hayas venido! Konstantin no está ahora en casa, pero debe estar a punto de llegar.

—¿Dónde ha ido?

—Ha marchado al pueblo, tenía que arreglar cierto asunto con no sé qué compradores —repuso ella, e hizo pasar al interior a los recién llegados.

Chichikov, picado por curiosidad, examinó atentamente la mansión de aquel hombre excepcional que gozaba de una renta de doscientos mil rublos. Esperaba hallar en ella las cualidades del amo, del mismo modo que las huellas de la concha de una ostra o de un caracol permiten deducir cómo fueron la ostra y el caracol. Las estancias eran sencillas, se podría decir que estaban vacías: ni cuadros, ni frescos, ni bronces, ni flores, ni repisas con piezas de porcelana, ni siquiera libros. En resumen, todo parecía dar a entender que la vida del hombre que allí moraba no transcurría dentro de aquellas cuatro paredes, sino en el exterior, en el campo, y que las mismas ideas no eran previamente meditadas con espíritu sibarítico, al calor de la lumbre y acomodado en un buen sillón, sino que se originaban sobre el terreno, y allí mismo donde surgían eran convertidas en hechos. Lo único que Chichikov pudo observar en los aposentos fueron huellas de una hacendosa mano femenina: encima de las mesas y de las sillas había puesto unos limpios tableros de tilo, sobre los que estaban preparando pétalos de flores para ponerlos a secar.

—¿Qué porquerías son ésas, hermana? —preguntó Platonov.

—¿Porquerías dices? —repuso ella—. Es el mejor remedio contra las calenturas. Con esto logramos curar el año pasado a todos los campesinos. Esto de aquí es para hacer licores, y esto otro para dulces. Vosotros, los hombres, os reís siempre de los dulces y de las salazones, pero a la hora de la verdad bien que os agradan.

Platonov se llegó junto al piano y hojeó los cuadernos de música.

—¡Dios mío! ¡Pero qué anticuado es todo esto! —exclamó—. ¿No te da vergüenza, hermana?

—Perdona, hermano, pero no dispongo de tiempo para pensar en músicas. Tengo una hija de ocho años a la que dar clase. No encuentro bien eso de que se encargue de ella una institutriz extranjera sólo para que yo pueda tener un rato libre y dedicarlo al piano.

—¡Qué aburrida te estás volviendo, hermana! —dijo él, y se aproximó a la ventana—. ¡Vaya, ahí está! —agregó—. ¡Ya viene, ya viene!

También Chichikov se llegó a mirar. Al portal se acercaba un hombre de unos cuarenta años vestido con una levita de paño de lana de camello. Se advertía que no le preocupaba lo más mínimo su indumentaria. Cubría su cabeza con una gorra de piel de cordero. A los dos lados de él, descubiertos, marchaban dos hombres de clase inferior. Se les veía interesados en la conversación. El uno era un simple campesino y el otro un forastero con apariencia de marchante y vividor; este último iba vestido con un chaquetón siberiano de paño azul. Se detuvieron junto al portal y su conversación pudo oírse desde el interior de la casa.

—Lo mejor que podéis hacer es rescatar vuestra libertad al amo. Yo os prestaré el dinero que necesitéis y después me lo iréis pagando con vuestro trabajo.

—No, Konstantin Fiodorovich, ¿para qué tenemos que rescatar la libertad? Tómenos usted. Con usted cualquiera puede aprender. En todo el mundo no se podría hallar otro amo que entienda tan bien las cosas. Desgraciadamente, ahora nadie es capaz de resistir. Los taberneros venden unos licores que con sólo tomar una copa le ponen a uno como si se hubiera bebido un cubo de agua. Antes de que uno tenga tiempo de darse cuenta, ya se ha gastado todo lo que lleva encima. ¡Es grande la tentación! ¡El diablo rige el mundo, como lo oye! Todo se confabula para perder al campesino: el tabaco y todas esas cosas… ¿Qué puede uno hacer, Konstantin Fiodorovich? Uno no es capaz de resistir.

—Escúchame, te lo voy a explicar. Conmigo, a pesar de todo, no serás libre. Es cierto que para empezar entregaré a cada uno vaca y caballo, pero yo exijo a los campesinos más que en ninguna otra parte. En mi hacienda, lo primero y más importante es el trabajo. Ni yo me lo permito, ni permito a los demás que hagan el vago. Trabajo como un buey y otro tanto exijo de mis gentes. Sé por propia experiencia que a quien no trabaja se le ocurren toda clase de estupideces. De modo que reuníos y pensadlo todo bien.

—Ya hemos hablado todo lo que teníamos que hablar, Konstantin Fiodorovich. Los viejos también piensan como nosotros. Dígase lo que se diga, todos los campesinos suyos son ricos, y esto a algo se deberá. Incluso los sacerdotes tienen buen corazón. A los nuestros se los llevaron y ya no queda ninguno para enterrar a los muertos.

—De todos modos, vete y habla con la gente.

—Como usted quiera.

—Vamos, Konstantin Fiodorovich, hágame usted ese favor… rebájeme el precio —decía el forastero del chaquetón siberiano de paño azul que marchaba al otro lado del dueño de la casa.

—Ya le he dicho que me disgusta andar con regateos. No soy como esos terratenientes a quienes te acercas en vísperas de la fecha en que tienen que hacer efectivo un pago, por hallarse su hacienda hipotecada. Os conozco: poseéis una relación de lo que debe pagar cada uno y de las fechas de vencimiento. Es muy sencillo. Están en una situación apurada y venden las cosas a la mitad de su valor. Pero a mí, ¿qué falta me hace tu dinero? Puedo guardar el género aunque sea tres años: mi hacienda no está hipotecada.

—Es verdad, Konstantin Fiodorovich. Yo lo hacía porque quisiera continuar manteniendo las relaciones con usted, pero no por interés. Aquí tiene tres mil rublos de señal.

El marchante sacó entonces del pecho un fajo de grasientos billetes. Kostanzhoglo los cogió sin concederles la menor importancia, y, sin mirarlos, ni siquiera contarlos, los guardó en el bolsillo trasero de su levita.

«¡Vaya! —se dijo Chichikov—. Como si no fueran más que un simple pañuelo».

Kostanzhoglo compareció en la puerta del salón. Chichikov se quedó todavía más asombrado por lo moreno de su rostro, la aspereza de sus negros cabellos, que comenzaban a volverse grises, la viva expresión de sus ojos y cierto matiz oliváceo que delataba su procedencia meridional. No era ruso de pura cepa. Ni él mismo sabía sus orígenes, y tampoco se preocupaba por saber de dónde procedían sus antepasados, considerando que todo era superfluo y que no representaba ninguna utilidad. Él estaba firmemente convencido de que era ruso, y no conocía más lengua que la suya. Platonov presentó a Chichikov. Siguiendo la costumbre rusa, ambos se besaron.

—He decidido viajar por diversas provincias a fin de ver si logro disipar la melancolía y el aburrimiento —dijo Platonov—. Pavel Ivanovich me ha pedido que vaya con él.

—Excelente —repuso Kostanzhoglo, y agregó, dirigiéndose con amabilidad a Chichikov—: ¿Hacia dónde piensan dirigirse? ¿Qué camino llevan?

—A decir verdad —contó Chichikov ladeando la cabeza, a la vez que acariciaba un brazo del sillón—, por ahora no viajo por propia necesidad, sino por encargo del general Betrischev, íntimo amigo mío y se podría decir que mi bienhechor: me rogó que fuera a visitar a sus parientes. Los parientes son los parientes, claro, pero, sin embargo, esto tiene también su utilidad para uno mismo, pues dejando aparte el beneficio que ello representa para la salud, el ver mundo, el tratar con distintas gentes… podríamos decir que es un libro vivo, una ciencia.

—Sí, nunca sobra el asomarse a algunas partes.

—Lo ha expresado usted con mucho acierto: justamente, en verdad nunca sobra. Uno ve cosas que de otra manera no vería, halla a personas que de otra manera no hallaría. Hay conversaciones que valen tanto como oro de ley, como la que en estos momentos he tenido la oportunidad… Acudo a usted, mi querido Konstantin Fiodorovich, para que me enseñe, para que satisfaga mi sed de llegar a la verdad. Aguardo sus dulces palabras como si fueran un maná.

—Pero ¿qué…, qué puedo enseñarle yo? —exclamó Kostanzhoglo un tanto turbado—. Mis conocimientos son muy limitados.

—¡Sabiduría, mi querido amigo, sabiduría! La sabiduría que se necesita para gobernar el difícil timón de la agricultura, la sabiduría que se necesita para conseguir beneficios seguros, para adquirir bienes reales y no imaginarios, cumpliendo de este modo el deber de ciudadano y mereciendo el aprecio de nuestros compatriotas.

—¿Sabe usted lo que puede hacer? —dijo Kostanzhoglo mirándole fijamente, al tiempo que reflexionaba—. Quédese un día en mi casa. Podrá darse cuenta de que aquí no hay ninguna sabiduría.

—Sí, quédese —repitió la dueña de la casa, quien, dirigiéndose a su hermano, agregó—: Quédate tú también. ¿Qué prisa tienes?

—A mí me da igual. ¿Qué le parece a usted, Pavel Ivanovich?

—Yo también, con mucho gusto… Pero tengo que visitar a un pariente del general Betrischev, cierto coronel Koshkariov…

—¡Pero si está loco!

—Está loco, en efecto. Por mí no iría, pero el general Deulschev, amigo íntimo, y podría decidirse que mi bienhechor…

—Siendo así, ¿sabe qué puede usted hacer? —dijo Kostanzhoglo—. Vaya a visitarle, desde aquí sólo hay unas diez verstas. Mi cabriolé está enganchado. Vaya ahora mismo. Le da tiempo para regresar a la hora del té.

—¡Magnífica idea! —exclamó Chichikov, apresurándose a coger el sombrero.

El cabriolé se acercó al portal de la casa y al cabo de media hora Chichikov se encontraba ya en la hacienda del coronel. En la aldea reinaba un completo desorden: las calles eran una infinidad de construcciones, de edificios sometidos a reforma, de montones de yeso, troncos y ladrillos. Había algunas casas ya concluidas al estilo de las oficinas públicas. En una aparecía escrito en letras doradas: «Depósito de aperos»; en otra: «Oficina central de cuentas»; había también un «Comité de asuntos de la aldea» y la «Escuela de enseñanza normal para los habitantes de la aldea». En resumen, había allí todo cuanto se quisiera.

Al coronel lo halló ante el pupitre de su escritorio, con una pluma entre los dientes. Lo acogió con suma amabilidad y cortesía. Presentaba el aspecto de ser un hombre extremadamente bueno y muy educado. En seguida comenzó a explicarle los enormes esfuerzos que le había costado la empresa de levantar la finca hasta el actual estado de prosperidad. Lamentóse dolorido de lo difícil que resultaba hacer comprender al campesino que existen los placeres superiores que proporcionan al hombre el lujo, la cultura y las artes. Que no había sido capaz de conseguir que las mujeres de su aldea llevaran corsé, siendo así que en Alemania, donde él había estado con su regimiento en el año 14, la hija de un molinero sabía incluso tocar el piano. Pero que, no obstante toda la serie de trabas y dificultades que le oponía la ignorancia, acabaría logrando que salieran a arar con el libro de Franklin sobre los pararrayos, las Geórgicas de Virgilio o La investigación química del suelo.

«¡Vas listo! —se dijo Chichikov para sus adentros—. ¡Y yo que aún no he tenido tiempo de leer La duquesa de La Vallière!».

El coronel se extendió largamente acerca del modo de conducir a la gente a la prosperidad. Según su punto de vista, el traje tenía mucha importancia. Respondía con la cabeza de que sería suficiente obligar a la mitad de los mujiks rusos a llevar pantalones a la alemana para que prosperaran las ciencias, floreciera el comercio y en Rusia adviniera el Siglo de Oro. Chichikov lo miraba sorprendido y se decía: «Parece que con éste no es necesario guardar miramientos». Y sin andarse con rodeos, le contó que necesitaba tales y tales almas, mediante el oportuno contrato y en la forma debida.

—A juzgar por sus palabras —contestó el coronel sin inmutarse en absoluto—, se trata de una solicitud, ¿no es eso?

—Efectivamente, así es.

—Siendo así, tendrá que presentarla por escrito. La solicitud pasará a la oficina de recepción de informes y petición. Esta, en cuanto la haya registrado, me la pasará a mí. Yo la transmitiré al comité de asuntos de la aldea, de donde, con la información que haya reunido este último, pasará a la oficina del administrador, quien, de conformidad con el secretario…

—¡Por favor! —exclamó Chichikov—. ¡Así no acabaríamos nunca! ¿Cómo tratar por escrito de una cuestión de esta naturaleza? Se trata de un asunto… En cierto modo… no son más que almas muertas…

—Está bien. Hágalo constar así, escriba que, en cierto modo, sólo se trata de almas muertas.

—Pero ¿cómo voy a decir que son muertos? Eso no se puede poner por escrito. Se trata de muertos, pero es preciso hacer las cosas como si parecieran vivos.

—Muy bien. Ponga usted esto: «Pero se requiere, o es necesario, es de desear, se trata de que parezcan como si estuvieran vivos». Sin trámites burocráticos no se puede hacer nada. El ejemplo nos lo dan Inglaterra y el mismo Napoleón. Pondré a su disposición a un delegado que le acompañará por todas partes.

Hizo sonar una campanilla y compareció un individuo.

—Secretario, dígale a un delegado que venga.

Se presentó el delegado en cuestión; ofrecía un aspecto mitad de mujik, mitad de escribiente.

—Él le acompañará a todos los sitios que necesite.

Picado por la curiosidad, Chichikov resolvió ir con el delegado a visitar todos aquellos sitios que necesitaba. De la oficina de recepción de peticiones no había más que el rótulo; las puertas estaban cerradas. La persona encargada de aquellos asuntos, cierto Jruliov, había sido trasladada al comité de asuntos de la aldea, formado recientemente. Su puesto había sido ocupado por el ayuda de cámara Berezovski, pero a éste, la comisión de obras le había enviado en comisión de servicio. Despertaron a un borracho que se hallaba durmiendo la mona, pero no consiguieron sacar nada en claro.

—¡Esto es un desbarajuste! —dijo al fin Chichikov el delegado—. Todo el mundo engaña al señor. La comisión de obras aleja a la gente de su misión y la manda donde se le antoja. El único sitio que resulta ventajoso es la comisión de obras.

Daba la sensación de que no estaba muy contento con la mencionada comisión. Chichikov se negó a ver más y a su vuelta contó al coronel lo que había visto, que por todas partes reinaba un completo desorden, que no había podido lograr nada positivo y que la oficina de recepción de peticiones ni tan sólo existía.

El coronel, dominado por una noble indignación, estrechó la mano a Chichikov como muestra de agradecimiento. Seguidamente, armado de papel y pluma, escribió ocho rigurosas interpelaciones: «¿Con qué derechos la comisión de obras había dispuesto a su antojo de funcionarios que no dependían de ella? ¿Cómo había podido tolerar el administrador jefe que una persona se ausentara en viaje de inspección sin antes haber hecho entrega de su cargo? ¿Cómo podía el comité de asuntos de la aldea quedarse indiferente ante el hecho de que ni siquiera existía la oficina de recepción de peticiones?».

«¡Qué embrollo!», pensó Chichikov, y manifestó deseos de irse.

—No, no permitiré que se vaya. Ahora está en juego mi amor propio. He de demostrarle lo que significa una sabia organización de la hacienda. Encargaré su asunto a una persona que vale por todos los demás juntos: posee estudios universitarios. Ya verá qué siervos tengo… Y para no perder un tiempo tan valioso, le suplico encarecidamente que pase a la biblioteca —dijo el coronel mientras abría una puerta lateral—. Aquí puede encontrar libros, papel, plumas, lápices, tiene de todo. Disponga usted a su entero arbitrio: es usted el dueño. La ilustración ha de estar al alcance de todos.

Al tiempo que así hablaba, Koshkariov le hizo pasar a la biblioteca. Era una gran sala repleta de libros hasta el techo. También había en ella animales disecados. Los libros comprendían todo género de materias: ganadería, silvicultura, horticultura, cría de cerdos; eran muy numerosas las revistas especiales, esas que se mandan a los suscriptores, pero que nadie lee. Al ver que aquéllos eran libros muy poco propicios para distraerse, Chichikov se dirigió hacia otro armario: aún peor, se trataba de libros filosóficos. Seis considerables libracos aparecieron ante sus ojos bajo el título común de «Introducción preparatoria al dominio del pensamiento»; Teoría de la comunidad, del conjunto y de la esencia en su aplicación a la comprensión de los principios orgánicos del desdoblamiento recíproco de la productividad social. En cualquier libro que Chichikov hojeara se hablaba de desarrollo, de manifestación, de lo abstracto, de conjunto, de hermetismo y de el diablo sabe qué más.

—Todo esto no es para mí —dijo Chichikov, y se encaminó hacia el tercer armario, en el que se veían libros de arte. De él sacó un gran volumen con ilustraciones bastante indecorosas de figuras de la mitología, y eso es lo que se puso a mirar. Tal clase de ilustraciones gustan sobremanera a los solteros de cierta edad e incluso a viejos de esos que se excitan con el ballet y otro espectáculos picantes. Cuando Chichikov había acabado de hojear este libro e iba a sacar otro del mismo género, se presentó el coronel Koshkariov, radiante y con un papel en la mano.

—¡Ya está todo hecho, y hecho pero que muy bien! La persona de quien le hablé es un verdadero genio. No en vano lo pongo por encima de todos y pienso abrir para él solo un departamento. Vea usted qué mente más brillante y cómo lo ha solucionado todo en pocos minutos.

«¡Gracias a Dios!», se dijo Chichikov, disponiéndose a escuchar.

El coronel empezó la lectura:

Tras haber reflexionado acerca de la misión que me ha encomendado Su Señoría, tengo el honor de exponer lo siguiente:

I.— La solicitud del señor consejero colegiado y caballero Pavel Ivanovich Chichikov contiene ya en sí misma un mal entendido, ya que incurre en el error de calificar inadvertidamente de muertas a las almas sujetas a registro. Cuando habla de muertos, probablemente deberá referirse a las personas que están a punto de morir, pero que no han muerto aún. Por otra parte, dicha denominación manifiesta un conocimiento meramente empírico de las ciencias, limitado sin duda a la escuela parroquial, puesto que el alma es inmortal.

—¡Qué granuja! —exclamó Koshkariov, deteniéndose satisfecho—. Aquí le da un alfilerazo. Pero reconocerá que sabe manejar la pluma.

II.— En la finca no hay ningún alma sin hipotecar, no sólo de los que se encuentran próximos a la muerte, sino cualquiera otra, ya que todas ellas, en su conjunto, han sido hipotecadas por segunda vez, con un recargo de ciento cincuenta rublos por cada una de ellas, exceptuando la pequeña aldea de Gurmailovka, que se halla sujeta a pleito con el propietario Predischev, debido a lo cual toda operación con la mencionada aldea está prohibida, según edicto publicado en el número 42 de Moskovswie Vemomosti.

—¿Y por qué no me lo dijo antes? ¿Por qué me ha retenido con esas estupideces? —gritó Chichikov lleno de ira.

—Era preciso que usted mismo lo comprobara a través de documentos en la debida forma. Con estas cosas no se pueden gastar bromas. Cualquier necio lo podía ver, pero es necesario comprenderlo conscientemente.

Chichikov, irritado, cogió el sombrero y salió precipitadamente, sin detenerse a pensar en las reglas de cortesía: la cólera le dominaba. El cochero le aguardaba con el cabriolé, sabiendo como sabía que sería inútil desenganchar los caballos, pues el pienso lo habría tenido que solicitar por escrito y la decisión no se acordaría hasta el día siguiente.

Por más que Chichikov se hubiera comportado con suma grosería, Koshkariov, en extremo delicado y cortés, le cogió a la fuerza la mano, que se llevó al corazón, y le dio las gracias por haberle proporcionado la ocasión de ver el funcionamiento de su hacienda. Era preciso, dijo, reprender a la gente, puesto que, de no hacerlo así, se quedaban dormidos y los resortes de la dirección se enmohecían y por lo tanto se debilitaban; lo sucedido le había inspirado una idea feliz: la de instituir otra comisión a la que llamaría comisión de vigilancia de la comisión de obras, de tal forma que nadie se atrevería ya a robar.

Chichikov llegó encolerizado y disgustado, ya tarde, cuando hacía largo tiempo que habían encendido las velas.

—¿A qué se debe que haya llegado tan tarde? —le preguntó Kostanzhoglo cuando compareció en la puerta.

—¿De qué han estado charlando tanto tiempo? —se interesó entonces Platonov.

—¡Jamás había visto tamaño imbécil! —exclamó Chichikov.

—Eso no es nada —dijo Kostanzhoglo—. Koshkariov es algo que reconforta. Es un personaje necesario para que en él aparezcan reflejadas en forma de caricatura las estupideces que cometen los que se creen inteligentes, los que sin conocer su propio país se dedican a buscar absurdos en el extranjero. Los propietarios que actualmente se estilan son los que fundan oficinas, escuelas, manufacturas, comisiones y el diablo sabe qué más. ¡Son tan inteligentes! El asunto pareció arreglarse después de la invasión francesa del año 12, pero hoy día vuelven a trastornarlo todo. Lo han desorganizado más que el francés, de manera que cualquier Piotr Petrovich Petuj resulta todavía un buen terrateniente.

—Pero también él tiene su hacienda hipotecada —objetó Chichikov.

—Sí, no piensan más que en hipotecar sus fincas —asintió Kostanzhoglo, que comenzaba a encolerizarse—. Construyen fábricas de sombreros y de velas, traen operarios de Londres, se han convertido en mercachifles. Dejan de ser terratenientes, dejan una ocupación tan honrosa para convertirse en propietarios de manufacturas, en fabricantes. Compran máquinas para hilar..., fabrican muselinas para las muchachas de partido de la ciudad.

—Pero tú también tienes fábricas —comentó Platonov.

—¿Cómo se han originado? ¡Aparecieron por sí mismas! Se había acumulado lana, no había dónde poder venderla, y comencé a fabricar paño, pero un paño resistente, sencillo y barato que en el mercado me lo quitan de las manos; es algo que conviene al campesino, a mi propio campesino. Por espacio de seis años, los pescadores habían estado arrojando en mi orilla las escamas del pescado; ¿qué podía hacer con todo esto? Empecé a fabricar cola y la vendí por cuarenta mil rublos. Y con todo lo demás sucede lo mismo.

«¡Diablo! —se dijo Chichikov clavando la mirada en él—. ¡Este sí que sabe barrer para casa!».

—Y si me dediqué a estas cosas fue también porque se acumularon demasiados trabajadores que, de otra forma, habrían perecido de hambre. Las cosechas habían sido malas, por culpa de esos fabricantes que habían descuidado la sementera. Aquí hallarás muchas fábricas de ésas. Todos los años alguna, según la cantidad de desperdicios y excedentes que se hayan acumulado. El quid está en seguir con atención la marcha de la hacienda. Entonces se puede aprovechar lo que se desecha por inútil. Porque para eso yo no levanto palacio con frontispicios y columnas.

—Es admirable... Y lo más sorprendente es que cualquier desperdicio puede proporcionar beneficios —comentó Chichikov.

—Sí, pero con tal de que las cosas se enfoquen sencillamente, como son en realidad. Pues todos se sienten mecánicos, todos pretenden abrir la caja mediante herramientas, y no de una forma sencilla. Y van a propósito a Inglaterra. ¡Los muy necios! —y Kostanzhoglo escupió con desprecio—. ¡Cuando regresan del extranjero son cien veces más necios!

—¡Ay, Konstantin! —exclamó su esposa con inquietud—. Comienzas de nuevo a excitarte, y ya sabes que esto te perjudica.

—¿Cómo no voy a excitarme? Si fuera algo que no me concerniera... pero me afecta muy de cerca. Uno no es capaz de contemplar indiferente cómo se malogra el carácter ruso. En él ha surgido un quijotismo que nunca tuvo. Si le da por la cultura, se convierte en un Quijote de la cultura: funda unas escuelas como no se le ocurrirían a un necio. De ellas salen gentes que no sirven ni para el campo ni para la ciudad, borrachos que adquieren el sentimiento de su dignidad. Si le da por la filantropía, se convierte en un Quijote de la filantropía: invierte un millón de rublos en edificar hospitales y establecimientos benéficos absurdos, con columnas y todo cuanto se quiera, se arruina y deja a todos en la miseria. ¡Ahí está la filantropía!

Chichikov no estaba para discursos sobre la cultura. Lo que atraía su interés era la forma de obtener ganancias de los desperdicios que todo el mundo tira. Pero Kostanzhoglo no le daba oportunidad de hablar. Ya no podía contener las mordaces frases que acudían a su boca.

—¡Piensan en ilustrar al campesino! Primero de todo, procura ser tú mismo un buen amo, y entonces aprenderá él. No puede usted figurarse hasta qué extremos de necedad ha llegado el mundo. ¡Hay qué ver las cosas que se escriben! Cualquier mequetrefe publica un libraco y todos se matan por leerlo. Vea usted lo que dice: «El mujik lleva una vida muy sencilla; es preciso darle a conocer los objetos de lujo, hacer que sienta las necesidades de una condición superior…». Gracias a ese lujo, ellos mismos han llegado a convertirse en guiñapos, porque no son seres humanos, y el diablo sabe las enfermedades que han contraído. No se puede encontrar ni un solo muchacho de dieciocho años que no lo haya probado todo: se le han caído los dientes y está tan calvo como una vejiga. Pues bien, eso es lo que quieren contagiar a los mujiks. Agradezcamos a Dios que aún queda en nuestro país un estamento sano, que desconoce esos caprichos. Hemos de dar por ello gracias a Dios. El labrador es lo más honroso que tenemos. ¿Por qué lo tocáis? Todos tenían que ser labradores.

—En este caso, ¿usted piensa que lo más provechoso es dedicarse a la labranza? —quiso saber Chichikov.

—No es lo más provechoso, sino lo más legítimo. Ya lo sabe: ganarás el pan con el sudor de tu frente. Es absurdo darle vueltas. La experiencia de los siglos demuestra claramente que el labrador es más moral, más noble, más puro. Yo no digo que no deba nadie ocuparse en otros menesteres, pero la base de todo debe ser la agricultura. De eso es de lo que se trata. Las fábricas surgirán por sí mismas, pero tan sólo las que tengan alguna razón de ser, las que el hombre precisa aquí, en el sitio que ocupa, y no fábricas destinadas a dar satisfacción a esas necesidades que arrastran a la holgazanería. No serán como esas fábricas que después, para sostenerse y vender sus mercancías, pervierten y corrompen al infortunado pueblo. Por muchos que sean los beneficios que rinden, yo jamás tendré esas fábricas que acrecientan y estimulan las necesidades superiores. ¡Nada de azúcar ni de tabaco, aunque pierda un millón! ¡Si el mundo cae en poder de la depravación, que yo no haya tomado parte en ello! Quiero presentarme limpio ante Dios… Llevo veinte años viviendo con la gente y sé muy bien cuáles son las consecuencias.

—Lo que más me asombra es que en una hacienda bien organizada se saca partido de todo e incluso los desperdicios pueden rendir beneficios.

—Hum… Los economistas… —dijo Kostanzhoglo sin oírle, con una expresión de mordaz ironía en el rostro—. ¡Arreglados están los economistas! Un necio va montado en otro necio y un tercer necio lo arrea. No ven más allá de su estúpida nariz. Un asno que sienta cátedra y se pone los anteojos… ¡Estupideces! —y dominado por la ira volvió a escupir.

—Todo eso es así y tienes toda la razón, pero, por favor, no te excites —le suplicó su mujer—. Como si no se pudiera conversar tranquilamente de esas cosas.

—Escuchándole a usted, mi respetable Konstantin Fiodorovich, alcanza uno a comprender el sentido de la vida, penetra, por así decirlo, hasta el meollo de la cuestión. Pero, dejando de lado el aspecto general humano, permítame que dedique mi atención a lo particular. Si yo llegara a ser propietario, pongamos por caso, intentaría enriquecerme en breve espacio de tiempo para de este modo cumplir mi primer deber de ciudadano. Pues bien, ¿qué tendría que hacer?

—¿Qué debería hacer para enriquecerse en seguida? —repitió Kostanzhoglo—. Verá…

—Pasemos a cenar —dijo la anfitriona, que se levantó y se dirigió hacia el centro de la estancia, cubriendo con un chal sus jóvenes hombros.

Chichikov se puso en pie casi con la agilidad de un militar, y tras ofrecerle el brazo, la llevó ceremoniosamente a través de dos piezas hasta el comedor, donde la sopera, destapada, dejaba escapar el grato aroma de una sopa confeccionada con verduras frescas y con las primeras raíces de la primavera. Todos tomaron asiento. Los criados depositaron hábilmente en la mesa los manjares que tenían que comer, adecuadamente tapados, y a continuación se retiraron. A Kostanzhoglo le molestaba que los criados escucharan las conversaciones de los señores, y más todavía que le miraran a la boca a la hora de comer. En cuanto hubo tomado la sopa y bebido una copa de magnífico vino, que le recordaba al húngaro, Chichikov habló de este modo al terrateniente:

—Permítame, mi querido Konstantin Fiodorovich, que vuelva a nuestra conversación de antes. Le había preguntado a usted respecto a la mejor forma…[34]

(…). —Se trata de una hacienda por la que en este mismo momento le daría yo cuarenta mil rublos si me los pidiera.

—Hum… —murmuró Chichikov quedándose pensativo—. ¿Y por qué no se la queda usted? —preguntó con aire un tanto tímido.

—Uno tiene que saber hasta dónde puede llegar. Ya me dan bastantes quebraderos de cabeza las tierras que ahora poseo. Por otra parte, los nobles no hacen más que decir que me aprovecho de los apuros en que se hallan y de su ruinosa situación para adquirir fincas a bajo precio. Ya estoy harto de todo esto, que se vayan al diablo.

136

—¡Qué afición siente la gente por las maledicencias! —exclamó Chichikov.

—Pues en nuestra provincia no puede usted imaginarse cómo son. Dicen que soy un avaro y un usurero de primera categoría. Entre ellos se lo perdonan todo. «Es verdad que me he arruinado, pero sólo se debe a que he vivido para dar cumplida satisfacción a las necesidades superiores de la vida, he estimulado a los industriales, esto es, a los granujas. De la manera como vive Kostanzhoglo pueden vivir incluso los cerdos».

—¡Ya querría yo ser un cerdo de esa clase! —dijo Chichikov.

—Todo eso son mentiras y necedades. ¿Qué necesidades superiores son ésas? ¿A quién engañan? Compran libros, pero no los leen. Todo acaba en cartas y borracheras. Lo dicen porque no doy comidas ni les presto dinero. Si no ofrezco comidas es porque me cansan: no estoy acostumbrado a eso. Pero si alguien acude a comer lo que yo como, bien venido sea. Y no les doy dinero prestado porque es un absurdo. Si alguien viene a mí, realmente necesitado, y me expone sus problemas y me cuenta cómo va a invertir el dinero; si yo veo que lo gastará prudentemente y comprendo que ese dinero le proporcionará un beneficio, no me resistiré a prestárselo, y hasta no le cobraré crédito.

«Es preciso tomar nota», se dijo Chichikov para sus adentros.

—Jamás me negaré —prosiguió Kostanzhoglo—. Pero no tiraré el dinero. Que me perdonen. ¡Diablo! Se les antoja ofrecer una comida a su amante, o les da por cambiar todos los muebles de la casa, o imaginan celebrar una fiesta de máscaras al entrar la primavera, o un aniversario para festejar que vivieron tantos años haciendo el vago, ¡y yo les he de dar dinero prestado!…

—¡Permítame, estimadísimo amigo, que vuelva otra vez al tema de que hablábamos anteriormente! —dijo Chichikov tomando otra copa de licor de frambuesa, que era realmente delicioso—. Supongamos que yo comprara esa hacienda a la que antes se refería, ¿cuánto tiempo tardaría en enriquecerme lo bastante como para…?

—Si usted pretende hacerse rico en un abrir y cerrar de ojos —le interrumpió Kostanzhoglo en un tono brusco, como si el tema le disgustara en extremo—, no lo logrará nunca; y si pretende hacerse rico sin pensar en plazos, lo logrará en muy poco tiempo.

—¡Ah! —exclamó Chichikov.

—Sí —prosiguió Kostanzhoglo con su voz brusca, como si estuviera irritado contra el mismo Chichikov—. Es preciso sentir amor al trabajo. De lo contrario no se logra nada. Es necesario coger cariño a las tareas de la finca. Y puede usted creerme, uno no se aburre. Es falso eso de que en el campo se aburre uno. Yo me moriría, me ahorcaría de tedio y aburrimiento si pasara un solo día en la ciudad como lo hacen ellos en sus absurdos casinos, teatros y restaurantes. ¡Son estúpidos, imbéciles, una generación de asnos! El dueño de una hacienda no puede, no dispone de tiempo para aburrirse. Su vida está ocupada sin cesar. Es suficiente con la diversidad de las labores, ¡y qué labores! Son tareas que elevan el espíritu. Dígase lo que se diga, el hombre está en contacto con la Naturaleza, con las estaciones del año, toma parte en todo lo que se sucede en la Creación. Considere en su conjunto los trabajos que se realizan a lo largo del año: antes de la venida de la primavera ya la aguarda atento, prepara la simiente, la selecciona y mide en los graneros, la vuelve a secar. Se fijan las nuevas cargas. En el transcurso del año se revisa y calcula todo previamente. Y en seguida que llega la época del deshielo, que los ríos vuelven a su cauce normal y la tierra se seca, comienzan a trabajar la azada en los huertos y el rastrillo en los campos. Se procede a plantar y a sembrar. ¿Comprende lo que esto representa? ¡Ahí es nada! ¡Se siembra la futura cosecha! ¡Se siembra el bienestar de todo el mundo! ¡El alimento de millones de personas! Viene el verano… La siega del heno… Y después las mieses, tras el centeno vienen el trigo, y al trigo siguen la cebada y la avena. Todo está en ebullición; no se puede perder ni un minuto; aunque uno estuviera dotado de veinte ojos, habría ocupación para todos. Y cuando tienen lugar las fiestas hay que acarrear la mies a las eras, hacinarla, llegan las labores de otoño, la reparación de los graneros, establos y rediles para el invierno; y al mismo tiempo, para todas las mujeres hay trabajo. Se efectúa el balance, se comprueba lo que se ha hecho. Y esto es algo… ¡Y el invierno! Es la trilla en los cobertizos, el transporte del grano a los graneros. Uno se llega hasta el molino, las fábricas, da una mirada al patio donde trabajaba la gente, ve cómo marchan los asuntos de cada campesino. Yo, se lo aseguro, si un carpintero sabe manejar el hacha, soy capaz de permanecer durante dos horas mirando; para mí, el trabajo es fuente de alegría. Y si además comprende uno que todo esto se realiza con un fin determinado y ve que las cosas se multiplican alrededor, produciendo nuevos frutos, entonces no me es posible explicar lo que uno experimenta. Y no porque el dinero se acrecienta —el dinero es cosa aparte—, sino porque uno ve que todo eso es obra suya; porque uno advierte que es la causa de todo, el creador de todo, y que uno, como si fuera un mago, esparce por doquier la abundancia y el bien. ¿Dónde podrá usted hallar un placer igual? —continuó Kostanzhoglo levantando la cabeza. Las arrugas habían desaparecido de su frente. Resplandecía de arriba abajo, como un rey en el día solemne de su coronación—. ¡En todo el mundo no podrá hallar un placer semejante! Aquí, precisamente aquí, es donde el hombre se asemeja a Dios. Dios reservó para Sí la Creación como placer supremo y exige del hombre que igualmente él, a semejanza del Creador, siembre la prosperidad a su alrededor. ¡Y decir que esto es una tarea aburrida!…

Como el canto de un ave del paraíso, Chichikov escuchaba embelesado las dulces palabras de su anfitrión. La boca se le hacía agua. Incluso sus ojos estaban húmedos y miraban con una expresión de beatitud. Habría continuado escuchándole por mucho tiempo.

—Konstantin, es hora ya de que vayamos al salón —dijo de pronto la dueña de la casa, mientras se ponía en pie. Los demás se levantaron también. Chichikov volvió a ofrecer el brazo a la anfitriona, pero no se advertía

137

en él la agilidad de antes, pues sus pensamientos estaban ocupados en asuntos realmente serios.

—Digas lo que digas, todo esto resulta muy monótono y aburrido —dijo Platonov, que iba el último de todos.

«El visitante no tiene ni un pelo de tonto —se dijo para sus adentros el dueño de la casa—. Parece un hombre comedido y no es de los que se dedican a escribir».

Este pensamiento acrecentó aún más su alegría, como si su propia plática le hubiera confortado y como si se felicitara, de haber hallado a alguien que sabía escuchar sus prudentes consejos. Cuando hubieron tomado asiento en una confortable salita iluminada con velas delante del balcón y de la cristalera que daba paso al patio, mientras las estrellas los contemplaban brillando sobre las copas de los árboles del adormecido jardín, Chichikov experimentó una sensación tan agradable como hacía largo tiempo no había sentido: era como si, tras largas peregrinaciones, le hubiera acogido el techo en que vio la luz y, colmados sus anhelos, hubiera arrojado el báculo, exclamando: «¡Ya es suficiente!».

A este agradable estado de ánimo le habían conducido las sabias palabras del hospitalario anfitrión. Cualquier ser humano halla palabras que le resultan más valiosas y familiares que otras. Y con frecuencia, de súbito, en un perdido rincón, en el paraje más desierto, halla una conversación que le conforta y le hace olvidarse de sí mismo, de los desastrosos caminos, de las malas fondas, del estéril bullicio y de la falacia de las ilusiones humanas. Aquella velada quedará para siempre grabada en su memoria con todos sus pormenores: quién estuvo presente y qué sitio ocupaba cada uno, lo que tenía en las manos, las paredes, los rincones y hasta el más ínfimo detalle.

Así se le grabó todo a Chichikov aquel día: la reconfortante salita, amueblada con sencillez, la bondadosa expresión que se advertía en el rostro del inteligente propietario, el dibujo del empapelado, la pipa con boquilla de ámbar que habían traído a Platonov, las bocanadas de humo que lanzaba a las narices de «Yarb», los resoplidos del perro y la risa de la encantadora dueña, a cada momento interrumpida por las palabras: «¡Ya está bien, no lo martirices más!», y la alegre luz de las velas, y la cristalera, y la noche primaveral que los contemplaba desde las alturas, reposando en las copas de los árboles, sembrada de estrellas y arrullada por el canto del ruiseñor, que gorjeaba en lo más hondo del verde follaje.

—Me gusta oírle hablar, querido Konstantin Fiodorovich —dijo Chichikov—. Puede usted creerme si le digo que en toda Rusia no he hallado a nadie que se le pueda comparar en inteligencia.

Kostanzhoglo sonrió. Él mismo se daba cuenta de que Chichikov tenía razón.

—No, si quiere conocer a un hombre verdaderamente inteligente, nosotros tenemos a uno a quien con toda justicia se le puede llamar así. Yo no le llego ni a la suela de los zapatos.

—¿Quién puede ser? —preguntó Chichikov, asombrado.

—Murazov, nuestro contratista.

—¡Es la segunda vez que oigo hablar de él! —exclamó Chichikov.

—Es una persona capaz de gobernar no ya una hacienda, sino todo un Estado. Si yo fuera rey, le nombraría ministro de Finanzas.

—Según cuentan, es algo increíble: ha hecho una fortuna de diez millones de rublos.

—¡Diez millones! Posee más de cuarenta. A no tardar media Rusia será suya.

—¿Qué me dice usted? —gritó Chichikov boquiabierto y con los ojos que casi se le salían de las órbitas.

—Puede usted estar seguro. Y se comprende. Se enriquece poco a poco el que tiene unos cientos de miles; pero el que posee millones, alcanza un radio de acción enorme. Abarca siempre dos y hasta tres veces más que otro cualquiera. Es un campo muy amplio. No tiene rivales. No existe quien le pueda hacer la competencia.

—¡Santo Dios! —exclamó Chichikov santiguándose. Se quedó con la mirada fija en Kostanzhoglo y sintió que la respiración le fallaba—. ¡Es increíble! ¡Se queda uno helado de espanto! Hay quien se maravilla de la Providencia cuando contempla un insecto; a mí me maravilla incomparablemente más que las manos de un mortal puedan manejar tan desorientadas sumas de dinero. Permítame que le haga una pregunta acerca de cierta circunstancia. Dígame, aunque es cosa que se comprende: lo primero que adquirió no sería por procedimientos muy legítimos ¿no es verdad?

—En modo alguno, lo adquirió de la forma más irreprochable y por los procedimientos más legítimos.

—¡Es inconcebible! Si fueran miles, pase, pero tratándose de millones…

—Todo lo contrario, lo verdaderamente difícil es ganar miles por procedimientos honrados, que los millones se juntan sin esfuerzo. Para el millonario no hay necesidad alguna de seguir caminos torcidos: sólo tiene que ir recto y tomar todo lo que halla. Otro no lo recogerá, no tendrá fuerzas para levantarlo: no halla rivales. Su radio de acción es enorme: ya le dije antes que abarca dos y hasta tres veces más que otro cualquiera. Pero ¿qué produce un millar? El diez, el veinte por ciento.

—Lo más asombroso es que partiera de la nada.

—Siempre ocurre así. Es el orden natural de las cosas —dijo Kostanzhoglo—. Quien nació siendo dueño de miles y se crió entre miles, no adquirirá nada más que toda clase de caprichos. Se debe comenzar por el principio, y no por el medio, con un kopec y no desde arriba. Sólo así es posible conocer bien a la gente y el medio en que después tendrá uno que desenvolverse. Cuando uno lo ha tenido que soportar todo en su propio pellejo y aprende que cada kopec es muy duro de ganar, cuando ha pasado por todas las pruebas, sale tan instruido y forjado, que no fracasará en ninguna empresa, sea la que fuere. Créame, lo que le digo es muy cierto. Se debe comenzar por el principio, y no por el medio. No creo a quien me dice:

«Entrégueme cien mil rublos y me enriqueceré inmediatamente». Actúa al azar, y no sobre seguro. Se debe comenzar por un kopec.

—Siendo así, yo me enriqueceré —dijo Chichikov, a quien sin querer le acudieron a la memoria las almas muertas—, ya que verdaderamente empiezo de la nada.

—Konstantin, ya es hora de dejar que Pavel Ivanovich se retire a descansar —dijo la dueña de la casa—; no haces más que darle conversación.

—Sí que se enriquecerá —continuó Kostanzhoglo sin prestar atención a las palabras de su esposa—. Torrentes de oro afluirán a usted. No sabrá qué hacer con sus ganancias.

Pavel Ivanovich le escuchaba embelesado, sumido en el mundo de los sueños. Sobre el dorado tapiz de las futuras adquisiciones, su exaltada imaginación bordaba dibujos de oro y en sus oídos resonaban con violencia las palabras: «Torrentes de oro, torrentes de oro afluirán a usted».

—De verdad, Konstantin, ya es hora de dejar descansar a Pavel Ivanovich.

—¿Por qué te preocupas? Márchate tú si te parece —dijo el dueño de la casa, y acto seguido se detuvo, porque el sonoro ronquido de Platonov retumbó en todo el aposento, seguido de otro ronquido, aún más fuerte, de «Yarb». Entonces, dándose cuenta de que verdaderamente era hora de acostarse, dio una sacudida a Platonov, diciéndole: «¡Ya está bien de roncar!», y deseó las buenas noches a Chichikov. Todos se separaron y poco rato después dormían en sus lechos.

Sólo Chichikov permanecía desvelado. Sus pensamientos no le permitían dormir. Pensaba en el modo de hacerse dueño de una finca real y verdadera, y no imaginaria. Después de su charla con el anfitrión todo lo veía claro. ¡Le parecía tan evidente la posibilidad de hacerse rico! ¡Veía ahora tan fácil y sencilla la complicada empresa de gobernar una hacienda! ¡Era algo tan de acuerdo con su modo de ser! Lo único que se necesitaba era hipotecar esos muertos y comprar una hacienda real y verdadera. Ya se veía llevando a la práctica las enseñanzas de Kostanzhoglo: diligentemente y con circunspección, sin emprender nada nuevo antes de conocer a la perfección todo lo viejo, vigilándolo todo por sí mismo, intentando conocer bien a los campesinos, privándose de lo superfluo y entregándose totalmente a las tareas de la hacienda. Saboreaba ya de antemano el placer que experimentaría cuando todo adquiriera un orden perfecto y todos los resortes de la máquina económica se pusieran en marcha, actuando los unos sobre los otros.

El trabajo imperaría por doquier, y de igual modo que el molino convierte en un instante el grano en harina, en su finca hasta el último desperdicio se transformaría en dinero y más dinero... La imagen del asombroso terrateniente no se apartaba de su mente. Era la primera persona de toda Rusia por quien sentía verdadero aprecio. Hasta aquel momento sólo habían merecido su estima y respeto los elevados cargos y las considerables fortunas. Por su inteligencia, propiamente dicha, no había apreciado a nadie. Kostanzhoglo era el primero. Veía claramente que a él no le sería posible jugarle una mala pasada. Le preocupaba también otro proyecto: la adquisición de la hacienda de Jlobuev. Él poseía diez mil rublos; quince mil pensaba pedírselos prestados a Kostanzhoglo, dado que él mismo había afirmado que estaba dispuesto a ayudar a cualquiera que quisiese enriquecerse. Lo demás, ya vería cómo lo conseguía: podría recurrir a una hipoteca, o sencillamente hacerle esperar. También esto era posible: que acudiera a los tribunales si se sentía con ganas de hacerlo.

Todavía permaneció durante un buen rato reflexionando acerca de todas estas cosas. Por último, el sueño, que como acostumbra a decirse, hacía más de cuatro horas que había acogido en sus brazos a todos los moradores de la casa, acabó dominando también a Chichikov, que se quedó profundamente dormido.

CAPÍTULO IV

Al día siguiente todo salió a las mil maravillas. Kostanzhoglo le entregó de buen grado diez mil rublos sin interés y sin garantía, contra un simple recibo. Hasta tal punto llegaba su deseo de ayudar a los que aspiran a hacerse ricos. Mostró a Chichikov toda su finca. ¡Cuánta sencillez e inteligencia en su organización! Parecía que las cosas se realizaran por sí mismas. No perdía inútilmente ni un solo minuto, no se advertía ni la menor negligencia. El terrateniente, al igual que un Argos de cien ojos, sorprendía al culpable. No había nadie desocupado. El mismo Chichikov se quedó sorprendido ante lo mucho que aquel hombre había llevado a cabo sin ruido, silenciosamente, sin escribir proyectos ni tratados sobre el modo de lograr el bienestar de todo el género humano; consideró la vida estéril del habitante de la capital, del que se dedica a pasear por parques y a galantear a las damas en los salones, o a dictar, alejado de todos, disposiciones que deberán aplicarse en los últimos límites del Estado. Chichikov quedó entusiasmado y la idea de transformarse en terrateniente se fue afirmando más y más en él.

Kostanzhoglo no se limitó a mostrarle toda su finca, sino que se ofreció a acompañarle a casa de Jlobuev a fin de ver juntos su hacienda. Chichikov se encontraba de excelente humor. Tras un copioso almuerzo se acomodaron los tres en el carruaje de Pavel Ivanovich. El cabriolé del anfitrión les seguía vacío. «Yarb» corría delante, asustando a los pájaros del camino. A lo largo de quince verstas se extendían a los dos lados los bosques y tierras de labor de Kostanzhoglo. Era una continua sucesión de prados y arboledas. No se veía ni una mala hierba, aquello parecía verdaderamente un jardín de delicias.

Pero comenzaron las tierras de Jlobuev y, sin darse cuenta, se quedaron mudos: en lugar de los bosques de antes había unos matorrales recomidos por el ganado; el raquítico centeno apenas si conseguía abrirse paso por entre las malas hierbas. Por último, surgieron unas cabañas ruinosas, sin ninguna cerca que las rodeara, en medio de las cuales se alzaba un edificio de mampostería deshabitado que había quedado a medio construir. Sin duda habían faltado materiales para el tejado, y así quedó, cubierta con una techumbre de paja que con el tiempo había ennegrecido. El propietario habitaba en otra casa, ésta de una sola planta. Salió a su encuentro, vestido con una raída levita, desarreglado, con unas botas viejas, como si se levantara de dormir y con muestras de gran abandono. No obstante, su rostro era el de una buena persona.

La llegada de los visitantes le alegró sobremanera, igual que si viera a unos hermanos de los que llevaba largo tiempo separado.

—¡Konstantin Fiodorovich! ¡Platón Mijailovich! ¡Cuánto me alegro de que hayan venido! Lo veo y no lo creo. Lo cierto es que tenía la seguridad de que nadie se dignaría visitarme. Todos huyen de mí como de la peste; tienen miedo de que les pida dinero prestado. ¡Oh, qué difícil, pero qué difícil es la vida, Konstantin Fiodorovich! Yo mismo me doy perfecta cuenta de que toda la culpa es mía. ¿Qué le voy a hacer? He vivido como un auténtico cerdo. Me perdonarán, señores, si les recibo como me ven. Las botas son viejas y están rotas, ya lo habrán observado. ¿Qué puedo ofrecerles?

—Sin cumplidos. Venimos por cierto asunto. Le he traído a un comprador, Pavel Ivanovich Chichikov —dijo Kostanzhoglo.

—Mucho gusto en conocerlo. Permítame que le estreche la mano.

Chichikov extendió las dos.

—Querría muy de veras, estimado Pavel Ivanovich, poder mostrarle una hacienda que realmente valiera la pena… Pero díganme, señores, ¿han comido?

—Sí, hemos comido ya —repuso Kostanzhoglo impaciente por abreviar los trámites—. No perdamos tiempo y vayamos en seguida al asunto.

—En este caso, vamos —y cogió su gorra.

Los recién llegados se pusieron las suyas y, todos juntos, comenzaron a caminar por la calle de la aldea.

—Vamos a contemplar mi desorden y mi incuria —dijo Jlobuev—. Lo cierto es que han hecho bien comiendo antes. Créame, Konstantin Fiodorovich, si le digo que en toda la casa no hay ni una mala gallina. ¡Hasta ese punto hemos llegado!

Lanzó un suspiro, y como si comprendiera que Konstantin no compartiría sus sentimientos, se cogió del brazo de Platonov y, apretándolo contra su pecho, se adelantó con él. Kostanzhoglo y Chichikov se quedaron y les siguieron igualmente cogidos del brazo.

—¡Qué duro es todo esto para mí, Platón Mijailovich, qué duro! —decía Jlobuev a Platonov—. ¡No puede darse idea de mis dificultades! ¡Sin pan, sin dinero, sin calzado! Pero para usted esto es como si le estuviera hablando en una lengua desconocida. No me importarían en absoluto si fuera y estuviera solo. Pero cuando estas desgracias caen sobre uno en la vejez, y tiene mujer y cinco hijos, uno lo ve todo negro, aunque no lo quiera…

—¿Y la venta de su hacienda le va a servir para arreglar su situación? —preguntó Platonov.

—¡No existe arreglo posible! —exclamó Jlobuev desalentado—. Todo se irá en pagar las deudas y apenas si me quedarán mil rublos limpios.

—¿Y qué piensa hacer?

—Sólo Dios lo sabe.

—¿Y por qué no intenta algo para salir de esta situación?

—Pero, ¿qué podría intentar?

—No lo sé, quizá pudiera buscarse un empleo.

—Soy un simple secretario de provincia. ¿A qué colocación podría aspirar? A un empleo de nada, algo insignificante. Todo lo más, a un sueldo de quinientos rublos. Y tengo mujer y cinco hijos.

—Empléese de administrador en una hacienda.

—¿Y quién me confiaría a mí la administración de su hacienda si no he sido capaz de conservar la mía?

—Pero uno debe hacer cualquier cosa cuando le amenazan el hambre y la muerte. Le preguntaré a mi hermano, quizá a través de sus relaciones le podría hallar una colocación en la ciudad.

—No, Platón Mijailovich —dijo Jlobuev lanzando otro suspiro mientras le apretaba fuertemente el brazo—. Yo no sirvo para nada. Estoy hecho un desastre con el lumbago, consecuencia de los excesos de otros tiempos, y con el reumatismo. ¿Adónde quiere que vaya? ¿Para qué contribuir a la ruina del erario público? No faltan ya los que van detrás de las canonjías. No permita Dios que para ganarme un sueldo se acrecienten las cargas que pesan sobre las clases pobres.

«He ahí los resultados de una vida desordenada —se dijo Platonov para sus adentros—. Esto es mucho peor que mi indolencia».

Mientras hablaban de esta forma, Kostanzhoglo, que marchaba detrás junto con Chichikov, era incapaz de contenerse.

—Mire usted —decía, al tiempo que señalaba con el dedo— hasta qué extremo de miseria ha arrastrado a los campesinos. Ni carros ni caballos. Si sobreviene una enfermedad y deja a los mujiks sin animales, uno no debe detenerse a mirar lo que es suyo: debe vender todo lo suyo y proporcionarles su caballo a cada uno, a fin de que continúen trabajando y produciendo. Ahora, con años enteros de esfuerzo, no conseguirá repararse el daño causado. El campesino se ha acostumbrado a la holgazanería y a la embriaguez. Un solo año que esté sin trabajar lo pervierte para toda la vida. Se habitúa a los harapos y al vagabundeo. ¿Y la tierra? ¡Mire usted qué tierra! —exclamaba señalando los prados, que aparecieron después de las cabañas—. ¡Todo son tierras anegadizas! Aquí yo plantaría lino, y esto sólo me proporcionaría cinco mil rublos. Plantaría nabos, y los nabos me proporcionarían otros cuatro mil. Y allí en la cuesta ha crecido el centeno; es de la mies que se desgranó el año pasado, pues yo sé que este año no sembraron nada. Y en esos barrancos... allí plantaría unos bosques que ni siquiera los cuervos podrían llegar a la copa de los árboles. Si no le era posible labrar, haber recurrido a la azada y cultivado los huertos. ¿Por qué no lo hizo así? Él mismo tenía que haber empuñado la azada, tenía que haber obligado a trabajar a su esposa, a sus hijos, a sus sirvientes. Todo eso no costaba nada. Aunque hubiera muerto trabajando. Al menos habría muerto cumpliendo con su deber y no después de haberse atracado como un cerdo.

Y al decir esto, Kostanzhoglo escupió con rabia y un tinte bilioso nubló su frente.

Continuaron caminando hasta el borde de una empinada cuesta cubierta de matorrales; a lo lejos se divisó un recodo del río y un oscuro contrafuerte de montañas; más cerca apareció parte de la mansión del general Betrischev, medio oculta entre los árboles, detrás de la cual se alzaba un monte cubierto de verdura, que en la lejanía parecía estar sembrado de un polvillo azulado. Chichikov adivinó que aquéllas eran las propiedades de Tentetnikov, y dijo:

—Si se repoblara esto de árboles, las vistas superarían por su belleza...

—¿Le gustan a usted las vistas? —preguntó Kostanzhoglo, quien se le quedó mirando con severidad—. Tenga mucho cuidado, si va en busca de las vistas se quedará sin trigo y sin vistas. Preocúpese del beneficio y no de la belleza. La belleza vendrá por sí sola. El ejemplo nos lo ofrecen las ciudades: las mejores y más bellas son las que crecieron por sí, aquellas donde cada uno edificó conforme a sus necesidades y a sus gustos. Las que se edificaron a cordel, parecen una aglomeración de cuarteles... No busque la belleza y preocúpese de sus necesidades.

—La lástima es que se tiene que aguardar mucho. Uno desearía verlo todo tal y como le gustaría que fuera.

—¿Es usted un muchacho de veinticinco años? ¡No sea tan impaciente! ¿Es usted un empleadillo de San Petersburgo? Tenga paciencia. Trabajé seis años sin parar: planté, sembré, aré sin descansar ni un momento. Es difícil, por supuesto. En cambio, cuando haya puesto en marcha la tierra, ella misma acudirá en su ayuda, y no de cualquier forma, no; además de los setenta brazos de que puede disponer, trabajarán para usted otros setecientos brazos invisibles. Todo se duplicará. Yo, actualmente, apenas si me veo en la necesidad de mover un dedo: todo marcha de por sí. Realmente, la Naturaleza ama la paciencia; es una ley dada por Dios, que ayuda a los que son constantes.

—Oyéndole a usted siente uno una nueva afluencia de fuerzas. El espíritu se conforta.

—¡Fíjese de qué modo está labrada la tierra! —exclamó Kostanzhoglo con un sentimiento de amargura al tiempo que señalaba la pendiente—. Me es imposible continuar aquí ni un solo minuto más. Me mata ver tal desorden y abandono. Usted mismo puede cerrar el trato, yo no le soy necesario. Quite cuanto antes a ese idiota su tesoro. No hace más que profanar este don de Dios.

Y Kostanzhoglo cayó de nuevo en la irritación de antes. Se alejó de Chichikov y llegó junto a Jlobuev para despedirse de él.

—¡Por favor, Konstantin Fiodorovich! —exclamó asombrado el dueño de la casa—. Hace un momento que ha llegado y ya quiere irse.

—No me es posible detenerme más. Debo estar por fuerza en casa —dijo Kostanzhoglo.

Y tras despedirse, subió en su cabriolé y partió.

Jlobuev pareció advertir a qué se debía su precipitada partida.

—Konstantin Fiodorovich se ha visto incapaz de resistir más —dijo— Para un terrateniente que sabe gobernar como él la hacienda no representará un espectáculo muy agradable el contemplar tanto desorden. Créame, Pavel Ivanovich, este año ni siquiera he podido sembrar trigo. ¡Palabra de honor! No tenía simiente ni tampoco tenía con qué labrar. Su hermano, Platón Mijáilovich, lleva fama de ser un magnífico administrador. En cuanto a Konstantin Fiodorovich, ¡qué le voy a decir!, es un Napoleón en su género. Muchas veces me pregunto: «¿Por qué ha de haber personas tan inteligentes? Me podría ceder a mí un poco de su inteligencia». Vayan con cuidado, señores, aquí, al cruzar el puente; no sea que se caigan al agua. Esta primavera ordené que arreglaran las tablas. Lo que más pena me da es la miseria de los campesinos. Tienen necesidad de una persona que les sirva de ejemplo, pero ¿qué ejemplo puedo ofrecerles yo? ¿Qué quieren que haga? Encárguese usted de ellos, Pavel Ivanovich. ¿Qué orden puedo enseñarles yo cuando yo mismo soy tan desordenado? Los habría emancipado hace largo tiempo, pero eso de poco habría servido. Es preciso un hombre severo y justo a la vez que viva mucho tiempo con ellos y que con su incansable actividad les sirva de ejemplo. Al ruso, por mí mismo lo veo, le hace falta un acicate; de lo contrario, la pereza hace presa en él y se convierte en un ser inútil.

—Es raro —dijo Platonov—. ¿A qué se debe que el ruso muestre tal tendencia a la incuria, hasta el extremo de que el hombre del pueblo se convierte en un ser miserable y un borracho si no se le vigila?

—A la falta de cultura —hizo notar Chichikov.

—Dios sabe. Nosotros somos hombres cultos, estudiamos en la Universidad, y, no obstante, ¿para qué servimos? ¿Qué he aprendido yo? A vivir de modo ordenado no he aprendido; muy al contrario, he practicado el arte de malgastar el dinero en todo género de nuevos refinamientos, a derrocharlo en cosas extravagantes. Lo único que he aprendido es a gastar el dinero en todo cuanto signifique comodidad. ¿Sucede así porque yo no fuera buen estudiante? No, porque otro tanto les ha ocurrido a los demás compañeros. Dos o tres sacaron verdadero provecho, y eso quizá debido a que ya de por sí eran inteligentes, pero los demás sólo se esforzaron en aprender lo que perjudica la salud y a lograr dinero. Palabra de honor. Algunas veces me digo que el ruso es hombre perdido. Quiere hacerlo todo y no puede hacer nada. Siempre toma uno la decisión de comenzar una nueva vida a partir del siguiente día, de ponerse a dieta en adelante, pero nada de esto sucede. En aquella misma tarde se llena el estómago hasta tal punto que incluso pierde la facultad de pensar y no hace más que mirar como un búho a la gente. Y así ocurre con todo.

—Sí —asintió Chichikov con una irónica sonrisa—, es una historia que se repite mucho.

—Es como si no hubiéramos nacido para ser sensatos. Dudo que haga alguno de nosotros lo que sea. Hasta lo dudo cuando veo que alguien vive de modo ordenado y ahorra algo de dinero. Llega a viejo y entonces el diablo se mete por medio y lo arroja todo por la ventana. Y todos son iguales, tanto los cultos como los incultos. No, nos falta algo, pero no sería capaz de decir qué.

Mientras así hablaban, recorrieron las cabañas y después, en el coche, dieron una vuelta por los prados. Unos lugares que habrían sido magníficos de no haber talado los árboles. A uno de los lados aparecieron las elevaciones azuladas en las que no mucho antes había estado Chichikov. No obstante, no era posible ver ni la aldea de Tentetnikov ni la del general Betrischev, que permanecían ocultas por las montañas. Descendieron hasta los prados, donde sólo se veían mimbreras —los árboles altos habían sido cortados—, y acudieron a visitar el vetusto molino de agua; contemplaron el río, por el que se habría podido hacer bajar la madera en caso de que hubiera habido algo que mandar. Diseminadas aquí y allá había paciendo algunas vacas a las que se podían contar las costillas.

En cuanto lo hubieron visto todo, sin apearse siquiera del carruaje, regresaron hacia la aldea, donde en plena calle se toparon con un mujik que estaba rascándose la parte baja de la espalda y cuyo sonoro bostezo llegó a asustar incluso a los perros más veteranos. El bostezo se había apoderado de todas las edificaciones. También las techumbres bostezaban. Platonov, cuando las vio, se puso a bostezar. «Remiendos sobre remiendos», se dijo Chichikov al observar que en una cabaña en lugar de tejado había puesto un portón. Allí se seguía el sistema de aquel que cortaba los faldones y las bocamangas del caftán para remendar los codos.

—Ya han visto la finca —dijo Jlobuev—. Ahora vamos a ver la casa —y llevó a los visitantes a sus habitaciones.

Chichikov esperaba hallar andrajos y trastos viejos, pero no era así: en el interior imperaba un buen orden. Los visitantes se extrañaron grandemente por la visible mezcolanza de miseria y brillantes bagatelas de última moda. La escribanía aparecía coronada por un busto de Shakespeare; sobre la mesa se veía una elegante mano de marfil con la que uno podía rascarse la espalda.

Les recibió la dueña de la casa, que vestía con gusto, a la moda. Los cinco niños iban asimismo vestidos con gusto e incluso tenían institutriz. Eran unos niños preciosos, pero habría valido más que, con unas simples camisitas y falditas, se quedaran corriendo por el patio, sin diferenciarse nada de los hijos de los mujiks. La dueña pronto recibió la visita de una señora charlatana y vacua, a la que condujo a sus aposentos. Los niños se fueron tras ellas y los hombres se quedaron solos.

—Bien, ¿y cuál es su precio? —preguntó Chichikov—. A decir verdad, le pregunto por el precio último, ya que la hacienda se halla en peores condiciones de lo que suponía.

—En unas condiciones pésimas, Pavel Ivanovich —dijo Jlobuev—. Y eso no es todo. No le voy a ocultar que de las cien almas que constan en el registro sólo me quedan cincuenta. Unos murieron a causa del cólera y otros escaparon, nadie sabe dónde se encuentran, de modo que puede considerarlos como muertos. Si recurriéramos a los tribunales, se quedarían con lo poco que resta de la finca. Por eso sólo le pediré treinta y cinco mil rublos.

Chichikov, como es lógico, intentó regatear.

—¡Cómo! ¿Treinta y cinco mil? ¿Treinta y cinco mil por esto? Le daré veinticinco mil.

Platonov se sintió avergonzado.

—Quédesela, Pavel Ivanovich —le dijo—. La finca lo vale. Si usted no le da los treinta y cinco mil, nos la quedaremos mi hermano y yo por ese precio.

—Está bien, de acuerdo —repuso Chichikov asustado—. Pero ha de ser con la condición de que la mitad del dinero se lo entregaré dentro de un año.

—No, Pavel Ivanovich, eso no puede ser. La mitad me la entregará ahora y lo restante dentro de quince días. Si hipotecara la hacienda me darían esa cantidad. Lo único que necesitaría es algo con qué alimentar a las sanguijuelas.

—No puedo; se lo aseguro, en este momento no tengo más que diez mil rublos —dijo Chichikov, aunque eso no era cierto: disponía de veinte mil, incluyendo la cantidad que le había prestado Kostanzhoglo; pero se resistía a entregar tanto dinero de una vez.

—Perdóneme, Pavel Ivanovich, pero eso es imposible. Le repito que necesito urgentemente quince mil rublos.

—Yo puedo prestarle cinco mil —terció Platonov.

—Si es así… —dijo Chichikov al tiempo que pensaba: «El préstamo me vendrá como pedrada en ojo de boticario».

Trajeron el cofrecillo del carruaje y acto seguido Jlobuev recibió diez mil rublos; los restantes cinco mil le fueron prometidos para el día siguiente; pero no era más que una promesa; en realidad, existía el propósito de traer tres, y lo demás al cabo de dos o tres días, si no era posible demorar el pago todavía más. Pavel Ivanovich

142

sentía muy poca afición a soltar dinero. Si se presentaba una necesidad urgente, incluso en este caso, prefería darlo mañana mejor que hoy. Es decir, que procedía igual que hacemos todos. Siempre nos gusta hacer esperar al solicitante: ¡que se fastidie en la antesala aguardando! Como si no pudiera esperar... Poco nos preocupa que cada hora pueda ser muy valiosa para él y que nuestra negativa pueda causarle algún perjuicio; no nos importa decirle: «Ven mañana, amigo, hoy no dispongo de tiempo».

—¿Dónde piensa vivir ahora? —preguntó Platonov—. ¿Posee usted alguna otra aldea?

—Deberé trasladarme a la ciudad; allí tengo una casita. Tengo que hacerlo pensando en los niños, que necesitarán profesores. Para la doctrina cristiana podría hallarlo aquí, pero maestros de música y de baile no los encuentra uno en el campo por ningún dinero.

«No tiene un mal pedazo de pan que llevarse a la boca y hace que sus hijos aprendan baile», se dijo Chichikov para sus adentros.

«Es raro», se dijo a su vez Platonov.

—No obstante, es preciso celebrar el trato de alguna forma —dijo Jlobuev—. ¡Eh, Kiriuska! ¡Trae una botella de champaña!

«No tiene un pedazo de pan, pero sí tiene champaña», pensó Chichikov.

Platonov no supo qué pensar.

Si Jlobuev había comprado champaña era porque no le había quedado más remedio. Mandó a alguien a la ciudad a adquirir alguna bebida, pero en la tienda no le fiaban ni siquiera el kvas. ¿Qué podía hacer, tenía sed? Un francés que acababa de llegar de San Petersburgo con vinos abría crédito a todo el mundo. Lo único que podía hacer era adquirir champaña.

Trajeron la botella. Bebieron tres copas cada uno y se sintieron más alegres. Jlobuev se mostró simpático e inteligente mientras prodigaban las bromas y los chistes. ¡Qué profundo conocimiento del mundo y los hombres revelaban sus palabras! Exponía con tal fidelidad su visión de muchas cosas, dibujaba con tal tino y acierto, en muy pocas palabras, a los propietarios vecinos, había captado con tal claridad los defectos y errores de todos, conocía con tanta perfección la historia de los señores que se habían arruinado, las causas y las circunstancias de su ruina, sabía describir con tanta gracia y originalidad sus más pequeños hábitos, que sus dos oyentes le escuchaban boquiabiertos: habrían asegurado que tenían ante ellos a un hombre sumamente inteligente.

—Lo que me asombra —dijo Chichikov— es que con su inteligencia no haya usted hallado recurso para desenvolverse.

—Los recursos no me faltan —repuso Jlobuev, quien a continuación les expuso una infinidad de proyectos. Todos eran tan extravagantes, tan absurdos, guardaban tan poca relación con el conocimiento del mundo y de los hombres, que uno no podía por menos de encogerse de hombros y decir: «¡Dios mío, qué abismo media entre el conocimiento del mundo y la capacidad de servirse de ese conocimiento!».

Todos sus proyectos se fundaban en la necesidad de procurarse inmediatamente, como fuera, cien o doscientos mil rublos. Entonces aseguraba, todo se podría arreglar como es debido, la finca marcharía bien, echaría un remiendo a los rotos, los ingresos se cuadruplicarían y estarían en condiciones de librarse de todas sus deudas. Y concluía así:

—Pero ¿qué quieren ustedes? No consigo hallar un bienhechor que se decida a hacerme un préstamo de doscientos mil rublos, aunque sólo se tratara de cien mil. Por lo visto Dios no lo quiere. Tengo una tía que tal vez posea una fortuna de tres millones. Se trata de una vieja en extremo devota: entrega dinero a las iglesias y conventos, pero se niega siempre a ayudar al prójimo. Es una de esas tías chapadas a la antigua que vale la pena conocer. Tiene cuatrocientos canarios, perros falderos, parásitos que viven a costa suya y sirvientes como actualmente no se estilan. El más joven de ellos no estará ya muy lejos de los sesenta, aunque le continúa llamando: «¡Eh, mozo!». Si un invitado no se comporta en la debida forma, manda que no se le sirva determinado plato. Y no se lo sirven. ¡Para que vean cómo es!

Platonov sonrió con ironía.

—¿Cómo se llama? ¿En qué lugar vive? —preguntó Chichikov.

—Se llama Alexandra Ivanovna Janasarova y vive en la ciudad.

—¿Por qué no acude a ella? —dijo Platonov—. Me imagino que si conociera la situación en que se halla su familia, no se resistiría a ofrecerle su ayuda.

—No, no lo haría. Mi tía tiene un corazón muy duro. Es de pedernal, Platón Mijailovich. Por otra parte, no tiene necesidad alguna de mí, ya hay aduladores que se desviven en torno a ella. Hay uno que aspira a gobernador y que asegura ser pariente suyo... Quiero pedirle un favor —agregó de repente, dirigiéndose a Platonov—. La próxima semana ofreceré una comida a todos los altos funcionarios de la ciudad...

Platonov se quedó atónito y con los ojos desorbitadamente abiertos. No estaba enterado todavía de que en Rusia, en sus capitales y ciudades, existen unos seres tan sabios cuya vida resulta un inexplicable enigma. Aquél parecía que había derrochado hasta el último kopec, le agobian las deudas, no hay manera de procurarse ningún recurso, pero ofrece una comida. La totalidad de los invitados aseguran que es la última que ofrece, que al día siguiente llevarán al dueño de la casa a la cárcel. Transcurren, no obstante, diez días, el sabio en cuestión sigue en libertad y ofrece otra comida en la que los comensales continúan afirmando que es la última y que al día siguiente se procederá a encarcelar al anfitrión.

La casa que Jlobuev poseía en la ciudad era algo singular. Hoy oficiaba en ella un pope revestido y mañana ensayaban unos actores franceses. Un día resultaba imposible hallar ni una migaja de pan, y al otro eran recibidos artistas y pintores, con espléndidos regalos para todos. En ocasiones se atravesaba por unos momentos tan duros, que otro cualquiera se habría ahorcado o se habría pegado un tiro; pero a él le salvaba su religiosidad, que de forma extraña se hermanaba con una vida de disipación. En esos amargos instantes leía las vidas de los mártires y de los grandes hombres que habían educado su espíritu hasta ser capaces de situarse por encima de las adversidades.

Entonces, su alma se dulcificaba, se enternecía su espíritu y sus ojos aparecían bañados en lágrimas. Oraba y —¡cosa inaudita!— casi siempre le llegaba una ayuda repentina: uno de sus viejos amigos que se había acordado de él y le mandaba algún dinero, una desconocida que se encontraba de paso en la ciudad y que, al enterarse casualmente de su historia, con la impulsiva generosidad del corazón femenino, hacía llegar hasta él una considerable suma, o se sentenciaba en su favor un pleito tal, del que ni siquiera tenía noticias. Entonces se daba cuenta piadosamente de la infinita misericordia de la Providencia, mandaba decir una misa en acción de gracias y otra vez comenzaba la vida disipada de antes.

—Le aseguro que me da lástima —dijo Platonov a Chichikov cuando, después de haberse despedido, se encontraron solos.

—¡Un hijo pródigo! —exclamó Chichikov—. A personas de este tipo no se las debe compadecer.

No tardaron ambos en dejar de pensar en él: Platonov porque consideraba la situación de los demás con la misma abulia y pereza que cualquier otra cosa en el mundo. Su corazón sentía piedad y se encogía al contemplar los sufrimientos ajenos, pero sin que eso dejara honda huella en su alma. No pensaba en Jlobuev por la simple razón de que no pensaba ni en sí mismo. Chichikov no pensaba en Jlobuev porque todas sus ideas se concentraban en la compra que acababa de efectuar.

Se quedó meditabundo. Sus hipótesis e ideas se volvieron más graves y conferían a su rostro una expresión distinta. «¡Paciencia! ¡Trabajo! Eso no es nada difícil: es cosa que yo conozco, por así decirlo, desde que estaba en pañales. No supone nada nuevo para mí. Sin embargo, ¿tendré ahora, a mi edad, tanta paciencia como tuve en mi juventud?».

Comoquiera que fuese, desde cualquier punto que mirara su adquisición, se daba cuenta de que era una operación ventajosa. Podía, por ejemplo, hipotecar la hacienda tras vender por parcelas las mejores tierras. Podía encargarse él personalmente de la administración de la finca y convertirse en un terrateniente a imagen y semejanza de Kostanzhoglo, sirviéndose de sus consejos como vecino y protector. También podía volver a vender la hacienda (si no quería explotarla él mismo, claro está) y quedarse con los muertos y con los fugitivos. Entonces se le presentaba otra ventaja: podía desaparecer sencillamente de aquellos sitios sin devolver a Kostanzhoglo el dinero que le había prestado. ¡Extraña idea! No la había concebido él, sino que había acudido así, por las buenas, provocativa y burlona, haciéndole guiños. ¡Impúdica! ¡Burlona! ¿Quién es el creador de esas ideas que se presentan de pronto en la mente?

Experimentaba el placer de sentirse dueño de una hacienda real y no imaginaria; dueño de tierras, prados y seres humanos, unos seres humanos que no eran quiméricos que existían únicamente en su imaginación, sino personas de carne y hueso. Lentamente empezó a dar saltitos y a frotarse las manos, y a hacerse él mismo guiños, y a tocar cierta marcha sirviéndose en voz alta algunos piropos dirigidos a sí mismo, como por ejemplo «guapo» y «gallito». Después, advirtiendo que no se hallaba solo, intentaba frenar sus ímpetus y contener su entusiasmo. Y cuando Platonov, que había creído que alguno de aquellos sonidos eran frases dirigidas a él, le preguntaba: «¿Qué dice?», él respondía: «Nada».

Sólo en uno de esos momentos, al dirigir su mirada en torno a él, se dio cuenta de que marchaban por un bello bosquecillo; una hermosa hilera de abedules se extendía a un lado y a otro. Los blancos troncos de los abedules y pobos, relucientes, como una nevada cercana, se alzaban esbeltos y ligeros sobre el delicado verdor de las hojas recién abiertas. Los ruiseñores, cuál más sonoro, trinaban en el bosquecillo. Los tulipanes silvestres ponían sus manchas amarillas destacando entre la hierba.

Chichikov no alcanzaba a explicarse cómo habían ido a parar a un sitio tan bello cuando momentos antes cruzaban campos pelados. Entre los árboles apareció una iglesia de piedra blanca; al otro lado, entre el bosquecillo, surgió una verja. Al final de la avenida se acercaba hacia ellos un señor tocado con su gorra y que llevaba un nudoso bastón en la mano. Un perro de raza inglesa, de largas y finas patas, corría delante de él.

—Este es mi hermano —dijo Platonov—. ¡Detente, cochero! —y descendió del carruaje. Chichikov le imitó.

Los perros habían tenido tiempo de besarse. «Ozor», el de las patas finas y largas, deslizó su ágil lengua por el hocico de «Yarb», a continuación lamió las manos a Platonov y, finalmente, saltó sobre Chichikov y comenzó a lamerle la oreja.

Los hermanos se abrazaron.

—¿Te das cabal cuenta, Platón, de lo que haces? —le preguntó el hermano, que se llamaba Vasili.

—¿Qué quieres decir con esto? —preguntó a su vez Platonov con aire indiferente.

—Pero ¿no ves? Te pasas tres días sin dar ninguna señal de vida.

—Un mozo de Petuj vino trayendo tu caballo y lo único que fue capaz de decirme es que te habías marchado con un señor. Podías habérmelo dicho antes. Nada te costaba advertirme, para que yo supiera adónde ibas, para qué y por cuánto tiempo. Esta no es manera de conducirse. Sabe Dios las cosas que he llegado a pensar estos días…

144

—¿Y qué quieres que te diga? No me acordé —repuso Platonov—. Hemos ido a visitar a Konstantin Fiodorovich: te manda saludos, así como nuestra hermana. Pavel Ivanovich, le presento a mi hermano Vasili. Hermano Vasili, éste es Pavel Ivanovich.

Los presentados se estrecharon la mano, se desprendieron de sus gorras e intercambiaron los besos de rigor.

«¿Quién será este Chichikov? —se dijo Vasili—. Platón no cuida mucho las amistades». Miró con atención a Chichikov tanto como lo permitía la buena educación y advirtió que era un hombre de buena conducta, a juzgar por las apariencias.

Chichikov, a su vez, miró con atención a Vasili tanto como lo permitían los buenos modales y advirtió que era de menor estatura, de cabellos más negros y de facciones menos correctas, aunque su rostro poseía mucha más vida, denotaba más bondad. Se veía fácilmente que era más despierto.

—Se me ha ocurrido, Vasia, hacer un viaje por la santa Rusia con Pavel Ivanovich. Tal vez de ese modo consiga disipar mi hipocondría.

—¿Cómo lo has decidido así, tan de repente? —preguntó Vasili con inquietud, y estuvo a punto de añadir: «Y encima, con un hombre al que acabas de conocer y que quizá no sea más que un indeseable».

Dominado por la desconfianza, miró de reojo a Chichikov, pero pudo comprobar que su corrección era irreprochable.

Se dirigieron a la derecha, hacia el portón. El patio era de tipo antiguo, igual que la casa, como ahora no se edifican, con sus aleros bajo el alto tejado. Dos grandes tilos, que crecían en el centro del patio, cubrían con su sombra una considerable parte del espacio libre. Al pie de los árboles se veían una multitud de bancos de madera. Las lilas y los cerezos silvestres circundaban el patio como un collar de cuentas, ocultando totalmente la verja con sus hojas y flores.

La mansión señorial aparecía completamente cubierta de verde; sólo las puertas y las ventanas asomaban graciosamente por entre el verde ramaje. Entre los troncos de los árboles, tiesos como flechas, se veían las cocinas, las bodegas y las despensas. Todo se hallaba en pleno bosquecillo. Los ruiseñores alborotaban por todas partes con sus trinos. El alma se sentía presa de una agradable sensación de paz y quietud. Todo traía a la memoria los tiempos de indolente despreocupación en que la vida era tranquila y las cosas, sencillas y sin complicaciones.

Vasili invitó a Chichikov a tomar asiento, cosa que hicieron los tres en los bancos, a la sombra de los tilos.

Un muchacho cerca de los diecisiete años, vestido con una bonita camisa de color rosa, trajo y puso ante ellos diversas jarras con levas de fruta de diferentes colores y especies, ya densos como el aceite, ya espumosos como la limonada gaseosa. Una vez hecho esto, cogió la azada, que había colocado junto a un tilo, y se encaminó hacia el huerto.

Los hermanos Platonov, al igual que su cuñado Kostanzhoglo, carecían de sirvientes propiamente dichos. Todos trabajaban en el huerto, o mejor dicho, todos eran criados, aunque las funciones de tal las ejercían por turno. Vasili opinaba que los criados no constituyen un estamento: cualquiera podía atender las necesidades del servicio, sin que para ello se precisaran gentes especialmente adiestradas. El ruso, decía, es bueno y diligente hasta el momento en que deja de vestir la ropa del mujik, pero en seguida que se viste con la levita alemana, se vuelve holgazán y torpe, no se muda de camisa, deja de acudir al baño, duerme con la levita puesta y cría, debajo de esa levita alemana, infinidad de pulgas y chinches. Y quizá tuviera su parte de razón. La gente de la aldea iba vestida con particular elegancia; las cofias de las mujeres lucía adornos de oro y las mangas de sus blusas hacían evocar las cenefas de los chales turcos.

—Estos son los kvas de nuestra casa que de tanta fama disfrutan —dijo Vasili.

Chichikov se sirvió un vaso de la primera jarra: era idéntico al hidromiel que en tiempos pasados había bebido en Polonia. Era espumoso como el champaña y el gas le cosquilleó de modo muy grato al pasar de la boca a la nariz.

—¡Es néctar! —exclamó.

Se sirvió un vaso de otra jarra y era aún mejor.

—La primera de las bebidas —dijo—. Puedo asegurar que en casa de su distinguido cuñado Konstantin Fiodorovich bebí un licor insuperable, y que ahora, en la casa de ustedes, bebo un kvas igualmente maravilloso.

—El licor procede también de nuestra cosecha; mi hermana se llevó la receta. Mi madre era ucraniana, nació cerca de Poltava. Ahora nadie es capaz de llevar por sí mismo los asuntos de la casa. ¿Hacia qué parte y a qué lugares —continuó— piensan dirigirse?

—Yo viajo —repuso Chichikov mientras se balanceaba suavemente en el banco y se pasaba la mano por las rodillas— no tanto por necesidad propia como por cuenta de otro. El general Betrischev, íntimo amigo mío y, por así decirlo, mi bienhechor, me rogó que fuera a visitar a sus parientes. Los parientes son los parientes, ya se sabe, pero, en cierto modo, podría decir que viajo por cuenta propia: ya que, dejando aparte el beneficio que para mi salud representa, ver el mundo y tratar gente es ya de por sí un libro abierto y una segunda ciencia.

Vasili se quedó pensativo. «Este hombre se expresa de una forma algo rebuscada, pero lo que dice es verdad», pensó. Durante un buen rato permaneció en silencio y al fin dijo dirigiéndose a su hermano:

—Comienzo a pensar, Platón, que el viaje contribuirá a reanimarte. Lo único que te ocurre es que tienes el alma adormecida. Te has quedado dormido, y no por cansancio o aburrimiento, sino por falta de impresiones y sensaciones nuevas. A mí me sucede completamente al revés. Mi mayor deseo sería no sentir tan vivamente y no tomar tan a pecho cualquier cosa que ocurra.

—Buenas ganas de tomar las cosas tan a pecho —dijo Platón—. Te buscas motivos de preocupación o tú mismo los inventas.

—No es preciso inventarlos cuando a cada momento aparecen contrariedades —dijo Vasili—. ¿Sabes la mala jugada que nos ha hecho Lenitsin cuando tú te hallabas ausente? Se ha apoderado de las tierras baldías. Es un terreno que yo no cedería a ningún precio. Mis mujiks celebran allí sus fiestas durante la semana siguiente a las Pascuas; a esas tierras van unidos infinidad de recuerdos de la aldea. Y para mí la costumbre es algo sagrado, por lo que estoy dispuesto a sacrificar lo que sea.

—Lo ignoraría, por eso se habrá apoderado de aquellas tierras —observó Platón—. Es un hombre nuevo en la comarca, ha llegado recientemente de San Petersburgo. Será menester hablarle y explicárselo.

—Está perfectamente enterado de ello. Envié a que se lo dijeran, pero él respondió una grosería.

—Tenías que haberte llegado tú mismo y aclarárselo. Ve y habla con él.

—No, ya se está dando demasiada importancia. No acudiré. Ve tú si lo deseas.

—Iría, pero yo no estoy al corriente de los asuntos... Me engañaría.

—Si a usted le parece bien —intervino Chichikov—, puedo ir yo mismo. Dígame de qué se trata.

Vasili le miró fijamente y pensó: «¡Pues sí que le gustan los viajes!».

—Explíqueme solamente qué clase de hombre es y de qué se trata —dijo Chichikov.

—Me es violento encomendarle una misión tan poco grata. Como persona pienso que es un guiñapo. Es un hidalgueño de nuestra provincia que hizo su carrera en San Petersburgo, donde contrajo matrimonio con una hija natural de no sé quién. Ahora presume, quiere dar el tono. Pero nosotros no somos tan simples: nos negamos a aceptar la moda como una ley, y tampoco creemos que San Petersburgo sea un templo.

—Es verdad —dijo Chichikov—. ¿Y qué asunto es éste?

—Verá. Lo cierto es que tiene necesidad de tierras. Si hubiera actuado de otra forma, yo mismo le habría cedido algo gratis en otra parte, pero no esas tierras baldías. Y ahora, con lo orgulloso que es, pensará...

—A mi entender, lo mejor sería explicarse con él. Quizá esta cuestión pueda arreglarse por las buenas. Hasta ahora nadie se ha arrepentido de confiarme un asunto. El general Betrischev...

—Pero me es violento enviarle a hablar con un sujeto como ése... (Lo que sigue aquí se ha perdido. En la primera edición de la segunda parte de Almas muertas figura esta nota: «Acto seguido trata, seguramente, de cómo Chichikov marcha a visitar a Lenitsin.»).

—... y cuidando sobre todo de que se mantenga el secreto —dijo Chichikov—, dado que el escándalo resulta tanto o más perjudicial que el propio delito.

—En efecto, en efecto —asintió Lenitsin al tiempo que ladeaba por completo la cabeza.

—¡Qué agradable resulta tropezarse con personas que piensan de la misma manera que uno! —exclamó Chichikov—. Yo tengo también un asunto que al mismo tiempo es legal e ilegal. Aparentemente es ilegal, pero en el fondo es legal. Necesito un préstamo y no quiero hacer que nadie corra el riesgo de pagar dos rublos por cada siervo vivo. Si fracasara, cosa que Dios no permita, le sería desagradable al propietario. Por eso se me ha ocurrido la idea de recurrir a los fugitivos y a los muertos que todavía constan en el Registro. Así, de una vez, hago una obra cristiana y libro al infortunado propietario de la obligación de pagar las cargas correspondientes. Sólo que entre nosotros firmaremos un contrato de compraventa, como si fueran vivos.

«Todo esto es un negocio muy extraño», se dijo Lenitsin separando un poco la silla.

—El asunto, no obstante... es de tal naturaleza... —comenzó.

—No habrá ningún escándalo porque quedará en secreto —afirmó Chichikov—, y por otra parte, todo queda entre caballeros.

—No obstante, a pesar de todo... se trata de un asunto...

—No habrá ningún escándalo —aseguró rotundamente Chichikov—. Es un asunto como el que acabamos de ver: entre caballeros de cierta edad y supongo que de buena condición; además, quedará en secreto.

Y al decir esto, le miró abierta y francamente a los ojos.

Por muy astuto que fuera Lenitsin y por muy ducho que estuviera en los asuntos de la Administración, se quedó atónito y sin saber qué hacer, tanto más que, paradójicamente, había caído preso en sus propias redes. Era incapaz de cometer una injusticia y se resistía a hacer nada injusto, aunque fuera en secreto.

«¡Extraño lance! —pensó—. ¡Para que uno entable íntima amistad incluso con la gente de bien! ¡Es todo un problema!».

Pero el destino y las circunstancias parecían haberse confabulado para favorecer a Chichikov. Como para ayudar a resolver tan peregrino y difícil asunto, penetró en la estancia la joven dueña de la casa, la mujer de Lenitsin, pálida, bajita y flacucha, pero vestida a la moda de San Petersburgo y muy aficionada a las personas comme il faut. Detrás de ella, en brazos de la niñera, entró el primogénito, fruto del dulce amor de los jóvenes esposos. La soltura con que se aproximó a ella y la inclinación que Chichikov supo dar a su cabeza cautivaron por entero a la dama petersburguesa, y acto seguido al niño.

Este comenzó por romper a llorar, pero las palabras «ajo, ajo, guapo», el castañeteo de los dedos y el atractivo del dije de cornalina del reloj de Chichikov lograron atraerlo a sus brazos. Chichikov procedió a levantarlo hasta el mismo techo, haciendo que el pequeño sonriera agradablemente, cosa que produjo una gran alegría a los padres. Pero, bien como resultado de la inesperada satisfacción, bien por cualquier otra causa, el caso es que el pequeño cometió una inconveniencia.

—¡Ay, Dios mío! —exclamó la mujer de Lenitsin—. ¡Le ha ensuciado a usted el frac!

Chichikov miró: la manga de su frac nuevo aparecía totalmente sucia. «¡Ojalá te lleve el demonio, diablejo!», pensó extraordinariamente irritado.

El dueño, la dueña de la casa y la niñera se precipitaron en busca de agua de colonia. Por todos lados se presentó gente dispuesta a secar el frac.

—No es nada, no ha pasado nada —exclamaba Chichikov intentando comunicar a su cara, en la medida de lo posible, una expresión alegre—. ¿Es que puede ensuciar algo un niño a su feliz edad? —repetía, al mismo tiempo que pensaba: «¡El muy animal! ¡Ojalá se lo traguen los lobos! ¡Pues no tiene mala puntería el maldito granujilla!».

Esta insignificante circunstancia pareció inclinar decididamente al propietario en favor del asunto expuesto por Chichikov. ¿Cómo negar nada a un individuo que había prodigado tan inocentes caricias al pequeño y que había sacrificado su frac con tanta generosidad?

A fin de no dar mal ejemplo, resolvieron arreglar el asunto en secreto, dado que el escándalo resultaba tanto o más perjudicial que el mismo asunto.

—Permítame pagarle el favor con otro favor. Me ofrezco a ser intermediario en el asunto que tiene pendiente con los hermanos Platonov. Usted necesita tierra, ¿no es verdad?[35].

UNO DE LOS ÚLTIMOS CAPÍTULOS[36]

En este mundo todos intentan arreglar sus asuntos. «El que la persigue la mata», dice el proverbio. La expedición a través de los baúles fue un rotundo éxito, ya que a consecuencia de ella algo le ocurrió a su propia orquesta. En resumen, que todo fue llevado a cabo de modo sensato. No es que Chichikov robara nada, sino que supo aprovecharse de las circunstancias. Cualquiera de nosotros se aprovecha de algo: uno se aprovecha de un bosque público, otro de ciertas cantidades, aquél roba a sus propios hijos para entregarlo a alguna actriz extranjera, o a sus mujiks, para adquirir muebles lujosos o un carruaje.

¿Qué hacer si el mundo está lleno de tentaciones? Restaurantes de lujo con precios que están por las nubes, bailes de máscaras, singaros, fiesta. A uno no le resulta nada fácil abstenerse cuando ve que todos hacen lo mismo y la moda se impone. ¡A ver quién es el que consigue abstenerse! Es imposible que uno se aísle siempre y en todo momento. El hombre no es Dios. Y así Chichikov, del mismo modo que el incontable número de aficionados a las comodidades, orientó las cosas en provecho propio. Verdad es que habría debido abandonar la ciudad, pero los caminos se habían puesto intransitables.

Mientras tanto, en la ciudad iba a tener lugar una nueva feria, la destinada a la nobleza. La anterior había sido más bien una feria de caballos, de ganado, de materias primas y de artículos fabricados por los mujiks y que iban a comprar tratantes y mayoristas. Ahora le tocaba el turno a las mercancías compradas para los señores en la feria de Nizhni Novgorod. Se presentaba allí el azote de los bolsillos rusos: los franceses con sus tarros de pomadas y las francesas con sus sombreros, que se apoderaban de un dinero logrado con trabajo y con sangre; era, según expresión de Kostanzhoglo, una langosta que, al igual que las de las plagas de Egipto, no satisfecha con devorarlo todo, dejaba sus huevos enterrados.

Únicamente la mala cosecha y las calamidades de un año que en efecto había sido malo retenían a numerosos terratenientes en sus aldeas. En cambio, los funcionarios públicos, para quienes la cosecha no había sido mala, comenzaron a desatar sus bolsas; y sus mujeres, por desgracia, hicieron otro tanto. Saturadas con la lectura de los diversos libros que se habían publicado recientemente con el propósito de inspirar otras necesidades a la humanidad, se consumían en deseos de probar toda clase de nuevos placeres. Cierto francés abrió un establecimiento como hasta entonces no se había oído hablar en la provincia, llamado Vauxhall, en el cual se servían comidas, en extremo baratas según se decía, con facilidades de pago, ya que la mitad del importe lo entregaban a crédito. Esto bastó para que no sólo los jefes de negociado, sino absolutamente todos los oficinistas —confiados en las futuras gratificaciones de los solicitantes—, dieran rienda suelta a sus ansias de expansionarse.

Todos ellos experimentaron el afán de alardear de coches y de cocheros. Y es que cuando los jefes de negociado se sienten en vena de divertirse… A pesar de las lluvias y del fango, los elegantes coches no paraban en sus idas y venidas. Dios sabía de dónde los habían sacado, pero no habrían quedado nada mal ni siquiera en San Petersburgo. Los propietarios de las tiendas y sus dependientes se descubrían con suma amabilidad y convidaban a entrar a las señoras. Eran escasos los barbudos con gorros de piel. Abundaba el tipo europeo, con la barba afeitada, de apariencia debilucha y dientes careados.

—¡Aquí, aquí tengan la bondad! ¡Hagan el favor de pasar a la tienda!

¡Señor, señor! —gritaban en algunos lugares los aprendices.

Pero los intermediarios que conocían Europa con aire despectivo, y con un sentimiento de dignidad, se limitaban a exclamar alguna que otra vez: «Tenemos paño de color blanco y negro».

—¿Tienen paño de color rojo oscuro con pequeñas motitas? —preguntó Chichikov.

—Hay un paño magnífico —repuso el comerciante al mismo tiempo que con una mano se desprendía de la gorra y con la otra señalaba la tienda.

Chichikov entró. El comerciante alzó ágilmente la tabla del mostrador y pasó al otro lado, dando la

147

espalda a las telas, que pieza por pieza se iban amontonando hasta llegar al techo, y de frente al cliente. Apoyó las dos manos en el mostrador y mientras hacía balancear suavemente el cuerpo, preguntó:

—¿Qué clase de paño desea?

—Con motitas de color aceituna o verde botella, o parecido al arándano —repuso Chichikov.

—Aquí lo hallará de primerísima calidad, como el mejor que se puede encontrar en las capitales civilizadas. ¡Eh, muchacho! Tráeme ese paño de arriba, el número treinta y cuatro. ¡No, ése no, amigo! Siempre estás distraído como un proletario cualquiera. Déjalo aquí. ¡Vea qué paño!

Y tras desenrollar la pieza, acercó la tela a las mismas narices de Chichikov, con lo que éste tuvo ocasión no sólo de acariciar el sedoso brillo del paño, sino también de olerlo.

—Es de buena calidad, pero no es lo que yo deseo —dijo Chichikov—. He sido funcionario de Aduanas y allí podía encontrarlo de calidad realmente superior, realmente rojo y con las motitas que no tiraban a verde botella, sino a arándano.

—Entiendo. Usted quiere el color que ahora comienza a estar de moda en San Petersburgo. Tengo un paño excelente. Le advierto que es caro, pero, eso sí, de lo mejor.

El europeo se encaramó. Cayó la pieza. Él procedió a desenrollarla y lo hizo con el arte de otros tiempos, llegando incluso a olvidarse por unos momentos de que pertenecía a una generación posterior, y hasta sacó la pieza a la puerta para que el cliente la viera a la luz, diciendo:

—¡Es un paño magnífico! Color humo y llama de Navarino.

El paño gustó a Chichikov y ajustaron el precio, a pesar de que era «precio fijo», según afirmaba el comerciante. Este rasgó con gran habilidad la tela con las manos y envolvió el corte, al estilo ruso, con increíble rapidez. Ató el paquete con un bramante, hizo el nudo, cortó la cuerda con las tijeras y finalmente ordenó que llevara el paquete al coche.

—Enséñeme un paño negro —resonó en aquel momento una voz.

«¡Diablo, si es Jlobuev!», pensó Chichikov, y se volvió de espalda para pasar desapercibido, ya que no creía oportuno tener con él explicación alguna respecto a la herencia. Pero Jlobuev ya había advertido su presencia.

—¿Cómo es eso, Pavel Ivanovich, me rehúye usted? No consigo encontrarle en ninguna parte. Es un asunto que tenemos que tratar muy seriamente.

—Mi querido amigo —dijo Chichikov dándole un apretón de manos—, puede tener la seguridad de que siempre quiero hablar con usted, pero aún no he tenido un momento disponible.

Y al mismo tiempo se decía para sus adentros: «¡Ojalá se te lleve el diablo!».

En ese preciso instante vio que entraba Murazov.

—¡Dios mío! —exclamó—. ¡Pero si es Afanasi Vasilievich! ¿Qué tal está usted?

—Bien, ¿y usted? —respondió Murazov descubriéndose.

El comerciante y Jlobuev también se descubrieron.

—Me molesta el lumbago y duermo bastante mal. Sin duda será debido a que no me muevo mucho…

Pero Murazov, en lugar de interesarse por el motivo de los achaques que aquejaban a Chichikov, se dirigió hacia Jlobuev.

—Semión Semionovich, cuando he visto que entraba usted en esta tienda he corrido en su busca. Debo hablar sin falta con usted. ¿No le importaría venir a mi casa?

—Claro, claro —se apresuró a exclamar Jlobuev, quien salió tras él.

«¿Qué será lo que tienen que decirse?», pensó Chichikov.

—Afanasi Vasilievich es un hombre honorable e inteligente —dijo el comerciante—, y conoce muy bien su profesión, pero no tiene cultura. Porque el que se dedica al comercio es un hombre de negocios, y no un simple comerciante. Es algo que aparece unido al presupuesto, y a la reacción, pues de lo contrario sobreviene el pauperismo.

Chichikov intentó desentenderse de esta monserga.

—Pavel Ivanovich, le he estado buscando por todos lados —resonó detrás de él la voz de Lenitsin. El comerciante se descubrió con respeto.

—¡Ah, es Fiodor Fiodorovich!

—Por Dios se lo ruego, venga a mi casa. He de hablar con usted —dijo.

Chichikov se dio cuenta de que estaba desencajado. Pagó la compra y abandonó la tienda.

—Estaba esperándole, Semión Semionovich[37] —dijo Murazov viendo que Jlobuev entraba—. Tenga la bondad de pasar a mi cuartito —y llevó a Jlobuev a la estancia ya conocida por el lector; no se hallaría otra tan modesta en casa de un funcionario que cobra un sueldo anual de setecientos rublos.

—Dígame, imagino que su situación habrá mejorado ¿Ha heredado algo al morir su tía?

—No sé qué responder, Afanasi Vasilievich. No sé si mi situación ha mejorado. Me han correspondido en total cincuenta siervos y treinta mil rublos en metálico, con los que he podido liquidar una parte de mis deudas, de modo que nuevamente me he quedado sin nada. Pero lo más importante es que lo del testamento es un asunto nada claro. ¡Qué marrullerías, Afanasi Vasilievich! Se quedará perplejo cuando se lo explique. Ese Chichikov…

—Permítame, Semión Semionovich, antes de hablar de ese Chichikov hablemos de usted. Dígame, ¿cuánto considera usted que le haría falta para salir definitivamente de su apurada situación?

—Me encuentro en una situación muy difícil —repuso Jlobuev—. Para salir de ella, liquidar las deudas y verme en condiciones de mantener una vida de lo más sencilla, me harían falta, como mínimo, cien mil rublos, tal vez más. En resumen, que me es imposible.

—Y si tuviera esa cantidad, ¿de qué modo organizaría su vida?

—Entonces alquilaría un pisito y me dedicaría a la educación de mis hijos. En mí resulta inútil pensar; mi carrera ha llegado a su fin, yo no sirvo para nada.

—Pero seguirá su vida ociosa, y la ociosidad es la madre de tentaciones que no asaltarían al que se ocupa en un trabajo.

—No soy capaz, no sirvo para nada: estoy como atontado, sufro del lumbago.

—¿Cómo puede vivir sin trabajar? ¿Cómo puede estar sin un empleo, sin cualquier ocupación? ¡Por favor! Mire las criaturas de Dios: todo sirve para alguna cosa, todo tiene una misión que cumplir. Incluso la misma piedra existe para ser utilizada. ¿Y cree usted que es justo que el hombre, la criatura más racional, viva sin rendir beneficio alguno?

—Pero, con todo, yo haré algo. Puedo dedicarme a la educación de mis hijos.

—No, Semión Semionovich, no, eso resulta mucho más difícil que cualquier otra cosa. A los hijos únicamente se les puede educar con el ejemplo de la propia vida. ¿Acaso su vida es un buen ejemplo para ellos? ¿Para que aprendan a vivir en la ociosidad y a jugar a los naipes? No, Semión Semionovich, confíeme a mí sus hijos: usted no hará más que estropearlos. Piense en ello con toda seriedad; a usted le ha perdido la ociosidad. Debe huir de ella. ¿Es que resulta posible vivir en el mundo sin hallarse sujeto a ninguna obligación? Es preciso hacer algo, sea lo que fuere. El mismo jornalero cumple una misión; come un pan frugal, pero lo gana y siente interés por su trabajo.

—Ya lo intenté, Afanasi Vasilievich, intenté lograrlo. ¿Qué quiere que le haga si me siento viejo, si no soy más que un ser inútil, un incapaz? ¿Qué puedo hacer? ¿Buscar una colocación? ¿Cómo me voy a sentar, a mis cuarenta y cinco años, en la misma mesa de los escribientes que están comenzando? Por otra parte, yo no soy capaz de prevaricar; saldría perdiendo y a los demás les ocasionaría un perjuicio. Han constituido sus castas. No, Afanasi Ivanovich, lo he pensado bien, he meditado, he pasado revista a todas las colocaciones. No sirvo para nada. Sólo para ir a un asilo…

—El asilo es para aquellos que trabajaron; a los que pasaron la juventud entre placeres y diversiones les responden como la hormiga a la cigarra: «¡Márchate y continúa bailando!». Por otra parte, los que están en el asilo trabajan también, no pasan su tiempo jugando al whist. Semión Semionovich —concluyó Murazov clavando los ojos en su rostro—, se engaña a sí mismo y pretende engañarme a mí.

Murazov no apartaba la mirada de su rostro, pero el infeliz Jlobuev no sabía qué responder. Murazov se compadeció de él.

—Escúcheme, Semión Semionovich, usted reza, acude a la iglesia, estoy muy bien enterado de que no se pierde ni los maitines ni las vísperas. Le disgusta madrugar, pero se levanta y acude a la iglesia a las cuatro de la madrugada, cuando los demás continúan durmiendo.

—Eso es muy distinto, Afanasi Vasilievich. Sé que eso no lo hago por nadie sino por Aquel que nos mandó a todos permanecer en el mundo. ¿Qué quiere usted? Pienso que Él es misericordioso conmigo; por muy ruin y miserable que yo sea, Él puede perdonarme y acogerme, en cambio los hombres me rechazarán con un puntapié y el mejor de los amigos me traicionará, y aún afirmará que su intención era buena.

Un sentimiento de amargura apareció reflejado en el rostro de Jlobuev.

El pobre hombre derramó una lágrima, pero no…

—Sirva pues a Aquel que es tan misericordioso. Le gusta el trabajo tanto como la oración. Ocúpese usted en cualquier cosa, pero ocúpese en ella como si la hiciera para Él y no para los hombres. Aunque no le rinda beneficio alguno, pero piense que lo está haciendo para Él. Siempre tendrá la ventaja de que no dispondrá de tiempo para cosas malas: para jugar a los naipes, para una comilona, para la vida de sociedad. ¡Vamos, Semión Semionovich! ¿Conoce usted a Iván Potapich?

—Sí, y siento mucha estimación por él.

—Era un buen comerciante, tenía una fortuna de medio millón de rublos. Pero en cuanto se dio cuenta de que todo eran ganancias, perdió la cabeza. Hizo que su hijo aprendiera a hablar francés, casó a su hija con un general. Ya no se le veía por su tienda ni tampoco por la calle de la Bolsa; cuando se tropezaba con un amigo, lo arrastraba consigo a la fonda a tomar té. De este modo pasaba todo el santo día, hasta que acabó arruinándose. Dios le envió una nueva desgracia, falleció su hijo. Y ahora ya puede usted ver, lo he empleado de dependiente. Volvió a empezar. Sus asuntos se han ido enderezando. De nuevo podría hacer negocios por quinientos mil rublos, pero afirma: «Dependiente he sido y como dependiente quiero morir. Ahora me encuentro sano y con energías, mientras que antes me llenaba el estómago de agua y empezaba a tener hidropesía. No». Ahora no toma nunca té. Su único alimento es la sopa de coles y las gachas. Y reza como nadie rezó hasta ahora. Y ayuda a los desvalidos como ninguno de nosotros lo hace. A otros les gustaría ayudarlos, pero malgastaron su dinero.

El pobre Jlobuev permaneció pensativo.

El anciano le cogió las dos manos.

—¡Si supiera usted, Semión Semionovich, qué lástima me da! No he dejado de pensar en usted. Escuche. Ya sabrá que en el monasterio se halla un monje que vive retirado y no se presenta nunca ante nadie. Se trata de un hombre de una extraordinaria inteligencia, como jamás he visto otro igual. Comencé a explicarle que tenía un amigo, sin mencionar su nombre, y le conté tu caso. Me escuchó al principio, pero después me interrumpió para decir: «Lo más importante de todo y lo principal es ocuparse de Dios antes que de uno mismo. Están construyendo una iglesia y se necesita dinero: es preciso pedir para la iglesia». Y me cerró la puerta. Yo ignoraba lo que quería decir con estas palabras. Imaginé que se negaba a darme un consejo. Pero acudí a ver a nuestro archimandrita. En cuanto me vio, lo primero que me dijo fue preguntarme si conocía a alguien a quien fuera posible encargarle de la misión de recoger dinero para edificar la iglesia. Debía ser un noble o un comerciante, una persona de cierta cultura para quien esta obra representara un medio de conseguir su salvación. Me quedé atónito por la sorpresa, pensando: «¡Santo Dios! Es el asceta quien señala para este cargo a Semión Semionovich. Los viajes le sentarán estupendamente para su enfermedad. Yendo con el libro de limosnas del terrateniente al mujik y del mujik al burgués, se pondrá al tanto de su vida y de sus necesidades. Cuando regrese, tras haber recorrido diversas provincias, conocerá la región mucho mejor que las personas que no salen de las ciudades… Personas así son hoy día muy necesarias». El príncipe mismo me aseguraba que daría lo que fuera por tener un funcionario que conociera los asuntos tal como son realmente, y no a través de los papeles, puesto que, según decía, de los papeles no se consigue sacar nada en claro, lo enredan todo.

—Me deja usted confundido, Afanasi Ivanovich —dijo Jlobuev, quien le miró fijamente lleno de asombro—. Me resisto a creer que me haga tal proposición; para eso es preciso un hombre activo, infatigable. Por otra parte, ¿cómo voy a dejar a mi mujer y a mis hijos, que no tienen qué llevarse a la boca?

—De su mujer y de sus hijos no se preocupe. Yo me encargaré de ellos; sus hijos tendrán preceptores. Es mejor y más noble pedir para Dios que ir con el zurrón mendigando para sí mismo. Le entregaré un coche; no tema las sacudidas, pues le irán muy bien para su salud. Le entregaré asimismo dinero para el camino con objeto de que, de paso, pueda usted ayudar a los más necesitados. Puede hacer muchas obras buenas. No se equivocará usted, dará a quien realmente sea digno de recibirlo. Viajando de esta forma, tendrá ocasión de aprender a conocer a la gente, cómo es y cómo vive. No le sucederá como a los funcionarios, hacia quienes todos sienten temor y de quienes todo el mundo se oculta; conociendo que usted pide para una iglesia, le explicarán sus cosas con gusto.

—Es una magnífica idea, ya me doy cuenta, y me gustaría en extremo cumplir aunque no fuera más que una parte de ella; pero, la verdad, lo juzgo superior a mis fuerzas.

—¿Qué hay que no sea superior a nuestras fuerzas? —dijo Murazov—. No existe nada que no sea superior a nuestras fuerzas. Todo es superior a nuestras fuerzas. Sin el auxilio de lo alto no es posible hacer nada. Pero la oración nos da fuerzas. El hombre se persigna, exclama: «¡Socórreme, Señor!», rema y logra alcanzar la orilla. No se necesita pensarlo mucho; es preciso aceptarlo sencillamente como una disposición divina. El cochecillo lo tendrá a punto en seguida. Vaya a ver al padre archimandrita, que le entregará el libro de recaudaciones y le dará su bendición, y póngase después en camino.

—Obedezco y lo acepto como una orden del Altísimo. «¡Bendíceme, Señor!», dijo mentalmente, y al mismo tiempo sintió que el ánimo y el vigor se adueñaban de su alma. Su espíritu parecía despertar a la esperanza de que hallaría salida a la penosa y agobiante situación en que se hallaba. Una luz brillaba a lo lejos…

Pero dejemos a Jlobuev y volvamos junto a Chichikov.

Mientras tanto, efectivamente, en el Juzgado las demandas se sucedían unas a otras. Aparecieron parientes de quienes nadie tenía la menor noticia. De igual modo que los buitres se precipitan sobre la carroña, así se agitaron todos sobre el inmenso patrimonio de la anciana dama. Hubo denuncias contra Chichikov, se discutía la autenticidad del último testamento y la del primero; prueba de robo y de ocultación de fondos. Hasta llegaron a aparecer pruebas contra Chichikov referentes a la compra de almas muertas y a su contrabando durante el tiempo que estuvo sirviendo en Aduanas. Salió a la luz todo y se conoció toda su historia. Sabe Dios cómo la olfatearon y llegaron a enterarse de ello, pero había prueba incluso de negocios en los que Chichikov había pensado y que sólo eran conocidos por él y las cuatro paredes de su dormitorio.

De momento, esto pertenecía al secreto del sumario y no había llegado a su conocimiento, por mucho que una nota del abogado le había hecho entender que habría lío. La nota era sumamente concisa: «Me doy prisa en comunicarle que tendremos pleito, pero recuerde que no ha de preocuparse por ello. Lo más importante es no perder la calma. Todo se solucionará». Esto le tranquilizó totalmente. «Este hombre es un genio», pensó Chichikov.

Para acabar de ponerle buen humor en ese preciso instante el sastre le traía el traje. Chichikov experimentó grandes deseos de verse con el nuevo frac color humo y llama de Navarino. Se puso primero los pantalones, que le ajustaban a la perfección. Los muslos y las pantorrillas aparecían moldeados con exactitud; la tela se adaptaba a los menores detalles, resaltando su turgencia. Cuando se hubo apretado la trabilla, el vientre le sobresalió como si fuera un tambor. Se dio en él un ligero golpe con el cepillo, al mismo tiempo que se decía: «¡Qué absurdo! Aunque el conjunto queda bien».

El frac parecía todavía mejor cortado que los pantalones; no le hacía ni la más leve arruga, se ajustaba perfectamente a los lados y a la cintura, cuya línea subrayaba. Chichikov hizo notar que la sisa derecha le venía un poco apretada, pero el sastre se limitó a sonreír: de esta forma se ceñía mejor al talle.

—Quédese tranquilo, quédese usted tranquilo por lo que respecta al trabajo —repetía con una expresión de triunfo mal disimulado—. Sólo en San Petersburgo podrían hacerle un traje como éste.

El sastre procedía de San Petersburgo y en el rótulo de su establecimiento decía: «Extranjero de Londres y de París». No le gustaban las bromas y así pretendía cerrar la boca a todos sus hermanos de profesión; nadie osaría poner el nombre de estas dos ciudades y deberían conformarse con hacer figurar cualquier «Karlsruhe» o «Copenhague».

Chichikov pagó con generosidad al sastre y en cuanto se quedó solo, sin nada que hacer, se puso a contemplarse al espejo de igual modo que lo haría un artista, con un sentimiento estético y con amore. Toda su figura parecía haber ganado: las mejillas se veían ahora más agradables, la barbilla más seductora; el cuello, con su blancura, hacía refulgir las mejillas; la corbata de raso azul hacía destacar el cuello; los pliegues de la lechuguilla, a la última moda, hacían mejorar la corbata; el elegante chaleco de raso hacía destacar la lechuguilla; y el frac color humo y llama de Navarino, reluciente como la seda, hacía renovar todo el conjunto. Giró hacia la derecha, ¡fantástico! Giró hacia la izquierda, ¡todavía mejor! Verdaderamente el perfil de un gentilhombre de cámara o de uno de esos señores que se rascan a la francesa y que ni siquiera cuando se enojan son capaces de reñir en ruso, sino que echan mano del dialecto francés: ¡el colmo de los refinamientos!

Ladeó la cabeza, intentando adoptar la pose que correspondería al dirigirse a una señora de cierta edad y educada a la moderna; resultó lo que se dice un auténtico cuadro. ¡Pintor, coge tus pinceles y comienza a trabajar! En el máximo de la satisfacción, dio un pequeño saltito a modo de entrechat. Tembló la cómoda, y se precipitó contra el suelo un frasco de colonia. Pero aquella circunstancia no le alteró en absoluto. Llamó idiota al estúpido frasco, como se merecía, se dijo para sus adentros: «¿Por dónde iniciaré las visitas? Valdrá más…».

Así se hallaba cuando en el vestíbulo se oyó un leve ruido, como de botas y espuelas, y un gendarme armado de punta en blanco, que parecía la representación de todo un ejército, se presentó ante sus ojos.

—¡He recibido orden de llevarlo en seguida ante la presencia del gobernador general!

Chichikov se quedó petrificado. Frente a él tenía a un terrible fantoche con bigotes y una cola de caballo en la cabeza, doble tahalí y un desmesurado sable al costado. Creyó ver que del otro lado le pendía un fusil y el diablo sabe qué más. ¡Todo un ejército en un solo hombre! Intentó resistirse, pero el fantoche le interrumpió con suma grosería.

—¡He recibido orden de llevarlo en seguida!

A través de la puerta, en el vestíbulo, divisó a otro fantoche. Se asomó a la ventana y vio un coche a la puerta. ¿Qué podía hacer? Tal como estaba, con su frac color humo y llama de Navarino, se vio obligado a subir al coche y, temblando de pies a cabeza, a dirigirse a la residencia del gobernador general, acompañado por el gendarme.

En la antesala no tuvo ni siquiera tiempo para tranquilizarse.

—¡Pase! El príncipe le está aguardando —dijo el funcionario de servicio.

Ante él, como entre nieblas, pasó la antesala con los correos que se encargaban de los pliegos, y después un salón, que atravesó pensando: «¡Me va a encerrar! ¡Me va a enviar a Siberia sin esperar siquiera a que me condenen!». Su corazón comenzó a latirle con más fuerza que el del más celoso de los enamorados. Por último abrióse la puerta fatal: apareció el despacho con sus carpetas, armarios y libros, y el príncipe furioso como la encarnación de la ira.

«¡Me pierde! ¡Me pierde! —pensó Chichikov—. Perderá mi alma. Me degollará como el lobo al cordero».

—Le perdoné a usted, le autoricé a quedarse en la ciudad cuando debía enviarle a presidio, y usted se ha manchado con el delito más infame que nunca se haya cometido.

Los labios del príncipe temblaban de ira.

—¿Cuál es ese infame delito que he cometido, Excelencia? —preguntó Chichikov temblando de arriba abajo.

—La mujer —comenzó el príncipe, aproximándose un poco a Chichikov y fijando sus ojos en él—, la mujer a quien hizo usted firmar el testamento, ha sido detenida y les van a carear.

Chichikov sintió que la vista se le nublaba.

—Excelencia, le voy a decir toda la verdad. Soy culpable, verdaderamente soy culpable, pero no tanto como pretenden mis enemigos. Me han calumniado.

—Nadie puede calumniarle, ya que en usted hay muchísima más ruindad de lo que sería capaz de inventar el último de los mentirosos. Pienso que en toda su vida no ha llevado usted a cabo ni una sola acción que no sea impropia. ¡Cada kopec de los que usted ha reunido ha sido adquirido por procedimientos ilegales, es un robo y una acción deshonrosa que se castiga con el látigo y el destierro a Siberia! Inmediatamente serás metido en prisión y allí, al igual que los peores bandidos y malhechores, aguardarás a que se decida tu suerte. Y aún tienes que estar agradecido, pues tú eres mucho peor que ellos: ellos llevan ropa de mujik, y en cambio tú…

El príncipe miró el frac de color humo y llama de Navarino y, levantándose, tiró del cordón de la campanilla.

—¡Excelencia! —exclamó Chichikov—. ¡Compadézcase de mí! Usted es padre de familia. ¡Cuando no por mí, hágalo al menos por mi pobre madre!

—¡Mientes! —gritó indignado el príncipe—. En la otra ocasión me rogaste en nombre de tus hijos y de una familia de la que siempre has carecido, y ahora hablas de tu madre.

—¡Excelencia! Soy un miserable y el peor de los canallas —dijo Chichikov con voz…— Cierto es que mentí, no tengo ni hijos ni familia, pero Dios es testigo de que siempre he deseado tener mujer, cumplir mi obligación como hombre y como ciudadano, a fin de merecer después justamente el aprecio de los ciudadanos y de las autoridades. Pero ¡qué infinidad de circunstancias adversas! Con sangre, Excelencia, con sangre me vi obligado a ganarme el pan nuestro de cada día. A cada momento tentaciones, enemigos… gente que ansiaban perderme. Toda mi vida ha sido como violento torbellino o como un navío a merced de las olas, zarandeado por los vientos. ¡Soy un hombre, Excelencia!

Las lágrimas se deslizaron a raudales de sus ojos. Se arrojó a los pies del príncipe tal como se encontraba, con el frac de color humo y llama de Navarino con el chaleco y la corbata de raso, los pantalones cortados irreprochablemente, y los peinados cabellos, de los que se desprendía el delicado aroma de una colonia de la mejor calidad, y dio con la frente en el suelo.

—¡Márchate! ¡Vamos! ¡Que se lo lleven los soldados! —gritó el príncipe a los que habían acudido a su llamada.

—¡Excelencia! —exclamó Chichikov agarrándose con las dos manos a una bota del príncipe.

Este se sintió presa de un temblor nervioso.

—¡Le repito que se marche! —gritó de nuevo, mientras hacía esfuerzos por liberar su pierna del abrazo de Chichikov.

—¡Excelencia! ¡No voy a moverme de aquí mientras no consiga su perdón! —exclamó Chichikov sin desasirse de la bota del príncipe, arrastrándose al mismo tiempo que la bota con su frac de color humo y llama de Navarino.

—¡Le ordeno que se aparte! —exclamó el príncipe, presa del asco que se siente cuando se contempla un repugnante insecto a quien carece del valor suficiente para aplastarlo. Dio tal sacudida que Chichikov percibió el golpe de la bota en su nariz, en los labios y en el redondeado mentón, aunque no la soltó, sino que se agarró a ella aún con más fuerza.

Dos robustos gendarmes se abalanzaron sobre él violentamente y se lo llevaron a través de todos los aposentos. Chichikov aparecía muy pálido, abatido, se hallaba en ese espantoso estado de insensibilidad que se apodera de quien contempla ante sí la muerte negra e inevitable, ese horrible monstruo que repugna a nuestra naturaleza.

Junto a la misma puerta, en el rellano de la escalera, compareció Murazov, que acudía a su encuentro. Vislumbró un rayo de esperanza. Con fuerzas sobrehumanas, logró liberarse de los gendarmes que le tenían sujeto y se precipitó a los pies del sorprendido anciano.

—¡Santo Dios, Pavel Ivanovich! ¿Qué ocurre?

—¡Sálveme! ¡Me llevan a la cárcel, a la muerte…!

Los gendarmes se apoderaron nuevamente de él y se lo llevaron sin dejarle tiempo para más.

Un tabuco húmedo e inmundo, que olía y apestaba a pies sucios de los soldados de la guardia, una mesa de madera sin pintar, dos sillas cojas, una ventana con rejas, una estufa decrépita por cuyas grietas se escapaba el humo sin proporcionar calor: tal era la estancia a la que fue conducido nuestro protagonista cuando comenzaba a disfrutar de las dulzuras de la vida y a atraer la atención de sus paisanos con su nuevo frac de excelente paño de color humo y llama de Navarino. Ni siquiera había sido autorizado a coger las cosas más imprescindibles, a llevarse el cofrecillo que contenía su dinero, quizá lo suficiente como para… Los documentos, las escrituras de compraventa de las almas muertas: todo se hallaba ahora en poder de los funcionarios.

Se dejó caer en el suelo, una tristeza llena de desesperación había anidado en su alma como un gusano zoófago. Con creciente rapidez, comenzó a devorar su corazón indefenso. Sólo un día más de desesperación y Chichikov habría desaparecido del mundo. Sin embargo, una mano salvadora velaba por él. Al cabo de una hora se abrían las puertas de la cárcel, para dar paso al anciano Murazov.

El peregrino atormentado por una sed febril, cubierto de polvo, rendido, agobiado, al que alguien derrama en su boca un chorro de agua fresca, no se reanima ni reconforta tanto como se reconfortó el infortunado Chichikov.

—¡Mi salvador! —exclamó apoderándose de su mano sin alzarse siquiera del suelo, al que en su desesperación se había arrojado, dándole incesantes besos y estrechándola contra su corazón—. ¡Dios le recompensará la visita que hace a este pobre desgraciado!

Y a continuación se deshizo en lágrimas.

El anciano le dirigió una mirada triste y compasiva, y se limitó a decir:

—¡Ay, Pavel Ivanovich, Pavel Ivanovich! ¿Qué ha hecho usted?

—¿Qué quiere usted? Me ha perdido mi desmesurado afán, no fui capaz de detenerme a tiempo. ¡El maldito Satanás me sedujo, haciéndome traspasar los límites de la prudencia y de la razón! ¡He cometido un delito, he cometido un delito! Pero ¿cómo han podido tratarme de este modo? ¡Encerrar en prisión a un noble, a un noble, sin que antes sea procesado y juzgado! ¡A un noble, Afanasi Vasilievich! ¿Por qué no dejaron que me llegara a casa para arreglar mis cosas? Todo ha quedado en el mayor abandono, sin que nadie se ocupe de ello. El cofrecillo, Afanasi Vasilievich, el cofrecillo. En él tengo guardado todo lo que poseo. Lo compré al precio de mi sangre, de muchos años de trabajos y sacrificios… ¡El cofrecillo, Afanasi Vasilievich! Lo robarán todo, se lo llevarán… ¡Oh, Dios mío!

Y no siendo ya capaz de contener el nuevo acceso de desesperación que había hecho presa en él, rompió en ruidosos sollozos, los cuales, tras atravesar los gruesos muros de la prisión, resonaron sordamente a lo lejos. Se arrancó la corbata de raso y rasgó de un tirón su frac de color humo y llama de Navarino.

—¡Ay, Pavel Ivanovich, de qué modo llegó a cegarle ese dinero! Por su culpa no se daba usted cuenta de lo terrible de su situación.

—¡Sálveme, mi protector, sálveme! —gritaba en el colmo de la desesperación el infeliz Pavel Ivanovich, arrojándose a los pies de Murazov—. El príncipe siente gran estimación hacia usted, hará cuanto usted le pida.

—No, Pavel Ivanovich. Me es imposible hacerlo, a pesar de mis buenos deseos. No ha caído usted bajo el poder de un hombre, sino de la ley, que es inexorable.

—¡Me tentó el maldito Satanás, el azote de todo el género humano!

Y se puso a dar cabezadas contra el muro, descargando tal puñetazo sobre la mesa, que incluso sangró su mano, pero no sintió ningún dolor, ni en la cabeza ni en el puño.

—¡Qué mala suerte la mía, Afanasi Vasilievich! ¡Habrá habido otra parecida? Cada kopec de todo lo que tengo fue adquirido a fuerza de paciencia, trabajando, luchando, y no robando a nadie ni entrando a saco en el Erario, como hacen muchos. ¿Para qué lo hacía?: Para vivir con desahogo lo que quedara de vida para dejar algo a los hijos que pensaba tener para el bien y el servicio de la patria. ¡Para eso quería hacerme rico! Escogí un camino tortuoso, es cierto... Pero ¿qué quiere usted? Sólo lo hice cuando advertía que el camino recto aparecía cerrado para mí y que el rodeo me conduciría mejor a la meta. Si me apropié de algo fue de los ricos. ¿Y esos canallas que utilizan los tribunales para apoderarse de miles de rublos del Erario, que no roban a los poderosos, sino que quitan el último kopec a los que nada poseen? ¡Qué desdicha la mía! En cada ocasión en que comenzaba a cosechar los frutos y ya los tocaba con la mano... una tormenta, un escollo, y mi barco quedaba convertido en astillas. Había conseguido amasar un capital de trescientos mil rublos. Poseía una casa de tres pisos. En dos ocasiones había comprado ya una aldea. ¡Ay, Afanasi Vasilievich! ¿Por qué he de correr esa suerte? ¿Por qué semejantes golpes? ¿Acaso mi vida no era ya un navío a merced de las olas? ¿Dónde está la justicia de los cielos? ¿Dónde está el premio a la paciencia, a la constancia sin ejemplo? Por tres veces volví a empezar; lo había perdido todo y acudía de nuevo a la brecha con sólo un kopec en el bolsillo, cuando, en mi situación, cualquier otro se habría lanzado a la bebida y habría acabado por pudrirse en las tabernas. ¡Cuánto he luchado, cuánto he tenido que sufrir! Hasta el último kopec lo gané, por así decirlo, poniendo en juego todas las potencias del alma... A otros les fue fácil, forzoso es reconocerlo, pero cada kopec mío estaba clavado, como dice el proverbio, con un clavo de tres kopecs, y ese kopec clavado con un clavo de kopecs lo adquirí, Dios es testigo, con un tesón de hierro...

Sin concluir la frase, arrastrado por la insoportable angustia que oprimía su corazón, se puso a sollozar estrepitosamente, se dejó caer sobre una silla, se arrancó un faldón del frac, que pendía desgarrado, y lo lanzó lejos de sí; llevándose las manos a los cabellos, se los arrancó sin compasión, recreándose en el dolor con que pretendía silenciar el dolor de su corazón, al que nada lograría calmar.

Durante mucho rato Murazov permaneció en silencio frente a él, contemplando aquel terrible sufrimiento fuera de lo común, que veía por primera vez. Aquel infeliz dominado por la desesperación, que no mucho antes se movía con el desembarazo de un hombre de mundo o un militar, se debatía en estos momentos despeinado, con un aspecto indecoroso, con el frac hecho jirones y con los pantalones desabrochados, llena de sangre la mano, maldiciendo y renegando de las fuerzas hostiles que oponen al ser humano.

—¡Ay, Pavel Ivanovich, Pavel Ivanovich! ¡Hasta dónde habría podido usted llegar si su constancia y sus energías se hubieran aplicado en una buena obra, si hubieran perseguido un fin mejor! ¡Dios mío, cuánto bien habría podido hacer! Si alguno de los que aman el bien empleara tantas energías en lograrlo como usted para adquirir sus kopecs y fuera capaz de sacrificar su amor propio y su orgullo, sin regatear esfuerzos, lo mismo que usted para procurarse sus kopecs. ¡Dios mío, hasta qué punto llegaría a prosperar nuestro país! ¡Pavel Ivanovich, Pavel Ivanovich! Lo que es realmente de lamentar no es que usted haya incurrido en culpa ante sí mismo. Con sus dotes y sus energías estaba destinado a ser un gran hombre, pero usted mismo se ha buscado su propia perdición.

El alma tiene sus misterios. Por más que el hombre descarriado se haya alejado del buen camino, por más que haya podido endurecerse un criminal impenitente, por más que hayan llegado a embotarse sus sentimientos en el transcurso de su depravada vida, si se le reprocha esgrimiendo las propias virtudes suyas que él ha ofendido, todo en él vacila y se conmueve.

—¡Afanasi Vasilievich! —exclamó el desgraciado Chichikov cogiéndole las dos manos—. ¡Oh, si lograra recobrar la libertad, si me fueran devueltos mis bienes! ¡Le juro que mi vida sería totalmente distinta! ¡Sálveme, mi protector, sálveme!

—¿Qué quiere que yo haga? Nada puedo hacer. Tendría que ir contra la ley. Supongamos que tomara la decisión de dar ese paso. Pero el príncipe es un hombre justiciero, no se echará atrás por nada ni por nadie.

—¡Mi protector, usted lo puede todo! No es la ley lo que temo, ante la ley sabría hallar recursos. Lo que me produce temor es que he sido metido en prisión sin causa alguna, que me voy a perder aquí dentro como un perro, y que mis bienes, los documentos, el cofre... ¡Sálveme!

Se abrazó entonces a las piernas del anciano y las regó con sus lágrimas.

—¡Ay, Pavel Ivanovich, Pavel Ivanovich! —exclamó el anciano Murazov moviendo la cabeza—. ¡Hasta qué extremo le ciegan esos bienes! Es lo que le impide oír la voz de su pobre alma.

—¡Pensaré también en mi alma, pero sálveme, por favor!

—Pavel Ivanovich... —comenzó el anciano Murazov, deteniéndose brevemente—. Usted mismo se da cuenta de que su salvación no depende de mí. A pesar de todo, haré lo que esté en mi mano por aliviar su suerte, y para que le pongan en libertad. Ignoro si lo lograré, pero voy a hacer todo lo posible. Si lo consigo, cosa que no espero, como pago a mis esfuerzos le pediré que renuncie a todo intento de enriquecerse. Se lo digo con el alma en la mano, si perdiera todos mis bienes, y tengo más que usted, no lo sentiría. Lo más importante no son los bienes, de los que me pueden desposeer, si no lo que nadie puede robarme ni quitarme. Ya ha vivido bastante en el mundo. Usted mismo afirma que su vida es un navío a merced de las olas. Posee lo suficiente para vivir el resto de sus días. Busque un rincón tranquilo, cerca de la iglesia y de gentes buenas y sencillas; o si anhela con tanta intensidad dejar descendencia, cásese con una joven buena y de clase humilde, habituada a la moderación y a una vida sencilla. Olvide este mundo ruidoso y sus seducciones, y que él lo olvide asimismo a usted. El mundo no proporciona la paz. Ya lo ve: sólo en él halla al enemigo, la tentación o la traición.

—¡Así lo haré, así lo haré! Ya lo había pensado, tenía la intención de comenzar una vida razonable, quería dedicarme a gobernar mi hacienda y moderar mi vida. El diablo de la tentación me alejó del camino recto. ¡Ha sido ese maldito Satanás!

Sentimientos hasta entonces desconocidos, unos sentimientos inexplicables, inundaron su alma como si algo luchara por despertar en él, algo lejano, reprimido en sus años de niñez por una educación rígida y carente de vida, por la falta de cariño de una infancia monótona y aburrida, por el vacío del hogar paterno, por la soledad del que jamás tuvo una familia, por la pobreza y la miseria de las primeras impresiones; como si aquello que había sido sofocado por la severa mirada del Destino se asomara a una ventana turbia, cegada por la tempestad de nieve, y luchara por ganar la libertad. Un gemido se escapó de sus labios y, cubriéndose el rostro con ambas manos, gritó con voz lastimera:

—¡Es cierto, es cierto!

—Ni el conocimiento del mundo y de la gente ni la experiencia le han servido de nada cuando actuaba contra la ley. Si hubiera procedido en justicia... ¡Ay, Pavel Ivanovich! ¿Por qué se buscó usted su perdición? ¡Despierte, no es demasiado tarde, todavía queda tiempo!

—¡No! ¡Es demasiado tarde, demasiado tarde! —gimió con voz dolida que partía el corazón al viejo Murazov—. Comienzo a sentir, me doy cuenta de que he seguido un camino falso y de que me he alejado mucho del buen camino, pero ya no me es posible. Me educaron mal. Mi padre me repetía sin cesar las reglas de la moral, me pegaba, me forzaba a copiar máximas, pero yo advertía que él robaba madera a los vecinos e incluso me obligaba a ayudarle. No se escondió de mí para iniciar un pleito en el que la razón no estaba de su parte; sedujo a una huérfana de la que era tutor. El ejemplo obra más que las máximas. Lo veo, Afanasi Vasilievich, veo claramente que mi vida no es lo que debería haber sido, pero el vicio no me repele: mi espíritu se ha insensibilizado. No amo el bien, no siento esa bella afición a las buenas obras que se transforma en una segunda naturaleza, en costumbre. No experimento tanto el afán de practicar el bien como el de conseguir riquezas. Le digo la verdad. ¿Qué quiere que haga?

El anciano lanzó un profundo suspiro.

—Pavel Ivanovich, tiene usted tanta paciencia, tanta voluntad... El remedio es amargo, pero ¿qué enfermo se resiste a tomar la medicina si sabe que de lo contrario no conseguirá recobrar la salud? Si no ama el bien, esfuércese por hacerlo, aunque sea sin amor. Aún será mayor su mérito que el de quien practica el bien por amor al bien. Impóngaselo varias veces y después vendrá el amor. Se nos ha dicho que el reino de los Cielos se alcanza con violencia. Únicamente con esa violencia se puede penetrar en él, es preciso ganarlo a trueque de ella. Usted, Pavel Ivanovich, tiene una fuerza de la que otros carecen, con su férrea paciencia, ¿no ha de lograrlo? Sería usted un titán. Porque ahora la gente es débil, no tiene voluntad.

Pudo apreciarse que estas palabras habían llegado hasta lo más profundo del alma de Chichikov, tocando su ambición. En sus ojos brilló algo que, si no era una firme resolución, cuando menos se le parecía.

—Afanasi Vasilievich —dijo con voz decidida—, si consigue usted mi libertad y los medios para salir de aquí con algún dinero, le prometo que comenzaré una nueva vida: compraré una pequeña aldea, me dedicaré a la agricultura, ahorraré, pero no para mí, sino para ayudar al prójimo, haré todo el bien que me sea posible. Me olvidaré de mí mismo y de los festines y banquetes de la ciudad; llevaré una vida modesta y sobria.

—¡Que Dios le ayude en sus propósitos! —exclamó el anciano lleno de alegría—. Haré lo que esté a mi alcance para lograr su libertad del príncipe. Ignoro si lo conseguiré, sólo Dios puede saberlo. De todos modos, no hay duda de que su suerte será suavizada. ¡Ay, Dios mío! Abráceme, permita que le dé un abrazo. ¡Qué gran alegría me ha proporcionado! Está bien, quédese con Dios. Me voy en seguida a ver al príncipe.

Chichikov se quedó solo.

Todo él se había conmovido y ablandado. El mismo platino, el más resistente de los metales, el más duro y que más soporta el fuego, acaba fundiéndose: cuando en el crisol aumenta la llama, sopla el fuelle y el calor resulta insoportable, el duro metal se blanquea y se transforma en líquido. De igual forma, el más duro de los seres humanos se dulcifica y ablanda en el crisol del infortunio cuando éste aumenta y con su fuego insufrible abrasa su pétrea naturaleza.

«Yo no sé si lo siento, pero gastaré todas mis facultades para hacer que mis semejantes lo sientan. Soy malo y no sé hacer nada, pero me valdré de todas mis energías para orientar a mi prójimo. Soy un mal cristiano, pero usaré de todas mis potencias para no caer en la tentación. Trabajaré, regaré con el sudor de mi frente los campos, lo haré con toda honradez con objeto de ejercer una saludable influencia sobre los demás. ¿No podrá decirse que no sirvo para nada! Tengo capacidad para dirigir una finca, soy activo, ahorrador, sensato y hasta perseverante. Lo único que hay que hacer es decidirse».

Así pensaba Chichikov, y las potencias adormecidas de su alma parecían tocar algo. Parecía que su espíritu comenzaba a darse cuenta de que el hombre tiene un deber que cumplir en la tierra y que ese deber puede ser realidad en cualquier parte, en cualquier rincón, al margen de las circunstancias, de las conmociones y de los movimientos que giran en torno al hombre. Y la vida laboriosa, alejada del bullicio de las ciudades y de las tentaciones inventadas por el hombre ocioso, apartado del trabajo, se dibujó ante él de una manera tan viva que estuvo a punto de olvidarse de lo desagradable de su situación. Quizá estaba dispuesto incluso a dar gracias a la Providencia, que le había dado tan dura lección, si le dejaban en libertad y le devolvían, al menos parte de…

Pero… se abrió la puerta del inmundo tabuco y apareció un sujeto perteneciente a la cofradía de los funcionarios. Se trataba de Samosvistov, un epicúreo, un individuo audaz, de anchos hombros y fino de piernas, compañero de excepción, juerguista y astuto, según afirmaban sus mismos amigotes. En época de guerra este hombre habría hecho milagros: le habrían ordenado cruzar lugares impracticables y peligrosos para apoderarse de un cañón frente a las mismas narices del enemigo. Eso habría sido algo digno de él. Pero, en vista de la imposibilidad de desplegar sus facultades en el campo de las armas, que quizá habría hecho de él una persona honrada, cometía todo género de vilezas. ¡Cosa incomprensible! Se atenía a unas peregrinas convicciones y normas: con sus compañeros era bueno, jamás hacía traición a nadie y cumplía su palabra; pero a los superiores los consideraba algo así como un batallón enemigo entre el que debía abrirse paso aprovechando cualquier punto débil, cualquier descuido o fallo.

—Estamos enterados de la situación en que se halla, lo sabemos todo —dijo en cuanto se hubo asegurado de que la puerta estaba bien cerrada—. No es nada, no es nada. No se preocupe, todo se solucionará. Trabajaremos todos para usted, estamos a su entera disposición. Treinta mil a repartir entre todos, ni un solo kopec más.

—¿Es verdad? —exclamó Chichikov—. ¿Y me absolverán con todos los pronunciamientos favorables?

—Completamente; y también le indemnizarán los daños causados.

—Y esto representará…

—Treinta mil rublos en total. Para los nuestros, para la gente del Gobierno general y para el secretario.

—Pero permítame, ¿cómo se los voy, a entregar? Todas mis cosas, objetos personales y el cofrecillo, todo ha sido sellado, bajo vigilancia.

—Dentro de una hora lo tendrá aquí. ¿Le parece bien?

Sellaron el acuerdo con un apretón de manos. El corazón de Chichikov latía con gran fuerza y no acababa de creer que todo aquello fuera posible.

—Ahora me marcho. Nuestro común amigo me ha dado el encargo de decirle que lo más importante es que no pierda la calma y que conserve su presencia de ánimo.

«¡Vaya! —pensó Chichikov—. Entiendo, se trata del abogado».

Samosvistov desapareció. Chichikov continuaba sin poder dar entero crédito a sus palabras, pero apenas había transcurrido una hora de la anterior conversación cuando le trajeron el cofrecillo: el dinero, los documentos, todo seguía en un orden perfecto. Samosvistov había comparecido como si le hubieran mandado a cumplimentar una orden: riñó a los guardias por negligencia, pidió que se reforzara la vigilancia, cogió el cofrecillo y todos los papeles que pudieran comprometer a Chichikov, hizo un paquete con todo ello, lo selló y dio orden al propio soldado de que lo llevara sin tardanza a Chichikov, presentándolo como si fuera ropa de cama, de manera que, además de los documentos y el dinero, el preso recibió incluso las mantas que necesitaba para cubrir su cuerpo mortal.

La rapidez con que todo esto se llevó a cabo le produjo una indescriptible alegría. Concibió vivas esperanzas y otra vez comenzó a soñar con cosas tan seductoras como el acudir aquella tarde al teatro, ver a la bailarina a quien galanteaba. La aldea y la tranquilidad volvieron a parecerle algo pálido; de nuevo sintió la atracción y el brillo de la ciudad y del bullicio. ¡Oh, vida!

Mientras tanto, el asunto había adquirido en el juzgado y el tribunal proporciones enormes. Trabajaban las plumas de los escribientes y, entre una y otra pulgarada de rapé, funcionaban sus diestras cabezas, admirando, como auténticos artistas que eran, su complicada letra. El abogado, al igual que un mago invisible, dirigía todo el mecanismo. Antes de que tuviera tiempo de darse cuenta, los envolvió a todos en sus redes. El embrollo fue en aumento. En cuanto a Samosvistov, se superó a sí mismo con un golpe de audacia inaudito.

Habiéndose enterado del lugar en que tenían encerrada a la mujer detenida, se presentó allí y entró con tal aire de autoridad, que el centinela le saludó quedó en posición de firmes.

—¿Desde cuándo estás aquí?

—Desde por la mañana, Señoría.

—¿Cuánto falta para el relevo?

—Tres horas, Señoría.

—Voy a necesitarte. Le diré al oficial que envíe alguien para que te releve.

—¡A sus órdenes, Señoría!

Y de regreso a su casa, a fin de no complicar a nadie y no dejar rastro alguno, se disfrazó él mismo de gendarme, poniéndose unas patillas y unos bigotes tales, que ni el propio diablo habría podido reconocerle. Acudió a casa de Chichikov, se apoderó de la primera mujer que encontró a mano, y tras entregarla a dos funcionarios, dos individuos de su misma ralea, se presentó, con sus bigotes y su fusil, como es debido, al centinela.

—Vete, me envía el oficial a relevarte.

Hicieron el relevo y se quedó de guardia.

Era todo lo que necesitaba. En primer lugar a la mujer detenida la sustituyeron por otra que no sabía ni comprendía absolutamente nada. A la primera la ocultaron tan bien, que nadie consiguió dar con ella. Y mientras Samosvistov obtenía tales éxitos como militar, el abogado obraba prodigios en el terreno civil: al gobernador se le comunicó bajo cuerda que el fiscal había presentado una denuncia contra él; al oficial de la gendarmería se le dijo que un funcionario que habitaba en la ciudad en secreto, escribía denuncias contra él; al funcionario que vivía secretamente le aseguró que había otro funcionario más secreto aún que lo había denunciado, poniéndolos en el brete de que todos se vieron obligados a acudir a él en busca de consejo.

El enredo y la confusión llegaron al máximo: unas denuncias se sucedían a otras y comenzaron a descubrirse tales asuntos que nunca habría salido a la luz u otros que ni siquiera existían. Se recurrió a todo: quién era hijo ilegítimo, de dónde procedía otro, con toda clase de pelos y señales, quién tenía una amante y la mujer de quién acosaba con sus galanteos a otro. Escándalos y revelaciones se entremezclaron y embrollaron tan bien con la historia de Chichikov y con las almas muertas, que era imposible comprender cuál de aquellos asuntos resultaba más absurdo; los dos parecían iguales.

Cuando, al fin, comenzaron a llegar documentos del Gobierno general, el pobre príncipe no era capaz de comprender nada. Al funcionario encargado de hacer un resumen, muy hábil y capaz, poco le faltó para perder el juicio ante la imposibilidad de seguir el hilo del asunto.

Durante aquellos días el príncipe se hallaba preocupado con una infinidad de cuestiones a cuál más desagradable. El hambre había hecho presa en una parte de la provincia y los funcionarios encargados de repartir trigo no habían llevado las cosas como es debido. En otra parte de la provincia habían levantado cabeza los disidentes religiosos. Alguien había hecho circular entre ellos el rumor de la aparición del Anticristo, el cual no dejaba en paz ni siquiera a los difuntos y adquiría ciertas almas muertas. Se arrepentían de sus pecados, pecaban de nuevo, y bajo pretexto de capturar al Anticristo, mataban a quienes ninguna relación tenían con todo aquello. En otro lugar los mujiks se habían amotinado contra los propietarios y los capitanes de la policía rural. Unos vagabundos habían propalado entre ellos la especie de que era ya llegado el momento de que los campesinos debían convertirse en propietarios y vestirse de frac, mientras que los propietarios debían vestir la ropa de los mujiks y convertirse en campesinos; y un distrito entero, sin detenerse a pensar que entonces los propietarios y capitales de la policía rural serían en exceso numerosos, se negaba rotundamente a pagar impuestos. Era preciso recurrir a la fuerza. El pobre príncipe estaba tremendamente abatido. En este momento le anunciaron la llegada del contratista.

—Que entre —repuso. El anciano entró.

—¡Ahí tiene usted a Chichikov! ¡Y tanto como usted lo defendía! Ahora se halla complicado en un asunto que ni siquiera el peor de los ladrones habría osado meterse en él.

—Permítame decirle, Excelencia, que en todo este asunto no veo nada claro.

—¡Falsificación de testamento! ¡Y de qué modo…! ¡Merecería que le azotaran en público!

—No es que pretenda defender a Chichikov, Excelencia, pero el delito aún no ha sido probado. Todavía no se ha concluido la información.

—Existen pruebas. La mujer que suplantó a la difunta ha sido detenida. Quiero interrogarla delante de usted.

El príncipe llamó y ordenó que trajeran en seguida a la mujer.

Muzarov permanecía en silencio.

—¡Es una infamia! ¡Y lo más vergonzoso es que están complicados los primeros funcionarios de la ciudad, comenzando por el propio gobernador! ¡Él, que no tendría que estar mezclado con ladrones y sinvergüenzas! —exclamó el príncipe con calor.

—El gobernador es uno de los herederos, no tiene nada de particular que haga valer sus derechos. Por lo que respecta a los demás, Excelencia, es muy humano que hayan intentado sacar tajada. La difunta era una mujer acaudalada, no había tomado disposiciones justas y sensatas. Se presentaron de todas partes gentes a quienes gusta aprovecharse de la situación, es muy humano…

—Excelencia, ¿quién de nosotros es realmente bueno? Los funcionarios de nuestra ciudad son seres humanos, están dotados de buenas cualidades y gran parte de ellos conocen perfectamente su profesión, pero cualquiera se halla cerca del pecado.

—Dígame, Afanasi Vasilievich, usted es la única persona honrada que conozco. ¿Por qué ese interés suyo en defender a todo tipo de miserables?

—Excelencia —respondió Murazov—, quienquiera que sea la persona a la que usted llama miserable, es una persona. ¿Cómo no quiere que la defienda cuando uno sabe que la mitad de las malas acciones que comete se deben a que es un bruto y un ignorante? A cada paso cometemos injusticias incluso sin mala intención, y a cada paso somos causa del infortunio ajeno. Su Excelencia, mismo cometió una gran injusticia.

—¡Cómo! —exclamó el príncipe, asombrado por el inesperado giro que tomaba la conversación.

Murazov se detuvo, hizo una breve pausa como si meditara algo, y por último dijo:

—Siquiera sea en el asunto de Derpennikov.

—Afanasi Vasilievich, el delito contra las leyes fundamentales del Estado es lo mismo que traicionar a la patria.

—No intento justificarlo. Sin embargo, ¿es justo condenar a un joven inexperto, a quien otros arrastran, como si se tratara de uno de los instigadores? Porque Derpennikov ha corrido igual suerte que un Vorón-

156

Drianni cualquiera. Y el delito que uno y otro habían cometido eran muy distintos.

—Por Dios —dijo el príncipe notablemente conmovido—, dígame si sabe algo acerca de esto. Justamente había pedido no hace mucho a San Petersburgo que se le conmutara la pena.

—No, Excelencia, no me refiero a que yo esté enterado de algo que usted no sabe. Hay, es bien cierto, una circunstancia atenuante, pero él mismo se resiste a hacerla valer, pues con ello perjudicaría a un tercero. Lo único que pienso es que quizá usted se precipitó demasiado. Perdóneme, Excelencia, yo juzgo según mi débil razón. En diversas ocasiones me ha rogado que le hable con franqueza. Yo tuve mucha gente a mis órdenes, unos eran buenos y otros malos. Sería preciso tener también presente la vida anterior de la persona, pues si uno no considera las cosas fríamente y comienza por gritar, lo único que se logra es atemorizarla y uno no consigue lo que pretende. Cuando uno pregunta con interés, como si lo hiciera a un hermano, el mismo interesado lo confiesa todo y no pide compasión, ni sentirá odio contra nadie, porque advierte con toda claridad que quien le condena es la ley, no los hombres.

El príncipe se quedó pensativo. En aquel preciso instante llegó un joven funcionario que llevaba una carpeta en la mano, y se detuvo con aire respetuoso. Su rostro juvenil y aún lozano reflejaba la preocupación que el trabajo a que se hallaba entregado le suponía. Se advertía que no en vano lo tenía el príncipe a sus órdenes inmediatas para cumplir misiones especiales. Era una de las escasas personas que se ocupaban de los asuntos de la Administración con amore. No le consumían ni la ambición ni el afán de hacer fortuna, ni le impulsaba el espíritu de imitación; sólo trabajaba por la sencilla razón de que tenía la seguridad de que resultaba necesario en el puesto que ocupaba, y no en otro, que para eso se le había sido dada la vida. Su misión consistía en poner en claro los asuntos, analizarlos por partes y reunir y explicar los hilos de la más enmarañada de las cuestiones. Creía ver premiado sobradamente su trabajo, sus esfuerzos, sus noches pasadas en vela, si el asunto comenzaba a esclarecerse y se daba cuenta de que podía exponerlo en breves palabras, de un modo claro y conciso, de tal manera que todos pudieran entenderlo. Puede decirse que la alegría de un escolar cuando desentraña una frase harto difícil y descubre el verdadero sentido del pensamiento de un gran escritor no era tanta como la que él experimentaba al desentrañar una cuestión en extremo complicada. Por el contrario…[38].

(…) … el trigo en los lugares donde hay hambre; conozco esa comarca mucho mejor que los funcionarios; veré personalmente lo que precisa cada uno. Y si Su Excelencia lo desea, hablaré con los disidentes religiosos. Ellos tratan mejor con nosotros, con la gente del pueblo. Quizá yo podría contribuir a arreglar las cosas por las buenas. Los funcionarios no lo conseguirían, comenzarían a escribir, y el asunto se presenta ya tan complicado con sus papeles que éstos no permiten ver las cosas como son en la realidad. No aceptaré dinero porque en unos momentos en que la gente se está muriendo de hambre, produce vergüenza pensar en el provecho propio. Tengo trigo almacenado; antes había enviado a Siberia y el verano que viene llevarán más.

—Sólo Dios puede pagarle semejante servicio, Afanasi Vasilievich. No voy a decirle nada porque usted mismo puede comprender que no hay palabras para expresar lo que siento… No obstante, permítame que vuelva a su petición de antes. Dígame, ¿tengo derecho a dejar las cosas tal como están? ¿Sería justo, obraría yo con honradez si perdonase a unos miserables?

—No se les puede calificar así, Excelencia, sobre todo teniendo en cuenta que entre ellos se encuentran muchas personas muy honorables. La persona se halla en ocasiones en circunstancias difíciles, Excelencia, muy difíciles. A veces sucede que una persona parece verdaderamente culpable, y mirando las cosas de cerca resulta que no lo es.

—¿Y qué dirán ellos mismos si sobreseo su causa? Hay quienes se engreirán aún más y pensarán que me han asustado. Serán los primeros en no apreciar…

—Permítame, Excelencia, decirle mi parecer: reúnalos, comuníqueles que usted está al tanto de todo, presénteles su propia situación tal y como me la ha expuesto a mí, y pídales consejo: ¿cómo procedería cada uno de ellos en la situación en que usted se halla?

—¿Piensa usted que serán capaces de comprender un móvil noble que nada tiene que ver con las trapacerías y el deseo de hacer fortuna? Se burlarán de mí, estoy seguro.

—Lo dudo, Excelencia, incluso el peor de ellos, tiene el sentimiento de lo que es justo. Acaso lo haría un judío, pero no un ruso. No Excelencia, no hay por qué esconder nada. Hábleles tal y como acaba de hablarme a mí. A usted le tachan de ambicioso y orgulloso, dicen que no le importa la opinión de los demás, que en todo momento se muestra seguro de sí mismo; que vean las cosas tal como son en realidad. ¿Qué más le da a usted? La razón está de su parte. Hábleles no como si lo hiciera ante ellos, sino como si se confesara ante Dios.

—Lo pensaré, Afanasi Vasilievich —repuso el príncipe, pensativo—. De todos modos, le agradezco muy de veras su consejo.

—Por lo que concierne a Chichikov, Excelencia, ordene que lo pongan en libertad.

—Dígale a ese Chichikov que se marche de aquí lo antes posible, y cuanto más lejos tanto mejor. A él jamás lo habría perdonado.

Murazov se despidió del príncipe y de allí se dirigió directamente a ver a Chichikov. Lo encontró animado, sumamente tranquilo, entretenido con una comida bastante pasable que le habían traído en fiambreras de porcelana de una cocina más que pasable. Las primeras palabras que se cruzaron convencieron al anciano de que Chichikov había tenido tiempo de ver a alguno de los funcionarios trapisondistas. Incluso se dio perfecta cuenta de que allí andaba la mano oculta de un experto picapleitos.

—Escúcheme, Pavel Ivanovich —dijo— le traigo la libertad, pero a condición de que abandone la ciudad cuanto antes. Recoja todas sus cosas y váyase con Dios inmediatamente, porque el asunto está aún peor. Sé que hay un sujeto que le solivianta a usted; pues bien, voy a decirle en secreto que se está descubriendo otro asunto tal, que nada en el mundo será capaz de salvarlo. Pretende que con él se hundan otros, para que no sea tan aburrido, pero todo se descubrirá. Cuando yo le dejé a usted se hallaba en mejor disposición de ánimo que ahora. Le aconsejo que lo tome en serio. No se trata de esas riquezas por las que todos pelean y se tiran a degüello, como si fuera posible adquirir el bienestar de ésta sin acordarse de la otra. Puede usted estar seguro, Pavel Ivanovich, de que mientras no se aparte uno de todo aquello por lo cual los hombres se muerden y se devoran los unos a los otros, sin acordarse para nada del bienestar del patrimonio espiritual, será imposible conseguir el bienestar material. Vendrán tiempos de hambre y de miseria para el pueblo en su conjunto y para cada uno en particular... Esto está claro... Dígase lo que se diga, el cuerpo depende del alma. ¿Cómo quiere que todo vaya como es debido? Piense, no en las almas muertas, sino en su alma viva, y con el auxilio de Dios siga otro camino. También yo me marcho mañana. ¡Apresúrese! Estando yo ausente le puede ir muy mal.

Una vez pronunciadas estas palabras, el anciano se fue. Chichikov permaneció pensativo. El sentido de la vida volvió a ganar ante él en importancia.

«Murazov tiene razón —pensó—. ¡Comienza a ser hora de seguir un nuevo camino!».

Con estos pensamientos salió de la prisión. Un centinela le sacó el cofrecillo y otro el colchón y la ropa. Selifán y Petrushka experimentaron una gran alegría al ser puesto su amo en libertad.

—Vamos, amigos —les dijo Chichikov afectuosamente—, es preciso hacer el equipaje y ponerse en camino.

—Saldremos, Pavel Ivanovich —respondió Selifán—. El camino debe estar firme: ha nevado bastante. Si he de decirle la verdad, ya es hora de que nos marchemos. Estoy tan harto de la ciudad que no quiero ni verla.

—Vete al carrocero y que ponga patines en el coche —dijo Chichikov, y acto seguido se encaminó hacia la ciudad.

No es que tuviera el propósito de despedirse de nadie. Después de lo ocurrido le resultaba un tanto violento, sobre todo si tenía en cuenta que circulaban sobre él las historias más desagradables. Evitó tropezarse con nadie y sólo se llegó disimuladamente a casa del comerciante que le había vendido el paño de color humo y llama de Navarino; adquirió cuatro varas más para frac y pantalones y se dirigió al mismo sastre de la otra ocasión. Por doble precio, éste se decidió a redoblar su celo y puso a trabajar durante toda la noche, a la luz de las bujías, a toda su gente, que no dejó de manejar las agujas, las planchas y los dientes.

Por la mañana el frac estaba concluido, aunque, bien es cierto, un poco más tarde de lo convenido. Los caballos habían sido ya enganchados, pero Chichikov se quiso probar el frac. Le sentaba a la perfección, tan bien como el anterior. Pero, ¡ay!, vio que en su cabeza había algo más blanco y liso que el resto y pensó, entristecido: «¿Por qué me dejé llevar de tal manera por la desesperación? Y con mayor motivo, no debía haberme tirado así de los pelos».

Pagó al sastre y al fin partió. Ofrecía un aspecto algo extraño. No era el mismo Chichikov de antes. Era una ruina comparado con el anterior Chichikov. Ahora, su espíritu era como edificio que hubieran demolido a fin de construir con los restos uno nuevo; y la construcción del edificio nuevo no había comenzado a causa de que el arquitecto aún no había mandado los planos, dejando a los obreros sin saber qué hacer. Una hora antes se había marchado el anciano Murazov junto con Potapich, en un sencillo coche. Una hora después de haber partido Chichikov se hizo saber la orden del príncipe, quien, con motivo de su marcha a San Petersburgo, quería ver a todos los funcionarios sin ninguna excepción.

En la vasta sala del Gobierno general se reunió el estamento completo de los funcionarios de la ciudad, empezando por el gobernador y terminando por el último consejero titular: jefes de negociado y de sección, consejeros, asesores, los Kisloiedov, los Krasponosov, los Samosvistov; los que se dejaban sobornar y los que no; los que actuaban contra su conciencia, los que actuaban a medias y los que no actuaban en absoluto: todos esperaban con inquietud la aparición del gobernador general. El príncipe salió; no se le veía ni sombrío ni despejado; su mirada era tan firme y decidida como su paso. Los reunidos hicieron una inclinación, gran parte de ellos profundísima. El príncipe respondió con ligero saludo y comenzó así:

—Antes de partir hacia San Petersburgo he creído oportuno ver a todos ustedes e incluso, en parte, explicarles el motivo. Ha tenido lugar un escandaloso asunto. Imagino que la mayoría de los presentes saben a qué me refiero. Dicho asunto ha revelado la existencia de otros no menos vergonzosos en los cuales se hallan complicadas personas a las que hasta ahora yo había considerado honradas. Conozco también la oculta intención de embrollar las cosas de tal manera que fuese imposible decidir por vía legal. Sé quién es el que mueve todos los resortes y detrás del cual se oculta... aunque él ha disimulado con suma habilidad su participación. Pero yo estoy decidido a arreglar esto no por el procedimiento ordinario, acumulando expedientes, sino en juicio sumarísimo, como si nos halláramos en guerra, y espero que Su Majestad me permitirá hacerlo cuando le haya expuesto de qué se trata. Cuando es imposible solucionar las cosas por vía civil, cuando se prende fuego a los armarios con los expedientes dentro y se manejan todo género de falsas declaraciones de testigos que ninguna relación tienen con el asunto, y con falsas denuncias se intenta enturbiar un caso como el presente, ya suficientemente sucio de por sí, yo considero que el tribunal militar es el único medio a nuestro alcance, y querría saber su opinión.

El príncipe hizo una pausa como aguardando contestación. Todos permanecieron con la mirada fija en el suelo. Muchos de ellos se habían puesto pálidos.

—Estoy asimismo informado respecto a otro asunto, por mucho que los interesados tengan la convicción de que nadie puede saber nada acerca de él. El proceso no se instruirá por el procedimiento ordinario, ya que yo mismo seré acusador y demandante, y presentaré pruebas contundentes.

Algunos de los presentes temblaron de pies a cabeza; entre los de la categoría de los pusilánimes hubo igualmente cierta turbación.

—No es preciso decir que a los promotores se les privará de títulos y bienes; los demás serán separados de sus empleos. No es preciso decir que sufrirán muchos inocentes. ¡Qué le vamos a hacer! El asunto es demasiado escandaloso y pide justicia a voz en grito. Aunque no ignoro que ni siquiera servirá de lección a los demás, ya que el puesto de los que dejen vacantes sus cargos será ocupado por otros y los que hasta el presente eran honrados dejarán de serlo, y aquellos en quienes ahora se deposite la confianza engañarán y harán traición, a pesar de todo, yo tengo que obrar con rigor, pues la justicia clama. No ignoro que me tacharán de cruel, pero sé muy bien quiénes serán ésos... Debo recurrir, pues, al instrumento insensible de la justicia, al hacha, que es forzoso que caiga sobre la cabeza de los culpables.

Un estremecimiento sacudió a todos los reunidos. El príncipe aparecía sereno. Sus facciones no revelaban ni ira ni indignación.

—Y ahora, ese mismo en cuyas manos se halla la suerte de gran parte de ustedes y que no cedía ante ninguna súplica, les perdona a todos. Todo caerá en el olvido, será perdonado, borrado; yo personalmente intercederé en favor de todos si cumplen mi petición. Hela aquí. Sé que ningún medio es suficiente, ni el miedo ni el castigo, para extirpar la injusticia: sus raíces son demasiado profundas. Una acción tan vergonzosa como la prevaricación se ha convertido en algo necesario incluso en personas que no han nacido para ser deshonestas. Sé que resulta poco menos que imposible ir contra la corriente. Pero en este momento yo debo, como en el instante decisivo y sagrado en que se halla en juego la salvación de la patria, cuando cualquier ciudadano ofrece y ofrenda todo lo que posee, yo debo hacer un llamamiento aunque sólo sea a aquellos en cuyo pecho palpita aún un corazón ruso y que conservan cierta noción de lo que significa la palabra «nobleza». No vamos a preguntarnos cuál de nosotros es más culpable. Tal vez sea yo el primero; tal vez me comportara al principio con demasiada severidad, tal vez mostrara excesiva suspicacia, apartando de mí a aquellos de ustedes que querían sinceramente serme útiles, aunque yo, a mi vez, podría asimismo hacerles un reproche. Si verdaderamente amaban la justicia y el bien de su país, no debieron sentirse ofendidos por mi orgullo, debieron reprimir su amor propio y sacrificar su misma persona. Por fuerza me habría dado cuenta de su abnegación y amor al bien, y habría acabado aceptando sus prudentes y sabios consejos. Se quiera o no, es el subordinado quien tiene que adaptarse al jefe antes que el jefe al subordinado. Esto es justo y, por lo menos, más fácil, dado que el subordinado tiene un solo jefe y el jefe tiene cientos de subordinados. Pero dejemos aparte la cuestión de quién es más culpable. De lo que se trata es de que tenemos que salvar a nuestra patria, de que nuestra patria desfallece por culpa de nosotros mismos; de que al margen del Gobierno legítimo se ha formado un Gobierno incomparablemente más fuerte que cualquier Gobierno legítimo. Ha establecido sus condiciones, a todo se le ha puesto precio y hasta esos precios han sido pregonados en público. Y ningún gobernante, aunque fuera el más sabio de todos los estadistas y legisladores, puede reparar el daño por más restricciones que ponga a los actos de los malos funcionarios, poniéndolos bajo la vigilancia de otros. Todo resultará inútil mientras cada uno de nosotros no llegue a comprender que, al igual que en los tiempos del alzamiento de los pueblos empuñó las armas contra los enemigos, tiene ahora que rebelarse contra la injusticia. Ahora me dirijo a ustedes como ruso, como hombre unido a ustedes por los vínculos de la sangre. Me dirijo a aquellos de ustedes que conservan alguna noción de lo que es la nobleza de pensamiento. Les invito a que tengan presente el deber que en cualquier parte corresponde al hombre. Les invito a considerar más de cerca su deber y las obligaciones que en este mundo tienen, porque la idea que de ello nos hacemos es confusa y no... [39]

(...).

.-oOo-.

NIKOLÁI VASÍLIEVICH GÓGOL (Soróchintsi 1809 - Moscú 1852), escritor ruso, cuyas obras de teatro, relatos y novelas se encuentran entre las obras maestras de la literatura realista rusa del siglo XIX.

En 1820 marchó a vivir a San Petersburgo, donde consiguió trabajo como funcionario público y se dio a conocer entre los círculos literarios. Su volumen de relatos cortos sobre la vida en Ucrania, titulado Las veladas en Dikanka (1831) fue recibido con entusiasmo. A ésta siguió otra colección, Mirgorod (1835), en la que se incluye el relato Taras Bulba, que fue ampliado en 1842 para convertirse en una novela completa; esta obra, que describe la vida de los cosacos en el siglo XVI, puso de manifiesto la gran maestría del autor a la hora de retratar personajes, así como su chispeante sentido del humor. En 1836 publicó su obra teatral El inspector, una divertida sátira acerca de la codicia y la estupidez de los burócratas. Escrita en forma de comedia de errores, es considerada por muchos críticos literarios como una de las obras más significativas del teatro ruso. En ella, los burócratas locales de una aldea confunden a un viajero con el inspector gubernamental al que estaban esperando y le ofrecen todo tipo de regalos para que pase por alto las irregularidades que han estado cometiendo. Entre 1826 y 1848 Gógol vivió principalmente en Roma, donde trabajó sobre una novela que es considerada como su mejor trabajo y una de las mayores novelas de la literatura universal, Las almas muertas

(1842). En su estructura, Almas muertas es semejante al Don Quijote de Cervantes. Sin embargo, su extraordinaria vena humorística se deriva de una concepción única, extremadamente sardónica: el consejero colegiado Pável Ivanovich Chichikov, un aventurero ambicioso, astuto y falto de escrúpulos, va de un lugar a otro comprando, robando y estafando para conseguir los títulos de propiedad de los sirvientes que aparecen en los censos anteriores pero que han muerto recientemente, por lo cual se les llamaba «almas muertas». Con estas «propiedades» como aval, planea conseguir un crédito para comprar una propiedad con «almas vivas».

Los viajes de Chichikov ofrecen una ocasión perfecta al autor para llevar a cabo profundas reflexiones sobre la degradante y sofocante influencia de la servidumbre, tanto para el siervo como para el amo. En esta obra aparecen asimismo un gran número de personajes, brillantemente descritos, de la Rusia rural. Almas muertas fue un modelo para las generaciones posteriores de escritores rusos. Además, muchos de los ingeniosos proverbios que aparecen a lo largo de la narración, han entrado a formar parte del refranero ruso. En el momento de su publicación, Almas muertas estaba llamada a constituir la primera parte de una obra más amplia; Gógol comenzó a escribir la continuación pero, en un ataque de melancolía debido a una crisis religiosa, quemó el manuscrito. En 1842, en cambio, publicó otro famoso trabajo El capote, un relato corto acerca de un ocupado funcionario, víctima de la injusticia social, tan frecuente en la Rusia de su tiempo. Al año siguiente, Gógol viajó en peregrinación a Tierra Santa y a su regreso cayó bajo la influencia de un sacerdote fanático, quien le convenció de que sus obras narrativas eran pecaminosas. A raíz de ello, Gógol destruyó una gran cantidad de manuscritos inéditos. La figura de Gógol se puede comparar con la de otros grandes escritores rusos, como los novelistas Leon Tolstoi, Ivan Turgueniev y Fedor Dostoievski, y el poeta Alexandr Pushkin, que fue amigo íntimo durante toda su vida y el mejor crítico de su literatura. Murió el 4 de marzo de 1852, en Moscú, al borde de la locura.

Notas

[1] El fragmento conservado de la segunda parte pertenece a la primera versión. <<

[2] Torta hecha con masa bastante líquida y de poco grosor, que se fríe en la sartén con escaso aceite. <<

[3] Juego de naipes. <<

[4] Medida itineraria rusa equivalente a 1067 m. <<

[5] Bogatires: se trata de los héroes de las antiguas canciones épicas populares rusas, los cuales sobresalían por sus proezas bélicas y grandísimos zapatos. <<

[6] Nombre peculiar de los campesinos rusos. <<

[7] Revista de carácter político-literario, a veces semanal y a veces mensual (1812-1852). Su título significa: El hijo de la patria. <<

[8] Tetera rusa, con hornillo. <<

[9] Unidad de peso rusa, equivalente a 16,38 kg. <<

[10] Vocablo ofensivo para los hombres. Proviene de la letra fita, que según algunos es indecorosa. <<

[11] Es un mosquito de gran tamaño, largo y de torpes movimientos. A veces penetra en los aposentos y se posa solitario en las paredes. Con facilidad se deja agarrar de una pata, y no hace más que revolverse y retorcerse. <<

[12] Los rusos llaman a los osos Mishka o Misha, diminutivo familiar de Mijail. <<

[13] General ruso que, a las órdenes de Suvorov, se distinguió en las guerras napoleónicas y sobre todo en la batalla de Borodino. Vivió entre 1765-1812. <<

[14] Es decir, el esqueleto inmortal. En los cuentos populares rusos, es un anciano enjuto, malvado y rico que posee el secreto de la longevidad. <<

[15] Se trata de otro héroe de la independencia griega. <<

[16] Se trata de un sistema de organizaciones autónomas de la administración local en las provincias y distritos; entendían en diversas cuestiones, como justicia, hospitales, enseñanza primaria. <<

[17] Es la diosa griega de la justicia. <<

[18] El zertsalo es un prisma triangular en cuyas caras están escritos los decretos de Pedro el Grande, y que en las oficinas Públicas de Rusia figuraba en lugar visible. <<

[19] Vedomosti, o Las Noticias, era una publicación oficial donde se insertaban todos los documentos públicos. <<

[20] En alemán: «¿Habla usted alemán?». <<

[21] El Noticiero de Moscú. <<

[22] En francés: «Es lo que se llama una historia». <<

[23] Comunidad rural, o reunión de dicha comunidad. <<

[24] El Noticiero de Moscú, periódico fundado por la Universidad de dicha capital en 1756. <<

[25] El Hijo de la Patria, revista fundada en San Petersburgo en el año 1812. <<

[26] Calzado que usaban los campesinos, parecido a unas alpargatas. <<

[27] Cuando Gogol escribió esto se encontraba en Italia. <<

[28] Iván Andreievich Krilov, gran fabulista ruso (1767-1844). <<

[29] Es decir, billetes de Banco. <<

[30] En el manuscrito del autor siguen a continuación unas palabras ininteligibles. <<

[31] Bollo, panecillo. <<

[32] Medida de superficie que equivale a 1,092 Ha; es anterior al sistema métrico decimal. <<

[33] Falta el resto del capítulo. En la primera edición de la parte segunda de Almas muertas, del año 1855, se añade la nota siguiente: «Falta la reconciliación de Betrischev y Tentetnikov; comida en la casa del general y conversación acerca del año 12; compromiso matrimonial de Ulinka y Tentetnikov; la joven reza y va a llorar a la tumba de su madre; los novios charlan en el jardín; Chichikov, por encargo de Betrischev, acude a visitar a los familiares del general y comunicarles la fausta noticia; llega a casa uno de dichos familiares, el coronel Koshkariov». <<

[34] Falta una hoja en el manuscrito original. Según parece, Kostanzhoglo propone aquí a Chichikov que compre la hacienda de un vecino suyo, el propietario Jlobuev. <<

[35] En este punto concluye el manuscrito de los cuatro primeros capítulos. <<

[36] El presente capítulo corresponde a una versión anterior a la de los cuatro primeros. <<

[37] El texto que sigue es de la primera versión, y por ello no concuerda con lo expuesto anteriormente, puesto que Jlobuev se había ido ya de la tienda con Murazov. <<

[38] En el manuscrito falta el final de la frase que pone término a la página. El texto continúa en otra página, en la que falta asimismo el comienzo. <<

[39] En este punto se interrumpe el manuscrito. <<